انقلاب و کیک توت فرنگی

جمشید فاروقی

آنان را اینجا و آنجا دیده‌ایم و می‌شناسیم. بیگانه‌هایی هستند خویشاوند و خویشاوندانی بیگانه. سالیان سال کنارشان زندگی کرده‌ایم و گاهی نیز برخی از آنان را، در کمال ناباوری، در آینه دیده‌ایم. از دیدن‌شان گاه شاد شده‌ایم و گاه وحشت کرده‌ایم. به برخی‌شان پناه برده‌ایم. از دست برخی‌شان گریخته‌ایم. در آن لحظاتی که از خود و از آنان غافل شده‌ایم، یکباره همچون یک خاطره یا شاید هم یک وهم، از اعماق وجودمان سر بر آورده‌اند و غافل‌گیرمان کرده‌اند.

تمامی شخصیت‌های این داستان واقعی‌اند، بی‌آنکه واقعاً وجود داشته باشند و همه‌ی شخصیت‌های این داستان تخیلی‌اند، بی‌آنکه از دل تخیل محض زاده شده باشند. این داستان برخاسته از تخیلی است واقعی و دقیقاً چون از جنس تخیل است، جسارت روبه‌رو شدن با آن را در خود می‌بینیم. چون می‌دانیم که دنیای واقعی وحشتناک‌تر از دنیای تخیلی است.

تقدیم به مریم که مهرش در دلم شورها برانگیخت...

فهرست

یک آغاز ساده ۷

خواب همچون یک رویا ۱۷

یک تماس کوتاه ۲۹

معمایی به نام آیدا ۳۹

سوپرایگو ۴۹

کافه کرومل ۵۷

دیدار ۶۷

شیدایی ۷۹

قهقرا ۹۳

تنهایی ۱۰۷

ملخک ۱۱۹

شعر عشق ۱۲۹

نیکلای چرنیشفسکی ۱۳۹

سروده‌های ناتمام ۱۴۹

یک گیاه حساس! ۱۵۷

کلایدرمن ۱۶۳

هایکه! ۱۷۱

هویت ۱۸۱

شور زندگی ۱۹۳

شبح پوپولیسم ۲۰۳

زرورق ۲۱۵

زروان ۲۲۷

آخرین برگ ۲۳۹

غرور و تحقیر ۲۴۷

عشق افلاطونی ۲۵۷

نامه ۲۶۹

یک خانواده خوشبخت ۲۸۳

کیک توت‌فرنگی ۲۹۷

صداقت ۳۰۷

کتاب مقدس ۳۱۷

عتیقه ۳۲۷

جهانِ الگوریتم‌ها ۳۳۵

پیکاسو ۳۴۳

طبیعت بی‌جان ۳۵۱

یک آغاز ساده...

(یکشنبه، ساعت یازده و بیست و دو دقیقه شب)

شب بود. یک شب سرد. باد پشت پنجره‌ی اتاق خواب زوزه می‌کشید و شاخه‌ی بوته‌ی رُز را با شدت به شیشه‌ی پنجره می‌کوبید. بی‌خوابی به سراغش آمده بود. کامران به این بی‌خوابی‌ها و وول خوردن‌های آزار دهنده عادت کرده بود. در تاریکی، با چشمان نیمه‌باز، به لکه‌ی نوری زل می‌زد که از گوشه‌ی پرده‌ی اتاق، هر شب روی دیوار مقابل تختش می‌تابید. پریشان‌خوابی‌اش مزمن بود. به سال‌ها پیش بازمی‌گشت. روزی آمد و همان‌جا، در گوشه‌ای از بسترش جا خوش کرد و ماندگار شد.

به آن لکه‌ی نور، کودکانه دل بسته بود. از خود می‌پرسید چگونه چنین چیزی ممکن است؟ چگونه ممکن است کسی، در فصل آخر زندگی‌اش، لحظات تنهایی و ساعات کش‌دار شبانه‌ی خود را، به یک لکه‌ی نور گره بزند؟ برای این پرسش پاسخ ساده‌ای یافته بود. پاسخی که خود او را نیز قانع نمی‌کرد. می‌دانست که این پرسش را فقط در سایه‌ی صداقت می‌شود پاسخ داد. اما او به همان پاسخ ساده بسنده کرده بود. می‌گفت این‌طوری خوش است. گاهی یک موضوع ساده، یکی از پیش‌پاافتاده‌های زندگی، بدون هیچ علت و توضیحی، بدل به دغدغه‌ی ذهنی آدم می‌شود. درباره‌ی این لکه‌ی نور، به هیچ کس، حتی به آیدا، به دخترش، نیز چیزی نگفته بود. نمی‌توانست درباره‌اش به کسی چیزی بگوید. از واکنش آیدا و دیگران بیمناک بود. از تفسیر احتمالی این دل‌بستن کودکانه‌ی ایام سال‌خوردگی

واهمه داشت. اگر می‌شنیدند، درباره‌ی او چه می‌اندیشیدند؟ در ایام پیری، پس از تجربه‌ی صدباره‌ی دل‌کندن، آدم دریچه‌های روحش را روی دل‌بستن‌های کودکانه می‌گشاید. دل به چیزی خوش می‌کند که مثل حباب صابون، پیش از ترکیدن، لحظه‌ای همچون یک رنگین‌کمان کوچک و متحرک، در فضا شناور می‌ماند. این تجربه‌ی مشترک همه‌ی سال‌خوردگان است.

این لکه‌ی نور بدل به بخشی از چیدمان اتاقش در تاریکی فراگیر شبانه شده بود. اگر شبی از سر اتفاق، پرده را طوری می‌کشید که اتاقش کاملاً تاریک می‌شد، دلش می‌گرفت و بیش از پیش احساس تنهایی می‌کرد. برمی‌خاست و پرده را آن‌قدر تکان می‌داد، آن‌قدر جابه‌جا می‌کرد تا لکه‌ی نور، مجدداً روی دیوار ظاهر می‌شد. به خود می‌گفت این لکه‌ی نور نباید روی تابلوی "شب پر ستاره" ون گوگ بیافتد. می‌افتاد عین فاجعه بود. می‌گفت این لکه‌ی نور نباید بین هزاران ستاره‌ی این تابلو گم و محو شود. باید تنها نقطه‌ای از قابِ تریاکی‌رنگ آن را روشن کند. تابلو را روبه‌روی تختش به دیوار زده بود. به باور او، این لکه‌ی نور آن ستاره‌ای بود که از نگاه هنرمندانه‌ی ون گوگ پنهان مانده بود. ون گوگ آن ستاره را اصلاً ندیده بود. حتی روحش از وجود چنین ستاره‌ای بی‌خبر بود.

آن ستاره را او کشف کرده بود و در حاشیه‌ی شب پر ستاره نشانده بود. برایش نامی هم انتخاب کرده بود. به آن می‌گفت: ستاره‌ی کامران. نشستن این ستاره در حاشیه آن شب پر ستاره، حسی توام با غرور در او برمی‌انگیخت. گرچه آن لکه‌ی نور کمترین تشابهی به ستاره‌های تابلوی ون گوگ نداشت، اما به‌رغم آن، در فضای تاریک و وهم‌آلوده‌ی اتاق، نقش تک‌ستاره‌ی درخشان را بازی می‌کرد. تک ستاره‌ای که پس از گم‌وگور شدن ستاره‌های تابلو در تاریکی شب، تا طلوع خورشید، تا فرارسیدن سحر، بی‌وقفه می‌درخشید. چراغ پاتختی‌اش را که خاموش می‌کرد، ستاره‌های ون گوگ در چشم‌برهم‌زدنی می‌مردند. اما آن تک‌ستاره، پس از مرگ ستاره‌های دیگر، تازه از دل تاریکی زاده می‌شد. برخلاف آن ستاره‌های دیگر، ستاره‌ی کامران تولد شبانه‌اش را مدیون تاریکی بود و نه روشنایی.

منبع این لکه‌ی نور، چراغ خیابان بود. چراغی که با لکه‌ی نورش، به تاریکی

اتاقِ خواب او مفهوم و معنا می‌بخشید. تابش نور این چراغِ خیابانی، روایتگر بی‌جانِ تداوم هستی در پشت پرده‌ی انکار بود. در تاریکی مطلق، آنگاه که چشمان از دیدن بازمی‌مانند، آنگاه که تاریکی همه چیز را با سایه‌هایشان یک‌جا می‌بلعد، یقینِ هستی ممکن است تردیدپذیر بشود. اما این لکه‌ی نور، این فروغ امیدبرانگیز، احتمال خفتن در تاریکی مطلق تابوت را باطل می‌کرد. دست‌کم این برداشت او از آن لکه‌ی نور بود. دیدن ستاره‌ی کامران، در بیدارخوابی‌های شبانه‌اش، باعث می‌شد لبخند کودکانه‌ای بر لبان پیرمرد بنشیند. این لکه‌ی نور، هم از ادامه‌ی هستی خبر می‌داد و هم از تلخی نشسته در کام واقعیت‌ها، واقعیت‌های تلخ جهان پرآشوبی که در آن می‌زیست.

گاهی گوش تیز می‌کرد و هوش و حواس خود را به همهمه‌ی خیابان می‌داد. خیابانی که شباهنگام کمتر کسی از آن می‌گذشت. این خیابان همراه با ساکنانش، شب‌ها، معمولاً در خیزاب سکوت و تنهایی غرق می‌شدند. در بیرون از خانه همهمه‌ای نبود، و اگر بود، هیاهویی در پی نداشت و ولوله‌ای در دل لحظه نمی‌نشاند. اما در درون خانه‌اش، به‌خصوص در قفسِ ذهنش، همیشه همهمه بود، نجوا بود، پچ‌پچ بود، هیاهو بود، همیشه غوغا بود.

دوست نداشت اسیر سودازدگی‌های ملال‌آور شود. اسیر اندیشه‌های مالیخولیایی که می‌آمدند و بر دیواره‌ی روح او چنگ می‌کشیدند. این افکارِ پریشان، برای او، مثل صدای کشیده شدن ناخن روی تخته سیاه مدرسه‌ی ایام کودکی‌اش، چندش‌آور و آزار دهنده بودند. دوست نداشت اسیر این افکار شود، اما شوربختانه راهی برای گریز از دست‌شان نمی‌شناخت. چراغ را که خاموش می‌کرد، دریچه‌های ذهنش، برخلاف میل و اراده‌اش، روی این افکار شیرازه‌گسخته، روی این افکار پریشان، چهارطاق باز می‌شدند.

از تاثیر شراب سر شب اثر چندانی نمانده بود. شب‌ها پیش از آنکه چراغ اتاق را خاموش کند، دوست داشت چیزی بنوشد. تاثیر الکل به‌مرور زمان کاهش یافته بود. او هر بار زودتر از شب‌های پیش، از خواب برمی‌خاست و پلک‌هایش هر بار سخت‌تر و دیرتر از شب‌های پیش، سنگین می‌شدند. خواب همچون فرشته‌ای

عشوه‌گر، با صد ناز و کرشمه، در برابر چشمانش می‌رقصید، اما از هم‌بستر شدن با او معمولاً تن می‌زد. اگر هم گاهی رخ می‌نمود، هنوز نیامده، هنوز ننشسته لبِ تخت، شال‌وکلاه می‌کرد، دل می‌کند، با بسترش وداع می‌گفت و می‌رفت.

هر شب، وقتی چراغ را خاموش می‌کرد، آنگاه که همه چیز در ظلمت فرو می‌رفت، می‌پنداشت که جهان در تاریکی محو می‌شود و کافی است که او چشمانش را ببندد، حتی آن لکه‌ی نور را هم نبیند، تا جهان بدل به وهم شود. می‌پنداشت جهان تصویری بیش نیست، تصویری خیالی در ذهن او، به قد و قامت یک تصور. اما کافی بود چراغ را روشن کند و چشمانش را بگشاید تا جهان از وهم به واقعیت بدل شود. صبح‌ها آرزو می‌کرد که به هنگام گشودن چشمانش، از تلخی واقعیت‌ها کاسته شده باشد. از تلخی آن واقعیت‌هایی که بر زندگی او و بر جهانی که در آن به ناگزیر می‌زیست، سایه‌ی سیاهی انداخته بودند. اما به محض آنکه نگاهش به آن لکه‌ی نور می‌افتاد، یا به پرتوی خورشید کم‌رمقِ آن سوی پرده، درمی‌یافت که هیچ چیز تغییر نکرده است. جهان واقعی، همچون هیولایی افسانه‌ای، همان‌جا منتظر او مانده است تا او را شیفته‌وار در آغوش بکشد.

خطاب به خود می‌گفت: «معنای پیری این است که آدم با یک مشت خاطره بماند زیر یک سقف. بماند تک‌وتنها با کوله‌بار گذشته‌ای که هر روز سنگین‌تر می‌شود.» کوله‌بارش خیلی سنگین شده بود، بیش از حد سنگین. گویی زمان، کاخ آرزوهایش را، خشت به خشت، از عالم خیالش می‌کند و بر بنای قدیمی و سترگ گذشته‌اش می‌چیند. این چنین بود که وزن گذشته به بهای سبک شدن بار آینده، به‌گونه‌ای مستمر افزایش می‌یافت. گذشته هر روز فربه‌تر، هر روز پروارتر می‌شد و آینده هر روز بی‌رمق‌تر، نحیف‌تر، نزارتر.

آن شب، آباژور پاتختی‌اش را که خاموش کرد، اثری از ستاره‌ی کامران ندید. دلش گرفت. قاعده‌ی بازی به‌هم خورده بود. چنین چیزی را تاب نمی‌آورد. از تخت خود برخاست. پرده را آنقدر تکان تکان داد و جابه‌جا کرد تا شعاع نوری که از حاشیه‌ی پرده به درون اتاق تابیده بود، بدل به یک لکه‌ی نور شد. لکه‌ی نور را با تکان دادن پرده به سمت قاب تریاکی‌رنگ تابلو هدایت کرد. به محض آنکه لکه

ی نور بر همان نقطه‌ی همیشگی نشست، نفس عمیقی از سر رضایت‌خاطر کشید. دلش عاقبت آرام گرفت.

بارها به خود گفته بود: «این‌ها همه نشانه‌های پیری است. سن آدم که زیاد می‌شود، هر چیزی باید سر جای خودش باشد. مثل دمپایی یا مثل همین لکه‌ی نور.» آن دو می‌بایست همیشه سر جای خودشان می‌بودند.

در خانه‌ی او همه چیز سر جای خودش بود و خیلی‌چیزها دقیقاً آن جایی نبودند که می‌بایست می‌بودند. اما به‌رغم این بی‌نظمی فراگیر، او می‌دانست که هر چیزی کجاست و هر لحظه که اراده می‌کرد می‌توانست مثلاً دست‌نوشته‌ای را از میان ده‌ها دیگر کاغذ بیابد و اغلب بدون صرف لحظه‌ای وقت و اندکی فکر، کتاب مورد نظرش را پیدا کند. این نظم فقط به میز و اتاق کارش محدود نمی‌شد. کمد لباس و بسیاری چیزهای دیگر را نیز در بر می‌گرفت. یک تغییر، ولو یک تغییر کوچک هم می‌توانست این نظم را به‌هم بریزد و نابود کند. او نظم این بی‌نظمی را می‌شناخت و به آن خو گرفته بود.

می‌گفت: «ممکن نیست که آدم حلقه‌ای را از میانه‌ی زنجیری بردارد و نظم زنجیر به‌هم نخورد.» می‌گفت: «بگذار دیگران در این نظم گم بشوند. آن‌ها که در این نظم زندگی نمی‌کنند. این نظمِ خانه‌ی من است. این نظم هرگز باعث تردید و سرگشتگی من نمی‌شود.» او سی‌واندی سال پیش، با ترک زادگاهش، اتفاقاً از دست چنین نظمی گریخته بود. نظمی که باعث تردید و چه‌بسا باعث سرگشتگی او شده بود.

نظم این زنجیر را خود او پدید آورده بود و این تنها خود او بود که زبانِ مرموز و بی‌کلام این نظم را متوجه می‌شد. همه چیز در آن خانه به هم زنجیر شده بود. اما او دست‌کم در این مورد دچار توهم نبود و نیک می‌دانست که چینش خانه‌اش محصول نظمی من درآوردی است، نظمی ناشی از تن‌پروری و سبک‌بالی. گرچه هیچ‌گاه حاضر به اعتراف به آن نبود. نه اتهام تن‌پروری را می‌پذیرفت و نه حاضر بود زیر برگه‌ی ولنگاری و شلختگی را امضا بزند. می‌گفت: «اصلاً آدم تنبلی نیستم. این ربطی به تنبلی، به تن‌آسایی ندارد. اصرار بر حفظ یک بی‌نظمی اغلب بیشتر

از وفاداری به یک نظم، زمان و همت می‌طلبد.»

با گذشت زمان حوصله انجام خیلی چیزها را از کف داده و خود را از گزند الزام‌های دست‌وپاگیر رها کرده بود. اکنون می‌توانست همچون مرغی سبک‌بال بر فراز پاره‌ای از الزام‌ها پرواز کند و به آن‌ها بی‌اعتنا باشد. برخی از واقعیت‌ها اما جان‌سخت و لجوج بودند. گرچه گاهی به این واقعیت‌ها دهن کجی می‌کرد یا آن‌ها را به سخره می‌گرفت، ولی می‌دانست که آن‌ها را نمی‌تواند دور بزند، انکار کند و خود را از گزند ترکش‌هایشان برهاند.

می‌گفت: «پیری همزیستی دائمی آرامش و بی‌قراری است.»

روزی آیدا پرسیده بود: «مگر می‌شود آدم همزمان هم آرام باشد و هم بی‌قرار؟»

کامران گفته بود: «تو هنوز خیلی جوانی که بتوانی چنین چیزی را درک کنی.» از دخترش پرسیده بود که آیا هیچگاه در یک دریای طوفان‌زده شنا کرده است؟ آیدا متوجه منظور او نشده بود. پاسخی برای آن پرسش نداشت. خود او در پاسخ به پرسش‌اش گفته بود: «وقتی طوفان بوزد، سطح آب طغیان می‌کند، اما دل دریا آرام می‌ماند. کافی است چند متری از بی‌قراری سطح آب به سوی عمق دریا شنا کنی تا آرامش حاکم بر آن را ببینی.»

حکایت او اما هیچ شباهتی به حکایت آن دریای طوفان‌زده نداشت. چهره‌اش آرام بود ولی درونش طوفان‌زده و بی‌قرار. او عصیان‌های روحی خود را پشت چهره‌ی آرام و مهربانش پنهان می‌کرد. بدون زدن ماسک بر چهره، بدون بزک کردن روح، حاضر نبود قاب خلوت خود را ترک کند. تنها کسانی که او را خوب می‌شناختند، فریب آرامش ظاهری او را نمی‌خوردند. سودابه، همسر سابقش، بهتر از هر کس دیگری، ناآرامی نهادینه شده در وجود او را می‌شناخت. می‌گفت: «کسی که تو را نشناسد، گمان می‌کند که خدای آرامش هستی. اما کافی است کسی دو سه روز با تو زیر یک سقف زندگی کند تا به ناآرامی و به بی‌قراری مهار نشده‌ات، پی ببرد.»

کامران مدت‌ها بود که از فراز سایه‌ی بایدها و نبایدها جهیده بود. دریافته بود

که این تنهایی و تنها زندگی کردن است که می‌تواند از بار روحی بسیاری از الزام‌ها، از استمرار و لجاجت توصیه‌ها و از دامنه‌ی نفس‌گیر منع‌ها بکاهد. به دوستانش می‌گفت که فقط در تنهایی است که نظارت بر هر سه قوه با خود آدم است. «قوانین را خود آدم وضع می‌کند و قضاوت درباره پایبندی و اجرای همان قوانین نیز در حوزه‌ی اختیارات خود آدم قرار دارد.» می‌گفت تنهایی در را روی دیگران می‌بندد. آنگاه که دیگران از ساحت زندگی آدم حذف شوند، سرزنش‌ها هم پشتِ درِ بی‌اعتنایی یخ می‌زنند.

می‌گفت زندگی کردن با دیگران، یعنی تن دادن به قراردادهای اجتماعی. قراردادهایی که گرچه بسیاری‌شان نانوشته‌اند، اما همگان برای حفظ مناسبات اجتماعی‌شان از آن‌ها پیروی می‌کنند. اما در نبود دیگران، نیاز به قراردادهای اجتماعی موضوعیت خود را از دست می‌دهد. و اگر قرار و قراردادی هم وجود داشته باشد، از گونه‌ی آن پیمان‌هایی است که آدم در تنهایی با خودش می‌بندد و هر وقت هم دوست داشت، می‌تواند، بدون ذره‌ای عذاب وجدان یا پرداخت کمترین هزینه‌ای آن‌ها را از اعتبار ساقط کند و از فراز سایه‌شان بجهد.

او در وصف تنهایی بسیار خوانده و شنیده بود. آن تنهایی که فیلسوفان و شاعران را به وجد می‌آورد و به مرغ تخیل‌شان بال پرواز می‌بخشد. اما باید می‌دانست که تنهایی که او به آن گرفتار آمده بود، از جنس تنهایی فیلسوفان و شاعران نیست. باید می‌دانست که این تنهایی گرچه آدم را از شر الزام‌ها و سرزنش‌ها می‌رهاند، اما سبب آزادی او نمی‌شود. آزار دهنده است و تا واپسین دم رنج‌آور می‌ماند. باید می‌دانست که رهایی از قید و بندها، شاید رهایی از نوعی اسارت باشد، اما از جنس آزادی نیست. آزادی خیلی بیشتر از قطب دیگر اسارت است.

رهایی از الزام‌ها و باید و نبایدها را در همان روز نخست پس از جدایی‌اش از سودابه متوجه شد. پس از بازگشت به خانه، شلوارش را با بی‌پروایی روی تخت پرتاب کرد. رفتار عجیبی که در پهنای زندگی مشترکش با سودابه، اصلاً سابقه نداشت. منتظر اخطار ماند. اخطاری اما در کار نبود. از آن پس همیشه لباس‌هایش

را روی تخت پرتاب می‌کرد، موقع رفتن از خانه، پیژامه و روبدوشامبرش را و موقع بازگشت به خانه، پیراهن و شلوارش را. در همه‌ی ساعات شبانه‌روز، برای دهن کجی به این الزام دست‌وپاگیر، یکی دو تکه لباس روی تخت ولو بودند و همین موضوع همچون مرهمِ التیام‌بخش، اندکی از دردهای ناشی از زخم‌های روحش می‌کاست.

جوراب‌های خود را هم هر جایی که دلش می‌خواست درمی‌آورد و پرتاب می‌کرد. آن را نوعی دهن‌کجی به یک الزام دیگر می‌دانست. احساس آن جوانی را داشت که با عبور از چراغ قرمز، بی‌آنکه جریمه‌ای در کار باشد، از رفتار قانون‌شکنانه‌ی خودش لذت می‌برد. جای جوراب‌ها هر بار تغییر می‌کرد، ولی حافظه‌اش هنوز آنقدر قوی بود که بداند آخرین بار آن‌ها را کجا درآورده است. دایره‌ی احتمالات درباره‌ی محل اختفای جوراب‌ها خیلی بزرگ نبود. او آن‌ها را یا کنار میز کار پرتاب کرده بود یا کنار تختخواب و یا شاید روی طاقچه‌ی پنجره‌ی حمام گذاشته بود. و اگر آنجاها را می‌گشت و نمی‌یافت، سری به اتاق پذیرایی می‌زد. به‌هرروی، جوراب‌هایش یا کنار راحتی مقابل تلویزیون مخفی شده بودند یا روی یکی از صندلی‌های میز ناهارخوری جا خوش کرده بودند. شاید هم منتظر مانده بودند که عاقبت او بیاید و مخفیگاه‌شان را کشف کند.

هر بار که موفق به پیدا کردن جوراب‌ها می‌شد، بی‌اختیار به یاد بازی قایم باشک می‌افتاد. سال‌ها پیش، در آن روزهایی که هنوز گرد و غبار تنهایی خانه را در بر نگرفته بود، با فرزندانش آنجا قایم باشک بازی می‌کرد. آیدا و بیژن جایی پنهان می‌شدند و او باید گوشه به گوشه‌ی خانه را می‌گشت تا آن‌ها را پیدا کند. همان بازی ادامه یافته بود، گرچه اکنون یک نامه‌ی اداری، یک لنگه‌ی جوراب یا دربازکن همان نقشی را برعهده گرفته بودند، که زمانی آیدا و بیژن در آن خانه ایفا می‌کردند.

زمانِ تغییراتِ شتابان و دگرگونی‌های خود خواسته یا شاید هم غیرمنتظره به پایان رسیده بود. دوره‌ی عادت‌ها و تکرارها شروع شده بود. عادت‌ها و تکرارهایی که مضمون لحظه‌ها را به تصرف خود در آورده بودند. می‌گفت: «پیری تمکین

روح به عادت‌ها و تکرارهاست. یعنی یقین داشتن از نتیجه‌ی هر حرکتی، حتی پیش از شروع آن.» از موضوع عادت کردن‌ها و خو گرفتن‌ها که سخن می‌گفت، بی‌اختیار به یاد آموزگار شیمی دبیرستانش می‌افتاد. آموزگاری که پیش از ترکیب دو ماده، نتیجه‌ی ترکیب را با افتخار، پیشاپیش اعلام می‌کرد و همین امر به او احساس شعبده‌باز ماهری را می‌داد که از راز آمیزش آن دو ماده، حتی پیش از ترکیب‌شان با یکدیگر، آگاه است. کامران هم مثل آن آموزگار شیمی مایل بود نتیجه هر چیزی را از پیش بداند و به‌همین دلیل نیز از روبه‌رو شدن با هر چیز پیش‌بینی نشده‌ای پرهیز می‌کرد.

همین چند هفته پیش، یکی از همکاران سابقش به طور تصادفی او را در خیابان دیده و گفته بود: «آقای دکتر بهرامی، مثل اینکه بازنشستگی به شما ساخته است. شاد و سرحال به نظر می‌رسید. هیچوقت شما را این‌قدر سرزنده و قبراق ندیده بودم.»

تعریفی که دروغ بودنش آشکار بود. او پیام سالمندی خودش را صبح به صبح از پیرمرد آن سوی آن آینه می‌شنید. پیرمردی که به او دروغ نمی‌گفت. آن روز، کامران لبخندی زده و با شتابی که هم در لحن و هم در رفتارش آشکار بود، با این بهانه که باید خود را به سر قراری برساند، خداحافظی کرده و با گام‌هایی بلند از او گریخته بود. گفت‌وگوهای بیهوده و کم‌مایه را خوش نداشت و از دیدارهای تصادفی و ناگهانی، آن هم با کسانی که مصاحبت با آنان برایش چندان فرح‌بخش نبود، دوری می‌جست. آن رهگذرِ آشنا نمی‌دانست که یک دیدار تصادفی و ناگهانی نیز نوعی تجاوز به حریم عادت‌هاست و رشته‌ی مانوس تکرارها را می‌گسلد.

کامران مردم گریز نبود، اما ترجیح می‌داد خود را برای هر دیداری، برای هر گپ‌وگفتی، پیش از وقوع آن، آماده کند. اسم آن را گذاشته بود: آمادگی روحی. می‌گفت آدم باید برای انجام هر کاری آمادگی روحی داشته باشد. روح که برای انجام کاری آماده نباشد، جسم را مچاله می‌کند. طعم لحظه از دست نق زدن‌های روح تلخ می‌شود. به باور او، آمادگی روحی به معنای فاصله گرفتن آگاهانه و موقت

از عادت‌ها و تکرارها است. همان عادت‌ها و تکرارهایی که پشت در منتظر ایستاده‌اند تا بار دیگر به ساحت زندگی بازگردند.

در زندگی او، این عادت کردن‌ها و خو گرفتن‌ها لحظه به لحظه غلیظ‌تر شده بودند. مدت‌ها بود که جهان برایش بدون این عادت‌ها و تکرارها غیرقابل تحمل شده بود. باورش نمی‌شد که آن روح سرکشی که زمانی دگرگونی جهان را می‌طلبید، چگونه در دام نفس‌گیر تکرارها و عادت‌ها افتاده است. آن روح سرکشی که زمانی می‌خواست جهان را از بن و پایه دگرگون کند، حال به اسارت تن داده بود. اسارتی کسل کننده و در عین حال آرامش‌بخش.

آیدا پرسیده بود: «مگر می‌شود که آدم در اسارت احساس آرامش بکند.» و کامران تکرار کرده بود: «تو هنوز خیلی جوانی که بتوانی این موضوع را درک کنی.»

خواب همچون یک رویا

کامران لیوان خالی شراب را در تاریکی اتاق با احتیاط تمام روی پاتختی گذاشت. چشمانش سنگین شده بودند، ولی نه آن‌قدر سنگین که بتواند بخوابد. یاد بزرگی پروستات خود افتاد. چگونه می‌توانست از بزرگی پروستات خود غافل شود؟ بی‌خوابی که به سراغش می‌آمد، بی‌اختیار پا می‌شد و به دستشویی می‌رفت. ساعت‌ها قبل از خوابیدن، از نوشیدن آب، چای یا قهوه خودداری می‌کرد. تنها چیزی که پیش از خواب یا در حین جدال با بی‌خوابی می‌نوشید، شراب، ودکا، ویسکی و گاهی ترکیبی از آن‌ها بود. اغلب از شراب شروع می‌کرد، به ودکا پناه می‌برد و اگر آن هم کارساز واقع نمی‌شد، به سراغ شیشه‌ی ویسکی می‌رفت. می‌گفت: «سود تاثیر الکل بر خون، بیشتر از زیان ناشی از پر شدن مثانه است.» اما مثانه‌اش چه پر بود و چه نه، در طول شب، چند باری بزرگی پروستات را به یادش می‌انداخت. در چنین لحظاتی برای او چاره‌ی دیگری نمی‌ماند، مگر گوش سپردن به فرمان پروستات. پروستاتی که پنداری تمام نیرو و انرژی روزانه‌ی خود را ذخیره می‌کرد تا شب‌ها متورم شود، باد کند و بزرگی خود را به رخ او بکشد. «برخیز! افسار خواب تو در دست من است!»

آن شب، در آن لحظه هم، مقاومت بی‌فایده بود. باید پا می‌شد و به دستشویی می‌رفت. تصور اینکه باید دیریازود به دستشویی برود برای برهم زدن خواب و آرامش‌اش کفایت می‌کرد. این موضوع را بارها تجربه کرده بود. بی‌اعتنایی به

پروستات اصلاً امکان نداشت. قهرمانِ میدانِ نبرد بین گیجی سر و بزرگی پروستات همیشه از پیش روشن بود. پایش را دراز کرد. صدای افتادن چیزی از روی تخت به این مقاومت بی‌نتیجه خاتمه داد. نیم‌خیز شد و چراغ پاتختی را بار دیگر روشن کرد. بدنش را در همان حالت نیم‌خیز، به سمت جلو خم کرد تا متوجه شود، چه چیزی روی زمین افتاده است. شلوارش بود. لباس‌هایش را همیشه طرف چپ تخت پرتاب می‌کرد، آن جایی که پیش از آن سودابه می خوابید و اکنون تغییر ماهیت داده بود. اما این بار، شلوار پایش را از گلیمش درازتر کرده، با یک خیز خود را به بخش راست تخت رسانده و به حریم خصوصی او تجاوز کرده بود. سقوط فرجام تعرض آن شلوار بود.

از تخت برخاست. سرگیجه داشت. همه چیز دور سرش می‌چرخید. نمی دانست که آیا این سرگیجه ناشی از پریشان‌خوابی است یا برخاسته از تاثیر سحرآمیز الکل و شاید هم محصول مشترک هر دو. پیش از روشن کردن چراغ دستشویی، لحظه‌ای به دیوار تکیه کرد و بخشی از وزن خود را روی دیوار ریخت تا از رنج پاهایش بکاهد. نیمه‌شب‌ها، زانوهایش، درست در همان لحظه‌ای که از تخت برمی‌خاست، بازی‌شان می‌گرفت. مثل زانوهای قاطری که بیش از حد بارش کرده باشند، لق می‌زدند. در چنین لحظاتی، زانوها به زبان درد، ناخرسندی‌شان را به اطلاع فرمانده می‌رساندند.

لحظه‌ای در برابر آینه ایستاد. زیرِ چشمان پیرمرد گود افتاده بود. با انگشتِ اشاره‌ی دو دست خود، پوست آویزان شده‌ی زیر چشمانش را به سمت گوش هایش کشید. دیدن چشمان کشیده‌ی پیرمرد لبخند گذرایی را روی لبانش سُراند. شبیه به مومیایی یکی از راهبان بودایی شده بود. همان مومیایی که او سال‌ها پیش در یکی از معبدهای تایلند دیده بود. خطاب به خود گفت: چه شباهت عجیبی! حافظه‌ی تصویری خوبی نداشت. این را خوب می‌دانست. به‌رغم آن، برخی از تصویرها هرگز از آرشیو حافظه‌ی او محو نمی‌شدند. مثل آن راهب بودایی که حتی شب‌ها نیز او را راحت نمی‌گذاشت. پشت آینه منتظر دیدارش می‌ماند. منتظر می‌ماند تا برای او شکلک درآورد.

گاهی که به چهره‌ی خود در آینه نگاهی می‌انداخت یا تصویر خود احساس بیگانگی می‌کرد. احساس می‌کرد غریبه‌ای در آن سو به او زُل زده است و او نمی‌داند که در سر آن پیرمرد چه می‌گذرد. از خود می‌پرسید آیا نگاهش، سرزنش‌آمیز است یا سرشار از تردید؟ هر چه بود، نگاه آن پیرمرد چنان نافذ بود که او را اغلب به وحشت می‌انداخت. تپش قلب می‌گرفت و بدنش گرم و سرد می شد. در چنین لحظاتی، احساس می‌کرد پاهایش سست و بی‌رمق می‌شود. دست‌هایش را بر لبه‌ی دستشویی ستون می‌کرد، سرش را پایین می‌انداخت و سپس برای آن تصویر نیمه آشنا، نیمه بیگانه قیافه می‌گرفت. پیرمرد آن سوی آینه از دیدن اداواطوار کودکانه همزادش، گاه زار زار می‌گریست، گاه قاه قاه می‌خندید.

به خود گفت: «این پیرمرد مرا خیلی خوب می‌شناسد. از همه‌ی رازهای زندگی‌ام خبر دارد. او را نمی‌شود فریب داد. به او نمی‌شود دروغ گفت. از او نمی شود چیزی را پنهان کرد. او حتی مرا بهتر از خودم می‌شناسد. همیشه آنجاست. هر بار که سرم را بلند می‌کنم، او را همان‌جا می‌بینم. آنجا ایستاده و به من زُل زده است، با آن موهای سفیدش. چهره‌اش را تا به یاد دارم، پر از چین و چروک بوده است. قیافه‌اش هیچگاه تغییر نکرده است. جوان‌تر هم که بودم، هر وقت سرم را بلند می‌کردم، او را با همین موهای سفید و چین و چروک نشسته بر چهره‌اش می‌دیدم. یا شاید باید بگویم که او به من نگاه می‌کرد. با همان چهره‌ی جدی و با همان چین و شکنی که بر پیشانی‌اش نقش زده بودند. آنجا ایستاده بود و مرا داوری می‌کرد. به ندرت پیش می‌آمد که بتوانم با گفتن چیزی یا در آوردن شکلکی او را به خنده بیاندازم. اما او بارها آسمان دلم را ابری کرده بود. گاهی پیش می‌آمد که با خودم ناصادق بودم و سعی داشتم خودم را بفریبم. اما کافی بود نگاهش به نگاهم بیافتد تا شرمنده شوم. این پیرمرد مرا خیلی خوب می‌شناسد. بهتر از خودم.»

به اتاق خواب بازگشت. به خود گفت: «نباید در برابر اهریمن بی‌خوابی تن به شکست بدهم. او نمی‌تواند نعمت خواب را از من بگیرد.» این جمله را تقریباً هر

شب، و هر شب چند بار، تکرار می‌کرد. هر بار به خود می‌گفت که اراده‌اش قوی‌تر از آن افکار شیرازه گسیخته‌ای است که به‌ویژه شب‌ها برای پیکار با آرامش بسترش به سراغ او می‌آیند. اما هر شب تن به شکست می‌داد و ناگزیر به اعتراف به ناتوانی خود می‌شد.

هر بار که اهریمن بی‌خوابی، پیکرش را روی بستر او پهن می‌کرد، به یاد این سخن نیچه می‌افتاد، که گفته بود، برای برخی‌ها خوابیدن بدل به آرزو می‌شود. به آیدا گفته بود: «وقتی آدم پا به سن می‌گذارد، مجال زیادی برای آرزوهای ریز و درشت نمی‌ماند. کار به جایی می‌رسد که یک خواب آسوده یا حتی یک گوارش بی‌دردسر، بدل به آرزو می‌شود.» آیدا، در واکنش به آن اعتراف، ترجیح داده بود، سکوت کند. اما از اندیشیدن به تحقیر نهفته در اعتراف به این آرزوهای کوچک، این آرزوهای مچاله شده، بر خود لرزیده و بی‌کلام، با تکان سر، با پدرش ابراز همدردی کرده بود.

گاهی به محض آنکه چشمانش را می‌بست و آرزو می‌کرد سلول‌های عصیان‌زده‌ی مغزش، دست از سرش بر دارند و به او اجازه دهند که ساعتی بخوابد، به یاد سخن شوپنهاور می‌افتاد. او گفته بود که خواب از جنس مرگ است و آدم با به عاریت گرفتن این بخش از مرگ می‌کوشد تا تداوم زندگی را برای خود ممکن سازد. به یاد این سخن شوپنهاور می‌افتاد که گفته بود آدم برای زنده ماندن به مرگ نیاز دارد و به آن پناه می‌برد. کودک که بود، اقدس خانم، مادرش، بارها درباره‌ی پدرش گفته بود: «پدرت درست عین مرده‌ها می‌خوابد.» تردیدی نداشت که مادرش حتی نام شوپنهاور را نشنیده است. از کی و از کجا باید می‌شنید؟ ولی اقدس خانم به‌رغم آن، درباره‌ی خواب به همان نظر شوپنهاور رسیده بود.

آن شب نیز اهریمن بی‌خوابی، در همدستی با نیچه و شوپنهاور، مانع از خواب او شده بود. حتی زُل زدن به لکه‌ی نور هم نتوانسته بود خواب را به بسترش برگرداند. نگاهی به ساعت مچی‌اش انداخت. عقربه‌های شب‌نما در تاریکی محو شده بودند. به‌رغم تاریکی، مطمئن بود که روز دیگری شروع شده است. روی تخت نیم‌خیز شد و آباژور پاتختی را مجدداً روشن کرد. لیوان شرابش هنوز روی

پاتختی بود و شیشه‌ی شراب نیز کنار تختش قرار داشت. شیشه را در برابر نور چراغ پاتختی گرفت. هنوز شیشه از مضمون تهی نشده بود. لبخندی زد و لیوانش را پر کرد.

پیش از خاموش کردن چراغ، با چشمانی نیمه باز نگاهی گذرا به اتاق خود انداخت، به امپراتوری تنهایی‌اش. همه چیز سر جای خودش بود. پیراهن‌ها و شلوارها به رخت‌آویز روی در آویزان، لباس‌های روز قبل در گوشه‌ای از تخت سرگردان، کتاب‌های نیمه باز و کاغذهای ولو شده روی میز کار و آن بادی که با سماجت، بی‌وقفه شاخه‌ی بوته‌ی رُز را به شیشه‌ی پنجره اتاقش می‌کوبید.

چراغ را خاموش کرد و به نوشیدن شراب در تاریکی ادامه داد. با هر جرعه شرابی که می‌نوشید، چشمانش را بیش‌تر و محکم‌تر می‌بست و به خود تلقین می‌کرد که چشمانش هر لحظه سنگین و سنگین‌تر می‌شوند. تصور می‌کرد که ایزدبانوی خواب بر بستر او فرود آمده است. گوشه‌ی تخت او نشسته است و دستان گرم و نوازشگرش را بر سرانگشتان پاهای او می‌کشد. گمان می‌کرد گرمایی فرح‌بخش از سرانگشتان پاهایش نقبی به همه‌ی پیکر او می‌زنند. گرمایی که می‌بایست بسترش را برای خوابی آسوده مهیا می‌کرد. اما این تصور شاعرانه از خواب نیز نتوانست سلول‌های بیدار و آشفته‌ی مغزش را بفریبد. او می‌دانست که باید آنقدر وول بخورد و آنقدر باید به لکه‌ی نور زُل بزند، تا عاقبت خسته بشود و به خواب برود.

چشمان خود را بست، اما تصویر آشفتگی حاکم بر امپراتوری تنهایی‌اش در ذهنش هنوز زنده بود. آن آشفتگی مرموزی که هم روح او را می‌آشفت و هم چون فضایی آشنا، باعث آرامش او می‌شد. نظم من درآوردی او مجموعه‌ای منظم از بی‌نظمی‌ها بود. کمتر کسی به خانه‌ی او می‌آمد. اما اگر کسی به طور ناگهانی و بدون اطلاع قبلی می‌آمد، نمی‌توانست نگاه از نظم درهم و برهم حاکم بر خانه برگیرد. چگونه می‌شد این چیدمان سنت‌شکنانه و این هرج‌ومرجِ کمابیش آنارشیستی حاکم بر اتاق خواب را ندید؟ چگونه ممکن بود کسی کاغذهایی که روی میز کار ولو شده بودند را نبیند یا بر لباس‌های آواره بر تخت و آویزان بر در،

چشم ببندد؟ این شلختگی فراگیر چیزی نبود که از نگاه کسی پنهان بماند. خوشبختانه شمار کسانی که از حق ورود به اتاق خواب او برخوردار بودند، محدود بود. کامران، در تنهایی‌های شبانه‌ی خود، هرگاه در اتاق خواب خود بود، در آن اتاق را باز می‌گذاشت و هر وقت اتاق را ترک می‌کرد، در را پشت سر خود، روی مستندِ ملال‌آورِ شلختگی می‌بست.

یکی از معدود کسانی که حق ورود به این اتاق را داشت، اینا بود. زنی لهستانی که هر هفته یک‌بار برای نظافت به خانه‌ی او می‌آمد. خانه را جارو می‌کشید، توالت و دستشویی‌ها را نظافت و ضدعفونی می‌کرد، ظرف‌های تلنبار شده‌ی یک هفته را می‌شست و شیشه‌ی پنجره‌های اتاق خواب، اتاق مهمان و سالن را تمیز می‌کرد و می‌رفت. اینا به‌رغم سال‌ها زندگی و کار در آلمان، زبان این کشور را به‌درستی نیاموخته بود. ظاهراً فراگرفتن چند جمله و مشتی کلمه برای کسب درآمدش کفایت می‌کرد. کامران به هر زبانی که می‌شناخت، به او فهمانده بود که کاری به تخت، میز، کتاب‌ها و کاغذها نداشته باشد. اینا هم تقریباً چشم بسته، گستره‌ی مجاز را نظافت می‌کرد، دستمزدش را می‌گرفت، خداحافظی می‌کرد و در را پشت سر خودش می‌بست. اینا یاد گرفته بود اتاق خواب را آن‌گونه تمیز کند، که نظم حاکم بر آن دست نخورده بماند.

آیدا نیز برای سرکشی به هر گوشه‌ای از خانه، نیازی به کسب اجازه از پدر نداشت. اغلب سری هم به اتاق سابق خود می‌زد. اتاقی که پس از رفتنش، بدل به اتاق مهمان شده بود. انگیزه‌ی آمدنش به این اتاق، کنترل و بازرسی تمیزی و نظافت نبود، بلکه بیشتر می‌خواست سری به خاطرات گذشته‌اش بزند. لحظه‌ای پشت پنجره‌ی اتاق می‌ایستاد و به باغچه نگاه می‌کرد. دیدن باغچه، ملاقات با آن تصویر آشنایی بود که حسی مطبوع در او برمی‌انگیخت. ایام جوانی‌اش را در آن خانه سپری کرده بود. یک بار کامران از او درباره‌ی آن ایام پرسیده بود. می‌خواست بداند که آیا دخترش در آن خانه احساس خوشبختی می‌کرده است؟ این پرسش آیدا را غافل‌گیر کرده بود. حسی دوگانه نسبت به آن خانه داشت. سال‌های بحرانی دوران بلوغش را در آن خانه سپری کرده بود. او از آن خانه خاطرات زیادی داشت.

خاطراتی که هم تلخ بودند و هم شیرین. آیدا اما واهمه‌ای از گفتن احساس‌اش به کامران نداشت. زندگی و بزرگ شدن در جامعه‌ی آلمان، صراحت کلام را به او آموخته بود. در این جامعه، فضا برای حضور پررنگ مصلحت و تعارف تنگ بود.

به‌رغم آنکه صلحی پایدار بین پدر و مادرش حاکم بود، اما گاهی موضوعی کوچک و گاهی هم اختلاف نظر بر سر تربیت خود او، این دختر یاغی و سرکش، باعث می‌شد جرقه‌ای بر خرمن نارضایتی‌های تلنبار شده‌شان بنشیند و بین‌شان غوغا شود. خاطرات مربوط به دعواهای سرسام‌آور پدر و مادرش بدترین خاطراتی بود که او از خانه‌ی پدری داشت. اما این خاطرات ربطی به این اتاق نداشتند. آیدا به پدرش گفته بود که در آن ایام صدای موسیقی را بلند می‌کرده تا صدای آنان را نشنود. خاطرات بد او از این خانه، پشت در همین اتاق شروع می‌شدند و همانجا نیز تمام می‌شدند.

آیدا وقتی به خانه پدرش می‌آمد، گاهی هم به اتاق خواب او سرک می‌کشید. دخترش، ساندرا، یگانه نوه‌ی کامران، نیز به هر کجا که می‌خواست می‌توانست برود. ساندرا حتی اجازه داشت روی تخت پدر بزرگش ورجه وورجه کند و بالا و پایین بپرد. ساندرا هنوز درکی از نظم و بی‌نظمی نداشت. اتاق خودش نیز از جنس اتاق خواب پدربزرگش بود. شاید بی‌نظمی حاکم بر اتاق پدربزرگ را توجیهی برای بی‌نظمی اتاق خود می‌دید. آیدا مشکلی با بیان نارضایتی خود از وضعیت آشفته حاکم بر خانه نداشت. اما چون حساسیت پدرش را می‌شناخت، هرگز به خودش اجازه نمی‌داد تغییری در این هرج‌ومرجِ منظم بدهد. پدر گفته بود که این طور راحت‌تر است و راحتی پدر برای او بسیار مهم بود.

کامران، در حین نوشیدن شراب، بی‌اختیار به یاد هایکه افتاد. یاد آن روزی که هایکه نظم زندگی او را بر هم زده بود. حدود سه سال پیش بود. از رابطه دوستی‌اش با هایکه مدت زیادی نمی‌گذشت. یک بار، زمانی که کامران برای انجام برخی امور اداری خانه را صبح زود ترک کرده بود، هایکه از سر کنجکاوی پا به درون اتاق خواب او گذاشته بود. چنین حجمی از آشفتگی و بی‌نظمی در گستره‌ی تصورش نمی‌گنجید. این نخستین باری بود که او اتاق خواب کامران را می‌دید. از

همان ابتدای رابطه‌شان به کامران گفته بود که ترجیح می‌دهد شب را در اتاق مهمان سپری کند. اتاق خواب کامران، بوی خاطرات قدیمی را می‌داد، بوی خاطرات یک زن دیگر را. هم‌بستر شدن با کامران در آن اتاق برای او ناممکن بود.

هایکه آن روز، دقیقاً همان کاری را کرده بود که معمولاً زنان آلمانی در چنین شرایطی نمی‌کنند. او اتاق خواب کامران را تمیز کرده بود. هایکه به سراغ کمد رفته و لباس‌های تمیز و کثیف را از هم جدا کرده بود. روتختی جدیدی روی تخت کشیده بود. شیشه‌ی شراب را از روی پاتختی برداشته و به آشپزخانه برده بود. نظم بر باد رفته‌ی کمد را مجدداً احیا کرده بود. لبخند بر لب، روی راحتی اتاق پذیرایی منتظر آمدن کامران نشسته بود. منتظر بود که کامران پس از ورود به اتاق خواب از سر قدرشناسی و رضایت خاطر هم که شده، او را در آغوش بگیرد و ببوسد. قدردان زحمات او باشد. اما واکنش کامران چیز دیگری بود. از دیدن اتاق خواب منظم، برآشفته و چه بسا خشمگین شده بود. کامران همیشه در اتاق خواب را پشت سر خود می‌بست. آن روز، به محض ورود به خانه متوجه‌ی باز بودن در اتاق شده بود. بی‌درنگ به سوی اتاق خواب رفته بود. باورش نمی‌شد که کسی، ظرف سه یا چهار ساعت، توانسته باشد نظم حاکم بر آن اتاق را برهم بزند.

پس از ورود به اتاق، پس از مشاهده‌ی آن نظم نوین، آن نظم ناآشنا، چند لحظه‌ای زبانش بند آمده بود. همانجا، دمِ درِ اتاق خشکش زده بود. ساکت و بی‌حرکت، هاج‌وواج، گیج‌ومنگ، ایستاده بود. فقط نگاهش بود که از گوشه‌ای به گوشه‌ی دیگر اتاق می‌لغزید. به جای آنکه همه چیز سر جای خودشان منجمد شده باشند، این بار، این او بود که در همان آستانه‌ی در، منجمد شده بود. سپس از کوره در رفته و صدایش بلند و بلندتر شده بود. ناراحتی‌اش پس از دیدن میز کارش به اوج خود رسید. هایکه کاغذها و دست‌نوشته‌ها را جمع کرده و کتاب‌های سرگردان را در گوشه‌ای از میز روی هم کوپه کرده بود. روی میز را دستمال کشیده و گردگیری کرده بود. از صفحه‌ی مانیتور و تخته‌کلید غبار گرفته بود. لیوان قهوه‌اش را به آشپزخانه برده و شسته بود.

آن روز، واکنش عجیب و به دور از انتظار کامران باعث رنجش هایکه شد.

کیفش را برداشت، پالتویش را پوشید و در را پشت سر خود به‌شدت به هم کوبید و رفت. گرچه رابطه‌شان به پایان نرسید، اما عذرخواهی‌ها و توضیحات بعدی کامران نیز هرگز نتوانست رابطه آن‌ها را عادی کند. رنجیدن در دوران سالمندی مثل قهر و آشتی‌های دوران جوانی نیست که به گونه‌ای مداوم اتفاق بیافتند و هر بار از یادها پاک بشوند. در ایام پیری، پای رنجش که به رابطه‌ای باز شد، همانجا در گوشه‌ای از روح و روان آدم خیمه می‌زند، می‌ماند و هرگز فراموش نمی‌شود.

میز کارش را پس از جدایی‌اش از سودابه، به اتاق خواب آورده بود. میز را کنار پنجره گذاشته بود. پنجره‌ای که به سوی باغ باز می‌شد. روزها هر دو تخته‌ی پرده‌ی پنجره‌ی اتاق را کنار می‌زد، پشت میزش می‌نشست و مشغول کار می‌شد. وقتی دلش می‌گرفت، نگاهش را از بالای مانیتورش به سمت درختان باغ می‌سُراند. چقدر این درختان را دوست داشت، آن کاج‌های قدیمی و بلند و آن درخت کاملیا با گل‌های سرخ و صورتی رنگش در ایام بهار را. از همه‌شان بیشتر، به آن بوته‌ی رُز پشت پنجره دل بسته بود. همان بوته‌ای که مثل آن شب، باد شاخه‌هایش را مدام به شیشه‌ی پنجره می‌کوبید.

پیش از جدایی‌شان، برای مطالعه یا کار کردن، و گاهی برای فرار از وادی واقعیت‌های زمینی، یا شاید برای گریز از گزند پس‌لرزه‌های مشاجره‌ها، به اتاق‌کارش پناه می‌برد. اتاقی که پنجره‌اش رو به گاراژ باز می‌شد. اتاق‌کاری که حال پس از جدایی، به انبار کتاب بدل شده بود. اتاق‌کارش، تنها اتاق خانه بود که پنجره‌اش رو به باغ باز نمی‌شد. حتی هابی‌روم سودابه آفتاب‌گیر و روشن بود. سودابه خسته که می‌شد، می‌آمد و از پنجره‌ی همان اتاق به منظره‌ای سرشار از گل‌های کوکب و اطلسی چشم می‌دوخت. اما اتاق کار او تاریک بود. اگر روزی دلش می‌گرفت و می‌رفت و پشت پنجره می‌ایستاد، تنها می‌توانست سقف گاراژ و دیوار رنگ‌ورو رفته‌ی خانه‌ی همسایه را ببیند.

کامران، یکی دو بار، در همان روزهای نخست، پس از آمدن به آن خانه، ناخشنودی‌اش را از این بابت بیان کرده بود. پرسیده بود که چرا از آن خانه‌ی نسبتاً بزرگ، چنین اتاقی نصیب او شده است، یک اتاق تاریک و بی‌منظره؟

پرسشی که نتیجه‌ای در پی نداشت و تنها باعث رنجش بیشتر سودابه شده بود. سودابه گفته بود: «تو که تمام روز خانه نیستی. غروب‌ها هم که خیلی زود هوا تاریک می‌شود. پس چه فرقی می‌کند که پنجره‌ی اتاق به روی باغ بشود یا به روی گاراژ؟»

اما به باور او، اینکه پنجره اتاق به کدام سو باز شود، خیلی مهم بود. مهم حتی دیدن گل‌ها نبود. مهم باور داشتن به وجود آن‌ها در آن سوی پنجره بود. و این چیزی بود که سودابه نمی‌توانست درک کند. کامران چند باری خواسته بود که برایش میز کوچکی در گوشه‌ای از اتاق خواب بگذارند. آنقدر کوچک که هیچ تغییری در آرایش اتاق ندهد. اما سودابه همیشه مخالف انتقال میز کار به اتاق خواب بود. می‌گفت اتاق خواب، جای خوابیدن است و نه کار کردن. می‌گفت دیدن آن همه کتاب و کاغذ می‌تواند باعث بدخوابی آدم بشود. می‌گفت میزِ کار کوچک و بزرگ ندارد. همین که در گوشه‌ای از اتاق خواب قرار بگیرد، چیدمان، هماهنگی و چهره اتاق را کاملاً خراب می‌کند.

کامران هم پس از آن اصراری نکرده بود. شب‌هایی که بی‌خوابی به سرش می‌زد، اگر میز کارش در اتاق خواب می‌بود، نمی‌توانست فارغ بال پشت میزش بنشیند و کار بکند. در چنین شب‌هایی، آرام و بی‌صدا اتاق خواب را ترک می‌کرد. از برهم زدن خواب سودابه و نق‌نق‌هایش، واهمه داشت. آهسته و پاورچین از پله‌ها بالا می‌رفت و خود را به اتاق کارش می‌رساند. اما حالا، قاعده‌ی بازی تغییر کرده بود. دیگر نیازی به رعایت سکوت نبود. هر وقت اراده می‌کرد، می‌توانست پشت میزش بنشیند و هر وقت خسته می‌شد، می‌توانست روی تختش دراز بکشد. می‌توانست گرامافونش را روشن کرده و صدای موسیقی را هم هر چقدر دلش می‌خواست بلند کند. آنقدر بلند که خودش هم کلافه شود.

خوابی در کار نبود. از جای خود بلند شد. مجدداً به دست‌شویی رفت. سروصورتش را آب زد. از سروصورت پیرمرد آن سوی آینه آب می‌چکید. نگاهش خسته بود. با حوله، صورت پیرمرد را خشک کرد. پس از آن، مستقیم رفت و پشت میز کارش نشست. پیش خود فکر کرد بهتر است چند سطری بنویسد تا

چشمانش سنگین شوند. چراغ مطالعه روی میز کار را روشن کرد. دکمه کتری برقی را زد. یک قاشق نسکافه در لیوانش ریخت. لیوانش ظرف آن سه سال، به همان رنگ مانوس خود درآمده بود، به رنگ قهوه. قلمش را برداشت و نوشت: «شب بود. یک شبِ سرد. باد پشت پنجره‌ی اتاق زوزه می‌کشید و شاخه‌ی بوته‌ی گل رُز را...»

یک تماس کوتاه

(دوشنبه، ساعت هفت و چهل و هفت دقیقه بامداد)

تلفن زنگ زد. صدای زنگ تلفن به خواب سحرگاهی کامران پایان داد. آباژور پاتختی‌اش را روشن کرد و نگاهی به ساعت مچی‌اش انداخت. این تلفن بدهنگام او را غافل‌گیر کرده بود. این تماسِ پیش‌بینی‌نشده، نظم آن روز زندگی‌اش را برهم زده بود. او پازل هر روزش را، پیشاپیش می‌چید. در دوران بازنشستگی، برنامه‌ی هر روز او، همیشه از پیش روشن بود. آن روز هم، می‌بایست دوشنبه‌ای می‌بود، شبیه به دوشنبه‌ی قبل، عین دوشنبه‌ی بعد. اما حال این تماس بدموقع، همه‌ی قطعات چیده‌شده‌ی پازل آن روز را به هم ریخته بود. کسی آمده بود تا سرنوشت آن روز را، بی‌اعتنا به آمادگی روحی‌اش، مستقل از اراده‌ی او، رقم بزند. روح که غافل‌گیر بشود، کلافه می‌شود و جسم را مچاله می‌کند. این موضوع را به تجربه می‌دانست و مرتب تکرار می‌کرد.

از خود پرسید: «این چه موقع زنگ زدن است؟» دست راستش را زیر بدنش ستون کرد و خودش را از لبه‌ی تختخواب بالا کشید. صدای تلفن قطع نمی‌شد. نورِ کمِ رمقِ سحرگاهی از گوشه‌ی پرده‌ی کلفت، اتاق را اندکی روشن می‌کرد. تابلوی شب پر ستاره، اما هنوز در تاریک‌روشنایِ اتاق غرق شده بود. نگاهش بی‌اختیار در پی جست‌وجوی لکه‌ی نور، بر قاب آن تابلو نشست. اثری از لکه‌ی نور چراغ خیابان بر دیوار و حاشیه تابلو نبود و این حکایت از پایان شب داشت. صبح‌ها، به محض آنکه هوا اندکی روشن می‌شد، شهرداری چراغ‌های شهر را خاموش می‌کرد. با خاموش شدن چراغ‌های خیابان، لکه‌ی نور هم محو می‌شد. برخلاف ستاره‌های ون گوگ، که همگی با هم، صبح‌ها از خواب بیدار می‌شدند،

ستاره‌ی کامران، در روشنایی روز، به پشت پرده‌ی انکار می‌خزید. ستاره‌ی او، پس از شب‌زنده‌داری طولانی، صبح‌ها می‌مرد. او در تاریکی اتاق، تداوم یا سپری شدن شب را، در پیام آن لکه‌ی نور قرائت می‌کرد. اگر لکه‌ی نور آنجا بود، می‌دانست که همچنان شب است و اگر آنجا نبود، حتی اگر هوا تاریک بود، مثلاً در روزهای ابری، می‌دانست که شب سپری شده است. گوشی را برداشت. آیدا بود.

تلفن را شب‌ها روی پاتختی، کنار خودش می‌گذاشت. به خود می‌گفت: «تلفن باید برای لحظات اضطراری در دسترس باشد.» این اعترافی پوشیده بود که از ترس و واهمه از مرگ و سکته برمی‌خاست. اعترافی که او از بیان صریح و آشکارش طفره می‌رفت. اغلب خلاف آن را می‌گفت. مدعی بود که از مرگ نمی‌هراسد. بارها در جمع دوستانش گفته بود: «مرگ فقط پایان زندگی نیست. فصلی از آن است. دغدغه‌ی مرگ، حتی نگرانی از ابتلا به یک بیماری سخت و علاج‌ناپذیر هم فصلی از زندگی است. آدم باید با مرگ و بیماری برخوردی طبیعی داشته باشد. برخورد غیرعادی کردن به هر چیزی، چه بخواهیم و چه نه، از آن چیز، یک چیز غیرعادی می‌سازد.» تکرار این جملات، اما به مهار آن نگرانی که، چون مایعی لزج، از در و دیوار ذهنش سرازیر بود، کمک چندانی نمی‌کرد. بعضی از شب‌ها دچار اضطراب می‌شد. بی‌دلیل عرقی سرد بر پیشانی‌اش می‌نشست و گمان می‌کرد بازی به آخر رسیده است. در چنین لحظاتی، از حس برخاسته از وحشت مرگ، بر خود می‌لرزید.

گاهی هم تصور می‌کرد که سقف و دیوارهای اتاق لحظه به لحظه به او نزدیک می‌شوند. اتاقش، دم‌ودقیقه، کوچک و کوچک‌تر می‌شود، کوچک، به اندازه‌ی یک تابوت. آنگاه اغلب احساس خفگی به او دست می‌داد. ضربان قلبش شتاب می‌گرفت. همان طور که روی تخت خوابیده بود، احساس سنگینی می‌کرد. احساس می‌کرد توان کندن این جسم سنگین از تخت، در او از لحظه‌ای به لحظه‌ای دیگر کاهش می‌یابد. این احساس او را بی‌اختیار به یاد مسخ کافکا می‌انداخت. این احساس مالیخولیایی و عجیب اغلب چنان او را در بر می‌گرفت، که بی‌اختیار تصور می‌کرد با شخصیت اصلی آن رمان، با گرگور، هم‌خانه شده

است.

پدیده‌ی بس عجیبی بود. حال که تنها شده بود، در خلوت خود، اغلب با شخصیت‌های خیلی از رمان‌هایی که خوانده بود، هم‌خانه، هم‌سایه و حتی هم‌بستر می‌شد. مسخ کافکا را در جوانی خوانده بود. گرگور سامسا، شخصیت اصلی این رمان را خوب می‌شناخت. به مرور زمان، حس نوعی هم‌ذات‌پنداری به او دست داده بود. گاهی زیر فشارهای زندگی و در سایه تنهایی بی‌پایانش، احساس می‌کرد، مثل گرگور بدل به حشره‌ی بزرگی شده است. جوان‌تر که بود، از تصور این حشره بزرگ که به پشت افتاده و قادر نیست از روی تخت بلند بشود، خنده‌اش می‌گرفت. پیش خود می‌گفت: «چه ایده‌ی بامزه‌ای!» اما با تشدید تنهایی‌اش، با ورق خوردن تقویم زندگی‌اش، این تصویر دیگر باعث خنده‌اش نمی‌شد. در آن لحظاتی که تنهایی چون ردایی زبر و زمخت او را در بر می‌گرفت و تن و جانش را می‌آزرد، متوجه طنز گزنده‌ی نهفته در این تصویرگری خلاقانه ی کافکا می‌شد. از بابت این موضوع که روزی، به سرنوشت گرگور گرفتار شود، وحشت داشت. گاهی فکر می‌کرد که گرگور در همان اتاق خواب او حضور دارد، به او زُل زده و از او می‌پرسد تا کی می‌خواهد رنج برخاسته از تنهایی‌اش را پشت جملات قصار فیلسوفان پنهان کند؟ از تنهایی‌اش فضیلت بسازد و از بی‌کسی‌اش، نعمت؟

هرگاه حس تنهایی در او شدت می‌گرفت و خاطرات تلخ گذشته زنجیر پاره می‌کردند و خود را از پستوهای ناخودآگاه به ایستگاه اکنون می‌رساندند، روی تخت می‌نشست و برای همخانه‌ای‌اش، برای گرگور سامسا دردِدل می‌کرد. با صدای بلند با خودش حرف می‌زد. آنقدر بلند که گرگور هم بشنود. گرگور چیزی نمی‌گفت. شنونده خوبی بود. با صبر و حوصله‌ی فراوان، گوشه‌ی اتاق، پشت پرده کز می‌کرد و به مونولوگ او گوش می‌داد. شکیباتر از پیرمرد آن سوی آینه بود. دست‌کم برای او شکلک درنمی‌آورد. او را سرزنش نمی‌کرد. دروغ‌گویی‌اش را به رخاش نمی‌کشید. ساکت و آرام به سخنانش گوش می‌سپرد. کامران هم سفره‌ی دلش را در برابر هم‌خانه‌ای‌اش می‌گشود و آنقدر حرف می‌زد تا سبک شود.

دهانش خشک شده بود. مزه‌ی تلخ به جای مانده از طعم گس شراب شبانگاهی روی زبانش سنگینی می‌کرد. چشمانش می‌سوخت. سوزشی که در آمیزش با سردرد سحرگاهی برای او پدیده‌ی جدیدی نبود. این تماس تلفنی پیکر او را در بدترین لحظه‌ی روز غافل‌گیر کرده بود. در آن لحظه‌ای که همه‌ی دردها یکجا حضور دارند و هیچ دردی باعث فراموشی دردهای دیگر نمی‌شود. انسان، در چنین لحظاتی خود را در محاصره‌ی دردها می‌بیند. دردهایی که چه بزرگ یا چه کوچک، چه شدید یا چه خفیف، برای آزار، برای شکنجه، دست‌جمعی در محفل دوست می‌نشینند.

از بیدار شدن با صدای زنگ تلفن متنفر بود. دوست داشت آنقدر بخوابد تا ادامه‌ی خواب غیرممکن شود. دلش می‌خواست به طور طبیعی بیدار شود، مثلاً در اثر تابش نور یا در سایه‌ی سبک شدن خواب. در ایام بهار و تابستان دوست داشت با آواز سحرگاهی پرندگان از خواب بیدار شود. پرندگان زیادی در باغچه‌ی خانه‌اش لانه داشتند. هرگاه که با صدای آواز پرندگان از خواب بیدار می‌شد، حس خوشی به او دست می‌داد. گمان می‌کرد در دل طبیعت خوابیده است و نسیمی فرح‌بخش بر تن و جانش می‌وزد. مثل آن روزهایی که در دوران جوانی‌اش، با دوستان و هم‌رزمانش به کوه می‌رفتند و گاهی شب را در چکاد کوهی، در کیسه خواب و چادر سپری می‌کردند.

توهمِ خوشِ خوابیدن در کوهسار یا در دشتی فراخ، از دل خاطرات گذشته‌های دور زاده شده بود. از دل آن خاطراتی که زمانه هنوز مزه‌شان را تلخ نکرده بود. او پناه گرفتن زیر سایه‌ی توهمی شیرین از زندگی را به تن دادن به واقعیت‌های تلخ آن فصل از زندگی‌اش ترجیح می‌داد.

او حق انتخاب برای حضور در هر یک از فصل‌های زندگی‌اش را از مزایای ایام پیری و دوره‌ی بازنشستگی می‌دانست. هرگاه که در لایه‌های ضخیم تن‌پروری و تن‌آسایی فرو می‌رفت، به خود می‌گفت: «جوان که باشی، چاره دیگری نداری مگر تن دادن به واقعیت‌های زندگی. زمان و مضمون زمان را دیگران برای تو تعیین می‌کنند. تو باید به فرمانروایی زنگ ساعت گردن بنهی و از برنامه‌ای که

برای تو تعریف کرده‌اند، پیروی کنی. اما افراد سال‌خورده و بازنشسته می‌توانند برخی از واقعیت‌ها را دست‌چین کنند و آن دسته از واقعیت‌هایی که کمتر ملال آورند را انتخاب کرده و مابقی را از خود و خانه‌شان برانند.»

می‌گفت: «آدم پیر که می‌شود، قدر توهم را بیشتر می‌فهمد.» این اعتراف سنگینی بود که نمی‌توانست در حضور دیگران بر زبان آورد. بزرگترین درد ایام پیری، خود پیری است و او می‌دانست که حتی با یاری توهم نیز نمی‌تواند از درد آن بکاهد. به‌ویژه اگر همدم آدم در ایام پیری، تنهایی باشد، یا مثلاً کسی همچون گرگور سامسا. نیمه‌های شب از خواب می‌پرید، از تخت برمی‌خاست، به سلام پروستاتش پاسخ می‌گفت، پشت میز می‌نشست، چیزی می‌خواند یا چند صفحه‌ای می‌نوشت و مجدداً می‌خوابید. گاهی نیمه‌های شب، جرعه‌ای شراب می‌نوشید. گاهی گرامافونش را روشن می‌کرد و به ترانه‌ای قدیمی گوش می‌سپرد. چشم در چشم پیرمرد آن سوی آینه می‌دوخت. با گرگور درددل می‌کرد. جرعه‌ی دیگری شراب می‌نوشید و به امید آنکه سلول‌های عصیانگر مغزش، لحظه‌ای آرام بگیرند، به لکه‌ی نور زل می‌زد.

آن شب هم، نیمه‌های شب بیدار شده بود. چند سطری نوشته و دم دمای صبح خوابیده بود. غرق در رویاها یا کابوس‌های سحرگاهی‌اش بود، که تلفن زنگ زد. آیدا از لحن پدر متوجه شد که او را بیدار کرده است. پوزش خواست. کامران از دخترش دلجویی کرد و گفت که صبح زود بیدار شده، کمی کار کرده و پس از آن مجدداً دراز کشیده است. مدعی شد که خواب نبوده است. حال آنکه وقتی تلفن زنگ زد، مست خواب خوشِ سحرگاهی بود. مست آن لحظه‌ای از شبانه روز که تداوم زندگی را برای او ممکن می‌ساخت. پریشان‌خوابی تغلیظ شده‌ی شبانه‌اش، سحرگاهان، اغلب جای خود را به خوابی عمیق، از جنس مرگ می‌داد. مثل مرده‌ها می‌خوابید، مثل پدرش، که سال‌ها پیش، عین مرده‌ها خوابیده و پس از آن هرگز بیدار نشده بود. شوپنهاور دست از سر او برنمی‌داشت، چه خواب بود، چه بیدار. یک بار به مرتضی، به دوست قدیمی‌اش گفته بود: «می‌ترسم در اثر غلظت این پریشان‌خوابی مستمر، یک شب بخوابم و دیگر بیدار نشوم.» مرتضی

در پاسخ گفته بود: «چه خواب خوبی! آرزوی خیلی‌هاست.»

این بار اما بیدار شده بود. آیدا پدرش را خوب می‌شناخت. تردیدی نداشت که تماس تلفنی‌اش او را در خواب غافل‌گیر کرده است. پدرش اگر هشیار و بیدار بود، نیازی نداشت به دنبال واژه‌ها بگردد. هر وقت اراده می‌کرد، واژه‌ها، آنجا به فراوانی در دسترس بودند. آیدا یک بار به او گفته بود که وقتی او را موقع سخنوری می‌بیند، احساس می‌کند که پدرش در باغ پرگل واژه‌ها در گشت و گذار است و از هر درختی شیرین‌ترین و زیباترین واژه‌ها را می‌چیند. کامران هشیار که بود، همیشه روان سخن می‌گفت. اما این بار چنان غافل‌گیر شده بود که حتی برای لحظه‌ای، صدای آیدا را نشناخته و پرسیده بود: «شما؟» پرسشی که خنده‌ی دخترش را در پی داشت.

تنفر او از بیدار شدن در سایه‌ی زنگ تلفن بی‌علت نبود. یک بار به مرتضی گفته بود: «مهم نیست که چه ملودی و آوایی را برای زنگ تلفن خودت انتخاب کنی، زمانی که همین ملودی بیدارت بکند، حتی اگر زیباترین ملودی عالم موسیقایی هم باشد، یک نوای گوش‌خراش بیشتر نیست.» ضمیر ناخودآگاه او بین زنگ تلفن در ساعات نامتعارف و یک خبر بد پیوند زده بود. به مرتضی گفته بود: «کمتر پیش می‌آید کسی شبانه یا صبح زود برای دادن یک خبر خوب به کسی زنگ بزند. این تنها خبر بد است که روز و شب و وقت و بی‌وقت نمی‌شناسد.» مرتضی در صحت این گفته تردیدی نداشت. آن را به تجربه می‌دانست. مرتضی برخلاف سایر دوستانش، شب‌زنده‌دار بود و صبح‌ها، وقتی هوا روشن می‌شد، به فکر خوابیدن می‌افتاد. خبرهای بد ینگه‌دنیا را اغلب نیمه‌های شب می‌شنید و خود او برای انتقال خبرهای بد، تا فرارسیدن صبح به ساعت دیواری خانه‌اش زل می‌زد. می‌گفت زمانه او را بدل به پیام‌رسان مرگ و بیماری کرده است.

دو خاطره‌ی تلخ نیز در هم‌دستی با هم، بذر تنفر از تماس‌های بدهنگام را در ذهن کامران نشانده بودند. خاطره‌ی نخست به تماس تلفنی خواهرش از ایران بازمی‌گشت. حدود سه سال پیش بود که خواهرش با صدایی لرزان از درگذشت

مادرشان خبر داده بود. در آن هنگام، الیاف کلام و هق‌هق گریه‌اش در هم تنیده بودند تا این خبر دردناک را به گوش او برسانند. صدای خواهرش، از آن پس، هر از گاهی در گوش او طنین می‌انداخت. خاطراتی که کامران از مادرش داشت با صدای پر از غم و اندوه خواهرش در هم گره خورده بودند. ممکن نبود به یاد مادرش بیافتد و صدای هق‌هق گریه خواهرش همچون موزیکِ متنِ خاطره‌ی حزن‌انگیزی به لحظه‌های او رنگ غم نزند.

خاطره‌ی تلخ دوم، به ماجرای افتادن ساندرا از پله‌ی خانه‌شان و شکستن ساق پای او مربوط می‌شد. حدود یک سال از آن ماجرا می‌گذشت. یک روز صبح، مثل همین روز دوشنبه، آیدا زنگ زده بود. سراسیمه و آشفته حال بود. کامران هیچگاه دخترش را این چنین برآشفته و عصبی تجربه نکرده بود. آیدا گفته بود که ساندرا موقع پایین آمدن از پله‌ها پایش پیچ خورده و افتاده است. گرچه ساندرا زبان گفت‌وگوی مادر و پدربزرگش را متوجه نمی‌شد، اما تردیدی نداشت که گفت‌وگوی‌شان درباره‌ی اوست. از این رو، شاید برای جلب توجه‌ی بیشتر پدربزرگ، به صدای گریه‌ی خود طنین بیشتری بخشیده بود. صدای آیدا و گریه‌ی ساندرا در هم پیچیده بودند.

کامران همیشه به آن پله‌ی چوبی مدرن، که اتاق پذیرایی را به طبقه بالا وصل می‌کرد، بدبین بود. او بی‌آنکه به دخترش چیزی بگوید، هر بار که این پله‌ی مارپیچ را می‌دید یا به آن فکر می‌کرد، دل‌نگران می‌شد. آیدا گفته بود که ساندرا را به بیمارستان برده‌اند. حال و روز کامران از شنیدن این خبر به هم ریخته بود. از این بابت که نگرانی خود را درباره آن پله‌ی خطرناک با آیدا در میان نگذاشته بود، خود را مقصر می‌دانست و احساس گناه می‌کرد.

این دو خاطره‌ی تلخ باعث آن شده بودند که او از شنیدن صدای زنگ تلفن در لحظاتی که در خواب بود، بهراسد. بسیاری از دوستانش پا به سن گذاشته بودند. مرغ مرگ، هر لحظه می‌توانست بر سر هر یک از آنان بنشیند. این چنین بود که یک هراس دائمی، گوشه‌ای از ذهن او را به تصرف خود در آورده بود. این بار هم صدای تلفن او را غافل‌گیر کرده بود و صدای گوش‌خراش ملودی زیبای

تلفن‌اش، بار دیگر ترک‌های روحی برخاسته از آن دو خاطره را در سطح لحظه، جاری کرده و باعث نگرانی او شده بود.

او عاشق مادرش و عاشق نوه‌اش بود. گرچه ساندرا با آن موهای خرمایی رنگ و پوست سفیدش بیشتر به یک کودک اروپایی می‌مانست، اما او در چهره نوه خود چیزی می‌دید که او را بی‌اختیار به یاد مادرش می‌انداخت. حتی او چهره‌ی خودش را نیز در نوه‌اش می‌جست و باز می‌یافت. همه‌ی عشق خود را نثار نوه‌اش کرده بود. همان عشقی را که هرگز نتوانسته بود به مادر خود ابراز کند. همان عشق و مهری را، که نتوانسته بود آنگونه که باید و شاید، به فرزندان خود، به آیدا و بیژن نشان دهد. متلاشی شدن زندگی زناشویی‌اش نیز حکایت از آن داشت که در ابراز عشق به همسرش نیز ناموفق بوده است. موضوعی که به‌رغم تلاش او و برای منصف بودن در داوری‌هایش در زندگی، هرگز حاضر به پذیرش و اعتراف به آن نشده بود.

او همه‌ی عشق خود را به پای نوه‌اش ریخته بود. نوه‌ای که می‌بایست مرهمی باشد بر زخم‌های نو و کهنه‌ی روح و جانش. با نثار همه‌ی عشق خود به ساندرا، بر آن بود از عذاب وجدان خودش بکاهد. می‌دانست که برای جبران کاستی‌ها و تصحیح خطاهای ریز و درشت زندگی‌اش دیر شده است. قطار فرصت‌ها مدت‌ها پیش ایستگاه زندگی او را ترک کرده بود. اما یگانه مسافران این قطار، سرزنش و خودخوری، در همان ایستگاه، پیاده شده بودند. او زمانی متوجه شد که خویشتن‌داری در ابراز عشق خطایی بس بزرگ است، که فرصت‌ها یکی پس از دیگری از دست رفته بودند. از خود بارها پرسیده بود که چرا انسان‌ها در ابراز این چنین ناتوان هستند؟ و چگونه است که می‌توانند، حس نفرت‌شان را به همین سادگی نشان دهند؟

با عزیمت از آن دو خاطره‌ی تلخ، سراسیمه و نگران از دخترش پرسید:

– چیزی شده؟ حال ساندرا خوب است؟ خودت خوبی؟ یان چی؟

یان شریک زندگی آیدا و پدر ساندرا بود. آیدا که متوجه نگرانی پدر شده بود، گفت:

- آره پدر! همه چیز خوب است. تو چرا هر چیزی را به فال بد می‌گیری؟ چرا این‌قدر زود نگران می‌شوی؟ ببخش، اگر بدموقع زنگ زدم. راستش فکر می‌کردم که الان حتماً بیدار شده‌ای. صبح زود که نیست. ساعت حدود هشت است...

پس از مکث کوتاهی در ادامه گفت: «می‌خواستم ببینم، امروز، حال و حوصله داری یک فنجان قهوه با دخترت بنوشی؟ از آخرین باری که با هم دوتایی خلوت کردیم و گپ زدیم، خیلی می‌گذرد.»

دل کامران آرام گرفت. مدت‌ها بود که توان رویارویی با اخبار بد را از دست داده بود. نفس راحتی کشید و گفت: «این دیگر چه پرسشی است؟ برای تو دختر عزیزم، همیشه وقت دارم. فقط بگو کی و کجا؟»

- پاتوق همیشگی؟ مثلاً دو ساعت یا دو ساعت و نیم دیگر. حدود ساعت یازده؟

او پس از لحظه‌ای اندیشیدن، با پیشنهاد دخترش موافقت کرده بود. اما ماجرا برایش اندکی عجیب بود. علت این تماسِ سحرگاهی نمی‌توانست دلتنگی آیدا باشد. این را خوب می‌دانست. رابطه‌ی او و دخترش هیچگاه بر پایه چنین احساساتی بنا نشده نبود. رابطه‌شان از جنس منطق بود و نه از جنس احساس. شاید بیش از حد منطقی بود. گفت‌وگوهایشان بیشتر رنگ و بوی فلسفی داشت تا دردِدل کردن‌های برخاسته از دلتنگی‌های عادی بین دختران با پدران‌شان.

تلفن را روی پاتختی گذاشت. از جای خود بلند شد. پرده‌های اتاق خواب را کنار زد. پشت پرده گرگور سامسا را دید که گوش تیز کرده و با کنجکاوی گفت‌وگوی او با دخترش را دنبال می‌کند. گرگور با دیدن کامران خود را جمع کرد و گوشه‌ی دیوار، پشت پرده کز کرد و مخفی شد. از گرگور معمولاً روزها خبری نبود. اغلب شب‌ها سر و کله‌اش پیدا می‌شد و تا سحر آنجا، پیش او می‌ماند. کامران هم روزها، انگیزه‌ای برای جست‌وجوی گرگور از خود نشان نمی‌داد. به‌هر روی، گرگور کسی نبود که گفت‌وگو با او، باعث شادمانی‌اش بشود. او هر بار که با گرگور گفت‌وگو و دردِدل می‌کرد، غمباد می‌گرفت. این موضوع را گرگور هم خوب متوجه شده بود.

معمایی به نام آیدا

(دوشنبه، ساعت هشت و بیست و یک دقیقه بامداد)

آن تلفنِ بی‌موقع و آن قرار ناگهانی بار دیگر به پرونده‌ی معمای آیدا موضوعیت بخشیده بود. آیدا یک معما بود. اما شباهتی به بسیاری از معماهای دیگر نداشت. دیگران، چون از گفتن ناگفته‌ها تن می‌زنند یا به علت پنهان کردن رازهایشان، از خودشان و رفتارهایشان معما می‌سازند. اما برخلاف آنان، آیدا آمادگی، توانایی و شهامت آن را داشت که پستوهای پنهان ذهنش را در برابر چشمان کنجکاو دیگران بگشاید و داربست قالیچه‌ی رنگارنگ روحش را فارغ‌بال و آسوده‌خاطر به نمایش بگذارد. بارها گفته بود: «می‌دانم که دروغ صد بار از حقیقت جذاب‌تر است. اما من حقیقت را بیشتر از دروغ دوست دارم.»

آیدا نگاه و رویکردی خاص به زندگی داشت و برای رفتار خود قاعده و اصولی پی ریخته بود، ناسازگار با هنجارهایی که جامعه به شهروندان‌اش دیکته و تحمیل می‌کند. معتقد بود که زندگی کردن با حقیقت ساده‌تر از زندگی کردن با دروغ است. می‌گفت: «حقیقت ممکن است دردناک و حتی آزار دهنده باشد، اما هرگز مثل دروغ، انسان را غافل‌گیر نمی‌کند و هراس از فاش شدنش لحظه‌های زندگی را تباه نمی‌سازد.» آیدا زلال بود، شفاف و بی‌غل‌وغش، بری از حسادت و خودبزرگ‌بینی. آنچه از آیدا یک معما می‌ساخت پیچیدگی شخصیت او بود. پیچیدگی‌ای که در اعتمادبه‌نفس‌اش ریشه داشت.

کامران نان را از توستر بیرون آورد و پشت میز آشپزخانه نشست. قوطی پنیر را باز کرد و با دقت نگاهی به تاریخ مصرف آن انداخت. سپس آن را جلوی بینی

خود گرفت و بویید. به نظر سالم می‌آمد. لایه‌ای نازک از پنیر روی نان مالید و تکه‌ای گوجه فرنگی روی آن نهاد. تلفن آیدا ذهن او را به خود مشغول کرده بود. علت این تماس و این قرار را نمی‌دانست. این نخستین باری نبود که آیدا با رفتارش او را غافل‌گیر می‌کرد.

آیدا از همان ایام کودکی، دختری متکی به خود بود و به خود باور داشت. دختری با داوری‌های مستقل که با لجاج خاصی علیه الگوهایِ رفتاریِ کمابیش متعارفی که از آمیزشِ فرهنگِ خانوادگی‌اش با فرهنگِ جامعه‌ی آلمان پدید آمده بودند، قیام کرده بود. اینکه آیدا در برابر هر موضوعی از خود چه واکنشی نشان دهد، از پیش روشن و قابل پیش‌بینی نبود؛ نه برای دوستانش و نه حتی برای والدینش.

آیدا با آنکه رابطه بسیار نزدیکی با پدر خود داشت و بسیاری از دغدغه‌های خود را همچون یک دوست، با او در میان می‌نهاد، اما برای پدر خود نیز معمایی بود. دغدغه‌های روحی آیدا بیش و پیش از آنکه درباره خود او باشند، ریشه در مناسبات اجتماعی داشتند. قواعد تعریف شده‌ی همزیستی مسالمت‌آمیز را کلیشه‌هایی بی‌اعتبار می‌دانست و روحش از دیدن بی‌عدالتی‌ها و تبعیض‌ها برمی‌آشفت. دیدن هر نوع تبعیضی، فراخوانی بود برای شوریدن روح عصیانگرش.

کامران از خود می‌پرسید که آیا معمای آیدا برخاسته از تجلی همان روحِ سرکشِ خود او نیست که در وجود دخترش به حیات ادامه می‌دهد؟ همان روحِ سرکشی که در برابر بی‌عدالتی‌ها طغیان کرده و او را در دوران جوانی به مبارزات سیاسی کشانده بود؟ دست‌کم او چنین می‌اندیشید. گرچه وقتی صادقانه به خاطرات دوران جوانی خود نقبی می‌زد و ردها و نشانه‌های به یاد مانده از آن ایام را در ذهن خود می‌کاوید، چندان تشابهی بین رفتار خود و دخترش نمی‌دید.

روحِ سرکش آیدا باعث عصیانش در برابر نابسامانی‌های اجتماعی شده بود، اما کامران در جوانی رفتاری معقول داشت. رفتار معقول، گردن نهادن به همه‌ی آن هنجارها و ارزش‌هایی بود که جامعه‌ی سنتی، شبه مدرن و به‌شدت التقاطی ایران، برای ساکنانش تعریف کرده بود. عقلی مسموم حاکم بود که پذیرش چنین

هنجارهایی را از مردم طلب می‌کرد. او به‌رغم تفکر خداناباورانه‌ی خود، کمابیش به اخلاقی مذهبی پایبند بود. تفکری مذهبی که گرچه از سوی او انکار می‌شد، اما محو و نابود نشده بود. او این موضوع را سال‌ها بعد متوجه شد. در ایام پیری، در خلوت خود، آنگاه که صداقت فضای نفس کشیدن را برای خودفریبی تنگ می‌کند، در آن شب‌هایی که وحشت از مرگ به سراغ آدم می‌آید، به آلودگی ذهن‌اش به افکار مذهبی اعتراف کرده بود. برای ادامه‌ی بقای خود به نیرویی نامرئی تمسک جسته بود. همان نیرویی که او در بیداری، در هوشیاری به سخره می‌گرفت. او، چه خود می‌پذیرفت و چه نه، محصول همان باغ التقاط بود. سال‌ها بعد، در آن روزگاری که پنهان شدن پشت صورتک ایدئولوژیک، دیگر فضیلتی به حساب نمی‌آمد، روزی نزد دوستان خود به آن التقاط، حتی به دین‌خویی‌اش، اعتراف کرد.

حال آنکه آیدا هنجارشکن بود. او حتی حاضر به پذیرش بسیاری از هنجارهای یک جامعه مدرن اروپایی هم نبود. همین تفاوت فاحش بین او و دخترش باعث تردید کامران می‌شد. از خود می‌پرسید آیا به‌رغم این تفاوت می‌توان چند و چون این معما، یعنی معمای آیدا را با همان روح سرکشی توضیح داد که به باورش از او به ارث برده بود؟ سپس در برابر این پرسش، دگربار از خود می‌پرسید که آیا یک روح سرکش در دو جامعه متفاوت و در شرایطی کاملاً ناهمسان رفتارهای متفاوتی از خود نشان نمی‌دهد؟

همان گونه که رفتارهای برخاسته از روح سرکش کامران، در اوضاع طوفانی حاکم بر ایرانِ سال‌های پیش از انقلاب، از نگاه یک شهروند اروپایی یک معما بود، رفتار آیدا نیز می‌توانست برای داوری سنت‌زده‌ی والدینش یا برای ناآشنایی آموزگارانش با تاثیرات ناشی از آمیزش دو فرهنگ متفاوت و به‌شدت نامتجانس، معمایی باشد. و این همان توضیحی بود که کامران برای فهم معمای آیدا و برای فرونشاندن عطش روح کنجکاو خود یافته بود.

جرعه‌ای قهوه نوشید و فنجان را روی میز گذاشت. نگاهی به ساعت مچی خود انداخت. فرصت زیادی برای آماده کردن خود نداشت. باید دوش می‌گرفت

و سر و صورتش را اصلاح می‌کرد. از اینکه آیدا، چهره‌ی خسته و غم‌زده‌ی او را ببیند، واهمه داشت. ملال رسوب کرده بر روح و جانش، چیزی نبود که مایل باشد، در برابر نگاه کنجکاو دیگران، برهنه و عریان، به نمایش بگذارد. اما این روح سرکشی که او از آن سخن می‌گفت، مدت‌ها بود که به‌شدت احساس خستگی می‌کرد، از نفس و از تک‌وتا افتاده بود و این موضوع را خود او خوب می‌دانست.

او در برابر چرایی هنجارشکنی آیدا و توضیح معمای رفتارِ دختر خود همواره به آن روح سرکش اشاره می‌کرد. اما سودابه باوری به این توضیح نداشت. او در نهاد شخصیتی همسرش اثری از چنین روح سرکشی ندیده بود. او همسر خود را متوهم می‌نامید. کسی که با گذشت ده‌ها سال از آن ایام، هنوز در همان پیله‌ای زندگی می‌کند، که شخصیت‌اش در آن تکوین یافته بود. آن ایدئولوژی که حتی پس از گذشت چندین دهه، به‌رغم انکار و تکذیب، هنوز از کارِ تراوشِ اوهام در ذهن او و در ذهن دوستانش دست نکشیده نبود.

کامران این داوری را نمی‌پذیرفت. می‌گفت که تحصیل فلسفه توانسته است با برانگیختن پرسش‌ها، آن پیله‌ی ایدئولوژیک را بدرد و نابود کند. او در توضیح این روح سرکش، به ایام جوانی و دوران مبارزه سیاسی خود در ایران اشاره می کرد. به آن سر بی‌باکی که راهدار آن سال‌ها بود. به روحیه پرشور جوانی که برای مقابله با دیکتاتوری پا به میدان مبارزه نهاده بود. او آزادیخواهی و عدالت‌جویی را نیروی پیش‌ران آن روح سرکش می‌دانست. اما سودابه معتقد بود پناه بردن به این روح سرکش برای توضیح رفتارهای غیرعادی آیدا، صرفاً ساده کردن موضوع است. نوعی شانه خالی کردن از زیر بار پذیرش مسئولیت است، مسئولیت سنگین پدری.

سودابه توسل کامران به این روحِ سرکش را نوعی فرار به جلو می‌دانست، گونه‌ای پنهان شدن پشت سنگ‌ریز یک توضیح بسیار ساده برای پدیده‌ای بسیار پیچیده. مبارزات سیاسی که کامران از آن سخن می‌گفت، پدیده ناآشنایی برای سودابه نبود. او نیز در ایران فعالیت سیاسی داشت و از این رو معتقد بود که پنهان شدن پشت چهره‌ی یک روح سرکش، برای توضیح رفتارهای آیدا، فریبی بیش

نیست. بهویژه آنکه، آیدا در یک جامعه‌ی دموکراتیک متولد شده بود.

به باور سودابه، علت رفتارهای نامتعارف آیدا چیز دیگری بود. سودابه انگشت اتهام خود را به سوی همسرش نشانه می‌گرفت و او را مسئول رفتارهای هنجارشکنانه دخترشان می‌دانست. سودابه بارها وقتی تنها بودند، و حتی گاهی زمانی که آیدا هم در خانه بود، با صدای بلند به همسرش گفته بود:

- این قدر از سیمون دوبووار و سارتر در گوش این دختر خواندی که عاقبت قاطی کرد.

گاهی صدای سودابه چنان بلند بود که آیدا، به‌رغم آنکه در آن اتاق حضور نداشت، قادر بود سخن او را بشنود. مثل آن روزی که سودابه و کامران در آشپزخانه روبه‌روی هم نشسته بودند و سودابه انگشت اتهام خود را بار دیگر متوجه او کرده و با صدایی بلند از شیوه‌ی تربیت روشنفکرمابانه‌ی او انتقاد کرده بود. آیدا همه چیز را شنیده بود. این سخنان باعث رنجش و آزار او شده بودند. دوست نداشت کسی رفتار او را با رفتار فرد دیگری مقایسه کند. حتی اگر این فرد، سیمون دوبووار می‌بود.

رنجش آیدا آن روز چنان بود که پالتویش را روی لباس خانه‌اش پوشید، در را محکم پشت سر خود بست و از خانه گریخت. چهره‌ی سودابه سرخ شده بود. سودابه و کامران مدتی بدون رد و بدل کردن یک کلمه در سکوت کامل به یکدیگر نگاه کرده بودند. کامران سپس از جای خود بلند شده و به طبقه‌ی بالا رفته و پشت میز کارش نشسته بود. رفتاری آشنا که او هر بار پس از یک مشاجره برای رهایی خود و شاید هم برای فرونشاندن آتش خشم‌اش به آن پناه می‌برد.

رنجش آن روز آیدا مانع از آن نشد که سودابه نظرش را درباره علت رفتارهای هنجارشکنانه‌ی او تغییر دهد. سودابه بی‌اعتنا به باورهای شخصی دخترش، علت رفتار هنجارشکنانه‌ی او را سخنانی می‌دانست که کامران در گفت‌وگوهای طولانی خود با دخترش به او می‌گفت. سودابه از بیان این موضوع و از تکرار آن ابایی نداشت.

کامران از پشت میز آشپزخانه بلند شد و شتاب‌زده به اتاق خواب خود رفت.

غرق شدن در دریای خاطرات باعث شده بود گذشت زمان را از یاد ببرد. پیژامه‌اش را روی تخت پرتاب کرد و به حمام رفت. پیرمرد آن سوی آینه در تمامی لحظاتی که او مشغول اصلاح صورت خود بود، به او زُل زده بود. کامران سعی داشت که نگاهش با نگاه او تلاقی نکند. تمام توجه خود را معطوف به لغزش تیغ بر صورت خود کرده بود. او از داوری این پیرمرد واهمه داشت. نمی‌دانست که آیا این پیرمرد برای توضیح رفتارهای آیدا به او حق می‌دهد یا به سودابه؟

آیدا در جوانی شیفته اندیشه‌های سیمون دوبووار و ژان پل سارتر شده بود. اندیشه‌های فمینیستی دوبووار و دیدن تبعیض‌ها، حتی در یک جامعه باز اروپایی، او را به خود جذب کرده بود. دوبووار از عدم رشد و تکامل پدیده‌ی زنانگی در روند تحولات تاریخی جوامع بشری گفته بود. از اینکه مناسبات بین زنان و مردان در روند هنجارگذاری‌های اجتماعی هرگز نتوانسته به تعادل برسد. مشکلی که دوبووار به آن اشاره می‌کرد موضوع بازتعریف هویت جنسیتی زنان و کشف زنانگی بود. اندیشه‌های دوبووار آیدا را شیفته خود کرده بودند.

آیدا در بازشناخت خود، در تعریف هویت خود به کشف مجدد زنانگی و باز تعریف هویت زن باور داشت. از همین رو بود که حتی آنگاه که نوجوانی بیش نبود، علیه این هنجارها و باورهای کلیشه‌ای که جامعه به شهروندان خود تحمیل می‌کند، به پا خاسته بود. آمیزش فرهنگ سنت‌زده خانوادگی‌اش با فرهنگ اروپایی نیز، ضرورت مقابله با این هنجارها و نگاه‌های کلیشه‌ای را برای آیدا بیشتر می‌کرد.

در این هنجارشکنی، تجربه عشقی بین سیمون دوبووار و ژان پل سارتر برای آیدا بسیار جذاب بود. پیش خود می‌گفت: «چه بهتر از این، که آدم علیه موعظه‌های اخلاقی کلیسا و مسجد درباره‌ی زناشویی قیام کند.» آیدا نمی‌توانست چنین هنجارهایی را بپذیرد. بویژه آنکه، موعظه‌های اخلاقی مسجد درباره تک‌همسری، فقط محدود به زنان می‌شد. رابطه آزاد جنسی بین سارتر و دوبووار و مخالفت آنان با پیوند زناشویی مدت‌ها ذهن این دختر جوان را به خود مشغول کرده بود. از سوی دیگر، پایبندی اخلاقی آیدا مانع از آن می‌شد که او منکر

مونوگامی شود و هرگز نمی‌توانست همزمان با دو نفر رابطه‌ی جنسی برقرار کند. آنچه او حاضر به پذیرش آن نبود، نقش کلیسا و دولت در ثبت و تثبیت رابطه عشقی بین دو نفر بود.

سودابه و آیدا زبان مشترکی نداشتند. پنداری دو نسل با دو زبان متفاوت با یکدیگر سخن می‌گویند. به ندرت پیش می‌آمد که مادر و دختر، درباره باورها و رویکردشان به زندگی، با هم سخنی بگویند. و اگر هم چیزی می‌گفتند، بیشتر جنبه‌ی انتقاد از یکدیگر را داشت. از این رو، آیدا ترجیح می‌داد با پدر خود درباره چنین مسائلی گفت‌وگو کند. همین موضوع نیز باعث ناخرسندی بیشتر و رنجش سودابه می‌شد.

به گمان سودابه، سخن‌سرایی‌های غیر مسئولانه همسرش باعث آن شده بود که دخترش نتواند نگاهی منطقی به زندگی داشته باشد. با آنکه سودابه نیز در حرف از اندیشه‌های فمینیستی دفاع می‌کرد و ذهن خود را روشن می‌پنداشت، ولی برای او پایبندی به اخلاق و ارزش‌های اخلاقی مهم‌تر از سنگر گرفتن پشت آن چیزهایی بود که او از آن‌ها، به عنوان اندیشه‌های روشنفکرمابانه یاد می‌کرد.

سودابه بارها شاهد آن بود که کامران از نحوه‌ی زندگی روشنفکران در نخستین دهه‌های قرن بیستم، در شهرهایی چون پاریس و برلین، با دخترش سخن می‌گوید. بهویژه اغلب از رابطه سارتر و دوبووار و رویکرد متفاوت و تابوشکنانه‌ی آنان درباره‌ی زندگی گفته بود. درست به همین دلیل سودابه گمان می‌کرد که کامران با طرح رابطه آزاد جنسی بین سارتر و دوبووار، مشوق دخترش به دنبال کردن چنین ایده‌ای برای زندگی شده است.

اشاره سودابه از جمله به عدم تمایل آیدا به ازدواج بود. با آنکه یان، شریک زندگی آیدا، هیچ مخالفتی با ازدواج نداشت، دخترش هرگز تن به ازدواج نداده بود. پنج سال پیش، زمانی که آیدا حامله شده بود، حتی یان زیر فشار تفکر مذهبی والدین خود بر ازدواج با او اصرار داشت. اما آیدا حاضر به پذیرش آن نشد. گفته بود کسی که به داوری‌های سنت‌زده‌ی برخاسته از یک جامعه اسلامی پشت می‌کند، نمی‌بایست در برابر توصیه‌های اخلاق کاتولیکی یک جامعه باز کوتاه بیاید.

بازی عجیب سرنوشت به آنجا انجامید که سودابه نیز پس از جدایی‌اش از کامران، دقیقاً همان راهی را برود که آیدا برای خود برگزیده بود. چند ماه پس از تولد ساندرا بود که سودابه بی‌آنکه با ریشارد ازدواج کند، به خانه او نقل مکان کرده بود. در آن زمان حتی پیوند زناشویی سودابه و کامران به شکل قانونی خاتمه نیافته بود. پرونده‌ی طلاق‌شان تازه به جریان افتاده بود.

کامران آوار ناشی از فروریزش پیوند زناشویی‌شان را به چشم خود دیده بود و می‌دانست که این رابطه به پایان قطعی خود رسیده است و راه و چاره دیگری مگر پذیرش آن جدایی وجود ندارد. از این‌رو، هیچ تلاشی برای مانع شدن از رفتن سودابه انجام نداده بود. چگونه می‌توانست مانع از رفتن او بشود؟ این خود او بود که چنین تصمیمی را به سودابه تحمیل کرده بود. او بنیان زندگی مشترک‌شان را به لرزه انداخته بود.

سودابه به‌رغم آنکه خود نیز، تن به یک رابطه آزاد داده بود، حاضر به پذیرش تصمیم آیدا نبود. می‌گفت آیدا نمی‌تواند شرایط یک دختر سی ساله را با مادر شصت ساله‌اش مقایسه کند. زبان سرزنش که باز می‌شد، آیدا در پاسخ می‌گفت: «سخت است که دو نفر در دو موقعیت متفاوت، درباره درست یا غلط بودن یک تصمیم داوری کنند. اما خوب یا بد بودن یک تصمیم را می‌شود از روی پیامدهای آن متوجه شد. اینکه آدم آن تصمیم را کی و چه زمانی گرفته، تاثیر زیادی در خوب یا بد بودن آن ندارد. یک تصمیم درست، حتی پس از سال‌ها خاک خوردن، همچنان یک تصمیم درست است و یک تصمیم خطا، حتی پیش از خشک شدن مرکب امضای آن، خطاست.»

کامران یک بار پس از جدایی‌شان به سودابه گفته بود: «من نمی‌دانم چگونه کسی که خودش در سن شصت سالگی تن به یک رابطه‌ی آزاد داده، می‌تواند از رابطه‌ی آزاد یک دختر جوان انتقاد کند؟»

کامران آب گرم را کاملاً باز کرد و منتظر ماند تا آب سرد لوله تخلیه شود و سپس سرمای نشسته بر تن و جان خود را به دست گرمای مطبوع حمام داد. لحظه‌ای نگذشت، که بخار فضای حمام را پر کرد. در فضای وهم آلود بین حال و

گذشته به یاد یکی از گفت‌وگوهای خود با سودابه افتاد. او در این گفت‌وگو بی‌آنکه به موضوع تصمیم آیدا به پرهیز از ازدواج بپردازد، از حق انتخاب آزاد دخترش دفاع کرده و گفته بود: «تصمیم گرفتن به جای کس دیگری، کار غلطی است. چگونه می‌شود به جای فرد دیگری تصمیم گرفت ولی او را با پیامدهای آن تصمیم تنها گذاشت؟»

آن روز به سودابه گفته بود: «گرفتن یک تصمیم کار چندان دشواری نیست. اکثر تصمیم‌ها را افراد ظرف یک لحظه می‌گیرند. حال آنکه دشواری اصلی، ناشی از زندگی کردن با پیامدهای آن تصمیم‌ها است. پیامدهای یک تصمیم، سایه بلند و چه بسا مانای همان تصمیم است بر برهه‌ای از زندگی آن فرد و یا حتی بر کل زندگی‌اش. مثل موقع رانندگی را می‌ماند. از خودت می‌پرسی که آیا می‌توانی تا پیش از رسیدن خودرویی که از روبه‌رو می‌آید، از خودروی جلویی‌ات سبقت بگیری؟ پرسشی که پاسخی سریع می‌طلبد. این پاسخ، در عین حال آن تصمیمی است که می‌تواند سرنوشت تو را به همین سادگی تغییر بدهد. پس مهم خود آن تصمیم نیست، زندگی کردن با پیامدهای آن تصمیم است.»

به سودابه گفته بود: «هرچه تصمیم بزرگ‌تر باشد، سایه‌اش هم بلندتر است.» و سودابه ذهن او را متوهم خوانده بود، از رویکرد روشنفکرانه‌ی او انتقاد کرده و در پاسخ گفته بود: «این حرف‌ها را فقط می‌شود از کسانی شنید که پای‌شان روی زمین محکم نیست. مرد تو کی می‌خواهی دست از این برج عاج نشینی برداری؟ سخن زیبا گفتن که مالیات ندارد. کی می‌خواهی متوجه بشوی که راهنمایی کردن فرزندان بخشی از وظایف والدین است. نه اینکه آدم بنشیند و فکر بچه را با فلسفه‌بافی آلوده کند. اصلاً به آینده این بچه فکر کرده‌ای؟ مثلاً اگر روزی بخواهد به ایران برود، فامیل درباره او چه فکری می‌کند؟»

تولد ساندرا باعث آن شده بود که خشم و ناخشنودی سودابه افزایش یابد. سودابه هم مثل کامران نوه خود را خیلی دوست داشت. اما نمی‌توانست عدم تمایل دخترش به ازدواج را بفهمد. بارها به او گفته بود: «خانواده یان نه تنها موافق هستند، بلکه اصرار هم دارند، خود یان هم که موافق است، ما هم که همیشه

درباره پیوند قانونی زندگی مشترک شما اصرار می‌ورزیم، آن موقع تو دختر لجباز حاضر نیستی به حرف هیچ کس گوش کنی.»

آیدا در دفاع از تصمیم خود می‌گفت:

«انگار نه انگار که سی و اندی سال است در آلمان زندگی می‌کنی. نگاهت درست عین همان نگاهی است که با آن به آلمان آمدی. یک نگاه سنت‌زده که به‌رغم زندگی در این جامعه‌ی باز، هنوز اسیرش هستی. مگر پیوند دو نفر و تشکیل یک خانواده نیاز به ثبتِ محضری دارد؟ مگر ثبتِ محضریِ پیوندِ دو نفر قوی‌تر از اراده و میل آن دو برای تداوم رابطه‌شان است؟»

کامران مخالفتی جدی با رویکرد متفاوت آیدا به زندگی مشترک نداشت، اما مدت‌ها با سودابه در این زمینه هم‌نظر بود. گرچه آن را هرگز به زبان نیاورد، ولی سکوتش عملاً آن را نشان می‌داد. او می‌گفت: «پذیرش حق انتخاب آزاد یک فردِ بالغ به معنای آن نیست که آدم الزاماً درستی آن انتخاب را نیز بپذیرد.» اما پس از متلاشی شدن پیوند زناشویی‌اش، نظرش درباره رویکرد آیدا به زندگی مشترک کاملاً تغییر کرد. دقیقاً در همان روزی که سند طلاق را امضا می‌کرد، به یاد حرف دخترش افتاد و پیش خود گفت: «نه، هیچ چیز قوی‌تر از اراده‌ی آزاد و تمایل قلبی دو نفر برای حفظ یا خاتمه یک رابطه نیست. ثبتِ محضری اگر با میل باطنی آن دو نفر ناسازگار باشد، اعتبار و دوامی ندارد.»

متوجه گذشت زمان نشده بود. زیر شُرشُر آب ایستاده بود و به گذشته‌ها فکر می‌کرد. یکباره به خود آمد. شیرِ آب را بست و نگاهی به ساعت انداخت. شیشه ساعتش نیز بخار گرفته بود. با دست بخار نشسته روی ساعت را پاک کرد. حدود ساعت نُه و چهل و پنج دقیقه بود. شتابان لباس بر تن کرد و کفش خود را پوشید و از خانه خارج شد. در خانه را قفل کرد و کلید را با احتیاط در جیب کت خود گذاشت. فرصت زیادی نداشت. باید خود را به آیدا می‌رساند، به این معمای بزرگ زندگی‌اش.

سوپرایگو

کامران شال پشمی‌اش را به دور گردنش پیچاند و دو سر آن را روی سینه ضربدر زد. دکمه‌های پالتویش را بست و یقه‌ی آن را نیز بالا کشید. موهای خود را خوب خشک نکرده بود. تجربه‌ای تکراری بود که پیامدش را خوب می‌شناخت. بادی ملایم اما به‌شدت سرد می‌وزید. نگاهی به ساعتش انداخت. برای رسیدن به ایستگاه قطار باید عجله می‌کرد. به‌رغم آنکه پیش از خروج از خانه نگاهی به آشپزخانه و اتاق خواب انداخته و از بابت خاموش بودن لوازم برقی و بسته بودن پنجره‌ها مطمئن بود، نگرانی ناشی از اینکه مبادا چیزی را فراموش کرده باشد، آزارش می‌داد. یک نگرانی قدیمی که همیشه همراه او بود. گاهی همان نگرانی باعث می‌شد چند صد متر مسیر طی شده را مجدداً بازگردد، تا احتمال باز بودن در خودرو یا مثلاً پنجره‌ی خانه‌اش را از مجموعه‌ی دغدغه‌های روزانه‌اش پاک کند. همیشه دلیلی برای نگرانی، برای خودخوری می‌یافت.

سال‌ها پیش، روزی سودابه به او گفته بود: «تو که دو بار قبل از خروج از خانه، همه جا را کنترل کرده بودی، نمی‌دانم دیگر نگران چه چیزی هستی؟ خودآزاری هم حدی دارد!» هر بار که از خانه خارج می‌شد، این نگرانی به سراغ او می‌آمد و هر بار که این نگرانی بر لحظه‌هایش نقش می‌زد، بی‌اختیار به یاد سخن سودابه می‌افتاد. سخنی که حتی تکرار هزاربارهاش در عالم یاد و خیال نیز، موجب تغییر رفتار او نشده بود. می‌گفت: «پیری خوراک وسواس است.» با پروار شدن گذشته‌اش، وسواس او نیز هر روز فربه‌تر از پیش می‌شد.

دو دقیقه زودتر به ایستگاه رسید. یک زوج پیر و یک دختر جوان نیز در ایستگاه منتظر قطار بودند. مرد پیر با صدایی بلند، ظاهراً خطاب به همسرش، از درد کمرش شکایت می‌کرد. پیامی که می‌بایست به گوش آن دختر جوان می‌رسید. اما آن دختر بی‌اعتنا به او و دیگران، با خون‌سردی تمام، هر سه صندلی ایستگاه را متصرف شده بود. ساک بزرگی را کنار خود گذاشته و سرگرم نوشتن چیزی روی تلفن همراه خود بود. در چنین مواقعی، آلمانی‌ها معمولاً با کسی تعارفی ندارند. صریح و روشن حرف‌شان را می‌زنند. اما آن پیرمرد ترجیح داده بود، سکوت کند. برای یک لحظه نگاه کامران با نگاه آن دختر جوان تلاقی کرد. از خود پرسید: «آیا این دختر نیز برای والدین خود یا مثلاً برای آن زوج پیر معمایی است؟»

معما بودن آیدا برای پدر و مادرش فقط محدود به نگاه او و به موضوع ازدواج نمی‌شد. رفتار آیدا از همان ایام کودکی با سایر همبازی‌ها و همکلاسی‌هایش فرق می‌کرد. خیلی زود عروسک‌هایش را، یکی پس از دیگری، به گوشه‌ای از کمدِ اتاق خود تبعید کرده بود. حتی یک روز دست و پای عروسکش، بتی، را نیز کنده بود. بتی را فلج و معلول کرده بود. عروسکی که مونس دوران کودکی او بود. پیش از آن، آیدا هر شب بتی را در آغوش می‌گرفت و پیش از فرو رفتن اتاق در تاریکی، هر دو هم‌زمان چشمان‌شان را می‌بستند. اما زمانه به بتی هم رحم نکرد و سرنوشت شومی برای او رقم زد.

خشم و خشونت آیدا علیه بتی، برخاسته از آن عصیانی روحی بود که والدینش قادر به فهم آن نبودند. سودابه، چند روز پس از بی‌مهری آیدا به بتی، آن عروسک بی دست و پا را جلوی چشمان او گرفته و گفته بود: «مطمئن باش که این آخرین عروسکی بود که برایت خریدیم.» آیدا هم در واکنش شانه‌هایش را بالا انداخته و به اتاق خود رفته بود. او پیش از فرارسیدن موعد وداعش با ایام کودکی، بالغ شده بود. و این دقیقاً همان چیزی بود که والدینش متوجه نشده بودند.

آیدا کتاب و داستان را کشف کرده بود. کتاب‌هایی که می‌توانستند راه ورود او را به دنیای افسانه‌ها و از مسیر افسانه‌ها به دنیای واقعی بگشایند. کتاب‌هایی

که قادر بودند به قوه‌ی تخیل او رنگ و بوی تازه‌ای ببخشند. تنهایی‌اش را با واژه‌ها و واژه‌ها را با تخیل آشنا کنند. کتاب‌هایی که می‌توانستند تخیل کودکانه‌ی او را با کنجکاوی و اندیشه پیوند بزنند و بر عطش او به بیشتر دانستن بیافزایند. هیجان آموختن به جانش افتاده بود، و این دقیقاً همان چیزی بود که والدینش، در آن لحظه‌ی پوست انداختنِ کودک‌شان، قادر به فهمش نبودند.

بسیار پیش می‌آمد که آیدا تک و تنها گوشه‌ای بنشیند و به چیزی زُل بزند، مثلاً به غنچه‌ای یا به پرواز پرنده‌ای در باغ خانه‌شان. حتی یکبار، زمانی که کودکی هفت یا هشت ساله بود، دست‌هایش را زیر چانه‌اش ستون کرده و مدتی طولانی مات و حیرت‌زده به پیچ و تاب شعله‌ی رقصان شمعی خیره شده بود. این رفتار عجیب او خشم مادرش را برانگیخته بود. سرش داد زده بود: «دختر پاشو برو دنبال مشق و درس‌ات. آخرش با این کارهای‌ات یا خودت خُل می‌شوی یا ما را خُل می‌کنی.»

این رفتار غیرعادی اما باعث خُل شدن آیدا نشد. از همان زمان کودکی دریافت که برای حضور پسندیده در جامعه نیاز به ماسک دارد. زدن چنین ماسکی را جامعه از ساکنانش طلب می‌کرد. بلیت ورود به باشگاه بزرگ‌سالان بود. اما برخلاف روال معمول، ارزش و نقش این حضور پسندیده، هر چه بزرگ‌تر شد در او کاهش یافت و نیاز او به این صورتک ناخواسته و تحمیلی کمتر شد. ماسکی که هیچ نبود مگر گردن نهادن به خوشایندهای دیگران و نادیده گرفتن و یا پنهان کردن امیال خود. بزرگ‌تر که شده بود، یک بار به پدرش گفته بود که این سوپرایگوی فرویدی، این من برتر، بیش از آنکه از من، نقش و رنگ گرفته باشد، سرسپرده‌ی دیگران است. «از جنس من نیست. حضور پررنگ دیگری در من است.» کامران از شنیدن چنین چیزی از زبان دخترش، دچار حیرت شده بود. مشابه‌ی آن را در فلسفه‌ی فیشته خوانده بود، اما تردیدی نداشت که آیدا چیزی از فیشته نخوانده است.

آیدا حتی یک بار از کامران پرسیده بود: «ما چگونه می‌توانیم فریب این سوپرایگو را بخوریم؟» پرسشی که پدر او به‌رغم دانش و مطالعه‌ی فلسفی‌اش برای آن پاسخی نداشت. کامران آن روز به آن پرسش پاسخی داده بود که نه آیدا را

قانع کرده بود و نه باعث رضایت خود او شده بود. روح این سوپرایگوی فریبکار اما هرگز کامران را رها نکرد. پس از هر تصمیم و اقدامی، از خود بی‌اختیار می‌پرسید که نقش این سوپرایگوی مکار در آن تصمیم و اقدام چه بوده است؟

چگونه ممکن بود که آیدا به موضوع هویت زنانه بپردازد، از باورهای کلیشه‌ای درباره نقش زنان انتقاد بکند و آنگاه به مبانی نظری چنین باورهایی بی‌توجه باشد؟ آیدا در کنار مطالعه آثار فلسفی به خواندن کتاب‌ها و مقالات مربوط به روانشناسی نیز روی آورده بود. یک بار با گفتن جمله‌ای به تردیدهای پدر خود درباره‌ی نقش این سوپرایگو دامن زده و باعث حیرت او شده بود. گفته بود: «این سوپرایگویی که فروید گفته، اگر ریشه در باورهای دینی نداشته باشد، محصول همان زمانه‌یی است که در آن شکل گرفته است.» کامران تا آن لحظه همیشه به برتر بودن مطلق این من باور داشت، بی‌آنکه هرگز پرسیده باشد که برتری این سوپرایگو چیست و کی و کجا شکل گرفته است.

آیدا گفته بود این سوپرایگو، این من برتر، در تلاش برای دیکته کردن الزام‌ها و شایست‌ها و ناشایست‌های دیگران به آدم است. یعنی تحمیل همه‌ی آن نُرم‌هایی، که در اثر پایبند ماندن به آن‌ها، آدم بدل به یک شهروند عادی و البته شایسته می‌شود، درست عین بسیاری از شهروندان دیگر. آنقدر شبیه دیگران می‌شود که شباهتش را به خود از دست می‌دهد. می‌گفت: «کمال‌گرایی این سوپرایگو فریبی بیش نیست. فریبی برای تهی کردن تو از آنچه هستی یا مایلی که بشوی.» آیدا ذهنی کنجکاو، جست‌وجوگر و به سخن دیگر، پرسشگر داشت. هیچ پاسخ ساده‌ای، حتی در دوران کودکی‌اش نیز نمی‌توانست او را راضی کند. پرسش‌ها و موضوعات علمی، خیلی زود او را مجذوب خود کردند. پرسش‌هایی درباره طبیعت، کهکشان و البته درباره‌ی انسان.

قطار رسید. کامران همراه با زوج پیر و آن دختر جوان سوار شدند. قطار تقریباً پر بود. یک صندلی خالی در گوشه‌ای از قطار وجود داشت. مردِ چاقی که کنار آن صندلی خالی نشسته بود، چنان خود را روی صندلی‌اش پهن کرده بود که عملاً جای زیادی برای فرد دیگری باقی نگذاشته بود. کامران تصمیم گرفت کنار یکی

از درها بایستد. قطار با سرعت از کنار خانه‌ها، خیابان‌ها و درختان می‌گذشت. همه چیز از قاب پنجره می‌گریخت. بی‌اختیار به یاد گذشته‌های دور افتاد، به یاد درختی که آیدا سال‌ها پیش، آنگاه که کودکی بیش نبود، کاشته بود.

آیدا روزی به تشویق مادرش دانه‌ای در دل خاک باغچه‌شان نشاند و این برای او سرآغاز یک آشوب روحی بود. پنداری آن دانه، صرفاً دانه‌ی گیاهی نبود که او در دل خاک می‌کاشت. آن دانه، بذر عصیانی روحی بود که همزمان با رشد آن گیاه، از پستوهای روح او سرک می‌کشید. آیدا از خود می‌پرسید چگونه ممکن است که گیاهی چنین بزرگ از دل دانه‌ای چنین کوچک پدید آمده باشد؟ گیاهی که آیدا در گوشه باغچه خانه پدری کاشته بود، مدتی نگذشت که بدل به درختی پهناور شد. عصیان روحی و ایستادگی در برابر ترفندهای این من برتر و تلاش برای فراهم کردن مجال نفس کشیدن برای امیال درونی‌اش نیز پا به پای رشد این درخت، رشد کرده بودند.

آیدا نوجوانی بیش نبود که شیفته‌ی فلسفه شد. نخست شیفته‌ی فلسفه‌ی کلاسیک یونان و سپس شیفته‌ی سارتر و اگزیستانسیالیسم. تکالیف مدرسه را که انجام می‌داد، منتظر می‌ماند تا پدرش از دانشگاه برگردد. آنگاه می‌آمد و پرسش‌های خود را با او در میان می‌گذاشت. آیدا با شور و هیجان به سخنان پدر گوش می‌داد و کامران نیز با شیفتگی از دانسته‌ها و آموخته‌های خود برای دخترش سخن می‌گفت.

آیدا برای آموزگاران خود نیز معمایی بود. کسی به‌درستی نمی‌دانست چه رفتاری باید در برابر او در پیش گیرد. آموزگارانش، هم ستایشگر این روح پرسشگر بودند و هم از دستش سخت کلافه می‌شدند. از آن شکایت داشتند که آیدا وقت کلاس را با طرح پرسش‌های عجیب می‌گیرد و مسائلی را مطرح می‌کند که برای سایر شاگردان نه جالب است و نه قابل فهم. از آن شکایت داشتند که آیدا با اشاعه افکار خداناباورانه، پایه‌های باور دینی سایر شاگردان را سست می‌کند. شاکی بودند که او هر پاسخی را بدل به سکوی طرح پرسشی دیگر می‌کند.

آموزگاران آیدا می‌گفتند که او برای باورهای دیگران احترامی قائل نیست.

حتی با لحنی خشن باورهای دیگران را به نقد می‌کشد. همین مسائل باعث آن شده بودند که او در دوران تحصیل، دوستان زیادی نداشته باشد. کمتر کسی برای دیدن او به خانه‌شان می‌آمد و کمتر می‌شد که او به خانه کسی برود. فهم رفتار غیرقابل پیش‌بینی آیدا، حتی برای نوجوانان هم سن و سال او نیز دشوار بود.

قطار به ایستگاه باربارواپلاتس رسید. کامران برای رسیدن به محل دیدار خود با آیدا یا باید منتظر قطار دیگری می‌ماند یا می‌بایست پیاده می‌رفت. نگاهی به ساعت‌اش انداخت. حدود ده دقیقه وقت داشت. ترجیح داد این مسافت را پیاده طی کند. او در این سال‌ها، هرگاه به آیدا نگاه می‌کرد، نمی‌توانست تغییرات شخصیتی دختر خود را باور کند. در مجموع از دخترش راضی بود. دختری که اکنون بدل به مادری دلسوز شده بود. دختری که برخلاف پسرش بیژن، همچنان به پدرش احترام می‌گذاشت و رابطه‌اش را با او قطع نکرده بود.

آیدا در دوران جوانی هیچ منع و محدودیتی را نمی‌پذیرفت. عصیان و سرکشی روحی او در دوران بلوغ جنسی‌اش به اوج خود رسید. نه به محدویت‌ها و هنجارهای اجتماعی توجهی داشت و نه برای توصیه‌های اخلاقی ارزشی قائل بود. زیر پا نهادن بایدها و نبایدهایی که یا توسط مادرش و یا از سوی آموزگارانش طرح می‌شدند، بدل به منش و رفتار دائمی او شده بود. این چنین بود که او خود را با این هنجارشکنی‌ها تعریف می‌کرد. نه در نوشیدن مشروبات الکی برای خود حد و مرزی قائل بود و نه در مصرف دخانیات. حتی چند بار مادرش متوجه شده بود که آیدا مواد مخدر هم مصرف می‌کند.

رابطه آزاد جنسی آیدا بارها خشم مادر و حتی پدرش را نیز برانگیخته بود. کامران نیز در آن هنگام گاهی دچار واهمه می‌شد. واهمه از اینکه پرش‌های هنجارشکنانه آیدا زمانی منجر به درهم شکستن بال‌های این روح سرکش شود. خودسری آیدا اما قوی‌تر از هشدارها و توصیه‌های اخلاقی والدین و آموزگارانش بود.

آیدا پس از این دوره بحرانی یکباره تغییر کرد، یک دگرگونی بنیادی. همچون پروانه‌ای زیبا که از پیله‌ای که به باور دیگران زشت بود، زاده شده باشد. اما آنچه

باعث این تغییر روحی بزرگ شده بود، سرزنش‌ها و تهدیدهای پدر و مادر نبود. این را هم کامران و هم سودابه به‌خوبی می‌دانستند. علت این دگرگونی حتی ریشه در آگاهی آیدا به زیباییِ دم افزون خود نداشت.

آیدا پس از آشتی کردن با آینه، زیبایی خود را کشف کرده بود. نگاه گاه مهرآمیز و گاه آزار دهنده رهگذران نیز تاییدی بر زیبایی نوشکفته‌ی او بود. اما او با دختران هم سن و سال خود تفاوت می‌کرد. آیدا گرچه بسان سایر دخترانِ نوجوان، از اینکه می‌توانست توجه دیگران را به زیبایی‌های زنانه در حال تکوین خود جلب کند، لذت می‌برد، اما این لذت چنان نبود که کل ذهن او را به زیر سیطره خود در آورد.

آیدا از اسارت پرهیز داشت. حاضر نبود به هیچ چیز و هیچ کس وابسته شود. رفتار نامتعارف او تنها به هنجارشکنی محدود نمی‌شد. او دریافته بود که تکرار مکرر یک هنجارشکنی خاص، سرآغاز اعتیاد و وابستگی به یک چیز دیگر است و این همان موضوعی بود که او حاضر به پذیرش آن نبود.

آیدا دریافته بود که عبور از خطوط قرمز و پا گذاشتن به منطقه‌ی ممنوعه‌ها جسارت می‌خواهد. اما در عین حال می‌دانست که ورود به منطقه‌ی ممنوعه‌ها با زندگی در این منطقه تفاوت بسیاری می‌کند. بر آن بود تا صدای شکستن تابوها را بشنود و ممنوعه‌ها را تجربه کند. اما حاضر نبود همه زندگی خود را زیر آوار تابوهای خرد شده و خلسه‌ی ناشی از تجربه‌ی ممنوعه‌ها سپری کند. او همانگونه که با بی‌پروایی و جسارت پا به منطقه‌ی ممنوعه‌ها گذاشته بود، در خود این جسارت را نیز می‌دید که بار دیگر از منطقه‌ی ممنوعه‌ها عبور کند و به جامعه باز گردد.

تغییر رفتار آیدا از نگرانی‌های کامران و به‌ویژه از نگرانی‌های سودابه کاست، اما پایان این نگرانی‌ها نبود. این دگرگونی بنیادی ترجمان خود را در رفتار آیدا نشان می‌داد. اما شخصیت او تغییر نکرده بود، بلکه بالغ‌تر شده بود. آیدا پس از این تغییر بزرگ نیز برای والدین خود، برای دوستانش و حتی برای یان همچنان یک معما باقی ماند. معمایی که روز به روز پیچیده‌تر شده بود.

کافه کرومل

(دوشنبه، ساعت ده و پنجاه و دو دقیقه پیش‌ازظهر)

کامران به راه خود به سوی کافه کرومل، به سوی پاتوق مشترکش با آیدا ادامه داد. خیابانی که بوی دانشگاه و بوی شادابی و طراوت ایام جوانی را می‌داد. بویی که او نمی‌شناخت و از همان ابتدا با آن احساس بیگانگی می‌کرد. زمانی که برای تحصیل وارد این دانشگاه شد، بیست و هفت سال بیشتر سن نداشت. به‌رغم آنکه هنوز مردی جوان به شمار می‌آمد، هیچ احساس جوان بودن نمی‌کرد و اگر درباره جوان بودن خود، گاهی دچار توهم می‌شد، کافی بود نگاهی در آینه می‌انداخت و پیرمرد آن سوی آینه، سن واقعی او را فاش می‌گفت.

او و در جریان گفت‌وگوی خود با سایر دانشجویان متوجه شده بود نبض زمان در زادگاهش و در یک جامعه‌ی باز، مثل جامعه‌ی آلمان، با یک ضرب‌آهنگ نمی‌زند. آنچه او در هشت یا نه سال آخر زندگی خود در ایران تجربه کرده بود، شاید مضمون ده‌ها سال تاریخ کشوری همچون آلمان بود. اوضاع سیاسی و اجتماعی ایران در چند سال پیش و پس از انقلاب اسلامی را شاید می‌شد با آخرین سال‌های جمهوری وایمار و برآمد ناسیونال سوسیالیسم در آلمان مقایسه کرد. اما آن دوره‌ی طوفانی و پر حادثه برای جوانانی که او در دانشگاه کلن با آن‌ها آشنا شده بود، بخشی از تاریخ کشورشان به حساب می‌آمد، حال آنکه این سال‌های طوفانی، بخشی از سرگذشت و زندگینامه‌ی نانوشته‌ی خود او بود.

او در گفت‌وگو با جوانان آلمانی متوجه شده بود، جهانی که او در آن زندگی می‌کند با جهانی که این جوانان در آن در آمدوشد هستند، یکی نیست. اگر احیاناً

سخن بر سر درس و مسائل فلسفی نبود، هیچ موضوع مشترکی برای گفت‌وگو با شهروندان آن جهان به‌غایت متفاوت نمی‌یافت. این جوانان نه قادر به فهم ایده‌ها و آرمان‌های او بودند و نه می‌توانستند رد تازیانه‌ی آن رنج‌هایی را ببینند، که او بر جان و تن خود داشت.

سه سالی از خروج او و سودابه از ایران و آمدن‌شان به آلمان می‌گذشت، که وارد دانشگاه شد. سه سال سختی بود. سال‌هایی که هم او و هم سودابه تلاش کرده بودند از حافظه‌ی خود پاک کنند. دوست نداشتند درباره‌ی آن روزها چیزی بگویند. سودابه بارها گفته بود از اینکه فرزندان‌شان چنین روزهایی را تجربه نکرده‌اند، بسیار خوشحال است. او می‌گفت از این بابت نیز خوشحال است که فرزندان‌شان هیچگاه ناگزیر به اقامت در یک کمپ پناهندگی نشده‌اند. کامران هرگز نتوانسته بود حقارت روزهایی را فراموش کند که ناگزیر با یک سینی مقوایی در دست، در صف گرفتن غذا در کمپ پناهندگی برانشوایگ، می‌ایستاد.

نگاهی به ساعت مچی خود انداخت. او آن مسیر را خیلی خوب می‌شناخت و از این رو مطمئن بود که به موقع می‌تواند خود را به کافه برساند. گرچه او نمی‌توانست شور و شادابی پراکنده در فضای آن خیابان را به درون روح و روان خود راه دهد، اما سال‌ها در این فضا نفس کشیده بود. آن خیابان و آن کافه بر بخش بزرگی از زندگی او و نقش زده بودند. حتی باعث تغییر مسیر زندگی او شده بودند.

لحظه‌ای پشت چراغ قرمز ایستاد. دیدن کافه از فاصله‌ای نه چندان دور باعث شتاب گرفتن ضربان قلبش شده بود. احساس کرد پاهایش سنگین شده‌اند. احساس می‌کرد که چیزی مانع از رفتن او به سوی آن کافه می‌شود. نیرویی که فرمان مغز او را به پاهایش برای ادامه‌ی رفتن، از اعتبار ساقط می‌کند. احساس عجیبی بر او چیره شده بود که حتی تصور آن برای او پیش از آن دشوار بود. اگر عشق به آیدا و تمایل قلبی‌اش به دیدار با او نمی‌بود، شاید به وسوسه‌ی بازگشت گردن می‌نهاد. شاید هرگز حاضر نمی‌شد مجدداً پا به درون آن کافه بنهد. چراغ سبز شد و او به راه خود به سوی کافه ادامه داد.

ورود به یک مکان خاص، اغلب بخشی از خاطرات قدیمی را، از پستوهای غل‌وزنجیر شده‌ی ذهن بیرون می‌کشد و بار دیگر، به آن خاطرات در برابر چشمان آدم جان می‌بخشد. پنداری در هر مکان آشنایی، کلید یک صندوقچه‌ی خاطرات نهفته است. کامران زمانی که پس از سقوط شاه، بار دیگر پا به درون زندان اوین نهاده بود، نشانه‌های آشکار و پنهان آن خاطرات تلخ را، در گوشه و کنار آن زندان دیده بود. احساس می‌کرد که تکه‌هایی از زمان به اسارت دیوارها و راهروها درآمده‌اند. همان دیوارها و راهروهایی که هنوز بوی نم روزهای زندان را می‌دادند.

او بر دیوارهای زندان نوعی حافظه از جنس سنگ را می‌دید که خیلی از رازها و خیلی از آن خاطرات را در دل خود ضبط کرده است. در هر مکان آشنایی، خاطرات تلخ و شیرین آرشیو می‌شوند. در چنین مکان‌هایی، گذشته بار دیگر متولد می‌شود و آینده در سایه‌ی حضور این گذشته به دست فراموشی سپرده می‌شود و لحظه در زایشِ گاه دردناک و گاه فرح‌بخش این گذشته، بوی کهنگی به خود می‌گیرد.

ورود کامران به کافه کرومل می‌توانست چرخ جادویی درهم تنیدگی زمان و مکان را به گردش درآورد. همه‌ی آن خاطرات فراموش شده، یا آن خاطراتی که او با کمک اراده به صندوقچه‌ی رازهایش تبعید کرده بود، می‌توانستند بار دیگر از اعماق گذشته بالا آمده و در سطحِ لحظه جاری شوند. از این رو بود که او از ورود مجدد به این کافه واهمه داشت و در پذیرش پیشنهاد آیدا برای آمدن به این پاتوق همیشگی، لحظه‌ای درنگ کرده بود. شاید خوره‌ی کنجکاوی مانع از مخالفت او شده بود.

از آخرین باری که به آن کافه آمده بود، مدتی طولانی می‌گذشت. او در آن سال‌ها هرگز از خاطرات خود در کافه کرومل وحشتی نداشت. یک کافه معمولی بود که می‌شد ساعاتی در آن نشست و فارغ‌بال گپ زد. واهمه‌اش از رویارویی با خاطرات گذشته، پدیده جدیدی بود. پدیده‌ای که به تازگی کشف کرده بود. حسی که پیش از آن نمی‌شناخت. نیازی به آمدن مجدد به این کافه حس نمی‌کرد. اما، اکنون، دست تصادف مجدداً پای او را به این کافه کشانده بود.

متوجه شده بود که تنهایی باعث زایش مجدد خاطرات می‌شود. خاطراتی را که آدم دفن کرده و گمان می‌کند از شر آن‌ها رهایی یافته است. گمان می‌کند که آن خاطرات دیگر نمی‌توانند به او آسیبی برسانند. حال آنکه خاطرات تلخ حتی اگر انکار شوند، از بین نمی‌روند. منتظر می‌مانند تا زمانی بار دیگر همچون زخمی کهنه سر باز کنند. بازگشت به چنین مکان‌هایی این خاطرات خفته را بیدار می‌کند.

او دریافته بود که تنهایی فرصت و مجال سرکشی مجدد به این خاطرات می‌دهد. مقاومت در برابر هجوم این خاطرات طرد شده، اما سرکش و لگام گسیخته، بی‌فایده است. انسان در تنهایی خود با چالش پر کردن زمان روبه‌رو می‌شود. زمان هیچ‌گاه خالی از مضمون نمی‌ماند. اگر انسان از پر کردن مضمون لحظات غفلت بورزد، زمان برای پر کردن لحظه‌های خود به هر جایی سر می‌زند. و اغلب به سراغ گذشته‌ها می‌رود، به سراغ خاطرات.

به‌رغم آنکه انسان می‌پندارد خاطرات تلخ زودتر از خاطرات شیرین از یادها پاک می‌شوند، اما این زمانِ تشنه به تصرف خاطرات تلخ در می‌آید و اگر لحظه ای خاطره‌ای شیرین در حاشیه هجوم خاطرات تلخ مجالی برای خودنمایی بیابد، همان خاطرات تلخ آن را محاصره می‌کنند، بر سر و روی آن گرد غم می‌پاشند و بار دیگر آن خاطره را در پستوهای روح به بند می‌کشند.

مرتضی گفته بود: «می‌دانستی در ایام پیری عُمر شادی یک لحظه است، حال آنکه غم که آمد، می‌آید و همان‌جا در گوشه‌ای از روح انسان خیمه می‌زند و همان‌جا می‌ماند؟» کامران پیش از آن هیچگاه به طول عُمر لحظه‌های شادی و غم نیاندیشیده بود. مرتضی گفته بود: «شادی مثل حباب است و غم مثل قلوه سنگ. یکی می‌ترکد و دیگری ته نشین می‌شود.»

در تنهایی انسان ناگزیر به دیالوگ با خود می‌گردد، دیالوگی که کمابیش صادقانه است. و از آنجا که فریب دادن خود دشوارتر از فریب دادن دیگران است، خود فریبی در دیالوگِ تنهایی کم اثر می‌شود. این موضوع را او خیلی زود متوجه شده بود. مگر نه آنکه در هر دو سوی میز، این تو هستی که نشسته‌ای و آن

دیگری تو را به همان خوبی می‌شناسد که تو آن دیگری را؟ کامران می‌دانست که حتی اگر موفق به فریب خود بشود، فریب دادن آن پیرمرد آن سوی آینه ممکن نیست. کافی است که نگاه آن پیرمرد به نگاه او بیافتد و او را شرمنده کند.

کافه کرومل برای او چیزی بیش از پاتوق همیشگی او و دخترش بود. اما این موضوع را آیدا نمی‌دانست. از کجا باید می‌دانست؟ کافه کرومل هم پاتوق او و دخترش بود و هم محلی که در آن گفت‌وگوهای بین او و برگیته برای نخستین بار از سطح مسائل فلسفی عبور کرده و وارد گلزار احساسات شده بود. گلزاری که در آن، منطق و فلسفه را راهی نیست. آن جایی است که تب و هیجان، با خیز بلندشان، مضمون لحظه‌ها را به کام می‌کشند و وسوسه‌ی عشق، شور هم‌آغوشی، خرد و منطق را زیر پا له‌ولورده می‌کند.

آیدا پس از گذشت سال‌ها، از رابطه پدرش با برگیته مطلع شده بود. این راز را، هم در سایه کنجکاوی‌ها و دقت‌های زنانه خود کشف کرده بود و هم پس از حاد شدن بحران رابطه زناشویی والدینش، آن را بارها از زبان سودابه شنیده بود. اما آنچه او نمی‌دانست این بود که خاطرات نهفته در کافه کرومل بسی بیش از خاطراتی است که او از گفت‌وگوهای خود با پدرش دارد. گفت‌وگوهای او و پدرش در کافه کرومل مضمونی کمابیش فلسفی داشت. پدر آموخته‌های فلسفی خود را برای او بازمی‌گفت و او در آن گپ‌وگفت به دنبال پاسخی برای پرسش‌های خود می‌گشت. ساعتی کنار هم می‌نشستند و درباره‌ی هویت، درباره‌ی تکوین شخصیت و درباره‌ی مفهوم زندگی با هم گفت‌وگو می‌کردند.

آیدا قادر به رمزگشایی از همه‌ی خاطرات حک شده بر در و دیوار این کافه نبود. خاطرات آیدا از این کافه و خاطرات پدرش از این محل یکی نبودند. این خاطرات را در دو صندوقچه متفاوت جا داده بودند و آیدا تنها کلید یک صندوقچه را در اختیار داشت. کامران هرگز به آیدا نگفته بود که او و برگیته نیز بارها به این کافه آمده‌اند.

کامران و برگیته هر بار که به این کافه می‌آمدند، بر اساس قراری ناگفته، به سمت چپ پیشخوان کافه می‌رفتند و در دنج‌ترین نقطه‌ی آن می‌نشستند. کامران

به آیدا نگفته بود که مضمون گفت‌وگوهایش با برگیته در این کافه صرفاً رنگ و بویی فلسفی نداشته است. نگفته بود که او در این کافه پرده از تردیدها و سرگشتگی‌های خود برگرفته است. از رازهای دوران جوانی‌اش برای برگیته گفته است و همچنین از رازهای ایام مبارزات سیاسی‌اش در ایران. کامران به آیدا نگفته بود که او همه‌ی رازهای خود را به برگیته گفته است، حتی رازهای زندان را. آن رازهایی را به برگیته گفته بود که هرگز پیش یا پس از آن نتوانسته بود به یک ایرانی بگوید. حتی اگر این فرد دخترش یا نزدیک‌ترین دوستش بود. این رازها را نمی‌شد حتی به نزدیکترین افراد گفت.

برگیته با شنیدن این رازها، به تدریج توانسته بود روح کامران را تسخیر کند و او را به اسارت خود در آورد. سروری بر رازها، فقط تا پیش از افشا شدن آن‌ها ممکن است. رازها که از پشت پرده برون افتند، بردگی جای سروری را پر می‌کند. انسان برده و اسیر رازهای خود می‌شود. رابطه کامران و برگیته با بیان دردها و رنج‌ها آغاز شده بود اما دردها و رنج‌های تازه‌ای پدید آورده بود. دردها و رنج‌هایی که آهسته و به تدریج، عرصه زندگی را به کام او تلخ کرده بودند. همان دردها و رنج‌هایی که در آن لحظاتی که او سفره‌ی دل خود را در برابر برگیته می‌گشود، تصوری از آن‌ها نداشت.

پاتوق همیشگی او و دخترش، کافه‌ای بود در حوالی دانشگاه کلن. کافه‌ای که بیشتر پاتوق جوانان و دانشجویان بود. اما برخی از استادان دانشگاه کلن نیز گاهی همراه با دانشجویان خود به این کافه می‌آمدند. یک محیط کمابیش روشنفکری بود. کافه‌ای کوچک که نبش دو خیابان متقاطع واقع شده بود. با پنجره‌هایی بزرگ که به سوی هر دو خیابان باز می‌شدند. کافه‌ای با میز و صندلی‌های چوبی قهوه‌ای رنگ، در و دیواری کمابیش تیره و در مجموع مکانی نُقلی و دنج.

او وقت‌شناسی را از ایام مبارزات سیاسی خود در ایران آموخته بود. همیشه چند دقیقه قبل از زمان قرار در محل حاضر می‌شد. نگاهی به پیرامون می‌انداخت و منطقه را به لحاظ امنیتی چک می‌کرد. به برگیته گفته بود: «آن روزها تلفن همراه وجود نداشت که آدم بتواند به موقع به فردی که باید به سر قرار بیاید، خبر

بدهد. در چنین شرایطی یک اشتباه کوچک می‌توانست باعث دستگیری و زندان بشود.» گفته بود که حتی یک تاخیر کوتاه نیز می‌توانست خطرآفرین باشد.

اکنون زمانه تغییر کرده بود، اما رویکرد او به زمان ثابت مانده بود. این چنین بود که آن روز هم سر وقت خود را به کافه رسانده بود. حتی دو دقیقه پیش از موعد آنجا بود. پرده کلفت بادگیر درِ ورودیِ کافه را کنار زد و وارد شد. بویِ خوش و آشنای قهوه فضای کافه را پر کرده بود. کافه تقریباً خالی بود. یک دختر و پسر جوان در گوشه‌ای سرگرم گفت‌وگو بودند. او هیچگاه صبح به این کافه نیامده بود. همیشه غروب‌ها و به‌ویژه زمانی که دانشگاه باز بود، به این کافه می‌آمد.

در کنار در ورودی لحظه‌ای درنگ کرد. نگاهی به میزهای خالی سمت چپ پیشخوان انداخت، از آن‌ها روی برگرداند و پشت میزی که در سمت راست پیشخوان واقع بود، نشست. بار خاطرات ناخوشایند آن طرف سنگین‌تر بود. آیدا هنوز نرسیده بود. نگاهی به دور و بر خود انداخت. از آخرین باری که به این کافه آمده بود، چند سالی می‌گذشت. او پس از پایان رابطه‌اش با برگیته، دقیقاً سه سال و دو ماه پیش، برای آخرین بار با آیدا به این کافه آمده بود. احساس آن روزش، با احساسی که اکنون بر او مستولی شده بود، یکی نبود.

او با آغاز ترم زمستانی سال ۲۰۱۴ بازنشسته شده بود و کمتر گذرش به حوالی دانشگاه می‌افتاد و هر وقت هم که می‌آمد، مستقیم به کتابخانه دانشگاه می‌رفت. یا آمده بود کتاب‌های امانتی را پس بدهد یا کتاب‌های جدیدی را که سفارش داده بود، به امانت ببرد. آیدا هم پس از پایان تحصیلش انگیزه چندانی برای آمدن به این کافه نداشت. به‌ویژه پس از آنکه کشیدن سیگار در این کافه نیز ممنوع شده بود. آیدا سال‌ها پیش کشیدن سیگار را ترک کرده بود. اما هر از گاهی مایل بود سیگاری روشن کند. به خصوص وقتی که جرعه‌ای شراب می‌نوشید و یا با کسی گپ‌وگفتی داشت.

گارسون سینی به دست به سراغ او آمد. کامران نگاهی به ساعت مچی خود انداخت و گفت که منتظر کسی است. گارسون نیز لبخندی زد و او را تنها گذاشت. گارسون رفت، ولی نمی‌دانست با رفتن خود، او را با خاطرات آزار دهنده‌اش مجدداً

تنها می‌گذارد. کامران هیچگاه تصور نمی‌کرد خاطرات در آن کافه چنین حضور پررنگی داشته باشند. سعی کرد ذهن خود را متوجه مسائل دیگری بکند. نگاهی به در و دیوار کافه انداخت.

ظرف این سه سال هیچ چیز تغییر نکرده بود و همه چیز سر جای خودش بود. پنداری فضای کافه را درست مثل همان چیزی که او آخرین بار دیده بود، همان‌جا و به همان شکل منجمد کرده باشند. چیدمانی سنتی با دو لوستر قدیمی و کم نور در هر دو ضلع چپ و راست پیشخوان، یکی با سه شاخه لامپ و دیگری با چهار شاخه. این تفاوت کوچک بارها توجه کامران را به خود جلب کرده بود. این موضوع را در همان روزهای نخست، از گارسونی که در آن کافه کار می‌کرد، پرسیده بود. اما آن گارسون هم علت این تفاوت را نمی‌دانست. پرده‌های پنجره‌های بزرگ کافه را کنار زده بودند واز این رو نور از هر دو سو به درون کافه تابیده بود. کافه روشن‌تر از آن چیزی بود که او می‌شناخت. غروب‌ها پرده‌ها را کنار نمی‌زدند.

خاطرات گذشته در فضای آشنای کافه شناور بودند. همان خاطراتی که او از رویارویی با آن‌ها واهمه داشت. دیوارهای کافه کرومل گرچه شباهتی به دیوارهای سلول او در زندان اوین نداشتند، اما از منطق مشترکی با آن دیوارهایِ وحشت برانگیز و مخوف پیروی می‌کردند. گرچه کسی بر این دیوارها خاطره‌نویسی نکرده و چوب خطی نزده بود، اما خاطرات به طور پنهان روی همین دیوارها نیز حک شده بودند. خاطراتی که گرچه به‌مرور زمان رنگ باخته بودند، اما هنوز آن چنان قوی بودند که او را بیازارند.

کافه کرومل بیش از آنکه یادآور گفت‌وگوهای بین او و دخترش باشد، بوی برگیته را می‌داد. تصویر و خاطرات برگیته همه جا حضور داشت. او حتی پس از گذشت سال‌ها از پایان رابطه‌شان، نتوانسته بود او را فراموش کند. نتوانسته بود پرونده آن رابطه‌ی عاشقانه را ببندد و بایگانی کند. این پرونده باز مانده بود و هر بار باعث اذیت و آزار او می‌شد. مرتضی روزی به او گفته بود: «زخم ناشی از یک شکست عشقی بسیار دیر درمان می‌شود. جای زخمش مدت‌ها روی روح انسان

گزگز می‌کند و دردش گاه و بی‌گاه در جسم و جان آدم می‌پیچد. دردی که فراموشی و انکار چنین زخمی را ناممکن می‌سازد.» مرتضی گرچه تنها زندگی می‌کرد، اما درد زخم عشقی ناکام را در جوانی تجربه کرده بود.

احساس خفگی داشت. دکمه‌ی بالای پیراهنش را باز کرد. گرمش شده بود. بر پیشانی‌اش عرق نشسته بود. کافه کرومل با بی‌پروایی او را به یاد سادگی‌هایش می‌انداخت، به یاد رفتار ناسنجیده‌اش، به یاد رفتاری خام که تنها می‌توانست از جوانان کم‌تجربه سر بزند و نه از مردی مسن. اما این خطاها را مردی مرتکب شده بود که جوانی‌اش را روزگار به یغما برده بود.

او می‌دانست که برای سرزنش کردن خود دیر شده است، خیلی دیر.

دیدار

آیدا با چند دقیقه تاخیر به کافه کرومل رسید و پدرش را از گزند هیولای خاطرات تلخ گذشته نجات داد. نجاتی که اما موقت و گذرا بود. از در که وارد شد نگاهی به دو سوی کافه انداخت. یافتن پدر در کافه‌ای تقریباً خالی کار دشواری نبود. کامران که چشم به در ورودی کافه دوخته بود، با دیدن آیدا برای او دست تکان داد. آیدا با دیدن پدر لبخندی زد و به سوی او رفت. کامران برخاست و دخترش را در آغوش گرفت. آیدا نیز پدر را به‌گونه‌ای در بغل خود فشرد که انگار مدت‌هاست او را ندیده است. حال آنکه دو روز پیش همراه با ساندرا برای دیدن او به خانه‌اش رفته بودند.

آیدا پالتویش را درآورد و روی صندلی مجاور و روی پالتوی کامران انداخت و روبه‌روی او نشست. دست‌هایش را از دو طرف زیر چانه‌اش ستون کرد و با لبخندی ملیح بر لب، نگاه در نگاه پدر خود دوخت. کامران با دیدن چهره‌ی زیبای دخترش بی‌اختیار یاد نیلوفر آبی افتاد. انگشتان کشیده آیدا را جریان آرام آب دید و چهره‌ی او را گلی زیبا که بر دل آب نشسته است.

تصویری شاعرانه که حس خوبی در او برانگیخت. به یاد دوران کودکی آیدا افتاد، به یاد پیاده‌روی‌های مشترک‌شان در جنگل‌های اطراف کلن. به یاد شیفتگی دخترش، در آن هنگامی که گلی زیبا مجذوبش می‌کرد و او را با خود به عالم رویاها می‌برد. اکنون، آیدا، خود همچون گلی زیبا، در برابر او نشسته بود. گل زیبایی که دیدنش هر بار باعث شیفتگی او می‌شد. کامران ساکت و بی‌حرکت به

این نیلوفر آبی زیبا زُل زده بود.

او دخترش را خیلی دوست داشت. آیدا برخلاف بیژن توانسته بود پس از جدایی والدینش، رابطه‌ی صمیمی و نزدیک خود را با پدرش حفظ کند. این موضوع که او پدر خود را تحسین می‌کرد یا حتی فراتر از آن، می‌ستود، موضوع جدیدی نبود. اما حتی رابطه‌ی آیدا با سودابه نیز بهتر شده بود. رابطه‌ای که در همه‌ی آن سال‌ها، در سایه اختلاف نظر او و مادرش، طوفانی و بحران‌زده بود. اما اکنون همه بازیگران زندگی او وارد فصل جدیدی شده بودند. فصل جدیدی که با جدایی سودابه از کامران آغاز شده بود. آیدا پس از جدایی والدینش، گرچه همچنان به پدر خود احترام می‌گذاشت، ولی به عنوان یک زن با مادرش همدردی می‌کرد. عهدشکنی پدر چیزی نبود که او بتواند نادیده بگیرد.

آیدا شاید زبان مادرش را آن گونه که باید و شاید نمی‌فهمید، اما احساس آن زن را خیلی خوب درک می‌کرد. یک حس مشترک زنانه بود. حسی که رفتار پیچیده زنان را برای یکدیگر قابل فهم می‌کند. وانگهی مهر او به مادرش، از زمانی که خود او مادر شده بود، افزایش یافته بود. ماجرای عشقی پدرش نیز باعث شده بود که همدردی و تفاهم نیز بر مهری که به مادرش داشت، افزوده شود.

کامران نگاهش را روی چهره و پیکر دخترش سُراند. برای نخستین بار متوجه چین و چروک‌هایی شد که در گوشه‌ی چشمان سیاه و زیبای دخترش نشسته بودند. مدت‌ها بود که این چنین نزدیک، نگاه در نگاه هم، به گپ‌وگفت ننشسته بودند. این چین و شکن‌های سطحی، اما باعث آن نشده بودند که آیدا احساس پیر شدن بکند. آیدا هنوز خود را جوان و پرانرژی می‌دانست. اما دیدن همین چین و چروک‌ها، حس پیر شدن را، در کامران تقویت می‌کرد. گاهی انسان پیری خود را در چهره‌ی دیگران می‌بیند، در چین و شکن‌های نشسته بر چهره‌ی آنان. دیدن گرد پیری نشسته بر روی و رخسار آن دیگری، حکایت پیری گاه انکار شده‌ی خود آدم است.

پس از آغاز ایام بازنشستگی‌اش به ندرت پیش می‌آمد که او با دخترش به تنهایی دیدار و گفت‌وگویی داشته باشد. آیدا تقریباً هر هفته همراه با ساندرا به

دیدن او می‌آمد. گاهی هم یان با آنان همراه می‌شد. ساکت و بی‌حرکت، گوشه‌ای می‌نشست و به گوشی خود زل می‌زد. اما در جریان این دیدارهای هفتگی، فرصتی برای دردِدل کردن و گفت‌وگوهای خصوصی وجود نداشت. کامران چنان سرگرم بازی با ساندرا می‌شد که عملاً فرصتی برای توجه به دخترش نمی‌ماند. ساندرا در کانون توجه‌ی همه قرار داشت. دنیای پیرامون ساندرا فقط حاشیه‌ای کم رنگ بود که بر گرداگرد این گوهر درخشان حلقه زده بود.

آیدا با دو دست خود موهای دویده روی چهره‌اش را پشت سر خود جمع کرد و یقه‌ی ژاکتش را از دو طرف کشید تا گرمای حبس شده در سینه‌اش راهی به بیرون بیابد. نگاه کامران برای یک لحظه روی چهره‌ی دخترش متوقف ماند. به‌رغم این چین و چروک‌ها، چیزی از زیبایی آیدا کاسته نشده بود. موهای سیاه بلندش در آمیزش با رنگ قرمز ژاکتی که به تن کرده بود، بر زیبایی او افزوده بود. عبور از مرز سی سالگی به زیبایی طبیعی چهره‌ی آیدا حتی نوعی پختگی بخشیده بود. آیدا آرایش غلیظ را نمی‌پسندید. رژ لب، کمی پودر و یک لایه‌ی نازکِ سایه‌ی چشم برای جلوه‌ی زیبایی او کفایت می‌کرد. آن روز، آیدا ماتیک قرمز رنگی، درست هم‌رنگ ژاکت خود زده بود. کامران به زیبایی و به‌ویژه به هوشمندی دخترش می‌بالید.

قهوه سفارش دادند و پس از رد و بدل کردن سخنانی کلی و هیچ مگو پیرامون مسائل زندگی، شیطنت‌های ساندرا، مشغله‌های بی‌پایان یان و لزوم توجه به سلامتی، به‌ویژه در ایام سالمندی، آیدا یک‌باره به مناسبات خودش با یان اشاره کرد و گفت:

– گمان می‌کنم، رابطه‌مان سرد شده است.

پس از گفتن آن مکثی کرد. سکوت همه‌ی وزن خود را بر شانه‌ی لحظه، خالی کرده بود. سکوتی پر از ناگفته‌ها. به‌رغم رُک‌گویی، آیدا در گفتن این موضوع به پدر خود تردید داشت. چگونه می‌توانست با پدر خود درباره خصوصی‌ترین مسائل زندگی‌اش سخن بگوید؟ چگونه می‌توانست پای پدرش را به آن مسائلی بکشاند که معمولاً ذهن انسان‌ها را در خلوت و تنهایی‌شان به خود مشغول می

دارند؟ مسائلی از جنس دغدغه‌های تنهایی. اما اگر چنین مسائلی را نمی‌توانست به پدر خود بگوید، به چه کسی می‌توانست بگوید؟ به چه کسی غیر از او؟

آیدا برای دردِدل کردن درباره‌ی رابطه‌اش با یان، کس دیگری را در پیرامون خود نمی‌شناخت. به قوه‌ی داوری دوستانش باوری نداشت و یان نیز، خود بخشی از مشکل بود و از این رو آیدا، نمی‌توانست این مسئله ذهنی را با او در میان بنهد. سخن گفتن درباره‌ی چنین موضوعی با سودابه نیز نمی‌توانست گرهی از مشکلات خود او بگشاید. می‌دانست که با این کار تنها می‌تواند بر نگرانی‌های مادرش بیافزاید. چه بسا دریچه‌های روح خود را روی سرزنش‌های دائمی مادر بگشاید. اما کامران در ایام نوجوانی او، در آن سال‌های بحرانی دوران بلوغ، همچون شنونده ای پر صبر و حوصله، به دغدغه‌های دختر جوان خود، گوش سپرده بود. نشان داده بود که حتی اگر در یافتن راه‌حل کمکی نیست، دست‌کم شنونده خوبی است. آیدا پس از آن وقفه، در ادامه گفت:

ـ منظورم این است که اثری از آن شور و اشتیاق گذشته نیست. نه اینکه بخواهم بگویم از هم خسته شده‌ایم یا علاقه‌مان نسبت به هم کم شده است. نه! آن شور و اشتیاقی که پیش از این بین ما حاکم بود، از بین رفته است. عشق به تدریج به دوستی بدل شده است و دوستی آرام‌آرام، به عادت.

آیدا پس از گفتن این دو جمله‌ی کوتاه، آهی بلند کشید و جرعه‌ای قهوه نوشید. سکوت کامران حکایت از آن داشت که غافل‌گیر شده است. نمی‌دانست چه باید بگوید. چه می‌شد گفت؟ او خود را برای شنیدن چنین چیزی آماده نکرده بود. او حتی در آخرین دیدارها نیز تغییر آشکاری در رابطه دخترش با یان ندیده بود. از آن گذشته، او چه می‌توانست در ارتباط با این پیچیده‌ترین گره زندگی دو نفر بگوید؟ خود او نیز کارنامه‌ی درخشانی نداشت. فقط می‌توانست نقش یک آموزگار بد را ایفا کند. آموزگاری که مضمون درس‌هایش را بی‌آنکه خود آموخته باشد، طوطی‌وار حفظ کرده و از بر برای شاگردان خود می‌خواند. او جمله‌های قصار از این یا آن فیلسوف درباره شیدایی و درباره عشق کم نخوانده بود. اما تردیدی نداشت که با پناه گرفتن پشت این سخنان داهیانه و پند و اندرزهای عام

و کلی قادر نیست، آن طوفانی را مهار کند که در زندگی دخترش وزیدن گرفته است. بی‌اختیار و با لحنی لبریز از تردید و دودلی پرسید:

- دخترم...ممکن است پای کس دیگری در بین باشد؟

جمله‌ی کوتاهی که نشان از بی‌تجربگی کامل او در برخورد با چنین مسائلی داشت. حتی اگر چنین گمانی واقعی نیز می‌بود، او نمی‌بایست آن را بیان می‌کرد. او می‌بایست از دخترش توضیح بیشتری می‌خواست. می‌توانست مثل همیشه شنونده‌ی خوبی باشد و اجازه دهد دخترش آهسته و به تدریج، لایه به لایه از سطح مشکل خود پرده برگیرد، تا هسته‌ی اصلی آن آشکار شود. مضمون این پرسش بدهنگام اگر صحت می‌داشت، می‌توانست آرامش آیدا را کاملاً برهم بزند، آسمان ابری دلش را وادار به بارش رگبار اشک بکند. می‌توانست حتی به معنای پایان این گفت‌وگو و دیدار باشد. مثلاً می‌توانست به آنجا بیانجامد که آیدا هق‌هق‌کنان، پالتویش را بردارد و برود. اما آیدا پختگی بیشتری از خود نشان داد. پوزخندی زد و با لحن طعنه‌آمیزی گفت:

- پدر، تو که مرا از استعداد آدم‌شناسی‌ات پاک مایوس کردی. پای کسی دیگر؟ آن هم یان؟... نه پدر جان. یان ممکن است هزار و یک عیب بزرگ و کوچک داشته باشد، اما این یکی به او نمی‌چسبد.

کامران متوجه خطای خود شده بود. سعی کرد موضوع را جمع کند. گفت:

- مرا ببخش دخترم. قصدی از گفتن این موضوع نداشتم. خُب این اولین چیزی بود که به ذهنم خطور کرد. آخر در موارد دیگر، معمولاً یک چنین چیزهایی باعث سرد شدن رابطه‌ی زناشویی می‌شود.

آیدا سر خود را به نشانه‌ی عدم تفاهم تکان داد، لبخندی زد و با لحنی کنایی گفت: «کافر همه را به کیش خود پندارد.»

کامران سرش را پایین انداخت و نگاهش را از نگاه دخترش دزدید. آیدا که متوجه شده بود با گفتن این موضوع باعث رنجش پدر شده است با گفتن چند جمله کلی سعی کرد مسیر گفت‌وگو را تغییر دهد. کامران با رُک‌گویی دخترش آشنا بود و از این رو به دل نگرفت و خیلی زود بر احساسات خود چیره شد و با

لبخندی مصنوعی بر لب گفت: «حق داری، دخترم. شاید هم به همین خاطر اولین علتی که به ذهنم رسید، یک چنین چیزی بود.»

آیدا در ادامه گفت:

- یک موضوعی را احتمالاً نمی‌دانی. ما، منظورم این است که من و یان، در ارتباط با این قبیل مسائل، خیلی شفاف هستیم. قرار روز اول زندگی مشترک‌مان بوده است. قرار گذاشته‌ایم که رُک و بی‌پرده و در نهایت صداقت درباره‌ی این مسائل با هم گفت‌وگو کنیم. رابطه‌ی ما، یک رابطه‌ی داوطلبانه است. حتی ممنوعیتی هم برای داشتن رابطه با فرد دیگری قائل نشده‌ایم. تنها شرطِ حفظ و بقای پیوندمان، از نظر ما پایبندی به اصل صداقت در این رابطه است. حتی قرار گذاشته‌ایم که اگر هم روزی به بیهوده بودن این رابطه برسیم، ساده و صادقانه آن را مطرح کنیم. یک رابطه داوطلبانه، آغاز و پایانش نیز داوطلبانه است.

- درست عین رابطه‌ی ژان پل سارتر و سیمون دوبووار.

کامران سر خود را به نشانه‌ی تاسف تکان داد و در ادامه گفت: «مادرت همیشه مرا مسئول چنین چیزهایی می‌دانست. می‌گفت از بس من در گوش تو این چیزها را خواندم، تو این جوری فکر می‌کنی.»

آیدا نه به دفاع از خود پرداخت و نه از پدر رفع مسئولیت کرد. ترجیح داد با لبخندی معنادار از فراز سایه‌ی این اتهام بگذرد و وارد مشاجره‌ی زناشویی پدر و مادرش نشود. چنین کاری فایده و اثری هم نداشت. رابطه پدر و مادرش تباه شده بود و هیچ چیز و هیچ کس دیگر نمی‌توانست گسست پدید آمده در رابطه‌ی آن‌ها را از بین ببرد. او به شکست رابطه‌ی والدینش گردن نهاده بود. اما بیژن هرگز نتوانسته بود با این موضوع کنار بیاید. این را بارها در گفت‌وگوهای خود با خواهرش گفته بود و آیدا در پاسخ به او گفته بود که به تصمیم دو فرد بالغ احترام می‌گذارد. بیژن رویکرد آیدا به جدایی والدین‌شان را سرد و به‌شدت منطقی و بری از هر گونه احساس می‌دانست.

آیدا در واکنش به سخن پدر تنها به گفتن این موضوع بسنده کرد که رابطه سارتر و دوبووار هرگز الگوی رابطه‌ی او و یان نبوده است. تاکید کرد که او همیشه

تلاش کرده مستقل بیاندیشد و کلیشه‌ها را مبنای داوری و رفتار خود قرار ندهد. گفت همیشه آماده بوده است از تجربه دیگران بیاموزد، اما برای زندگی کردن نیاز به الگویی ندارد. گفت زمانه تغییر کرده و برقراری یک رابطه جنسی آزاد که زمانی یک تابوشکنی و یک اقدام انقلابی بود، امروز بدل به بخشی از باورهای بدیهی جوانان شده است. شنیدن چنین چیزی از سوی آیدا، باعث آرامش وجدان کامران شد. متوجه شد که هنجارشکنی آیدا برخاسته از سخن‌سرایی او پیرامون مناسبات آزاد سارتر و دوبووار نبوده است. مشکل را باید در جای دیگری می‌جست، مثلاً در ذهن سنت‌زده‌ی خود و همسرش.

به باور کامران، حق با آیدا بود. رابطه‌ی آن‌ها تنها تشابهی که به رابطه‌ی سارتر و دوبووار داشت، همان مبنای پایبندی به صداقت بود. آیدا و یان از بدو آشنایی‌شان همواره زیر یک سقف زندگی کرده بودند. موضوعی که در مورد سارتر و رابطه‌اش با دوبووار اصلاً صدق نمی‌کرد. افزون بر آن، سیمون دوبووار هرگز نکوشید نقش یک همسر را در یک رابطه‌ی زناشویی برعهده گیرد. آن‌ها نه تنها فرزندی نداشتند، بلکه به طور کامل به آزادی رابطه‌ی جنسی‌شان پایبند بودند. حال آنکه رابطه آیدا و یان یک رابطه زناشویی کامل بود. کاملاً شبیه هر زوج دیگری که چنین رابطه‌ای را به ثبت محضری می‌رسانند و رسماً ازدواج می‌کنند. تنها تفاوت زندگی مشترک یان و آیدا با زوج‌های دیگر در این بود که آن‌ها حاضر نبودند، به رابطه حقیقی‌شان مبنای حقوقی بدهند.

کامران در گفت‌وگوهای خود با آیدای جوان از تحولات اجتماعی سال‌های پس از جنگ جهانی اول در آلمان گفته بود. از اینکه حوادث طوفانی ناشی از تحولات انقلابی در اروپا و به‌ویژه در سایه‌ی دموکراسی سال‌های نخست شکل‌گیری جمهوری وایمار در آلمان، تاثیرات بسیاری بر زندگی جوانان و هنرمندان این کشور نهاده بود. از نیچه و دادئیسم و تاثیر آن‌ها بر بنیان‌های فکری مردم اروپا سخن گفته بود. از حال و هوای روزگاری سخن گفته بود، که در آن بسیاری از شهروندان اروپایی باورشان را به دوام و پایبندگی از دست داده بودند. همه چیز دستخوش تغییر بود و بسیاری چیزها دستخوش تغییراتی طوفانی. در

آن ایام، همه چیز سیال بود، همه چیز از نظر مردم آن روزگار، بهویژه از نظر نخبگان ادب و اندیشه، موقت، سست، بهشدت گذرا و فانی بود.

او به دخترش گفته بود که انتخاب رابطه آزاد جنسی در آن ایام برخاسته از همین نقد خشن دوام و پایداری بود. رابطهای که به باور آنها میبایست طوق اسارت را از گردن انسان برگیرد و دست انسان را در ادامه یا قطع همان رابطه باز بگذارد. آیا در دورانی این چنین ناپایدار، یک رابطهی عاشقانه میتوانست پایدار باشد و پایدار بماند؟ دستکم پاسخ سارتر و دوبووار به این پرسش منفی بود.

کامران از رابطه آزاد بین سارتر و دوبووار به عنوان واکنشی به این شرایط اجتماعی خاص سخن گفته بود. رابطهای که در آن روزهای پر حادثه و طوفانی تنها به سارتر و دوبووار محدود نمیشد. بسیاری از روشنفکران و هنرمندان آن دوره به چنین ایدههایی گرایش پیدا کرده بودند. او از ایده آزادی مناسبات جنسی در آن ایام سخن گفته بود، از شورش در برابر کلیسا و تابوهای مذهبی. اما او هرگز در گفتوگوهای خود با آیدا، مشوق برقراری چنین رابطهای نبود. به هر روی، کامران بهرغم رویکرد مدرنی که به زندگی داشت، هنوز متاثر از ارزشهای همان جامعهی سنتی بود. جامعهای که او از آن و از ارزشهایش گریخته بود. ارزشهایی آلوده به اخلاقی دینی، که سایه بلندشان هزاران فرسنگ دورتر، همچنان بر اندیشه و رفتار او سنگینی میکرد. از این رو، او حتی اگر میخواست، نمیتوانست از ایدهی آزادی مناسبات جنسی دفاع کند.

کامران با کنجکاوی پرسید که آیا ظرف این ده سالی که او و یان با هم زندگی میکنند، مورد یا مواردی از این دست پیش آمده است؟ آیدا متوجه منظور پدر نشد. کامران نیز حاضر نبود صریح و روشن نظرش را بگوید. به گونهای پوشیده از عهدشکنی و بیوفایی سخن گفته بود. آیدا آنقدر هوشیار بود و آنقدر با زبان پدر خود آشنا بود که متوجهی منظور پدرش بشود. در پاسخ گفته بود:

- نه. یان آنقدر خجالتی است که اگر با سایه خودش هم حرف بزند، سرخ میشود.

آیدا سرش را پایین انداخت. شروع به بازی با فنجان قهوهاش کرد. آن را چند

بار در زیرفنجانی‌اش به سمت چپ و راست چرخاند. با لحنی آهسته و کلامی منقطع و شرمی آشکار در سخن چنین ادامه داد: «راستش را بخواهی، این من بودم که یکی دو بار ظرف این مدت وسوسه شدم. پیش از تولد ساندرا بود. نوعی ماجراجویی ... نمی‌دانم شاید هم نوعی عصیان. عصیان علیه پذیرش اجباری همه آن چیزهایی که زندگی به تو تحمیل می‌کند. یعنی پذیرش همه آن چیزهایی که در همه زندگی‌ات نفی کرده بودی.»

آیدا دستمالی از کیفش درآورد و بینی خود را پاک کرد. او به ندرت گریه می کرد و دوست نداشت در حضور دیگران از ضعف‌های روحی خود پرده برگیرد. حتی اگر این دیگری، پدر یا مادرش بود. کامران احساس کرد که آیدا برای ادامه سخن خود نیاز به لحظه‌ای سکوت دارد. نیاز دارد در سایه‌ی این سکوت، آرامش خود را باز یابد. آیدا بدن خود را روی صندلی صاف کرد، سر خود را بلند کرد و مستقیم به چشمان پدرش نگاه کرد. کامران قطره اشکی در گوشه‌ی چشمانش دید. قطره اشکی که همانجا حبس مانده بود. آیدا به سخنان خود ادامه داد و گفت:

- چیز مهمی اتفاق نیافتاد. خیلی زود جلوی آن را گرفتم. یان هم از این موضوع خبر دارد. البته نه همان فردای ماجرا. حدود یکی دو ماه پس از آن بود. همان موقع که برای تعطیلات به جزیره مایورکا رفته بودیم. آنجا بود که ماجرا را برایش تعریف کردم.

آیدا لبخندی بر لبان خود نشاند. لبخندی که تلخ بود. گرهی در ابروان خود انداخت و گفت: «می‌بینی، ظاهراً زور و قدرت همان سوپرایگوی مستبد از آن ایگوی هوسران و خودسر بیشتر است. اما حالا پس از تولد ساندرا همه چیز تغییر کرده است. اتفاقاً ترس من از هم از همین موضوع است. من از همین تغییر می‌ترسم.»

کامران با رفتارهای هنجارشکنانه‌ی دختر خود آشنا بود. به‌رغم آن انتظار شنیدن چنین چیزی را نداشت. او همیشه به رابطه خوب آیدا و یان باور داشت. اما آیدا بی‌آنکه توضیحی بدهد، از یک ماجراجویی سخن گفته بود. کامران از خود

می‌پرسید که آیا ماجراجویی عشقی آیدا برخاسته از عهدشکنی خود او نبوده است؟ آیا رابطه او با برگیته و نادیده گرفتن پیوندش با سودابه باعث وسوسه شدن دخترش نشده است؟ روحیه و پایبندی او را به عهد و پیمانش تضعیف نکرده است؟ آیا از این بابت باید خود را مقصر بداند؟ اما کامران جسارت پرسیدن این پرسش‌ها را به خود راه نداد. نگاهی به دخترش انداخت. آیدا ساکت نشسته بود. شاید از اینکه راز خود را به پدرش گفته است، احساس سبکی می‌کرد. به فنجان قهوه‌اش زُل زده و سکوت کرده بود. کامران پرسید:

– واکنش یان چی بود؟

– چند روزی در جلد خودش فرو رفته بود. سئوال‌هایم را خیلی کوتاه و با بی حوصلگی پاسخ می‌داد. نوعی سکوت آزار دهنده بین ما حاکم شده بود. ولی، خُب خیلی زود به خود آمد و بر احساسات خودش مسلط شد. اولاً که چیزی اتفاق نیافتاده بود و افزون بر این، قرار روز اول ما هم همین بود. ناراحتی یان بیشتر از این بود که چرا من همان موقع ماجرا را به او نگفته بودم. ولی در آن لحظات من با خودم درگیر بودم. باید برای آینده‌ام تصمیم می‌گرفتم. هنوز بچه‌ای در کار نبود که تصمیم گرفتن را برای آدم مشکل بکند. می‌بایست تصمیم می‌گرفتم که در زندگی مایلم کدام راه را بروم. چطور آن موقع می‌توانستم موضوع را به یان بگویم. وقتی که با هم به مایورکا رفتیم، تصمیم خودم را گرفته بودم. من زندگی با یان را بر ماجراجویی‌های این چنینی ترجیح داده بودم. به همین علت هم موضوع را به یان گفتم.

کامران آخرین جرعه قهوه‌اش را نوشید. مکثی کرد و پرسید:

– گفتی پس از تولد ساندرا همه چیز تغییر کرده و این تغییر دقیقاً همان چیزی است که باعث ترس و وحشت تو شده است. منظورت کدام تغییر است؟

– این دقیقاً همان موضوعی بود که می‌خواستم درباره‌اش با تو درددل کنم. حس بدی دارم. احساس می‌کنم که یک دفعه همه چیز عادی شده است. تفاوت زیادی بین زندگی خودم و مثلاً زندگی منیژه نمی‌بینم. منیژه را به عنوان مثال می‌گویم.

منیژه دخترخاله‌ی آیدا و هم سن و سال او بود. در ایام کودکی، پیش از آنکه به فرانکفورت بروند، خیلی زیاد با خواهر سودابه و شوهرش به خانه‌ی آن‌ها می‌آمدند. هم‌بازی دوران کودکی آیدا بود. منیژه برخلاف آیدا، دختری بسیار آرام بود و رفتاری متین داشت. سودابه همیشه به آیدا می‌گفت که باید ادب و نزاکت را از منیژه یاد بگیرد. منیژه از نظر سودابه نمونه‌ی یک دختر شایسته بود. اما آیدا خیلی زود متوجه شد که با منیژه زبان مشترکی ندارد.

منیژه هیچ تمایلی به تابوشکنی، به تحقیر هنجارها نداشت. از نوع همان محصولاتی بود که آیدا از آن‌ها به عنوان کالاهای درجه یک سوپرایگو یاد می‌کرد. نه با سیاست کاری داشت و نه از مسائل پیچیده فکری لذت می‌برد. اگر کتابی هم دست می‌گرفت، بیشتر رمان‌های عاشقانه بود. از آن رمان‌هایی که در هر کیوسک مجله‌فروشی هم می‌توان خرید. منیژه خیلی زود ازدواج کرده بود و دو بچه داشت. زنی که همه زندگی خود را وقف همسر و فرزندانش کرده بود، یک کدبانوی تمام عیار، یک زن خانه و خانواده. او قطب مخالف آیدا بود و از این رو بود که آیدا از بدل شدن به منیژه وحشت داشت.

آیدا گفت: «شاید نتوانی درک کنی. ولی از بین رفتن تفاوت‌های من و منیژه برای من غیرقابل تحمل است. ساندرا و زندگی مشترک با یان، به گونه‌ای آرام و تدریجی از من منیژه می‌سازند. به نظر من عشق نمی‌تواند و نباید بدل به عادت بشود. عشق تعریف خودش را دارد و عادت هم تعریف خودش را. عادت نوعی سهل‌گیری در زندگی است، برخاسته از یک کاسب‌کاری منطقی. همان کاسب‌کاری که به آدم حکم می‌کند، برای حفظ چیزی باید از کدام راه برود و از کدام راه پرهیز بکند. همین رفتار پس از تکرار بسیار، بدل به عادت می‌شود. الان احساس می‌کنم که رابطه من و یان، به تدریج، بدل به عادت شده است. از آن شور، هیجان و انگیزشی که در عشق هست، اثر چندانی نمانده است.»

کامران مایل بود بداند که آیا آیدا از زندگی مشترک خود با یان خرسند است. فراتر از آن مایل بود بداند آیا او از این زندگی مشترک لذت می‌برد. پرسش دیگری که به‌رغم صمیمیت و نزدیکی روحی‌اش با آیدا، طرح آن برای او بسیار دشوار بود.

نگاهش را از نگاه دخترش دزدید و با صدایی آرام پرسید:

– از زندگی‌ات لذت می‌بری؟ منظورم را متوجه می‌شوی؟

آیدا پس از لحظه‌ای مکث و اندیشیدن به مضمون آنچه پدرش پرسیده بود، گفت: «نمی‌دانم. اگر منظورت از لذت، بهره بردن از یک زندگی سازگار و آرام باشد، می‌توانم بگویم آره. اما اگر بخواهم بگویم که آیا از تب و شور دیدار و هم‌بستر شدن با یان لذت می‌برم، باید بگویم متاسفانه نه. مدت‌هاست که چنین رابطه‌ای بین ما وجود ندارد. این عشق و این رابطه باعث آزادی من نشده است.»

آیدا نگاهی به ساعت تلفن همراه خود انداخت و گفت که متاسفانه باید برود. آن هم در لحظه‌ای که گفت‌وگوی‌شان جدی شده بود. کامران پرسش‌های بسیاری داشت. پرسش‌هایی که بی‌پاسخ در فضا رها شده بودند. از جای خود بلند شد، آیدا را در آغوش گرفت، بوسه‌ای بر گونه‌ی دختر دلبندش زد و خیلی کوتاه و مختصر گفت: «می‌توان به آزادی عشق ورزید، ولی عشق هیچگاه باعث آزادی آدم نمی‌شود. نمی‌بایست چنین انتظاری از عشق داشت.»

شیدایی

(دوشنبه، ساعت یازده و پنجاه و پنج دقیقه پیش‌ازظهر)

کامران از همان لحظه‌ی نخست ورود به کافه کرومل، حال و روزش تغییر کرده بود. پریشانی او را می‌شد با اندکی دقت در رفتار و کلامش متوجه شد. حال آنکه آیدا اصلاً متوجه‌ی حالات روحی پدرش نشده بود. یک‌باره از جای خود بلند شده، بوسه‌ای بر گونه‌ی پدر زده، خداحافظی کرده و رفته بود. کامران پس از رفتن آیدا، غرق در افکار و پرسش‌های خود، برای لحظه‌ای، بی‌حرکت در کافه نشست. منتظر ماند، گارسون صورتحساب را بیاورد. تحمل بار خاطرات تلخ گذشته، در آمیزش با پرسش‌های آن لحظه‌اش، برای او دشوار شده بود. پرسش‌های بی‌پاسخی که از دل گفت‌وگو با آیدا زاده شده بودند.

او در چهره‌ی دخترش و در لحن بیان او ردپای نوعی سرگشتگی را دیده بود. او آیدا را خوب می‌شناخت. حتی می‌توانست با اندکی دقت به چشمان و نوع نگاه کردنش، پی به حالات روحی او ببرد. اما به ندرت پیش می‌آمد که آیدا متوجه حالات روحی پدرش بشود. آن روز نیز، آیدا از خود گفته بود و نتوانسته یا نخواسته بود رد تازیانه‌های تنهایی را بر روح و جان پدرش ببیند. شاید هم مقصر اصلی خود کامران بود. او هیچ‌گاه سُفره‌ی رازهای دل خود را پیش دخترش نگشوده بود. ترجیح می‌داد شنونده‌ی رازها و دردِدل‌های دخترش باشد، تا از غم‌های رسوب کرده بر روح و روان خود چیزی بگوید. آیدا هم سال به سال، بیش از پیش درگیر خود، زندگی خانوادگی و افکار و دغدغه‌های خود شده بود.

در آن ایامی که رابطه‌ی زناشویی کامران و سودابه ترک برداشته بود، در آن

روزهایی که هر گفته یا هر موضوع ولو کوچکی می‌توانست بر آتش نهفته زیر خاکستر رابطه‌ی بحران‌زده‌ی بین آن دو بدمد، آیدا بارها پدر خود را غمگین دیده بود. به‌رغم آن، تلاشی برای کاستن از بار آن غمی که، پدرش بر دوش می‌کشید، نکرده بود.

آیدا کودک که بود، تحمل دیدن غم و ناراحتی پدر و مادر خود را نداشت. اگر پدرش را غمگین می‌دید، با ناز و عشوه‌ای کودکانه می‌آمد و جلوی پدرش زانو می‌زد و با دو دست کوچکش لبان پدرش را به سمت دو گوش او می‌کشید، تا لبخندی بر لبانش بنشاند. آیدا بارها این چنین باعث خنده‌ی پدرش شده بود. کامران در چنین لحظاتی همه‌ی غم و غصه‌های خود را فراموش می‌کرد. دخترش را در آغوش می‌گرفت و همراه با او می‌خندید. اما آن ایام سپری شده بود. آیدا دیگر آن دختر کوچک نبود. بزرگ شده بود. اکنون خود او یک مادر بود و همچون یک مادر درگیر خانواده و فرزند خود.

آیدا مدت‌ها بود که از نیاز پدرش برای دردِدل کردن با او غافل شده بود. شاید هم نمی‌دانست که سالخوردگی فقط باعث افزایش صبر و تحمل آدم نمی‌شود، توانِ رویارویی با زهر نهفته در خاطرات بد و مشکلات را نیز کاهش می‌دهد. شاید از ضعف و شکنندگی روح آدم در ایام پیری بی‌اطلاع بود. شاید از تاثیرات مخرب و آزار دهنده‌ی رازهای قدیمی و فشار خاطرات تلخ بر روح و روان آدم آگاهی نداشت. شاید نمی‌توانست متوجه شود که پیری نه به تن آدم رحم می‌کند و نه به روح او. آیدا چین و شکن‌های چهره‌ی کامران را می‌دید ولی از چین و شکن‌های نشسته بر روح او بی‌خبر بود. شاید نمی‌دانست که تنهایی یعنی چشم پوشیدن ناگزیر بر حمایت دیگران، آنگاه که گذشته برای آزار تو پا پیش می‌نهد و وحشت برخاسته از مرگ و ناخوشی لحظه‌های زندگی‌ات را تلخ می‌کند.

کامران دلی پُر و حرف‌های زیادی برای گفتن داشت. می‌دانست که تنها از طریق شریک کردن دیگران با این خاطرات و رازهاست که می‌تواند از بار گران آن‌ها بکاهد. او بسیاری از این رازها را به برگیته گفته بود. اما گفتن آن رازها از بار آن‌ها نکاسته بود. از این رو، اکنون احساس می‌کرد که قادر به تحمل همه‌ی این

بار به تنهایی نیست. رابطه‌اش با هایکه نیز هرگز نتوانسته بود، نیاز او را برآورده سازد. او به گفت‌وگو با دخترش، با این نزدیکترین کسی که برایش مانده بود، به‌شدت نیاز داشت. اما نیاموخته بود که نیازش را بیان کند و نمی‌خواست باری بر بارهای زندگی دخترش بیافزاید.

گارسون برگه‌ی صورتحساب را روی میز گذاشت، لبخندی زد و رفت. کامران عینکش را از جیب پیراهن خود در آورد و نگاهی به آن انداخت. اسکناسی روی میز گذاشت، پالتویش را به تن کرد، شال پشمی‌اش را که زمانی سودابه برای او بافته بود، به دور گردن خود پیچید و از کافه خارج شد. او از خیلی چیزهایی که یاد و بوی سودابه را داشتند، جدا شده بود. اما نتوانسته بود، از این شال دل بکند.

لحظه‌ای در کنار کافه ایستاد. بادی سرد می‌وزید. پنداشت که قطرات عرقی که روی پیشانی‌اش لغزیده بودند، همان جا یخ زده‌اند. با گوشه‌ی شال پیشانی‌اش را پاک کرد. زبری الیاف شال با هجوم یکباره‌ی سرما در هم آمیخت و حاشیه‌ی سرخی بر پیشانی‌اش نشاند. از بیرون کافه و از لای پرده‌های نیمه کشیده‌ی پنجره‌ی بزرگ آن، نگاهی به درون انداخت. نگاهش تلو تلو خوران بی‌اختیار به طرف چپ پیشخوان کشیده شد و روی همان یکی دو میزی متوقف ماند که معمولاً با برگیته پشت یکی از آن‌ها می‌نشستند و گپ می‌زدند.

او در حین تماشای درون کافه، نفس عمیقی کشید و پس از آن، دم خود را همراه با آهی بلند بیرون داد. آهی بلند که در آمیزش با بخار برخاسته از بازدم او همچون هاله‌ای از دود در برابر چشمانش قد برافراشت. گذشت سال‌ها نیز از بار سنگین آن خاطرات نکاسته بود. این خاطرات او را رها نمی‌کردند. خاطرات کافه کرومل، بر زندگی مشترک او با سودابه نقش زده بودند. خاطراتی که باعث جدایی سودابه از او شده بودند و حال او محکوم شده بود سال‌ها بار این خاطرات را به تنهایی بر دوش بکشد.

او چاره‌ای مگر زندگی با پیامدهای تصمیم خود نداشت. بازخوانی خاطرات حک شده بر در و دیوار کافه کرومل به او نشان می‌داد که جدایی از برگیته نتوانسته به این فصل از زندگی‌اش خاتمه دهد. پرونده‌ای که گمان می‌کرد پایان

یافته و بایگانی شده است، ماندگارتر از تصور ساده‌انگارانه‌ی او بود. دریافته بود که اگر این گذشته طعم تلخی داشته باشد، جان سخت‌تر از لحظه‌های شیرین است. همان‌جا در پستوهای ذهن باقی می‌ماند و هر از گاهی برای آزار روح و جان سرک می‌کشد.

نگاهی به ساعتش انداخت. بی‌اختیار به یاد مرتضی افتاد. مرتضی به علت ناراحتی روده در بیمارستانی در کلن بستری شده بود. قرار بود چند روز پیش عمل شود. عمل جراحی با موفقیت انجام شده بود. خبر آن را دوست مشترک‌شان، محمود، تلفنی به اطلاع او رسانده بود. یک‌باره تصمیم گرفت به عیادت مرتضی برود. تا بیمارستان آگوستینرینن، جایی که او بستری بود، پیاده حدود یک ساعت راه بود. او نیاز به دیالوگ با خود داشت. بر آن بود همه آن چیزهایی را که نتوانسته بود به آیدا بگوید، در گفت‌وگو با خود مرور کند. از این رو تصمیم گرفت این مسیر نسبتاً طولانی را پیاده طی کند. در آن لحظه حتی سرمای گزنده را نیز فراموش کرده بود.

سرش را برگرداند. متوجه سنگینی نگاه کسی روی تن و پیکر خود شده بود. زن میان‌سالی بود که در حین عبور از کنار او، از رفتار عجیب مردی که پشت پنجره کافه‌ای ایستاده و به داخل آن زُل زده است، تعجب کرده بود. کامران لبخند تلخی زد، سرش را پایین انداخت و به راه افتاد.

تصورش درباره‌ی خودش، درباره‌ی برگیته و رابطه‌ی مشترک‌شان، تصوری خطا بود. و این چیزی نبود که او در آن لحظه کشف کرده باشد. حتی در همان اوایل شکل‌گیری این رابطه، بارها دچار تردید شده بود. اما کششی مرموز مانع از آن می‌شد که افسار سرنوشت را به دست خرد و منطق خود بدهد. او در آن هنگام نمی‌دانست که احساس توانایی آن را دارد که خرد آدم را بفریبد، به جای خرد آدم تصمیم بگیرد و صحنه را به گونه‌ای بیاراید که خرد نیز همراهی کند. نمی‌دانست که این احساس فریبکار، با صد مکر و حیله، می‌تواند خرد را وادار به همدستی با خود بکند. تا بدان حد که آدم تصمیمی برخاسته از احساسات محض را خردمندانه بخواند.

خرد در زندگی او کارنامه‌ی درخشانی نداشت. آنگاه که گوش به وسوسه‌های احساس خود داده بود، از خود می‌پرسید مگر نتیجه‌ی ده‌ها سال فرمان بردن از خرد چه بوده که او در آن ایام نیز به قوه‌ی خرد خود تمکین کند و به فرمان‌های آن تن دهد؟ این خرد و منطق از او پیرمردی آفریده بودند. پیرمردی که حتی جسارت نگاه کردن به چهره خود در آینه را از دست داده بود. حال آنکه رابطه با برگیته باعث شادابی روح او شده بود. به او امکان داده بود، طعم جوانی از دست رفته را بار دیگر بچشد. این رابطه گرد و غبار پیری زودرس را از چهره‌ی او زدوده بود. از همین رو، چشمان خود را بسته و دریچه‌های روح خود را روی آن ماجراجویی دیرهنگام گشوده بود و فرمانروایی احساسات مردی سرگشته و ره گم کرده را، بر تسلیم شدن به حکمرانی خردی خسته، ملول و اندوهگین ترجیح داده بود.

او به‌درستی می‌دانست که هیچ کس در چینش افراد در این نمایشنامه‌ی غم انگیز، در این ماجراجویی عشقیِ دیرهنگام و بدفرجام سر جای خود نایستاده است. ماجراجویی که ریشه در کم تجربگی او داشت. کم تجربه بودن او در معاشرت با زنان، فقط ناشی از زندگی در یک جامعه‌ی سنتی و سنت‌زده نبود. ریشه‌های عمیق‌تری داشت. از نوعی سیاست‌زدگی در زندگی‌اش برمی‌خاست.

گرایش زودهنگام او به فعالیت‌های سیاسی نیز مجالی برای تجربه و چشیدن طعم زندگی در سال‌های دوران جوانی‌اش باقی ننهاده بود. رویاها و آرزوهای بزرگ، جوانی او را ربوده بودند و نسلی همچون او پدید آورده بودند. نسلی که جای یک فصل بزرگ از زندگی‌اش در زندگینامه‌اش خالی مانده بود. نسلی که پیش از آن که بالغ شود، پیر شده بود. نسلی که با یک جهش از نوجوانی به پیری رسیده بود. آرزوی تغییرِ نظمِ جهان، نسل او را فریفته و شیفته خود کرده بود، نسلی توهم‌زده و غرق در رویاهای شیرین اما غیرواقعی.

آن خانه‌ی کاغذی که فرو ریخت، نسلی بر جای نهاد که در کمال حیرت محو تماشای ویرانه‌ای شده بود که در اثر فروریزش آن آرزوهای بزرگ پدید آمده بود. نسلی که نه تنها سرگردان بود، بلکه در رویارویی با چالش‌های زندگی نیز کم

تجربه و آسیب پذیر می‌نمود. برگیته در چنین لحظه‌ای در زندگی او، در این ماجراجویی عشقی ظاهر شده بود.

به سوی بیمارستان به راه افتاد. در طول راه بارها از سادگی و ساده لوحی خود خنده‌اش گرفت. خنده‌ای که فرح‌بخش نبود، آزار دهنده بود و ریشه در نگاهی تحقیرآمیز به خود و رفتار خود داشت. از اینکه همچون جوانی خام، بازیچه چنین احساساتی شده بود، شرمگین بود. جای دندان‌های تیز توهم را بر روح و جان خود حس می‌کرد. چگونه ممکن بود که او رابطه خودش با برگیته را با رابطه عاشقانه‌ی بین مارتین هایدگر و هانا آرنت یکی بداند؟ آیا این مقایسه، ادامه‌ی همان توهم‌ها نبود؟ آیا در زندگی او، توهمی جای خود را به توهم دیگری نداده بود؟ آیا توهم تغییر نظم جهان زمینه را برای توهم تغییر نظم زندگی خود او مهیا نساخته بود؟

نه او مارتین هایدگر بود و نه برگیته، هانا آرنت. این را می‌بایست او به‌خوبی می‌دانست. باید می‌دانست که دنیایی بین آن‌ها فاصله وجود دارد. کشش جنسی‌ای که بین او و برگیته پدید آمده بود، کمترین شباهتی به عشق آتشین بین هایدگر و آرنت نداشت. گرچه در نخستین ماه‌های شکل‌گیری رابطه‌اش با برگیته، هنوز قادر نبود این رابطه‌ی نو را سبک و سنگین کند و تصویری واقعی از آن داشته باشد.

او عشق را هرگز تا پیش از آن، تجربه نکرده و شوریده نشده بود. از این رو نمی‌توانست تفاوت بین کشش جنسی و عشقی آتشین را متوجه شود. او رابطه‌ی خود با برگیته را عشقی پرشور می‌دانست. این تنها گذشت زمان بود که نشان داد کشش جنسی می‌تواند چنان قوی و فریبنده باشد که آدم دچار وهم‌های جنون‌آمیز شود. نیچه زمانی گفته بود که در عشق رگه‌ای از جنون وجود دارد. اما آنچه کامران متوجه نشده بود، این بود که هر رفتار جنون‌آمیزی را نیز نمی‌توان به پای حساب عشق نوشت.

نه عشق هایدگر به آرنت، عشقی افلاطونی بود و نه آن احساسی که او نسبت به برگیته داشت. قرار بر آن نبود که شور عاشقانه، این شیدایی سرمست کننده

برخاسته از هم‌آغوشی، قربانی عشقی روحانی شود. هایدگر در همان لحظه‌ی نخست، عاشق آرنت شده بود. هایدگر آن عشق را چون صاعقه‌ای که بر روحش فرود آمده باشد، در همان لحظه‌ای تجربه کرد که آرنت در ساعت ملاقاتش به دیدن او آمده بود. هایدگر از جن‌زدگی خود گفته بود.

تشابه ظاهری بین رابطه‌ی او و برگیته با رابطه‌ی هایدگر و آرنت، کنجکاوی او را برانگیخته بود. مایل بود از سرنوشت و فرجام ماجراجویی عشقی هایدگر و آرنت مطلع شود. در مطالعات خود به اواخر پاییز سال ۱۹۲۴ رسیده بود. هایدگرِ در آن روزگار مردی ۳۵ ساله بود و کار تدریس خود را در دانشگاه ماربورگ آغاز کرده بود و آرنت، این دخترِ جوان ۱۸ ساله، برای تحصیل در رشته فلسفه به آن دانشگاه آمده بود. این دانشجوی جوان شیفته استاد خود شد و موفق شد با مهرورزی، مهر او را برانگیزد و به این ترتیب هوش از سر یکی از نخبگان آن قرن برُباید. عشق به آرنت، به زندگی هایدگر معنایی جدید بخشید و باعث شکوفایی بیشتر او شد. هایدگر در همان دیدار نخست شوریده و شیدا شده بود.

تشابه زیادی بین رابطه‌ی او و برگیته با رابطه‌ی مارتین هایدگر و هانا آرنت وجود نداشت. اما می‌شد در پوسته‌ی رابطه‌ی آن‌ها شباهت‌هایی با یکدیگر دید. شباهت‌هایی که عمدتاً ناشی از فروکاستن رویدادها به پدیده‌هایی تصادفی بود. هر دو رابطه در محیطی آکادمیک پدید آمده بودند، در یک دانشکده‌ی فلسفه. رابطه‌ی او و برگیته در دانشکده فلسفه‌ی دانشگاه کلن شکل گرفته بود و رابطه‌ی هایدگر و آرنت در دانشگاه ماربورگ. هایدگر هم در آن زمانی که وارد رابطه عاشقانه با هانا آرنت شده بود، همسر و دو فرزند داشت، درست مثل خود کامران. سن هایدگر در آن هنگام دلدادگی، دو برابر معشوق خود بود و کامران نیز تقریباً دو برابر برگیته سن داشت. خیلی چیزهای دیگر این دو رابطه را شبیه به یکدیگر می‌ساختند. اما آنچه او خیلی دیر متوجه شد، این بود که این شباهت‌ها فرآورده‌ی ذهن توهم‌زده فردی کم‌تجربه و ناپخته هستند. او به دنبال مهری بود که در زندگی مشترکش با سودابه نمی‌یافت. آنچه او را به سوی برگیته جلب می‌کرد، صرفاً کشِشی جنسی بود. این موضوع را او بعدها متوجه شد. حال آنچه

برای هایدگر بحرانی فلسفی ایجاد کرده بود، شوریدگی برخاسته از عشقی آتشین بود.

پشت چراغ راهنمایی ایستاد. سرما از پیچش شلخته‌وار شالش، راهی به سوی سینه‌ی او یافته بود. دکمه‌ی بالایی پالتویش را بست و یقه‌ی آن را نیز بالا زد. گوش‌هایش قرمز شده بودند. هنوز به نیمه‌ی راه هم نرسیده بود. افکار و خاطرات گذشته و به‌خصوص یادآوری رابطه‌اش با برگیته برایش عذاب‌آور بودند. دچار تردید شد. حتی تصمیم گرفت مسیر خود را تغییر دهد و به خانه‌ی خود برود. اما منصرف شد. عیادت از مرتضی را وظیفه‌ی خود می‌دانست. وظیفه‌ای که حاضر بود با کمال میل به آن عمل کند. افزون بر آن احساس می‌کرد که در این لحظه به گفت‌وگو با مرتضی احتیاج دارد. به گفت‌وگویی با مضمونی متفاوت که بتواند ذهن او را به نقطه‌ی دیگری از جهان هستی بکشاند. این چنین بود که به راه خود به سوی بیمارستان ادامه داد.

او برگیته را پیش از شروع این رابطه نیز می‌شناخت. بین آن دو یک آشنایی ساده شکل گرفته بود. او در آغاز این رابطه، یعنی در آن هنگامی که آشنایی‌شان هنوز جدی نشده و بدل به یک رابطه عاشقانه نشده بود، مردی پنجاه و شش ساله بود، مردی با شخصیتی جا افتاده و شکل گرفته. حداقل باورش درباره‌ی خودش این بود. پیش از آن حتی تصورش برایش دشوار بود که در چنین سن و سالی همچون یک جوانِ نوبالغ شیفته دیدار یار گردد. همان شیفتگی‌ای که هایدگر درباره‌ی دیدار خود با آرنت از آن سخن گفته بود.

هایدگر عشق خود را به آرنت برخاسته از سحر و جادویی می‌دانست که روح و جان او را تسخیر کرده بود. حال آنکه رابطه او و برگیته به‌مرور شکل گرفته بود. هر بار اندکی بیشتر از بار پیش. او پیش از آن همیشه گمان می‌کرد که برانگیزش عشق در همان نگاه نخست، افسانه‌ای بیش نیست. چنین چیزی را ناشی از توهم می‌دانست و به آن باور نداشت. ماجرای عشق هایدگر به آرنت او را غافل‌گیر کرده بود. باور این موضوع که هایدگر در همان نگاه نخست جن‌زده شود، برایش خیلی سخت بود. همین موضوع او را آسیب‌پذیرتر کرده بود.

او عشق را نوعِ خاصی از دوستی می‌دانست. یک دوستی والا و گرانقدر. او باور داشت که عشق صیقل یافتن یک رابطه‌ی دوستانه به یاری شور و اشتیاق است. صیقل یافتنی که تنها با گذشت زمان روی می‌دهد. از خود می‌پرسید مگر ممکن است که یک دوستی، آشنایی یا حتی بیش از آن، یک دیدار بتواند در چشم بر هم زدنی بدل به عشق شود؟ رابطه‌ای که بین او و برگیته شکل گرفته بود را، در نخستین ماه‌ها، همان دوستی والا و گرانقدری می‌دانست که به‌مرور و با گذشت زمان پدید آمده بود. اما چون هیچگاه عاشق نشده بود، نمی‌توانست درک درستی از شدت گرفتن ضربان قلبش داشته باشد. نمی‌توانست بفهمد که آیا سر رفتن کاسه‌ی صبر و تحملش از جنس همان بی‌قراری عاشقانه‌ای است که شاعران به گونه‌ای مداوم درباره‌اش سروده‌اند، یا ناشی از آن کشش جنسی‌ای است که بر بستر آن ماجراجویی در روح و روانش طوفان به پا کرده است.

تجربه‌ هایدگر اما چیز دیگری بود. عشق به آرنت، هستی هایدگر را وادار به رویارویی با یک تجربه جدید کرده بود. از خود بی‌خود شده بود و بر بستر این شوریدگی و شیدایی عاشقانه تلاش کرده بود خود را باز یابد. این عشق مرزهای دو هستی را درنوردیده بود. هایدگر حکم‌روایی و تعلق این هستی دیگری را در هستی خود تجربه می‌کرد. هایدگر از خود پرسیده بود که چگونه می‌شود دغدغه‌های هستیِ فرد دیگری بدل به دغدغه‌های هستی او گردند؟ عشقی که هنرش زنده نگاه داشتن شعله‌ی شور و اشتیاقی بود که با گذشت زمان نیز می‌بایست این دو جان عاشق، شیفته و شیدا را هم چنان از خود بی‌خود کند.

باران خفیفی شروع به باریدن کرده بود. قطرات باران در اثر برودت هوا همچون دانه‌های کوچک یخ بر سر و صورت کامران فرو می‌غلتیدند. چیزی بین باران و تگرگ بود. او چترش را فراموش کرده بود. قرار نبود باران ببارد. دست‌کم اداره هواشناسی چنین چیزی را پیش‌بینی نکرده بود. اما سال‌ها زندگی در آلمان به او آموخته بود که هوای این کشور همیشه برای غافل‌گیر کردن مردم و اداره هواشناسی می‌تواند به پیش‌بینی‌ها پشت کند و راه خود را برود. این باران برای لحظه‌ای کوتاه ذهنِ او را مشغول خود کرد. اما او متوجه شد که رهایی از خاطراتی

که کافه کرومل از پستوهای ذهنش بیرون کشیده بود، به سادگی ممکن نیست.

اشتیاق دیدار هانا آرنت، هایدگر را رها نمی‌کرد. دیدار استاد و شاگرد در آن ایام، آن هم زیر بار تابوهای اخلاقی سال‌های دهه بیست صرفاً محدود به اراده و تمایل این دو نمی‌شد. تن دادن به عشقی ممنوعه، در آن ایام نیاز به پنهان‌کاری داشت. قرار گذاشته بودند که هرگاه چراغ اتاق کار هایدگر در ساعت معینی از شب، روشن باشد، خبر از شور عاشقانه هایدگر برای دیدار یار بدهد. آرنت هم با دیدن روشنایی اتاق کار هایدگر ضربان قلبش شدت می‌گرفت و میل نزدیکی با هایدگر روح و روانش را تسخیر می‌کرد.

کامران هم هر بار و پس از هر دیدار با برگیته، دلتنگ دیدار بعدی او بود. بار این انتظار در روزهای تعطیل یا در ایام ناخوشی، سنگین و سنگین‌تر می‌شد. پس از یک جدایی، ولو یک جدایی کوتاه، وقتی موفق می‌شد بار دیگر برگیته را ببیند، پنداری بال در می‌آورد. احساس سبکی می‌کرد. احساس می‌کرد که روح و جانش تازه شده و پیکرش پس از یک خواب زمستانیِ طولانی بار دیگر جان گرفته است. روییدن زندگی را زیر پوست خود حس می‌کرد. مثل گیاهی که با فرارسیدن بهار از نو زاده می‌شود.

او احساس می‌کرد که بهار عمرش فرا رسیده است. بهاری که بسیار دیر به سراغ او آمده بود. اما بهار این دوره از زندگی را نمی‌توان با دوران کودکی و نوجوانی مقایسه کرد. بهاری که یک درخت بلند و سالمند تجربه می‌کند با تجربه یک نهال نورس تفاوت می‌کند. طراوت و شادابی جوانی بار دیگر رُخ نموده بودند. آهنگِ ضربانِ قلبش شتاب گرفته بود. گرمایی مطبوع زیر پوستش خزیده بود. سراپا شور و اشتیاق به انتظار دیدار برگیته می‌نشست و هر بار که برگیته را می‌دید، با رویی گشاده و لبی خندان او را عاشقانه در آغوش می‌گرفت.

آشنایی و رابطه با برگیته برای او بازگشت زندگی و سرزندگی به آن ایامی بود که به شکوفایی پشت کرده بود و در و دروازه بر اندوه و پژمردگی روحی گشوده بود. فصل جدیدی در زندگی‌اش شروع شده بود. و این را او به‌خوبی می‌دانست. آنچه اما او در آن هنگام نمی‌دانست، پایان این قصه بود. پایانی که خیلی زودتر از

آنچه حتی گمان می‌کرد، روی داد. پایانی که از رویارویی با آن مدت‌ها واهمه داشت.

او در هفته‌ها و چه بسا در ماه‌های نخست شروع این رابطه گاهی نسبت به واقعی بودن آن رابطه دچار تردید می‌شد. از خود می‌پرسید که چگونه توانسته است در این سن و سال مهر و عشق زن جوانی را برانگیزد؟ حال آنکه رابطه‌اش با سودابه، زمانی که با او تنها بود، در آن لحظاتی که با او هم‌بستر می‌شد، بیشتر به انجام وظیفه می‌مانست. ناگزیر به رابطه‌ای غیر رومانتیک تن می‌داد که به مرور زمان، بدل به بخشی از وظایف زناشویی شده بود. از خود می‌پرسید مگر می‌شود مهرورزیدن تا حد انجام وظیفه سقوط کند؟ با گذشت سال‌ها، تفاوت بود و نبود این نزدیکی، این هم‌بستر شدن‌های طبق برنامه و عادت، این وظیفه زناشویی قراردادی، رنگ باخته بود. نه در او شوری بر می‌انگیخت و نه دیگر مهری به دل می‌نشاند.

سودابه تغییرات دوران یائسگی را تجربه می‌کرد. دستخوش نوعی افسردگی شده بود. پیکرش مرتب گُر می‌گرفت و تب می‌کرد. نیمه‌های شب، یکباره خیس عرق از خواب بیدار می‌شد. میل جنسی‌اش را از دست داده بود. بیشتر ترجیح می داد گوشه‌ای بنشیند، تک و تنها، کتابی بخواند یا چیزی ببافد. کامران هم میل جنسی‌اش کاهش یافته بود. ساعات زیادی را در اتاق کار خود سپری می‌کرد. او درباره‌ی یائسگی پنهان در نزد مردان هم چیزهایی شنیده بود. اما نمی‌دانست که آیا کاهش میل جنسی‌اش ناشی از تغییرات هورمونی در وجود خود اوست یا برخاسته از بی‌میلی سودابه؟

رابطه با برگیته، همه چیز را تغییر داده بود. نشاط و سرزندگی بار دیگر به سراغ او آمده بودند. باورش درباره خودش تغییر کرده بود. وقتی در آینه به آن دیگری نگاه می‌کرد، دیگر چهره آن پیرمرد خسته را نمی‌دید. همان پیرمردی که با نگاهی تلخ همواره به او زُل می‌زد و او را می‌آزرد. حتی گاهی گمان می‌کرد که این پیرمرد از زندگی او خارج شده است. به سفری طولانی رفته است. کامران حتی خود را مردی کمابیش جذاب می‌یافت. چنین نگاهی به خود برای او نیز

کاملاً تازگی داشت. او نگاه پر مهر برگیته را تاییدی بر این داوری جدید می‌دانست.

برگیته پس از هر هم‌آغوشی‌شان دوست داشت انگشت‌های بلند و سفیدش را در لابه‌لای موهای جو گندمی او بسُراند. کامران همان طور که برهنه در کنار پیکر سفید برگیته بر تخت دراز کشیده بود، از نوازش عاشقانه برگیته لذت می‌برد. او نیز آرام سر و سینه برگیته را نوازش می‌کرد و از تماس دست خود با لطافت ناشی از جوانی پوست تن برگیته غرق در لذت می‌شد. لذتی که سال‌ها پس از آن نیز از خاطر و یاد او محو نشده بود. رابطه‌اش با هایکه نیز هرگز نتوانسته بود، کمبود این لذت را جبران کند.

در آن روزهایی که با برگیته راز و نیاز می‌کرد، شوری به جانش افتاده بود که هرگز نمی‌شناخت. پنداری به یک منبع پنهان انرژی در بدن خود دست یافته است. رابطه او با سودابه، هیچگاه و حتی در ایام جوانی نیز، چنین شور و اشتیاقی در او پدید نیاورده بود. او این شور و اشتیاق ناآشنا را پس از آشنایی با برگیته کشف کرده بود و از اینکه در خود چنین شیدایی را می‌دید، دچار حیرت می‌شد. خود را چنین نمی‌شناخت. شاید هم همان بازیافتن خود بود بر ویرانه‌های بر جای مانده از سرگشتگی‌های عاشقانه. عین همان تجربه هایدگر. دست‌کم در آن هنگام گاهی او چنین گمان می‌کرد.

هایدگر و آرنت احساسات خود را با یکدیگر در میان می‌گذاشتند. مرتب برای هم نامه می‌نوشتند. مثل همان رابطه‌ای که بین سارتر و دوبووار وجود داشت. حال آنکه او تنها یک بار برای برگیته نامه نوشت و برگیته همان نامه را بی‌پاسخ گذاشت. کامران حتی پیش از نوشتن این نامه متوجه شده بود که رابطه او با برگیته فرجامی ندارد. این موضوع را پیرمرد آن سوی آینه، پس از بازگشت از سفرش، به او گفته بود.

او از خود می‌پرسید که مگر عیارِ عشق را با فرجام آن می‌سنجند؟ رابطه هایدگر و آرنت نیز رابطه‌ای بی‌فرجام بود و حتی می‌توانست رابطه‌ای بدفرجام باشد. آلمان روزهای سختی را تجربه می‌کرد. گرایش‌های فاشیستی در حال شکل گرفتن بودند. هایدگر نیز به تفکر ناسیونال سوسیالیستی تمایل یافته بود. آرنت

گرچه باور دینی محکمی نداشت، اما یهودی تبار بود و از یهودستیزی تنفر داشت. این حرکت به دو سمت متضاد، رابطه‌ی آن‌ها را دگرگون کرد، اما پس از پایان جنگ جهانی دوم و درهم شکستن حکومت نازی‌ها، یاد و خاطره‌ی آتش آن رابطه‌ی عاشقانه بار دیگر از زیر تلی از خاکستر زبانه کشید.

حال آنکه رابطه‌ی او و برگیته، رابطه‌ای کم دوام بود. آتشی بود که برای همیشه خاموش شد. آنچه باعث آن شده بود که رابطه‌ی او و برگیته قطع شود، عدم درک تفاوت بین حس تعلق و مالکیت بود. هایدگر در یکی از این نامه‌هایش به آرنت نوشته بود که عشق نمی‌باید حس مالکیت را در آدم برانگیزد. نوشته بود که او اجازه ندارد آرنت را تصاحب کند و به مالکیت خود درآورد. اما این دوری جستن از حس مالکیت مانع از آن نمی‌شود که او آرنت را متعلق به زندگی خود نداند. درک تفاوت بین تملک و تعلق رابطه بین هایدگر و آرنت را نجات داد و عدم درک آن، رابطه کامران و برگیته را نابود کرد.

کامران وارد خیابان یاکوب اشتراسه شد و با دیدن بیمارستان خود را از ترکش‌های آن خاطرات آزار دهنده رهاند. اما آنچه او متوجه شده بود، زنده بودن آن خاطرات بود. متوجه شده بود که خاطرات حتی اگر از یاد آدم پاک شوند، از بین نمی‌روند. و این خاطرات گوشه‌ای کمین می‌کنند و منتظر لحظه‌ی مناسب می‌نشینند. خاطراتی که می‌توانند لحظات تهی از مضمون دوران بازنشستگی را به تصرف خود درآورند. او متوجه شده بود که توانایی نادیده گرفتن این خاطرات را ندارد. متوجه شده بود که خطاهای یک جوانی دیرهنگام پرهزینه‌تر از خطاهایی است که در سنین جوانی روی می‌دهند و به سادگی فراموش می‌شوند. او سال‌ها پس از این ماجراجویی، سال‌ها پس از آنکه آتش آن عشق بدهنگام فرونشسته بود و باد خاکستر این آتش را به دل خاطره‌ها سپرده بود، هنوز هزینه‌ی گزاف آن ماجراجویی، هزینه این توهم برخاسته از کم‌تجربگی خود را می‌پرداخت.

قهقرا

کامران می‌دانست که مرتضی در کدام بخش و کدام اتاق بستری شده است. این دومین باری بود که ظرف این مدت به عیادت او می‌رفت. در گوشه‌ای، واقع در کنار ورودی بیمارستان، مرد بیماری را دید، نشسته روی یک صندلی چرخدار، فرو رفته در جلد خود، سرگرم کشیدن سیگار. پک‌های عمیقی به سیگارش می‌زد. دود سیگارش با بخار بازدمش در هم می‌آمیخت و بر چهره‌اش هاله‌ای می‌کشید. مرد به محض دیدن کامران، صندلی‌اش را کمی جابه‌جا کرد تا کامران بتواند از کنار او عبور کند.

این نخستین باری نبود که این بیمار توجه او را به خود جلب می‌کرد. بار پیش نیز که به عیادت مرتضی آمده بود، این مرد را همانجا و روی همان صندلی چرخدار دیده بود. مردی که چهره‌ای بی‌روح، موهایی ژولیده و نگاه بسیار سردی داشت، نگاهی سرد و بی‌روح، مثل مرده‌ها. لباس ورزشی سبزرنگی بر تن کرده و پتوی کلفتی را روی پاهای خود انداخته بود. از آنجا که سیگار کشیدن در بیمارستان ممنوع بود، ورودی بیمارستان بدل به پاتوق او شده بود. مثل بار پیش، پاکت سیگار و فندکش روی پتویش ولو بودند.

کامران رنج تنهایی را در چهره و نگاه آن مرد دید. با رنج تنهایی در بیمارستان بیگانه نبود. می‌دانست که بار تنهایی در بیمارستان، روز به روز، سنگین‌تر می‌شود. آن چنان سنگین که آن مرد بیمار نیز، برای گریز از تارهای تارتنک تنهایی، به‌رغم سوز و سرما، به وسوسه‌ی ساعت‌ها نشستن در بیرون بیمارستان تن داده بود.

کامران به‌رغم تنهایی‌اش، هیچ‌گاه چنین حدی از تنهایی را تجربه نکرده بود. نگاه او که در نگاه آن مرد گره خورد، توانست در چشمان بی‌روح و تقریباً بی‌رنگ آن مرد، اوج بی‌کسی‌اش را ببیند. کامران از تصورِ تنهاییِ مرگبار این مرد بر خود لرزید.

آن مرد به کامران زُل زده بود. با صدایی خفه به او سلام کرد. بی‌تردید به همه زُل می‌زد و به همه سلام می‌کرد. کامران نگاهش را از نگاه او دزدید، سلامش را پاسخ گفت و وارد بیمارستان شد. پیش از رسیدن به میز اطلاعات به سمت چپ پیچید. نگاهی به ساعت مچی‌اش انداخت. چند دقیقه‌ای از ساعت یک بعدازظهر گذشته بود. آن بخش از بیمارستان در یک چنین ساعتی از روز، معمولاً در خواب و آرامش فرو می‌رود. به تجربه می‌دانست که کمتر کسی در چنین ساعاتی برای عیادت و احوال پرسی از بیماران می‌آید. زن‌های خانه‌دار و افراد سالمند معمولاً پیش‌ازظهرها به دیدن بستگان‌شان می‌آیند و مابقی معمولاً بعدازظهرها، مثلاً پس از پایان کار روزانه‌شان و یا پس از بازگشت از مدرسه و دانشگاه.

کامران، آن روز صبح که از خواب بیدار شد، برنامه‌ای برای عیادت از مرتضی نداشت. با دوستانش قرار گذاشته بود که چهارشنبه صبح، در صورت آنکه مرتضی هنوز از بیمارستان مرخص نشده باشد، برای دیدنش، دستجمعی به بیمارستان بروند. اما حال قرار پیش‌بینی نشده‌اش با آیدا، پای او را به مرکز شهر کشانده و همین موضوع باعث شده بود که به فکر عیادت از دوستش بیافتد. هم او تنها بود و هم مرتضی. مرتضی حتی تنهاتر از او بود. این را هر دو به‌خوبی می‌دانستند. هر دو دل‌تنگ گپ‌وگفتی با یک دوست بودند.

پس از گذشتن از سالن کوچک انتظار و دفتر پذیرش و ثبت بیماران به راهرویی رسید که دو آسانسور مخصوص بازدید کنندگان در آن قرار داشت. راهرو برخلاف معمول خلوت بود. دکمه‌ی مشترک آسانسورها را که فشرد، در یکی از آن‌ها فوراً باز شد. پنداری منتظر آمدن او مانده بود. هرگز نشده بود که آسانسورِ بیمارستان‌ها او را بدون وقفه و توقف مستقیماً به مقصدش برساند. معمولاً این آسانسورها در هر طبقه‌ای می‌ایستند و عده‌ای سوار و پیاده می‌شوند. اما، این بار،

آسانسور خالی بود، خالی ماند و او را به طبقه‌ی سوم، به طبقه‌ی مورد نظرش رساند.

اتاق مرتضی تقریباً ته یک راهروی طولانی قرار داشت. کامران از کنار اتاق مراقبت پرستاران گذشت. شماره‌ی اتاق‌ها را یکی پس از دیگری دنبال کرد تا به اتاق مرتضی رسید. ضربه آهسته‌ای بر در زد و بی‌آنکه منتظر پاسخ بماند، بی‌درنگ خودش در را باز کرد. مرتضی را دید که دراز کشیده است. خواب نبود. به نقطه‌ای از سقف زل زده بود. هم‌اتاقی‌اش اما خواب بود. اصلاً متوجه‌ی ورود او نشد. آن دیدار غیرمترقبه شادی بیش از حد مرتضی را در پی داشت. خوشنودی‌اش را می‌شد از آن لبخندی قرائت کرد که به یک‌باره بر لبانش نقش بست. مرتضی اشاره‌ای به آن مرد کرد و با صدایی آرام به کامران گفت که بیرون منتظرش بماند.

کنار اتاق مراقبت پرستاران، یک میز و چند صندلی راحتی برای عیادت کنندگان قرار داده بودند. روی میز دیگری هم چند فلاسک قهوه و آب جوش برای چای، چند شیشه آب و تعدادی لیوان یک بار مصرف قرار داشت. کامران روی یکی از همان صندلی‌های راحتی نشست و منتظر مرتضی ماند. بار پیش نیز به همراه دوستانش همین جا نشسته و با مرتضی گپ زده بودند.

به‌رغم گرمای مطبوع و شاید بیش از حد بیمارستان، هنوز در درون پیکرش احساس سرما می‌کرد. پنداری مغز استخوان‌هایش یخ زده باشند. بی‌اختیار به یاد کوهنوردی‌های زمستانی ایام دانشجویی‌اش افتاد. وقتی از نفس و تک‌وتا می‌افتادند، چای یا آب جوش می‌نوشیدند. نگاهش برای لحظه‌ای روی فلاسک‌های قهوه متوقف ماند. از جای خود برخاست. خطاب به خود گفت: «در این سرما هیچ چیز جای یک فنجان قهوه‌ی داغ را نمی‌گیرد.» فلاسک‌های قهوه را سبک و سنگین کرد. از وزن آن‌ها متوجه شد که یکی از آن‌ها نیمه پُر است. لیوانی برداشت و برای خودش قهوه ریخت. چند مجله به گونه‌ای نامرتب روی میز قرار داشتند. از همان مجله‌هایی که بیماران می‌خرند و پس از خواندن، برای استفاده دیگران، روی آن میز می‌گذارند. تصویر روی جلد یکی از مجله‌ها توجه او را به خود جلب کرد.

آخرین شماره هفته‌نامه‌ی اشپیگل بود. طرح عجیبی روی جلد مجله چاپ شده بود. طرحی که برخلاف طرح تکامل انسان، حکایت از سیر قهقرایی جامعه‌ی بشری داشت. به جای آنکه از میمون‌ها، از نئاندرتال‌ها و از انسان‌های اولیه شروع کند و به انسان‌های مدرن امروزی برسد، از انسان مدرن شروع کرده و پس از عبور از انسان‌های اولیه و وحشی به تصویری از دونالد ترامپ رسیده بود. ترامپ به عنوان سردمدار چماق‌داران، در نقطه‌ی اوج این سیر قهقرایی تصویر شده بود. روی جلد مجله نوشته شده بود: در روزگار آتش و خشم، عنوانی برگرفته از کتابی با همین نام، که چندی پیش درباره‌ی ترامپ به بازار عرضه شده و او نقدی درباره‌ی آن خوانده بود. می‌دانست که عکس یا طرح روی جلد هفته‌نامه‌ی اشپیگل مربوط به موضوع اصلی آن شماره است. از این رو، مایل بود بداند که نویسندگان آن مجموعه مقاله و گزارش، چه حرف و ایده تازه‌ای برای گفتن درباره‌ی این سیر قهقرایی دارند. اما، هراسی قدیمی مانع از آن شد که به آن مجله دست بزند.

او خوش نداشت در بیمارستان با در و دیوار و وسایل و اشیای آن در تماس قرار گیرد. البته هیچ تجربه‌ی منفی‌ای پشتوانه چنین وحشت و هراسی نبود. آن وسواس همیشگی در بیمارستان با شدت بیشتری به سراغ او می‌آمد. دست‌هایش را بارها ضد عفونی می‌کرد و حتی دکمه آسانسور یا دستگیره‌ی درها را با پشت دستش لمس می‌کرد یا از گوشه‌ی کتش برای تماس با آن‌ها بهره می‌گرفت. به باور او، هر نقطه‌ی بیمارستان بانک ویروس و باکتری است. مدعی بود که از مرگ نمی‌هراسد. اما رفتارش روایتگر چیز دیگری بود. دست‌کم از بیمار شدن و ابتلا به بیماری‌های عجیب، به بیماری‌های ناشناخته، هراس داشت. از همین رو، پس از آنکه برای خود قهوه ریخت، به آن سوی راهرو رفت و دستانش را برای چندمین بار ضدعفونی کرد.

چنان محو طرح روی جلد اشپیگل و اندیشه‌های خود شده بود که متوجه آمدن مرتضی نشد. روبدشامبری روی پیژامه‌اش پوشیده بود و بسیار آهسته و با گام‌هایی کوتاه به سوی دوست خود آمده بود. علت آهسته و پاورچین، پاورچین

راه رفتن او این بار غافل‌گیر کردن دوست خود نبود. چنین رفتاری از مرتضی، به‌رغم افزایش سنش، بعید نبود و هنوز می‌شد آثار شیطنت‌های کودکانه را در رفتار او دید. دوستانش می‌گفتند که بازگشت شیطنت‌های کودکانه، نشانه‌ی آشکار و انکار ناپذیر پیری است. می‌گفتند که سال‌خوردگان مجدداً کودک می‌شوند. مرتضی اصرار داشت که این شیطنت‌ها را به پای حساب کودک درون خود بنویسد. می‌گفت که او هرگز این کودک درون را از خود نرانده است. در تمام طول عمر با همان کودک زیر یک سقف زندگی کرده است. این بار اما موضوع با دفعات گذشته تفاوت داشت. درد زخم‌ها و بخیه‌ها او را وادار کرده بود که گام‌به‌گام و آهسته حرکت کند. در آن لحظه، نه مجال و توانی برای شیطنت مانده بود و نه او چنین انگیزه‌ای در خود می‌دید.

صدای مرتضی کامران را به خود آورد. پنداری از خوابی عمیق پریده باشد. مرتضی با صدایی لرزان ولی با لحنی دوستانه خطاب به او گفت: «چی شده آقا یاد ما کرده است؟ پارسال دوست، امسال آشنا!» کامران سرش را به سوی جهت صدا چرخاند. با دیدن مرتضی، از جای خود بلند شد و با او دست داد و او را با احتیاط در آغوش گرفت. اما از بوسیدن چهره او پرهیز کرد. مرتضی با وسواس‌های بیمارگونه او آشنا بود. به دل نگرفت. کامران گفت:

- تو کی می‌خواهی از فرار کردن به جلو دست برداری؟ خوب است که همین چند روز پیش با بچه‌ها به دیدنت آمده بودیم.

- شوخی کردم. راستش زمان در بیمارستان خیلی کند می‌گذرد. می‌دانم که همه بچه‌ها هزارتا گرفتاری دارند. ولی تا زمانی که پای آدم به بیمارستان باز نشده باشد، متوجه کندی گذشت زمان نمی‌شود. زمان در بیمارستان از نفس می‌افتد و دچار سکته می‌شود.

کامران یک بار، چند سال پیش، حس تنهایی در بیمارستان را تجربه کرده بود. اما آن موقع، سودابه هر روز به دیدن او می‌آمد. آیدا و یان هم هر یکی دو روز یک بار به او سر می‌زدند. پیش از تولد ساندرا بود. حتی بیژن هم در آن ده روز دو بار به دیدن او آمده بود. رمانی همراه خود آورده بود. همان‌جا کنار پدرش

ساعتی می‌نشست و یکی دو فصل از آن رمان را برای او می‌خواند. کامران، در چنین لحظاتی، چشمانش را می‌بست و دریچه‌های روح خود را روی مهر عزیزانش می‌گشود و احساس خوش‌بختی می‌کرد. اما حکایت شب‌ها و روزهای دوران اقامتش در بیمارستان تفاوت داشت.

شب‌ها، وقتی که مطمئن می‌شد سودابه و بچه‌ها ممکن نیست به عیادتش بیایند، گوشی‌اش را از پاتختی فلزی درمی‌آورد و به برگیته زنگ می‌زد. یک مکالمه‌ی تلفنی طولانی که کنجکاوی هم‌اتاقی او را برمی‌انگیخت. وقتی او به برگیته زنگ می‌زد، پیرمرد عینکش را از روی چشمانش بر می‌گرفت و با احتیاط تمام کنار پاتختی می‌گذاشت. پشتی تختش را می‌خواباند و روی تخت دراز می‌کشید و چنین وانمود می‌کرد که خوابیده است. اما کامران می‌دانست که او گوش تیز کرده تا ناگفته‌ها را بشنود. پیرمرد ظرف آن چند روز دریافته بود که غروب‌ها پس از رفتن بستگان کامران، او به زنی زنگ می‌زند. یک تماس تلفنی که چون به زبان آلمانی بود، او می‌توانست به‌راحتی متوجه شود. سخنان کامران را می‌شنید و حدس و گمان مضمون احتمالی سخنان زن آن طرف خط را، به دست فانتزی خود می‌سپرد.

برگیته هم در آن ایام دو بار به دیدن کامران آمده بود. برگیته یک بار، یک صبح زود، به طور غیرمنتظره‌ای به عیادت او آمده بود. گفته بود که پیش از شروع کارش آمده است تا حالی از او بپرسد. آن عیادت غیرمنتظره، نگرانی کامران را برانگیخته بود. نگاهی به ساعتش انداخته و گفته بود که هر لحظه ممکن است سودابه از راه برسد. برگیته واهمه‌ای از روبه‌رو شدن با سودابه نداشت. حتی شاید از فاش شدن راز کامران استقبال می‌کرد، از اینکه طوفانی بوزد و آرامش کاشانه‌ی او را برهم بزند؟ او در قمار زندگی، چیزی از دست نمی‌داد. این کامران بود که می‌توانست بازی زندگی را ببازد. به‌رغم آن، در برابر اصرار کامران تسلیم شد. بوسه‌ای بر گونه‌ی او زد و رفت.

دقیقاً در همان لحظه‌ای که برگیته از در خارج می‌شد، در آستانه‌ی در با سودابه، سینه به سینه شده بود. این نخستین و آخرین باری بود که سودابه را

می‌دید. کنجکاوی زنانه‌ی او باعث شده بود، نگاه معناداری به سودابه بیاندازد، به رقیب عشقی خود. نگاهش پر از ناگفته‌ها بود. نگاهی که می‌توانست از گوشه‌ای از ماجراجویی عشقی او و کامران پرده برگیرد. نفس در سینه کامران حبس شده بود. اما رفتار سودابه، آن روز، همه چیز را تغییر داد. اعتمادش به کامران چنان قوی بود که مجالی برای تردید، برای سوءظن باقی نمی‌گذاشت. لبخند بر لب، با تکان سر به برگیته سلام کرد و در را پشت سر خود بست. هم اتاقی کامران با کنجکاوی وصف‌ناپذیری همه چیز را دنبال کرده بود. از همان لحظه‌ی ورود برگیته، حتی لبخند موذیانه‌ای بر لبانش نقش بسته بود. لبخندی کش‌دار که حتی رفتن برگیته نیز به آن پایان نداده بود.

سودابه در آن هنگام تصوری از رابطه کامران و برگیته نداشت و گمان کرد که این زن از بستگان پیرمرد هم اتاقی کامران است. آن روز، سودابه، پس از رفتن برگیته، به سوی کامران آمد و بوسه‌ای بر گونه‌ی همسر خود زد. بر همان گونه‌ای که لحظه‌ای پیش، برگیته بر آن بوسه زده بود. رنگ رخسار کامران در اثر غافل‌گیر شدن سرخ شده بود. همان‌طور سرخ مانده بود. سودابه سرخی رنگ چهره همسرش را به حساب بیماری او نوشت و دستش را روی پیشانی او گذاشت، تا از بابت تب نداشتن او مطمئن شود. گفت: «نه، خوش‌بختانه تب نداری!» سودابه حتی متوجه پیام نگاه حیرت‌زده و لبخند موذیانه‌ی پیرمرد هم اتاقی کامران نیز نشد. پیرمردی که ظرف مدت کوتاهی شاهد دو بوسه، توسط دو زن بر گونه‌ی آقای فیلسوف بود. او کامران را آقای فیلسوف می‌خواند.

کامران چهارشنبه‌ی گذشته همراه با دوستانش به عیادت مرتضی آمده بود. چهارشنبه‌ها روز دورهمی اعضای کلوب مردان خانه نشین بود. این عنوان مضحک، به‌مرور زمان با این جمع مردانه گره خورده بود. خود آن‌ها نیز به‌درستی نمی‌دانستند که این نام را وامدار چه کسی هستند. نامی که به هر روی حکایتی واقعی از حال و روز این جمع کوچک مردانه داشت. محفل کوچکی که از کنار هم قرار گرفتن چهار دوست قدیمی شکل گرفته بود. محفلی که حال همه‌ی اعضای آن بازنشسته و خانه نشین شده بودند.

اعضای کلوب مردان خانه‌نشین، معمولاً در کافه‌ای واقع در نزدیکی ایستگاه قطار شهر کلن دور هم جمع می‌شدند. اما آن بار به پیشنهاد کامران تصمیم گرفته بودند، به عیادت دوست قدیمی‌شان که چند روزی در بیمارستان بستری بود، بروند. دو روز پس از آن، یعنی روز جمعه، قرار بود که مرتضی عمل شود. محمود در مرکز شهر کلن زندگی می‌کرد و از این رو، تقریباً هر روز به دیدن مرتضی می‌آمد. محمود تلفنی دوستان دیگر را در جریان وضعیت جسمانی مرتضی می‌گذاشت. آخرین بار، به دوستان گفته بود که خوشبختانه همه چیز به‌خوبی پیش رفته است. عمل جراحی موفقیت آمیز بوده و مرتضی به‌زودی ممکن است از بیمارستان مرخص شود.

کامران همان طور که در برابر مرتضی ایستاده بود، با دستِ راستش سر او را دوستانه و با ملایمت به طرف راست و چپ چرخاند و نظری کارشناسانه به چهره او انداخت و گفت: «خیلی سرزنده و قبراق به نظر می‌آیی! آفرین. مثل اینکه آب و هوای بیمارستان بهت ساخته است. به هر حال، از نشستن دائمی در آن اتاق کوچک که بهتر است.» هم خودش می‌دانست که زیاده گویی می‌کند و هم مرتضی در این باره تردیدی نداشت. سخنانی کلیشه‌ای که همه‌ی انسان‌ها در چنین شرایطی بر اساس قراردادی نانوشته به یکدیگر تحویل می‌دهند. مگر آدم در چنین مواقعی چه چیز دیگری می‌تواند بگوید؟ مرتضی از عمل جراحی‌اش تعریف کرده بود و از اینکه بخشی از روده بزرگش را درآورده‌اند. از درد بخیه‌ها و خونریزی پس از عمل جراحی‌اش گفته بود.

- بدخیم نبود. ولی چون چند بار عفونت کرده بود، دکترها ترجیح دادند که ما را از شر این بخش از پیکرمان نجات بدهند. پیش از آنکه این تکه روده بخواهد دردسرهای بزرگتری ایجاد کند.

پس از آن مکث کوتاهی کرد. در ادامه با چهره‌ای متفکرانه گفت: «دکتر جان، باور نمی‌کنی علم پزشکی این روزها چه پیشرفتی کرده است. همان جمعه شب، یعنی بگو چند ساعت بعد از عمل جراحی، بهم غذا دادند. انگار نه انگار که بخشی از روده را درآورده‌اند. موقع تعویض پانسمان، توانستم نگاهی هم به زخم‌های روی

شکمم بیاندازم. متوجه شدم که با دو سه شکاف نسبتاً کوچک عمل جراحی را انجام داده‌اند. از یک شکاف کوچک گویا دوربینی را وارد بدن کرده و از شکاف دیگر، لایه به لایه چربی‌های شکم را کنار زده تا به روده رسیده‌اند. و همانجا کار را تمام کرده و بخش دردسرساز روده را بریده و دو طرف را به هم پیوند زده‌اند.»

- چطور بخیه زدند؟... منظورم این است که دو بخش روده را چطور به هم وصل کردند؟

- بخیه نمی‌زنند. با یک روش جدید، گویا با حرارت یا با لیزر به هم وصل می‌کنند، دقیقاً نمی‌دانم. فقط قسمت‌های روی شکم را بخیه می‌زنند. آن هم با نخ خاصی که به‌مرور زمان جذب بدن می‌شود و حتی نیاز به کشیدن نخ بخیه‌ها هم نیست. واقعاً که آدم از این همه پیشرفت علم دچار حیرت می‌شود. حتی شنیده‌ام که در آینده نه چندان دور وظیفه انجام این جراحی‌ها را به روبات‌ها می‌سپارند. آدم بی‌اختیار یاد نمایشنامه‌ی *آدم‌های ماشینی* می‌افتد. تو هنوز آن نمایشنامه را یادت هست؟

کامران به علامت تایید سرش را تکان داد. نمایشنامه را در جوانی خوانده و اجرای آن را نیز دیده بود. اثری بود از کارل چاپک که در آن ایام نزد جوانان کشور خیلی محبوب بود. نمایشنامه‌ای که حداقل در هر دانشگاه و سالن تئاتری یک بار روی صحنه رفته بود. مرتضی هنرمند بود. هنرمندی از مملکت خود رانده و از جامعه جدید مانده. شعر می‌گفت و داستان‌های کوتاه می‌نوشت.

کامران گرچه در دوران جوانی همچون بسیاری از جوانان نسل خود شعر هم سروده بود، اما خود را هنرمند نمی‌دانست. در آن دوران حتی اگر کسی ذوق هنری هم می‌داشت و پیش خود گمان می‌کرد که هنرمند است، تلاش می‌کرد آن را پنهان کند. جوانانی که به صف مبارزه با دیکتاتوری جلب شده بودند، بر این باور بودند که روحیه لطیف و شاعرانه‌ی هنرمندان نمی‌تواند در برابر فشار شکنجه و زندان تاب بیاورد.

مرتضی چنین چیزی را نمی‌پذیرفت. او سلاح هنر را موثرتر از هیاهوهای خیابانی می‌دانست. مرتضی در جوانی حتی به عنوان بازیگر در چند تئاتر و فیلم

هم ظاهر شده بود. یکی از آن‌ها همین نمایشنامه‌ی *آدم‌های ماشینی* بود. سابقه آشنایی کامران و مرتضی به همان ایام بر می‌گشت. کامران حتی اجرای همین نمایشنامه را با بازیگری او دیده بود.

کامران گفت: «آن صحنه‌ای که اوباش‌ها همراه با رئیس‌شان، علیه آدم‌ها قیام کرده بودند، را به یاد داری؟»

منظور کامران از اوباش‌ها همان آدم‌های ماشینی بود. روبات‌هایی ساخته‌ی دست بشر که حال علیه خالقان خود دست به شورش زده بودند. کامران گفت: «وقتی که انسان‌ها وظیفه‌ی فکر کردن را هم به ماشین‌ها بسپارند، کار دیر یا زود به ورشکستگی فرهنگی جامعه بشری می‌رسد.» تتمه‌ی قهوه‌اش را سرکشید و در ادامه گفت: «گاهی فکر می‌کنم که پیشرفت علم و تکنیک به جای آنکه باعث رشد فکری مردم شده باشد، به نوعی سطحی‌نگری مجال رشد داده است. واقعاً که تناقض عجیبی است! اصلاً معلوم هست که جهان دارد به کدام سو می‌رود؟ از یکسو پیشرفت شتابان و بی‌وقفه‌ی علم و تکنیک و از سوی دیگر پسرفت جامعه بشری. سقوط به قهقرا. سقوطِ حرمتِ اندیشه و اندیشیدن و پر رونق شدن بازار بی‌فرهنگی.»

مرتضی که متوجه منظور کامران نشده بود، با تعجب پرسید:

– دکتر جان، من داشتم از پیشرفت علم پزشکی می‌گفتم. تو یکدفعه از کجا به پسرفت فرهنگی جامعه بشری رسیدی؟ چی شد که بی‌مقدمه به یاد سقوط بشریت به اسفل السافلین افتادی؟

کامران با دست به طرح روی جلد هفته‌نامه اشپیگل اشاره کرد و گفت: «از اینجا. آخر چطور می‌توان پیشرفت علم و تکنیک را مثلاً با تحولات سیاسی‌ای مثل همین پیروزی ترامپ در انتخابات آمریکا کنار هم قرار داد و تعجب نکرد؟ این صف آرایی اوباش‌ها و رئیس‌شان دهن کجی کردن به قرن‌ها پیشرفت اندیشه است. اصلاً باور کردنی نیست که چنین فردی رئیس جمهور قدرتمندترین کشور جهان شده باشد. پیروزی ترامپ بر بستر آگاهی و اندیشه مردم آمریکا به دست نیامده، محصول مرگ تدریجی فرهنگ و اندیشه بوده است.»

مرتضی که وسواس‌های کامران را نداشت، مجله را برداشت و مدتی به طرح روی جلد خیره شد. مجله را ورق زد. گرهی بر پیشانی خود انداخت و گفت: «باید مقاله را بخوانم. واقعاً تحولات سیاسی سال‌های اخیر با عقل جور در نمی‌آید. چه کسی حتی فکرش را می‌کرد که چنین اتفاقی در کشوری مثل آمریکا روی بدهد؟ قدرتمندترین کشور جهان شده جولانگاه یک رهبر پوپولیست و دار و دسته‌اش. امیدوارم که دولتش به علت تماس‌های پشت پرده‌اش با مقامات روسیه خیلی زود سقوط کند، یا حداقل این چند سال زود سپری بشود و مردم آمریکا بتوانند این خطای بزرگ تاریخی‌شان را تصحیح کنند.»

ـ به نظر من، موضوع اصلاً بر سر ترامپ و خانواده‌اش نیست. ابعاد موضوع خیلی وسیع‌تر از این حرف‌ها است. نگاهی به اروپا بیانداز. مثلاً به اوضاع فرانسه یا حتی اتریش. پوپولیسم از زمانی که در روسیه قرن نوزدهم شکل گرفت تا حالا صد بار پوست انداخته و چهره عوض کرده است. دیگر نمی‌شود پوپولیسم را با شورش اقشار عقب مانده علیه پیشرفت توضیح داد. از آن ایامی که پوپولیسم نوعی شورش دهقان‌ها یا عصیان ده در برابر شهر بود، خیلی گذشته است. منظورم این است که پوپولیسم ناردونیکی روسیه با پوپولیسم مارین لوپن خیلی فرق دارد.

مرتضی به علامت تایید سرش را تکان داد. پرسید:

ـ آیا به نظر تو، انقلاب اسلامی هم برخاسته از عصیان اقشار بازمانده از پیشرفت روستا در برابر شهر نبود؟ آیا نمی‌شود گفت که خمینی هم به شیوه‌ای پوپولیستی مردم را به خیابان‌ها کشاند؟

ـ به باور من، هم انقلاب ایران و هم انقلاب چین، هر دو رنگ و بویی پوپولیستی داشتند. اما انقلاب ایران، بیشتر یک انقلاب شهری بود. همانطور که گفتم، پوپولیسم ظرف این مدت خیلی تغییر چهره داده است. اصلاً وقتی نیروهای مدافع انقلاب ایران را مثلاً با هواداران ترامپ مقایسه کنیم، متوجه شباهت‌شان می‌شویم. همین چند روز پیش، تلویزیون به مناسبت سالگرد روی کار آمدن ترامپ، چند ویدیو مربوط به کارزار انتخاباتی‌اش را پخش کرد. کافی بود آدم به چهره هواداران ترامپ نگاه می‌کرد. عین این چهره‌ها را در روزهای و ماه‌های پیش

و پس از انقلاب اسلامی هم می‌شد دید. چهره‌هایی با رگ‌های بیرون زده‌ی گردن و خشمی که معلوم نیست یکدفعه از کجا ناشی شده و چرا و چطور مردم این طور جو گیر شده‌اند. توصیه می‌کنم سر فرصت این فیلم‌های مستند را ببینی. واقعاً تکان دهنده است.

مرتضی لبانش را در هم کشید و سر خود را به نشانه‌ی تاسف چند بار به چپ و راست چرخاند و گفت: «به نظرم باید این بحث را در جمع دوستان دنبال کنیم، به‌ویژه با حضور رضا. مثلاً بررسی پوپولیسم از منظر فلسفی با تو باشد و رضا هم به لحاظ سیاسی به موضوع بپردازد. شنیده‌ام که مشغول کار روی پدیده‌ی پوپولیسم در فرانسه است. روی سخنرانی‌های مارین لوپن و شعارهای جبهه ملی فرانسه کار می‌کند. حتماً بحث جالبی می‌شود.»

کامران نیز موافق بود. او نیز به‌خوبی می‌دانست که بیمارستان مکان مناسبی برای پرداختن به چنین مباحثی نیست. قصد او هم طرح این بحث در بیمارستان نبود. همیشه تاکید داشت که بحث جدی، جا و زمان خود را می‌طلبد. انگیزه‌ی فرار از خاطرات گذشته و همچنین طرح روی جلد اشپیگل باعث شروع این بحث شده بود. در کلوب مردان خانه نشین گفت‌وگوها معمولاً پیرامون چنین مسائلی دور می‌زد. گفت‌وگوهایی که می‌بایست مرهمی باشد بر هویت زخمی کسانی که هزاران فرسنگ دور از زادگاه‌شان، با پرداختن به سیاست تلاش می‌کنند تا از عذاب وجدان‌شان بکاهند.

پرستاری از کنار آن‌ها رد شد و سلام کرد. دختر جوان و خوش قد و قامتی بود. کامران جواب سلام پرستار را با خوشرویی داد و با لبخندی بر لب و لحنی نیش‌دار خطاب به مرتضی گفت: «حالا متوجه شدم، چرا اصراری به مرخص شدن از بیمارستان نداری.»

مرتضی لب‌هایش را جمع کرد و سرش را به نشانه‌ی ناباوری نسبت به آنچه شنیده است، تکان داد. بلند شد، مجله را زیر بغل زد و گفت: «ممنون که آمدی. من که از گفت‌وگو با تو خسته نمی‌شوم. ولی گفته‌اند که دکتر بخش، امروز بعدازظهر، پس از آمدن نتیجه‌ی آزمایش‌ها برای معاینه می‌آید. بهتر است وقتی

که می‌آید، در اتاق خودم باشم. سلام مرا به دوستان برسان. به امید دیدار.»

– حالا کی مرخص می‌شوی؟

– معلوم نیست. اگر همه چیز خوب پیش برود و نتیجه آزمایش‌ها خوب باشد، شاید پس فردا، یا حتی همین فردا.

کامران دست دوستش را با مهربانی فشرد. همانجا منتظر ماند تا مرتضی به اتاقش برسد. پیش از خروج از بیمارستان، دستانش را چند بار دیگر ضد عفونی کرد. بیرون بیمارستان، مرد بیمار هنوز روی صندلی چرخدارش نشسته بود و سیگار می‌کشید.

تنهایی

کامران وارد خانه شد، خانه‌ای انباشته از تنهایی. هیچ کس منتظر او نبود. در نخستین هفته‌های پس از جدایی‌اش از سودابه، گاهی دچار خطا می‌شد. در را که می‌گشود، بی‌اختیار با صدایی بلند سلام می‌کرد. سلامی که بی‌پاسخ می‌ماند. پس از گذشت مدتی دریافت که هیچ کس در آن سوی در، به انتظار او ننشسته است. این فقط تنهایی بود که در آن سوی در، برای دیدنش لحظه شماری می‌کرد. این فقط گرگور سامسا بود که منتظر مانده بود تا او را بی‌رحمانه در آغوش بکشد.

پیش از آمدن به خانه از سوپرمارکت نزدیک خانه‌اش خرید کرده بود. هفته‌نامه اشپیگل را هم خریده بود. کنجکاوی باعث بی‌صبری او شده بود. می‌خواست هر چه زودتر بداند که نویسنده مقاله‌ی اصلی آن شماره از اشپیگل درباره‌ی ترامپ و پوپولیسم چه نوشته است، درباره‌ی سیر قهقرایی تمدن بشری. مجله را روی میز آشپزخانه گذاشت و مشغول جابه‌جا کردن چیزهایی شد که خریده بود. آبجو، شیر و پنیر را در یخچال گذاشت و در کابینتی را باز کرد تا نان را در آن بگذارد. برای یک لحظه مکث کرد. دچار تردید شد. از خود پرسید چرا باید نان را حتماً در این کابینت گذاشت؟ این پرسش هیچگاه پیش از آن برای او مطرح نشده بود. اینکه قاشق و چنگال‌ها باید کجا باشند، نان را باید کجا گذاشت و بشقاب‌ها و لیوان‌ها را کجا، در لحظه‌ای نامعلوم، اما در همان ابتدای آمدن‌شان به آن خانه، توسط سودابه تعیین شده بود. حال سال‌ها از رفتن سودابه می‌گذشت. ولی نظم تعریف شده‌ی سودابه در آشپزخانه به حیات خود ادامه داده بود. اکنون،

پس از گذشت سال‌ها از خود می‌پرسید: «آیا بهتر نیست که نان مثلاً در همان کابینتی باشد که نزدیک توستر قرار دارد؟» یک پرسش منطقی که برای نخستین بار به ذهنش خطور می‌کرد.

در همه‌ی کابینت‌ها را باز کرد و سپس به آن سوی آشپزخانه رفت و از همان نقطه، مسیر نگاه خود را از کابینتی به کابینت دیگر کشاند و آنگاه به تصویر بزرگ همه‌ی کابینت‌ها خیره شد. احساس کسی را داشت که نگاه خود را در موزه‌ای، به اثر نقاشی هنرمند بزرگی گره زده است. احساس آن کسی را داشت که برای فهم راز آمیزش رنگ‌ها و سایه‌روشن‌های نشسته بر بوم نقاشی به توسن تخیل خود مجال دویدن داده است. راز چیدمان کابینت‌های آشپزخانه را متوجه نشد. نظم کابینت‌ها را یک روز سودابه تعریف کرده بود و خوره‌ی عادت همان نظم را پس از آن، هر روز بازآفریده بود.

بی درنگ دست به کار شد، بشقاب‌ها و لیوان‌های کابینت نزدیک توستر را خالی کرد و نان را در آن کابینت گذاشت. جای بشقاب‌ها و لیوان‌ها را نیز تغییر داد. دیگ‌های بزرگی که سال‌ها بی‌استفاده مانده بودند را جمع کرد و به انبار خانه برد. این جابه‌جایی چیزی بیش از یک تغییر کوچک بود، با آنکه چیزی را در اساس تغییر نمی‌داد.

در سایه‌ی این تغییر، از نقش و حضور پنهان سودابه در آشپزخانه اندکی کاسته شد. اما نظمی را که سودابه تعریف کرده بود، همچنان بر سراسر خانه حاکم ماند. در درون کمد لباس نیز هنوز آثار همان نظم دیده می‌شد. کت و شلوارها در یک طرف آویزان شده بودند و پیراهن‌ها و شلوارهای تک نیز در طرف دیگر قرار داشتند. فقط جای لباس‌های سودابه خالی بود. چهار در از کمد شش در متعلق به سودابه بود. اما خالی بودن آن بخش از کمد نیز یادآور سودابه بود. در هر جای خانه می‌شد ردپای آن نظمی را دید، که سودابه تعریف و تعیین کرده بود؛ در اتاق خواب، در آشپزخانه، در اتاق پذیرایی، حتی در گلدان‌های پشت پنجره و یا در هم‌نشینی گل و گیاهان، در باغچه‌ی خانه.

کامران بایدها و نبایدهای زیادی را یکی پس از دیگری از مقررات نانوشته‌ی

حاکم بر خانه‌اش حذف کرده بود. او به نظم تعریف شده و به جای مانده از دوران زندگی مشترکش با سودابه دهن کجی کرده بود. اما در خود توان و همت پاک کردن دست‌خط سودابه را از جا به جای خانه نمی‌دید. تغییر جای نان در کابینت آشپزخانه بهانه‌ای بیش نبود. این موضوع را خود او نیز می‌دانست. پیش از این گمان می‌کرد که آدم نمی‌باید سلول‌های مغز خود را صرف چنین پرسش‌ها و مسائلی بکند. خطاب به خود می‌گفت چه اهمیتی دارد که چه چیزی کجا باشد. همین که بدانیم چه چیزی کجاست، کافی است. حال اما پس از گذشت سال‌ها، در بعدازظهر آن روز دوشنبه، درباره‌ی درستی نظم سودابه دچار تردید شده بود.

تنهاییِ درآمیخته با روزهای تقویم بازنشستگی‌اش، لحظات تهی از مضمون زیادی برای او ایجاد کرده بود. متوجه شده بود که اگر آدم نتواند برای لحظه‌های زندگی خود مضمونی پیش بینی کند، لحظه‌ها خودسرانه مضمون خود را تعیین می‌کنند. خورجین هیچ لحظه‌ای خالی نمی‌ماند. در این سال‌ها، به تجربه دریافته بود که قائل شدن حق تعیین سرنوشت برای همه‌ی چیزهای آن خانه، عملاً اعتراف پوشیده‌ای است به تنهایی، به همان تنهایی که به آن گرفتار آمده بود. آیا باید از این بابت خرسند می‌بود؟ یا شاکی؟

او تنها شده بود. تنهاییِ فراگیری که در خانه‌ی نسبتاً بزرگش جا خوش کرده بود. اختاپوسی را می‌مانست که پیکر خود را روی کل مساحت خانه پهن کرده باشد. اختاپوسی که او نمی‌توانست از دستش بگریزد. همه جا حضور داشت. هرگاه صدای موزیک را بلند می‌کرد به یاد همان اختاپوس می‌افتاد. به محض آنکه لباس‌هایش را روی تخت پرتاب می‌کرد، با همان اختاپوس سینه به سینه می‌شد. و همینکه لیوان شرابش را به اتاق خواب می‌برد، پای همان اختاپوس را به لحظات شبانه‌اش باز می‌کرد.

این که تنهایی انواع مختلفی دارد، نکته‌ای نبود که نداند. این تنوع تنهایی را پیش از آن که از *کارل یاسپرس* آموخته باشد، خودش تجربه کرده بود. تجربه‌ای که پس از گسستن پیوند زناشویی‌اش تلخ‌تر هم شده بود. این زندگی پر ماجرای او بود که از چهره‌های متفاوت این تنهایی در برابر چشمان او رونمایی می‌کرد.

یاسپرس درباره‌ی انواع گوناگون تنهایی سخن گفته بود. هم از آن نوع تنهایی که از منظر روانشناسانه به عنوان بیماری و گسستن از جامعه تلقی می‌شود و هم از آن گونه تنهایی که زمینه‌های رشد فردیت انسان را فراهم می‌آورد و می‌بایست تفاهم و گفت‌وگو با دیگران را ممکن سازد. به باور یاسپرس این نوع از تنهایی به‌مثابه سکوی پرشی است که امکان ورود جسورانه به اجتماع را برای فرد مهیا می‌کند.

تاریخ تنهایی کامران نیز مثل تاریخ زندگی‌اش فصل‌های مختلفی را در بر می‌گرفت. او در فصل‌هایی از زندگی‌اش از همین تنهایی لذت برده بود. اما تنهایی آن دوران با این تنهایی که حال به آن گرفتار آمده بود، تفاوت می‌کرد. تنهایی آن دوران را کسی به او تحمیل نکرده بود. آن تنهایی محصول تصمیم خود او بود. می‌توانست ساعت‌ها گوشه‌ای بنشیند و کتاب بخواند یا چیزی بنویسد. اما، از آنجا که می‌دانست پشت در اتاق‌کارش کس دیگری وجود دارد، رضایت خاطرش را سبب می‌شد و دلگرمش می‌کرد. می‌دانست تنهایی او پشت در این اتاق به پایان می‌رسد. هر وقت اراده می‌کرد می‌توانست نزد سودابه برود. می‌توانست با آیدا درباره طبیعت و جهان حرف بزند یا مثلاً برای بیژن از زندگی خود در ایران بگوید یا درباره‌ی فوتبال با او گفت‌وگو کند. اما آن دوران سپری شده بود. دورانی که تنها بودن در آن پدیده‌ای موقتی و برخاسته از میل و اراده بود. در آن هنگام، کار و زندگی مانع از آن می‌شدند که او متوجه آن تنهایی دیگر بشود. اما پس از جدایی‌اش از سودابه، به درماندگی خود در برابر این اختاپوس پی برده بود. از همین رو بود که او همه چیز را به اتاق خوابش منتقل کرده بود. هرگاه در این اتاق بود، در اتاق را نیز نمی‌بست. نیازی به این کار نبود. متوجه شده بود که نشستن در یک اتاق بسته، بر گستره تنهایی‌اش می‌افزاید و او را منزوی‌تر می‌کند.

همخانه شدن با گرگور سامسا روایتگر این تنهایی بود. آن تنهایی که او را در چنبره خود گرفته بود و روح و جانش را می‌آزرد. او به‌خوبی می‌دانست که این تنهایی همان تنهایی نیست که شاعران و فیلسوفان در وصف آن با لحنی ستایشگرانه بسیار گفته‌اند و بسیار نوشته‌اند. آن تنهایی لذت بخشی که روح را به

کمال می‌رساند و بر شور و شوق آفرینندگی انسان می‌افزاید.

در نبرد با این تنهایی او خود را ناتوان می‌دید. به لکه نوری پناه برده بود که از گوشه‌ی پرده‌ی اتاق، شب‌ها به حاشیه تابلوی ون گوگ می‌تابید و یا به شنیدن صدای ماشین‌ها یا صدای پای رهگذرانی دل بسته بود که شب هنگام از کنار خانه او می‌گذشتند. او برای کاستن از بار لایه‌های ضخیم این تنهایی که بر جان او سایه افکنده بودند، حربه دیگری نمی‌شناخت.

او در این جنگ نابرابر برای خود فضایی مانوس آفریده بود. از پشت پنجره اتاق خواب به کاج‌های بلند باغ نگاه می‌کرد و به رویش برگ و غنچه‌ای بر بوته‌ی رُز خانه‌شان دل بسته بود. او می‌دانست که این بوته‌ی رُز نمی‌تواند از بار گران تنهایی‌اش بکاهد. اما، تحمل تنهایی‌اش بدون آن گل‌ها، بدون آن کاج‌ها، بدون پرنده‌های مهاجر و بدون چند توکای سیاهی که در باغچه‌ی خانه‌شان لانه کرده بودند، سخت‌تر می‌بود.

در هفته‌های نخست پس از جدایی‌اش به سخنان خوش فیلسوفان درباره تنهایی پناه برده بود. به لذت بردن از این *باخودتنهابودن* جادویی و سحرآمیزی که می‌بایست باعث کمال ذهنی انسان شود. زمانی که اشعار *نووالیس* را می‌خواند، لذت این تنهایی را در کمال‌گرایی شاعرانه‌ی او حس می‌کرد. نووالیس پس از مرگ نامزدش، سوفی، در وصف این تنهایی نوشته بود. برای این فیلسوف و شاعر رومانتیک قرن هیجدهم، جهان نیز با مرگ سوفی مرده بود و نووالیس از بندها و قیدهای جهان رها شده بود و توانسته بود در تنهایی خود پیام‌های پنهان و الهام‌بخش روح خود را بشنود.

او شیفته اشعار نووالیس بود. به ویژه همان شعری را که نووالیس درباره شنیدن صدای خنده‌ی پروانه‌ها نوشته بود. عنوان این شعر او را مجذوب خود کرده بود. وصف شنیدن صدای بال‌زدن پروانه‌ها را اینجا و آنجا شنیده بود. به خود گفته بود برای آنکه آدم بتواند صدای بال زدن پروانه‌ها را بشنود یا باید خیلی تنها باشد و یا محیط باید خیلی ساکت باشد. اما برای شنیدن صدای خنده‌ی پروانه‌ها باید در سکوتِ مطلق و تنهاییِ بی‌کرانه غرق شد. و این همان سکوت و تنهایی بود که

نووالیس پس از مرگ نامزد خود از آن سخن گفته بود. برای نووالیس جهان با مرگ سوفی، حداقل برای مدتی به پایان رسیده بود. گرچه نووالیس هم نتوانست به زندگی در این تنهایی فراگیر ادامه دهد و پیش از مرگ بار دیگر به فرد دیگری دل باخت.

حکایت تنهایی او با حکایت تنهایی نووالیس بسیار فرق می‌کرد. تنهایی او پس از جدایی‌اش از سودابه نتوانسته بود منجر به رهایی او از فشارهای جهان گردد. نه تنها جهان از زندگی او حذف نشده بود، که چهره‌ای مخوف‌تر به خود گرفته بود. جهانی که همه جا حضور داشت و او نمی‌توانست وجود آن را انکار کند.

او خود را از سوی این جهان مورد تهدیدی دائمی می‌دید. این تنهایی نتوانسته بود برخلاف ادعای فیلسوفان، باعث لذت او گردد. او از باخودتنهابودن نفرت داشت. هیچ شاعر، عارف و فیلسوفی هم نمی‌توانست باعث آن شود که کامران از این احساس انزجارآور عبور کند و فراتر از آن، از آن لذت ببرد. تمام تلاش او برای خودفریبی و برای اینکه این تنهایی تحمیل شده را برای خود همچون هدیه‌ای جلوه دهد، کم اثر بود. گرگور شب‌هایی که او دل به این خودفریبی می‌بست و تلاش داشت به خود بقبولاند که از تنهایی‌اش لذت می‌برد، می‌آمد و چیزهایی زیر گوش او زمزمه می‌کرد و به این بازی برخاسته از توهم خاتمه می‌داد.

سعی کرده بود با دهن کجی به همه‌ی آن بایدها و نبایدهای برخاسته از زندگی مشترک خود با سودابه، به مزایای این تنهایی پناه ببرد. اما خیلی زود دریافت که آن رهایی که نووالیس و فیلسوفان دیگر در تنهایی دیده بودند، شباهتی به پرتاب کردن لباس‌هایش روی تخت ندارد. حتی پیرمردی که در آینه صبح‌ها به او زُل می‌زد مدت‌ها بود که از شکلک در آوردن کامران خنده‌اش نمی‌گرفت. ابروهای خود را در هم می‌کشید و هاج و واج به او نگاه می‌کرد.

ازدواج با سودابه چهره زندگی کامران را تغییر داده بود. اما تنهایی او در سایه‌ی این ازدواج پایان نیافته بود، بلکه پنهان شده بود. گوشه‌ای کمین کرده بود تا بار دیگر به محدوده‌ی زندگی او بازگردد. سودابه برای او تنها یک همسر نبود. او دوست، همراه و همرزم او بود. سودابه و کامران در اوایل زندگی مشترکشان

ساعت‌ها درباره مسائل سیاسی با هم گفت‌وگو می‌کردند. در خارج از کشور نیز گفت‌وگوهایشان ادامه یافت، گرچه از بار سیاسی این گفت‌وگوها روز به روز کاسته شد.

سودابه در دانشگاه کلن، تاریخ هنر خوانده بود و طراحی می‌کرد. علاقه سودابه به نقاشی و آشنایی او با سبک‌های مختلف معماری به گفت‌وگوهایش با کامران رنگ و بویی فرهنگی و هنری می‌بخشید. کامران نیز از گفت‌وگو با سودابه لذت می‌برد. او از طریق این گفت‌وگوها دانسته‌های خود را تکمیل می‌کرد و مضمون این گفت‌وگوها بر نگاه او به اندیشه‌های فلسفی یا بر ارزیابی او از بافت و دوره‌ی زندگی این یا آن فیلسوف تاثیر می‌نهاد.

زندگی مشترک با سودابه، لحظه‌های زندگی او را پُر می‌کرد. آنگونه که جایی برای سرکشی تنهایی خفته‌اش نمی‌ماند. اما سودابه زبان او را نمی‌فهمید. گفت‌وگو با سودابه، اگر راه به اختلاف نظرهای روزمره نمی‌برد، برای او مثل دیدن یک فیلم مستند با ارزش و خوب بود. در اوایل زندگی هم، آنچه آن دو را به هم نزدیک کرده بود، برخاسته از راز و نیاز کردن دو دلداده‌ی جوان نبود، بیشتر ناشی از یک دیالوگ نظری بر سر مفاهیم کلیدی سیاست بود. به سخن دیگر، آنچه نزدیکی و ازدواج کامران و سودابه را سبب شده بود، عشق یا احساسات نبود، باورهای سیاسی مشترک‌شان بود.

او به سودابه و به حضور او در خانه عادت کرده بود، بی‌آنکه عاشق او شده باشد. باورهای مشترک سیاسی که زمانی این پیوند را پدید آورده بودند، با پایان فعالیت سیاسی‌شان در آلمان، کم رنگ و به تدریج بی‌اثر شده بودند. پس از آن، دوام این زندگی مشترک بیشتر ریشه در احساس مسئولیت آن‌ها در قبال آیدا و بیژن داشت. این زندگی مشترک، این حس مسئولیت در قبال فرزندان و این عادت کردن‌ها و خو گرفتن‌ها به یکدیگر باعث شده بود که کامران و سودابه در تنهایی خود، با هم شریک شوند. موضوعی که او پس از جدایی‌اش از سودابه به آن پی برده بود. اما جدایی از سودابه و خالی شدن خانه از او و از آیدا و بیژن، غول این چراغ جادویی را از خواب بیدار کرده بود. تنهایی آمده بود و هر گوشه‌ای از

خانه را که خالی می‌دید از خود پُر می‌کرد.

کامران تنها که شد، خیلی تلاش کرد همچون *شوپنهاور* از تنهایی خود لذت ببرد. شوپنهاور هیچگاه حاضر نشد کسی را به وادی تنهایی خود راه دهد. زندگی خود را تا واپسین روزهای حیاتش وقف فلسفه کرد. او می‌گفت که باید زندگی را فدای حقیقت کرد و نه حقیقت را فدای زندگی. حاضر نبود برای گذران زندگی، زیر بار مسئولیت‌های خرد و درشت زندگی برود و دست از تلاش‌های ناب ذهنی خود بردارد. و از آنجا که برای کلام و گفته‌های خود مخاطبی هم نمی‌یافت، از دیالوگ با دیگران پرهیز می‌کرد. اما کامران، حتی آنگاه که غرق در توهم و خیال‌پردازی بود نیز، نمی‌توانست چنین زندگی‌ای را برای خود متصور شود.

او خیلی تلاش کرد به تنهایی خود همچون نیچه به‌مثابه مجازات یک فیلسوف یا یک فرد اندیشمند بنگرد. بپندارد که اندیشمندان محکوم به تنهایی هستند. نیچه اصرای نداشت مثل شوپنهاور مدعی لذت بردن از تنهایی شود. نیچه برای این تنهایی جایگزینی نمی‌شناخت. باور داشت که نمی‌شود فیلسوفی را متصور شد بدون تصور نیاز قلبی او به تنهایی، بدون این تصور که این فیلسوف برای به تعمیق بردن اندیشه‌های خود محتاج این تنهایی است. محتاج آن است که تک و تنها ساعاتی را در خیابانی قدم بزند و فکر بکند. به باور نیچه نخبگان برای فرار از میان‌مایگی، برای پرهیز از زندگی در سطح رویدادها و گریز از اندیشه‌های سُستی که همچون حبابی بی‌آنکه به ثمر بنشینند، می‌ترکند، تن به این تنهایی می‌دهند. اما پذیرش این تنهایی نه از سر لذت ناشی از ریاضت کشیدن است و نه از سر عشق به حکمت و فلسفه.

بسیار پیش می‌آمد که او پس از جدایی‌اش از سودابه به کنار رود راین برود و تنهایِ تنها ساعاتی را گوشه‌ای بنشیند یا قدم بزند. احساس می‌کرد که او نیز در زمره‌ی کسانی است که نیچه در وصف تنهایی‌شان گفته است. تلاش داشت به خود بقبولاند که او نیز همچون هر فرد متفکری محکوم به تنهایی است. از جنس همان کسانی است که چاره‌ای جز پناه بردن به این تنهایی ندارند. اما نگاه ساده یک رهگذر کافی بود مانع از پرواز او به عالم توهم شود. او آنجا بود، در آن لحظه

از زمان و در آن نقطه از مکان. جهانی که از آن می‌گریخت، همانجا حضور داشت. او را تنگ در آغوش گرفته و دست و پای او را با غل و زنجیر بسته بود.

او خیلی تلاش کرد همچون هنری دیوید تورو با این تنهایی کنار بیاید. تورو زمانی گفته بود که هیچ یار و همراه خوش‌سخن‌تری از تنهایی نداشته است. تورو خود را در حضور دیگران حتی تنهاتر از آن زمانی می‌دید که با خودش تنها بود.

اغلب همان طور که تنها در حاشیه رود راین قدم می‌زد، با خود وارد گفت‌وگو می‌شد. گاهی حتی با صدایی بلند با خود حرف می‌زد، آنقدر بلند که توجه رهگذران را نیز جلب می‌کرد. اما آیا این گرگور سامسا نبود که از ماندن زیاد در خانه حوصله‌اش سر می‌رفت، از خانه بیرون می‌آمد و همراه او و پابه‌پای او کنار راین قدم می‌زد؟ کامران از گفت‌وگو با گرگور رنج می‌برد. رنجی که نمی‌توانست درباره آن با دیگران سخن بگوید. نه به هایکه می‌توانست درباره این رنج چیزی بگوید و نه حتی به آیدا.

آیدا در ایام جوانی از شخصیت تورو خوشش می‌آمد. هنری دیوید تورو، یک فرد آنارشیست بود. نخستین کسی بود که موضوع نافرمانی مدنی را در جامعه قرن نوزده آمریکا مطرح کرده بود. باور به نافرمانی مدنی به تمایل هنجارشکنانه‌ی آیدا دامن می‌زد. کامران علاقه آیدا به اندیشه‌های تورو را تجلی همان روح سرکشی می‌دانست که از او به ارث برده است. اما آن روح سرکشی که کامران به گونه‌ای مداوم از آن سخن می‌گفت، مدت‌ها بود که با زندگی او وداع گفته بود. او این روح سرکش را همان‌جا در ایران به خاک سپرده بود. در سال‌های زندگی‌اش در آلمان اثری از آن روح سرکش نبود. این روح سرکش فقط در مرور و بازگویی خاطرات دوران جوانی‌اش حضور داشت. هر چه سن او بیشتر می‌شد، باورش به پایبندی به قوانین و مقررات نیز افزایش می‌یافت.

پس از مدت‌ها تلاش برای فریب خود، دریافت که تنهایی‌اش هیچ شباهتی به تنهایی فیلسوفان ندارد. این آن تنهایی عارفانه‌ای نبود که راه او را به سوی حقیقت‌های پنهان بگشاید. آن تنهایی که مقام و منزلت انسان را به حد یکتایی خدا می‌رساند. این تنهایی از جنس تنهایی میلیون‌ها نفری بود که در همین

آلمان، شب‌ها به تابیدن لکه نوری بر دیوار اتاق خوابشان دل می‌بندند و یا ساعت‌های تنهایی خود را در شبکه‌های اجتماعی با دیگران به اشتراک می‌گذارند. این تنهایی از جنس یک بیماری اجتماعی فراگیر بود.

کامران نیز مدتی خود را مشغول شبکه‌های اجتماعی کرد. اما پرسه زدن‌های بی‌هدف و تهی از مضمون در دنیای مجازی نیز نتوانست از بار تنهایی او بکاهد. او متوجه شد که گشت و گذار در شبکه‌های اجتماعی درمان تنهایی، درمان این بیماری اجتماعی نیست، بلکه خود یکی از نشانه‌ها و عوارض همان بیماری است.

او با آنکه بی‌کس نبود، احساس تنهایی می‌کرد. او دوستان خود را داشت. هایکه را داشت. آیدا را داشت و مهم‌تر از همه ساندرا را داشت. او با دیدن ساندرا جهان پیرامون خود را فراموش می‌کرد. همراه نوه خود پا به سرزمین تخیلات کودکانه می‌نهاد. کودک درونش پنداری یکباره از خواب بیدار می‌شد. درد کمر و زانوهایش را فراموش می‌کرد. کنار ساندرا روی زمین می‌نشست و فرمانروایی تخیلات خود را به دست نوه‌ی خود می‌سپرد. گاهی ساندرا در این جهان تخیلی نقش دکتری را برعهده می‌گرفت و او ناگزیر به ایفای نقش یک بیمار می‌شد و گاهی هم ساندرا نقش مادر را بازی می‌کرد و او نقش کودک را. به یاد دوران کودکی خود می‌افتاد و در چهره ساندرا، چهره‌ی مهربان مادر خود را می‌دید.

او از دیدن شادابی و نشاط کودکانه‌ی ساندرا غرق در لذت می‌شد. از ته دل می‌خندید و احساس زنده بودن می‌کرد. احساس می‌کرد که این گرگور درونی‌اش، این مخلوق چندش‌آوری که بر تخت میخکوب شده، به پروانه‌ای سبک بال بدل شده است. اما این لحظات گذرا بودند. خیلی زود سپری می‌شدند. لحظاتی که او با ساندرا بود، شروع نشده پایان می‌یافتند و لحظاتی که او تنها بود، پایان نیافته، شروع می‌شدند. این عزیزان با مهر خود می‌توانستند تنها ساعاتی از هفته او را پُر کنند. ساعاتی دلپذیر که تحمل زندگی را برای او اندکی ممکن می‌ساختند.

تنهایی او از جنس و نوع تنهایی فیلسوفان نبود. بیشتر به تنهایی آن مرد بیماری شباهت داشت که هر بار در کنار در ورودی بیمارستان دیده بود. نگاه سرد آن مرد، هیچ شباهتی به لذت ناشی از تنهایی اندیشمندان و نخبگان نداشت.

تنهایی او نیز همچون آن مردِ بیمار یادآور دردِ رها شدن بود، برخاسته از حس طرد شدن. او حتی شجاعت آن را نداشت که تنهایی‌اش را همچون آن مردِ بیمار با رهگذران تقسیم کند. به رهگذران سلام کند و از این طریق پای آن‌ها را به وادی تنهایی خود بگشاید. او حتی شجاعت آن را نداشت که سفره‌ی این تنهایی را در برابر آیدا، در برابر دختر دلبندش بگشاید.

نان و پنیر ساده‌ای خورد. لیوان شرابش را برداشت و به امپراتوری تنهایی خود عقب نشست. لباس‌هایش را روی تخت پرتاب کرد. پیژامه خود را پوشید، به پشتی تخت تکیه زد و مشغول خواندن مقاله هفته‌نامه‌ی اشپیگل شد. احساس خستگی و ضعف می‌کرد. به یاد نداشت که هیچ روزی چنین زود، حتی برای خواندن کتاب یا مجله‌ای روی تخت دراز کشیده باشد. حاضر بود روی راحتی اتاق پذیرایی چرت بزند، اما خیلی زود به تخت خود پناه نبرد. از کوتاه شدن روزهای زندگی‌اش واهمه داشت. و از اینکه بدخوابی و بی‌خوابی زودتر از روزهای دیگر به سراغ او بیایند، می‌ترسید. از روبه‌رو شدن شبانه با اختاپوس تنهایی وحشت داشت.

نیمه‌های شب از خواب بیدار شد. چراغ پاتختی روشن مانده بود. مجله و عینکش روی تخت ولو بودند. لکه نوری که می‌بایست گوشه تابلوی ون گوگ را روشن می‌کرد، در روشنایی چراغ پاتختی محو شده بود. دو رهگذر که احتمالاً مست و سرخوش بودند، با صدای بلند در خیابان هوار می‌کشیدند. مجله و عینک را روی پاتختی خود گذاشت و چراغ را خاموش کرد. یک شب طولانی تازه شروع شده بود. تردیدی نداشت.

ملخک

تلفن زنگ زد. این دومین روز پی‌درپی بود که صدای تلفن کامران را در عالم خواب و بیداریِ سحرگاهی غافل‌گیر می‌کرد. نور رنگ‌پریده‌ای از حاشیه‌ی پرده به درون اتاق تابیده بود. اثری از لکه‌ی نور نبود، که پیامش را کامران می‌شناخت. تلفن را برداشت و با صدایی خفه و لحنی توام با ناخشنودیِ آشکار در کلام سلام کرد. مرتضی بود. گفت یک خبر خوب و یک خبر بد دارد. کامران برای یک لحظه خشکش زد. برای شنیدن یک خبر بد آمادگی روحی نداشت.

مرتضی با لحنی کنایی گفت: «خوب است که بعضی‌ها همیشه از بدخوابی می‌نالند، آن وقت تا لنگ ظهر هنوز مست خواب هستند!» مرتضی گفت که از کله سحر بیدار است. حتی پیش از آنکه پرستار برای معاینه‌های سحرگاهی بیاید و خواب بیماران را بر هم بزند، بیدار شده است. صبحانه‌اش را یکی دو ساعت پیش خورده، صورتش را اصلاح کرده و روی تخت به انتظار نشسته تا به دوست قدیمی‌اش زنگ بزند و به او خبر بدهد. کامران گفت:

- حالا چه موقع گفتن این حرف‌هاست. از آن خبر خوب و بدت بگو.

مرتضی برای نهادن هیمه‌ای بر آتش کنجکاوی کامران مکثی کرد، آب دهانش را با تانی فرو داد و گفت: «بگذار اول از خبر خوب شروع کنم. دیروز بعدازظهر، حدود نیم ساعت بعد از اینکه تو رفتی، دکتر بخش آمد. نتایج آزمایش‌ها را دیده بود. می‌گفت همه چیز خیلی خوب پیش رفته است. اثری از عفونت نیست. روده گرچه چند سانتیمتری کوتاه شده، ولی حسابی به هم جوش خورده است.

می‌گفت که احتمال دارد که خیلی زود از بیمارستان مرخص بشوم. حتی همین فردا، که امروز باشد. منظورم این است که تا یکی دو ساعت دیگر از بیمارستان مرخص می‌شوم.»

کامران از شنیدن این خبر بسیار خوشحال شد. مرتضی را دوست داشت و در عین حال نگرانش بود. بیش از آن، نگران خودش بود و نگران محفل کوچک‌شان. بازار اخبار خوب کساد شده بود و اخبار بد مثل خوره به جان نسل او افتاده بود. چند هفته پیش یکی از دوستان قدیمی و مشترک‌شان سکته کرده و زمین‌گیر شده بود. او متوجه شده بود که گرد و غبار اخبار بد لحظه به لحظه به زندگی و محفل کوچک‌شان نزدیک و نزدیک‌تر می‌شود. متوجه شده بود که اخبار بد تنها محدود به دیگران نمی‌شود. دیر یا زود هر یک از آن‌ها بدل به یکی از آن دیگرانی می‌شود که معمولاً درباره‌شان خبر بدی می‌رسد.

این نخستین باری نبود که مرتضی به بیمارستان می‌افتاد و این نخستین باری نبود که او و سایر دوستان نگران حال‌وروز او می‌شدند. او متوجه شده بود که نگرانی‌ها جای همدیگر را تنگ نمی‌کنند. این گونه نیست که با پدید آمدن یک نگرانی، نگرانی پیشین از بین برود. آن‌ها کنار هم قرار می‌گیرند و در هم می‌تنند و به هم جوش می‌خورند. حتی اگر علت پدید آمدن یک نگرانی از بین برود، آن نگرانی الزاماً از بین نمی‌رود. در فضای روح آدم رها و بی‌پیوند آنقدر می‌چرخد تا علت دیگری بیابد و خود را به آن آویزان کند. او دریافته بود که آرامش دوران پیری، اگر چنین آرامشی اصلاً وجود داشته باشد، برخاسته از جهیدن از فراز نگرانی‌ها نیست، فراگرفتن هنر زندگی کردن دائمی با این نگرانی‌هاست. به دوستانش می‌گفت که در سن‌وسال آن‌ها، تصور یک زندگی بدون نگرانی، بدون درد، تصور ساده‌انگارانه‌ای است، تصوری محال. باید به‌رغم نگرانی‌ها زندگی کرد. باید به‌رغم درد کشیدن، شاد بود و شاد ماند. پیرمرد آن سوی آینه، هرگاه چنین چیزی را از او می‌شنید، از دست توهم کودکانه‌ی آن‌ها خنده‌اش می‌گرفت.

این بار نیز، آنگاه که مرتضی بستری شده بود، نگرانی چنگال تیز خود را در پوسته‌ی نازک آرامش او فرو برده و به وحشت درونی او دامن زده بود. این نگرانی

او را با خود برده بود به دهها سال پیش. به آن روزی که مرتضی را دستگیر کرده بودند. مرتضی را در برابر چشمان او و در موقع خروج از دانشگاه بازداشت کرده بودند. کامران در آن لحظه، چند متری بیشتر با مرتضی فاصله نداشت و سرگرم گفت‌وگو با چند دانشجوی دیگر بود.

غروب بود، یک غروب پاییزی. مرتضی تمرین تئاتر داشت و از کامران خواسته بود به سالن دانشگاه بیاید و یکی از آخرین تمرین‌های قبل از اجرا را ببیند. قرار بود نمایشنامه‌ی *آدم آدم است*، یکی از شاهکارهای *برتولت برشت* را روی صحنه ببرند. مرتضی در این نمایشنامه نقش *گالی گی* را برعهده داشت. اما ماجرای زندگی مرتضی در خلاف جهت سرنوشت گالی گی سیر کرد و ماموران پیش از آنکه گالی گی به قدرت خود پی ببرد، آمده بودند تا او را دستگیر کنند.

تمرین تئاتر که تمام شد، قرار بود به کافه‌ای بروند و درباره کاستی‌های اجرای آن نمایش با هم صحبت کنند. قراری که عملی نشد و تئاتری که روی صحنه نرفت. ماموران بیرون دانشگاه منتظر مانده بودند. موقع خروج از دانشگاه، فردی به مرتضی نزدیک شده و چیزی به او گفته بود. کامران ابتدا فکر کرده بود که کسی از مرتضی آدرس می‌پرسد. صدای مرد و لحن سخن گفتن او اما حکایت دیگری داشت. صدایش خشن و تحکم‌آمیز بود. کامران و سایر دانشجویان همان‌جا، بی‌حرکت نظاره‌گر این صحنه بودند. صحنه‌ای که هیچ تشابهی به تمرین چند دقیقه پیش تئاتر نداشت. صحنه‌ای از یک نمایشنامه‌ی تلخ بود که در برابر چشمان آن‌ها اجرا می‌شد.

کامران پس از آن، متوجه شده بود که آن مرد غریبه یک مامور امنیتی است. چند متر آن‌طرف‌تر هم، سه مرد دیگر، با چهره‌هایی عبوس، خشن و چندش‌آور ایستاده بودند. مردی که با مرتضی سخن می‌گفت، ضمن آنکه همه‌ی هوش و حواس خود را به حرکات او گره زده بود و او را می‌پایید، با دست به مامور دیگری اشاره کرد، که بیاید. مامور دیگر هم آمد و آن دو مرتضی را همراه خود بردند. دو مامور دیگر نیز پشت سر آن‌ها به راه افتادند.

کامران شاهد دستگیری دوست خود بود. می‌دانست که اعتراض کردن در

چنین شرایطی بی‌فایده است. بی‌حرکت ایستاده بود. مرتضی در حین آنکه همراه مأموران می‌رفت، سر خود را برای لحظه‌ای برگردانده، لبخند تلخی زده و نگاه معناداری به دوست خود انداخته بود. کامران هیچگاه آن نگاه و آن لبخند را فراموش نکرد. نگران آن بود که روحیه‌ی لطیف و حساس مرتضی تحمل زندان را برای او دشوارتر کند. مثلاً چیزی بگوید و یا نسنجیده کاری بکند که باعث افزایش رنجش در زندان بشود. او هر بار که نگران مرتضی می‌شد، یاد آن لبخند و آن نگاه می‌افتاد. نگاهی سرد که در آن، ناگفته‌ها روی هم تلنبار شده بودند.

این بار نیز نگران مرتضی شده بود. گرچه جنس نگرانی او این بار با نگرانی آن سال تفاوت می‌کرد، اما درک این تفاوت، از سنگینی بار آن نگرانی هیچ نمی‌کاست. هر بار که مرتضی به بیمارستان می‌افتاد، ماجرا تکرار می‌شد. همان نگرانی از سرنوشت مرتضی در آن ایامی که به زندان افتاده بود، با چهره‌ای مبدل بازمی‌گشت و خود را به یک باکتری یا یک سلول ناسازگار در بدن یا به یک تکه سنگ در کلیه و مثانه می‌چسباند، در گوشه‌ای از روح و روان کامران خانه می‌کرد و از همانجا جولان می‌داد. آنانی که آمده بودند مرتضی را ببرند، چه در آن دوران جوانی و چه اکنون که گرد پیری بر سر و چهره همه‌ی آن‌ها نشسته بود، از یک جنس بودند. همه نوعی ویروس بودند.

کامران از دیدن رد پای رضایت در لحن و کلام مرتضی شاد شده بود. صدای مرتضی نسبت به روز پیش تغییر آشکاری کرده بود. او اکنون پر توان و پر انرژی سخن می‌گفت. پنداری بار سنگینی را از دوش او برداشته باشند. کامران گفت: «این که خبر خیلی خوبی است! برایت خیلی خوشحالم. برای جمع خودمان هم خوشحالم. دست‌کم تو یکی دیگر نمی‌توانی روده‌درازی کنی. حالا منتظر چی هستی؟ چرا نمی‌روی منزل؟ می‌خواهی بیایم دنبالت؟»

ـ نه کامران جان، اصلاً لازم نیست. تو که خودت بهتر می‌دانی از اینجا تا خانه راهی نیست. حداکثر یک تاکسی می‌گیرم. ولی حتی تاکسی هم لازم نیست. محمود قرار شده بیاید و مرا به منزل برساند. منتظرم که گزارش پزشکی را بگیرم و زحمت را کم کنم. راستش را بخواهی، دو ساعتی هست که همین‌طور روی

تخت نشسته‌ام و منتظر این نامه هستم. حتی پانسمانم را هم نیم ساعت پیش عوض کردند. نه اثری از خونریزی وجود داشت و نه از تب و عفونت. خلاصه این بار هم همه چیز ختم به خیر شد. به یاد آن ضرب المثل قدیمی می‌افتم. به یاد یک بار جستی ملخک، دو بار جستی ملخک...

- بار سوم به دستی ملخک! چه ضرب المثل وحشتناکی!

نگرانی کامران نیز از سرنوشت بار سوم این ملخک بود. ملخکی که ادامه‌ی زندگی خود را وامدار بخت و اقبال خود بود. اما او می‌دانست که بازی نمی‌تواند تا ابد بر همین روال پیش برود. می‌دانست دیر یا زود پرده می‌افتد و نمایشنامه به پایان می‌رسد. مهم نبود کدام بازیگر زودتر از دیگران صحنه را ترک می‌کند. مهم دانستن این موضوع بود که نمایشنامه به پرده‌ آخر خود نزدیک شده است. پرسید: «اما از خبر بدت نگفتی.»

مرتضی با چاشنی خنده‌ای در لحن خود گفت:

- خبر بد هم این است که می‌توانم امروز از بیمارستان مرخص شوم.

نیازی به توضیح بیشتری نبود. کامران در این جمله‌ی کوتاه، اعتراف دردناک دوستش به وحشت از تنهایی را می‌دید. مرتضی هیچگاه از تنهایی خود شکایت نکرده بود. کامران هم هرگز درباره تنهایی خود به دوست قدیمی‌اش یا به سایر اعضای کلوب مردان خانه نشین چیزی نگفته بود. هیچ یک از اعضای این کلوب دوست نداشتند درباره‌ی تنهایی خود حرف بزنند. یا می‌دانستند یا نمی‌دانستند، علت شکل‌گیری این کلوب فرار از همین تنهایی بود. ساعاتی دور هم جمع شدن و درباره‌ی زمین و زمان سخن گفتن، یافتن موضوعی برای گفت‌وگو و یافتن انگیزه‌ای برای دیدار بعدی.

هیچ کس هیچ منع و محدودیتی برای سخن گفتن درباره تنهایی نداشت. اما اعضای کلوب دور هم جمع می‌شدند، تا تنهایی خود را از یاد ببرند، و نه اینکه با سخن گفتن درباره‌ی آن، بر زخم‌های روحی خود نمک بپاشند. بعضی از غروب‌ها، وقتی کامران و مرتضی با هم خلوت می‌کردند و با هم یکی دو پیک ودکا می‌نوشیدند و از غم و غصه‌های خود می‌گفتند، موضوع تنهایی به شکل پوشیده‌ای

در گفت‌وگوهایشان مطرح می‌شد.

کلوب مردان خانه نشین فقط چهار عضو داشت. کامران، مرتضی، رضا و محمود. کامران و مرتضی دوستان قدیمی بودند. دوستی‌شان در ایران شکل گرفته بود و این دوستی در تمامی سال‌های زندگی در تبعید نیز ادامه یافته بود. با رضا و محمود در آلمان آشنا شده بودند. آشنایی که ریشه در باورهای سیاسی مشترک‌شان داشت. اما پس از فروپاشی بلوک شرق و در هم شکسته شدن باورهای ایدئولوژیک‌شان، بر ویرانه‌های همان آشنایی سیاسی، یک دوستی عمیق سر بر آورده بود. کمابیش بدل به یک خانواده شده بودند.

کامران از مرتضی پرسید:

- به بچه‌ها هم خبر داده‌ای؟

- فقط به محمود. محمود دیشب حدود ساعت ۷ به من سر زد. همان موقع بهش گفتم که امروز قرار است از بیمارستان مرخص بشوم.

محمود در این مدت بارها به عیادت مرتضی رفته بود. حتی یک بار هم با ژیلا، با همسرش به عیادت مرتضی رفته بودند. به‌رغم آنکه محمود در جمع اعضای این کلوب تنها کسی بود که هنوز با همسرش زیر یک سقف زندگی می‌کرد، اما او نیز مثل سایر اعضای کلوب، تنها بود.

محمود و ژیلا، گرچه کنار هم زندگی می‌کردند، اما با هم زندگی نمی‌کردند. هر کدام راه خود را می‌رفت و از عشق و علاقه در رابطه‌شان کمترین اثری نمانده بود. هرگاه محمود درباره‌ی ژیلا حرف می‌زد، اثری از شور و اشتیاق در سخنش دیده نمی‌شد. ژیلا برای محمود بدل به ضمیر سوم شخص مفرد شده بود. کسی که حضور داشت و در عین حال بود و نبودش در خانه و زندگی محمود تغییر زیادی ایجاد نمی‌کرد. حتی در دو اتاق جداگانه شب‌ها را سپری می‌کردند. بهانه‌شان این بود که نمی‌خواهند مزاحم خواب یکدیگر بشوند. اینکه رابطه آن‌ها پایدار مانده بود، فقط یک علت داشت و آن اینکه آن‌ها از تنهایی می‌گریختند. از تجزیه همین رابطه‌ی ناپایدار نیز وحشت داشتند. زیر یک سقف زندگی کردن، گرچه مرهمی برای درد تنهایی‌شان نبود، اما به آن درد شدت هم نمی‌بخشید.

محمود و ژیلا هرگز صاحب فرزند نشدند. فرزندی که بتواند به رابطه‌ی آن‌ها معنا و مفهوم جدیدی بدهد و احیاناً به آن دوام بیشتری ببخشد. اما مگر وجود آیدا و بیژن توانسته بود زندگی مشترک کامران و سودابه را نجات دهد؟ زندگی مشترک زمانی که آسیب ببیند و از وسط ترک بردارد، دیگر ممکن نیست با کمک فرزند و یادآوری حس مسئولیت مانع از فرو ریزش آن شد. دست‌کم چنین چیزی در مورد این نسل و در این محیط غربی عمل نمی‌کند.

محمود یکبار به کامران گفته بود که تصورش از جامعه ایران خیلی غیر واقعی است. گفته بود که وضعیت در ایران از این هم بدتر است. کامران این موضوع را از محمود و از همه کسانی که ظرف این سال‌ها به ایران سفر کرده بودند، شنیده بود، اما نمی‌توانست یا شاید نمی‌خواست باور کند. از آن‌ها شنیده بود که نابسامانی‌های اجتماعی باعث فروپاشی خانواده‌ها و زندگی خانوادگی در جامعه ایران شده است. منع‌های اخلاقی تاثیری خلاف انتظار به بار آورده و زمین هوس و شهوت را شخم زده و سیراب کرده است. عهد و پیمان‌ها بی‌دوام شده‌اند و هر کس تلاش می‌کند فقط گلیم خود را از آب بیرون بکشد.

محمود درباره‌ی علت بچه‌دار نشدن‌شان سکوت کرده بود. دوستان هم چیزی نپرسیده بودند. اینکه آیا این ناشی از یک تصمیم بود یا ناباروری، رازی بود که هرگز فاش نشد. تنها رازی که برملا شده بود، این بود که رابطه محمود و همسرش حکایت از نوعی طلاق عاطفی داشت. محمود یک بار حتی رابطه‌ی زناشویی‌اش با ژیلا را همزیستی مسالمت‌آمیز خوانده بود. اعتراف بزرگی که دوستانش آگاهانه از روی آن پریدند و پرسشی مطرح نکردند. این تنها مرتضی بود که در واکنش به سخن محمود گفته بود: «این را که تو می‌گویی، کارش از همزیستی مسالمت‌آمیز گذشته، کم کم دارد بدل به حق ملل در تعیین سرنوشت خویش می‌شود.» این طعنه‌ی نیش‌داری بود. محمود، آن روز، ترجیح داده بود با یک لبخند تلخ موضوع را تمام کند. محمود طعنه‌ی گزنده مرتضی را به دل نگرفت. او نیز مثل سایر دوستان به زخم‌زبان‌های او خو گرفته بود و می‌دانست که مرتضی منظور بدی ندارد. می‌دانست که مرتضی بسیار عاطفی است و برای دوستی با آن‌ها ارزش

بسیاری قائل است.

در واقع نیازی نبود که محمود درباره این طلاق عاطفی چیزی بگوید. این دوستان قدیمی همدیگر را خوب می‌شناختند و با حالات روحی یکدیگر آشنا بودند. از آن گذشته، این دوستان چه می‌توانستند بگویند؟ وضعیت خود آن‌ها هم از وضعیت محمود بهتر نبود. در بین آن‌ها، سرنوشت مرتضی شاید از همه دردناک‌تر بود. گرچه مرتضی عادت نداشت درباره‌ی زندگی خصوصی خود حرف بزند، اما کامران لحظه به لحظه‌ی زندگی مرتضی را می‌شناخت. سایر دوستان هم جسته و گریخته، از کامران چیزهایی درباره‌ی زندگی مرتضی و عشق ایام جوانی او شنیده بودند.

کامران پرسید:

ـ حالا در بیمارستان توانستی کمی هم کار بکنی؟ مثلاً روی کتاب شعر جدیدت؟

ـ تو هم که عجب انتظاری از آدم داری! جان من، بیمارستان که جای شعر و شاعری نیست. شاید اگر نویسنده رمان‌های جنایی بودم، می‌توانستم چند جلد کتاب درباره‌ی اقامتم در بیمارستان بنویسم. باور کن اینجا کلی سوژه‌ی جنایی ریخته است. مثلاً سوژه دکتری که روی بیمارهایش داروی جدیدی را تست می‌کند و باعث مرگ یکی دو تا از بیمارها می‌شود یا قصه آن زن پرستاری که شب‌ها بدل به هیولایی خونخوار شده و به سراغ بیماران می‌رود...و چه می‌دانم، از اینجور سوژه‌ها.

کامران به شوخی و در پاسخ به مرتضی گفت:

ـ سوژه‌ی آن پرستار را خیلی خوب آمدی. فکر کنم می‌دانم سوژه‌اش از کجا به ذهنت رسیده است. من هم تا آن زن را دیدم، مو بر تنم سیخ شد. همانی که انحراف چشم دارد و یک ردیف سبیل هم بالای لبانش سبز شده است. من که اگر جای تو بودم، شب‌هایی که موقع کشیک آن پرستار بود، شب تا صبح را بیدار می‌ماندم و گوش تیز می‌کردم.

ـ تو هم با این فانتزی بی‌در و پیکرت. نمی‌دانم چکار قیافه مردم داری؟ اتفاقاً

همان پرستار از بقیه‌شان خیلی مهربان‌تر است.

کامران سکوت کرد. به خبر بد مرتضی می‌اندیشید. او متوجه پیام پنهان در خبر بد مرتضی شده بود. او مشابه‌ی این پیام را در دیالوگ غم‌انگیز خود با گرگور سامسا شنیده بود. به رغم آن، به روی خود نیاورد و گفت: «مرخص شدن از بیمارستان که خبر بدی نیست. خُب اگر از این بابت ناراحت هستی، می‌توانی مثلاً روده‌ی کوچکت را هم بدهی کوچک‌تر بکنند. من که فکر می‌کنم بدن ما در این سن و سال بدل شده به یک دستگاه خودپردازِ با ارزش و سخاوتمند برای پزشکان و سیستم درمانی. هر جا که دست بگذارند، حتماً موردی برای کسب درآمد پیدا می‌کنند.»

مرتضی خندید و گفت که حاضر نیست پیکر خود را وقف آموزش و کسب تجربه‌ی پزشک‌یاران بکند. مرتضی پیکر نحیف و شکننده‌ای داشت. پیکری نحیف که او به شوخی از آن چون پیکری تنومند یاد می‌کرد و خود را یلی می‌خواند. لبخند بر لب، با انگشت اشاره خودش را نشان می‌داد و خطاب به دوستانش می‌گفت: «یلی است این آقا مرتضی.» همین موضوع نیز باعث خنده‌ی دوستانش می‌شد. گفت‌وگوی‌شان یک‌باره قطع شد. مرتضی سراسیمه گفته بود که دکتر آمده است و او بعداً، پس از رفتن او، مجدداً تماس می‌گیرد. کامران همان‌طور که روی تخت دراز کشیده بود، به سرنوشت آن ملخک می‌اندیشید.

شعر عشق

کامران روی تخت دراز کشیده بود. می‌دانست که باید بلند بشود، اما در خود توان آن را نمی‌دید. به سرنوشت خود و دوستانش می‌اندیشید. به آن نگرانی‌های بی‌پایانی می‌اندیشید که سایه به سایه در تعقیب آن‌ها بود. به نگرانی‌هایی که در ایام سالخوردگی چاق و فربه شده بودند و وقتی در لحظه حضور می‌یافتند، همان‌جا خوش می‌کردند و مثل لایه‌ای از چربی بر جداره‌ی آن لحظه‌ها می‌ماسیدند و مجرای عبور زمان را تنگ و تنگ‌تر می‌کردند.

تلفن برای بار دوم زنگ زد. مرتضی بود. گفته بود که هنوز گزارش پزشکی آماده نشده است. پزشک بخش برای بررسی حال و روز بیماران، اتاق به اتاق پیشروی کرده تا به او رسیده، نگاه رضایت‌بخشی به پرونده پزشکی او انداخته و رفته است. به کامران گفته بود که پزشک از او درباره دردش پرسیده و او در پاسخ گفته وقتی زیاد می‌ایستد یا سریع حرکت می‌کند، درد کمابیش شدیدی در شکمش می‌پیچد. دکتر هم به او گفته بود که چنین چیزی پس از عمل جراحی پدیده‌ای عادی است و باید با کمک دارو، درد و رنج را برای مدتی تاب آورد تا زخم‌ها درمان شوند. کامران پیش خود گفت: «ای کاش مرتضی در این لحظه‌ی حساس کسی را می‌داشت. کسی را که غم‌خوار او بود و می‌توانست او را در این دوره‌ی نقاهت تر و خشک کند.» آرزویی که خود کامران به‌خوبی می‌دانست، تنها می‌تواند در عالم خیال به واقعیت بدل شود.

مرتضی هرگز ازدواج نکرده بود. علت مجرد ماندن او ربطی به افکار و

اندیشه‌های فیلسوفان و هنرمندان نداشت. مرتضی نه الگوی زندگی پیشنهادی سارتر را می‌پذیرفت و نه همچون شوپنهاور، ازدواج را اقدامی ابلهانه می‌دانست. وانگهی سبک زندگی که سارتر و دوبووار برگزیده بودند، با ویژگی‌های جامعه‌ی سنت‌زده‌ی ایران با آن چهره‌ی فریبنده‌ی مدرنی که به خود گرفته بود، اصلاً سازگار نبود.

مرتضی مخالفتی با ازدواج کردن نداشت. فردی کمابیش اجتماعی بود. گوشه‌گیر نبود. تنهایی به او تحمیل شده بود. حتی با آن نقطه‌ی حساس در سرنوشت خود، یعنی با همان لحظه‌ای که پا پیش نهد و از یار خود خواستگاری کند، فاصله‌ی چندانی نداشت. در آن هنگام بر سر یک دو راهی گیر کرده بود و مرتضی راه را در پیش گرفته بود. تصمیمی که حال ناگزیر بود ده‌ها سال با پیامدهای آن زندگی کند.

کامران ماجرای دلباختگی مرتضی را بی‌اختیار در برابر خود می‌دید؛ لحظه به لحظه‌ی آن را. آن چنان دقیق که آدم می‌توانست گمان کند که این ماجرا دیروز روی داده است. او مرتضی را خوب می‌شناخت و با خصوصیات شخصیتی او کاملاً آشنا بود. مرتضی گرچه هنرمند بود، اما منطق حاکم بر زندگی‌اش بیشتر رنگ و بویی سنتی داشت تا آنکه برخاسته از تفکر و رویکردی نو و مدرن بوده باشد.

مرتضی در ایام جوانی و پیش از آنکه به زندان بیافتد، دلباخته‌ی دختری به نام مریم شده بود. و این ماجرای عشقی آتشین بود که در آن روزهای طوفانی و بحران‌زده جرقه زده و بر گوشه‌ای از روح و روان لطیفش نقش بسته بود. گذشت سالیان نیز نتوانسته بود، این عشق را از دفتر خاطرات کمابیش ناگفته و نانوشته‌اش پاک کند. این عشق را می‌شد در چیدمان واژه‌های اشعار او دید. مرتضی هنوز حتی با گذشت ده‌ها سال از آن روزها، دلباخته‌ی آن دختر بود. عشق بی‌فرجامی که ماندگار شده بود.

کامران به یاد یکی از شعرهای مرتضی افتاد. شعری با مضمونی عاشقانه که حکایت از شکست لطافت روح در برخورد با دیواره‌ی سنگی زمانه‌ای داشت که درشت‌خویی در پیش گرفته بود. روایت زمزمه‌ی دلدادگی بود که در دل طوفانی

سهمگین، در زوزه‌ی کر کننده‌ی آن طوفان، گم شده و به گوش یار نرسیده بود. پیامی عاشقانه بود که ناخدای کشتی طوفان‌زده‌ای پیش از غرق شدن کشتی‌اش، در شیشه‌ای نهاده و شیشه را به موج‌ها سپرده بود، به امید آن که روزی نه چندان دور، کسی این راز عشقی را به گوش یارش برساند.

مرتضی هرگز نتوانسته بود عشق خود را به مریم ابراز کند. مریم گرچه از عشق مرتضی به خودش آگاه بود، اما منتظر مانده بود تا مرتضی این گام بزرگ را بردارد، از فراز سایه خود بپرد و عشق و شیدایی خود را با او در میان نهد. و این گامی بود سرنوشت ساز، چه مرتضی این گام را بر می‌داشت و چه زیر بار شرمی بی‌معنا پاهایش سُست می‌شد و از رفتن می‌ماند. تصمیمی که می‌توانست مسیر زندگی مرتضی را دگرگون کند و این تصمیم زندگی مرتضی را دگرگون کرده بود.

کامران آن روزها بارها از مرتضی خواسته بود بر شرم خود فائق آید و سخن دلش را به مریم بگوید. از او خواسته بود، فرمان هدایت سرنوشت خود را به دست گیرد، به بازیچه بودن خود پایان دهد و بدل به بازیگر زندگی خود شود. مرتضی نیز هر بار قول داده بود که در اولین فرصت صندوقچه‌ی دل خود را در برابر چشمان مریم بگشاید. قولی که پشتوانه‌اش جسارتی برخاسته از یکی دو پیک ودکا بود و به محض از بین رفتن تاثیر الکل بر اراده‌ی او، شجاعت او نیز پشت لایه‌ی ضخیم شرمی که رفتارش را تنگ در بر گرفته بود، ناپدید می‌شد.

سکوت مرتضی برخاسته از شرم آشنا و خو گرفته‌ی ساکنان شهرهای کوچک بود. شرمی که همراه او به تهران کوچ کرده بود. و این شرم در همراهی با لرزش پاهایش، درست در همان لحظه‌ای که می‌بایست ثابت قدم و پایدار می‌بود، بی‌آنکه خود بخواهد، به جای او تصمیم گرفته بودند. مرتضی در همان ایام بود که دریافت آدم در زندگی خود یا بازیگر است یا تماشاچی. او روی صحنه‌ی تئاتر بازیگر بود و در زندگی واقعی خود، به جمع تماشاچیان پیوسته بود. به سرنوشت خود و مسیری که قطعاً با تمایل او سازگار نبود، زُل زده بود و برای خود و دل شکسته‌ی خود افسوس می‌خورد. افسوسی که حال چند ده سال بود پا به پای او، همچون

موزیک متن حزن‌انگیزی به سفر مشترکش با او ادامه می‌داد و او را تنها نمی‌گذاشت.

کامران در حین گفت‌وگو با مرتضی از جای خود بلند شد و به طرف پرده‌ی اتاق رفت. پرده را کشید. گرگور سامسا را پشت پرده دید. گوشه‌ای نشسته و گوش تیز کرده بود، در انتظار شنیدن مابقی سرنوشت مرتضی. مایل بود بداند که آیا ملخک این بار نیز از مهلکه گریخته است یا به دام افتاده است. نگاهش که در نگاه کامران افتاد، پاهای خود را جمع کرد. کامران همانگونه که به سخنان مرتضی و نتایج دارو و درمان او گوش می‌داد، روی صندلی مشرف به باغ نشست. مرتضی از خارش پوست در ناحیه بخیه‌های روی شکم خود می‌گفت. اما کامران درگیر آرزوی خود بود. آرزوی اینکه چه خوب بود، اگر مریم در چنین لحظات دشواری کنار مرتضی می‌بود.

زمانی که مرتضی با مریم آشنا شده بود، از دوستی‌اش با کامران چند سالی می‌گذشت. مرتضی و کامران دوستان صمیمی یکدیگر بودند و این دو جوان با آن سر پرشور خود حرف‌های زیادی برای گفتن با یکدیگر داشتند. درباره‌ی سیاست با هم گپ می‌زدند، درباره‌ی دیکتاتوری و درباره‌ی بی‌عدالتی. اما رسم نبود از عشق و از وسوسه‌های روحِ جوان خود برای هم چیزی بگویند. مرتضی این رسم، این باور خطا را یک روز شکست. غروب یک روز پاییزی در بیستروپی در نزدیکی تقاطع خیابان پهلوی و شاهرضا در گفت‌وگوی خود با کامران، از عشق خود به مریم گفت. کامران غافل‌گیر شده بود. انتظار شنیدن چنین چیزی را نداشت. با دهان باز، به دوستش زل زده بود. ردِ رنج عشق را در چشمان او دیده بود.

کافه کوچک و دنجی بود که لوبیای داغ و آبجو می‌فروخت. مکانی که به پاتوق آن‌ها بدل شده بود. معمولاً یک کاسه لوبیا با یک تکه نان و یک لیوان بزرگ آبجو سفارش می‌دادند. اما آن روز مرتضی بیش از معمول آبجو نوشیده بود. کامران متوجه‌ی تغییر رفتار دوست خود شده بود. حتی متوجه شده بود که او حواسش جای دیگری است، هم آنجاست و هم نیست. در آن لحظه‌ای که مرتضی تصمیم گرفت لیوان سوم آبجو را سفارش بدهد، کامران پرسیده بود:

- مثل اینکه آقا امشب در عالم هپروت سیر و سفر می‌کند؟ معلوم هست در کجای این جهان سرگردانی؟

مرتضی دو دل بود. نمی‌دانست چه باید بکند. از خود می‌پرسید که آیا درست است، از ماجرای دلباختگی‌اش به مریم، در برابر نگاه کنجکاو دوست خود پرده برگیرد؟ نسبت به واکنش احتمالی دوست خود مطمئن نبود. سخن گفتن از دلباختگی، این بدیهی‌ترین و طبیعی‌ترین حس ایام جوانی برای این بخش از جوانان ایران، آن روزها، گناه کبیره به شمار می‌آمد. جوانان آن ایام نمی‌دانستند که عشق به زندگی و زندگی کردن برای عشق، قوی‌ترین نیروی محرکه‌ی آدم برای تغییر و تحول است. اعتراف به عشق را نشانه‌ی ضعف و شکنندگی خود می‌دانستند. مرتضی سرخ شده بود. کف آبجو اینجا و آنجا روی سبیل بلندش نشسته بود. آه بلندی کشیده، صدای خود را صاف کرده و از عشق خود به مریم گفته بود.

کامران مریم را دیده بود. با آنکه حافظه‌ی تصویری خوبی نداشت، اما چهره زیبای آن دختر هیچ‌گاه از ذهن و یاد او پاک نشد. دختری خوش قد و قامت بود با موهای بلند سیاه رنگی که معمولاً با روبانی سیاه می‌بست. مریم عاشق هنر و به‌ویژه سینما بود. عشق مریم به هنر، باعث نزدیکی روحی او و مرتضی شده بود. زبان هنر، زبان مشترکی بود که هر دو به‌خوبی متوجه می‌شدند. مرتضی شعرها و سروده‌های خود را برای مریم می‌خواند. شعرهایی که گرچه مضمونی سیاسی داشتند، اما از روح لطیف و شاعرانه‌اش و حتی از دل باختن او حکایت می‌کردند. مریم متوجه نشانه‌ها در بافت شعرهای مرتضی می‌شد، اما منتظر برآمد جسارت شاعر مانده بود. جسارتی برخاسته از قدرت عشق که می‌بایست بر شرم و تردید غلبه کند. ابراز عشق، شهامت می‌خواهد. مرتضی در آن روزها، نمی‌دانست که درهای سرزمین عشق روی بزدل‌ها بسته است.

مریم برخلاف مرتضی از هیچ گرایش سیاسی‌ای پیروی نمی‌کرد. نه موافق حکومت پهلوی بود و نه مخالف آن. در آن عالم هنر، در آنجایی که او زندگی می‌کرد، جایی و مجالی برای مرده‌بادها و زنده‌بادها نبود. از همین رو نیز مخالفتی

با فعالیت‌های سیاسی کامران و مرتضی و دیگر فعالان سیاسی نداشت، اما از این فعالیت‌ها حمایت و پشتیبانی نیز نمی‌کرد. زنی مدرن بود و مرتضی شیفته‌ی آزاداندیشی او شده بود. این شیفتگی و شیدایی به حدی بود که بتواند سرنوشت مرتضی را به مسیر دیگری بکشاند. اما مرتضی به‌رغم تلاش‌های خود هرگز نتوانست در یکی از آن لحظاتی که با هم تنها شده بودند، این گام را بردارد و سفره‌ی دل خود را در برابر چشمان زیبای او بگشاید.

پیش از هر دیدار، مرتضی با خود عهد می‌کرد که این بار راز دل خود را با مریم در میان نهد. با او از دلباختگی خود بگوید و مهر او را طلب کند. لحظات و همراه با آن لحظات، امکان بیان این عشق آتشین یکی پس از دیگری می‌آمدند و سپری می‌شدند و مرتضی در خود جسارت گفتن راز دلش را نمی‌دید. رازی که مریم بسی پیش از آن موفق به کشف آن شده بود. اگر او شروع می‌کرد و حتی اگر در پرده و به ایما و اشاره چیزی می‌گفت، چه بسا مریم به کمک او می‌شتافت و کار را برای او راحت‌تر می‌کرد. اما، مرتضی حتی جسارت شروع گفت‌وگو در این باره را در خود نمی‌دید. مرتضی پیش از آنکه بتواند عشق خود را با مریم در میان نهد، به زندان افتاد. این چنین سیاست برای عشق او و برای ادامه داستان زندگی‌اش تصمیم گرفت.

پرنده بزرگی روی درخت کاج نشست. این نخستین باری نبود که کامران این پرنده را می‌دید. خیلی شبیه به یک کبوتر بود، اما بزرگ‌تر از کبوترانی که دیده بود. آنقدر بزرگ و سنگین بود که شاخه‌ی کاج زیر سنگینی جسم او خم شده بود.

از مرتضی پرسید: «حالا مطمئن هستی که امروز از بیمارستان مرخص می‌شوی؟» مرتضی در پاسخ به این پرسش گفت که تردیدی ندارد. حتی پزشکی که صبح برای معاینه آمده، خبر مرخص شدن او از بیمارستان را تایید کرده است. کامران گرچه با مرتضی سخن می‌گفت، اما فکر و ذهن‌اش جای دیگری بود. یاد خاطره‌ای تلخ افتاد.

کامران در همان نخستین روزهایی که مرتضی به زندان افتاده بود، یک بار به

گونه‌ای تصادفی مریم را در خیابان پهلوی دیده بود. مریم از حال مرتضی پرسیده بود. مریم تا آن لحظه خبر دستگیری مرتضی را نشنیده بود. گرچه حدس‌هایی می‌زد. موج دستگیری‌ها شروع شده بود. خبر دستگیری‌ها بدل به یکی از موضوعات داغ گفت‌وگوهای خصوصی دانشجویان شده بود. مریم هم خبر دستگیری تعدادی از دانشجویان دانشگاه و حتی دانشکده‌اش را شنیده بود. پس از اینکه کامران خبر دستگیری مرتضی را به او داد، مریم، لحظه‌ای سکوت کرد. قطره اشکی در گوشه‌ی چشمان زیبایش حلقه زد. نگاهش را از نگاه کامران دزدید، به نقطه‌ای نامعلوم خیره شد و پس از گذشت چند لحظه، شتابان با کامران دست داد، خداحافظی کرد و رفت.

مرتضی از زندان که آزاد شد، تلاشی برای یافتن مریم نکرد. این اشتباه بعدی او بود. خودش می‌گفت: «زندگی زناشویی با مبارزه سیاسی سازگار نیست و نباید وقتی که خود آدم سرنوشت روشنی ندارد، با سرنوشت فرد دیگری بازی کند.» شب‌ها، وقتی با خود خلوت می‌کرد، گوشه‌ای می‌نشست و شعر می‌خواند. آنقدر شعر *دیر است گالیا* را خوانده بود که همه‌ی آن شعر را می‌توانست از بر بخواند. آن شعر را می‌خواند، شرابی می‌نوشید و گریه می‌کرد. شعر زیبایی که از دلِ وهمِ برخاسته از نشناختن زندگی زاده شده بود. اما هم مرتضی می‌دانست و هم بقیه متوجه بودند که این سخنان توجیهی بیش نیست. توجیهی برای رفتاری که هیچ‌گونه منطقی قادر به توضیح آن نبود.

مرتضی از رو در رو شدن با مریم واهمه داشت. تردیدهای او نسبت به پاسخ احتمالی مریم بیشتر شده بود. از اینکه پاسخ منفی بشنود، هراس داشت. حال آنکه بسیاری از هم‌رزمانش، در همان یکی دو سال پس از انقلاب اسلامی ازدواج کرده بودند. حتی کسانی که سابقه‌ی مبارزاتی طولانی‌تری از مرتضی داشتند و سال‌های بیشتری را در زندان سپری کرده بودند، پای سفره‌ی عقد نشستند. کامران خودش را مثال می‌زد. او هم به علت فعالیت‌های سیاسی‌اش به زندان افتاده بود. اما زندان و فعالیت سیاسی مانع از ازدواج او نشده بود. کامران مدت کمتری در زندان بود. در همان اوایل اوج گرفتن اعتراضات به زندان افتاد و همراه

با بسیاری دیگر از زندانیان در روزهای طوفانی پیش از انقلاب اسلامی، از زندان آزاد شده بود. مرتضی هم دو هفته پس از کامران از زندان مرخص شده بود.

هراس مرتضی از شنیدن پاسخ منفی مانع از آن شده بود که او برای جبران اشتباه گذشته‌اش تلاشی بکند و غرور مریم نیز مانع از آن شده بود که او از طریق دوستان مشترک‌شان گامی برای یافتن آدرس مرتضی بردارد. مرتضی پس از آن هرگز از سرنوشت مریم آگاه نشد. او اما در چهره‌ی آن عشق تباه شده، درس بزرگی برای زندگی خود گرفت و آن اینکه انسان‌ها سرنوشت خود را همچون یک خط ممتد می‌بینند، حال آنکه سرنوشت آن‌ها را لحظه‌ها تعیین می‌کنند، لحظه‌هایی گاه پیوسته و گاه بی‌پیوند و گسیخته. لحظه‌هایی که زندگی همچون یک نقاش مدرن بر بوم زمان می‌پاشد، هر لحظه‌اش یک نقطه، هر نقطه‌اش یک رنگ، نشسته بر تابلوی سرنوشت.

مرتضی در خارج از کشور نیز چند بار تن به رابطه‌ای داده بود. روابطی که آن چنان کم دوام بودند که نه او با میل و رغبت از آن‌ها می‌گفت و نه دیگران درباره‌ی آن از او چیزی می‌پرسیدند. بیشتر دوست داشت در سایه درخت تناور همان عشق نافرجام ایام جوانی‌اش بنشیند و به میوه‌های شعر و کلام خود دل خوش کند. ردِ پای چهره‌ی زیبای مریم و موهای سیاه و بلندش را می‌شد در جا به جای اشعارش دید. دست‌کم کامران قادر به رمزگشایی از توصیف‌های شاعرانه مرتضی بود.

مرتضی دوست نداشت درباره‌ی عشق بزرگ ایام جوانی‌اش سخنی بگوید. به این موضوع که اگر آدم حرف دلش را بزند، سبک می‌شود، نیز کمترین باوری نداشت. تجربه‌ی زندگی‌اش خلاف آن را ثابت کرده بود. سخن گفتن از غم‌هایش از بار آن‌ها نکاسته بود، به آن غم‌ها دامن زده بود. وانگهی برای پرسش احتمالی دیگران، که چرا درباره‌ی عشق خود سکوت کرده و آن را با مریم در میان ننهاده است، هیچ پاسخی نداشت.

کامران متوجه شد که ادامه‌ی گفت‌وگو پیرامون دکتر و بیمارستان حسی ناخوشایند در مرتضی برمی‌انگیزد. او را به یاد عمل جراحی‌اش می‌اندازد و شاید

بر دردهای ناشی از آن می‌افزاید. سعی کرد با طرح موضوع دیگری، رشته کلام را به مسیر دیگری بکشاند. پرسید:

– دیشب فرصت کردی مقاله اشپیگل را بخوانی؟

– آره. اما، مقاله چنگی به دل نمی‌زد. موضوع بر سر کتاب جدیدی بود که درباره ترامپ نوشته شده است، کتابی به قلم نویسنده‌ای به نام مایکل وولف. کتابی درباره رویدادهای اخیر کاخ سفید و نظر کسانی مثل استیو بنن درباره‌ی ترامپ. درباره خودشیفتگی بیمارگونه ترامپ و مسائلی از این دست.

کامران سخن دوست خود را تصدیق کرد. او هم انتظار دیگری از آن مقاله داشت. تصویر روی جلد از برآمد پوپولیسم در آمریکا و حتی فراتر از آن از برآمد پوپولیسم در جهان حکایت می‌کرد. به باور کامران موضوع اصلاً بر سر پیروزی ترامپ در انتخابات ریاست جمهوری آمریکا نیست، بلکه بر سر بروز یک تحول منفی در کل جامعه بشری است. کامران پرسید: «ببینم اگر تو امروز از بیمارستان مرخص بشوی، قرار فردامان چه می‌شود؟ آیا قرارمان سر جای خودش باقی است؟»

– چرا که نه. من که سر حال هستم و خوشحال می‌شوم دوستان را ببینم. اگر امروز مرخص بشوم و حالم خوب باشد، بهتر است که فردا همه به خانه‌ی من بیایید. برای من این طور راحت‌تر است. می‌توانم اگر لازم بشود، حتی پاهایم را دراز کنم یا حتی گوشه‌ای دراز بکشم.

کامران تصدیق کرد و گفت:

– شاید بتوانیم بحث پوپولیسم را آنجا دنبال کنیم. رضا هم خبر دارد و گفته که با دست پر می‌آید. پس من منتظر خبرت می‌مانم و بعد به بقیه خبر می‌دهم.

کامران از دوست خود خداحافظی کرد. نگاهی به ساعتش انداخت. سریع از جای خود بلند شد. اینا هر لحظه برای نظافت خانه می‌رسید. قرارشان روزهای سه‌شنبه بود. گرچه اینا از محل کلید اضافه‌ای که او زیر گلدانی می‌گذاشت، آگاهی داشت و بی‌سر و صدا می‌آمد و کار خودش را شروع می‌کرد، ولی کامران نمی‌خواست در لحظه ورود اینا، هنوز لباس خواب به تن داشته باشد.

در حین مسواک کردن دندان‌های خود نگاهی به پیرمردی که در آینه به او زُل زده بود، انداخت. هم او و هم پیرمرد ابروهای خود را در هم کشیده بودند. از خود می‌پرسیدند که چگونه یک خبر می‌تواند برای یک نفر هم خوب باشد و هم بد؟ پاسخ دادن به این پرسش کار چندان دشواری نبود. کامران در پاسخ به پرسش خود گفت: «اکثر خبرهای خوب با خبرهای بد همراه هستند. خبر بدی که همراه خبر خوب می‌آید، هزینه‌ی آن خبر خوب است. مگر نه آنکه هیچ خبر خوبی بدون هزینه نیست؟ حتی اگر خود آدم در شکل گرفتن آن خبر خوب نقشی نداشته باشد. اما خبرهای بد الزاماً با یک خبر خوب همراه نیستند. خودشان هزینه خودشان هستند.»

نیکلای چرنیشفسکی

صدای زنگِ در آمد. کامران پشت میز کوچک آشپزخانه نشسته و مشغول خوردن صبحانه بود. هنوز احساس خستگی می‌کرد. از آن روزهایی بود که دلش می خواست یکی دو ساعت بیشتر روی تختش وول بخورد و از جای خود بلند نشود. دلش می‌خواست ساعت‌ها درباره‌ی مضمون گفت‌وگوی خود با مرتضی فکر کند. درباره‌ی تنهایی این دوست قدیمی‌اش، درباره‌ی مریم با آن موهای سیاه بلندش و درباره‌ی آن یکی دو قطره اشکی که آن روز در گوشه‌ی چشمان زیبایش حلقه زده بود. او درباره‌ی دیدار تصادفی آن روز خود با مریم چیزهایی به مرتضی گفته بود. اما هیچگاه از آن دو قطره اشک کلمه‌ای بر زبان نیاورده بود.

این دو قطره اشک رازی بود که او از افشای آن وحشت داشت. می‌دانست که فاش کردن پیام آن راز تنها باعث دل‌شکستگی بیشتر مرتضی می‌شود و شکستن دل دوستش دقیقاً همان چیزی بود که او از آن واهمه داشت و از این رو از آن پرهیز می‌کرد. اما خود او هیچگاه آن لحظه را از یاد نبرد. او هرگز موفق نشد این دو قطره اشک را از یاد و خاطره خود از مریم پاک کند. هر بار که به مریم می‌اندیشید، بی‌اختیار به یاد آن صحنه‌ی دردناک می‌افتاد. به یاد سرنوشت دو نفر که ره گم کرده و در مسیر زندگی خود، سر از بیراهه‌ای درآورده بودند. او پایان بد فرجام آن بازی عشق را در کتاب سرگذشت مرتضی دیده بود و بی‌آنکه از سرنوشت مریم اطلاعی داشته باشد، ناخودآگاه برای مریم نیز سرگذشت مشابهی متصور شده بود.

کامران لیوان چای خود را روی میز گذاشت، از جای خود بلند شد و رفت در را روی اینا باز کند. او نیازی به کنجکاوی نداشت. به‌خوبی می‌دانست که در آن سوی در، اینا با لبخندی بر لب به در زُل زده و بی‌حرکت منتظر ایستاده است. تصویری که خوب می‌شناخت و ده‌ها بار آن را تجربه کرده بود. صحنه‌ای که هر هفته سه‌شنبه‌ها جلوی چشمانش تکرار می‌شد. او هم جنس آن لبخند مصنوعی را می‌شناخت و هم با لحن اینا وقتی که با لهجه‌ی غلیظ خود «روز به‌خیر» می‌گفت، آشنا بود، صحنه‌ای تکراری با همان چهره، همان لبخند و همان لهجه.

کامران با خوش‌رویی سلام کرد و پس از آن به آشپزخانه بازگشت. لیوان چای و نان و پنیر را در سینی گذاشت و همراه خود به اتاق خواب برد. اینا پالتویش را به رخت‌آویز کنار در ورودی خانه آویخت و بدون لحظه‌ای درنگ کار نظافت را شروع کرد. کامران پشت میز کار خود نشست. پرنده‌ای در جست‌وجوی خوراک بین شاخه‌های خشک و سرما زده‌ی درختان از گوشه‌ای به گوشه‌ی دیگری می‌پرید. اثری از خورشید نبود. ابری تیره آسمان را فرا گرفته بود. از آن روزهای تیره و تاری بود که بر روح آدم شیارهای تازه‌ای می‌زنند. نگاهش بی‌اختیار روی کتاب *چه باید کرد؟* متوقف ماند، یک رمان فلسفی به قلم نیکلای چرنیشفسکی.

دیدن این کتاب حسی عجیب در او پدید آورده بود. این کتاب را می‌شناخت. آن را سال‌ها پیش، ده‌ها سال پیش خوانده بود. این کتاب مُهر خود را بر سرنوشت او زده بود. چه حس عجیبی! زمانی که کامران برای نخستین بار نام چرنیشفسکی را شنیده بود، جوانی بیست ساله بود. نسخه‌ای از چاپ نخست این رمان فلسفی را به دست آورده بود. در آن روزها، جو امنیتی سنگینی بر فضای سیاسی و روشنفکری ایران حاکم بود. پس از آغاز جنبش چریکی، ساواک و نیروهای امنیتی بر دامنه‌ی کنترل خود بر محافل دانشجویی و روشنفکری افزوده بودند. تعقیب و پیگرد دگراندیشان شروع شده بود. بسیاری از دانشجویان و هنرمندان دستگیر شده بودند.

او در چنین شرایطی به کتاب *چه باید کرد؟* دست یافته بود. شرایط بسیار بدی حاکم بود. نمی‌شد مثل گذشته به دیگران اعتماد کرد. مردم از سایه‌ی

خودشان نیز وحشت داشتند. وحشتی که حکومت نیز عامدانه به تصورش دامن می‌زد. اما او می‌دانست که فعالیت سیاسی بدون خطر کردن و بدون پذیرش داوطلبانه‌ی مخاطرات، احتمال دستگیر شدن و پیامدهای غیرقابل پیش‌بینی‌اش، ممکن نیست.

او کتاب را در یک بستنی فروشی از دوستی به امانت گرفته بود. او هر بار که کتاب یا جزوه‌ای ممنوعه را همراه خود حمل می‌کرد، دستخوش احساس عجیبی می‌شد. همان احساسی که به هنگام شرکت در تظاهرات دانشجویی یا پخش شبنامه به او دست می‌داد. احساس عجیبی که از در آمیختن هیجان و دلهره پدید می‌آمد. هیجان ناشی از شجاعت و دلهره‌ی برخاسته از خطر گیر افتادن و احتمال دستگیر شدن.

کامران کتاب را در ساک ورزشی خود نهاده و روی آن را با حوله و لباس ورزشی پوشانده بود. او هر بار که کتاب ممنوعه‌ای را حمل می‌کرد، آن را در ساک ورزشی می‌گذاشت. او این را ایده‌ای ناب و مبتکرانه می‌دانست. غافل از اینکه دیگران نیز برای حمل کتاب، اعلامیه و شبنامه از چنین شیوه‌هایی استفاده می‌کنند. کتاب‌ها را یا در ساک ورزشی می‌گذارند یا زیر پاکت میوه و سیب‌زمینی پنهان می‌کنند.

او نمی‌دانست آنچه باعث لو رفتن احتمالی آن‌ها می‌شد، این ساک ورزشی یا پاکت میوه نبود، بلکه سر و قیافه‌شان بود. کفش کتانی، پیراهن چینی و سبیل آن‌ها بود که معمولاً شک ماموران را برمی‌انگیخت. یاد چهره‌ی آن روزهای سودابه افتاد. با آن موهای کوتاهش که بیشتر شبیه به مدل موهای پسران بود و پیراهن ساده چهارخانه‌ای که به تن می‌کرد. بدیهی بود که سر و قیافه کاملاً متفاوت این دختران نیز می‌توانست باعث برانگیختن شک ماموران شود.

بی آنکه نگاه از این کتاب بگیرد، جرعه‌ای چای نوشید و از سادگی کودکانه آن ایام خنده‌اش گرفت. او یک بار که با برگیته تنها در کتابخانه‌ی دانشکده‌ی فلسفه نشسته بودند، از ماجراهای مربوط به ماموریت حمل کتاب در ایران گفته بود. تصور چنین چیزی برای برگیته بسیار دشوار بود. با حیرت و شیفتگی به

داستان‌هایی که کامران از دوران مبارزه سیاسی خود در ایران می‌گفت، گوش سپرده بود.

کامران اشاره‌ای به قفسه‌های کتاب کرده و گفته بود داشتن خیلی از این کتاب‌ها می‌توانست در ایران جرم باشد. بسیاری از دانشجویان فقط به جرم داشتن یا خواندن یک رمان ماه‌ها به زندان می‌افتادند. مثلاً مجازات خواندن کتاب "م" از "م" شش ماه زندان بود. برگیته متوجه نشده بود که کامران از چه کتابی سخن می‌گوید. کامران سر خود را به نشانه‌ی تاسف تکان داده، لبخندی زده و در پاسخ گفته بود که منظورش کتاب مادر اثر ماکسیم گورکی است. برگیته نه اسم کتاب را شنیده بود و نه نام نویسنده‌اش را. کامران گفته بود که دانشجویان حتی از بردن نام این رمان و نویسنده‌اش هم واهمه داشتند و از این رو، نام کتاب را به "م" از "م" تغییر داده بودند.

یک بعدازظهر گرم بود. به همین دلیل هم در یک بستنی‌فروشی قرار گذاشته بودند. تعطیلات دانشگاهی بود. دوستش به او زنگ زده و گفته بود که هدیه‌ای برای او دارد. کامران وقتی کتاب را از دوستش گرفت و در ساک ورزشی‌اش گذاشت، تصوری از مضمون آن نداشت. نام چرنیشفسکی را هم تا آن لحظه نشنیده بود. کتاب را با هیجان بسیار به خانه برده بود. هوا بسیار گرم بود. عرقی که بر سر و تن او نشسته بود، تنها به علت گرمای هوا نبود، حاصل آمیزش گرما و هیجان و دلهره بود. به اتاق خود رفته و یک هفته تمام مشغول خواندن این کتاب شده بود. این کتاب تاثیری عمیق روی افکار و شور انقلابی کامران جوان گذاشته بود. شبیه همان تاثیری که اندیشه‌های چرنیشفسکی یک قرن پیش از آن بر محیط روشنفکری روسیه تزاری نهاده بود.

کمتر کسی در ایران با نام چرنیشفسکی آشنا بود. چرنیشفسکی اما زبان فارسی می‌دانست و شیفته‌ی شعر و ادب ایران‌زمین بود. کامران روزی از سودابه پرسیده بود: «می‌دانستی که چرنیشفسکی شاهنامه خوانده و تحت تاثیر آن مطالبی نیز به فارسی نوشته است؟» این موضوع برای سودابه تازگی داشت. از سرنوشت این دست‌نوشته‌ها پرسیده بود و او در پاسخ اظهار بی‌اطلاعی کرده و

گفته بود که شاید این دست‌نوشته‌ها امروز در گوشه‌ای متروک از یک موزه‌ی فراموش شده، در یک کارتن کهنه و پوسیده روی هم کُپه شده‌اند و خاک می‌خورند. آنچه در آن روز برای کامران جوان مهم بود، کتابی بود که در دست داشت. پی بردن به شیفتگی چرنیشفسکی به ادبیات ایران تنها باعث آن شده بود که علاقه او به این متفکر روس و اندیشه‌های انقلابی‌اش دو چندان شود. اکنون که به آن افکار می‌اندیشید، متوجه می‌شد که آن افکار او را و نسل او را گمراه و آواره کرده بودند.

لیوان چای خود را روی میز گذاشت و کتاب چرنیشفسکی را مجدداً برداشت. از بار نخستی که نسخه‌ای از این کتاب را در دست داشت، حدود نیم قرن می‌گذشت. حدود چهل و شش سال پیش بود. کامران در آن ایام دانشجوی سال دوم رشته‌ی حقوق بود و اکنون پیرمردی بود پرتاب شده به این سوی گیتی، شناور در دریای خاطرات، خاطراتی که به یاری این کتاب، خود را از اعماق گذشته برکشیده و در اکنون او جاری شده بودند. کتاب را در دست که گرفت، به نظرش سبک‌تر از آن چیزی آمد که گمان می‌کرد. باورش نمی‌شد. باور کردنی هم نبود که نیم قرن چنین شتابان سپری شده باشد. این تنها نیم قرن از تاریخ جهان نبود که حال پایان یافته بود. نیم قرن از زندگی او بود که این گونه به پودر و خاطره بدل شده بود.

کامران پا به سن که گذاشته بود، بیش از آنکه از آینده واهمه داشته باشد، از گذشته می‌ترسید. او آنگاه متوجه مفهوم و معنای رویکرد مصریان باستان به زمان شده بود. آن‌ها نگاهشان به زمان به گونه دیگری بود. پنداری برخلاف جهت گذشت زمان ایستاده‌اند. روبه‌رویشان گذشته است و پشت سرشان آینده. او اکنون، گرفتار در تنهایی فراگیر خود، موفق به درک این رویکرد عجیب شده بود. آیدا پرسیده بود: «چگونه می‌شود که گذشته روبه‌روی آدم باشد و آینده پشت سر او؟» کامران به او گفته بود چه کسی می‌تواند با صراحت بگوید که آینده و گذشته در کجای مکان قرار دارند؟ پرسش اصلی آن است که آدم بر فراز کدام سکو به زمان می‌نگرد. او حال، در ایام پیری، مثل مصریان باستان، در برابر خود

گذشته را می‌دید و نه آینده را.

او متوجه تفاوت بزرگی بین ایام جوانی و سالخوردگی شده بود. جوان که بود، بیشتر نگران آینده بود. همان‌گونه که شوپنهاور گفته بود. به باور شوپنهاور گذشته سرشار از پشیمانی‌هاست، آینده لبریز از نگرانی‌ها و حال مملو از رنج و یکنواختی ملال‌آور. به باور کامران، شوپنهاور یک چیز را فراموش کرده بود و آن تفاوت در نگرش انسان به زمان در ایام جوانی و سالخوردگی بود.

کامران جوان که بود، با پرشی بلند و جسورانه از فراز سایه گذشته جهیده بود. اما برای آن جوان، این آینده بود که پر از راز و رمز می‌نمود. پر از رویدادهای ناشناخته که هر یک می‌توانست مسیر زندگی او را رقم زند. در ایام جوانی، این آینده بود که مثل قمارباز ماهری هر بار برگ جدیدی را رو می‌کرد و باعث غافل‌گیر شدن او و نسل او می‌شد. مثل آن غروبی که مرتضی را جلوی چشمان ترس‌خورده‌اش دستگیر کردند و بردند.

در ایام پیری وضعیت کاملاً دگرگون شده بود. تصویر آینده، اگر ترس از ناخوشی نمی‌بود، نمی‌توانست باعث وحشت و نگرانی او شود. او آینده را پشت سر خود گذاشته بود. از سرنوشتِ هر روز و هر هفته پیش از آنکه شروع شوند، آگاه بود. دست آن قمارباز رو شده بود. آن آینده‌ی مخوف حال بدل به موجودی نحیف و شکننده شده بود. اما در مقابل، این گذشته بود که به او چنگ و دندان نشان می‌داد. ترس از روبه‌رو شدن با گذشته خواب او را برهم زده بود. کامران متوجه شده بود که برخلاف تصور شوپنهاور، گذشته سرشار از پشیمانی‌ها نیست. پشیمانی‌ها هدیه گذشته به آینده است.

گذشته‌ای که کامران گمان می‌کرد از فراز سایه آن جهیده است، برخلاف تصورش، همانجا به انتظار او و این لحظه نشسته بود. گذشته‌ای که به‌مرور زمان چاق و فربه شده بود. مثل یک مرد چاقِ بددهنی که پشت میز نشسته و با کارد و چنگال سرگرم خوردن لحظه‌های حال و لحظه‌های باقی مانده زندگی است و هر چه بیشتر می‌خورد، حریص‌تر و گرسنه‌تر می‌شود. کامران از این مرد چاق با آن چهره‌ی کریه و زخم‌زبان‌های عذاب آورش متنفر بود اما نمی‌توانست خود را

از چنگ او خلاص کند.

او ظاهر و قد و اندازه‌ی کتاب چرنیشفسکی، جلد ساده و سبز رنگش را هنوز به یاد داشت. از این رو توانسته بود، خیلی زود این کتاب قطور را از بین ده‌ها کتاب دیگر بیابد. اما آنچه کمترین اهمیت را داشت، ظاهر این کتاب بود. کامران متوجه شد که از موضوع این رمان چیز زیادی به یاد ندارد. تنها چیزی را که از این کتاب فراموش نکرده بود، مربوط می‌شد به بازی هنرمندانه چرنیشفسکی با نام لودویگ فوئرباخ و لویی چهاردهم.

او این کتاب و ده‌ها کتاب مشابه آن را در گوشه‌ای از اتاق کار خود انبار کرده بود. گوشه‌ای که به‌مرور زمان بدل به محلی برای کتاب‌های فراموش شده، کتاب‌های طرد شده و کتاب‌های تبعیدی شده بود. کتاب چه *باید کرد؟* در شمار کتاب‌های تبعیدی بود. کامران در کتاب‌های تبعیدی سرنوشت خود را می‌دید و از تشابه سرنوشت خود و سرنوشت آن کتاب‌ها، که گوشه‌ای کُپه شده بودند و خاک می‌خوردند، دچار حیرت می‌شد. او حتی تصور آن را نیز نمی‌کرد که روزی مجدداً این کتاب به روی میز کارش بازگردد. اما این کتاب نیز، از جنس همان گذشته بود. گذشته‌ای که پا به پای او روزها، هفته‌ها، ماه‌ها و سال‌ها را سپری کرده و منتظر مانده بود تا او را تنها و طرد شده در گوشه‌ای از این جهان بیابد.

کامران این کتاب‌ها را تبعید کرده بود، چون جهانی که او در آن ایام می‌شناخت، همراه با توهمات برخاسته از آن نگاهِ ایدئولوژیک، بیشتر از جنس توهم بود تا واقعیت. دست‌کم او چنین می‌اندیشید و یا شاید چنین آرزو می‌کرد. البته زمانه تغییر کرده بود و طرز فکر او نیز همراه این زمانه چنان تغییری یافته بود که دیگر فرصت و مجالی برای بازگشتن به تصویرهای ساده‌انگارانه ایدئولوژیک از جهان پیرامون باقی ننهاده بود. آن جهان از بین رفته بود، اما آزارهای روحی برخاسته از آوارهای ریزش آن جهانِ متوهم، همراه آن از بین نرفته بود. او متوجه شده بود که سایه توهم اغلب پایدارتر، اغلب جان‌سخت‌تر از خود توهم است.

اینا کار نظافت آشپزخانه و دستشویی‌ها را تمام کرده بود. صدای جاروبرقی لحظه‌ای قطع نمی‌شد. کامران در اتاق خواب را بسته بود به این امید که از آزار

شکنجه روحی ناشی از صدای جاروبرقی بکاهد. صدای گرامافون خود را بلند کرده بود. نوای باله‌ی دریاچه قو با صدای خش خش سوزن گرامافون و صدای گوش‌خراش جاروبرقی در هم آمیخته بود. تصور هم‌نوایی این ارکستر تهوع‌آور معمولاً باعث فرار او از خانه می‌شد. اینا می‌آمد، کلید را از زیر گلدان بر می‌داشت و خانه را نظافت می‌کرد. کامران حتی پیش از خروج از خانه دستمزد او را نیز روی میز آشپزخانه می‌گذاشت. اینا پس از آنکه کارش تمام می‌شد، در و پنجره‌ها را می‌بست، پول خود را برمی‌داشت و می‌رفت.

آن روز کامران در خانه مانده بود و تن به پذیرش این شکنجه روحی داده بود. هدفش این بود که خود را برای جلسه فردای کلوب مردان خانه نشین آماده کند. افزون بر آن، یک نوع خستگی مفرط در وجود خود حس می‌کرد. تصویر این خستگی را آن روز صبح، در حمام خانه‌اش و در چهره پیرمردی آن سوی آینه دیده بود. او از صداقت آن پیرمرد در نشان دادن احساساتش، هم متنفر بود و هم آن را تحسین می‌کرد. کامران هیچگاه نتوانسته بود احساسات خود را این چنین سخاوتمندانه، این چنین باز و بی‌پرده، این چنین صادقانه به دیگران نشان دهد.

کتاب را باز کرد. حس عجیبی بر روح و روان او حاکم شده بود. این بازخوانی یک کتاب قدیمی نبود. این صرفاً رمزگشایی از اندیشه‌های یک متفکر بزرگ جهان نبود. این بازخوانی تاریخ ایام جوانی خود او بود. این کلیدی بود برای گشودن دریچه افکار ناپخته و خامِ آن جوانی که بی‌آنکه ایده‌ها و اندیشه‌ها را بفهمد، شیفته آن‌ها شده بود. این کتاب او را با خود به سفری دور و دراز برده بود. به حدود نیم قرن پیش. او از بین سطرهای این کتاب توانسته بود نقبی بزند به آن روزهای شر و به آن روزهای شور، به آن سر پر سودایی که راهبر او بود و به آن گوش ناشنوا و به آن چشم نابینا و به آن اصرار بی‌جا و به آن لجبازی‌های کودکانه‌ی آن جوانی، که در توهم خود برای تغییر جهان، پا به میدان نهاده بود. او اکنون با نظر افکندن به این خط زمان، همان طور که برخلاف مسیر زمان ایستاده و به آینده پشت کرده بود، به این گذشته فربه می‌نگریست. او حال زندگی خود را همچون شمعی می‌دید که بی‌آنکه چندان روشنایی بخشیده باشد، دود شده و آب شده بود و به

پت پت کردن‌های آخر بازی نزدیک می‌شد.

او بود، یک کتاب و دو لحظه از زندگی‌اش. گمان می‌کرد که این کتاب را همچون دو تیرک در دو نقطه از سرنوشت او در زمینِ بازی زمان فرو کرده‌اند و ریسمانی بین این دو تیرک کشیده‌اند و همه‌ی خاطرات او را، همه‌ی آن لحظات حساس زندگی‌اش را روی این ریسمان کنار هم آویزان کرده‌اند. او هرگز به یک کتاب قدیمی از این منظر نگاه نکرده بود. آنچه او را در کوچه پس کوچه‌های خاطرات گذشته سرگردان کرده بود، آن کتاب قدیمی بود. اما شاید هر چیز قدیمی‌دیگری نیز می‌توانست همچون آن کتاب، او را به دنبال خود بکشد. مثل آن فنجان کهربایی‌رنگی که در همان اوایل آمدن به آلمان، خریده بود و هر بار که به آن نگاه می‌کرد، به یاد خاطراتی می‌افتاد که روی ریسمان زمان آویزان کرده‌اند. ریسمانی که لحظه‌ی حال او را به گذشته‌ها می‌برد و آن سر دیگر ریسمان را به دست آن مرد چاق و فربه و بددهن می‌داد.

سروده‌ای ناتمام

(سه‌شنبه، ساعت ده و هفت دقیقه پیش‌ازظهر)

هوای اتاق خواب سنگین شده بود. کامران در روزهای سرد زمستان به ندرت پنجره‌ها را باز می‌کرد. احساس کرد که تنفس برای او دشوار شده است. صدای جارو برقی حتی برای لحظه‌ای قطع نشده بود. پنجره‌ی اتاق خواب را کاملاً باز کرد. دو دست خود را در دو سوی بدن بر قاب پنجره ستون کرد، چشم‌هایش را برای لحظه‌ای بست و چند نفس عمیق کشید. هوای سرد و آمیخته با ذرات یخ به سر و صورت او می‌خورد و حس دل‌پذیری در وجودش برمی‌انگیخت. هوای سردی که گرچه از سُستی و رخوت تن او می‌کاست، گرچه فرح‌بخش و نشاط‌آور بود، اما تاثیری زودگذر و ناپایدار داشت. برای لحظه‌ای چشمانش را باز کرد و نگاهی به باغچه انداخت، به کاج‌های بلند و به برگ‌های همچنان سبز درخت کاملیا. پنجره را بست و بار دیگر پشت میز کار خود نشست.

اتاق سرد شده بود. دکمه‌های ژاکت خود را بست، با انگشت نشانه عینک را روی بینی خود به سوی بالا سُراند و شروع به خواندن کتاب چرنیشفسکی کرد. مطالعه مجدد آن کتاب، این بار ربطی به آن شور و هیجان دوران جوانی نداشت. او این بار با هدف خاصی سراغ این کتاب آمده بود. او در جریان تحقیق خود پیرامون پوپولیسم در کمال ناباوری به نام این اندیشمند بزرگ روس در لیست پوپولیست‌های صاحب‌نام جهان برخورد کرده بود. کامران از دیدن نام او در بین پوپولیست‌های قرن نوزدهم روسیه دچار حیرت شده بود.

دیوار بلند تردید اکنون بر آن شیفتگی نیم قرن پیش سایه تیره‌ای افکنده بود.

این نخستین باری نبود که واقعیت بر تصویر متوهم او از جهان چنگ می‌کشید. او اوایل در برابر پرسش‌ها و در برابر تازیانه‌های شک و تردید جهان واقعی ایستادگی می‌کرد. آنچه او در سال‌های جوانی به آن باور داشت، صرفاً یک جهان بینی نبود. آن باور ایدئولوژیک بدل به هویت او شده بود. او رفتار، اندیشه و زندگی خود را با آن ایدئولوژی تعریف می‌کرد و تصور زندگی در فراسوی آن باورها برای او ممکن نبود.

او در آن هنگامی که ناگزیر از زادگاه خود گریخته و به آلمان آمده بود، هنوز به‌درستی و صحت باورهای خود ایمان داشت و حاضر به عقب نشینی از آن باورها نبود. اما خیلی زود متوجه شد که سدی که در برابر پرسش‌ها بنا کرده، ترک برداشته است و می‌دانست یک عقب نشینی ولو کوچک می‌تواند، این سد را و آن برج و باروی عقیدتی را در هم شکند. اما لحظه‌ای رسید که مقاومت شکننده او و چالش‌ها را تاب نیاورد و خانه‌ی کاغذی آن باورها در برابر چشمان او و چشمان نسل او فروریخت.

معمولاً کار نظافت اتاق خواب حدود ساعت یک بعدازظهر شروع می‌شد. او اینا را هیچگاه خسته ندیده بود. اینا از وقتی که وارد خانه می‌شد تا زمان پایان کار خود حتی لحظه‌ای هم استراحت نمی‌کرد. نظافت این خانه نسبتاً بزرگ کار ساده‌ای نبود. گاهی چهار و حتی پنج ساعت طول می‌کشید، تا کار نظافت خانه تمام می‌شد و او خود را برای رفتن آماده می‌کرد.

کامران متوجه نظم و توالی کار اینا شده بود. در پایان کار نفس بلندی می‌کشید، کیف دستی‌اش را بر می‌داشت، به حمام می‌رفت و پس از چند دقیقه با موهای شانه کشیده، لب‌های ماتیک زده و چهره‌ای آراسته آماده رفتن می‌شد. پنداری پوست می‌انداخت، کس دیگری می‌شد، بی‌شباهت به آن زنی که لحظه‌ای پیش، با آن روسری صورتی‌رنگش، خانه را نظافت کرده بود.

کامران متوجه شده بود که زنان اروپای شرقی دو چهره و یا شاید بتوان گفت دو شخصیت دارند. دو شخصیت برای دو زمان متفاوت: شخصیت فردی زحمتکش و سخت‌کوش برای زمانِ کار و چهره‌ای آراسته و پیراسته برای زمانِ

فراغت. چنین تفکیکی در زندگی کامران وجود نداشت. حتی در ایام بازنشستگی، در آن لحظاتی که افسار زمان، کمابیش، در دست خود آدم است نیز، به معنای استراحت کردن پی نبرده بود. او زندگی را یک هدیه نمی‌دید، ابزار می‌دانست، ابزاری برای رسیدن به هدفی که اغلب در بیرون از کادر زندگی قرار داشت. و این رویکرد نسل او به زندگی بود.

اتاق خواب کامران آخرین ایستگاه نظافت خانه بود. این تنها چیزی بود که او از اینا خواسته بود. او در کار اینا دخالتی نمی‌کرد. از کار اینا در مجموع خیلی راضی بود و شاید همین اعتماد به وجدان کاری اینا، باعث شده بود که او کار خود را شایسته‌تر انجام دهد. اینا اتاق پذیرایی و اتاق مهمان که همان اتاق سابق آیدا بود را جارو می‌کشید و گردگیری می‌کرد.

اینا هرگز نه سودابه را دیده بود و نه با بچه‌های کامران آشنا شده بود. اما از عکس‌هایی که هنوز در گوشه و کنار خانه وجود داشتند، به برخی از ناگفته‌های زندگی کامران پی برده بود. کامران متوجه شده بود که اینا قاب عکس بزرگ ساندرا را با دقت بیشتری پاک می‌کند. قاب عکسی که چهره خندان دختربچه‌ای شاد را نشان می‌داد. قاب عکسی که زمانی آیدا به او هدیه داده و یان آن را روی دیوار اتاق پذیرایی خانه‌اش آویخته و به‌رغم گذشت سال‌ها، همانجا مانده بود. کامران هر وقت دلش می‌گرفت و غم فضا را از خود می‌انباشت، نگاهی به آن عکس می‌انداخت. یک نگاه ساده به عکس ساندرا برای برانگیزش میل به هستی کفایت می‌کرد.

اینا آن چنان با لطافت دستمال مرطوب خود را بر شیشه و جداره قاب عکس ساندرا می‌کشید که پنداری سرگرم نوازش کردن اوست. شاید دلش برای این دختربچه می‌سوخت. شاید دلش برای خودش می‌سوخت. کامران چیزی از زندگی و سرگذشت اینا نمی‌دانست. اینا هر بار که با کامران روبه‌رو می‌شد، چیزهایی می‌گفت که برای کامران نامفهوم بود. او زبان اینا را متوجه نمی‌شد.

کامران دریافته بود که بررسی تاریخ پوپولیسم قرن نوزدهم روسیه بدون مطالعه پیرامون باکونین و جنبش نارودنیکی ممکن نیست. از خود پرسید

سرنوشت پوپولیسم در روسیه به کجا انجامید؟ آیا جرقه‌ای بود که همانجا، در همان اواخر قرن نوزدهم خاموش شد یا به حیات خود در قرن بیستم ادامه داد؟ و مهم‌تر از آن، اگر پوپولیسم با چهره‌ای متفاوت به حیات خود ادامه داده باشد، تاثیر آن در انقلاب اکتبر چه بود؟ آیا انقلاب اکتبر هم یک انقلاب پوپولیستی بود؟

او برای یافتن پاسخ این پرسش‌ها الزامی نداشت خانه خود را ترک کند. پاسخ این پرسش‌ها را می‌توانست در انبار کتاب خود بیابد. کافی بود به طبقه بالا و به اتاق‌کار سابق خود برود و نگاهی به کتاب‌های طرد شده، به کتاب‌های تبعیدی بیاندازد. بارها وسوسه شده بود که این کتاب‌ها را بیرون بریزد. بسیاری از دوستانش این کتاب‌ها را بیرون ریخته بودند. می‌گفتند که دوران مطالعه این آثار به پایان رسیده است. اما اکنون او از اینکه تسلیم این وسوسه‌ها نشده بود و این کتاب‌ها را در گوشه‌ای از اتاق کار خود روی هم کُپه کرده بود، احساس خرسندی می‌کرد.

او تا آن لحظه هرگز به این موضوع نیاندیشیده بود که سرنوشت این کتاب‌های تبعیدی با سرنوشت او و سرنوشت نسل او گره خورده است. بیرون ریختن این کتاب‌ها، تصمیم پر هزینه و دشواری نبود. کتاب‌هایی که تاریخ مصرف‌شان سپری شده بود و فقط جای زندگی آدم را تنگ می‌کردند. اما آنچه او و به یقین دوستان او نمی‌دانستند و نمی‌توانستند بدانند این بود که بیرون ریختن این کتاب‌ها از تاثیر آشکار و پنهان آن‌ها بر سرنوشت او و دوستانش نمی‌کاهد. مگر نه آنکه او و دوستانش دقیقاً برای همین کتاب‌ها، برای همین افکار، برای همین رویکرد ایدئولوژیک بود که ناگزیر شده بودند، زادگاه خود را ترک کنند؟

او در این لحظه به طرز دردناکی متوجه شده بود که هزینه سنگینی برای این کتاب‌ها پرداخت کرده است. هزینه‌ای به‌مراتب بیشتر از ارزش و قیمت آن‌ها. مثلاً هزینه‌ای که او برای همین کتاب چرنیشفسکی پرداخت کرده بود، ربطی به ارزش و قیمت آن کتاب نداشت. مثلاً اگر هنگام حمل آن دستگیر شده بود، می‌بایست زندان را هم بر هزینه این کتاب می‌افزود.

کامران هرگز نظر توماس آکویناس درباره زمان را نپذیرفته بود. او نمی‌توانست لحظه‌ی حال را همچون آکویناس نقطه‌ای بین گذشته و آینده ببیند. نقطه‌ای در

زمان که به معنای پایان گذشته و آغاز آینده است. کامران به حضور گذشته و آینده در لحظه‌ی حال باور داشت. او چگونه می‌توانست حضور پررنگ این گذشته را در لحظه‌ی حال کتمان کرده و نادیده بگیرد. او اکنون یکی از نمادهای این گذشته را در دست داشت. کتاب چرنیشفسکی روایتگر جان‌سختی گذشته بود.

اینا پس از نظافت طبقه همکف، سراغ اتاق‌های طبقه بالا می‌رفت. نظافت این اتاق‌ها کار دشواری نبود. یک گردگیری ساده گاهی کفایت می‌کرد. حمام و اتاق‌های این طبقه عملاً پس از جدایی و رفتن سودابه بی‌استفاده مانده بودند. نه کسی از اتاق سابق بیژن استفاده می‌کرد و نه کسی پا به درون "هابی‌روم" سودابه می‌گذاشت.

این تنها ساندرا بود که گاهی هوس می‌کرد سری به این اتاق‌ها بزند. می‌آمد و از پدربزرگ خود می‌خواست با او به طبقه دوم برود. در هر اتاقی را باز می‌کرد، نگاهی به داخل آن می‌انداخت و سپس در را می‌بست. تنها اتاقی که برای ساندرا جذاب بود، اتاق کار پدربزرگش بود. گذشت زمان را در اتاق‌های دیگر نمی‌شد دید. در آن اتاق‌ها هیچ چیز تغییر نمی‌کرد و از این رو، هیچگاه چیز نو و جدیدی برای ساندرا نداشت. حکایت آن اتاق‌ها، حکایتی تکراری بود. اما حکایت اتاق کار پدربزرگش با آن اتاق‌ها فرق می‌کرد. این تنها اتاقی بود که او می‌توانست تاثیر گذشت لحظه‌ها، روزها و هفته‌ها را در آن ببیند. ساندرا در همان آستانه‌ی می‌ایستاد و نگاه خود را روی قفسه‌های کتاب، کتاب‌های تلنبار شده‌ی روی زمین و آرشیو مجله‌ها و روزنامه‌ها می‌سُراند، لب‌هایش را به هم می‌فشرد، سری تکان می‌داد و سپس در اتاق را می‌بست و شتابان از پله‌ها پایین می‌رفت.

طبقه دوم خانه عملاً نقشی در زندگی کامران ایفا نمی‌کرد و کمابیش از قلمروی امپراتوریِ تنهاییِ او خارج شده بود. در اتاق‌کار سابق او نیز همچون در سایر اتاق‌های آن طبقه، معمولاً بسته بود. برای آمدن به این طبقه تنها یک دلیل وجود داشت. یا آمده بود کتاب یا کتاب‌هایی را که لازم دارد همراه خود ببرد یا به این طبقه می‌آمد به قصد اینکه کتاب‌هایی که کارش با آن‌ها تمام شده بود را مجدداً در قفسه‌ها بگذارد. به اتاق کار سودابه یا به اتاق بیژن سری نمی‌زد. اینا

معمولاً پس از اینکه کار نظافت این طبقه را تمام می‌کرد به سراغ اتاق خواب کامران می‌آمد.

این زن لهستانی به‌رغم آنکه سال‌ها در آلمان زندگی می‌کرد، نمی‌توانست به آلمانی سخن بگوید. مجموعه‌ی ساده‌ای از کلمات و افعال را یاد گرفته بود و فعل را به شکل مصدری آن کنار فاعل قرار می‌داد. جملاتی که از دو یا سه کلمه تشکیل می‌شدند. اینا کاری به قواعد دستوری زبان آلمانی نداشت. نظر خود را درباره همه چیزهای دنیا با دو کلمه‌ی خوب و بد بیان می‌کرد.

کامران به‌تدریج توانسته بود منظور اینا را متوجه شود. گاهی هم مثل خود اینا با او سخن می‌گفت و بعد که تنها می‌شد، به خنده می‌افتاد. مثلاً متوجه شده بود که وقتی اینا می‌گوید: «من رفتن» یعنی کار نظافت خانه به پایان رسیده و او آماده رفتن است. کامران با خوشرویی کیف پولش را می‌آورد و دستمزد او را حساب می‌کرد. اینا لبخندی می‌زد و بی‌سر و صدا خانه را ترک می‌کرد و سه‌شنبه دیگر مجدداً برای نظافت خانه می‌آمد.

کامران در ایام جوانی و تحت تاثیر افکار مارکسیستی، شیفته‌وار کتاب‌های نویسندگان و اندیشمندان روس را می‌خواند. رویکرد او در ایام جوانی نسبت به ادبیات سیاسی روسیه و حتی آثار ادبی آن کشور بسیار مثبت بود. او حتی در ساعات فراغت خود، خواندن شولوخوف، تولستوی و داستایوفسکی را بر بالزاک، فاکنر و دیکنس ترجیح می‌داد.

کامران از پشت میز کارش بلند شد و به طبقه بالا رفت. وارد اتاق کار خود شد و در را پشت سر خود بست. از حاشیه کتاب‌هایی که روی زمین ولو شده بودند، خود را به کتاب‌های تبعیدی رساند. چند کتاب را جابه‌جا کرد و همانجا کنار کتاب‌های تبعیدی روی زمین نشست. نگاهش از روی عنوان کتاب‌ها لغزید و ناگهان روی کتاب اشعار مایاکوفسکی متوقف ماند. چند شب پیش که غمی ناشناخته بر روح و جانش چنگ انداخته بود، هوس کرده بود نگاهی به اشعار مایاکوفسکی بیاندازد. گمان نمی‌کرد که کتاب شعر مایاکوفسکی نیز سرنوشتی مشابه کتاب‌های تبعیدی پیدا کرده باشد. او برای ادبیات ارزش ویژه‌ای قائل بود.

او از اینکه توانسته بود این کتاب را بیابد، احساس خوشحالی می‌کرد. بی‌اختیار کتاب را ورق زد و بی‌اختیار یاد خودکشی مایاکوفسکی افتاد. او رد پای رنج و غم را در اشعار مایاکوفسکی دیده بود اما هیچگاه تا پیش از آن درباره رنج و درد مایاکوفکسی و خودکشی او نیاندیشیده بود و علت آن را هرگز جویا نشده بود. شنیده بود که مایاکوفسکی در واپسین سال‌های زندگی‌اش ممنوع الخروج شده است، اما حتی این موضوع نیز به تردیدهای او نسبت به مشروعیت حکومت استالینی دامن نزده بود.

کامران از بی‌توجهی خود احساس شرم کرد. از خود پرسید که مگر نه آنکه خودکشی خشن‌ترین شکل نقد زندگی است؟ از خود پرسید مایاکوفسکی به چه زبانی می‌بایست شرایط نابسامان اجتماعی دوران استالینی را نقد می‌کرد، تا او و نسل او متوجه می‌شدند؟ از اینکه در سایه‌ی آن شیفتگی بیمار گونه، در سایه‌ی آن رویکرد ایدئولوژیک به آدم و عالم و بی‌آنکه پرسشی در ذهن او شکل گیرد، توانسته چشمان خود را روی همه‌ی آن جنایات ببندد، احساس شرم کرد. و از اینکه سروده‌ی ناتمام مایاکوفسکی که همان زندگی بد فرجام او بود، را نخوانده رها کرده بود، بر خود لرزید. او از جای خود برخاست و کتاب را از رده‌ی کتاب‌های تبعیدی جدا کرد و با احترام بسیار در بین کتاب‌های ادبی و شعر، در تنها قفسه‌ی این اتاق که درهای شیشه‌ای داشت، گذاشت.

به جست‌وجوی خود در بین کتاب‌های تبعیدی ادامه داد. به دنبال کتاب‌های مربوط به تاریخ روسیه می‌گشت. عاقبت چند کتاب پیدا کرد. آن‌ها را زیر بغل زد و بر آن بود که به اتاق خواب خود بازگردد که با اینا روی پاگرد پله سینه به سینه شد. اینا یکباره با جاروبرقی سنگینی که همراه خود می‌کشید، جلوی او ظاهر شده بود. کامران که غرق در اندیشه‌های خود بود، دست پاچه شد و کتاب‌ها روی پله‌ها ولو شدند. اینا متوجه عکس روی جلد یکی از کتاب‌ها شد و با لحنی تلخ و آمیخته با خشم گفت: «لنین!»

کامران خم شد و کتاب‌ها را برداشت. قادر به توضیح موضوع برای اینا نبود. زبان مشترکی نداشتند. کامران نمی‌توانست به او بفهماند که امروز او به عنوان

یک مورخ، یک پژوهشگر به مطالعه این کتاب‌ها می‌پردازد. اینا منتظر ماند تا کامران با کتاب‌هایش به طبقه پایین برود و او نیز غرغر کنان برای ادامه کار نظافت به طبقه بالا رفت. دیدن عکس لنین بی‌تردید خاطراتی را در ذهن این زن لهستانی بیدار کرده بود. خاطرات تلخی را که کامران هیچ تصوری از آن‌ها نداشت. صدای لعن و نفرین نامفهوم این زن لهستانی مدت‌ها در گوش او طنین می‌انداخت.

یک گیاه حساس!

کامران از پشت میز خود بلند شد و به آشپزخانه رفت. اینا یکی دو ساعت پیش، خداحافظی کرده و رفته بود. در چهره‌اش هنوز آثار حیرت و خشم دیده می‌شد. کامران برای کاستن از خشم او، نگاه مهرآمیزی به او انداخته و لبخندی زده بود. لبخندی که پس از برخورد به دیوار بُهت، در هوا معلق مانده بود. مشکل آنجا بود که زبان یکدیگر را متوجه نمی‌شدند. اینا عکس لنین را دیده بود و همین موضوع برای داوری‌اش کفایت می‌کرد.

کامران پس از رفتن اینا، ناهار مختصری خورده و مجدداً پشت میز کارش نشسته و مشغول خواندن و یادداشت برداشتن شده بود. تقابل اندیشه و باور، رویارویی آنچه امروز می‌اندیشید با افکار ایام جوانی‌اش، پنداری او را از خود بی‌خود کرده بود. حساب‌وکتاب زمان از دستش در رفته بود. اگر نگاهش به طور اتفاقی به ساعت مچی‌اش نمی‌افتاد، شاید همان‌جا، پشت میز کارش می‌ماند. مثل جن‌زده‌ها از جای خود برخاست و به آشپزخانه رفت.

سه‌شنبه‌ها روز دیدار هایکه بود. ساعت و لحظه دقیقی برای این دیدار پیش بینی نشده بود، اما هایکه معمولاً حوالی ساعت ۷ بعدازظهر می‌آمد. کامران همه چیز را از پیش آماده می‌کرد. پس از شنیدن صدای زنگ، به استقبال او می‌رفت، در را می‌گشود و بوسه‌ای بر گونه‌اش می‌زد. به هایکه کمک می‌کرد کت یا پالتویش را در آورد. کت یا پالتوی او را با دقت تمام روی چوب‌لباسی قرار می‌داد و آن را روی رخت‌آویز کنار در ورودی، آویزان می‌کرد. کاری که پیش از این، و از

این رو هرگز، برای سودابه نکرده بود.

او زمانی متوجه شد که حفظ یک رابطه از برقراری آن رابطه دشوارتر و در عین حال مهم‌تر است، که دیر شده بود. خیلی دیر متوجه تشابه‌ای شده بود که بین رابطه‌ی انسان‌ها و گیاهان بسیار حساس، گیاهان زودرنج وجود دارد. سودابه سال‌ها پیش، پیش از جدایی‌شان، قبل از آنکه برای دیدار از مادر بیمارش به ایران سفر کند، درباره رسیدگی به گل و گیاهان خانه به او گفته بود:

ـ کافی است که مثلاً کم آب بدهی، یا زیاده از حد، یا اینکه حواست به سرمای شب نباشد، یا مثلاً به این موضوع بی‌توجهی کنی که این گیاه بیشتر به نور خورشید نیاز دارد یا بیشتر به سایه. اگر حواست نباشد، نمی‌توانی از زحمات خودت نتیجه بگیری. یک روز صبح که از خواب بیدار می‌شوی، در کمال حیرت و ناباوری می‌بینی همه‌ی گلبرگ‌ها ریخته و شاخه و برگ‌ها آویزان شده‌اند. زبان طبیعت را که نشناسی، نمی‌توانی با طبیعت رابطه برقرار کنی.

کامران تصمیم داشت برای آن شب استیک بپزد. شامی ساده که برای نوشیدن شراب و لحظه‌ای در کنار هم بودن مناسب بود. دو تکه گوشتی که از سوپرمارکت نزدیک خانه‌اش خریده بود را، از یخچال درآورد. نیاز به ادویه خاصی نبود. کامران به هر دو سوی گوشت نمک زد و آن را گوشه‌ای گذاشت تا نمک آب گوشت را جذب کند. سرگرم ریز کردن پیاز و جعفری شد. پس از آن، با دستمال نمک روی گوشت را پاک کرد. کمی فلفل سیاه به هر دو طرف گوشت زد، ماهیتابه را روی اجاق گذاشت، کمی روغن ریخت و اجاق را با حرارت بالا روشن کرد. هجوم یکباره‌ی افکار پراکنده نظم آشپزی کردن او را بر هم زده بود، اما به‌رغم آن، تلاشی برای راندن این افکار و خاطرات از دل لحظه انجام نداد. اگر هم چنین می‌خواست، نمی‌توانست. افکار که زنجیر پاره کنند، خاطراتی که خواب‌شان پریشان شود، اغلب اراده انسان را به چالش می‌کشند، به سخره می‌گیرند.

او پس از آنکه احساساتش زخمی شده و رابطه‌اش با سودابه ترک برداشته بود، در یکی از آن شب‌هایی که بی‌خوابی به سراغ آدم می‌آید، بی‌اختیار به یاد

سخنان سودابه درباره‌ی نگهداری و مراقبت از گیاهان زودرنج افتاده بود. به تشابه بین مناسبات انسان‌ها و آن گیاهان حساس پی برده بود. دریافته بود که رابطه دو انسان نیز، مثل یک گیاه حساس، می‌تواند رشد کند، شکوفا و بارور شود، گل بدهد و یا بپژمرد، خشک شود و نیست و نابود گردد، خاطره شود.

او بسیار دیر متوجه شده بود که زشتی و زیبایی این گیاه، و اینکه آیا این گیاه چون علفی خودرو بروید یا از چشمه‌ی عشق سیراب شود، وابسته به نقش بازیگران اصلی آن رابطه است. زمانی که فرد یا موضوع دیگری وارد آن رابطه بشود، بر آن سایه بیاندازد و نقش اصلی را در آن برعهده بگیرد، دیر یا زود آن رابطه از درون می‌پوسد و متلاشی می‌شود. و این دقیقاً همان چیزی بود که در رابطه‌ی او و سودابه روی داده بود.

سودابه همان روز گفته بود: «حفظ فاصله‌ی بین دو گیاه خیلی مهم است. نباید آنقدر نزدیک به هم کاشته بشوند که یکی از آن‌ها روی دیگری سایه بیاندازد و مانع از رشد آن بشود و نباید آنقدر دور از هم کاشته بشوند، که بین‌شان کلی علف خودرو در بیاید.»

کامران بسیار دیر پی برده بود که تلاش برای حفظ تعادل در رابطه باعث حفظ آن رابطه می‌شود. زمانی که دو گیاه زیادی کنار هم کاشته بشوند، توی اعصاب هم می‌روند، شاخه و برگ‌هایشان بی‌دلیل در هم می‌تنند و شاید بی‌آنکه خود بخواهند، با خارهایشان همدیگر را زخمی می‌کنند. و اگر خیلی دور از هم کاشته شوند، برای اینکه صدای هم را بشنوند، باید داد بزنند و جیغ بکشند، به مرور حتی امکان گفت‌وگو با یکدیگر را از دست می‌دهند، از هم دور می‌مانند و سرنوشت هر یک از آن‌ها دستخوش بازی گیاه دیگری می‌شود که بیاید و روی رابطه‌ی آن‌ها سایه بیاندازد.

کامران بسیار دیر متوجه شده بود که هیچ چیز به اندازه‌ی باور به قطعیت پایداری یک رابطه برای آن رابطه زیان‌بار نیست. رابطه انسان‌ها مثل خود انسان‌ها می‌تواند با فراز و نشیب‌های زندگی تغییر کند، چاق و لاغر بشود. این رابطه می‌تواند قوام و دوام بیابد یا نحیف و شکننده بشود؛ می‌تواند اوج بگیرد، به کمال

روی آورد یا سقوط کند و تن به حضیض بدهد و با پستی، حتی با فرومایگی دم‌خور شود.

او بر بستر تجربه‌ی شخصی خود دریافته بود که رابطه بین دو انسان، پیوندی جاودانه نیست. عهدی آسمانی نیست که یکبار ببندند و به حال خود رهایش کنند. یک تعهد اخلاقی است، آن هم در روزگاری که مبانی اخلاقی را به حراج گذاشته‌اند و کمتر کسی می‌تواند پای خود را از آن بازی سود و زیانی پس بکشد، که روزگار صحنه‌گردان آن است. او بسیار دیر متوجه شده بود که باید هر روز برای بقا و دوام یک رابطه تلاش کرد. مثل سرنوشت همان گیاه حساسی که حتی یک غفلت کوچک می‌تواند نقطه‌ی پایانی بر جمله‌ی عمرش باشد. مهربانی برای بقای خود نیازمند کلامی مهرآمیز است و عشق محتاج دستی نوازشگر.

پیش از رسیدن هایکه می‌بایست همه چیز را برای پذیرایی آماده می‌کرد. برنامه‌ای که هر هفته با همان نظم و قاعده تکرار می‌شد. هم میز اتاق پذیرایی را تزئین می‌کرد و هم میز اتاق ناهارخوری را با گل و شمع می‌آراست. او روی میز بزرگ ناهارخوری یک رومیزی سفید می‌کشید. بشقاب‌ها و کارد وچنگال‌ها را روبه‌روی هم می‌چید، شمع‌های سرخ‌رنگ دو شمعدان نقره‌ای را عوض می‌کرد و در یک گلدان شیشه‌ای باریک و سفیدرنگ، یک شاخه گل و معمولاً یک شاخه گل رُز می‌گذاشت. گلدان را بین دو شمعدان و وسط میز ناهارخوری قرار می‌داد. لیوان‌های آب و شراب را نیز با دقت به سمت نور می‌گرفت و پس از مطمئن شدن از تمیزی کامل، آن‌ها را در دو طرف بشقاب‌ها می‌گذاشت. سپس از میز اندکی فاصله می‌گرفت و به تناسب چینش لیوان‌ها و بشقاب‌ها نگاه می‌کرد. همه چیز می‌بایست با فاصله‌هایی مشابه و قرینه یکدیگر چیده شده باشند.

سودابه زمانی گفته بود: «آلمانی‌ها حق دارند که می‌گویند چشم‌ها هم از خوردن غذا لذت می‌برند.» فراتر از آن، آلمانی‌ها حتی می‌گویند که چشم‌ها هم مثل دهان پای سفره می‌نشینند و غذا می‌خورند. کامران در سال‌های جوانی معنای این جمله را متوجه نشده بود. حتی فراتر از آن، اعتقاد داشت که آدم نمی‌بایست وقت خود را صرف یک چنین چیزهایی بکند. او می‌توانست حتی با

چشمان بسته هم غذا بخورد.

کامران گرچه از غذا خوردن لذت می‌برد، اما به باور او، غذا خوردن بیشتر یک انجام وظیفه را می‌دانست تا وسیله‌ای برای کسب لذت. صرف وقت برای چیدن دقیق و با سلیقه‌ی میز به نظر او کار بیهوده‌ای بود. آن را نوعی اتلاف وقت می‌دانست. اما گذشت زمان نگاه او را به زندگی، حتی به خود زمان تغییر داده بود. او هیچگاه برای سودابه چنین با سلیقه و وسواس میز شام را نیاراسته بود. بشقاب‌ها و قاشق‌وچنگال‌ها را با بی‌حوصلگی، حتی با شلختگی روی میز می‌گذاشت. لیوان‌های آب و احیاناً شراب را پر می‌کرد و همان‌جا می‌نشست و منتظر می‌ماند تا سودابه برنج را بکشد و کاسه‌ی خورش و سالاد را روی میز بگذارد.

پیش خود گفته بود: «اینکه می‌گویند برای آموختن هیچ‌وقت دیر نیست، آن طورها هم که گمان می‌کنند، حساب و کتاب و منطق ندارد.» او خیلی چیزها را زمانی آموخته بود که عملاً دیر شده بود. دریافته بود که آموختن به موقع یک چیز می‌تواند از بار دشواری‌ها بکاهد و برای مشکلات چاره‌ای باشد و آموختن دیرهنگام همان چیز تنها دریچه‌ی روح را روی پشیمانی و ندامت باز می‌کند. آموختن دیرهنگام یک چیز شاید باعث افزایش تجربه آدم بشود. شاید بتواند بر بصیرت و دانایی او بیافزاید، اما نمی‌تواند از بار رنج‌هایش بکاهد. آن رنج‌هایی که طعم تلخ گذشته را می‌دهند.

کلایدرمن

کامران نگاهی به گوشت‌ها انداخت. نیم‌پز شده بودند. کره را از یخچال درآورد، بخشی از آن را در هم‌زن کوچک ریخت و پودر سیر و روغن زیتون به آن اضافه کرد. سپس کره مخلوط شده را مجدداً در یخچال قرار داد تا ببندد. نگاهی به ساعت مچی خود انداخت. به‌رغم شتابی که از خود نشان داده بود، فرصت کافی برای چیدن میز و آماده کردن شام در اختیار داشت. میز ناهارخوری را مثل هر سه‌شنبه‌ی دیگر، با صبروحوصله و دقت تمام چید و آراست. از گرگور خبری نبود. همان‌جا در اتاق خواب، پشت پرده چرت می‌زد.

هایکه که می‌آمد، اگر هوا بد و سرد بود، معمولاً مدتی پشت میز آشپزخانه می‌نشستند، فنجانی قهوه و تکه‌ای کیک می‌خوردند و با هم گپ می‌زدند. و اگر هوا مساعد بود، مثلاً در ایام تابستان یا در روزهای آفتابی بهار و پاییز، دوست داشتند ساعتی با هم کنار رود راین راه بروند و با هم گفت‌وگو کنند. خانه کامران تا رود راین چند صد متری بیشتر فاصله نداشت.

پس از نوشیدن قهوه یا بازگشت از گردش، به اتاق پذیرایی می‌رفتند. کامران دستگاه پخش صوت را روشن می‌کرد. صدای ملایم یک موسیقیِ آرام کلاسیک در فضای اتاق می‌پیچید، مثلاً نوای دلنشین پیانوی شوپن، قطعاتی از ویوالدی یا باخ. گاهی هم کامران با پخش یک موسیقی متفاوت، هایکه را غافل‌گیر می‌کرد. یک بار قطعه‌ی جاده‌ی ابریشمِ کیتارو را پخش کرده و از هایکه پرسیده بود: «هیچ می‌دانستی که کیتارو و کلایدرمن هر دو متولد یک سال هستند؟»

آن روز، منتظر جواب هایکه نمانده و در پاسخ به پرسش خود گفته بود: «هر دو متولد سال ۱۹۵۳ هستند. یکی متولد شهر تویوهاشی در ژاپن و دیگری زاده‌ی پاریس.» پس از مکث کوتاهی پرسیده بود: «هیچ وقت به شباهت‌های نوای موسیقی این دو توجه کرده‌ای؟»

هایکه اطلاعات مختصری از کیتارو داشت، اما با آثار کلایدرمن به‌خوبی آشنا بود. ترانه‌ی برای آدلین یکی از ملودی‌های محبوب هایکه بود. جوان‌تر که بود هر از گاهی به آن گوش می‌داد و از شنیدن آن، از غرق شدن در نوای آرامش‌بخش آن، لذت می‌برد. آنچه هایکه متوجه نشده بود، تشابه بین سبک و کار این دو بود و دقیقاً نمی‌دانست که کامران از چه موضوعی سخن می‌گوید. اطلاعات و آگاهی هایکه از موسیقی و به‌ویژه موسیقی کلاسیک نسبتاً خوب بود. می‌دانست که کیتارو یک آهنگساز است و کلایدرمن عمدتاً یک نوازنده. از خود پرسیده بود چه تشابهی می‌تواند بین این دو وجود داشته باشد؟ پس از لحظه‌ای اندیشیدن، گفته بود:

– نه، نمی‌دانم. تو بگو!

– ببین عزیزم، هم کیتارو و هم کلایدرمن هشت سال پس از پایان جنگ جهانی دوم به دنیا آمدند. ژاپن در آن ایام درگیر درمان زخم‌هایی بود که بمباران هیروشیما و ناکازاکی بر پیکر جامعه‌اش نشانده بود و فرانسه هم پس از شکست ناسیونال سوسیالیست‌ها، سرگرم بازسازی خرابی‌ها بود. به‌ویژه بازسازی حیثیت ملی فرانسه که در اثر اشغال کشور از سوی نازی‌ها به‌شدت آسیب دیده بود.

کامران می‌دانست هایکه با آنکه خود سال‌های جنگ را تجربه نکرده است، اما از یادآوری رویدادها، خوانده‌ها و شنیده‌هایش از سال‌های جنگ، مثل بسیاری از آلمانی‌های دیگری که او در دوران زندگی خود در این کشور دیده بود، پرهیز می‌کند. ولی دانستن این موضوع مانع از آن نشده بود که به سخنانش ادامه ندهد. گفته بود:

– می‌شود تصور کرد که احساس آنان در ایام کودکی چه بوده است. کودکی که قادر به فهم منطق جهان نیست و بی‌آنکه بداند امنیت و آرامش چیست، در

تب کسب این امنیت و آرامش می‌سوزد. من یکبار دو سه قطعه از موسیقی این دو را پشت سرهم گوش کردم و متوجه شباهت عجیبی بین این قطعات شدم. شباهتی برخاسته از نیاز آن‌ها به همین آرامش، به آرزوی رویش امید در فضایی آغشته به غم و رنج. شاید در نگاه نخست شباهتی حس نشود، اما کافی است که چشم‌هایت را ببندی و همراه با نوای موسیقی آن‌ها، به عالم خیال سفر کنی.

هایکه علاقه چندانی به مباحث فلسفی نداشت و از بحث‌های سیاسی نیز متنفر بود. همین موضوع روی مناسبات او با کامران سایه انداخته بود. اما نه او می‌توانست خود و رویکرد خود را نسبت به جهان تغییر دهد و نه کامران حاضر یا حتی قادر بود سیاست و فلسفه را از زندگی خود حذف کند.

سیاست و همچنین فلسفه مضمون زندگی کامران بود. پرداختن به مسائل سیاسی و فلسفی در او نشاط و شوق برمی‌انگیخت. او برای تعریف خود نیاز به سیاست و فلسفه داشت. سیاست و فلسفه بدل به تار و پود هویت او شده بودند. گرچه با فروپاشی اتحاد شوروی و بلوک شرق، دوران فعالیت‌های سیاسی او نیز به پایان رسیده بود، اما پایان فعالیت‌های سیاسی‌اش به معنای آن نبود که از سیاست و تفکر سیاسی روی گردان شود. او اخبار سیاسی را با دقت دنبال می‌کرد و به تحولات سیاسی از منظر تئوریک و فلسفی می‌نگریست.

هایکه برخلاف او حاضر نبود خود را درگیر اخبار و مسائل سیاسی کند. حتی تمایلی به رای دادن و شرکت در انتخابات هم نداشت و اگر اصرار کامران نمی‌بود، شاید ترجیح می‌داد روزهای رای گیری را طولانی‌تر بخوابد و یا وقت خود را در طبیعت و فضای سبز سپری کند و اصلاً به حوزه رای گیری پا نگذارد. به باور او، احزاب بزرگ آلمان تفاوت چندانی با هم ندارند و از این رو شرکت یا عدم شرکت در انتخابات، هیچ تاثیری نه بر سیاست داخلی آلمان دارد و نه بر سیاست خارجی این کشور.

کامران با شنیدن چنین استدلال‌هایی از کوره در می‌رفت. ابروانش را در هم می‌کشید و می‌گفت: «این دیگر چه حرفی است؟ اگر همه مثل تو فکر کنند که پرونده دموکراسی کاملاً تعطیل می‌شود. ما در مملکت‌مان از حق مشارکت در

سرنوشت خودمان محروم هستیم و شما در این مملکت آزاد با دست خودتان به آزادی و دموکراسی پشت می‌کنید و به آن ضربه می‌زنید.»

تفاوت رویکرد هایکه و کامران نسبت به زندگی و جهان، بین آن‌ها فاصله می‌انداخت. فاصله‌ای که روز به روز بیشتر و عمیق‌تر می‌شد. در هفته‌ها و ماه‌های نخست دوستی‌شان، کامران و هایکه بیشتر برای هم وقت می‌گذاشتند. با هم به گردش می‌رفتند و گاهی هم در کلن، دست در دست هم، در مرکز خرید شهر قدم می‌زدند. ساعت‌ها با هم در بار و رستورانی می‌نشستند. در آن اوایل، هر هفته چند بار به خانه‌ی یکدیگر می‌رفتند. گرچه اغلب این هایکه بود که به خانه‌ی کامران می‌آمد. هایکه شیفته‌ی موسیقی کلاسیک بود و هرگاه در فیلارمونیک کلن، کنسرت جالبی عرضه می‌شد، دو بلیت می‌خرید و دوست داشت همراه کامران به آن کنسرت برود. پیش از شروع کنسرت، لیوانی شراب می‌نوشیدند و پس از پایان آن، ساعتی در رستورانی، درباره‌اش گفت‌وگو می‌کردند.

هایکه برای کامران نه می‌توانست سودابه باشد و نه می‌توانست نقش برگیته را در زندگی او ایفا کند. سودابه برخلاف هایکه، با علاقه زیادی رویدادهای سیاسی و به‌ویژه تحولات سیاسی ایران و منطقه را دنبال می‌کرد و برگیته نیز از جوانی به مباحث فلسفی علاقمند بود و نسبت به رویدادهای سیاسی نیز بی‌توجه نبود. کامران برای گفت‌وگو با سودابه یا با برگیته هیچگاه موضوع کم نمی‌آورد. اما با هایکه درباره چه موضوعی می‌توانست گفت‌وگو کند؟

هایکه حتی مایل نبود پیرامون مسائل خانوادگی خود و کامران گفت‌وگو کند. به ندرت پیش می‌آمد که چیزی درباره همسر سابقش بگوید. کامران نیز علاقه‌ای به مرور خاطرات زندگی مشترک خود با سودابه و یا خاطرات مربوط به ماجراجویی‌های عاشقانه‌اش با برگیته نداشت. هم او و هم هایکه متوجه شده بودند که برای حفظ آرامش خود و لذت بردن از همان چند ساعتی که با هم تنها هستند، بهتر است با دقت از کنار برکه‌ی خاطرات گذشته عبور کنند. یاد گرفته بودند که برای حفظ این آرامشِ شکننده، بهتر است آرامشِ آب این برکه را بر هم نزنند.

هایکه و کامران تمایل چندانی به گفت‌وگو درباره فرزندان خود نیز نداشتند. نه هایکه از دخترش، تینا، چندان چیزی می‌گفت و نه کامران از بیژن. کامران، به خصوص وقتی دل‌تنگ می‌شد، مایل بود با اشتیاق درباره‌ی مهر خود به آیدا و یا شیرین‌زبانی‌های ساندرا سخن بگوید. اما حتی آنگاه که درباره آیدا و ساندرا سخن می‌گفت، موضوع بیشتر در همان سطح خاطرات شیرین باقی می‌ماند؛ در همان سطح موضوعات ساده و روزمره.

او هرگز از پیچیدگی‌های تربیتی آیدا به هایکه چیزی نگفته بود. درباره‌ی اختلاف نظری که بین او و سودابه بر سر مسائل تربیتی وجود داشت، سکوت کرده بود. از لجبازی‌های آیدا یا مثلاً از گرایش افراطی او به تابوشکنی در دوران بلوغش چیزی نگفته بود. کامران هیچگاه به تاثیرات عمیقی که جدایی او و سودابه بر رابطه‌ی او با فرزندانش نهاده بود، حرفی نزده بود. افزون بر آن، او هیچگاه حاضر نشده بود آن رازهایی که زمانی به برگیته گفته بود و فقط به برگیته گفته بود، را به هایکه بگوید. تجربه‌ی تلخ گشودن صندوقچه رازهایش او را وادار به خویشتن‌داری بیشتری کرده بود. آن تجربه‌ی تلخ، پرده از حکمت نهفته بر رابطه آدم و رازهایش برگرفته بود. حکمتی که بیانگر رابطه سروری و نوکری بین آدم و رازهایش بود.

کامران دریافته بود که سروری او بر رازهایش تنها تا زمانی پایدار است که رازهایش را در صندوقچه‌ی قدیمی دل خود پنهان کرده باشد. اما به محض آنکه آدم رازهای خود را فاش کند، برده و اسیر همان رازها خواهد شد. او رازهای دوران زندان خود را به برگیته گفته بود، با این هدف که با گفتن آن‌ها از بار گران‌شان بر روح و روان خود بکاهد. اما گفتن آن رازها، حس همدردی را در برگیته برنیانگیخته بود، بیشتر به حس ترحم او نسبت به کامران دامن زده بود.

هایکه شنونده خوبی نبود. هرگاه که کامران درباره موضوعی سخن می‌گفت که او تمایلی به شنیدن آن نداشت، ناآرام می‌شد و ناآرامی خود را نیز در رفتار و حرکات دست و پایش نشان می‌داد. نگاهش را از کامران می‌دزدید، به نقطه‌ای خیره می‌شد و یا دست به کاری تکراری می‌زد. مثلاً انگشتان خود را روی لبه‌ی

لیوانی به چپ و راست می‌سُراند، یا مشغول بازی با گوشه‌ی رومیزی یا یک چیز دیگر می‌شد. کامران به‌مرور زمان متوجه پیام‌های نهفته در این رفتار هایکه شده بود. کامران در چنین لحظاتی موضوع را جمع می‌کرد و رشته سخن را به موضوع دیگری می‌کشاند.

یافتن موضوع مشترک برای گفت‌وگو می‌توانست نقش مهمی در رابطه آن‌ها ایفا کند. این موضوع مشترک می‌توانست بدل به انگیزه‌ای مشترک شود. انگیزه‌ای که می‌توانست به لحظه‌های آنان مضمونی مشترک بدهد و مضمون مشترک می‌توانست مهر و علاقه را در آن‌ها برانگیزد و به رابطه آن‌ها شادابی و نشاط ببخشد. اما هایکه و کامران هر چه تلاش کردند، موضوع مشترکی برای گفت‌وگو با یکدیگر بیابند، نتیجه‌ای نگرفتند. از این رو، شمار دیدارهایشان به یک بار در هفته محدود شد.

تنها موضوعی که آن‌ها می‌توانستند درباره‌ی آن با یکدیگر گفت‌وگو کنند، علاقه‌ی مشترک‌شان به موسیقی و به‌ویژه به موسیقی کلاسیک بود. اما مگر چقدر می‌شود درباره موزارت، بتهوون و یا دورژاک حرف زد؟ هایکه حتی مایل نبود خود را درگیر زمانه‌ی زندگی این نخبگان جهان موسیقی کند. و این دقیقاً همان چیزی بود که برای کامران جالب بود. برای هایکه این موضوع که چرا نیچه شیفته‌ی واگنر شده بود، اصلاً جذاب نبود. او تمایلی به دانستن پاسخ این پرسش نداشت که چرا نیچه نظر خود را درباره‌ی واگنر تغییر داد و از او روی برتافت. حال آنکه، این پرسش‌ها می‌توانست روزها و بلکه ماه‌ها ذهن کامران را به خود مشغول کند.

رابطه‌ای که بین کامران و هایکه شکل گرفته بود، هرگز نتوانسته بود کمبودهای زندگی‌شان را پُر کند. آن‌ها به‌خوبی می‌دانستند که قادر به درمان زخم‌های ناشی از تنهایی خود و زخم‌های تنهایی آن دیگری نیستند. رابطه‌ی آن‌ها هرگز نتوانست به تنهایی‌شان پایان دهد. دیدارهایشان، کنار هم نشستن‌ها یا حتی هم‌آغوشی‌هایشان تلاشی بود برای فراموشی آن تنهایی. تنهایی که پس از بوسه‌ی وداع، دوباره از پس پرده بیرون می‌آمد و به حضور پُر رنگ خود در زندگی آن دو ادامه می‌داد. رابطه آن‌ها درمانِ درد تنهایی نبود، مُسکن موقتی

برای آن درد بود.

رابطه کامران و هایکه به‌مرور زمان سرد و سردتر شده بود. رنجش‌های ایام پیری و همچنین گفت‌وگوهای تکراری از علاقه و تمایل هر دو برای دیدارهایشان کاسته بود. می‌آمدند و ساعاتی کنار هم می‌نشستند، چیزی می‌نوشیدند و کنار هم دراز می‌کشیدند.

این رابطه نه باب میل هایکه بود و نه آن چیزی بود که کامران طلب می‌کرد. هر دو به این رابطه تن داده بودند، و علتش آن بود که گزینه‌ی بهتری نمی‌شناختند. این رابطه، رابطه‌ای عاشقانه نبود که باعث شیدایی آن‌ها شود. از جنس آن جنس‌زدگی نبود که هایدگر از آن سخن گفته بود. آن‌ها را از خود بی‌خود نمی‌کرد. دروازه روحشان را روی یکدیگر نمی‌گشود. هیجان دیدار بعدی آن‌ها را بی‌قرار نمی‌کرد. و آنگاه که موعد دیدار فرا می‌رسید، گرمایی وصف ناشدنی زیر پوست‌شان نمی‌خلید و ضربان قلب‌شان شتاب چندانی نمی‌گرفت.

این رابطه، رابطه‌ای محاسبه شده، رابطه‌ای از سر ناگزیری بود. انتظار شوریدگی و شیدایی از چنین رابطه‌ای نمی‌شد داشت. رابطه‌ای که بر محاسبه سود و زیان استوار شده باشد، تنها سود و زیان پدید می‌آورد. در غروب آن روزی که جدایی کامران و سودابه رسمیت یافته بود، آیدا به پدر خود گفته بود:

- آدم همان چیزی را درو می‌کند که کاشته است.

این جمله را آیدا از خود کامران شنیده بود. اما کامران در این جمله‌ی بدیهی پیام و پند مهمی ندیده بود. یعنی همان پند و پیامی که می‌توانست در لحظات حساس تصمیم‌گیری مانع از بسته شدن چشمانش شوند. اکنون که به گذشته می‌نگریست، اکنون که با گرگور همخانه شده بود، به معنای عمیق این جمله‌ی بدیهی پی برده بود. پی برده بود که خطاهای زندگی در بسیاری از مواقع ریشه در نادیده گرفتن همین بدیهی‌ترین مسائل دارند. این همان پیامی بود که نشنیده بود و این همان پندی بود که او با بی‌اعتنایی تمام نادیده گرفته بود. اکنون می‌بایست با پیامدهای منطقی آن ناشنوایی و نابینایی زندگی کند.

هایکه در ماه‌های نخست شکل‌گیری رابطه‌اش با کامران تلاش کرده بود، به

این رابطه عمق بیشتری بدهد و برای آن فضای مناسب و فرصت رشد فراهم کند. او می‌دانست که مهر برای آنکه از سطح لذت جنسی فراتر رود و ریشه بدواند، نیاز به زمان و نیاز به تلاش دارد.

یکی از این تلاش‌ها به همان روزی برمی‌گشت که هایکه خانه‌ی او را تمیز کرده بود. موضوع اما بر سر تمیز کردن خانه‌ی کامران نبود. هایکه با عمل آن روز خود بر آن بود، مزایای حضور یک زن در خانه را، به او یادآور شود. موضوع بر سر پیامی بود که هایکه از این طریق به کامران می‌داد. اما واکنش عجیب کامران در آن روز، پاسخ صریح و روشن او به این پیام بود. هایکه همان روز متوجه شد که این رابطه، حضور صرف در سطح لحظه است. آن گیاهی نیست که ریشه بدواند و زمانی بدل به درختی تنومند بشود.

هایکه!

صدای زنگ در آمد. کامران پیش از گشودن در، نگاهی به چهره خود در آینه انداخت. زیر چشمانش گود افتاده بود. چهره‌اش خسته‌تر از معمول به نظر می‌رسید. هفته خوب شروع نشده بود. به‌رغم آن، می‌دانست که باید با چهره‌ی دیگر خود در قرار سه‌شنبه‌ها ظاهر شود. مسائلی چون حال‌وروز مرتضی یا درددل غیرمنتظره‌ی آیدا، در حوصله و ظرفیت دیدارهای سه‌شنبه‌هایش با هایکه نمی‌گنجید. دستی به موهایش کشید و لبخندی بر لبان خود نشاند. لبخندی که نقابی بود، نقابی که او در چنین لحظاتی، برای پوشاندن رد تازیانه‌ای که احساساتش را زخمیِ می‌کرد، به چهره می‌کشید. طعم تلخ آن لبخند به‌ظاهر شیرین را خود او خوب می‌شناخت.

در را باز کرد. هایکه در آن سوی در ایستاده بود، شیشه‌ی شرابی در دست داشت و لبخندی بر لب. به هنگام ورود به خانه، با لوندی پیکر خود را به سمت جلو راند، گونه‌ی خود را جلو آورد تا کامران بوسه‌ای بر آن بنهد. کامران همانطور که او را در آغوش گرفته بود، بر گونه‌اش بوسه‌ای زد. هر دو به آن بوسه عادت کرده بودند. عادتی که بدل به مقدمه‌ی هر دیدارشان شده بود. عادتی برخاسته از اطمینان آدم به تحقق یک انتظار. کامران گفت: «سلام عزیزم. چقدر از دیدنت خوشحالم.»

کامران آن را از ته دل گفته بود. در آن غروب ملال، تنها گپ‌وگفت با هایکه می‌توانست از گزگز زخم‌های روحش بکاهد. هایکه شیشه شراب را روی کمد

جاکفشی نهاد و با کمک کامران پالتوی خود را در آورد و به او داد. کامران پالتو را طبق همان قاعده، همان عادت، آویزان کرد. هایکه گفت: «نمی‌دانی این یک هفته چقدر برایم دیر و سخت گذشت. خیلی دلم می‌خواست همین یکشنبه، یا حتی همین دیروز زنگ بزنم یا چه می‌دانم تصادفی بیایم در خانه‌ات، زنگ خانه‌ات را بزنم و غافل‌گیرت کنم.»

هایکه هرگز به طور سر زده به خانه کامران نیامده بود. او هرگز جز یک بار تلاش نکرده بود کامران را غافل‌گیر کند. تلاشی بد فرجام که به او فهمانده بود، در ایام پیری، هر چیز غیرمنتظره‌ای می‌تواند روح آدم را بیاشوبد و آرامش او را برهم بزند. اصولاً او چگونه می‌توانست بدون قرار قبلی و به طور سر زده به خانه‌ی کامران بیاید؟ این با تربیت آلمانی او سازگار نبود. اما صرف بیان چنین چیزی نشان از تمایل و آمادگی او به ایجاد تغییر در رفتارش داشت. تغییری که هنوز در مرحله‌ی کلام باقی مانده و او هرگز جسارت آن را نیافته بود از فراز پرچین بلندِ بایدها و نبایدهای تغلیظ شده در تربیت نسل‌های گذشته‌ی آلمان بجهد.

ـ خُب عزیزم، می‌آمدی. تو که می‌دانی من همیشه از دیدنت خوشحال می‌شوم.

خانه‌ی هایکه به خانه‌ی کامران خیلی نزدیک بود. هایکه معمولاً این مسیر را پیاده می‌آمد. مسیری که حداکثر ۲۰ دقیقه طول می‌کشید. اما، هم هایکه از ظرفیت رابطه‌شان خبر داشت و هم کامران به‌خوبی می‌دانست که حفظ این رابطه تنها در این سطح محدود آن، ممکن است. هیچ کدام انتظار زیادی از آن رابطه نداشتند و هر دو می‌دانستند که بالا بردن سطح انتظار از آن رابطه، انتظاری که بیش از ظرفیت آن باشد، می‌تواند به عمرش پایان دهد.

آن رابطه اما پایدار مانده بود. رابطه‌ای که پنج ماه پیش، سومین سالروز آن را کامران و هایکه در رستورانی در شهر کلن جشن گرفته بودند. در تصور هیچ کدامشان نمی‌گنجید که آن رابطه بتواند سه سال دوام بیاورد و همچنان ادامه داشته باشد. کامران متوجه شده بود که منطق ناظر بر زمان در سنین بالا با منطق ایام جوانی بسیار تفاوت می‌کند. در ایام پیری آدم زودرنج می‌شود. کمترین چیزی

می‌تواند تعادل روحی آدم را برهم زند. پیش از این بارها شنیده بود که افراد مسن کمابیش خلق و خویی شبیه به کودکان پیدا می‌کنند. صحت چنین چیزی را او اکنون در زندگی خود تجربه می‌کرد. کامران در عین حال دریافته بود که برای افراد مسن، فرصت و مجال چندانی برای به دل گرفتن رنجش‌ها و دل‌خوری‌ها نمی‌ماند. او و هایکه بارها از دست هم دلخور و رنجیده خاطر شده بودند. اما، اگر قرار بود که هر دل‌آزردگی و رنجشی به قهر بیانجامد، برقراری رابطه در چنین سن و سالی ناممکن می‌شد. این موضوع را هم او می‌دانست و هم هایکه به تجربه آموخته بود. کامران روزی به آیدا گفته بود:

– دخترم، قواعد بازی زندگی آدم‌ها سال به سال تغییر می‌کند. یک جوان هرگز نمی‌تواند خودش را به جای یک فرد مسن بگذارد و جهان را از دریچه‌ی نگاه او بنگرد. وقتی آدم پا به سن می‌گذارد، جهان را جور دیگری می‌بیند. این نوع نگاه دیگر را نمی‌شود برای یک جوان توصیف کرد، توضیح داد. اما اگر بخواهم با مهره‌های شطرنج این تغییر را بیان کنم، آدم در دوران پیری، کمابیش ترکیبی از سه مهره‌ی شطرنج می‌شود. مثل شاه محتاط و ترس‌خورده می‌شود، مثل پیاده یاد می‌گیرد آهسته و پاورچین، پاورچین و با سنجیدن خطرات احتمالی قدم بر دارد و مهم‌تر از همه مثل اسب عاقل می‌شود و یاد می‌گیرد از فراز موانع، رنجش‌ها و کدورت‌ها بپرد.

راز پایداری رابطه کامران و هایکه نیز ریشه در همین نگاه پر صبر و حوصله ایام سالمندی داشت. آن‌ها یاد گرفته بودند، یا شاید هم استادِ درشتخویِ زندگی به آن‌ها آموخته بود که همچون یک اسب از فراز سایه‌ی رنجش‌ها و کدورت‌ها بجهند و آینده را به پای غرورِ لحظه‌ی حال قربانی نکنند. غروری که به‌مرور زمان یاد گرفته بود در برابر واقعیت‌هایِ سرسختِ زندگی سر تعظیم فرود آورد و خود را پشت تواضعی تحمیلی، پشت یک فروتنی دروغین، پنهان کند.

هایکه گوشی خود را از کیف سفیدش در آورد و کیف را همان‌جا، کنار رخت‌آویز گذاشت. نگاه توام با تحسین کامران برای لحظه‌ای روی چهره هایکه متوقف ماند. مثل معمول آرایش سبکی کرده بود. کمی پودر بر چهره سفید خود

نشانده بود و یک ماتیکِ سرخِ کم‌رنگ بر لبانش زده بود. هایکه اغلب از آرایش غلیظ چهره‌اش پرهیز می‌کرد. موضوعی که تنها به هایکه محدود نمی‌شد. اصولاً زنان آلمانی کمتر از زنان شرقی چهره‌ی خود را می‌آرایند. اما آن شب، یعنی روز جشن سومین سالگرد آشنایی‌شان، هایکه به آرایشگاه رفته و بیش از همیشه چهره خود را آراسته بود. کامران چهره‌ی زیبا و قامت برازنده‌ی هایکه در شب سومین سالگرد آشنایی‌شان را به‌خوبی به خاطر سپرده بود. او هر بار که به هایکه می‌اندیشید، بی‌اختیار به یاد آن چهره و به یاد آن پیکر زیبا و خوش اندام می‌افتاد. چین و چروک‌های نشسته بر زیر گردن و روی سینه‌اش نیز از زیبایی اندام او نمی‌کاست.

هایکه در آن شب، پیراهن سرمه‌ای بلند و زیبایی به تن کرده بود. پیراهنی که برازنده‌ی قامتش بود و بر زیبایی چهره و پیکرش می‌افزود. چشمان آبی رنگش را سایه زده و موهای بلوندش را برخلاف همیشه نبسته بود، روی شانه‌های خود رها کرده بود. او آن شب رُژ لبی، سرخ‌تر از همیشه بر لبان خود زده بود، رُژ لبی که ظرافتِ زیبای لبانش را دوچندان می‌کرد. کامران، آن شب، مات و مبهوت، در گوشه‌ای دنج از آن رستوران در برابر او نشسته بود. محو زیبایی او شده بود. محو آن زیبایی که در تابشِ نورِ شمع، جلوه‌ی دیگری یافته بود.

چهره‌ی آن شب هایکه حکایت از زیبایی ایام جوانی او داشت. کامران هیچگاه هایکه را چنین زیبا ندیده بود. اما کامران هیچ دلیلی نداشت درباره زیبایی هایکه تردید کند. در یکی از شب‌هایی که به خانه هایکه رفته بود، در همان اوایل آشنایی‌شان، هایکه آلبوم‌های عکس‌های خانوادگی‌اش را به او نشان داده بود. عکس‌های ایام کودکی و نوجوانی‌اش را و حتی عکس‌های مراسم ازدواجش و عکس‌های سفرهای او و همسرش به سواحل ایتالیا و به‌ویژه عکس‌های سفرهای متعددشان به جزیره مادیرا. هایکه عاشق این جزیره بود. بارها به آن‌جا سفر کرده بود و دوست داشت مرتب درباره‌ی آن با کامران و دیگران سخن بگوید. او پس از آن، هرگز این آلبوم‌ها را به کامران نشان نداد. پنداری نشان دادن آن عکس‌ها را بخشی از معرفی خود تلقی می‌کرد.

کامران در عکس‌های آن آلبوم‌ها متوجه زیبایی و دلربایی هایکه شده بود. شبیه به آن زنان زیبایی بود که او در ایام کودکی و نوجوانی در فیلم‌های غربی دیده و مسحور زیبایی‌شان شده بود. هایکه به‌رغم گذشت زمان، هنوز زنی بسیار زیبا و جذاب بود. اما موضوع زیبایی هایکه یا آنچه از آن زیبایی باقی مانده بود، برای کامران نقش تعیین کننده‌ای ایفا نمی‌کرد. فراتر از آن، حتی تصور او از زیبایی پس از ده‌ها سال زندگی در اروپا، تغییر کرده بود. او اکنون پی برده بود که در چهره‌ی زنان شرقی، نوعی زیبایی پر رمز و راز نهفته است. آن زیبایی سحرآمیزی که وقتی به دل نشست و دل برد، رهایی از اسارت آن چندان ساده و ممکن نیست. اما کامران در تجربه خود از معاشرت با دیگران، به پیچیدگی‌های نهفته در شخصیت زنان شرقی پی برده بود. او از رویارویی با این پیچیدگی‌ها هراس داشت و از این رو ترجیح می‌داد در ایام پیری، تنهایی خود را با یک زن آلمانی شریک شود و به همین دلیل نیز هایکه را برگزیده بود.

هایکه بی‌آنکه به عقب بنگرد، خرامان ولی با وقار به سوی سالن پذیرایی رفت. هنگام عبور از کنار میز ناهارخوری، خم شد و آن گل رزی را که کامران در گلدان روی میز گذاشته بود، برای لحظه‌ای بویید. عطر جادویی گل‌ها او را به وجد می‌آورد و بر نشاط روحی‌اش می‌افزود. بر همان شور و نشاطی که به‌مرور زمان و در سایه تنهایی کش‌دار حاکم بر لحظات زندگی‌اش، بسیار شکننده و کم رنگ شده بودند. زندگی به او آموخته بود که دل باید به عطر یک گل، به یک لبخند و یا به یک لحظه‌ی شیرین خوش کند.

هایکه خانه‌ی کامران را خیلی خوب می‌شناخت. او در همان هفته‌های نخست دوستی‌شان دریافته بود که در این خانه‌ی نسبتاً بزرگ، بهتر است از رفتن و سر زدن به برخی از اتاق‌ها خودداری کند. به استثنای اتاق مهمان، گذرش به دیگر اتاق‌های طبقه بالا نمی‌افتاد. افزون بر آن، حاضر نبود یک بار دیگر پا به درون اتاق خواب کامران بگذارد.

هایکه در شب‌هایی که دوست داشت در خانه کامران بخوابد، به اتاق سابق آیدا که حال به اتاق مهمان بدل شده بود، می‌رفت و آنجا می‌خوابید. او از اینکه

روی همان تختی بخوابد که سودابه سال‌ها خوابیده بود، پرهیز می‌کرد. کامران نیز بی‌آنکه در این باره با او سخنی گفته باشد، مایل بود مرز بین خاطرات گذشته و آنچه که در لحظه‌ی حال جریان داشت، حفظ شود. سر بر آوردن خاطرات گذشته و سرکشی و عصیان آن خاطرات در لحظه‌ی حال می‌توانست اوضاع را پیچیده‌تر کند. می‌توانست شادی موقت برخاسته از آن دیدار کوتاه را بر باد بدهد.

هایکه تعدادی از لباس‌هایش را در کمد همان اتاق و برای چنین شب‌هایی نهاده بود. چراغ کم‌نور پاتختی را روشن می‌کرد، لباس خواب زیبایی می‌پوشید و بر لبه‌ی تخت به انتظار کامران می‌نشست. کامران می‌آمد و کنار او دراز می‌کشید. با مهر و مهربانی همدیگر را در آغوش می‌گرفتند، آرام و با لطافت یکدیگر را نوازش می‌کردند و در معجزه‌ی لحظه غرق می‌شدند و برای انکار و فراموشی تنهایی خود، تصمیم درباره سرنوشت آن شب را به دست آن لحظه می‌سپردند. لحظه‌ای که فرجامش از پیش روشن نبود.

یکی از جاهایی که هایکه دوست داشت در خانه کامران حتماً به آن سری بزند، باغچه‌ی خانه بود. اگر هوا خوب بود و باران نمی‌بارید، حتماً به باغچه می‌رفت. نگاهی به بته‌های رُز می‌انداخت. غنچه‌های پژمرده و برگ‌های خشک شده‌ی گل و گیاهان را در حین عبور می‌کند و در مشت خود جمع می‌کرد. او درختان و گیاهان را خیلی خوب می‌شناخت و با عطر گل‌ها آشنا بود. تابستان‌ها دوست داشت با کامران در درگاه سرپوشیده خانه بنشیند و خود را به دست نسیم معطر آن گل‌های رُز و یاسمین‌های زرد و سفیدی بدهد که در کناره‌ی درگاه خانه کاشته بودند. کامران و او ساعت‌ها همان جا کنار هم می‌نشستند و شراب می‌نوشیدند و به آسمان گاهی صاف و گاهی ابرآلود چشم می‌دوختند.

تصور کامران از زیبایی هایکه از همان شبِ سومین سالگرد دوستی‌شان تغییر کرده بود و هایکه چه با آرایش و چه بی‌آرایش برای او زیباتر شده بود. مثل همان لحظه، که کامران کنار هایکه نشسته بود و از دیدن زیبایی او لذت می‌برد. کامران متوجه شده بود که در ایام پیری برای دیدن زیبایی‌ها، آدم نمی‌بایست تنها به شهادت چشمان خود باور کند. گاهی برای دیدن زیبایی باید چشمان را بست،

نگاه را به آن سوی کرانه‌های دیدرس چشمان دوخت و به مرغ خیال مجال پرواز داد.

کامران برای هایکه و خودش شراب ریخت. هایکه همان‌طور که کنار کامران نشسته بود، سرش را روی شانه‌ی او گذاشت و چشمانش را بست. هایکه از این کار لذت می‌برد. کامران از لذت بردن هایکه غرق در لذت می‌شد. هایکه بارها سر خود را روی شانه او گذاشته و پنداری با بستن چشمانش بر آن بود تا راه را برای بازآفرینی خاطرات شاد جوانی‌اش هموار کند.

کامران چیز زیادی درباره خاطرات ایام جوانی هایکه نمی‌دانست. او آموخته بود که باید در چنین لحظاتی با نوازش کردن هایکه به نیاز او به مهر و محبت پاسخ گوید. در این سن و سال، موضوع فقط بر سر نیازهای جنسی، بر سر هم‌آغوشی و یا سکس نیست. موضوع بر سر مهر و مهرورزی است. او و هایکه، هر دو بی‌آنکه آشکارا درباره‌ی نیاز خود به مهر و محبت چیزی بگویند، شدیداً به مهر و محبت نیاز داشتند.

کامران از آشپزخانه یک بشقاب پنیر قطعه قطعه شده آورد و آن را روی میز، جلوی هایکه گذاشت. هایکه جرعه‌ای شراب نوشید و تکه‌ای پنیر را با احتیاط تمام به گونه‌ای در دهان خود گذاشت که با لبانش برخورد نکند. کامران از دیدن رفتارهای زنانه و لطیف هایکه لذت می‌برد. کامران نمونه‌های این عشوه‌گری هوس‌انگیز را نه نزد سودابه دیده بود و نه نزد برگیته.

رفتار سودابه حتی پس از آنکه دیگر فعالیتی سیاسی نداشت، همچنان اندکی خشن و مردانه بود و برگیته نیز با آنکه حدود سی سال جوان‌تر از هایکه بود، نه به مُد روز توجه داشت و نه چندان ارزشی برای عشوه‌گری‌های زنانه قائل بود. شیفتگی او به اندیشه‌های فلسفی بر نگاه و رویکردش به جهان پیرامون تاثیر نهاده بود و او نمی‌توانست به رابطه‌ای که هسته اصلی‌اش صرفاً مسائل روزمره‌ی زندگی باشد، تن دهد. دست‌کم باور یا ادعای او این بود. رویکرد و نگاه ویژه‌ی برگیته به زندگی و جهان برای کامران جذاب بود. آن چنان جذاب که کامران را، بی‌آنکه خود بخواهد، یا حتی بداند، به پشت میز قمار بزرگ زندگی‌اش کشانده بود.

هایکه از پشت پنجره‌ی بزرگ اتاق پذیرایی نگاهی به بیرون و به باغچه انداخت. هوا تاریک شده بود و تنها سایه چند کاج بزرگ در شعاع نور چراغ خیابان دیده می‌شد. گفت: «یک سال دیگر هم گذشت. باورت می‌شود، زمستان دارد تمام می‌شود و چیزی تا فرارسیدن بهار نمانده است. کمتر از دو ماه. من عاشق بهار هستم. تو نمی‌توانی تصور کنی که فرارسیدن بهار چه تاثیر و نقشی در زندگی من بازی می‌کند. انگار من هم مثل گل‌ها و عین گیاهان همین باغ، سبز و شاداب می‌شوم. گمان می‌کنم که بدنم پر از شکوفه شده و نفس‌هایم بوی عطر گل‌ها را گرفته است.»

کامران جرعه‌ای شراب نوشید و در پاسخ گفت:

- من هم از بهار لذت می‌برم.

لذتی که او از بهار و طبیعت می‌برد با لذت هایکه خیلی تفاوت داشت. او هرگز نتوانسته بود فاصله خود را با طبیعت از بین ببرد. هیچگاه خود را بخشی از طبیعت حس نکرده بود. همیشه ناظر تغییر و تحولاتی بود که فصل‌های سال به همراه می‌آورد. او گذشت فصل‌ها را گذشت عمر خود می‌دید. همه چیز برای او یادآور این بود که صفحه و فصل جدیدی از عمرش ورق خورده است.

هایکه اما خود را با طبیعت یکی می‌دانست. تابستان‌ها کفش‌هایش را در می‌آورد و با پای برهنه روی چمن‌ها راه می‌رفت و فارغ بال و بدون نگرانی روی چمن دراز می‌کشید. کاری که کامران هرگز نکرده بود. کامران خیلی زود حوصله‌اش سر می‌رفت و اگر به اصرار هایکه یا هر کس دیگر، ساعت‌ها در نقطه‌ای از باغ می‌نشست، عذاب وجدان می‌گرفت. اما هایکه برخلاف او، می‌توانست آرام و بی‌حرکت در گوشه‌ای از باغ بنشیند و به پرواز سنجاقک‌ها و پروانه‌ها یا مثلاً به تکان خوردن برگ‌ها و گلبرگ‌ها در اثر وزش باد نگاه کند.

هایکه مثل کسی که چیزی را یک‌باره به خاطر بیاورد، تلفن همراهش را از روی میز برداشت و پس از جست‌وجو در گالری عکس‌های تلفنش، تصویر یک درخت بسیار زیبا را پیدا کرد و به کامران نشان داد و گفت: «این را ببین. به این می‌گویند یک درخت پرشکوه افرای ژاپنی! با برگ‌های سرخ‌رنگش. فکرش را بکن

چه می‌شد اگر چنین درختی وسط باغچه تو بود.»

هایکه با دست از پنجره‌ی اتاق پذیرایی نقطه‌ای در باغچه را نشان داد و گفت:

- مثلاً آنجا. کنار آن درخت کاملیا.

باغچه تاریک بود و کامران دقیقاً نمی‌دانست که هایکه کدام نقطه را برای کاشتن این افرا نشان می‌دهد، اما می‌توانست حدس بزند. کامران درخت کاملیا باغچه‌ی خانه‌اش را بسیار دوست داشت و نمی‌توانست تصور کند که درخت دیگری زیبایی گل‌های سرخ و صورتی رنگ آن درخت کاملیا را به حاشیه براند. سری تکان داد، لبخندی زد و به‌رغم تردید خود گفت: «حتماً خیلی قشنگ می‌شود.»

هایکه گفت:

- دلم می‌خواهد به‌مناسبت سالگرد دوستی‌مان این درخت را به تو هدیه بدهم.

کامران لبخندی زد و گفت: «تا سالگرد بعدی دوستی‌مان هنوز خیلی مانده است. اجازه بده من این درخت را برای تولدت بخرم، عزیزم.

هایکه با خشنودی لیوان شرابش را از روی میز برداشت و دستش را جلو آورد و به سلامتی کامران لیوانش را به لیوان کامران زد و گفت:

- واقعاً این درخت افرا را برای من می‌خری؟ اگر این کار را بکنی، زیباترین هدیه تولد را به من داده‌ای.

- البته عزیزم. با کمال میل.

هایکه جرعه‌ای شراب نوشید و مجدداً سرش را روی شانه کامران گذاشت و او نیز بار دیگر شروع به نوازش هایکه کرد. هایکه یک بار دیگر به تصویر زیبای آن درخت افرا با برگ‌های سرخ‌رنگش نگاه کرد و سپس تلفن خود را خاموش کرد و کنار خود گذاشت. سکوت بین آن‌ها حاکم شده بود. مثل همیشه حرف زیادی برای گفتن نداشتند. هایکه لبخندی به نشانه‌ی رضایت بر لب داشت. کامران در افکار خود غرق شده بود. بی‌اختیار به یاد خاطره‌ای افتاد، به یاد خاطره شب جشن شصت سالگی تولد هایکه. خاطره‌ی آن روز؛ پرسش بزرگی در روح و روان او

برانگیخته بود، پرسشی که برای یافتن پاسخش، در پستوهای ذهن او دست‌وپا می‌زد. اما، لحظه برای پرداختن به آن پرسش مناسب نبود.

قرارشان بر این بود که هیچگاه در لحظاتی که کنار هم نشسته‌اند و شراب می‌نوشند، به ساعت نگاه نکنند و به چیزی نیاندیشند. باورشان این بود که هیچ کس و هیچ چیز در آن سوی لحظه در انتظارشان نیست. گذشت سال‌ها به آن‌ها یاد داده بود که باید قدرشناس چنین لحظاتی باشند. می‌دانستند که هیچ چیز دیگری در چنین لحظاتی ارزشِ آرامشِ برخاسته از این غرق شدن در سبک‌بالی را ندارد.

این نوعی مدیتاسیون بود که هایکه و کامران برای خود تعریف کرده بودند. نوای ملایم موزیک کلاسیک در فضایی نیمه تاریک، شعله‌های جنبنده‌ی دو شمع سرخ‌رنگ و سکوتی که بین‌شان حاکم بود. گاهی چشمان خود را می‌بستند و گاهی به رقص سایه‌ها نگاه می‌کردند. می‌بایست در سایه‌ی فراموشی زمان و مکان، به این بی‌وزنی فرح بخش نزدیک می‌شدند. همان بی‌وزنی که حتی یک حرکت یا یک کلمه می‌توانست به عمرش خاتمه دهد. و این بی‌وزنی که بوی شراب می‌داد، لحظه‌ای به پایان می‌رسید. هایکه و کامران آموخته بودند که هیچگاه نمی‌توانند تا ابد به چنین لحظه‌ای پناه ببرند. در قاب یک لحظه می‌شود حضور یافت، اما زندگی در آن قاب ممکن نیست. فهمیده بودند که لحظه‌ها محکوم به سپری شدن هستند.

هویت

صدای به هم خوردن درِ خانه، کامران را از خواب بیدار کرد. نیازی به کنجکاوی نبود. می‌دانست که هایکه صبح‌ها، خیلی زود از خواب بیدار می‌شود. این نخستین باری نبود که هایکه بدون بیدار کردن او خانه را ترک می‌کرد. پیام فرارسیدن صبح را در محو شدن لکه‌ی نور دیده بود. اثری از آن بی‌وزنی فرح بخش شب پیش باقی نمانده بود. کامران عادت داشت شب را در اتاق خود بخوابد. حتی وقتی هایکه شب را در خانه‌ی او می‌خوابید، ترجیح می‌داد نیمه‌های شب به اتاق خود بازگردد و روی تخت خودش بخوابد. تخت‌خواب سابق آیدا کم عرض بود و از این رو، کامران و هایکه روی آن احساس راحتی نمی‌کردند. اما هر دو، بی‌آنکه هیچگاه صریح و روشن درباره علت تصمیم‌شان چیزی گفته باشند، از همان روزهای نخست شکل‌گیری رابطه‌شان، ترجیح می‌دادند با هم در اتاق مهمان خلوت کنند.

آشفتگی حاکم بر اتاق خواب کامران هایکه را ناآرام می‌کرد. وانگهی آن اتاق هنوز بوی سودابه را می‌داد. با آنکه هایکه سودابه را نمی‌شناخت، اما حضور پنهان او را در جا به جای خانه حس می‌کرد. سال‌های جدایی نیز نتوانسته بودند این حضور را محو و نابود کنند. از چیدمان اتاق پذیرایی گرفته تا نظمی که به‌رغم دهن کجی کامران به آن، هنوز روح خانه را تنگ در بر گرفته بود. همان روحی را که گرچه نمی‌شد دید، اما قابل انکار هم نبود.

هایکه حضور پنهان سودابه را در باغچه‌ی خانه، بین گل‌ها و گیاهان نیز حس می‌کرد. کامران به تجربه دریافته بود که زنان قادر به دیدن آن چیزهایی هستند

که اغلب از نگاه مردان به دور می‌مانند. اما آنچه او نمی‌توانست بداند، این بود که زنان نه تنها قادر به دیدن خیلی چیزها هستند، بلکه می‌توانند رابطه‌ی پنهان بین اشیای گوناگون را نیز به‌خوبی متوجه شوند. نمی‌توانست بداند که زنان حتی قادرند نجواهای بین اشیا و چیزها را نیز بشنوند. هایکه کافی بود به فاصله دو صندلی از هم یا به ترکیب رنگ دو گلدان کنار هم نگاه کند، تا متوجه بسیاری از ناگفته‌ها بشود. حضور پنهان، اما ماندگار سودابه از تیزبینی زنانه هایکه پنهان نمانده بود.

حس این حضور پنهان در اتاق خواب کامران، بسیار بیش از تصور کامران، برای هایکه آزار دهنده بود. شکل و فرم تخت، رنگ لوازم و به‌ویژه میزِ توالتی که حتی پس از رفتن سودابه، همانجا در گوشه‌ای از اتاق مانده بود، همه بیانگر این حضور پنهان بودند. هایکه می‌دانست که در آن اتاق نمی‌تواند به آرامشی دست یابد که برای هم‌آغوشی با کامران، به آن نیاز دارد. از این رو بود که هایکه در همان نخستین روزهای دوستی‌شان، به کامران فهمانده بود که ترجیح می‌دهد شب را در اتاق دیگری به روز برساند. از همان زمان، اتاق آیدا بدل به اتاق مهمان شده بود، به اتاق تنها مهمان کامران.

شتاب‌زده از جای خود برخاست. باید خودش را برای رفتن آماده می‌کرد. چهارشنبه‌ها جلسه هفتگی داشتند. یک قرار مردانه که به‌مرور زمان از آن به عنوان جلسه یاد می‌کردند. به گمان‌شان واژه‌ی جلسه به آن بزم مردانه رسمیت بیشتری می‌بخشید. محفلی کوچک که با هدف پر کردن حفره‌های نارضایتی عمومی‌شان و بخشیدن مفهوم و معنا به بخشی از لحظات زندگی‌شان در ایام بازنشستگی، به‌راه انداخته بودند.

سر و صورت خود را شست. پیش از آنکه صورت خود را اصلاح کند، نگاهی به آینه انداخت. پیرمرد آن سوی آینه را دید که به او لبخند می‌زد. احساس سردرد خفیفی داشت، سردردی که هزینه‌ی ناگزیر میگساری و عیش‌ونوش شبانه بود. به‌رغم آن سردرد، هنوز احساس سبک‌بالی می‌کرد. این سبک‌بالی را حتی پیرمرد آن سوی آینه نیز با لبخند خود تایید کرده بود. پیرمرد امروز سرحال بود. شور و

نشاط پیرمرد را کامران می‌توانست در چهره‌اش ببیند. برایش شکلک درآورده بود، و پیرمرد هم با یک شکلک به او پاسخ داده بود. و این همان کاری بود که او آن اواخر به ندرت انجام می‌داد.

پیژامه خود را با همان لجاج همیشگی‌اش روی تخت پرتاب کرد. پیراهن و شلوارش را پوشید به آشپزخانه رفت. سرپایی یک لیوان چایی سرکشید و تکه کیکی در دهان نهاد، دست‌نوشته‌هایش را که برای جلسه‌ی آن روز تهیه کرده بود، در کیف سیاهش گذاشت، شال و کلاه کرد و به راه افتاد.

تا ایستگاه مترو چیزی کمتر از یک کیلومتر راه بود. کامران برای رفتن به مرکز شهر کلن، معمولاً مترو را به ماشین خود ترجیح می‌داد. همیشه می‌گفت که مشکل یافتن جای پارک، منع نوشیدن الکل و توجه به آلودگی محیط زیست در تصمیم او نقش بازی می‌کنند. اما سودابه نظر دیگری داشت و آن‌را نشانه‌ی تنبلی و تن‌پروری او می‌دانست. کامران می‌گفت: «تنبلی! عزیزم تنبل کسی است که حتی برای خریدن یک پاکت نان هم سوار ماشین می‌شود.» منظورش سودابه بود.

او پس از جدایی متوجه شده بود که این صرفاً حوادث بزرگ و تصمیم‌های تعیین کننده نیستند که می‌توانند در حفظ یا نابودی یک رابطه نقش بازی کنند. سلامت یک رابطه اتفاقاً وابسته به همین چیزهای کوچک و به‌ظاهر کم ارزش است. این چیزهای کوچک و به‌ظاهر کم‌ارزش مضمون لحظه‌های زندگی را تعیین می‌کنند و زندگی و تاریخ یک رابطه، از در کنار هم قرار گرفتن همین لحظه‌هاست که پدید می‌آیند و شکل می‌گیرند. او متوجه شده بود که هر رویداد بزرگ و هر تصمیم تعیین کننده‌ای در زندگی در شمار یکی از همین لحظات به‌شمار می‌آیند. متوجه شده بود که مسیر گذشته به آینده از هم‌نشینی این لحظات شکل می‌گیرد و هیچ خط ممتدی گذشته را به آینده وصل نمی‌کند.

باد ملایمی می‌وزید. کامران سوز سرمای سحرگاهی را زیر پوست خود حس می‌کرد. او کیف دستی‌اش را زیر بغلش زد و دست‌هایش را در جیب پالتویش فرو برد. مترو طبق معمول به موقع آمد و کامران سوار شد. تا خانه‌ی مرتضی چند

ایستگاهی بیشتر راه نبود. کامران روبه‌روی یک مرد آلمانی بلند قد نشست. مرد روی صندلی جابه‌جا شد و پاهای بلندش را جمع کرد تا او بتواند بنشیند. چهل یا پنجاه ساله به نظر می‌آمد. موهای سرش را از ته تراشیده بود. همین موضوع، برای لحظه‌ای، تردید کامران را، از نشستن روبه‌روی او برانگیخته بود. نگاهی به چهره‌ی او انداخت. در همان یک نگاه، متوجه‌ی نوعی مهربانی در چهره‌ی او شد. لبخندی دائمی بر لب داشت و از نگاه کردن مستقیم به چشمان دیگران پرهیز می‌کرد. کامران نوعی شرم و حیا در چهره‌ی آن مرد دیده بود.

مرد نگاهی به او کرد و پس از آن سرش را پایین انداخت. گوشه‌ی شال پشمی‌اش را در دست گرفت و با وسواس و دقتی بسیار مشغول کندن پُرزهای آویزان شال خود شد. پُرزها را یکی پس از دیگری می‌کند و در دست خود جمع می‌کرد. رفتارش برای کامران اندکی عجیب به نظر می‌آمد. پنداری با این کار خود بر آن بود تا جمع را نادیده بگیرد و با خود خلوت کند. از گوشه‌ی چشم، سوار و پیاده شدن مسافران را می‌پایید، اما خود را درگیر دیگران نمی‌کرد. نگاهی گذرا به اطراف می‌انداخت و باز مشغول کندن پُرزهای شال خود می‌شد.

کامران در چهره و رفتار آن مرد، رد تازیانه‌هایی را دید که روح او را زخمی کرده بودند. نوعی مهرطلبی را در نگاه او دید. روحی شکننده و زخم خورده که ریشه در بی‌اعتمادی به آن دیگری داشت. آن دیگری هر کسی می‌توانست باشد. شاید همان کسی که بارها دل او را شکسته و در برابر مهر و نامهربانی پیشه کرده بود. کامران نوعی سرخوردگی را در چهره آن مرد دید. دست‌کم این تصور اولیه‌ی او از آن مرد بود. در آن مترو، شاید کامران تنها فردی بود که زبان روح آن مرد را متوجه می‌شد. توانسته بود پیام لبخندش را بشنود و آن غمی را ببیند که در نگاهش خیمه زده بود. کامران از خود پرسید که آیا این زبان مشترک، ریشه در دردی مشترک دارد؟ از خود پرسید که آیا آن مرد هم توانسته در چهره‌ی او پیام روحش را بشنود و تلخی نشسته بر نگاهش را ببیند؟

مرد کاری به کار دیگران نداشت. مشغول کار خود بود. کامران نگاه از او برگرفت و از پنجره‌ی مترو به بیرون نگریست. کامران با دیدن آن مرد، بی‌اختیار،

بار دیگر به یاد مراسم جشن تولد شصت سالگی هایکه افتاد. احساسی که آن شب به او دست داده بود، بی‌شباهت به احساس آن مرد نبود. مردی که در بین آن همه آدم، احساس تنهایی، احساس غریبی، می‌کرد.

خاطره‌ی جشن شصت سالگی تولد هایکه پیوسته در تصور کامران جان می‌گرفت و زنده می‌شد. خیلی چیزها می‌توانستند خاطره‌ی آن شب را از اعماق صندوقچه‌ی نفرین شده‌ی خاطرات گذشته به سطح لحظه بکشانند. مثلاً دیدن حس تنهایی در چهره‌ی آن مرد ناشناس یا موضوع همان درخت افرای ژاپنی. هایکه پس از آن که آن شب پیش شنید که کامران مایل است آن درخت افرای ژاپنی را برای او بخرد، گفته بود: «این زیباترین هدیه‌ی تولد من است.»

این جمله را او یک بار دیگر نیز از هایکه شنیده بود، در همان جشن شصت سالگی تولدش. در جشن تولد شصت سالگی هایکه، کامران یکی از دو کتابی را که به زبان آلمانی منتشر کرده بود، به او هدیه داده بود. کتابی درباره مفهوم هنر نزد مارتین هایدگر. کتابی که او بر اساس تز دکتری خود نوشته بود. او این کتاب را همراه با یک شاخه گل رُز به عنوان هدیه‌ی تولد به هایکه داده بود. هایکه کادوها را در جمع دوستان و همکارانش باز کرده بود و پس از رسیدن به آن هدیه، لبخندی زده و با صدایی بلند گفته بود: «مرسی عزیزم. این زیباترین هدیه‌ی تولدی است که تا کنون کسی به من داده است.»

عین همان جمله را کامران شب پیش نیز از زبان او شنیده بود. حال آنکه کامران مدت‌ها پس از جشن تولد هایکه متوجه شده بود که او این کتاب را، این زیباترین هدیه تولدش را، هیچگاه تا به آخر نخوانده است. او ماه‌ها پس از شکل‌گیری دوستی‌شان متوجه شده بود که هایکه علاقه‌ای به چنین مباحثی ندارد. برای هایکه هنر جالب‌تر از فلسفه‌ی هنر بود و حاضر نبود وقت خود را صرف اندیشیدن پیرامون منشاء یک اثر هنری بکند.

هایکه می‌گفت برای او آگاهی از انگیزه‌ی اصلی هنرمند از خلق یک اثر هنری اهمیت چندانی ندارد. مهم رابطه‌ای است که آدم به عنوان مخاطب با یک اثر هنری برقرار می‌کند. فارغ از اینکه دیگران درباره‌ی آن اثر هنری چه بگویند و یا

چه حسی و برداشتی داشته باشند. برای کامران موضوع کاملاً به گونه‌ی دیگری بود. برای او انگیزه‌ی آفرینش یک اثر هنری حتی مهم‌تر از خود آن اثر بود. دو رویکرد متفاوت به هنر که بیانگر تفاوت آشکار شخصیت آن دو بود.

کامران آن کتاب را به برگیته هم داده بود، البته نه به عنوان هدیه‌ی تولد. بیشتر مایل بود نظر او را درباره‌ی آن بداند. برگیته به کامران گفته بود که کتاب را دو بار خوانده و بار دوم متوجه‌ی نکات جدیدی در آن کتاب شده است. گفته بود که پس از خواندن آن کتاب بهتر توانسته نگاه هایدگر به یک اثر هنری را بفهمد. کامران از شنیدن نظر برگیته درباره کتاب خود به هیجان آمده بود. سودابه نیز با آنکه کتاب را خوانده بود، تنها به گفتن یک جمله بسنده کرده بود: «جالب بود، عزیزم.»

سه برخورد متفاوت از سوی سه زن متفاوت در زندگی او. کامران چگونه می‌توانست شخصیت خود را، هویت خود را در سایه تفاوت‌های آشکاری که بین زنان زندگی‌اش وجود داشت، تعریف کند؟ او چگونه می‌توانست هم به سودابه عشق ورزیده باشد، هم به برگیته و حال به هایکه؟ این بحران هویت در شب جشن تولد هایکه خود را به وضوح نشان داده بود. کامران هرگز نتوانسته بود خود را از ترکش‌های خاطره جشن تولد شصت سالگی هایکه رها کند.

آن شب هایکه تعدادی از دوستان و همکاران سابق خود را به خانه‌اش دعوت کرده بود. بر آن بود هم تولد خود را جشن بگیرد و هم با بهره گرفتن از آن مناسبت، کامران را به دوستانش و به‌ویژه به دخترش، به تینا، معرفی کند. از آغاز رابطه‌اش با کامران چند ماه می‌گذشت. حدود یک سال پس از جدایی کامران از سودابه بود. هر دو از پس آزمون‌های اولیه‌ی برخاسته از شکل گیری یک رابطه‌ی پیچیده در ایام سالمندی، سربلند بیرون آمده بودند. رابطه‌ی آن‌ها، آن تب تندی نبود که زود فرو بنشیند. آن دو در همان نخستین ماه‌ها متوجه شده بودند که این رابطه بیش و پیش از آنکه از احساس برخاسته باشد، بوی منطق و محاسبه را می‌دهد. رابطه‌ای نیست که از دل انتخاب بین چند گزینه بیرون آمده باشد. روی آوردن به تنها گزینه‌ای است که آن‌ها در برابر خود می‌دیدند.

آشنایی کامران و هایکه به سال‌ها پیش از آغاز رابطه‌شان برمی‌گشت. در آن ایام، ماجراجویی عشقی کامران و رابطه‌ی او با برگیته تازه شروع شده بود. گفت‌وگوهای فلسفی او و برگیته در کافه کرومل راه را برای راز و نیاز آن دو هموار کرده بود. رابطه‌ی او و برگیته روز به روز جدی‌تر می‌شد. کامران هنوز در توهم جن‌زدگی هایدگری بود. گمان می‌کرد صاعقه‌ی عشقی آتشین بر روح او نازل شده است. روحش شاد و جوان شده بود، حال آنکه پیکرش، پیر و فرتوت بود. تناقضی آشکار بین زبان روح و تن خود حس می‌کرد.

برگیته هرگز چیزی درباره اضافه وزن و لایه‌های چربی شکم کامران نگفته بود. می‌گفت شیفته‌ی فکر و کلام و دانش فلسفی اوست. اما در آن هنگام که کامران و برگیته با هم خلوت می‌کردند، در آن لحظه‌ی عشق ورزیدن، کامران نمی‌توانست به تاثیر کلام و اندیشه خود امید چندانی ببندد. می‌دانست که کشیده شدن پای فلسفه و اندیشه به بستر عشق، بر شور و اشتیاق عشق ورزیدن نمی‌افزاید، بلکه همچون آب سردی از شور و تب بستر می‌کاهد. کامران از اینکه پیکر پیر و فرتوت خود را به بستر زن جوانی ببرد، احساس شرم می‌کرد.

همین موضوع باعث شده بود که کامران در یک کلوب بدنسازی و ورزشی ثبت نام کند. هایکه نیز چون در همان محله زندگی می‌کرد، عضو همان کلوب بود. چند بار همدیگر را آنجا دیده بودند و آشنایی مختصری بین‌شان شکل گرفته بود. دیدارهای تصادفی با گفت‌وگوهای کوتاه و کم اهمیت درباره‌ی هوا و همچنین درباره‌ی بالا و پایین رفتن سطح آب رود راین. کامران خیلی زود متوجه شده بود که موضوع سطح آب رود راین یکی از موضوعات مشترک همه کسانی است که در نزدیکی آن رود مسکن دارند.

در همان برخوردهای اول، هایکه از جدایی خود از همسرش گفته بود. پیامی روشن که در آن هنگام کامران به آن توجهی نکرد. چرا می‌بایست چنین پیامی برای او و در آن لحظه جذاب می‌بود؟ کامران نمی‌دانست که چه باید بگوید. ابراز تاسف کرده، سرش را پائین انداخته و رشته گفت‌وگو را به موضوع دیگری کشانده بود. از شلوغی کلوب در ساعات بعدازظهر گفته بود و از اینکه برای استفاده از

برخی از وسایل ورزشی آدم باید بیش از حد منتظر بماند، شکایت کرده بود. هایکه هم تایید کرده و موضوع تمام شده بود. پس از آن او و هایکه بارها در آن کلوب یا در سوپرمارکت نزدیک خانه‌شان همدیگر را دیده و سلام و احوالپرسی کرده بودند.

بدیهی بود که پیام هایکه در آن لحظه‌ی حساس از زندگی کامران بی‌پاسخ بماند. او در آن ایام هنوز با سودابه زندگی می‌کرد و رابطه‌ی عشقی‌اش با برگیته هوش از سرش برده و هیجان آن ماجراجویی عشقی چنان شوری در او پدید آورده بود که او نه می‌توانست و نه می‌خواست به پیام هایکه یا هر کس دیگری گوش دهد. اما همان آشنایی مختصر، پس از جدایی او از سودابه و قطع رابطه‌اش با برگیته، زمینه را برای این رابطه‌ی جدید فراهم کرده بود.

مرد شالش را در آورد و شروع به کندن پُرزهای آویزان ناحیه‌ی گردن شال کرد. لبخندی که آن مرد رازهای ناگفته‌اش را و غم و غصه‌های دیرینه‌اش را پشت آن پنهان کرده بود، در سایه‌ی تصویر همان درخت افرای ژاپنی، بار دیگر کامران را با خود به سفری به خاطره‌ی آن شب برد، خاطره‌ی جشن شصت سالگی تولد هایکه. شبی که هایکه او را به دوستان و همکارانش و بهویژه به دخترش، تینا، معرفی کرده بود.

کامران با آنکه بیش از سی سال در آلمان زندگی کرده بود، نتوانسته بود از چنگال شرم و حیای شرقی خود رهایی یابد. هایکه پیش از برگزاری جشن، به کامران گفته بود که قصد دارد او را به دخترش و به دوستانش معرفی کند. کامران چه می‌توانست بگوید؟ می‌دانست که چنین لحظه‌ای دیر یا زود پیش می‌آید. اما با نزدیک شدن آن لحظه، ضربان قلبش شتاب گرفته بود. عرق بر پیشانی‌اش نشسته بود. احساس عجیبی داشت. احساس دانش‌آموزی که آموزگار او را برخلاف میلش به پای تخته سیاه کشیده و او بار سنگین نگاه‌ها را بر پیکر خود حس می‌کند.

برای کامران حتی تصور اینکه در چنین سن و سالی تن به یک رابطه‌ی جدید بدهد، دشوار بود. حال اعلام این رابطه در یک جمع بزرگ، از تصور شروع آن

رابطه نیز برای او دشوارتر می‌نمود. موضوعی که باعث آزار کامران می‌شد، معرفی او به جمع نبود. تعریف از هویت جدید خود بود که در آن معارفه آشکار می‌شد. همان هویتی که او هنوز نتوانسته بود با آن کنار بیاید. همان هویتی که او هیچگاه پس از آن روز نیز نتوانست بپذیرد و پشت تصویر آن بایستد.

کامران به غیر از هایکه، هیچ کس را در آن جمع نمی‌شناخت. حتی تینا را نیز برای بار نخست می‌دید. همین موضوع بر احساس تنهایی او می‌افزود. او احساس همان مردی را داشت که در آن لحظه، روبه‌روی او نشسته و سرگرم کندن پُرزهای شال خود بود. احساس فرد غریبه‌ای را داشت که در کانون توجه دیگران ایستاده است و از بابت این موضوع رنج می‌برد.

همهمه‌ی عجیبی فضا را پر کرده بود. طنین صدای موزیک نیز در صدای مهمانان در هم تنیده بود. کامران احساس می‌کرد که بدون چتر زیر رگبار نگاه‌های مهمانان ایستاده است. نگاه‌هایی که گاه از سر یک کنجکاوی غلیظ همچون قطرات درشت باران بر همه‌ی پیکرش فرو می‌ریختند، شُرشُر از فرق سر تا نوک پا. احساس خفگی می‌کرد. با دست گره‌ی کراواتش را کمی شل کرد و نفس عمیقی کشید. احساس عجیبی داشت. گمان می‌کرد که همه و حتی دختر هایکه از پیش، از رابطه‌ی دوستی هایکه با او خبر دارند. نگاه‌ها وقتی روی پیکر او می‌لغزیدند، سمج‌تر از یک نگاه گذرا بودند. و این چیزی نبود که او متوجه آن نشود.

هایکه جام شرابش را برداشت و به سلامتی دخترش، کامران و دوستانش بلند کرد و با لحنی سرشار از شادی و شور خطاب به دوستان خود گفت: «چه شب زیبایی! از همه‌ی شما عزیزان برای اینکه در این لحظه‌ی خاص از زندگی‌ام در کنارم هستید، سپاسگزارم. این جام شراب را به سلامتی شما عزیزان می‌نوشم. به آن امید که سال‌های سال بتوانیم چنین لحظاتی را کنار هم جشن بگیریم.»

مهمانان هم لیوان‌های شراب یا آبجوی خود را به سلامتی هایکه بالا بردند و جرعه‌ای نوشیدند. کامران هم دلهره‌ی خود را پشت رنگ قرمز شرابش پنهان کرد. با هر جرعه شرابی که می‌نوشید، اندکی بی‌پرواتر می‌شد. هایکه در ادامه سخنان

خود گفت: «دوستان گرامی و دختر عزیزم! مایلم دوستم را به شما عزیزان معرفی کنم.» با دست به سوی کامران اشاره کرد و از او خواست که کنار او بایستد. کامران چاره‌ای جز پذیرش آن دعوت نداشت. هایکه لیوان شرابش را به لیوان کامران زد، نگاهش را در نگاه او دوخت و خطاب به دیگران گفت: «دکتر کامران بهرامی، استادیار رشته‌ی فلسفه و دوست عزیز من.»

کامران در آن هنگام بازنشسته شده بود. اما هایکه آگاهانه از گفتن این موضوع پرهیز کرده بود. کامران سنگینی نگاه حاضران را بیش از پیش روی خود حس می‌کرد. لبخندی زد، همان لبخند مصنوعی را که به آن خو گرفته بود. در حالیکه سرش را پایین انداخته بود، جرعه‌ای شراب نوشید. هایکه گونه کامران را بوسید. رنگ چهره‌ی کامران سرخ شده بود. اما کسی در فضای نیمه تاریک سالن متوجه‌ی سرخ شدن رنگ چهره‌ی کامران نشد. دست‌کم کامران چنین می‌پنداشت، یا چنین آرزو می‌کرد.

ماجرای معرفی او آن شب در هیاهوی گفت‌وگوهای مهمانان به حاشیه رفت. تنها این دختر هایکه بود که تمایل داشت، دوست جدید مادرش را بهتر بشناسد. تینا از زندگی او پرسیده بود. از اینکه آیا فرزندی دارد یا نه؟ پرسیده بود فرزندانش کجا هستند و شغل‌شان چیست؟ مایل بود بداند که با مادرش کی و کجا آشنا شده است. کامران از پرسش‌های او متوجه شده بود، که هایکه همه چیز را پیش از آن، برای دخترش تعریف کرده و دخترش پاسخ همه‌ی این پرسش‌ها را می‌داند. انگیزه‌ی او برای طرح این پرسش‌ها، صرفاً شنیدن پاسخ‌هایشان از زبان کامران بود.

آنچه تینا نمی‌دانست این بود که این پرسش‌های ساده، راه را برای طرح پرسش‌های پیچیده‌ای هموار می‌کنند. همان پرسش‌هایی که به بحران هویتی کامران دامن زده بودند. کامران درگیر این پرسش‌های پیچیده شده بود. پرسش‌هایی که عمدتاً بی‌پاسخ هستند و بی‌پاسخ می‌مانند. معرفی کامران، آن هم فقط در یک جمله، این بحران هویتی را آشکار ساخته بود.

آیا کامران می‌توانست تعریف از خود را پشت عنوان هیچ مگوی استادیار

بازنشسته رشته‌ی فلسفه پنهان کند؟ آیا دوستی با هایکه، به‌رغم آنکه تنها چند ماه از شروع آن می‌گذشت، می‌توانست تعریف هویت او باشد یا تعریف نقش او در این فصل از زندگی‌اش؟ کامران در برابر جمله‌ای ایستاده بود که آینده‌ی زندگی او را از معنا تهی می‌ساخت. از خود می‌پرسید که چه کسی سرگذشت ۶۵ سال زندگی او را این چنین ربوده است؟ یا چه کسی قرار است با این سرگذشت مفقودالاثر، در آن لحظه تعیین تکلیف کند؟ آیا ممکن است که آدم عقربه‌ی زمان را مثل تاکسی‌متر بچرخاند و تعریف از خود را در لحظه‌ای از زندگی‌اش، از نقطه‌ی صفر شروع کند؟ از لحظه‌ای از زندگی یک استادیار بازنشسته که چند ماهی است رابطه‌ای را آغاز کرده و ناگزیر باید خود را در سایه‌ی آن رابطه تعریف کند؟

کامران می‌دانست که هویت یک فرد با نقش‌های متفاوت و گاه متضادی که او در زندگی برعهده می‌گیرد، تعریف می‌شود. می‌دانست که بدون پیوندهایش با خانواده، با جامعه و محیط پیرامونش نمی‌تواند خود را و یگانگی خود را تعریف کند. اما مگر هویت یک فرد، تداوم همین یکتایی، این یگانگی در گذر زمان نیست؟ کدام یگانگی؟ لحظه‌ای که هایکه جام شرابش را به سلامتی او بلند کرده و او را در جمع دوستانش و در حضور دخترش به عنوان دوست خود معرفی کرده بود، کامران تداوم این یگانگی را حس نمی‌کرد. احساس می‌کرد که هایکه از یک گسست بزرگ در زندگی او پرده بر می‌دارد. از شخصیتی بدون گذشته که تعریفش تنها یک برهه‌ی کوتاه چند ماهه از زندگی او را در بر می‌گیرد.

کامران نمی‌دانست که آیا این بحران‌ها هستند که هویت یک نفر را تعیین می‌کنند یا این بحران‌ها هستند که هویت یک نفر را غیرقابل تعریف می‌کنند. او به‌درستی نمی‌دانست که زندگی اکنون چه نقشی در این لحظه برای او پیش بینی کرده است. او نقشی در زندگی پسرش بیژن نداشت. نقشی فرعی در زندگی آیدا ایفا می‌کرد و نقشی حاشیه‌ای در رابطه جدیدش با هایکه برعهده گرفته بود. نقشی که صرفاً چند ساعت از وقت هفتگی‌اش را پر می‌کرد. رابطه دوستانه‌اش با مرتضی و سایر اعضای کلوب نیز، دردهای برخاسته از بحران هویتی‌اش را درمان نمی‌کرد و فقط مرهمی بر این دردها بود. پیش خود می‌اندیشید که این تنها ساندرا و

عشق به ساندرا است که در او میل به زیستن را برمی‌انگیزد. اما ساندرا نیز بیشتر دوست داشت با عروسکی بازی کند تا با پیرمردی که زبانش را نمی‌فهمد.

مترو به ایستگاه بارباروزاپلاتس نزدیک شده بود. کامران می‌بایست در این ایستگاه پیاده می‌شد. مرد کار کندن پُرزهای آویزان شال خود را تمام کرده و شال را مجدداً به دور گردن خود پیچیده بود. حال سرگرم پاک کردن لکه‌ای شده بود که روی شلوار چوب کبریتی قهوه‌ای‌رنگش نشسته بود. ناخن نسبتاً بلند انگشت نشانه‌اش را لای شیارهای شلوارش می‌کشید و با پشت دست، شلوارش را می‌تکاند.

مرد توجهی به کامران نداشت. کامران پا شد. مرد بار دیگر پشت همان لبخند مصنوعی سنگر گرفت. کامران لبخندی زد و با احتیاط از کنار او رد شد. از خود پرسید که آیا آن مرد با آن رفتار عجیبش می‌داند کیست؟ آیا او تعریف روشنی از خود دارد؟ آیا با نقش یا نقش‌هایی که زندگی برعهده او گذاشته است، آشناست؟

کامران نگاهی گذرا به دیگران انداخت. چهره‌هایی ناآشنا که هر یک به کاری سرگرم بود. بسیاری به تلفن‌های همراه خود زُل زده و برخی به نقطه‌ای نامعلوم خیره شده بودند. عده‌ای بی‌آنکه بدانند، به چه می‌نگرند، نگاه خود را به صحنه‌های گذرا و ناپایدار خیابان از پشت پنجره‌ی مترو گره زده بودند. به نظرش آمد که بوی یک بحران هویتی غلیظ فضای مترو را پر کرده است. احساس خفگی می‌کرد. درهای مترو که باز شد، نفس عمیقی کشید و پیاده شد.

شور زندگی

(چهارشنبه، ساعت نه و سی و هفت دقیقه پیش‌ازظهر)

از ایستگاه بارباروزاپلاتس تا آپارتمان مرتضی راه زیادی نبود. آن مسیر را می‌شد ظرف حداکثر پنج یا شش دقیقه پیمود. او آن راه را بارها رفته بود، بی‌تردید صدها بار. مرتضی تقریباً از همان روزهای نخستی که به کلن آمده بود، یعنی چیزی در حدود سی و پنج سال پیش، در همان آپارتمان کوچک زندگی می‌کرد. در آن ایام، امکان انتخاب مسکن برای پناهندگان بسیار محدود بود. حتی برای آن دسته از پناهندگانی که با درخواست‌شان موافقت شده بود. بسیاری از آلمانی‌ها حاضر نبودند خانه‌ی خود را به تبعیدی‌ها و به پناهندگان اجاره دهند. بسیاری از تبعیدی‌ها، کار و زندگی تعریف شده‌ای نداشتند. همگی در آغاز راه بودند، در آغاز فصل جدیدی از زندگی‌شان. فصلی از زندگی‌شان، که بی‌آنکه خود بخواهند شروع شده بود و هیچ کس از پایان و فرجام آن اطلاعی نداشت.

مرتضی در آن هنگام، مثل بسیاری دیگر از تبعیدی‌ها، برای گذران زندگی خود از کمک‌های اجتماعی استفاده می‌کرد. اداره‌ی کمک‌های اجتماعی هم مبلغ محدودی را برای اجاره‌ی مسکن در نظر می‌گرفت و از این رو، مرتضی نیز با همه‌ی ذوق هنری‌اش می‌بایست چشمانش را بر نازیبایی‌های آن آپارتمان کوچک و قدیمی می‌بست. آپارتمان در ساختمانی واقع بود که تجربه‌ی دو جنگ جهانی را در دیوارهای سیمانی و قطور خود ثبت کرده بود. بوی ماندگی، بوی کهنگی، بوی تاریخ می‌داد.

مرتضی به‌رغم کوچک بودن آن آپارتمان، به آن خو گرفته بود. از محله‌ای که

در آن زندگی می‌کرد، خوشش می‌آمد. محله‌ای عمدتاً دانشجونشین بود، پر از کافه و رستوران. کافه و بارهایی که تا پاسی از نیمه شب پر رفت و آمد و پر رونق بودند. مرتضی می‌گفت: «باور کن حاضر نیستم این آپارتمان را با یک آپارتمان لوکس و مجلل در یک منطقه‌ی عیانی و ساکت و آرام عوض کنم. در این خیابان می‌شود هیجان جوانی را در هوا حس کرد. ما که از جوانی خودمان نصیبی نبردیم. حداقل می‌توانیم از دیدن لذت و خوشی این جوانان لذت ببریم.»

مرتضی غروب‌ها، هر وقت که حوصله‌اش سر می‌رفت و بار تنهایی بر دوش او بیش از حد سنگینی می‌کرد، لیوان آبجویش را بر می‌داشت و از پشت پنجره‌ی آپارتمانش به غوغای جوانان نیمه مست در خیابان می‌نگریست و از مشاهده‌ی شور زندگی که در آن خیابان در گشت‌وگذار بود، غرق در لذت می‌شد. می‌گفت: «سحر که از پنجره به بیرون نگاه می‌کنی، پرنده پر نمی‌زند. بارها و کافه‌ها همه تعطیل هستند. گاهی شاید رهگذری را ببینی که با شتاب از این خیابان عبور می‌کند. روزها از آن همه شور و نشاط شبانگاهی کمترین اثری نیست. کافی است اما هوا تاریک بشود، تا دوباره زندگی و شادابی در رگ‌های این خیابان به جریان بیافتد و آبادی به این خیابان بازگردد.»

مرتضی می‌گفت که از دیدن تضاد نهفته در دو چهره‌ی آن خیابان، همان تضادی که بین تصویر روز و تصویر شب آن حاکم است، لذت می‌برد. ساکنان آن خیابان نیز همچون خود آن خیابان دو چهره داشتند. دو چهره، به فاصله‌ی زمین تا آسمان، متفاوت مثل شب و روز. مرتضی می‌گفت: «کافی است چند هفته‌ای اینجا زندگی کنی. ممکن است در روزهای اول عادت کردن به این محله برایت کمی سخت باشد. ولی خیلی سریع خودت هم بدل می‌شوی به یکی از ساکنان همین خیابان. ساکنانی با دو چهره. حتی سر و صدای شبانه این خیابان هم دیگر مزاحم خواب و آرامش آدم نمی‌شود. کار به جایی می‌رسد که اصلاً بدون این سر و صدا دیگر نمی‌توانی بخوابی.» خود او اغلب، شب‌ها بیدار می‌ماند و روزها می‌خوابید.

مرتضی می‌گفت که آدم در آن خیابان دل‌تنگی‌های خود را از یاد می‌برد و

هیجان شبانه آن خیابان مانع از آن می‌شود که آدم در دنیای حزن و غم فرو رود. می‌گفت: «دل آدم که می‌گیرد، کافی است پنجره را باز کند و بگذارد آن هیاهو، صدای آن خنده‌های برخاسته از دل، آن شادی عمیقی که از دلِ فارغبالِ جوانانِ نیمه مست بر می‌خیزد در اتاق فوران کند. از دیدن مستی و سرمستی این جوان‌ها، خودش هم مست و سرمست بشود. در صدای بی‌پایان خنده‌هایشان فرو برود و غم‌هایش را فراموش کند. این خوشی وصف‌ناپذیرِ جوانی آنقدر قوی است که می‌تواند اندوه رسوب کرده در سلول‌های روح و روان آدم را بتراشد و همراه ببرد.»

کامران هم غروب‌های آن خیابان را دیده بود و هم چهره‌ی آرام و بی‌حرکت آن را در ساعات اولیه‌ی روز. در آن ایام که کامران در دانشکده‌ی فلسفه تحصیل می‌کرد و حتی پس از آن، یعنی در دوران تدریس‌اش در همان دانشگاه، مرتب به دیدار دوست قدیمی خود می‌آمد، گاهی حتی چند بار در هفته. خانه‌ی مرتضی در همان مسیری واقع بود که او هر روز برای رفتن به دانشگاه یا در مسیر بازگشت به خانه‌اش از کنار آن می‌گذشت. او غروب‌ها، چند بار مرتضی را حتی پشت پنجره‌ی خانه‌اش دیده و برای او دست تکان داده بود. مرتضی نیز لیوان آبجویش را به نشانه‌ی سلامتی بلند کرده و به سلامتی او جرعه‌ای نوشیده بود.

کامران و مرتضی در آن ایام هیچگاه از دیدن و گفت‌وگو با هم احساس خستگی نمی‌کردند. اگر هم نکته‌ای یا موضوعی باعث رنجش آن‌ها می‌شد، هرگز به دل نمی‌گرفتند. مرتضی می‌گفت: «چگونه می‌شود از دست یک دوست قدیمی دلخور شد؟» او بارها گفته بود: «هیچ کس و هیچ چیز جای یک دوست خوب و قدیمی را نمی‌گیرد.» مرتضی به‌درستی گفته‌ی خود یقین داشت. کامران و یکی دو دوست دیگر، تنها کسانی بودند که برای مرتضی مانده بودند. بقیه می‌آمدند، مدت کوتاهی نقشی در زندگی مرتضی بازی می‌کردند و پس از مدتی اثری از آن‌ها نمی‌ماند. می‌رفتند و سراغی هم از او نمی‌گرفتند. مرتضی آنان را عابران کوچه‌ی زندگی خود می‌نامید. کسانی که مثل یک بیگانه می‌توانند از کنار تو عبور کنند، بی‌آنکه غم تو غم‌شان باشد.

کامران کمتر از مرتضی دستخوش احساسات می‌شد و اگر هم گاهی احساس خاصی در او بر منطقش چیره می‌شد، خیلی زود با کمک همان منطق و رویکردی عقلایی بر آن احساس غلبه می‌کرد و با مهار کامل آن احساس، فرمانروایی زندگی‌اش را مجدداً به دست عقل و خرد خود می‌سپرد. عقل و خردی که در مواقع حساس زندگی او ناپدید می‌شدند، مدتی غیب‌شان می‌زد و فقط پس از آنکه سدی در هم می‌شکست و پُلی فرومی‌ریخت، با نگاهی حق به جانب به زندگی او باز می‌گشتند تا او را سرزنش کنند. از خود بارها پرسیده بود که در آن ماه‌های جن‌زدگی، خرد و منطقش به کدام گوری رفته بودند؟ در کدام خراب شده‌ای پرسه می‌زدند؟

کامران، در آن سال‌ها، در اوج دوستی خود با مرتضی نیز، باوری به این موضوع نداشت که هیچ چیز و هیچ کس جای یک دوست خوب را نمی‌گیرد. او برخلاف مرتضی، خانواده خود را داشت. سودابه برای او نقش یک دوست را بازی می‌کرد. در واپسین سال‌های زندگی مشترک‌شان، سودابه بیشتر یک دوست بود تا یک همسر. او بیژن و آیدا را نیز در کنار خود داشت. رابطه‌ای که او با بیژن و آیدا برقرار کرده بود، بیش و متفاوت از رابطه‌ای بود که عموماً بین پدران و فرزندانشان حاکم است. او تلاش کرده بود برای فرزندان خود یک دوست باشد. حال آنکه مرتضی تنها بود. نه همسری داشت و نه فرزندی.

کامران اما با گذشت زمان، روز به روز بیشتر به‌درستی رویکرد مرتضی نسبت به اهمیت داشتن یک دوست خوب ایمان آورده بود. از رابطه‌ی عمیق و دوستانه‌اش با بیژن، پس از جدایی‌اش از سودابه اثر چندانی نمانده بود و گرچه دوستی‌اش با آیدا همچنان حفظ شده بود، اما آیدا نیز در کنار وظایف خود به عنوان همسر و مادر فرصت و مجال چندانی برای پدر خود نداشت. افزون بر آن کامران نیز هرگز نتوانسته بود خیلی چیزها را به دخترش بگوید. او چگونه می‌توانست درباره‌ی ماجراجویی عاشقانه خود و درباره‌ی برگیته با آیدا سخن بگوید؟

کامران به‌ویژه پس از جدایی از سودابه و بحرانی شدن رابطه‌ی عاشقانه‌اش با

برگیته به اهمیت داشتن دوست خوبی همچون مرتضی پی برده بود. مرتضی می‌توانست ساعت‌ها همچون شنونده‌ای صبور و شکیبا به حرف‌ها و دردِدل‌های او گوش دهد. کامران و مرتضی در دیدارهای خود از هر دری سخن می‌گفتند. از خاطرات گذشته خود می‌گفتند. از مزه‌ی همان خوراک لوبیایی که بارها در ایام جوانی در آن آبجوفروشی خیابان شاهرضا خورده بودند، از فعالیت‌های هنری دوران دانشجویی‌شان، از خاطرات مشترک سیاسی‌شان، از واهمه‌ی خود به هنگام دادن و گرفتن کتاب‌های ممنوعه و از عشق‌های دوران جوانی خود. عشق‌هایی که در سایه‌ی شرم و حیای شرقی‌شان و حصار آن منع‌های برخاسته از رویکرد سیاسی‌شان، تنها در ذهن‌شان شکل گرفته و چون پرنده‌ای به دام افتاده، هیچگاه نتوانسته بود، خود را از اسارتگاه ذهنی‌شان برهاند.

درباره‌ی دو موضوع با هم گفت‌وگو نمی‌کردند. نه اینکه قراری برای سکوت پیرامون آن دو موضوع بین‌شان وجود داشته باشد. دوست نداشتند درباره‌ی آن دو موضوع حرف بزنند. سخن گفتن درباره‌ی آن دو موضوع، مثل گفت‌وگو پیرامون رنج تنهایی در زندگی‌شان، بار لحظه‌هایشان را سنگین‌تر می‌کرد. یکی از آن دو موضوع مربوط به خاطرات زندان بود و دیگری درباره‌ی عشق نافرجام مرتضی به مریم. و اگر هم سخنی از آن دو موضوع به میان می‌آمد، آگاهانه موضوع را عوض می‌کردند و درباره‌ی مسائل دیگری سخن می‌گفتند. مثلاً مرتضی می‌پرسید: «پیکان‌ات را عاقبت چکار کردی؟» و کامران در پاسخ می‌گفت: «پیش از ترک کشور فروختم. مفت دادم رفت!» هر دو می‌دانستند که ماجرای آن پیکان قراضه، قرار است نوک پیکان گفت‌وگویی‌شان را به نقطه‌ی دیگری بکشاند.

پس از بازنشسته شدن، کامران دلیل چندانی برای رفتن به آن منطقه و به آن خیابان نداشت. او هر از گاهی برای گرفتن یا پس دادن کتاب به کتابخانه‌ی دانشگاه و یا به کتابخانه‌ی دانشکده‌ی فلسفه می‌رفت. اما حتی در چنین مواقعی نیز به ندرت پیش می‌آمد به خانه‌ی مرتضی برود. می‌آمد، کتاب‌های مورد نظرش را می‌گرفت و می‌رفت. و اگر قرار به دیدار با یکدیگر بود، ترجیح می‌دادند به کافه‌ای بروند، یکی دو لیوان آبجو بنوشند و کنار رود راین قدم بزنند.

کامران متوجه شده بود که مرتضی به‌رغم آنکه به‌ظاهر فردی صبور و پرطاقت به نظر می‌آمد، اما در نهان و در خلوت خود، بدل به غم‌خوار دیگران می‌شود. با دیگران رنج می‌برد و برای غم آن دیگران حتی می‌گرید. کامران متوجه شده بود که مرتضی تنها یک شنونده نیست. کسی نیست که پس از شنیدن رنج و محنت‌های دیگران بتواند بی‌خیال شود و شب را آسوده بخوابد. کامران متوجه شده بود که مرتضی دردها و رنج‌های دیگران را در خود تلنبار می‌کند و شب‌ها از همان دردها، درد می‌کشد و از همان رنج‌ها، رنج می‌برد. از این رو، کامران تصمیم گرفته بود که کمتر از مشکلات خود، از رنج تنهایی خود چیزی به مرتضی بگوید. می‌دانست که اگر قرار بر آن می‌بود که کسی از تنهایی رنج ببرد، رنجی که مرتضی می‌برد و کمتر درباره‌ی آن سخنی می‌گفت، از او و از همه‌ی دوستانش سنگین‌تر بود. افزون بر آن، مرتضی دوست نداشت کسی خانه‌اش را نامرتب ببیند. با بالا رفتن سن و کاهش توانش، انگیزه تمیز کردن آپارتمانش را از دست داده بود. ترجیح می‌داد با کامران یا با سایر دوستان، در خارج از خانه قرار بگذارد تا الزامی برای مرتب و تمیز کردن آپارتمانش نداشته باشد. کامران هیچگاه آپارتمان مرتضی را نامرتب و به‌هم‌ریخته ندیده بود.

محمود و سایر دوستان مرتضی نیز تنها تصویر آپارتمان مرتب و تمیز او را در یاد و خاطر خود ثبت کرده بودند. اما روزی که مرتضی در اثر کمردردی ناگهانی، نقش بر زمین شده و تنها موفق شده بود با محمود تماس بگیرد، محمود که برای بردن او به بیمارستان، به خانه‌اش رفته بود، چیزی را دید که نمی‌توانست باور کند. ورای تصورش بود. او آپارتمان مرتضی پیر و خسته را دیده بود. آپارتمان نامرتب بود. در آن بی‌نظمی، هشداری پنهان وجود داشت. هشداری که در آن هنگام نه محمود پیامش را متوجه شد و نه کامران، پس از شنیدن آن ماجرا، آن را جدی گرفت. خانه‌ی خودش نیز مظهر پاکیزگی و نظم نبود. چرا باید بی‌نظمی آپارتمان دوستش برای او پرسش‌برانگیز می‌شد؟

از نگاه دوستان مرتضی کسی بود که به‌رغم تنهایی و زندگی مجردی، همواره به زیبایی و پاکیزگی و آراستگی خود و خانه‌اش توجه دارد. هیچگاه نمی‌شد که

بدون چهره‌ی اصلاح کرده در جمعی حاضر شود. پیراهن و شلوارش همیشه اتو کرده بودند. دستمال گردنی متناسب با رنگ پیراهن و کت خود به دور گردنش می‌بست. یک کیف کوچک دستی همیشه همراه داشت و مراقب بود جیب‌های کت و شلوارش هیچگاه باد نکنند. می‌گفت: «یک اشتباه کوچک می‌تواند آرایش و پیرایش آدم را به فنا دهد. بهترین و گران‌ترین لباس‌های دنیا را هم که بپوشی، کافی است که مثلاً کیف پول‌ات را بگذاری توی جیب بغل کت‌ات و یا بدتر از آن، توی جیب عقب شلوارت و با این کار همه چیز را خراب کنی. یا از همه بدتر، پاکت سیگار و فندکت را ول کنی در یکی از جیب‌های کت‌ات.»

گاهی به طعنه به کامران می‌گفت: «اگر جنس کم آوردی، بگو من چند تا بسته دستمال جیبی بهت بدهم، بگذاری در جیب‌هایت، تا حسابی باد کنند.» کامران برخلاف مرتضی به چنین چیزهایی توجه نداشت. مرتضی به کامران می‌گفت: «فیلسوف بودن از سر و رویات می‌بارد.» او هم در پاسخ به مرتضی می‌گفت: «تو هم آنقدر به ترکیب و آمیزش رنگ پیراهن و کت‌وشلوارت توجه می‌کنی، که آدم فکر می‌کند خودت بدل به یک اثر هنری متحرک شده‌ای.» این‌ها را می‌گفتند و هر دو می‌خندیدند.

مرتضی را هیچوقت کسی بدون کت ندیده بود. کامران چون از دوران جوانی با مرتضی دوست بود، علت این موضوع را می‌دانست. مرتضی خیلی سریع عرق می‌کرد و معمولاً زیر بغلش در اثر عرق خیس می‌شد. موضوع عرق کردن او تابستان و زمستان نمی‌شناخت. حتی شنیدن یک تعریف کوچک باعث می‌شد که سرخ شود و عرق کند. مرتضی به همین دلیل همیشه کت می‌پوشید.

مرتضی به هر چیزی از منظر هنری می‌نگریست. دست‌کم باورش درباره خودش این بود. خودش را که در آینه نگاه می‌کرد، صرفاً خودش را نمی‌دید، بلکه تصویر خودش را بر می‌داشت و به همه‌ی آن مکان‌هایی الحاق می‌کرد، که قرار بود آن روز برود. تصویری از خانه‌ها در ذهن خود داشت. مثلاً اگر قرار بود به خانه کامران برود، رنگ لباس‌هایش را با تصویری که از مبلمان خانه کامران در ذهن داشت، هماهنگ می‌کرد.

مرتضی از حافظه‌ی تصویری قوی برخوردار بود و دقتی زنانه داشت. او می‌گفت جنس دقتش هنری است و نه زنانه. اما، کامران در معاشرت با او متوجه شده بود که مرتضی همه چیز را می‌بیند. مثل سودابه یا هایکه که کمتر چیزی از نگاهشان به دور می‌ماند. مرتضی می‌گفت: «چه بخواهیم بپذیریم و چه نخواهیم، همه بازیگران نمایشنامه زندگی خودمان هستیم. خیلی‌هایمان حتی نقش اصلی هم در زندگی خودمان ایفا نمی‌کنیم. و اینکه چه نقشی را هم باید بازی کنیم، به انتخاب خودمان نیست. زمان و زمانه حتی وظیفه گریم چهره‌هایمان را هم به خودمان محول نکرده است. اینکه چه بپوشیم و چه رنگی را برای پیراهن و شلوار خودمان انتخاب کنیم نیز دست خودمان نیست. اما این زمانه چنان مکار است که هیچ کس نمی‌تواند حتی تصورش را بکند. پشت پرده پنهان می‌شود و مثل کارگردانی ماهر، مهار همه چیز را در دست می‌گیرد. و ما گمان می‌کنیم که همه چیز دست خودمان است و هر تصمیمی بخواهیم می‌توانیم برای خودمان و لحظه‌های زندگی‌مان بگیریم.»

کامران از مصاحبت با مرتضی لذت می‌برد. رویکرد هنری او را به جهان و زندگی، مکمل نگاه سرد و منطقی خود می‌دانست. کامران در عالم مفهوم‌ها و تجریدها زندگی می‌کرد و مرتضی کاری به مفهوم‌ها نداشت، بیشتر مایل بود خودش باشد و یک شئی. مثلاً خودش باشد و یک غنچه. می‌گفت: «تو باید در تصورت از یک غنچه به آن غنچه توجه کنی و نه به مفهوم غنچه. وقتی از غنچه یک واژه ساختی، این مفهوم نه زیبایی آن غنچه را دارد و نه اثری از رنگ و بوی آن غنچه را می‌شود در آن واژه پیدا کرد.»

کامران یک بار از او پرسیده بود که وقتی او شعر می‌نویسد مگر نه آنکه غنچه را بدل به واژه می‌کند؟ مرتضی گفته بود: «تو زبان جادویی شعر را نمی‌شناسی. البته در شعر نیز شاعر ناگزیر به بیان احساس خود به زبان واژه‌هاست. اما در شعر می‌شود فاصله‌ی بین شاعر و آن واژه را کوتاه و کوتاه‌تر کرد. رابطه بین شاعر و غنچه که احتیاج به این همه حروف اضافه و فعل و قواعد دستوری ندارد. واژه را می‌گویی و مابقی را می‌سپاری به دست مرغ تخیل مخاطب.»

کامران خیلی دوست داشت چهره‌ی پیرمرد آن سوی آینه‌ی مرتضی را ببیند. دوست داشت بداند آن پیرمرد درباره غم‌خواری‌های بی‌پایان مرتضی چه می‌اندیشد؟ آیا آن پیرمرد صادقانه نظر خودش را درباره‌ی مرتضی و زندگی‌اش به او گفته است؟

شبح پوپولیسم

کامران در سراسر مسیر خود، از ایستگاه بارباروزاپلاتس تا خانه‌ی مرتضی به شبح پوپولیسم اندیشیده بود. شبحی که در اروپا و فراتر از اروپا، در کل جهان، در گشت و گذار بود. زمانی مارکس و انگلس از شبح کمونیسم سخن گفته بودند. شبحی که می‌بایست باعث وحشت سرمایه‌داران می‌شد. اما پس از فروپاشی اتحاد شوروی و بلوک شرق اثر چندانی از آن شبح باقی نماند. آن شبح تکه تکه شده بود. چاره را در بازگشت به آسمان دیده بود. اما آن شبح در گشت و گذار خود روی زمین، خواب شبح دیگری را، خواب شبح پوپولیسم را، برهم زده بود. حال اروپا سنگینی شبح پوپولیسم را در آسمان ابرآلوده‌ی خود حس می‌کرد. شبحی که وحشت بسیاری از ساکنان اروپا را برانگیخته بود.

کامران به اروپا و اشباحی که در تاریخ این قاره در گشت و گذار بودند، می‌اندیشید. بیش از آن، به خود می‌اندیشید، به آن روح سرگردان و جستجوگری که در پی یافتن تعریفی برای خود، برای توضیح جهانی که در آن می‌زیست، زمانی متوسل به یک چنین شبحی شده بود. آن شبح گرچه سال‌ها پیش، ساحت زندگی او را ترک کرد، اما جای خود را به گرگور سامسا وانهاد. شبح گرگور به خانه‌ی او نزول کرد، با او دمخور و محشور شد.

قرار بود در جلسه کلوب مردان خانه نشین درباره‌ی این شبح جدید گفت‌وگو کنند. شبحی که بیش از یک قرن در اروپا و جهان در گشت و گذار بود، بی‌آنکه کسی او را ببیند، حضورش را حس کند. حال آنکه، او آنجا بود. پشت وعده‌های

سرخرمن سیاستمداران، پشت شعارهای توخالی‌شان پنهان شده بود. پنداری با ظهور ترامپ در سیاست آمریکا و یا با پدیده‌ی برگزیت، ساکنان اروپا، یا ساکنان جهان یک‌باره از خواب زمستانی خود برخاستند و آن شبح را به طور زنده، در برابر چشمان خود دیدند. مرتضی در یکی از اشعار خود نوشته بود که باید ارواح زمینی را به بند کشید. در را باید روی اشباح بست. باید پنجره‌ی تاریک‌خانه‌ی اشباح را روی هوای تازه گشود. باید پرده را از روی پرتوی خورشید کنار زد.

کامران حتی چشم بسته نیز می‌توانست زنگ در خانه‌ی مرتضی را پیدا کند. کامران کیفش را زیر بغلش گرفت، با یک دست زنگ زد و با دست دیگرش، در را فشار داد. منتظر ماند کسی در را باز کند. محمود در را روی او گشود. صدایش در راه‌پله پیچید. خوش‌آمد گفته بود. مرتضی هنوز احساس درد می‌کرد و از این رو ترجیح می‌داد بخیه‌های روی شکمش را به چالش نکشد. درد بخیه‌هایش، لحظه‌ای فروکش می‌کرد، لحظه‌ای اوج می‌گرفت. انکار آن درد، اما در هیچ لحظه‌ای، ممکن نبود. اگر هم لحظه‌ای از آن بخیه‌ها غافل می‌شد، بخیه‌ها او را فراموش نمی‌کردند. پیام دردآوری می‌فرستادند و با پیام‌شان پوسته‌ی خوش‌خیالی او را می‌خراشیدند. کامران، دیشب در تماسی تلفنی، از درد او پرسیده بود. مرتضی در پاسخ گفته بود: «پا شدن از روی مبل یا تخت از همه‌ی کارهای دیگر سخت‌تر و دردآورتر است.»

از در که وارد شد، مرتضی را دید، نشسته کنج اتاق، با لبخند تلخی بر لب. پاهایش را روی یک چهارپایه‌ی چوبی کوچک گذاشته و پتویی هم روی خود انداخته بود. کامران پس از روبوسی با محمود، پالتویش را آویزان کرد و آمد و با احتیاط، بوسه‌ای بر گونه‌ی مرتضی زد. خطاب به او گفت: «خوشبختانه رنگ و روی‌ات باز شده است. به نظر می‌رسد که سر حال آمده‌ای. با آن زیبارویان و مه‌پیکرانی که من دیدیم، همه دردهای آدم درمان می‌شود.»

سخنی که باعث خنده‌ی مرتضی و محمود شد. گرچه محمود به‌درستی نمی‌دانست که از کدام زیبارویان و مه‌پیکران سخن می‌رود. اما خنده‌ی مرتضی و شیطنت کامران باعث خنده‌ی او شده بود. ادعای کامران درباره‌ی بازگشت شادابی

به چهره‌ی مرتضی، ادعایی نبود که بتواند واقعیت چهره‌ی مرتضی را انکار کند. پیکر مرتضی رنجور و تکیده شده بود. پنداری در همان چند روز، چند سال از تقویم زندگی‌اش ورق خورده باشد. مرتضی با شناختی که از کامران داشت حتی بهتر از محمود می‌دانست که کامران صرفاً برای دلخوشی او چنین چیزی را بیان کرده است.

مرتضی پس از مرخص شدن از بیمارستان هنوز درد داشت و برای تسکین دردش قرص می‌خورد. دکتر گفته بود که این درد می‌تواند چند هفته نیز ادامه یابد. و این درد کمترین هزینه‌ای بود که مرتضی برای عمل روده خود پرداخت کرده بود. چهره‌اش خسته به نظر می‌رسید. صورتش را، همان روز، همان‌جا کنار تختش، با کمک محمود، اصلاح کرده بود. محمود پیش از آنکه دوستان دیگر از راه برسند، دستی به سر و روی خانه کشیده و با شلختگی مردانه، همه جا را به‌ظاهر مرتب کرده بود. نظمی که همان نظم مورد نظر مرتضی نبود. به‌رغم آن، مرتضی قدرشناس محبت او بود و نمی‌توانست توقع بیشتری از دوست خود داشته باشد. محمود همیشه دل‌سوز او بود. همیشه همراه و پشتیبان او بود، یک دوست واقعی!

مرتضی اگر تن به شرکت در این جلسه داده بود، یک هدف و انگیزه بیشتر نداشت. دلش می‌خواست روزهای سخت بیمارستان را فراموش کند و برای لحظه‌ای هم که شده باشد، دردهایش را نادیده بگیرد. تصور می‌کرد که با پرداختن به یک موضوع کاملاً متفاوت، می‌تواند از عالم درد و جراحی و دوا و دکتر بگریزد. تصوری که به دنبال هر تیر کشیدن جای بخیه‌ها، باطل بودنش برای خود او نیز آشکار می‌شد. اما چه راه دیگری در برابر او وجود داشت؟ تک و تنها روی تخت می‌خوابید و غمباد می‌گرفت؟ مرتضی می‌دانست که چنین کاری صرفاً راه را برای گردن‌کشی دردها و چه بسا دردهای روح هموار می‌کند. دردها گاهی خواب دردهای دیگر را هم برمی‌آشوبند. تلخی‌های گذشته از روزن همان دردها در برکه‌ی حال و اکنون جاری می‌شوند. لحظه‌ها مزه‌ای تلخ به خود می‌گیرند. انسان را تلخ‌کام می‌کنند.

صدای زنگ در آمد. محمود در را باز کرد و همانجا در آستانه‌ی در منتظر ماند تا رضا از پله‌ها بالا بیاید. رضا حلقه‌ی مفقوده‌ی زنجیر چهارنفره‌ی آنان بود. محمود پس از سلام و احوالپرسی با رضا، به آشپزخانه رفت و با یک سینی چای در دست بازگشت. رضا هم همان چیزهایی را از مرتضی پرسید و همان چیزهایی را به او گفت، که کامران پرسیده و گفته بود. محمود سینی را روی میز گذاشت و خودش هم نشست. مرتضی با نگاه و تکان سر خود از محمود تشکر کرد و محمود نیز با لبخندی به آن نگاه مهرآمیز پاسخ داد.

پس از آنکه مرتضی گزارشی از بیمارستان و دوا و دکتر خود داد و از دردها و الزام مداوم تعویض پانسمانش گفت، کامران لحظه را برای گذر به آن عالم دیگر، به عالم سیاست، مناسب دید.

ـ می‌دانستید تاریخ پوپولیسم به امپراتوری رم و به‌ویژه به دو قرن پیش از میلاد مسیح برمی‌گردد؟ پرسش اینجاست که چرا این پدیده یک‌باره این چنین مهم شده است؟

لحظه‌ای سکوت کرد و در ادامه گفت: «از سال‌های دهه پنجاه، اینجا و آنجا در ادبیات سیاسی واژه‌ی پوپولیسم مطرح شده است، اما کسی به طور جدی روی آن کار نکرده است. بیشترین توجه به این پدیده به همین سال‌های اخیر بر می‌گردد.» از رضا پرسید که آیا در دوران تحصیلاتش در آلمان پدیده‌ای به نام پوپولیسم اصولاً به طور جدی در دروس دانشگاهی تدریس می‌شده است؟ رضا در رشته علوم سیاسی تحصیل کرده و سال‌ها به عنوان خبرنگار سیاسی کار کرده بود. پاسخ رضا به این پرسش همانطور که کامران نیز انتظار داشت، منفی بود.

اینکه این شبح کی گشت و گذار خود را در اروپا و جهان آغاز کرده، یک موضوع بود و اینکه این شبح چه بود و چه تعریفی داشت، موضوعی دیگر. رضا گفت که برای فهم و تعریف پوپولیسم پای تاریخ باستان را نباید به میان کشید و مهم تاریخ استفاده از مفهوم پوپولیسم نیست، بلکه معنای آن است. دیگران هم تایید کردند. کامران هم موافق بود. قصد او از بیان آن موضوع تنها اشاره به سابقه‌ی تاریخی این مفهوم بود. کامران حتی به این موضوع اشاره کرد که این واژه در

اواخر قرن نوزدهم در روسیه و تقریباً همزمان با آن در آمریکا، مطرح شده و در آن روزگار بار کاملاً مثبتی داشته است.

کامران بخشی از آموخته‌های خود را درباره گرایش‌های پوپولیستی در اندیشه‌های چرنیشیفسکی و جنبش ناردونیکی در روسیه بازگفت. اما هم برای او و هم برای دیگر اعضای کلوب روشن بود که این تعریف از پوپولیسم با آن پدیده‌ای که اکنون در این گوشه و آن گوشه از جهان، سر برآورده است، تفاوت می‌کند. کامران نیز به‌خوبی می‌دانست که پوپولیسم دهقانی روسیه در آستانه‌ی انقلاب اکتبر را نمی‌توان با پدیده پوپولیسم مدرنی مقایسه کرد که اکنون در پیشرفته‌ترین کشورهای جهان مشاهده می‌شود.

رضا با اشاره به سخنان مارین لوپن گفت که برآمد جدید این شبح ریشه در روند جهانی شدن دو یا سه دهه‌ی گذشته دارد. نوعی واکنش در برابر آن روندی است که هویت‌های ملی و ارزش‌های فرهنگی کشورهای مختلف را به ناگزیر از سر راه خود بر می‌دارد. رضا جریان برگزیت را نیز نوعی دهن کجی واپسگرایانه به همین جهانی‌گردانی ارزیابی کرده بود. آن هم در کشوری که یکی از قطب‌های سرمایه‌داری جهانی است.

کامران با شنیدن برگزیت به یاد آن شبی افتاد که رفراندوم خروج بریتانیا از اتحادیه اروپا برگزار می‌شد. یک روز پنجشنبه بود. هایکه برخلاف معمول، روز پنجشنبه به خانه او آمده بود. از بیمارستانی در فرایبورگ بازمی‌گشت. هایکه برای عیادت از مادر بیمارش به آن شهر سفر کرده بود. گفته بود که دکترها از مادرش قطع امید کرده‌اند. آن روز، هایکه دلش گرفته بود و نیاز به همدردی کامران داشت. غمگین بود و از این رو به تنها کسی پناه برده بود که گمان می‌کرد در چنین لحظه‌ای از زندگی‌اش، غم‌خوار اوست. دلش می‌خواست، کنار کامران بنشیند، سر خود را روی شانه‌ی او بگذارد و شاید در دل خود، ساکت و بی‌حرکت، ساعت‌ها بگرید. اما کامران شانه‌ی خود را آن شب از او دریغ کرده بود. سراسر شب را بیدار مانده و مرتب اخبار مربوط به بالا و پایین رفتن تعداد آرای هواداران و مخالفان خروج بریتانیا از اتحادیه اروپا را دنبال کرده بود.

آن شب، از دست‌های نوازشگر کامران هم اثری نبود. حتی کلمه‌ای مهرآمیز نیز بر لب نرانده بود. هایکه از رفتار عجیب او حوصله‌اش سر رفته بود. کلافه شده بود. گفته بود: «پس از ده روز همدیگر را دیده‌ایم و تو چنان اخبار برگزیت را دنبال می‌کنی که انگاری شهروند بریتانیا هستی. به جهنم که بریتانیا از اتحادیه اروپا خارج شود. به من و تو چه ربطی دارد؟» کامران پوزش خواسته بود. اما گفته بود که باید اخبار را دنبال کند. چاره‌ی دیگری ندارد. چاره‌ی دیگری نداشت. اسیر اخبار سیاسی بود.

مهم نبود کامران شهروند کدام کشور است. او هرگز نمی‌توانست بدون اخبار، بدون سیاست خود را تعریف کند. نمی‌توانست در برابر تحولات سیاسی جهان بی‌تفاوت بماند. پایان فعالیت‌های سیاسی او به معنای پایان تفکر سیاسی او نبود. اما هایکه، به‌ویژه در آن شب خاص، نمی‌توانست رفتار او را بفهمد. نمی‌توانست درک کند که کامران و دوستانش هویت خود را از همین تفکر سیاسی می‌گیرند. نمی‌دانست حذف این افکار سیاسی، تتمه‌ی هویت آن‌ها را بر باد می‌دهد. رفراندوم برگزیت بار دیگر، و آشکارتر از پیش، تفاوت‌های بین کامران و هایکه را برملا کرده بود.

هایکه آن شب از رفتار کامران خشمگین شده بود. حتی به فکر قطع رابطه با او افتاده بود. اما رابطه‌شان ادامه یافت. برگزیت جرقه‌ای بود که بی‌آنکه پوشال رابطه‌ی آن دو را بسوزاند، خاموش شده بود. هایکه پس از چند روز موضوع را به کامران گفته بود. کامران از رفتار خود، از بی‌تفاوتی آزار دهنده‌اش در برابر غم آن روز هایکه، پوزش خواسته بود. کامران پس از آن بار دیگر به یاد آن گیاه زود رنج افتاده بود. اگر رابطه‌شان حتی پس از آن شب پایدار ماند، می‌دانستند که ریشه در عشقی آتشین ندارد، از سر ناچاری است.

مرتضی با روحیه‌ی کامران آشنا بود. متوجه‌ی سکوت او شده بود. می‌دانست که کامران در آن لحظه غرق در افکار خود شده است و با آنکه در جمع نشسته، حواسش اما جای دیگری است. مرتضی عامدانه و با صدایی کمی بلندتر از معمول خطاب به کامران گفت: «تو درباره‌ی رابطه‌ی روند جهانی‌گردانی و برآمد پوپولیسم

چه فکر می‌کنی؟»

کامران لیوان چای‌اش را بلند کرد و برای لحظه‌ای به تصویر درهم‌ریخته اتاق و دوستانش در پشت لیوان چای نگریست و در ادامه‌ی بحث گفت: «پوپولیسم صد چهره دارد. به نظر من نمی‌شود هواداران برگزیت را مثلاً با جبهه ملی فرانسه مقایسه کرد. در جریانی که به برگزیت شهرت یافته است، همه جور نیرویی حضور داشتند. از عقب مانده‌ترین اقشار اجتماعی تا کسانی که با گرایش‌های چپ، مخالف عضویت بریتانیا در اتحادیه اروپا بودند.»

رضا در پاسخ گفت: «اتفاقاً نیروهای پوپولیستی تفاوتی بین نیروهای چپ و راست قائل نمی‌شوند. آن‌ها از توده و مردم حرف می‌زنند و خود را یگانه نماینده‌ی برحق همه‌ی مردم می‌دانند. همین مارین لوپن تا به حال صد بار در سخنرانی‌هایش گفته که تمایزی بین نیروهای چپ و راست قائل نیست. حتی در تبلیغات حزبی‌اش بیشتر از ایده‌های اندیشمندان و متفکران چپ استفاده می‌کند.»

محمود نیز در تایید سخن رضا گفت که جایی خوانده است که جنبش پودموس در اسپانیا نیز یک جریان پوپولیستی است. پذیرش چنین سخنانی برای مرتضی ساده نبود. او گرچه همچون سایر دوستانش فعالیت سیاسی نداشت و خود را دیگر مارکسیست نمی‌دانست، اما به گونه‌ای ناخودآگاه هنوز دل در گروی باورهای گذشته خود داشت و از همین رو از جنبش پودموس و حرکت‌های اعتراضی مشابه‌ی آن در جهان حمایت و پشتیبانی می‌کرد. مدافع جریان‌های سوسیالیستی و حتی آنارشیستی بود. فعالیت‌های رهبرانی چون مورالس‌ها و چاوزها و مادوروها را با علاقه دنبال می‌کرد. در سخنانش حتی نوعی شیفتگی نسبت به پوتین نیز دیده می‌شد.

کامران زمانی از این رویکرد عجیب مرتضی انتقاد کرده و گفته بود: «دوست نازنین، همه دنیا تغییر کرده و تو هنوز در قید و بند باورهای نخ‌نما شده‌ی گذشته‌ات مانده‌ای؟» مرتضی در پاسخ گفته بود: «هیچ هنرمند واقعی نمی‌تواند پشت نظم موجود خودش را پنهان کند. تنها دهن کجی به قرارها و قراردادها فضا

را برای تنفس هنر و خلاقیت و آفرینش هنری باز می‌کند. هنرمند دانشمند که نیست. او از خرد و عقل پیروی نمی‌کند. بکند اشتباه می‌کند. هنرمند بیشتر دوست دارد و شاید بهتر باشد بگویم باید افسار خودش را بسپارد به دست احساسات خودش. حتی به دست احساسات ناشناخته‌ی خودش. به همین علت آنارشیسم برای هنرمندان جذاب‌تر از راسیونالیسم و خردگرایی ناب است. همراهی هنر با قدرت، نشستن هنرمند سر سفره‌ی حاکمان، باعث مرگ تخیل و مرگ هنرمند می‌شود. مرگی محتوم، تدریجی و در عین حال دردآور!»

مرتضی خم شد تا لیوان چای خود را بردارد. حرکتی که درد شدیدی به همراه داشت. او خود را در برابر این درد ناتوان حس می‌کرد. از پس انجام بسیاری از کارهای روزانه‌اش بر نمی‌آمد. از این رو بود که محمود برای کمک به او آمده بود. مرتضی پس از مرخص شدن از بیمارستان، با تحمل درد و دشواری بسیار و با کمک محمود توانسته بود خود را به آپارتمانش برساند. دستی بر گردن محمود و دستی بر نرده، پله‌ها را یکی پس از دیگری بالا رفته بود. وقتی به آپارتمان خود رسیده بود، کاملاً از نفس افتاده بود. روی همان صندلی کنار رخت‌آویز نشسته بود تا پس از رفع خستگی به اتاق خواب خود برود. حتی با گذشت یک روز از مرخص شدن از بیمارستان نیز، دردش کاهش نیافته بود. یک حرکت کوچک، مثل همین نیم‌خیز شدن برای برداشتن لیوان چای، می‌توانست به خوش‌خیالی ناشی از آرام گرفتن دردهایش خاتمه دهد. برای مرتضی حتی تصور اینکه بار دیگر از این پله‌ها پایین و بالا برود، دردآور بود.

مرتضی به تنهایی عادت کرده بود. او همه عمر خود را در تنهایی سپری کرده بود. اما هیچگاه چون ایام بیماری، از درد این تنهایی رنج نبرده بود. او نمی‌دانست که در آن لحظه باید از دست چه بنالد؟ از کدام درد؟ از درد ناشی از زخم بخیه‌ها یا از درد تنهایی و بی‌کسی؟ او فقط می‌دانست که اگر کامران را نمی‌داشت، اگر محمود همچون برادری از او مراقبت نمی‌کرد، درد این تنهایی می‌توانست کمرش را بشکند.

رضا گفت: «توده‌گرایی جوهر پوپولیسم است و این پوپولیسم مدرن در برابر

پلورالیسم و همچنین در برابر لیبرالیسم شکل گرفته است. همه‌ی پوپولیست‌ها، چه چپ و یا چه راست از توده‌های محروم، از پابرهنه‌ها از فراموش‌شدگان، از جاماندگان، سخن می‌گویند و دعوت به قیام علیه حکومت جهانی سرمایه و نمایندگان آن، یعنی دولت‌های حاکم، نظم موجود و سیستم سیاسی شکل گرفته در این کشورها، می‌کنند. از خیزش پابرهنه‌ها علیه حاکمان سخن می‌گویند.»

مرتضی لب‌هایش را جمع کرد، سر خود را به نشانه تعجب تکان داد و گفت: «پابرهنه‌ها؟ چه جالب! آدم یاد سخنرانی‌های خمینی در آستانه‌ی انقلاب اسلامی و حتی در آن سال‌های نخست پس از پیروزی روحانیون می‌افتد. مگر خمینی از همین پابرهنه‌ها سخن نمی‌گفت؟ از مستضعفان؟ از قیام کوخ نشینان علیه کاخ نشینان؟»

کامران سر خود را به نشانه‌ی تایید تکان داد و گفت: «سخنان خمینی کاملاً با الگوهای تبلیغاتی پوپولیستی مطابقت دارد. از قیام کوخ‌نشینان تا زدن توی دهن دولت و دولت تعیین کردن برای جامعه و مردم. اتفاقاً به باور من، خمینی به عنوان یک رهبر کاریسماتیک یکی از نمونه‌های خوب پوپولیسم در تاریخ معاصر به شمار می‌آید.»

کامران به هنگام سخن گفتن، روی خود را برای لحظه‌ای به سوی مرتضی برگرداند. نگاهش روی چهره‌ی مرتضی متوقف ماند. اثری از شور و هیجان چند لحظه‌ی پیش در چهره‌ی مرتضی دیده نمی‌شد. چهره‌اش کمابیش رنگ باخته بود و سفید و سرد و بی‌روح می‌نمود. عضلات چهره‌اش را در هم کشیده بود. پنداری با همه وجودش درگیر درد شدیدی است. دردی که چون آتشفشانی خاموش، یکباره سر باز کرده و طغیان کرده باشد.

کامران از جای خود بلند شد و به طرف مرتضی رفت. دستش را روی پیشانی او گذاشت. پیشانی مرتضی سرد، همچون یخ بود. کامران زیر دست خود قطرات ریز عرقی را حس کرد که بر پیشانی او نشسته بود. رضا خشکش زده بود. با دهانی نیمه باز شاهد صحنه‌ای بود که نه می‌خواست و نه می‌توانست باور کند. کامران از مرتضی پرسید:

- درد داری؟ حالت خوش نیست؟ می‌خواهی بروی دراز بکشی؟

مرتضی حتی قادر نبود به راحتی سخن بگوید. محمود از جای خود برخاست و با کمک کامران، مرتضی را از روی مبل بلند کرد. مرتضی لبخند تلخی روی لب داشت. با صدایی که گویی در حنجره‌اش حبس شده باشد، گفت مایل است به دستشویی برود. از دوستان پوزش خواست. حال آنکه نیازی به پوزش نبود. همه می‌توانستند وضعیت او را درک کنند. محمود از کامران خواست که بنشیند و خودش زیر بغل مرتضی را گرفت و او را به سوی دستشویی برد. در حین رفتن گفت:

- چیزی نیست. خُب طبیعی است که آدم بعد از عمل جراحی کمی درد داشته باشد. بالا و پایین رفتن حرارت بدن هم کاملاً طبیعی است. یک قرص بخوری و کمی هم بخوابی، حالت جا می‌آید.

محمود در دستشویی را باز کرد و با او به دستشویی رفت و پس از آنکه خیالش از او راحت شد، در را پشت سر خود بست. با صدایی بلند گفت: «کارت که تمام شد، بگو.» آمد و کنار دوستان نشست. آنگاه نگاهش را در نگاه کامران دوخت و گفت: «جای کمترین نگرانی نیست. دکترها همه‌ی آزمایش‌ها را کرده‌اند. همه چیز خوب پیش رفته است.» سپس با صدایی آرام و به گونه‌ای که مرتضی نشنود، گفت: «خیلی حساس است. حساس‌تر از قبل شده است. هر چیز کوچکی می‌تواند باعث وحشت و نگرانی‌اش بشود. به نظر من، اینکه یک‌دفعه حالش اینطور به هم ریخت و بد شد، بیشتر علت روحی و روانی دارد تا علت جسمانی. یکی دو ساعتی بخوابد، حالش بهتر می‌شود. به نظرم بهتر است جلسه امروز را همین جا خاتمه دهیم و ادامه‌ی بحث را به هفته‌ی بعد موکول کنیم.»

کامران و رضا هم موافق بودند. آن‌ها هم اصراری به ادامه‌ی گفت‌وگو در چنین شرایطی نداشتند. چگونه می‌شد بدون حضور مرتضی به بحث و گفت‌وگو ادامه داد. رضا مرتب سرش را به نشانه‌ی تاسف تکان می‌داد و کامران به یکی از ده‌ها گل کوچک قرمز حاشیه فرش زل زده بود.

محمود گفت: «حالا نمی‌خواهد زانوی غم بغل بگیرید. چیزی پیش نیامده که

آدم بخواهد غمباد بگیرد.» ولی هم محمود می‌دانست و هم دیگران که نگرانی‌شان بی‌سبب نبوده است. رنگ پریدگی چهره‌ی مرتضی واقعاً باعث نگرانی عمیق همه‌ی آن‌ها شده بود. او را حتی در بیمارستان و پس از عمل جراحی نیز چنین شکننده و درهم شکسته ندیده بودند.

دوستان همانجا منتظر ماندند تا مرتضی از دستشویی بیرون بیاید. مرتضی سر و صورت خود را با آب شسته بود. موهایش هنوز کمی خیس بود. محمود گفت: «شما می‌توانید بروید، من مدتی اینجا می‌مانم و اول کارهای مرتضی را رتق و فتق می‌کنم و بعد می‌روم.»

کامران خطاب به مرتضی گفت: «من می‌دانم مشکل تو کجاست؟ نمی‌خواهی اعتراف کنی که دلت برای مه‌رویان و سیمین‌پیکران تنگ شده است؟ خودت را زدی به ناخوشی که مجدداً برگردی بیمارستان؟»

مرتضی لبخندی تلخ و مصنوعی بر لبان خود سُراند. کامران و رضا دوستشان را در آغوش گرفتند. بوسه‌ای بر گونه‌اش زدند و با او و محمود خداحافظی کردند. کامران همانطور که با رضا از خانه بیرون می‌رفت خطاب به رضا گفت: «هوس نکردی به جای مرتضی در همان بخش بیمارستان بستری بشوی و از مصاحبت و معاشرت با یکی از آن مه‌رویان نصیب ببری؟»

رضا کوتاه و با لحنی سرد و خشک پاسخ داد: «ممنون. هر چه ما در زندگی می‌کشیم از دست همین زیبارویان و مه‌پیکران است.»

زرورق

ظهر شده بود و به‌رغم آن، خیابان هنوز خلوت بود. خیابان پس از شب‌زنده‌داری طولانی‌اش، پنداری هنوز از خواب بیدار نشده بود. رخوت و سستی را می‌شد در دانه‌های هوا حس کرد. به‌رغم آنکه یکی دو مغازه و بیسترو کار خود را شروع کرده بودند، اما از مشتری خبری نبود. صاحبان مغازه‌ها با آن چشمان گود افتاده‌شان از پشت شیشه به خیابان نگاه می‌کردند و منتظر تغییر چهره‌ی خیابان بودند. آن‌ها و ساکنان محل می‌دانستند که آن خیابان فقط به یک لحظه نیاز دارد، تا پوست بیاندازد و هیجان و هیاهو، تردد و شلوغی، به عمر سکوت و سکون پایان دهد.

خیابانی که مرتضی در آن زندگی می‌کرد، خیابان افراط و تفریط بود. یا شور و مستی شبانه یا زهد و پارسایی سحرگاهی، یا ازدحام و جنب و جوش شبانگاهی یا سکون و وارفتگی روزانه. مرتضی گفته بود: «این خیابان شبیه به یک مرد مست است. مردی که شب‌ها بی‌حد و مرز می‌نوشد و روزها در اثر آن میگساریِ جنون‌آمیز، غمباد می‌گیرد و از کسالت و سردرد آن شادنوشی شبانه، گوشه‌ای کز می‌کند و از ملال می‌نالد.»

به باور کامران این وصف حال‌وروز خود مرتضی بود. او نیز بدل به پارسایی میگسار و از خود بی‌خود شده بود. اما او این موضوع را هرگز به مرتضی نگفته بود. نه اینکه مرتضی با پارسایی و میگساری مشکلی داشته باشد. چه بسا او خود را با افتخار پارسایی میگسار بنامد و از دیدن هم‌نشینی این دو بُن متضاد حتی غرق

در لذت شود. اما مرتضی هیچ خوش نداشت کسی به آشفتگی روحی‌اش اشاره کند. می‌گفت تصمیم درباره‌ی سبک زندگی، از معدود اختیارات زندگی در تبعید و از معدود نعمات نفس کشیدن در تنهایی است.

رضا و کامران بیرون خانه‌ی مرتضی برای لحظه‌ای مکث کردند. مردد بودند. نمی‌دانستند که اکنون چگونه لحظه‌های تهی از مضمون آن روز خود را پر کنند. رضا می‌خواست بداند که برنامه‌ی کامران چیست و مثلاً بر آن است از کدام مسیر برود. آیا مایل است به خانه‌اش بازگردد یا تصمیم دارد سری به کتابخانه‌ی دانشگاه بزند؟ کامران برنامه‌ی خاصی نداشت. قرار نبود که جلسه به این زودی تمام شود. اما شدت گرفتن درد مرتضی، برنامه‌ی او و دیگران را بر هم زده بود. کامران گفت خوش دارد پیاده به سوی مرکز شهر کلن برود. راه برود و با خود بیاندیشد.

هر بار که تنها در خیابان راه می‌رفت یا مثلاً کنار رود راین قدم می‌زد، به یاد حرف نیچه درباره‌ی تنهایی یک فیلسوف می‌افتاد، یا به یاد گفت‌وگو با خود ایمانوئل کانت در پیاده‌روی‌های روزانه‌اش در کونیگزبرگ. کامران در حین این پیاده‌روی‌ها، افکارش را سامان می‌داد و می‌توانست فارغ از نگرانی‌ها و رها از بایدها و نبایدهایی که، زندگی برای او تعیین کرده بود، به پرسش‌های فلسفی خود درباره‌ی معنای زندگی، درباره‌ی نقش خود در جهان و انگیزه‌ی خود برای زنده ماندن، بیاندیشد. پرسش‌های عموماً بی‌پاسخی که تنها کارکردشان افزایش تردیدها، و دامن زدن به سرگشتگی‌های او بود.

از خانه‌ی مرتضی تا مرکز شهر، چیزی در حدود پنجاه دقیقه راه بود. این راه را کامران پیش از آن بارها پیاده رفته بود. رضا با خوشنودیِ آشکار در چهره و کلام خود، پرسیده بود که اگر کامران نیز موافق باشد، مایل است او را در این مسیر همراهی کند. رضا گفته بود که نمی‌خواهد مزاحم برنامه او شود و کامران هم در پاسخ گفته بود که چیزی که اعضای کلوب مردان خانه‌نشین، از آن به فراوانی نصیب برده‌اند، زمان است. افزون بر آن، کامران هم مایل بود بحث پوپولیسم را با رضا ادامه دهد. بحث به نقطه‌ی حساسی رسیده بود و او نیز همچون رضا نمی‌توانست از ادامه‌ی آن چشم بپوشد. به سوی مرکز شهر به راه افتادند.

رضا گفت:

– واقعاً که اشتباه بزرگی بود. مرتضی را می‌گویم و جلسه امروز را. حالا او پیشنهاد داده بود، ما چرا قبول کردیم؟ باید می‌دانستیم که شرایط برای گپ‌وگفت مناسب نیست.

کامران پاسخی برای این پرسش نداشت. پرسشی منطقی که همیشه پس از آشکار شدن نتایج و پیامدهای یک تصمیم غیر منطقی به سراغ آدم می‌آید و انسان معمولاً پاسخ قانع کننده‌ای برای آن ندارد. آن‌ها می‌بایست پیش از پذیرش پیشنهاد مرتضی به این پرسش پاسخ می‌دادند. کامران برای کاستن از عذاب وجدان مشترک‌شان گفت: «فکر می‌کردیم که حالش خوب شده و شاید همینکه دور هم جمع شویم و درباره‌ی موضوعی به غیر از دوا و دکتر حرف بزنیم، برای روحیه‌اش خوب است.»

رضا سری تکان داد و گفت: «البته این مطابق میل و تصور خود مرتضی بود. اما ما باید می‌دانستیم که کسی که تازه یک روز قبل، از بیمارستان مرخص شده و آن هم پس از یک عمل جراحی سخت، در موقعیتی نیست که ساعت‌ها بنشیند و درباره‌ی ترامپ و پوپولیسم حرف بزند. به هر حال موضوعات فرح‌بخش‌تری از موضوع ترامپ هم وجود دارد.» کامران هم تایید کرد. گفت: «چه بسا، هر موضوع دیگری از موضوع ترامپ فرح‌بخش‌تر است!» هر دو خندیدند.

کامران زمانی فکر می‌کرد که با بالا رفتن سن، رفتار انسان بیشتر جنبه‌ی منطقی به خود می‌گیرد. پیش خودش می‌گفت اگر منطق در زندگی آدم نقشی بازی کند، به هر حال باید در لحظه‌ای از زمان جای خود را در تصمیم‌گیری‌های او باز کند. این منطق باید روزی به میانه‌ی میدان بیاید و افسار آدم را به‌دست بگیرد و مشعلی باشد در تاریکی آن سوی یک تصمیم. اما حال، متوجه شده بود که این گمان با واقعیت فاصله‌ی زیادی دارد. دریافته بود که پختگی و بلوغ فکری که افراد سالمند برای خود قائلند، صورتکی بیش نیست که آن‌ها را از الزام، دادن توضیحی منطقی درباره‌ی تصمیم‌هایشان معاف می‌کند.

کامران متوجه شده بود که رویکرد آدم به مسائل زندگی در دوران سالمندی

تغییر می‌کند، اما الزاماً منطقی‌تر نمی‌شود. او در گفت‌وگو و معاشرت خود با رضا، مرتضی و حتی با هایکه پی برده بود که تعریف رفتار منطقی نزد سالمندان با جوانان تفاوت می‌کند. منطق ناظر بر فهم رفتار جوانان برخاسته از آن آینده‌ای است که در برابر آن‌ها قرار دارد، حال آنکه منطق سالمندان نمی‌تواند بر لایه‌های نازک و شکننده‌ی آینده بایستد. کدام آینده؟ آینده برای سالمندان برخلاف جوانان شانس و امکان نیست، یک تهدید بزرگ است.

رضا همانطور که شانه به شانه کامران راه می‌رفت، گفت: «بگذار از فرصت استفاده کنیم و برگردیم به بحث خودمان. تا به حال به موضوع انقلاب اسلامی از زاویه پوپولیسم نگاه نکرده بودم. گمان می‌کنم، رجوع به زمینه‌های پوپولیستی در اندیشه و رفتار خمینی می‌تواند عرصه دیگری از پیروزی انقلاب اسلامی را توضیح بدهد. همیشه فکر می‌کردم که احمدی‌نژاد مثل چاوز یا چه می‌دانم ... مثل مادورو نمونه یک سیاستمدار پوپولیست است. اما نشنیده بودم کسی پوپولیسم را درباره‌ی خمینی به کار گرفته باشد.»

– اتفاقاً اگر به شعارها و سخنرانی‌های خمینی توجه کنی، متوجه می‌شوی که احمدی‌نژاد سایه کم‌رنگ همان گرایش پوپولیستی است، که زمانی خمینی نمایندگی می‌کرد. کشیدن پای جامعه شهری نسبتاً مدرن ایران به مبارزه علیه پیشرفت تنها از دست کسانی همچون خمینی ساخته بود. یعنی از دست شخصیتی کاریسماتیک که قادر به استفاده‌ی هدفمند از شعارهای پوپولیستی است.

رضا سال‌های پیش از انقلاب را در آلمان گذرانده بود. او چند سال پیش از وقوع انقلاب اسلامی به آلمان آمده و در این کشور مشغول تحصیل شده بود. در آن ایام، هر روز اخبار جدیدی از تظاهرات وسیع مردم ایران به گوش ایرانیان خارج از کشور می‌رسید. تحولات سیاسی ایران بدل شده بود به خبر اول بسیاری از بخش‌های خبری رادیو و تلویزیون آلمان. آشوب در جزیره‌ی آرامش خاورمیانه موضوعی نبود که رسانه‌ها و خبرنگاران بتوانند به‌سادگی از کنار آن بگذرند. ایران بولیوی نبود که هر چند سال یک بار، شاهد کودتایی باشد. محمدرضا شاه در اوج

قدرت خود بود. از آن گذشته، ایران به لحاظ سیاسی و اقتصادی برای غرب و همچنین برای بلوک شرق از اهمیت بسیار بالایی برخوردار بود.

رضا و بسیاری دیگر از دانشجویان، شب‌ها در خوابگاه‌های دانشجویی دور هم جمع می‌شدند و به اخبار بی‌بی‌سی درباره‌ی تحولات ایران گوش می‌کردند. شور و هیجان سیاسی برخاسته از اعتراضات وسیع مردمی، دانشجویان ایرانی در خارج از کشور را نیز برانگیخته بود. کنفدراسیون جهانی محصلین و دانشجویان ایرانی و دیگر تشکلات سیاسی ایرانیان در خارج از کشور نیز در سایه تحولات سیاسی در ایران، جان تازه‌ای گرفته بودند.

شیفتگی از تحولات طوفانی ایران چشم بسیاری از فعالان سیاسی را کور کرده بود. در آن روزها، چه در داخل و چه در خارج از کشور، هیچ کس به‌درستی نمی‌دانست، سمت و سوی تحولات سیاسی در ایران چیست و در ذهن خمینی و سایر رهبران جنبش اسلامی در ایران چه می‌گذرد. اما بسیاری با این تحولات همراه شده و به نتایج آن دل بسته بودند.

رضا نیز همچون دیگر دانشجویان، در آن ایام حتی نام پوپولیسم را نشنیده بود و از تاثیرات آن بر توده، بر این لشکر و جماعت بی‌هویت بی‌اطلاع بود. آن‌ها هم با تکرار واژه‌هایی همچون خلق و مردم در ارکستر پوپولیستی روحانیون به رهبری خمینی شرکت کرده بودند و از شنیدن واژه‌هایی همچون کوخ‌نشین و پابرهنه از دهان رهبر انقلاب اسلامی، ناآگاهانه لذت می‌بردند و آن را نشانه‌ی حقانیت راه و اندیشه خود می‌دانستند.

رضا پس از انقلاب برای مدت کوتاهی به ایران رفت. رفته بود که بماند. بماند و خدمت کند. اما خیلی زود متوجه‌ی توهم خود شد. متوجه شد که مبارزات مردم علیه حکومت پهلوی به بیراهه رفته و فرجامی بد در انتظار مردم ایران است. متوجه شد که شور انقلابی مردم در ذات خود نوعی جنون سیاسی است. جنونی که شوری بی‌منطق در مردم برانگیخته و سرنوشتی شوم برای مردم و کشور رقم زده است.

رضا زیپ کاپشن خود را بالا کشید و دکمه‌های پالتویش را نیز بست. عادت

داشت که روی کاپشن‌اش پالتو بپوشد. خیلی زود سردش می‌شد و خیلی سریع سرما می‌خورد. با آنکه خورشید در ساعات نیم‌روزی از پس لکه‌های بزرگ ابر، خودی نشان داده بود، اما قدرت چندانی برای گرم کردن تن و جان او نداشت. گفت: «پس از شنیدن گرایش‌های پوپولیستی خمینی، یک موضوع ذهنم را خیلی مشغول به خودش کرده است. می‌پرسم که آیا می‌شود گفت خمینی در ایران دست به یک انقلاب پوپولیستی زده است؟»

ــ به باور من نه. اصولاً من فکر نمی‌کنم که بشود از انقلاب پوپولیستی سخن گفت. بدیهی است که می‌شود با شعارها و شیوه‌های پوپولیستی مردم را یا به قول خود خمینی پابرهنه‌ها و کوخ‌نشینان را به خیابان‌ها کشاند، اما نمی‌شود برای انقلاب اسلامی یک ماهیت پوپولیستی قائل شد. انقلاب اسلامی یک انقلاب واپس‌گرایانه بود که توسط یک رهبر کاریسماتیک و با شعارهای پوپولیستی به پیروزی رسیده بود. انقلاب ایران هم مثل خیلی از انقلاب‌های دیگر، رنگ و بوی پوپولیستی داشت، اما پوپولیسم مضمون تعریف شده‌ای ندارد که بشود از انقلاب پوپولیستی سخن گفت.

سکوت برای لحظه‌ای بین آن‌ها حاکم شد. آنچه کامران درباره‌ی انقلاب اسلامی گفته بود، برای رضا بسیار جالب بود. رضا آهی بلند کشید و یک‌باره در حین عبور از چهارراه، به یاد میخانه‌ای قدیمی افتاد که سال‌ها پیش با یکی از همکاران آلمانی‌اش به آنجا می‌رفت. میخانه‌ای خلوت بود. گوشه‌ای می‌نشستند و یکی دو لیوان آبجو می‌نوشیدند. رضا با لحنی متفاوت و لبخندی بر لب گفت: «بگذار یک جوک ژورنالیستی تعریف کنم.» منتظر پاسخ کامران نماند. گفت: «می‌گویند روزی یک خبرنگار در مسیر خود به یک عرق‌فروشی می‌رسد و بی‌توجه به آن، از کنارش رد می‌شود.»

کامران منتظر بقیه جوک مانده بود. پس از مکثی کوتاه به نکته نهفته در این جوک پی برد. لبخندی زد و گفت: «نکند هوس کردی برویم در یکی از این بارها بنشینیم و لبی تر کنیم؟» رضا در پاسخ گفته بود: «دقیقاً چنین هوسی کرده‌ام. اصلاً آن جوک را دقیقاً به همین خاطر تعریف کرده بودم. می‌دانی خیلی سخت

است که یک خبرنگار، آن هم یک خبرنگار بازنشسته و بیکار از کنار یک کافه و بار بگذرد و هوس نکند دُمی به خمره بزند.»

کامران و رضا وارد همان آبجوفروشی شدند. یک میخانه‌ی سنتی با پیشخوان و میز و صندلی‌های چوبی قهوه‌ای رنگ. صاحب میخانه حتی سگش را نیز بین میزها و صندلی‌ها رها کرده بود. سگی بزرگ با چهره‌ای خوفانگیز، ولی با رفتاری دوستانه که به سراغ تک تک مشتریان می‌رفت، آن‌ها را می‌بویید، دمی تکان می‌داد و پس از آن در گوشه‌ای در کنار در ورودی میخانه، روی زمین ولو می‌شد و مثل صاحب آبجوفروشی منتظر مشتری بعدی می‌ماند.

کمتر کسی در چنین ساعتی از روز به فکر نوشیدن آبجو می‌افتد. دو مرد مسن و یک پیرزن پشت پیشخوان بار نشسته بودند و آبجو می‌نوشیدند. از نوع حرف زدن‌شان با یکدیگر و با صاحب آبجوفروشی مشخص بود که پاتوق همیشگی‌شان است. کامران خیلی از آلمانی‌های بازنشسته را دیده بود که همه روزه برای فرار از تنهایی خود و برای سپری کردن لحظات کش‌دارِ ایام سالمندی به چنین بارهایی پناه می‌برند. از خود پرسید که آیا او نیز به سرنوشت یکی از آن‌ها گرفتار شده است؟ آیا این شادنوشی زودهنگام سرآغاز چنین سرنوشتی نیست؟

کامران همانطور که روبه‌روی رضا نشسته بود، نگاهی به چهره‌ی خسته و بیش از حد پیر شده دوستش انداخت. بیشتر موهایش ریخته بود. همیشه کلاهی سیاه بر سر می‌گذاشت. شاید برای آنکه سر کم موی خود را بپوشاند. موهایش و حتی ابروانش سفید شده بودند. خال‌های سیاه گوشتی به همراه چین و چروک‌هایی که گویی هر کدام به سویی، چهره‌اش را شکافته بودند، بر خستگی چهره‌اش و بر درهم شکستگی روحی‌اش می‌افزودند.

صاحب آبجوفروشی بی‌آنکه منتظر سفارش آن‌ها بماند، با دو لیوان آبجو به سراغ‌شان آمد و لیوان‌ها را روی میز گذاشت. رضا تشکر کرد و فوراً لیوانش را به نشانه‌ی سلامتی بلند کرد و به لیوان کامران زد. کامران گفت: «اینکه گفتی پوپولیسم در رویارویی با لیبرالیسم شکل گرفته، به شکل مشروط درست است.

فرید زکریا در توصیف پدیده پوپولیسم در آمریکا از چنین باوری دفاع می‌کند. به باور او پوپولیسم نوعی لیبرالیسم‌زدایی است. اما، ما با پدیده‌ای مثل خیرت ویلدرز هم روبه‌رو هستیم. پوپولیسمی که ویلدرز در هلند نمایندگی می‌کند، با هدف رویارویی با اسلام در اروپا شکل گرفته است. ویلدرز خودش را یک سیاستمدار سکولار و لیبرال می‌داند که برای دفاع از همین ارزش‌های لیبرالی، مردم را به مقابله با اسلام و رشد تفکرات اسلامی در هلند و در اروپا فرامی‌خواند. به همین دلیل است که به باور من برای پوپولیسم، مرزهای تنگی تعریف کرد. به محض آنکه کسی بگوید پوپولیسم چیست و چه چیزی نیست، فوراً مورد خلاف آن پیدا می‌شود.»

رضا جرعه‌ی دیگری آبجو نوشید، لیوان را روی میز گذاشت و با دستش کف آن را از روی سبیلش پاک کرد. رضا در نوشیدن مشروب زیاده‌روی می‌کرد. همین موضوع باعث نگرانی عمیق کامران و دیگر دوستانش شده بود. رضا آن را به حساب عادت دوران فعالیت روزنامه‌نگاری خود می‌گذاشت. می‌گفت: «مگر می‌شود آدم بدون نوشیدن الکل، آن هم پس از کار روی ده‌ها خبر بد، شب آسوده بخوابد؟»

کامران تصوری از فشارهای روحی ناشی از فعالیت روزنامه‌نگاری نداشت. اما از خود می‌پرسید که حتی اگر این سخن درست باشد، رضا برای توضیح زیاده‌روی در مشروب خوردن در ایام بازنشستگی چه دلیلی دارد؟ پرسشی که کامران پاسخ آن را به‌خوبی می‌دانست. دلیل این زیاده‌روی تنهایی رضا بود. تنهایی که گرچه کسی از آن سخن نمی‌گفت، اما همه‌ی لحظات زندگی او را در این سال‌ها از خود انباشته بود. در این محفل دوستانه همه به تنهایی مرتضی توجه داشتند و نگران او بودند و کمتر کسی به تنهایی رضا می‌اندیشید. حال آنکه رضا هم خیلی تنها بود.

رضا گرچه ازدواج کرده بود، اما تنها زندگی می‌کرد. او در همان نخستین سال‌های اقامتش در آلمان با دختر جوانی به نام ملانی آشنا شده بود و خیلی زود این آشنایی به ازدواج آن دو انجامیده بود. هر دو در شهر ماربورگ آلمان تحصیل می‌کردند. رضا علوم سیاسی می‌خواند و ملانی دانشجوی روانشناسی بود. گرچه

ملانی گرایش چپ نداشت، اما از فعالان جنبش صلح بود، جنبشی که در سایه‌ی جنگ سرد شکل گرفته بود و نیروهای چپ در سازمان دادن آکسیون‌های اعتراضی فعالانش نقش مهمی بازی می‌کردند.

در سال‌های پیش از انقلاب اسلامی، تعداد دانشجویان ایرانی در آلمان زیاد نبود. جوانان ایران اگر تصمیم به تحصیل در خارج از کشور می‌گرفتند، بیشتر ترجیح می‌دادند راهی آمریکا و انگلستان شوند. کسی به فکر تحصیل و یا حتی تقاضای پناهندگی در آلمان نمی‌افتاد. رضا اعتراف می‌کرد که کشش ملانی به او بیشتر ریشه در کنجکاوی او نسبت به یک جوان شرقی داشت تا عشق و علاقه. رابطه با یک دختر آلمانی، آن هم با دختری کمابیش جذاب، چنان رضا را مجذوب خود کرد که خیلی زود به او پیشنهاد ازدواج داد. با آنکه ملانی اصرار چندانی به ازدواج با رضا نداشت، اما به پیشنهاد غیرمنتظره‌ی او پاسخ مثبت داده بود.

سال‌ها زندگی مشترک رضا و ملانی، اما باعث آن نشد که یکدیگر را بیشتر دوست بدارند. حتی باعث نشد، مثل کامران و سودابه به هم عادت کنند. ملانی خیلی زود بچه‌دار شد. اما حتی وجود آن بچه نیز نتوانست یخ رابطه آن‌ها را ذوب کند. رضا پس از سال‌ها زندگی و تحصیل در ماربورگ برای کار به کلن آمد و پس از گذراندن یک دوره‌ی دوساله‌ی آموزش خبرنگاری، به عنوان فیلمبردار کار خود را با شبکه‌ی رادیو و تلویزیونی دبلیو دی‌آر آغاز کرد. ملانی همراه با دخترشان در ماربورگ ماند.

در سال‌های نخست، رضا هر چند هفته یک بار، به ماربورگ می‌رفت و آخر هفته‌ای را با همسرش سپری می‌کرد. حتی در ایام عید پاک یا کریسمس روزهای بیشتری را با خانواده‌اش می‌گذراند. اما تعداد این سفرها روز به روز کاهش یافت. رضا برای تهیه فیلم و گزارش همراه با خبرنگاران این رسانه به‌گونه‌ای مستمر در سفر بود و گاهی می‌شد که حتی پس از گذشت چند ماه نیز نمی‌توانست به ماربورگ برود.

رضا پس از گذشت چند سال همکاری با این رسانه، کار خود را به عنوان خبرنگار آزاد آغاز کرد. او را به علت شناخت سیاسی‌اش از اوضاع خاورمیانه و رشته

تحصیلی‌اش، به عنوان خبرنگار به کشورهای عربی می‌فرستادند. رضا گاهی ماه‌ها در این کشورها می‌ماند و از آنجا گزارش می‌داد. رضا در دوره‌ی اقامتش در این کشورها، از لیبی، یمن و عربستان گزارش و فیلم مستند تهیه می‌کرد. همین موضوع باعث دوری بیشتر بین او و ملانی شده بود.

در سال‌های نخست، این سفرهای کاری بودند که مانع از رفتن او به ماربورگ می‌شدند، اما پس از آن، میل به رفتن به ماربورگ و دیدار خانواده‌اش در او روز به روز کاهش یافت. مرتضی یک بار به او گفته بود: «از دل برود هرآنکه از دیده برفت.» طعنه‌ای که رضا با لبخند تلخی نسبت به آن واکنش نشان داده بود. اما این تنها رضا نبود که به همسر و دخترش کم مهر شده بود، ملانی نیز که در یک مرکز روان‌درمانی در ماربورگ مشغول به کار شده بود، تمایلی به آمدن به کلن و اقامت در آن شهر نداشت.

رضا و ملانی دختری به نام *فریدا* داشتند که در مونیخ درس می‌خواند. رضا به ندرت درباره‌ی دخترش چیزی می‌گفت. به‌ویژه در مواقعی که کامران چیزی درباره‌ی آیدا می‌گفت، درباره‌ی شخصیت دخترش، رضا ترجیح می‌داد سکوت کند. فریدا کوچک‌ترین نقشی در زندگی رضا بازی نمی‌کرد. حتی تماس تلفنی هم با یکدیگر نداشتند. چند سال پیش که رضا به بیمارستان افتاده بود، نه ملانی به عیادت او آمد و نه فریدا. رضا آن روزها برای نخستین بار به طور جدی با زهر تنهایی آشنا شده بود. زهری که او با غرق کردن خود در کار و زیاده‌روی در نوشیدن مشروب سعی در خنثی کردنش داشت.

لیوان آبجویشان تمام نشده بود که صاحب آبجوفروشی با دو لیوان جدید بر سر میزشان سبز شد. رضا و کامران آخرین جرعه لیوان قبلی را نوشیدند و لیوان‌هایشان را به صاحب آبجوفروشی دادند. رضا پرسید: «آیا پوپولیسم و دین هم می‌توانند با هم همراه شوند؟»

این پرسش باعث حیرت کامران شد. به باور او، این پرسشی بود که پاسخ ساده‌ای داشت. همراهی پوپولیسم با دین پدیده عجیبی نبود. نمونه انقلاب اسلامی را خود آن‌ها تجربه کرده بودند. کامران گفت: «البته و حتی می‌شود گفت

که خطرناک‌ترین نوع پوپولیسم، پوپولیسم دهقانی و دینی است که با اهداف واپسگرایانه در برابر پیشرفت سد و مانع ایجاد می‌کند.»

کامران به تلاش‌های لخ کاچینسکی، رئیس جمهور پیشین لهستان برای احیای ارزش‌های مسیحیت در آن کشور اشاره کرد. رضا نیز به یاد آورد که مارین لوپن نیز در سخنرانی‌های خود برای جلب آرای ساکنان شهرهای کوچک و روستاهای فرانسه بارها از ارزش‌های مسیحیت سخن گفته و بر آن بود این ارزش‌ها را به عنوان بخشی از هویت ملی فرانسه عرضه کند.

کامران از رضا خواست تا پاکت سیگارش را لحظه‌ای به او بدهد. موضوعی که باعث تعجب رضا شده بود. می‌دانست کامران سال‌هاست که سیگار نمی‌کشد. صاحب آبجوفروشی در واکنش به دیدن پاکت سیگار، با صدایی نسبتاً بلند گفت: «آقایان می‌دانند که اینجا سیگار کشیدن ممنوع است! نمی‌دانند؟» کامران لیوان آبجویش را به سمت او بلند کرد و به او فهماند که قصد ندارد سیگار بکشد. روی خود را به سوی رضا چرخاند و پاکت سیگار را به او نشان داد و گفت:

– وقتی آدم به تاریخ پوپولیسم نگاه می‌کند متوجه یک نکته مهم می‌شود. متوجه می‌شود که پوپولیسم هم یار کمونیسم بوده و هم یار فاشیسم. از خودت می‌پرسی چگونه چنین چیزی ممکن است؟ پاسخ آن را *کاس ماد*، یک خبرنگار انگلیسی داده است. او معتقد است که پوپولیسم ایدئولوژی نیست، بلکه یک لایه نازک ایدئولوژیک است که می‌تواند با هر جهان‌بینی و گرایش فکری همراه بشود. درست مثل همین زرورقی که دور این پاکت سیگار کشیده‌اند. زرورقی که می شود دور هر چیزی کشید. مهم خود زرورق نیست، مهم زهری است که زیر آن زرورق به بازار عرضه می‌شود.

زروان

(چهارشنبه، ساعت هفت و چهل و شش دقیقه بعدازظهر)

کامران پس از بازگشت از مرکز شهر کلن احساس خستگی می‌کرد. مدتی روی مبل لم داد و سرگرم خواندن روزنامه‌ای شد. برایش حتی مهم نبود که این روزنامه متعلق به چه تاریخی است. باید چشمانش گرم و خسته می‌شد، به همان خستگی روح و جانش. می‌دانست که بهترین ابزار برای خسته کردن چشمان، خواندن اخبار کهنه و قدیمی و گزارش‌های ملال‌آور روزنامه‌هاست. چند دقیقه‌ای نگذشته بود که همانجا خوابش برد. اینکه چه مدت خوابیده بود، چند دقیقه، یا چند ساعت، برایش کمترین اهمیتی نداشت. به تجربه متوجه شده بود که آن خواب بدهنگام، حتی اگر چند دقیقه باشد، بستر شب را برای جلوس نوعی بدخوابی، برای حاکمیت گونه‌ای پریشان‌خوابی آماده می‌کند. گرچه این را می‌دانست، اما تلاشی هم برای تغییر آن نمی‌کرد.

یک بار به طنز به مرتضی گفته بود: «پریشان‌خوابی یکی از هدایای گران‌بهای ایام سالمندی است. مقاومت کردن در برابر چنین پدیده‌ای نه ممکن است و نه سود و ثمری به همراه دارد. مهم سپری کردن روز و پشت سر گذاشتن شب است. چه اهمیتی دارد که آدم چه موقع بخوابد و چه موقع بیدار بشود؟ وقتی کسی منتظر آدم نیست و هیچ کار و وظیفه‌ای هم روی دوش او سنگینی نمی‌کند، پس چرا آدم باید خودش را شکنجه کند؟ چرا باید از خودش قانون و مقررات بتراشد؟ که مثلاً کی و چه ساعتی باید خوابید و کی و چه ساعتی باید بیدار شد؟ چه فرقی

می‌کند؟»

به خود می‌گفت: «دوست من! هر وقت دوست داری بخواب و هر وقت عشقت کشید کار کن.» اما این را فقط برای دلخوشی خود می‌گفت، شاید برای کاستن از عذاب وجدانش. در هم شدن مرز بین خواب و بیداری، مرز بین فراغت و کار، از هشیاری او و در ساعات بیداری و از جدیت و پیگیری او در آن هنگام که پشت میز می‌نشست، چیزی بخواند یا بنویسد، می‌کاست. به این زمان درهم‌وبرهم عادت کرده بود. می‌دانست که هر تغییری در زندگی به معنای پایان یک عادت است و عادت کردن به آن تغییر، از او توان و انرژی‌ای طلب می‌کند، که یا در خود نمی‌یافت و یا نمی‌خواست به پذیرش زحمت آن گردن بنهد.

خستگی آن روز در همراهی با چند لیوان آبجویی که با رضا نوشیده بود، بر سنگینی چشمانش افزوده بودند. خواندن چند سطر از یک گزارش خسته کننده درباره‌ی بحران مالی حاکم بر صنایع تولید مدول‌های مربوط به انرژی خورشیدی برای آنکه خوابش ببرد، کفایت کرده بود. لبخندی زده و خطاب به خود گفته بود: «چه گزارش کسل کننده‌ای!» عینکش را درآورده و روی میز پذیرایی پرتاب کرده بود. سرش را روی دسته مبل گذاشته بود، پاهایش را دراز کرده و آن پتویی را روی او خود کشیده بود، که همیشه همان‌جا قرار داشت، روی مبل، منتظر خدمت. حتی لباس‌هایش را عوض نکرده بود. از در که وارد شد، پالتویش را آویزان کرد، با همان شلوار و ژاکتش روی مبل نشست، روزنامه را برداشت و خود را به دست خواب سپرد.

در ایام بازنشستگی، الزام تفکیک زمانِ خواب از زمانِ کار، از بین می‌رود. لغو این الزام فقط یکی از تغییرات دوران بازنشستگی است. کامران خیلی زود متوجه شده بود که در دوران بازنشستگی، خیلی چیزها تغییر می‌کنند. تغییراتی بزرگ که حتی منتظر تصمیم، نظر و رای کسی نمی‌مانند. تغییراتی که به انتظار فرارسیدن لحظه‌ی مناسب‌شان، در گوشه‌ای از تقویم زندگی، از سال‌ها پیش، کمین کرده‌اند. بازنشستگی برخلاف انتظار کامران، به جای آنکه باعث فراغت بیشتر و آرامش او شود، آرامش او را برهم زده بود، بی‌آنکه فراغت رضایت‌بخشی

به ارمغان آورده باشد.

او در زندگی خود فراز و نشیب‌های بسیاری را پشت سر گذاشته و تغییرات بسیاری را تجربه کرده بود. اما، هیچ تغییری در زندگی‌اش، از حیث گستردگی، به گرد آن تغییری نمی‌رسید که با آغاز فصل بازنشستگی، افسار زندگی او را در چنگ گرفته بود، تغییری شاید حتی بزرگ‌تر از ازدواجش یا جدایی‌اش. بسیاری از تغییرات پیشین زندگی‌اش یک‌باره از آسمان نازل نشده بودند. اراده‌ی او به هر روی، در آن تغییرات، نقشی بازی می‌کرد، گرچه اغلب اندک. اما، تغییرات ناشی از بازنشستگی، همچون صاعقه‌ای بر سرنوشت او فرود آمده بود، به فاصله‌ی یک روز، به فاصله‌ی یک ثانیه، به بهای زوال هویت.

در فردای نخستین روز آغاز فصل بازنشستگی روندی شروع شده بود که از اراده‌ی او فرمان نمی‌برد. روندی که زمان را از مضمون دل‌خواهش و زندگی را از هویت مطلوبش، تهی می‌کرد. این سرآغاز آشوبی بود که در دل آرامش برخاسته از توهم او نطفه بسته بود. یک بار به مرتضی گفته بود: «ببین دوست من! وقتی می‌گویم خیلی چیزها تغییر می‌کند، یعنی خیلی چیزها! تو می‌مانی و یک خروار تغییر ریز و درشت.»

مرتضی نمی‌توانست معنای سخن کامران را کاملاً درک کند و متوجه شود. او سال‌ها و چه بسا ده‌ها سال، در شرایط خاص و نامشخصی زندگی کرده بود. از زمانی که به آلمان آمده بود، هرگز تن به یک کار ثابت و مستمر نداده بود. می‌گفت برای کار کردن به آلمان نیامده است. به آن کشور آمده است تا از آزادی آن جامعه برای پرورش ذوق هنری‌اش بهره گیرد. از این رو، مرتضی در دوران اقامت خود در آلمان هرگز آن لحظه‌ای را تجربه نکرده بود که کامران از آن سخن می‌گفت. یعنی آن لحظه‌ای که قادر است زندگی را به دو فصل پیش و پس از خود، تقسیم کند. سرنوشت مرتضی در آلمان فقط یک فصل داشت، یک فصل کش‌دار و ملال‌آور. گسستی در کار نبود. هر روز، کمابیش، تکرار هر روز بود.

ذوق هنری مرتضی، برخلاف تصورش، در سایه‌ی روزمرگی سنگین برخاسته از زندگی در تبعید، صیقل نخورده بود. استاد درشتخوی زندگی به او آموخته بود

که دوری از میهن و مردم کشور خود، می‌تواند چون سمی مهلک نفس آن ذوق هنری را بگیرد و بر قوه‌ی آفرینش هنری یک هنرمند غبار غربت بپاشد. مرتضی متوجه شده بود که قادر به غبارروبی از ذوق هنری خود در خارج از کشور نیست و نمی‌تواند به عطر گل محمدی خانه‌شان در ایران، بی‌آنکه آن را از نزدیک ببیند و ببوید، در شعر خود وفادار بماند. نکته‌ی تلخی که گرچه به دشواری پذیرفته بود، اما هرگز حاضر نشد به آن اعتراف کند.

زندگی مرتضی در ایران شباهتی به زندگی او در آلمان نداشت. زندگی او در ایران فصل‌ها داشت. بسان یک هنرمند سرکش، طوفان‌ها از سر گذرانده بود. در برابر بی‌عدالتی‌ها قد برافراشته و به ستم نه گفته بود. بهای سرکشی خود را نیز پرداخت کرده بود. به بهای پذیرش سال‌ها زندان، از حرمت شعر و هنر خود دفاع کرده بود. بوسه بر خاک وطن زده و با چمدانی از واژه، پر از شعر و مملو از خاطره، به آلمان مهاجرت کرده بود.

مرتضی در سال‌های پرحادثه‌ی زندگی خود در ایران، بارها با لحظات سرنوشت‌ساز سینه به سینه شده بود. بارها بر سر دوراهی یک تصمیم دشوار ایستاده بود. آن لحظه‌ای که می‌بایست به مریم ابراز عشق می‌کرد و نکرده بود، یکی از آن لحظات بود. آن روزی که از او خواسته بودند، وفاداری‌اش را به نظام بیان کند، عهد بشکند و به بهای ندامت آزادی بخرد، و او نپذیرفته بود، یکی از آن لحظات بود. اما به‌رغم آن تجربه، به‌رغم آن تفاوت خشن بین دو زندگی خود در ایران و در تبعید، قادر به درک دقیق تغییرات ناشی از دوران بازنشستگی نبود. در فصل کش‌دار زندگی‌اش در تبعید، اثر چندانی از آن لحظه‌های سرنوشت‌ساز نمانده بود. زندگی او در آلمان، در یکدستی کسالت‌بار، در یکنواختی ملال‌آور سپری می‌شد.

مرتضی در این فصل کش‌دار و بی‌تعریف غرق شده بود و اکنون صرفاً با کمک تخیل می‌توانست حدس بزند کامران از چه تغییراتی در زندگی خود سخن می‌گوید. این همان تخیلی بود که او در سایه‌ی آن می‌کوشید از واژه‌ها به خاطرات گذشته نقبی بزند. او زیر سایه درخت تخیل شاعرانه خود می‌نشست

و سعی می‌کرد واژه‌ی گل محمدی خانه‌شان را ببوید و بوی کاه‌گل پشت بام خانه‌شان را پس از آب‌پاشی غروب‌هنگامِ روزهای تابستان، در سلول‌های مغزی خود بازآفریند. گرچه از کامران خواسته بود، خود غنچه را دریابد نه واژه‌ی غنچه را، گرچه گفته بود واژه‌ی غنچه، نه بوی غنچه را دارد و نه زیبایی آن را، خودش ناگزیر با همان واژه‌ها، با همان چمدان خاطره‌ها، شعر می‌سرود.

مرتضی متوجه‌ی آن تغییرات طوفانی در رفتار کامران شده بود. او پدیده بی‌حوصلگی، ناشکیبایی و کلافگی را در حرکات شتاب‌زده کامران می‌دید. اما به‌رغم آن، قادر نبود دامنه‌ی این تغییرات را بفهمد. کامران بی‌قرار شده بود. چهره‌اش خسته و تنش بی‌رمق می‌نمود و چین و چروک‌های بسیاری بر چهره‌اش نقش زده بودند. و این تغییرات نمی‌توانستند از نگاه دقیق و کنجکاوی سیراب ناشدنی مرتضی به‌دور بمانند. مرتضی شاهد این تغییرات در دوست خود بود، بی‌آنکه بستر این تغییرات را بشناسد و بی‌آنکه بتواند عمق این تغییرات را در روح و روان کامران ببیند و بفهمد.

کامران یک بار ساعت دیواری خانه‌اش را به آیدا نشان داده و گفته بود: «دخترم، فقط این ساعت می‌تواند بین لحظه‌ای که سپری شده است و لحظه‌ای که هنوز فرا نرسیده است، مرز بکشد. اما زمان در زندگی واقعی از منطق ساعت دیواری پیروی نمی‌کند. مثلاً اگر ما در گذشته، تصمیم اشتباهی گرفته باشیم، نمی‌توانیم پرونده‌ی حساب و کتاب مربوط به کارنامه‌ی زندگی‌مان را باز کنیم و آن خطا را به حساب گذشته بنویسیم. حتی اگر بتوانیم تصمیم اشتباه خودمان را به پای گذشته بنویسیم، نمی‌توانیم پیامدهای آن را نیز در صندوقچه‌ی گذشته به غل‌وزنجیر بکشیم. وقتی که آدم در یک لحظه‌ی حساس یک تصمیم مهم در زندگی می‌گیرد، سرنوشت او پس از آن لحظه، تقسیم به دو بخش می‌شود، به پیش از آن لحظه و به پس از آن لحظه. زندگی پس از یک تصمیمِ مهم می‌شود زندگی و آن تصمیم مهم، زندگی در سایه‌ی آن تصمیم مهم، زندگی با پیامدهای آن تصمیم مهم. و این چنین گذشته به حیات خود در حال ادامه می‌دهد.»

کامران عینکش را از روی میز برداشت و از پنجره اتاق پذیرایی نگاهی به

بیرون انداخت. هوا تاریک شده بود. برای مدتی بی‌حرکت روی مبل نشست. نگاهی به تلفنش انداخت. کسی زنگ زده بود. خطاب به خود گفت: «چه خواب سنگینی! حتی صدای زنگ تلفن را هم نشنیدم.» یک بار در پاسخ به پرسش آیدا که می‌خواست از احساس پدرش در ایام بازنشستگی بداند، گفته بود: «احساس عجیبی است. صبح از خواب بیدار می‌شوی و می‌بینی در خارج از ظرف زمان زندگی می‌کنی. تکرار می‌کنم، در خارج از ظرف زمان! می‌دانی یعنی چه؟ یعنی اینکه زمان راه خودش را می‌رود و تو هم راه خودت را. بی‌اعتنا به دقیقه و ثانیه زندگی می‌کنی. گمان می‌کنی که زمان دست از سر تو برداشته است و عقربه‌ها فقط برای دیگران می‌جنبند. به ساعت دیواری نگاه می‌کنی، حرکت عقربه‌ها را می‌بینی، ولی می‌دانی که حرکت این عقربه‌ها معنای‌شان را برای تو از دست داده‌اند.»

کامران با بیان اینکه او نیز توانسته است از سیطره‌ی زمان رهایی یابد، تلاش برای فریب خود داشت. احساس خدا بودن می‌کرد. می‌پنداشت اگر خدا با تعلق خود به ابدیت در خارج از محدوده‌ی زمان ایستاده است، او نیز با خالی کردن مضمون لحظه‌ها می‌تواند بر زمان غلبه کند. به دخترش گفته بود: «ابدیت یعنی همیشه بودن و همیشه بودن یعنی بی‌اثر کردن زمان. چون آنچه همیشه بوده و هست، زمان ندارد. و چون زمان ندارد، تغییر ندارد و هر چه تغییر ندارد، تاریخ ندارد.»

کامران یک بار حتی خود را با زروان، با خدای زمانِ ایرانیان باستان مقایسه کرده بود. گفته بود توانسته بر اهریمن زمان چیره شود. توانسته او را از پای در آورد و حاکمیت مطلق بر لحظه‌های زندگی خود را به دست گیرد. مدعی بود که صاحب زمان شده است. گفته بود وقتی الزام‌های زندگی از بین بروند، می‌توان دل لحظه‌ها را از مضمون آن‌ها خالی کرد. گفته بود لحظه‌های بی‌مضمون را نمی‌شود، شمرد. لحظه‌های بی‌مضمون، آن ثانیه‌ها و دقیقه‌هایی هستند که بدون آنکه تاثیری بر تو و بر زندگی تو بنهند، می‌آیند و ناپدید می‌شوند. کامران آموخته بود که زمان تنها به واسطه مضمون خود معنا می‌شود و زمان بدون مضمون،

زمان بی‌معنا است.

کامران اما خیلی زود متوجه شده بود که باور او به صاحب زمان شدن، توهمی بیش نیست. او بدل به زروان نشده بود. این همان دروغی بود که برای راضی کردن دل خود می‌گفت. چند ماه پس از شروع ایام بازنشستگی، پس از آنکه واقعیت‌های جان‌سختِ زندگی، هاله‌ی آن توهمِ کودکانه را دریدند، به آیدا گفته بود: «لطفاً هر چه را که قبلاً درباره‌ی سروری بر زمان در ایام بازنشستگی گفته بودم، فراموش کن. رابطه آدم در ایام پیری با زمان تغییر می‌کند. یک جوان به پیشواز آینده می‌رود، اما یک فرد پیر اصراری زیادی ندارد به استقبال آینده برود. آینده برای یک فرد پیر، مثل یک جوان آلبوم آرزوها نیست، کلکسیون پشیمانی‌هاست. بوی زندگی نمی‌دهد، اثری از شادابی و طراوت روی برگ‌ها و گلبرگ‌هایش دیده نمی‌شود. بیشتر بوی ماندگی می‌دهد. بوی خاطرات کپک‌زده، بوی گذشته، بوی مرگ.»

کامران یک بار بوی مرگ را در خانه‌ی سالمندان تجربه کرده بود. به دیدن یک دوست قدیمی رفته بود که سال‌های آخر عمرش را در اتاقی در خانه‌ی سالمندان سپری می‌کرد. وارد اتاق او که شد، بوی مرگ همچون یک سیلی محکم بر چهره‌اش فرود آمد. اتاق تاریک و دلگیر بود. در آن اتاق نمی‌توانست به‌راحتی نفس بکشد. هوا بوی بازدم مانده و کهنه را می‌داد. تحمل چنین فضایی برای کامران بسیار دشوار بود. پس از چند دقیقه، بهانه‌ای آورد و از آن بابت که نمی‌تواند طولانی‌تر بماند، پوزش خواست. از دوستش خداحافظی کرد و از اتاق مرگ بیرون آمد. بیرون اتاق، برای لحظه‌ای، به نرده‌ی چوبی راهرویی که ده‌ها اتاق را به راه‌پله ورودی ساختمان می‌رساند، تکیه کرد. نفس عمیقی کشید. خشنود از اینکه به دامان زندگی بازگشته است.

شیشه‌ی شراب از همان شب قبل روی میز مانده بود. حتی لیوان‌های شراب‌شان را هم جمع نکرده بود. لیوانی را برداشت و در نور کم رمق آباژور نگاهی به آن انداخت. اثر ماتیک هایکه بر لبه‌ی آن دیده می‌شد. لیوان دیگر را برداشت و باقی‌مانده‌ی شراب را در آن ریخت و شروع به نوشیدن کرد. به یاد حرف آیدا

افتاد. به یاد آن روزی که آیدا به اتاق خوابش آمده و لیوان قهوهاش را روی میز دیده بود. «این لیوان که خیلی کثیف است. میخواهی برایات یک لیوان دیگر از آشپزخانه بیاورم؟»

لیوان جرم گرفته بود و جدارههایش در اثر تماس طولانی با ذرات قهوه سیاه و چرک شده بود. کامران گفته بود: «نه، لطفاً به چیزهای روی میز من دست نزن!» کامران مدتها بود که این لیوان را نشسته بود. هر وقت هوس میکرد قهوه بنوشد، همانجا کتری برقیاش را روشن میکرد و یکی دو قاشق نسکافه در آن لیوان میریخت، هم میزد و میخورد. سعی میکرد تا آخرین قطرهی قهوهاش را بنوشد، تا نیازی به شستن لیوان نباشد.

خودفریبی کامران ریشه در آن تنآسایی و تنبلی داشت که لحظه به لحظه، در ایام بازنشستگی به طور خزنده و پنهان در ذهن و رفتارش ریشه میدواند. این تنآسایی و این خودفریبی از همان روز اول دوران بازنشستگی او آغاز نشده بودند. لشکر تنآسایی آرام آرام پیش آمده بود. بیآنکه او متوجه شود، سنگر به سنگر، خاکریز به خاکریز، پیشروی کرده و روح و روان او را به تصرف خود درآورده بود.

کامران در ماههای نخست ایام بازنشستگی، از پذیرش این تغییرات، از تطبیق زندگی خود با آن نظم غریبه و نامأنوس تن زده بود. از روح سرکش خود یاری جسته بود. پیش خود گمان میکرد که با کمک و یاری آن روح سرکش میتواند در برابر این تغییرات تحمیلی بایستد، به روزگار چنگ و دندان نشان بدهد و همانی بشود که آرزو میکرد و میخواست. تنها که میشد به خود میگفت: «من سهم خودم را از این زندگی پس میگیرم. من به این زمانه سواری نمیدهم. اجازه نمیدهم افسار زندگیام را به دست بگیرد.»

در همان هفتههای نخست دوران بازنشستگی، کامران برای خواب و بیداری خود، برای فراغت و کار خود، زمان و ساعت تعیین کرده بود. صبحها سر ساعت ۸ بیدار میشد و شبها هیچگاه زودتر از ساعت ۱۱ نمیخوابید. بعدازظهرها نیز ثابت قدم و پایدار، در برابر وسوسههای لم دادن روی مبل اتاق پذیرایی مقاومت

می‌کرد. خطاب به خود می‌گفت: «قیلوله مال پیرمردهاست.» در آن ایام، حتی نمی‌توانست تصور کند که روزی خواهد رسید، مثل همان روز چهارشنبه، که بتواند با بی‌تفاوتی تمام به عقربه‌های ساعت دیواری و بی‌توجه به گذشت زمان، ساعت‌ها روی مبل خانه‌اش بخوابد.

در هفته‌های نخست دوران بازنشستگی‌اش، هرگاه حوصله‌اش سر می‌رفت، خود را سرگرم کاری می‌کرد. مثلاً قیچی باغبانی را بر می‌داشت و به باغچه می‌رفت و گل‌های پژمرده‌ی درختان و بوته‌های رُز را می‌چید و برگ‌های خشک شده را از روی چمن جارو می‌کرد. یعنی دقیقاً همان کارهایی را انجام می‌داد که هیچگاه در دوران کار خود در دانشگاه، با میل و رغبت، انجام نداده بود.

کامران صبح‌ها، اگر برنامه‌ای مثلاً اگر قراری بر رتق و فتق کردن امور اداری یا دیدار و گفت‌وگو با دوستانش در بین نمی‌بود، پس از خوردن صبحانه‌ای مختصر، پشت میز کارش می‌نشست، ساعت‌ها بدون احساس خستگی می‌خواند و می‌نوشت. بعد از ناهار نیز دوست داشت کنار رود راین پیاده‌روی کند، گاهی با هایکه و اغلب تنها. و هر بار که به تنهایی در کنار رود راین پیاده‌روی می‌کرد، بی‌اختیار یاد سخن کی‌یرکیگارد می‌افتاد که گفته بود همه‌ی اندیشه‌هایش را دویده است.

کامران در همان فردای شروع دوران بازنشستگی به اتاق‌کار سابق خود رفت. نگاهی به کتاب‌هایی انداخت که زمانی خریده بود، به آن امید که در دوره‌ی فراغت خود، به سراغ‌شان برود و از خواندن‌شان غرق در لذت شود. آن کتاب‌ها را در چند ردیف قفسه‌ای کنار هم چیده بود. با دست به آن کتاب‌ها اشاره کرده و گفته بود: «انتظار به پایان رسیده است.»

از آخرین باری که رمانی دست گرفته و خوانده بود، سال‌ها می‌گذشت. رمان‌های زیادی ظرف این مدت خریده بود. رمان‌هایی که در انتظار دوران بازنشستگی او پشت کتاب‌های فلسفی، سیاسی و تاریخی، سال‌ها خاک خورده بودند. کامران آن روز، مشت خود را گره کرده و خطاب به خود گفته بود: «یک عمر افسارم دست زمان بود، اما از امروز افسار زمان دست من است.»

تصوری که باطل بودنش خیلی زود روشن شد. بی‌اعتنایی به عقربه‌های ساعت دیواری منجر به آن نشد که عقربه‌های آن ساعت نیز او را به حال خود رها کنند. کامران باید می‌دانست که روزگار گردش خود را دارد و گرچه او نمی‌تواند لحظه‌های تهی از مضمون را بشمارد، اما همین لحظه‌های تهی از مضمون بدون توجه به میل و اراده‌ی او می‌آیند و یکی پس از دیگری سپری می‌شوند و زمانه گذشت این لحظه‌ها را به پای حساب عمر او می‌نویسد. پیرمرد آن سوی آینه، رد پای گذشت این لحظه‌ها را هر روز در چهره کامران می‌دید و از بی‌توجهی کامران به گذشت زمان دچار حیرت می‌شد.

دیروز که برای آوردن چند کتاب، مجدداً به اتاق‌کارش رفته بود، بی‌اختیار نگاهش به همان کتاب‌هایی افتاد که قرار بود در ایام بازنشستگی‌اش بخواند. انتظاری که برآورده نشده بود. به خود گفت: «چقدر این سال‌ها زود آمدند و سپری شدند؟» تصورش از گذشت زمان در ایام بازنشستگی چیز دیگری بود. گمان می‌کرد که در ایام سالمندی، سیر گذشت زمان کندتر می‌شود. مثل قطره‌های آبی که آرام و با تأنی از کناره‌ی ناودان بر گلدان‌های روی ایوان خانه‌اش می‌چکند، آهسته و کند. اما لحظه‌های این چند سال مثل رگبار جاری شده بودند، شتابان و تند.

کامران یک بار به مرتضی گفته بود: «پدیده عجیبی است. لحظه‌ها در ایام بازنشستگی کُند و آهسته سپری می‌شوند، اما هفته‌ها و ماه‌ها خیلی سریع می گذرند. دقیقه و ساعت کش پیدا می‌کنند، ساعت دیواری خانه از پس هر دقیقه و ساعتی خمیازه می‌کشد، ولی ساعت‌ها و روزها و هفته‌ها که کنار هم قرار می‌گیرند، وقتی روی هم سُر می‌خورند و در هم می‌غلتند، سرعت می‌گیرند و خیلی شتابان از جلوی چشمان تو می‌گذرند. بی‌آنکه بتوانی ببینی‌شان، حس‌شان کنی، بی‌آنکه بتوانی بفهمی‌شان.»

نظمی که کامران برای هفته‌های نخست ایام بازنشستگی‌اش تعریف کرده بود، برخاسته از نظم دوران اشتغالش بود. پیش از بازنشستگی ناگزیر به گردن نهادن به آن نظم بود. اما حال الزام پذیرش آن نظم از بین رفته بود. کسی او را وادار به

احترام گذاشتن به عقربه‌های ساعت نمی‌کرد. اگر لحظه‌ای دیرتر از بستر برمی‌خواست، دلیلی برای عذاب وجدان وجود نداشت و بازخواستی نیز در کار نبود. همین منطق دگرگون شده، آرام و به تدریج، همچون موریانه، بنیان نظم داوطلبانه‌ی ماه‌های نخست پس از شروع دوران بازنشستگی‌اش را، در خفا جویده و در و دروازه روی تن‌آسایی و تنبلی‌اش گشوده بود.

زمانی هم او خود را با چینش اعداد ساعتش سرگرم می‌کرد. به دنبال نظم گمشده‌ی خود در چینش اعداد ساعت می‌گشت. او در پی کشف نظم پنهان و آشکار بین اعداد بود. تلاش داشت کارهای خود را با این نظم ریاضی هماهنگ کند. در ساعت یازده و یازده دقیقه نظمی آشکار می‌دید و در ساعت چهار و سی و چهار دقیقه نظمی پنهان. می‌گفت: «چهار، سه، چهار، این یعنی یک گام به پس و یک گام به پیش.»

زمان خوردن ناهار که می‌رسید، ممکن بود منتظر ساعت دوازده و سی و چهار دقیقه بماند و بعد نخستین قاشق را در دهان خود بگذارد. با مشاهده‌ی تصادفی چینش منظم اعداد ساعتش احساس شعفی کودکانه به او دست می‌داد. اما تلاش او برای یافتن نظمی پنهان در زمان نیز بیشتر به یک سرگرمی می‌مانست تا احیای آن نظم از دست رفته‌ای که باعث رنج او می‌شد. در یک لحظه‌ی نامعلوم به دنبال کردن این نظم مسخره در زمان خاتمه داد.

کامران احساس عجیبی پیدا کرده بود. احساسی که تا پیش از شروع دوران بازنشستگی برایش حتی قابل تصور هم نبود. از اینکه از انگیزه‌اش برای نوشتن و خواندن کاسته شده است، رنج می‌برد. اما به‌رغم آن رنج، در خود توان رویارویی با کم‌حوصلگی را نمی‌دید. از این بابت که وقتش به بطالت می‌گذرد، احساس انزجار می‌کرد. اما به‌رغم این احساس انزجار، تلاشی برای گذراندن مفید وقت خود انجام نمی‌داد.

کامران در مجموع احساس پوچی می‌کرد. احساس اینکه زمانه بین بود و نبود او به یک تعادل رسیده است. پیش خود گفته بود: «چه احساس وحشتناکی!» یک بار، در گفت‌وگویی تصادفی، از این احساس تلخ با مرتضی سخن گفته بود.

اما چه انتظاری می‌توانست از مرتضی داشته باشد؟ مرتضی خودش درگیر مهم‌ترین پرسش زندگی‌اش بود. پرسش مربوط به این سو و آن سوی هستی. پرسش مربوط به آن لحظه‌ی سرنوشت‌سازی که در مرز بین هستی و نیستی قرار دارد و در آخرین ایستگاه اتوبوس زندگی‌ات منتظرت مانده است تا بیایی. در آن ایستگاه مه‌آلود با آن ساعت بزرگی که از کار افتاده است.

کامران همانطور که روی مبل نشسته بود و از پشت پنجره به سایه درختان باغ نگاه می‌کرد، یاد حرف‌های خودش افتاد. یاد آن روزی افتاد که او خود را با زروان مقایسه کرده بود. به یاد آورد که با چه افتخاری مدعی شده بود صاحب زمان شده است. با ریشخندی آشکار، خطاب به خود گفت: «آری. من صاحب زمان شده‌ام. صاحب زمان تهی از مضمون. صاحب زمان بی‌معنا!»

کامران در ایام بازنشستگی متوجه شده بود که زمان تهی از مضمون نمی‌ماند. یا تو باید مضمون را به لحظه تحمیل کنی، یا لحظه مضمون خود را به تو و زندگی تو دیکته می‌کند. حافظه‌ی زمان بهتر از حافظه‌ی کامران بود. زمان با وسواس و دقت تمام، همه‌ی خاطرات گذشته را در این یا آن گوشه از مکان پنهان کرده بود و هرگاه کامران از پر کردن لحظه غفلت می‌کرد، اهریمن زمان یکی از آن خاطرات را از پستوهای پنهان بیرون می‌کشید و صحنه را برای ادامه بازی در سایه‌ی آن خاطره می‌آراست.

آخرین برگ

تلفن زنگ زد. کامران شب سختی را پشت سر گذاشته بود، شبی پر از افکار پراکنده و به‌ظاهر بی‌ربط. مهار افکار و تخیلات خود را از دست داده بود. افکارش همچون مرغی مست و ولگرد، از شاخه‌ای بر شاخه‌ای پریده بود. به یاد خاکسپاری پدرش افتاده بود و به یاد چشمان معصوم مادرش، با هزار پرسش بی‌پاسخی که در نگاهش موج می‌زد. به یاد بچه گربه‌ای افتاده بود که در کودکی آن را از ناودان خانه‌شان پرتاب کرده بود. تصویر پیرزن گدایی را که در تایلند دیده بود، به یاد آورده بود. پیرزنی با نگاهی که حکایت از مرگ داشت. کامران هر بار که به یاد چهره آن پیرزن می‌افتاد، بر خود می‌لرزید.

نور کم رمقی از حاشیه‌ی پرده‌ی اتاق خواب به درون می‌تابید. پیش خود گفت: «بالاخره صبح شد. چه شب تلخی بود!» همان سر شب مختصر نان و پنیری خورده بود. آن هم تنها به آن علت که بتواند شرابش را بنوشد. شیشه‌ی شراب را همراه خود به اتاق خواب برده بود. روی تخت ولو شده و شراب نوشیده بود، لیوان پشت سر لیوان، تا آخرین قطره‌ی آن شیشه. پس از آن از داخل ویترین شیشه‌ای اتاق خواب، شیشه ویسکی را برداشته و به شادنوشی شبانه‌اش ادامه داده بود. شادنوشی؟ کدام شادنوشی؟ رفتار شبانه‌ی او صرفاً سپردن افسار زمان به دست الکل بود. غرق شدن در بی‌خیالی ناشی از مستی.

پای ویسکی و ودکا پس از رفتن سودابه به این کمد باز شد. پیش از آن، سودابه چند قاب عکس کوچک نقره‌ای و چند مجسمه و عروسک چینی و سفالی

در آن نهاده بود. اکنون آن قاب‌ها و مجسمه‌ها به حاشیه رانده شده و اهمیت خود را از دست داده بودند، به‌ویژه آن مجسمه‌ی ناپلئون. کامران هیچگاه متوجه‌ی نقش آن مجسمه در ویترین اتاق خواب مشترکش با سودابه نشد. از خود می‌پرسید، ناپلئون آنجا چه می‌کند؟ مجسمه‌ای بود که ناپلئون را سوار بر اسبی سفید و با ژستی ظفرمندانه نشان می‌داد. شیشه ویسکی و ودکا ناپلئون را وادار به عقب‌نشینی کرده بودند. شیشه‌ها در برابر ناپلئون قد علم کرده بودند. کاری به جایی کشیده بود که نه چهره‌ی ناپلئون دیده می‌شد و نه اسب سفیدش. تصور ناپلئونی ترس‌خورده که پشت شیشه‌ها پنهان شده است، هر بار باعث خنده‌ی کامران می‌شد. اما بی‌آنکه بداند، حضور ویسکی و ودکا در ردیف جلوی ویترین، روایتگر یک دگرگونی بزرگ در زندگی ساکنان آن خانه بود، یک دگرگونی بزرگ در زندگی خود او، هم‌خانه‌ای‌اش و پیرمرد آن سوی آینه. روایتگر طوفانی بود که بنیان زندگی‌اش را برهم زده بود. طوفانی که گرچه باعث شکست ناپلئون شده بود، اما در خانه‌ی او را، ساحت امپراتوری تنهایی‌اش را، روی گرگور سامسا به فراخی گشوده بود.

کامران آن شب چرت زده بود. بیدار شده بود. جرعه‌ای مشروب نوشیده بود. و پس از آن، چشمان خود را بار دیگر بسته و خوابیده بود. به لکه‌ی نور زُل زده بود. به همهمه‌های خیابان گوش سپرده بود، به صدای پیچیدن باد در شاخ‌وبرگ درخت بید مجنون. منتظر مانده بود، شهرداری چراغ خیابان را خاموش کند. منتظر مانده بود که لکه‌ی نور از روی تابلوی ون گوگ محو شده و پس از مرگ ستاره‌ی کامران، روز دیگری از دل تاریکی زاده شود.

کامران عینکش را از روی پاتختی برداشت، چراغ را روشن کرد و نگاهی به تلفن خود انداخت. محمود بود. محمود با لحنی شکوه‌آمیز گفت: «آقا، معلوم هست کجا تشریف دارند؟ دیشب دو بار زنگ زدم. حتی با شماره‌ی منزل‌ات هم تماس گرفتم. کسی هم نیستی که آدم فکر کند رفته است مثلاً دنبال عیش‌ونوش، شب‌زنده‌داری و خوش‌گذرانی. اهل خانه و خانواده هستی.» کامران اهل خانه بود، اما برای او، خانواده‌ای نمانده بود.

روی تخت نیم خیز شد، به جداره‌ی پشتی تخت تکیه کرد و با صدایی آمیخته با سرفه‌ای که از حنجره‌ی خشکش بیرون می‌آمد، گفت: «حال و روز خوبی نداشتم. دلم گرفته بود. حوصله‌ی حرف زدن با کسی را نداشتم. بار اول حتی متوجه‌ی صدای تلفن هم نشدم. یک جایی در عالم خودم آویزان بودم. راستش را بخواهی، دیروز با دیدن وضعیت مرتضی به هم ریختم. تمام شب، چهره‌ی رنگ پریده‌اش جلوی چشمانم ظاهر می‌شد.»

محمود لحظه‌ای سکوت کرد. نمی‌دانست چه باید بگوید. کامران هم در سکوت محمود، ناگفته‌ها را شنید. محمود شکوه‌کنان گفت: «فکر نکردی که با این رفتارت بقیه را نگران می‌کنی؟ باور کن دیشب تا صبح خوابم نبرد. ده بار بلند شدم. صدای ژیلا هم در آمده بود. آدم فکرش هزار جا می‌رود. باور کن پیش خودم گفته بودم که اگر صبح هم خبری از تو نشنوم، مستقیم بیایم در خانه‌ات. حالا حوصله‌ی حرف زدن با کسی را نداری، ایرادی ندارد. حداقل این را در یک کلمه می‌توانستی بگویی. لطفاً جواب تلفن را بده، تا بقیه را دچار تشویش و دل‌شوره نکنی.»

کامران می‌دانست که محمود از چه سخن می‌گوید. نگرانی از بازی‌های پنهان سرنوشت تنها محدود به مرتضی نمی‌شد. یک بار هایکه از او پرسیده بود: «هیچ‌گاه شده از شنیدن سمفونی پنجم بتهوون به وحشت بیافتی؟» کامران در پاسخ گفته بود: «بارها!» کامران از شنیدن این شاهکار موسیقی کلاسیک هم به وجد می‌آمد و هم دچار وحشت می‌شد. وحشت از اینکه، مبادا این مرگ باشد که از راه می‌رسد و بر در می‌کوبد. شنیدن این سمفونی بارها باعث شده بود که به یاد آن پیرزن تایلندی بیافتد. به یاد آن نگاه تلخی که در آن می‌شد مرگ را دید. به یاد اتاق دوستش در خانه‌ی سالمندان می‌افتاد. بوی مرگ از راه گوش، هوش و حواس او را تسخیر می‌کرد. ضرب‌آهنگ این سمفونی باعث می‌شد که نفس در سینه‌اش حبس شود.

کامران در عین حال می‌دانست که محمود به‌رغم این شکوه و شکایت قادر است حال و روز او را درک کند. چه بسا، پریشان‌خوابی محمود نیز همچون خود

او ریشه در دیدن حال و روز مرتضی داشت. مرتضی را یارانش خیلی دوست داشتند. نه زبان تند و کنایه‌های نیش‌دارش منجر به رنجش دوستانش می‌شد و نه غر زدن‌ها و شکایت او از غربت باعث می‌شد کاسه‌ی صبر و تحمل دوستانش لبریز شود.

رابطه‌ای که بین کامران و دیگر اعضای کلوب مردان خانه نشین شکل گرفته بود، چیزی بیش از یک دوستی بود. نوعی پیوند بین آن‌ها برقرار شده بود. نوعی همبستگی بدون تعریف و نامتعین بین آن‌ها شکل گرفته بود. آنچه آن‌ها را به هم پیوند می‌زد، یک دوستی ساده نبود. آن‌ها بدل به خانواده‌ی هم شده بودند، بدل به اعضای یک پیکر. صرفاً عضو کلوب مردان خانه‌نشین نبودند، تکه‌ای از آن بودند. تکه‌ای از پازلی که، گم شدنش، تصویر آن پازل را از معنا تهی می‌کند.

شباهت زیادی به هم نداشتند. اما به‌رغم تفاوت‌های فاحشی که در رویکردشان به زندگی و جهان وجود داشت، به هم نزدیک شده بودند. آنقدر نزدیک که سرنوشت‌شان به هم گره خورده بود. داستان زندگی‌شان چنان در هم تنیده بود، که تصور ادامه‌ی داستان، بدون یکی از بازیگرانش، برای‌شان ممکن نبود. از این رو، نگران مرتضی بودند و در عین حال نگران خودشان بودند، نگران ادامه‌ی داستان سرنوشت‌شان.

مرتضی یک بار به کامران گفته بود: «دوست من، ما چه بخواهیم و چه نه، بدل به آخرین برگ یکدیگر شده‌ایم.» کامران متوجه منظور مرتضی نشده بود. حیرت‌زده پرسیده بود: «چرا آخرین برگ؟» مرتضی به یکی از داستان‌های *او* هنری اشاره کرده و گفته بود: «بگذار داستانی را برای‌ات تعریف کنم. داستانی که حکایت دوستی ماست.»

کامران مخالفتی نکرده بود. چرا باید مخالف می‌بود؟ مرتضی سخنی شیرین داشت و حتی قادر بود دردناک‌ترین موضوعات را با طنز و چاشنی شوخی همراه کند. در واقع، او با کمک همین طنز و کنایه‌ها، با کمک هنر، با یاری شعر، توانسته بود از فشار غم‌های تلنبار شده‌ی زندگی‌اش بکاهد و زنده ماندن را برای خودش ممکن سازد. خودش را با موریانه‌ای مقایسه می‌کرد که چند برابر جثه‌اش بار بر

دوش می‌کشد. باری که مرتضی بر دوش می‌برد، از جنس غم بود. آن روز مرتضی درباره‌ی داستان *آخرین برگ* گفته بود:

«حکایت زنی است به نام جانسی که دچار یک بیماری سخت شده و در حال مرگ است. پزشکان از او کاملاً قطع امید کرده و گفته‌اند که ادامه زندگی‌اش، در دست خودش است. اگر بخواهد شاید بماند، اما اگر نخواهد، حتماً می‌رود. او باید بر مرگ چیره می‌شد. جانسی همان‌طور که روی تخت خوابیده بود، متوجه ریزش برگ‌های درخت موی آن سوی پنجره می‌شود. درختی که هر روز بیش از پیش، برگ‌هایش می‌ریزد. جانسی ناخودآگاه بین روزهای زندگی خود و برگ‌های آن درخت یک رابطه برقرار می‌کند و فکر می‌کند که افتادن آخرین برگ آن درخت، به معنای پایان زندگی خود اوست. هر روز صبح، به محض بیداری، به محض گشودن چشمانش، بی‌اختیار به درخت مو می‌نگریست. شاهد ریزش دائمی برگ‌ها بود. واپسین روزهای خزان فرارسیده و از این رو، برگ ریزان شتاب گرفته بود.»

- چه پیوند عجیبی! پیوند برگ‌های یک درخت با برگ‌های تقویم زندگی.

- موضوع از این هم جالب‌تر می‌شود. دوستش متوجه رابطه‌ای می‌شود که جانسی بین ادامه حیات خودش و آن درخت مو برقرار کرده است. سراغ نقاشی می‌رود که در طبقه‌ی پایین خانه‌شان زندگی می‌کند. نقاشی که به امید خلق شاهکار هنری‌اش هیچگاه طرح و رنگی بر بوم نقاشی خود نزده است. ماجرا را برای او تعریف می‌کند. مرد نقاش سریع دست به کار می‌شود و سحرگاه روزی که همه برگ‌ها افتاده بودند، پیش از بیدار شدن جانسی، در همان تاریکی سحرگاهی، تصویر یک برگ را، چنان با مهارت روی دیوار پشت درخت مو می‌کشد که تشخیص آن برای جانسی از پشت پنجره‌ی اتاقش ممکن نباشد. جانسی صبح که بیدار می‌شود، درخت مو را با تک برگ آن می‌بیند. نگران آن است که آن برگ هم بیافتد و عمر خود او نیز به پایان برسد. اما آن برگ، آن آخرین برگ، مقاومت می‌کند. در برابر وزش هر بادی می‌ایستد و همانجا روزها و هفته‌ها می‌ماند. این معجزه که همان شاهکار آن مرد نقاش است، باعث می‌شود

که میل به زندگی در جانسی افزایش پیدا کند و دست آخر، همان تک برگ آن درخت مو، باعث نجات جان او می‌شود.

کامران با شنیدن آن داستان خشکش زده بود. دنبال واژه مناسبی می‌گشت، اما حرفی برای گفتن نمی‌یافت. به آن معجزه‌ای می‌اندیشید که جان کسی را نجات داده بود. پس از مدتی سکوت گفته بود:

ـ چه داستان جالبی! اما ربطش به رابطه‌ی دوستی ما چیست؟

ـ ما چه بخواهیم و چه نخواهیم، چه بدانیم و چه ندانیم، برای هم بدل شده‌ایم به آخرین برگ.

کامران آن روز، کاملاً متوجه منظور مرتضی نشده بود. آن را گذاشته بود به حساب احساسات هنرمندانه‌ی او، به حساب نگاه رومانتیک او به زندگی و به مرگ. اما دیشب، سراسر شب بی‌اختیار به آن قصه اندیشیده بود. به اینکه اگر هر کدام از آن برگ‌ها بیافتند، سرنوشت دیگران چه می‌شود؟ آیا مرگ یکی از آن‌ها خواب مرگ دیگران را برنمی‌آشوبد؟ از آن واهمه داشت که کلوب پس از افتادن یک برگ، برای همیشه تعطیل بشود.

کامران یک‌باره به خود آمد و خطاب به محمود گفت:

ـ خُب حالا زنگ زده بودی که چه خبری بدهی؟

ـ می‌خواستم بهت یک خبر خوب بدهم.

مدت‌ها بود که کامران خبر خوبی نشنیده بود. در آن سال‌های آخر، کمتر پیش می‌آمد که خبری او را غافل‌گیر کند. حتی اخبار به‌ظاهر غیرمنتظره نیز باعث شادی یا غم او نمی‌شدند. دستخوش نوعی بی‌تفاوتی شده بود. خود را نظاره‌گر خاموش طوفان‌هایی می‌دید که هم روح او را برمی‌آشفتند و هم جهان پیرامونش را به لرزه می‌انداختند. در کمال حیرت پرسید:

ـ خبر خوب؟

ـ آره. خبر خوب. حالا از شنیدن این خبر یکدفعه سکته نکنی! می‌خواستم بگویم که حال و روز مرتضی پس از رفتن شما، یک‌باره فرق کرد. گمانم به موضوع ترامپ حساسیت پیدا کرده بود. کیست که حساسیت پیدا نکرده باشد؟ تا تو و

رضا رفتید و بحث پوپولیسم و ترامپ تمام شد، حالش پنداری از این رو به آن رو شد. رنگ و روی‌اش برگشت. برایش سوپ پخته بودم، سوپ را خورد و ساعتی دراز کشید. من هم تا غروب همانجا ماندم. بیدار که شد، برایش چای درست کردم. نان و تخم مرغ آب‌پز و کمی هم کالباس برای‌اش آوردم. خورد و خوابید. امروز صبح هم پیش از زنگ زدن به تو، با مرتضی حرف زدم. حالش خوب بود. می‌گفت صبح پا شده و برای خودش صبحانه درست کرده و خورده است. به هر حال، می‌خواستم بگویم که جای کمترین نگرانی نیست.

کامران نفس راحتی کشید. خیلی نگران مرتضی شده بود. دیشب حتی به بدترین چیزها فکر کرده بود. خود و دوستانش را در لباس سیاه دیده بود، با شاخه گل سرخی در دست، که کنار سنگ قبر مرتضی ایستاده‌اند، در هوای مه‌آلود سحرگاهی در قبرستانی واقع در جنوب شهر کلن. همانجا ایستاده بودند، ساکت و بی‌حرکت. محمود در ادامه گفت: «مطمئن بودم که چیز مهمی نیست. گفته بودم، مشکلات مرتضی بیشتر جنبه‌ی روحی و روانی دارد تا جسمانی. دکترها همه جور آزمایش کرده بودند. اگر مشکلی می‌دیدند که او را از بیمارستان مرخص نمی‌کردند. حتی غروب، آنقدر سر حال شده بود که شوخی‌اش گرفته بود. می‌دانی موقع رفتن به من چه گفت؟»

− نه!

− گفت، چه کدبانویی شده‌ای! فکر می‌کنم کم کم وقت شوهر کردنت رسیده است!

کامران از شنیدن این حرف به خنده افتاد. نه به علت شوخی مرتضی، بلکه بیشتر به این خاطر که آن سخن حکایت از بهبود حال او داشت. برای لحظه‌ای چهره‌ی مرتضی را پس از گفتن چنین چیزی در ذهن خود متصور شد. مرتضی هر وقت کنایه‌ای می‌زد و یا با کسی شوخی می‌کرد، لب‌هایش را در هم گره می‌زد، سرش را به سمت چپ کج می‌کرد و از گوشه‌ی چشمانش در جست‌وجوی تاثیر گفته خود به چهره دیگری زل می‌زد. همین رفتار او هم باعث خنده دیگران می‌شد. می‌گفتند: «نمی‌دانیم باید به ادا و اطوارت بخندیم یا به شوخی‌ات؟»

کامران از بابت شنیدن آن خبر خوب از محمود تشکر کرد. گفت که با شنیدن آن خبر، روزش خوب شروع شده است. احساس می‌کرد، بار سنگینی را از روی دوش‌اش برداشته‌اند. خستگی و بدمستی شبانه را از یاد برد. پا شد، سر و صورتش را با آب سرد شست. به پیرمرد آن سوی آینه لبخندی زد. پیرمرد اما واکنشی نشان نداد. انگار سرگرم اندیشیدن به آخرین برگ آن درخت مو و سرنوشت ملخکی بود که یک بار دیگر از مهلکه جسته بود.

غرور و تحقیر

کامران از مترو پیاده شد. قصد داشت سری به کتابخانه‌ی دانشگاه بزند. هر از گاهی گذرش به کتابخانه‌ی دانشگاه و به‌ویژه به کتابخانه‌ی کوچک دانشکده‌ی فلسفه می‌افتاد. می‌آمد، نگاهی به عنوان‌های جدید دنیای نشر می‌انداخت، کتاب‌هایی را که از کتابخانه به امانت گرفته بود، پس می‌داد و کتاب‌های جدیدی به امانت می‌گرفت. از ورود مجدد به محیط دانشگاه و از دیدن نشاط و شور جوانان لذت می‌برد. اما دانشکده‌ی فلسفه برای کامران چیزی فراتر از آن بود. این دانشکده بدل به بخشی از زندگینامه او شده بود.

یک بار به مرتضی گفته بود: «باورت می‌شود که یک ساختمان بتواند به مهم‌ترین بخش داستان زندگی‌ات بدل بشود؟ یعنی وقتی از تو درباره‌ی سرگذشتت می‌پرسند، خودت را با آن ساختمان تعریف کنی و هر چه که پیش از آن در داستان زندگی‌ات روی داده، به آن ساختمان منتهی بشود و هر چه پس از آن اتفاق افتاده نیز تنها با ارجاع به آن، معنا و مفهوم پیدا کند؟» دانشکده‌ی فلسفه به هویت او گره خورده بود. کامران، حتی هویت خود را در خارج از ایران، وامدار آن دانشکده بود. هویتی که پس از پایان دوران تدریس‌اش، روز به روز رنگ می‌باخت. برای او چاره دیگری باقی نمانده بود، مگر پناه گرفتن زیر سایه‌ی همان هویتی که تاریخ مصرفش رو به انقضا بود.

حضور در محیط دانشگاه و به‌ویژه در دانشکده‌ی فلسفه، دو احساس متفاوت در او برمی‌انگیخت. از یکسو، احساس غروری که از رضایت ناشی از موفقیت

شغلی‌اش سیراب می‌شد و از سوی دیگر احساس حقارتی که ریشه در شکست ماجرای عشقی او داشت. این چنین بود که دانشکده‌ی فلسفه با دو چهره‌ی متفاوت در زندگی او نقش آفرینی می‌کرد. هم باعث غرورش می‌شد و هم باعث تحقیرش.

ساک ورزشی را از روی شانه‌ی چپش برداشت و روی شانه‌ی راستش انداخت. برای پس دادن چند کتاب قطور و سنگین آمده بود. سنگینی بار این کتاب‌ها آزارش می‌داد. هرگاه تعداد کتاب‌هایی که باید پس می‌داد، بیشتر بود و در کیف دستی‌اش جا نمی‌شدند، این ساک ورزشی را بر می‌داشت و کتاب‌ها را در آن می‌گذاشت. حتی یک بار، روی کتاب‌ها، لباس‌های ورزشی گذاشته بود. آن روز، مایل بود، پس از بازگشت، به کلوب ورزشی برود. هنوز تب آن ماجراجویی عشقی فروکش نکرده بود. آن روز، یک تشابه عجیب، خواب خاطره‌ای را پریشان کرده بود. هر بار که با این ساک ورزشی کتاب حمل می‌کرد، به یاد ایران می‌افتاد و به یاد حمل کتاب‌ها و جزوه‌های ممنوعه. بی‌اختیار به سرنوشت عجیب خود می‌اندیشید و به دو نیمه‌ی بی‌ربط داستان زندگی‌اش در دو جامعه‌ی بس متفاوت.

امانت گرفتن یا پس دادن کتاب، به تدریج و لحظه به لحظه بدل به بهانه‌ای شده بود که پای کامران را، آگاهانه یا ناآگاهانه، به دانشگاه می‌کشاند. در این سال‌ها کمتر پیش می‌آمد که او کتابی را تا به آخر خوانده باشد. مثل همین کتاب *کارل آلبرت* درباره فلسفه‌ی زندگی، که او فقط نگاهی گذرا به آن انداخته بود، بی‌آنکه آن را بخواند. اکنون آن را با چند کتاب مشابه‌ی دیگر، آورده بود تا پس بدهد. می‌گفت: «قوه‌ی بینایی‌اش کم شده و پس از خواندن چند صفحه، چشمانش خسته می‌شوند و آب در چشمانش جمع می‌شود.» گرچه این موضوع حقیقت داشت، اما آنچه او کمتر از آن سخن می‌گفت کم شدن حوصله‌اش برای خواندن و آن هم خواندن متون سنگین فلسفی بود. خطاب به خود می‌گفت: «خواندن چنین کتاب‌هایی دل خوش می‌خواهد.»

بی حوصلگی تنها به انگیزه‌ی خواندن و نوشتن او محدود نمی‌شد. این اواخر، کمتر چیزی در او شوقی برمی‌انگیخت و به ندرت چیزی می‌توانست از لایه‌های

بی‌تفاوتی که او را در چنبره‌ی خود گرفته بودند، نفوذ کند. او آرام و قرار خود را از دست داده بود. به‌رغم آن مدعی بود که به صلح و آرامش درونی دست یافته و به نوعی تعادل روحی رسیده است. و به قول مولانا به آن منزلتی رسیده است که می‌تواند فارغ از سود و زیان به جهان بنگرد. اما، در آن پوسته‌ی آرام، روحی گرفتار در غل‌وزنجیر زندگی می‌کرد که هر آن می‌توانست شورش و بلوا کند. اگر این روح، اینک رام و اهلی می‌نمود، از سر ناگزیری بود. کامران آنگاه که با خود خلوت می‌کرد، زمزمه‌های برخاسته از درد و رنج این روح را می‌شنید و از جسارت این روح، از بی‌پروایی این روح برای نافرمانی دچار واهمه می‌شد.

در حین عبور از کنار خانه‌ی مرتضی نگاهی به پنجره‌ی آپارتمان او انداخت. حتی چند لحظه‌ای هم همان‌جا ایستاد و به پنجره‌ی خانه او زُل زد. به آن امید که مرتضی پشت پنجره بیاید و نظری به خیابان بیاندازد. خیابانی که هنوز تاوان بدمستی شبانه‌اش را می‌پرداخت و از جنب و جوش افتاده بود. اما اثری از دوستش نبود.

کامران خیلی دوست داشت در چنین لحظه‌ای کنار مرتضی باشد. خطاب به خود گفته بود که اگر مرتضی را پشت پنجره ببیند، حتماً به دیدنش می‌رود. ساعتی کنارش می‌نشیند و با صبر و شکیبایی مصیبت‌نامه‌اش را می‌شنود. اما اگر او را پشت پنجره نبیند، زنگ نمی‌زند و از کنار خانه‌اش می‌گذرد. مایل نبود با دیدار غیر منتظره و غیر عادی خود، یادآور رنج‌های مرتضی گردد. کامران همیشه می‌گفت: «رفتار آدم هر چه عادی‌تر باشد، موضوع هم عادی‌تر می‌شود. کافی است که در برابر یک موضوع عادی، آدم واکنشی غیر عادی از خودش نشان بدهد تا از همان موضوع عادی یک موضوع غیر عادی بسازد.»

آیدا یک بار در رابطه با این سخن کامران پرسیده بود: «آیا با برخورد عادی کردن به یک موضوع غیر عادی می‌شود از آن موضوع، موضوعی عادی ساخت؟» کامران در برابر آن پرسش مهم سکوت کرده بود. سعی کرده بود با سخنی کلی از پاسخ دادن به آن طفره برود. کامران به‌خوبی می‌دانست که چنین چیزی ممکن نیست. به‌رغم دانستن آن، در پهنای زندگی‌اش، همواره تلاش کرده بود با برخورد

عادی کردن به مسائل غیر عادی، از طرح واقعی‌شان بگریزد. او با ساده کردن مسائل پیچیده تلاش داشت آن‌ها را کوچک‌تر و کم اهمیت‌تر از آنچه هستند، نشان دهد و به این ترتیب از رویارویی جدی با آن‌ها بپرهیزد.

بارها از خود پرسیده بود که آیا درغلتیدن به آن ماجراجویی عشقی، پدیده‌ای عادی بود؟ یک رویدادِ ساده و ممکن از میان هزاران رویدادِ ساده و ممکن دیگر، که حال بدل به واقعیت شده بود؟ آیا او پس از پایان آن ماجراجویی عشقی توانسته بود، از فراز سایه‌اش بجهد، از آن یک ارزیابی واقعی داشته باشد و با پیامدهای ناگزیرش کنار بیاید؟ آیا توانسته بود این شکست عشقی را بپذیرد؟ چون تردیدی نداشت که فرجام آن رابطه‌ی عشقی، یک شکست بود، یک ناکامی بزرگ. ولی غرور او اصرار داشت روی آن شکست خاک بپاشد، تا الزام پذیرش آن شکست منتفی شود.

او خود به‌خوبی می‌دانست که پرونده‌ی عشق به برگیته را شتاب‌زده بسته و بایگانی کرده است. در خود توان آن را نمی‌دید که لحظه‌های زندگی خود را با خاطره‌ی تلخ آن شکست بیالاید و در خود آن توان را نیز نمی‌دید که آزارهای روحی آن شکست را از گستره‌ی تنهایی خود برهاند. روزی به مرتضی گفته بود که تن دادن به یک عشق بد فرجام عین یک میگساری زیانبار است. گفته بود: «تصور کن سرمای سختی خورده‌ای، سینه‌درد شدیدی داری و حتی نمی‌توانی به راحتی نفس بکشی. آن موقع برای کاهش این درد سراغ زهری مثل ودکا می‌روی. خودت هم می‌دانی که نوشیدن ودکا در چنین شرایطی برای‌ات مضر است، اما نمی‌توانی در برابر وسوسه‌هایت مقاومت کنی و هر بار بیشتر از قبل لیوان ات را پر می‌کنی و سرمی‌کشی.»

کامران وارد ساختمان مرکزی دانشگاه شد. برای رسیدن به بخش فلسفه باید از راهرویی طولانی عبور می‌کرد. در آن سوی راهرو، زنی را دید با موهای بلوند که به سوی او می‌آید. کامران از روبه‌رو شدن با برگیته هم واهمه داشت و هم همان هنگام، آرزو می‌کرد او را ببیند. دست پاچه شده بود. نمی‌دانست که آیا باید به راه خود ادامه دهد، یا پیش از رسیدن آن زن، راه خود را کج کند و برگردد.

ضربان قلبش مثل پسر جوانی که در شور و تب دیدار یار می‌سوزد، شتاب گرفته بود. بر احساسات عجیب و دوپاره خود چیره شد و تصمیم گرفت راه خود را ادامه دهد. خطاب به خود گفت: «چه برگیته باشد و چه نه، دلیلی برای گریختن وجود ندارد. تو که مرتکب خطایی نشده‌ای. برگیته باید از دیدن تو واهمه داشته باشد. او باید راهش را کج کند، مسیر طی شده را بازگردد.» زنی که از روبه‌رو می‌آمد، برگیته نبود. حتی کمترین شباهتی به برگیته نداشت، فقط موهایش بلوند بود.

او هنوز دل در گروی برگیته داشت. کمبود او را و دست‌های نوازشگرش را در لحظات تنهایی خود حس می‌کرد. حس خوش تماس دستش با پوست جوان برگیته همچنان پررنگ در خاطرش مانده بود، حس نوازش سینه‌ی تب‌دار و عرق کرده‌ی او. چطور ممکن بود، چنین حسی از حافظه‌اش پاک بشود؟ یاد برگیته می‌توانست برای لحظه‌ای، لبخندی فرح‌بخش روی لبانش بنشاند، لحظه‌ای که اما بس کوتاه و زود گذر بود. اما یاد برگیته در عین حال می‌توانست آسمان دلش را ابری کند. می‌توانست خون لخته شده بر زخم‌های روحش را بتراشد و باعث درد و رنجش شود. به‌رغم آن درد، نتوانسته بود ترکش‌های برخاسته از یاد برگیته را از داستان زندگی خود بزداید.

مرتضی گفته بود: «به نظر من، آن چیزی که تو را به سوی برگیته می‌کشد، عشق نیست. این را خودت هم خوب می‌دانی. پاسخ منفی برگیته به عشق تو، احساسات تو را جریحه‌دار کرده است. اگر خود تو این رابطه را قطع کرده بودی، شاید پذیرش و تحملش برای‌ات راحت‌تر می‌بود. اما شوربختانه این برگیته بود که به تو پشت کرد و در را روی تو و عشق تو بست. تو باید این شکست عشقی را بپذیری و برگیته را و یاد او را از زندگی‌ات و از خاطرات‌ات پاک کنی.»

کامران آن روز آه بلندی کشیده و گفته بود: «هیچ‌وقت به این موضوع فکر کرده‌ای که جملات منطقی از جنس ساده‌ترین جملات هستند، اما عمل کردن به برخی از همین ساده‌ترین جملات تا چه حد می‌تواند دشوار باشد؟» او در مصاف با اهریمن زمان متحمل شکست سنگینی شده بود. زمان با گذشت خود، ذره ذره از هویت او کاسته بود. کامران می‌دانست که نمی‌تواند پشت این هویت

قدیمی تا ابد پنهان شود. اما هویت دیگری نیز برایش قابل تصور نبود. مگر می‌توانست هویت خود را بدون نقشی که در زندگی ایفا می‌کند، تعریف کند؟ می‌دانست که هویت هر کس وابسته به نقش او در زندگی است. از خود می‌پرسید که نقش‌اش در این فصل از زندگی‌اش چیست؟ و چون پاسخ این پرسش باعث آزارش می‌شد، ترجیح می‌داد خود را به بی‌خیالی بزند. عقربه‌های ساعت دیواری خانه‌اش را تحقیر کند و با خُرد و ناچیز شمردن مضمون ناخوشایند لحظه‌های زندگی‌اش، برای زهر ناشی از تحقیر خود، پادزهری بسازد. اما آنگاه که با خود خلوت می‌کرد و از تلاش برای خودفریبی لحظه‌ای غافل می‌شد، پیش خود اعتراف می‌کرد که این پرونده، این فصل از زندگی او هرگز بسته نشده است.

باز بودن این پرونده را کامران می‌توانست هر بار که گذرش به دانشگاه می‌افتاد، حس کند. هر چه بیشتر به دانشگاه و دانشکده فلسفه نزدیک می‌شد، تپش قلبش شتاب می‌گرفت. کافی بود چیزی یا کسی را ببیند که یادآور خاطرات گذشته باشد، تا آن بازی رنج‌آور از نو آغاز شود. از همه مهم‌تر، دیدار تصادفی با خود برگیته می‌توانست بار دیگر بر خرمن احساسات لگام گسیخته‌ی او آتش بنهد. به محض آنکه از در ساختمان دانشگاه عبور می‌کرد، احساس عجیبی در او پدید می‌آمد. انگار کسی با پرتاب سنگی در یک آتشفشان خاموش، جنون شعله‌ور شدن را در آن بیدار کرده باشد. در اوج سرما، عرقی گرم بر پیشانی‌اش می‌نشست و در میانه‌ی تابستان سردش می‌شد.

پدیده غریب و ناآشنایی که هم از سرعت گام‌هایش به سوی دانشگاه می‌کاست و هم او را به سوی دانشگاه و دانشکده فلسفه فرامی‌خواند. پنداری ریسمانی پنهان بر گردنش نهاده باشند و او را برخلاف میل و اختیارش به سوی دانشکده‌ی فلسفه بکشند. بارها چند صد متر مانده به دانشکده‌ی فلسفه تصمیم گرفته بود از ادامه‌ی راه صرف‌نظر کند و بازگردد. اما، همین ریسمان نامرئی بار دیگر او را محکم‌تر از پیش به سوی دانشکده‌ی فلسفه کشیده بود. مثل این بار که دیدن یک زن بلوند، در آن سوی راهرو، باعث تردید و دودلی او شده بود. او می‌دانست که سرپیچی از اوامر آن روح زخم خورده، کار ساده‌ای نیست. او

باید زمانی با بی‌پروایی در برابر آن پرونده‌ی باز قد برمی‌افراشت و با آن حساب‌های خود را پاک می‌کرد. می‌دانست تنها راه نجاتش از آن ماجرا، رویارویی با آن است و نه انکار آن. اما در خود چنین جسارتی را نمی‌دید.

به دانشگاه که نزدیک می‌شد، بی‌اختیار یاد جن‌زدگیِ هایدگری خود می‌افتاد. خنده‌اش می‌گرفت، خُلق و خوی‌اش تلخ می‌شد، حوصله‌اش از ناپختگی نهادینه شده در وجودش سر می‌رفت، خشمگین می‌شد و از خشم دیر هنگام خود، مجدداً به خنده می‌افتاد. دستخوش هجوم احساساتی درهم و برهم می‌شد. احساساتِ آشفته‌ای که منطقاً با هم سازگار نبودند و حضور یکی از آن‌ها می‌بایست حضور احساس دیگری را از موضوعیت تهی می‌کرد. مثل حضور همزمان عشق و نفرت، غرور و تحقیر، شادی و غم، گرمی و سردی. اما پنداری همه‌ی این احساسات متضاد، در هم می‌تنیدند، در هم می‌لولیدند، در هم می‌خلیدند و وجود او را در بر می‌گرفتند.

پسر جوانی که از روبه‌رو می‌آمد به کامران سلام کرد. گرچه کامران چهره‌ی او را به جا نیاورد، اما تردیدی نداشت که یکی از دانشجویان پیشین او بوده است. یکی از همان دانشجویانی که با شور و هیجان بسیار به دانشکده‌ی فلسفه می‌آیند و سال‌ها همان‌جا می‌مانند. مثل خود او که زمانی آمده و ماندگار شده بود. اتاق‌های استادان و کلاس‌های دانشکده‌ی فلسفه در برابر چشمان او ظاهر شدند. همه غرق در غرور و همه غرق در تحقیر. ساختمانی قدیمی که در ماه‌های نخست تحصیل کامران، برای او همچون دژی تسخیرناشدنی می‌نمود. اما او موفق شده بود با جهیدن از فراز سایه‌های تردید و پشت سر نهادن موانع ریز و درشت، قفل آن دژ را بشکند و به درونش راه یابد. یک پیروزی باور ناکردنی و غیر قابل تصور، که سال‌ها باعث پروار شدن غرورش شده بود.

سال‌ها پیش، پسرش، بیژن، به او گفته بود که به داشتن چنین پدری بر خود می‌بالد و به او افتخار می‌کند. کامران در پاسخ گفته بود: «نه پسرم، من کار فوق‌العاده‌ای نکرده‌ام. نشسته‌ام کانت و هگل خوانده‌ام. در آلمان کلی ایرانی موفق وجود دارد. از پروفسور و دکتر گرفته تا مهندس و معمار.» و بیژن گفته بود: «اما

استاد ایرانی رشته فلسفه نداریم. داریم؟» و کامران با فروتنی گفته بود: «نمی‌دانم.»

کامران به‌رغم آن فروتنی از اینکه توانسته بود در کشوری که مهد فلسفه‌ی کلاسیک و در عین حال، زادگاه اندیشه‌های نو و جسورانه‌ی فلسفی است، به کرسی استادیاری این رشته دست یابد، احساس غرور می‌کرد. در ماه‌های نخست پس از استخدامش، صبح‌ها وقتی به پیرمرد آن سوی آینه نگاه می‌کرد، در چهره‌ی او آثار این غرور، این باور داشتن به خود را آشکارا می‌دید. پیرمرد نیز به او گفته بود که به داشتن دوستی همچون او افتخار می‌کند و او نیز با لبخندی به مهر پیرمرد پاسخ داده بود.

رفتار او در سایه این غرور و این اعتماد به نفس تغییر کرده بود. محکم‌تر از پیش قدم بر می‌داشت و قاطع‌تر سخن می‌گفت. جدی شده بود و کمتر شوخی می‌کرد. پنداری پوست انداخته باشد. او با کشف فردیت خود، فرد دیگری شده بود. او بر دودلی و تعلل خود، بر وحشت ناشی از آنکه نتواند از پس آزمون‌های زندگی برآید، فائق آمده بود. او توانسته بود خود را از شوره‌زارِ ویرانگرِ تردیدهای یک مهاجر برهاند. همان تردیدهایی که باور به آن‌ها از مهاجران کوتوله‌هایی می‌سازد که در حاشیه اجتماع حضوری کم رنگ و نامحسوس دارند. کامران به اندازه موفقیت غیرقابل تصور خود، قد کشیده بود. اما غرور او در واپسین سال‌های کارش زخم برداشته بود. برگیته او را تحقیر کرده بود. برگیته اولین و آخرین نامه‌ی او را بی‌پاسخ گذاشته بود و در برابر عشق او، در برابر حس لطیف و عاشقانه‌ی او، دیواری بلند از جنس یخ بنا کرده بود.

آن بازی سرنوشت‌ساز، تنها یک بازنده داشت و آن کامران بود. او بود که زندگی مشترک خود با سودابه را به پای قمار آن ماجرا ریخته بود. برگیته برای آن ماجراجویی عشقی هزینه‌ای نکرده بود که حال نگران ورشکستگی و زیان خود باشد. برگیته جوان بود و چون جوان بود، نگران آینده نبود. اما کامران سال‌خورده بود و پس از تباه شدن زندگی زناشویی‌اش و قطع رابطه‌اش با برگیته، از زمین شخم زده‌ی آینده تنها می‌توانست پشیمانی و تحقیر برداشت کند. او از با برگیته بودن، به تنهایی و تنها بودن رسیده بود.

در آخرین دیدار پیش از جدایی‌شان، برگیته خیلی سرد و بدون احساس به کامران گفته بود که قادر به ادامه‌ی آن رابطه نیست. کامران پرسیده بود که آیا او قادر به ادامه‌ی آن رابطه نیست یا تمایلی به ادامه‌ی آن ندارد؟ برگیته بی‌آنکه توضیح بیشتری بدهد، ابراز تاسف کرده، لبخندی زده و رفته بود. کامران خشک و بی‌حرکت همانجا ایستاده و به دور شدن برگیته زل زده بود. برگیته بی‌آنکه لحظه‌ای به عقب بنگرد، راه خود را ادامه داده و از برابر چشمان او محو شده بود.

آن خانه‌ی کاغذی که کامران بر پایه‌ی آن رابطه‌ی عاشقانه بنا نهاده بود، در چشم برهم زدنی بر سر رویاهای دیرهنگامش آوار شده بود. رابطه‌اش با سودابه در سایه آن ماجراجویی عشقی از هم پاشید. او خود را طرد شده و تنها می‌دید. سودابه و برگیته هر دو، با فاصله زمانی نسبتاً کوتاهی به او پشت کرده و رفته بودند.

چشمان خود را برای لحظه‌ای بست. هجوم خاطرات راه فرار ذهن او را به کلام و کتاب سد کرده بود. به خود و سرنوشت خود می‌اندیشید، به آن غرور و به آن تحقیر. از لذت آن غرور چیز زیادی باقی نمانده بود، اما رنج آن تحقیر هنوز آزارش می‌داد. غروری که ریشه در گذشته داشت و با گذشت هر روز از قد و قامتش کاسته می‌شد و تحقیری که گرچه از دل گذشته برخاسته بود، روز به روز فربه‌تر می‌شد و دست به چپاول لحظه‌های تنهایی‌اش می‌زد.

عشق افلاطونی

کامران درِ کتابخانه را باز کرد و پیش از ورود به درون آن سرک کشید. این بدل به یکی از همان عادت‌های اخیر او شده بود. در آن ایامی که به عنوان استادیار در این دانشکده مشغول به کار بود، هرگز چنین آرام و خزنده پا به درون کتابخانه ننهاده بود. از دیگر استادان دانشکده یاد گرفته بود که باید در را با یک حرکت ناگهانی باز کرد و بدون توجه به دانشجویان و به میزها و قفسه‌ها، مستقیم به سراغ کتاب معینی رفت. آن زمانی که هنوز دانشجو بود با دیدن رفتار سرد و بی‌روح و توام با تفرعن این استادان از خود می‌پرسید: «این‌ها درباره خودشان چه فکر می‌کنند؟ با خواندن کانت و هگل که آدم کانت و هگل نمی‌شود.»

گرچه او این رفتار استادان را نکوهش می‌کرد، اما خود او نیز پس از آنکه به عنوان استادیار کارش را شروع کرد، ناآگاهانه همان رفتار را در پیش گرفته بود. سودابه بی‌آنکه درباره‌ی رفتار استادان و نحوه‌ی برخورد آن‌ها با دانشجویان دانشکده فلسفه چیزی بداند به همسر خود توصیه کرده بود: «برای اینکه دیگران تو را جدی بگیرند، اول باید تو خودت را جدی بگیری.» کامران تلاش کرده بود در زندگی حرفه‌ای‌اش به آن توصیه عمل کند. جدی بودن برای او صورتکی شده بود که گرچه چهره‌اش را می‌پوشاند، اما در عین حال به تناقض‌های درونی‌اش نیز دامن می‌زد.

کتابخانه مثل همیشه خلوت بود. خوب یا بد از برگیته هم خبری نبود. کامران نفس بلندی کشید. به قفسه‌های کتاب نگاهی انداخت و کتابی را برداشت و رفت

روبه‌روی یک دانشجوی ژاپنی نشست. روبروی همان دانشجوی ژاپنی‌ای که کامران هر بار او را آنجا دیده بود، سال‌های سال، مردی میانه‌سال، آرام و بی‌حرکت.

آن دانشجوی ژاپنی بدل به روح آن کتابخانه‌ی کم‌وبیش متروک شده بود. مطالعه‌ی آثار فلسفی توسط آن دانشجوی دائم‌العمر، او را بی‌اختیار به یاد آداب و رسوم نوشیدن چای نزد ژاپنی‌ها می‌انداخت. اینکه ساعت‌ها بی‌حرکت و بی‌صدا گوشه‌ای بنشینی و با خود و اندیشه‌های خود خلوت کنی. انجام چنین کاری برای کامران غیر قابل تصور بود. از خود پرسید: «آیا این مرد در اوج آرامش روحی خود، از طوفان‌های سهمگین خارج از این اتاق، چیزی شنیده است؟» پاسخش را نمی‌دانست. فقط می‌دانست که آن دانشجو برای زندگی خود، نشستن در برج واژه‌ها و ایده‌ها را برگزیده است. آنجا که دنیا، از واقعیت به تخیل و چه بسا به توهم بدل می‌شود.

کتابی را که انتخاب کرده بود، به‌رغم عنوان جذابش، حرف زیادی برای گفتن نداشت. کامران از جای خود برخاست. دانشجوی ژاپنی از گوشه‌ی چشم خود نگاهی به او انداخت. او بی‌آنکه هرگز در کلاس‌های درس کامران شرکت کرده باشد، از اینکه او زمانی در این دانشکده به عنوان استادیار تدریس می‌کرده، مطلع بود. شاید هم با همان نگاه تیزبین‌اش آن تغییر را در رفتار کامران دیده بود. کامران پس از فتح آن دژ به‌ظاهر تسخیرناشدنی، در ایام کار خود در آن دانشکده، هرگز این چنین فارغ بال که حال، کنار دانشجویان، پشت یکی از آن میزها ننشسته بود. مثل سایر استادان می‌آمد، کتابی بر می‌داشت یا می‌گذاشت و می‌رفت. هیچ استادی پشت آن میز نمی‌نشست. آنجا مرزی بود که بین استادان و دانشجویان کشیده بودند.

نگاه کامران در یکی از قفسه‌ها روی کتابی متوقف ماند. کتابی درباره‌ی تمثیل روح و دولت در جمهوریت افلاطون. همه چیز از آن کتاب شروع شده بود. آن کتاب، کلید ورود او به وادی عشق بود. سایه‌ی همان کتاب، حال بر فصل‌های بعدی زندگی او سنگینی می‌کرد. مرتضی روزی از او خواسته بود، از ماجرای عشقی خود پرده برگیرد. گفته بود:

- حالا که همه چیز تمام شده است. دست‌کم الان بگو رابطه‌ی تو و برگیته کی و چگونه شکل گرفت. برایم خیلی جالب است بدانم که چه چیزی توانسته رابطه‌ی تو و سودابه را خراب کند. آن هم رابطه‌ای که چنان محکم بود که هیچ‌کس حتی تصور اینکه این رابطه بتواند، روزی خراب بشود را نیز، به خود راه نمی‌داد. چنین چیزی در مخیله‌ی هیچ‌کس نمی‌گنجید.

کامران با مرتضی همیشه درددل می‌کرد. بسیاری از ناگفتنی‌ها را به آن دوست قدیمی و قابل اعتمادش می‌گفت. اما در آن ایامی که درگیر آن ماجراجویی عشقی شده بود، تماس‌اش با مرتضی و سایر دوستانش کمتر شده بود. فرصت زیادی برای تماس با دیگران نمانده بود. حضورش در خانه نیز روز به روز کمتر می‌شد. ادعا می‌کرد که حجم کارش در دانشگاه زیادتر شده است. همه‌ی تلاش خود را به کار گرفته بود تا شک و تردید سودابه را برنیانگیزد. نسبت به هوشمندی و زیرکی سودابه ذره‌ای تردید نداشت. نسبت به هوشمندی و زیرکی هیچ زنی ذره‌ای تردید نداشت.

پس از پایان رابطه‌اش با برگیته و پس از جدایی‌اش نیز کمتر میل داشت درباره‌ی آنچه آزارش می‌دهد، با کسی سخن بگوید. تا اینکه آن روز مرتضی از شروع رابطه‌اش با برگیته پرسیده بود. در همان نخستین هفته‌های پس از جدایی‌اش از سودابه بود. کامران پیش خود فکر کرده بود که اگر نتواند سخن دل خود را به مرتضی بگوید، آن را باید به چه کسی بگوید؟ رابطه‌اش با پسرش، بیژن که تیره شده بود و آیدا نیز از بابت مهری که همچنان به مادرش داشت، شاید شنونده‌ی خوبی برای سخن دل پدر خود نبود. آیدا گرچه ماجراجویی عشقی پدرش را به حساب تصمیم آزاد یک فرد بالغ نوشته بود، اما قادر به فهم جن‌زدگی هایدگری نبود.

آن روز، کامران در پاسخ مرتضی گفته بود: «همه چیز از یک کتاب شروع شد. از کتابی درباره‌ی جمهوریت افلاطون.» و مرتضی با همان طنز و کنایه‌ای که همیشه چاشنی سخن‌اش بود گفت: «عشقی که با افلاطون شروع بشود، می‌شود عشقی افلاطونی. ولی به نظر نمی‌آید که عشق شما خیلی هم افلاطونی بوده باشد.

افتادن به ورطه‌ی عشقی افلاطونی که باعث طلاق کسی نمی‌شود!» پس از لحظه‌ای مکث، در ادامه گفته بود: «عجب! پس اینکه گفته‌اند کتاب در زندگی و سرنوشت آدم خیلی نقش بازی می‌کند، معلوم می‌شود خیلی هم بی‌ربط نیست!» پس از آن قاه قاه خندیده بود. از آن خنده‌هایی که به نظر می‌رسد، لحظه‌ای شروع می‌شوند و پایانی ندارند. کامران نیز لبخندی زده بود. به هر روی آنچه موضوع خنده و مزاح آن‌ها شده بود، بخشی از سرنوشت او بود. سرنوشتی که پایان خوش و فرح‌بخشی نداشت و همین هم باعث شده بود که هیچ خنده‌ای نتواند از تلخی آن بکاهد. کامران، آن روز از دست کنایه‌ی دوستش نرنجیده بود. خود او نیز، بارها به رفتار خام خود، به ناپختگی نهادینه شده‌ی خود، خندیده بود.

کتاب را از قفسه‌ی کتاب برداشت و برگشت و روبه‌روی همان دانشجوی ژاپنی نشست. همه چیز از آن کتاب شروع شده بود. نه به آن علت، که آن کتاب، کتاب خاصی بود. البته که کتاب خاصی بود. اما نظیر آن کتاب خاص در آن کتابخانه شاید صدها نمونه‌ی دیگر نیز وجود داشت. هر یک از آن کتاب‌ها می‌توانست همان نقش را در زندگی کامران برعهده گیرد. اما آن کتاب به گونه‌ای تصادفی، چنین نقش سرنوشت‌سازی را در آن فصل از زندگی کامران بازی کرده بود.

افلاطون برای دولت و روح سه رکن و پایه متناظر پیش بینی کرده بود. تمنایی که می‌بایست در سایه‌ی جسارت و شجاعت به ثمر نشیند و خردی که با یاری همان شجاعت می‌بایست در برابر زیاده‌خواهی‌های تمنا بایستد. اما آنگاه که تمنا بر کامران حکم می‌راند و شجاعت او باعث ندیدن پیامدها شده بود، خردش مشغول چه کاری بود؟ پرسشی دیرهنگام که تنها پرده از توهم خردمندی دائمی انسان برمی‌گرفت. دست‌کم این خردمندی در زندگی او، در آن لحظات سرنوشت‌ساز، غایب بود، یک غایب بزرگ! زمانی به آیدا گفته بود: «اینکه می‌گویند انسان موجودی است خردمند، سخن خیلی صحیحی نیست. در بهترین حالت باید بگویند انسان موجودی است گاهی خردمند. و این یعنی انسان موجودی است گاهی هم مجنون.» او در زندگی خود هر دو را تجربه کرده بود.

کامران روزی به آیدا گفته بود: «می‌دانی اسکار وایلد درباره خردمندی انسان

چه گفته است؟ گفته انسان همان موجود خردمندی است که هر وقت از او بخواهند بر اساس قواعد و قوانین همان خرد رفتار کند، آرامش خود را از دست می‌دهد.» آیدا خندیده بود. هر دو به‌خوبی می‌دانستند که ادعای خردمندی برای انسان یکی از همان دروغ‌هایی است که انسان برای رضایت خاطر خود سر هم کرده است.

مرتضی گفته بود: «بقیه‌ی ماجرا را تعریف کن! پس این رابطه‌ی عشقی از یک کتاب شروع شده بود، آن هم از کتابی درباره‌ی جمهوریت افلاطون.»

– ماجرا در همان اوایل کارم در دانشکده‌ی فلسفه شروع شد. صبح زود به کتابخانه رفته بودم و...

موفقیت کامران برای ورود به ساختار به‌شدت محافظه‌کارانه‌ی دانشکده‌ی فلسفه کلن، از او چهره‌ای جذاب ساخته بود. برقی در نگاهش بود که در آن می‌شد رد پای غرور و رضایت را به سهولت دید. لبخندش در آن هنگام شباهتی به لبخندهای کنونی او نداشت. آن لبخند حامل پیام دیگری بود. در آن ایام با همان لبخند به دیگران می‌گفت: «ببینید من این ناممکن را ممکن ساختم!» کامران به‌خوبی می‌دانست که جنس لبخندهای آن روزهایش با لبخندهای کنونی‌اش، که پنداری بر لبانش وصله و پینه کرده باشند، یکی نبود. اگر به‌رغم تلخی سرنوشت هنوز لبخندی بر لب داشت، نه از سر دل‌خوشی بود که پوششی بود برای پنهان کردن آن رنج‌ها و غم‌هایی که با کمتر کسی می‌توانست درباره‌شان سخن بگوید. اما لبخندهای آن روزها، آن روزهای خوش، حال و هوای دیگری داشت.

پیام فرح‌بخش لبخند آن ایام آن چیزی نبود که از نگاه برگیته به دور مانده باشد. برگیته کتابدار کتابخانه‌ی دانشکده فلسفه بود. زنی جوان و مجرد که ساعاتی طولانی از روزهای کاری خود را در بین قفسه‌های کتاب‌های فلسفی می‌گذراند. کامران چند ماهی بود که کار خود را به عنوان استادیار آغاز کرده بود. با آنکه در دوران دانشجویی با همه چیز آن دانشکده آشنا شده بود و حتی نظم نهفته در چینش کتاب‌ها در قفسه‌های کتابخانه‌ی دانشکده را نیز کشف کرده بود، باز هم

همه چیز برای او جدید و نامأنوس می‌نمود. او پیش از آن به خود به عنوان یک رهگذر می‌نگریست، اکنون اما می‌بایست همه چیز را از نگاه کسی که ادعای مالکیت دارد، بنگرد. او دیگر مهمان آن دژ نبود، بدل به یکی از میزبانان آن شده بود.

کامران در دوران دانشجویی‌اش برگیته را بارها در دانشکده فلسفه دیده بود. دیدارهایی که به تلاقی دو نگاه بی‌تفاوت خلاصه می‌شدند. برگیته جوان و جذاب بود، اما آن چنان زیبا نبود که هوش از سر کامران برباید و کامران نیز یک دانشجوی خارجی بود و تفاوتی با دیگر دانشجویان خارجی نداشت. می‌توانست یکی از همان دانشجویان خارجی ره گم کرده‌ای باشد که برای مدتی خود را سرگرم آموزش فلسفه می‌کنند و یک‌باره ناپدید می‌شوند. افرادی شاید کمابیش شبیه به آن دانشجوی ژاپنی که با نشستن در کتابخانه برای لحظه‌های زندگی‌شان بار معنوی تعریف نشده‌ای می‌تراشند. اما موفقیت کامران همه چیز را تغییر داده بود، موفقیتی که باعث شده بود، آن مرد خارجی، آن فرد پر راز و رمز، برای برگیته به یک‌باره جذاب شود.

کامران نیز مثل همه‌ی استادان تازه‌کار، تدریس خود را با سمینارهایی درباره افلاطون آغاز کرده بود. او در ساعاتی که تدریس نداشت به کتابخانه می‌آمد و کتاب‌های فلسفی را زیر و رو می‌کرد و تلاش داشت با سطح شناخت از آثار افلاطون در موسسات آموزشی آلمان آشنا شود. موهای جوگندمی‌اش در آمیزش با چهره‌ی مهربان و باوقارش بر جذابیتش دو چندان می‌افزود. گفت‌وگوهای او و برگیته در هفته‌ها و ماه‌های نخست بیشتر پیرامون محل این یا آن کتاب، این یا آن قفسه دور می‌زد. پس از گذشت چند ماه یک روز صبح که او به کتابخانه‌ی دانشکده مراجعه کرده بود، برگیته کتابی را به او نشان داد و پرسید:

- دنبال این کتاب بودید؟

کامران از دیدن کتاب بسیار خوشحال شد. مدت‌ها در جست‌وجوی آن کتاب بود. کتابی مربوط به تمثیل روح و دولت در جمهوریت افلاطون. در آن لحظه کامران از قدرت نهفته در آن کتاب و نقش سرنوشت‌ساز آن در زندگی‌اش تصوری

نداشت. لبخندی که بر لبان او نشست، همان پاسخی بود که برگیته در طلب آن بود. برگیته گفته بود: «امروز یکی از دانشجویان آن را تحویل داد. با اینکه چند نفر دیگر هم در لیست متقاضیان بودند، فکر کردم که مهم‌تر است این کتاب را به شما بدهم.»

برگیته در پاسخ به پرسش کامران که خواسته بود علت این لطف ویژه را بفهمد گفته بود: «آقای دکتر بهرامی، بدیهی است که استادان بر دانشجویان ارجحیت دارند. هر دانشجویی برای آموزش خود این کتاب را مطالعه می‌کند، ولی شما برای تدریس به دیگران به آن نیاز دارید.»

این لطف اما ادامه یافت. کامران نیز همچون سایر استادان دانشکده لیست کتاب‌های مورد نیازش را به برگیته می‌داد و برگیته آن‌ها را تهیه می‌کرد و به او تحویل می‌داد. امتیازی که در انحصار استادان بود و اغلب شامل حال استادیاران نمی‌شد. برگیته شیفته‌ی مسائل فلسفی بود. یا حداقل چنین وانمود می‌کرد. فصل جدید گفت‌وگوهای بین او و کامران از مسائل فلسفی آغاز شد و مدت‌ها نیز ادامه یافت. کامران نیز مجذوب زیبایی برگیته شده بود. زیبایی که تنها به سیما و پیکر برگیته محدود نمی‌شد. از آن فراتر می‌رفت. زیبایی که در سایه‌ی اشتیاق برگیته به مسائل فلسفی در نگاه کامران جلوه‌ی دیگری یافته بود.

برگیته علاقه‌ای به گفتمان‌های پیچیده و آکادمیک فلسفی نداشت. او فلسفه را نزد خود آموخته بود و به ندرت در کلاس‌های عمومی فلسفه شرکت می‌کرد. اما پس از آشنایی با کامران، ابراز علاقه کرده بود در کلاس‌های درس کامران شرکت کند؛ به عنوان دانشجوی مهمان. می‌آمد و گوشه‌ای می‌نشست و یادداشت برمی‌داشت. بی‌آنکه چیزی بگوید یا چیزی بپرسد. می‌گفت: «چرا باید وقت سایر دانشجویان را بگیرم. من هر وقت اراده کنم، می‌توانم پرسش‌هایم را مستقیماً با تو در میان بنهم.» همین موضوع باعث شده بود که برخی از بعدازظهرها با هم به کافه کرومل بروند و درباره مسائل فلسفی با یکدیگر گفت‌وگو کنند. درباره‌ی تمنا و جسارت و خرد سخن بگویند.

برگیته بیشتر مایل بود به آن مسائل فلسفی‌ای بپردازد که با زندگی روزمره‌ی

مردم پیوند خورده‌اند. در جست‌وجوی معنای زندگی به عنوان یک مفهوم فلسفی نبود و به مباحث تئولوژیک و دینی کمترین علاقه‌ای نداشت. مایل بود معنای زندگی خود را بداند. برای او شناخت هویت خود، خواه این هویت فردی‌اش باشد و یا هویت اجتماعی‌اش، مهم‌تر از فهم راز هستی به طور کل بود. از همین رو، مطالعه نامه‌هایی که شیلر درباره‌ی تربیت زیبایی‌شناسانه‌ی انسان نوشته بود را بر خواندن پدیدارشناسی روح هگل ترجیح می‌داد.

سودابه برخلاف برگیته هیچ‌گاه شنونده خوبی برای اندیشه‌های فلسفی کامران نبود. حتی فراتر از آن، مباحث فلسفی را خسته کننده و چه بسا خطرناک می‌دانست. سودابه به‌ویژه از طرح مسائل فلسفی در گفت‌وگوهای بین کامران و آیدا ناخشنود بود و آن را یگانه علتی می‌دانست که رفتار غیرعادی دخترشان را سبب شده است.

میل به سخن گفتن کامران در مورد مسائل فلسفی در همان ماه‌های اول شروع کارش به اوج خود رسیده بود. او مایل بود هیجان ناشی از آموخته‌های فلسفی خود را با کسی در میان نهد. درباره‌ی پرسش‌های خود با دیگران سخن بگوید. دانش فلسفی خود را در گفت‌وگو با دیگران به نمایش بگذارد و از این منظر تحسین دیگران را برانگیزد.

سودابه نتوانسته بود با صرف لحظات فراغت خود برای شنیدن آن سخنان، از تب ناشی از هیجان فکری کامران بکاهد. او هیچ‌گاه تصور نمی‌کرد که فلسفه بتواند در نزدیکی و دوری دو انسان چنین نقشی ایفا کند. حال آنکه، برگیته، آگاهانه یا حتی به‌گونه‌ای کاملاً تصادفی چنین نقشی را در زندگی کامران برعهده گرفته بود. آن دو ساعت‌ها با هم در کافه کرومل می‌نشستند و درباره‌ی فلسفه سخن می‌گفتند. برگیته نه تنها بر آن نبود بر هیجانات روحی کامران سرپوش نهد، نه تنها نمی‌خواست بر آتش سوزان برخاسته از آن هیجان فکری آب بپاشد، بلکه خود نیز از مشاهده‌ی آن هیجان، از احساس آن گرمای ناشی از شور و شوق کامران، به وجد می‌آمد و دچار هیجان می‌شد.

مرتضی گفت: «خُب، تا اینجا که عشق‌تان کاملاً افلاطونی بوده است. چی شد

که یک‌باره افلاطون به تاریخ پیوست و تب و هیجان ناشی از مباحث فلسفی جای خود را به تب و هیجان هم‌آغوشی داد؟ از قسمت‌های خوب قصه تعریف کن.»

ـ برگیته خیلی مایل بود درباره‌ی زندگی من بداند. اینکه مثلاً کجا و در چه خانواده‌ای به دنیا آمده‌ام؟ شغل پدر و مادرم چه بوده است؟ اینکه کی و چرا به فلسفه علاقمند شدم؟ چطور سیاسی شدم و ده‌ها پرسش دیگر.

دانشجوی ژاپنی نگاهی به ساعتش انداخت. کتاب‌هایش را روی میز کُپه کرد، خودکارش را بین دفترش نهاد و دفترش را بست. از بالای عینکش نگاهی به کامران انداخت، لبخندی زد و از جای خود بلند شد و کتابخانه را ترک کرد. وقت ناهار بود و حتی این روح آرام نیز برای ادامه‌ی بقای خود نمی‌توانست تنها از اندیشه‌های فلسفی تغذیه کند. کامران مدت‌ها پیش دریافته بود که الزام‌های زندگی همچون ریسمانی مانع از پرواز بلند روح آدم می‌شوند. کامران هم در پاسخ به لبخند او، لبخندی زد و مشغول خواندن کتاب خود شد. یا شاید مشغول ادامه‌ی سفر خود شد، در خاطراتی که آن کتاب بار دیگر به سطح لحظه کشانده بود.

سخن گفتن درباره‌ی خود یعنی پرده برگرفتن از پستوهای روح و روان. او در برابر پرسش‌های برگیته، هر آنچه گفتنی بود، گفته بود. بسیاری از آن‌ها را که کم آزارتر بودند، در کافه کرومل و برخی دیگر را، و به‌ویژه رازهای زندان را، پس از شکستن سکوتِ مستانه‌ی برخاسته از رخوت یک هم‌آغوشی. یک بار حتی نتوانسته بود مانع از گریه خود شود. سرش را روی سینه‌ی برگیته گذاشته و گریسته بود. در آن لحظه روح و پیکرش، عریان در آغوش برگیته قرار داشت. همچون کودکی که به آغوش مادرش پناه برده باشد. از رنج‌هایی گفته بود که پیش و پس از آن هرگز به کسی نگفته بود. برگیته انگشتان بلند و نوازشگرش را میان موهای جوگندمی او سرانده بود و سعی در آرام کردن او داشت.

کودک درون وجود کامران دوباره جان گرفته بود. نه آن کودکی که کامران به هنگام بازی با نوه‌ی خود، با ساندرا در درون خود کشف می‌کرد. کودکی که آن روز گریه کرده بود، کودک رنجدیده‌ای بود که آمده بود تا در آغوش گرم کسی که دوستش می‌داشت، آرام و قرار بگیرد. کامران همه چیز خود را به برگیته گفته

بود و حال آنکه چیز زیادی از او و زندگی او نمی‌دانست. اما بازگویی رازها به برگیته از سنگینی بار آن‌ها نکاسته بود. او پس از آن نتوانسته بود، آن وقار و آن شخصیتی را به نمایش بگذارد که آرزو می‌کرد. او در برابر برگیته حس می‌کرد که عریان و بی‌دفاع شده است.

او نه تنها زندگی مشترک خود را به پای این قمار برخاسته از ماجراجویی عشقی باخته بود، بلکه حکمروایی بر روح خود را نیز به آن غریبه سپرده بود. غریبه‌ای که روزی آمد و روزی دیگر، بی‌آنکه به عهد خود وفادار بماند، رفت. کامران از خود پرسید: «کدام عهد؟» برگیته هرگز هیچ پیمانی با او نبسته بود. فقط بسترش را با او شریک شده بود. اجازه حضور به کامران در بخشی از لحظه‌های زندگی خود داده بود. اما هرگز از کامران نخواسته بود که زن و زندگی‌اش را رها کند، نخواسته بود، حجم بیشتری از لحظات زندگی‌اش را با حضور او پر کند. نمی‌خواست جای کسی را تنگ کند. از این رو، عذابی وجدانش را به بازی نگرفته بود.

برای برگیته، این یک ماجراجویی عشقی نبود، صرفاً یک ماجرا بود. ماجرایی کنار ده‌ها ماجرای مشابه که تاریخ زندگی یک نفر را رقم می‌زنند. برگیته صرفاً مایل بود معمای کامران را، معمای زندگی او را کشف کند. کشف که کرد، نیازی به ادامه‌ی آن رابطه نداشت. همچون زنبوری بود که آمده بود از شهد گلی نصیب ببرد و برود. در بزم او ننشسته، برخاست و رفت. در جهانی که در برابر برگیته قرار داشت، کم نبودند معماهایی که او مایل به کشفشان باشد. زنبور می‌بایست در پرواز مستانه‌ی خود، گل‌های دیگر را می‌بویید، از شهد ناگفته‌هایشان غرق در لذت می‌شد.

یک دختر و پسر جوان وارد کتابخانه شدند. دختر پالتویش را درآورد و روی پشتی صندلی انداخت. پسر هم کنارش نشست. دختر از کیفش کتابی را درآورد، باز کرد و صفحه‌ای را به پسر نشان داد. کامران از سر کنجکاوی نگاهی به کتاب او انداخت. از رنگِ سبزِ جلد و قطر کتاب تقریباً مطمئن بود که باید نسخه‌ای از سنجش خردِ ناب کانت باشد. پیش خود گفت: «خردِ ناب!» و خردِ ناب دقیقاً

همان خردی بود که می‌بایست در فضای وهم‌آلوده‌ی فلسفی به دنبال آن گشت. خردی که کامران در زندگی خود می‌شناخت ناخالصی‌های زیادی داشت. رگه‌های جنون و رد پای پر رنگِ احساسات را می‌شد در آن دید. خردی که کامران در زندگی خود تجربه کرده بود، گلزاری بود فراموش شده که در جا به جای آن علف هرز روییده بود.

مرتضی پرسیده بود که آیا کامران پس از قطع رابطه‌اش با برگیته، هیچگاه او را دیده است؟ کامران گفته بود: «آره. چند بار همدیگر را دیدیم، کاملاً تصادفی. دیدارهای کوتاهی که به سلام و احوال‌پرسی خلاصه می‌شدند.» کامران در گفتن این موضوع نه با مرتضی صادق بود و نه با خودش. یک بار در همان ماه‌های نخست پس از جدایی‌شان، روزی به گونه‌ای تصادفی با برگیته روبه‌رو شده بود. کامران بر آن بود وارد ساختمان دانشگاه شود و برگیته در حال خروج از ساختمان بود. سینه به سینه که نه، روبه‌روی هم ظاهر شده بودند. به‌رغم آنکه فاصله بین‌شان کم نبود، کامران هُرم نفس آشنای او را، آمیخته با بوی عطری که همیشه حضور پیکرش را نوید می‌داد، روی چهره‌ی خود حس کرده بود. آهنگ ضربان قلبش شتاب گرفته بود. بارقه‌ای از امید در دلش نشسته بود.

کامران سرخ شده بود. عرقی سرد بر پیشانی‌اش نشسته بود. به لکنت زبان افتاده بود. مهار احساس‌اش را از دست داده بود. احساسی که مدت‌ها سرکوب را تحمل آورده و حال با سرریز شدن کاسه‌ی صبر و حوصله‌اش، غلیان کرده بود، شورش و بلوا به راه انداخته بود. بر غروری زخم خورده چیره شده بود. همان غروری که باعث سکوت و خودخوری آدم می‌شود. این احساسِ عصیانگر، شرم برخاسته از خویشتن‌داری را زیر پا له کرده و خود را در برابر برگیته، عریان به نمایش گذاشته بود.

کامران با زبان بی‌زبانی، نسبت به از سرگیری رابطه‌شان ابراز تمایل کرده بود. فروتن و نادم در برابر او ایستاده بود. از قطع رابطه‌شان ابراز پشیمانی کرده بود. اما این کامران نبود که در چشم رابطه‌شان خاک پاشیده و با بی‌پروایی از فراز ویرانه‌های احساساتی آسیب دیده و مجروح جهیده بود. این برگیته بود. او نه تنها

هرگز اثری از جن‌زدگی هایدگری در خود ندیده بود، بلکه با شنیدن آن موضوع از سوی کامران به خنده افتاده بود. قاه‌قاه خندیده بود. بی‌گمان او آن روز به سادگی روح و روان کامران و به بازمانده‌های ذهنی فرد نابالغ پی برده بود. همان فرد نابالغی که جوانی‌اش به یغما رفته بود. برگیته خیلی صریح و روشن به کامران فهمانده بود که تمایلی به از سر گیری آن مناسبات ندارد. نوعی التماس و تمنا در کلام کامران وجود داشت. برگیته در پاسخ گفته بود که آنچه زمانی او را به سوی کامران جلب کرده، وقار او بوده است و خوش ندارد کامران را در چنین وضعیتی ببیند. با زبان بی‌زبانی گفته بود که تکدی عشق، مرگ عشق است.

برگیته آن روز بوسه‌ای بر گونه‌ی کامران زده و رفته بود. بوسه‌ای که هیچ هیجانی از آن برنمی‌خاست. کامران در زیر پوست چهره‌ی خود، همان جایی را که برگیته بوسیده بود، احساس سوزش کرد. پنداری کسی یا چیزی او را گزیده باشد. شاید همان زنبور بود. برگیته رفت و پشت سر خود را نیز نگاه نکرد. کامران خشکش زده بود. سرمای بیرون و سردی روح برگیته جسم و جانش را منجمد کرده بود. همانجا ایستاده بود. مثل یک تکه یخ!

نامه

(پنجشنبه، ساعت هفت و بیست و شش دقیقه بعدازظهر)

کامران راه خود را به سوی خانه در پیش گرفت. باران خفیفی می‌بارید. از همان باران‌های ریزی که پیاپی می‌بارند و خیال قطع شدن ندارند. قطرات آب در آمیزش با برودت هوا، همچون دانه‌های ریز و تیزِ یخ، به سر و صورتش اصابت می‌کردند. صبح که خانه را ترک می‌کرد، به گزارش هوا اعتماد کرده بود. خطایی که چند بار در هفته مرتکب می‌شد و هیچ از آن نمی‌آموخت. چتر را کنار رخت‌آویز خانه دیده بود، اما در عین حال، نگاهی به کتاب‌هایی انداخته بود که می‌بایست بار آن‌ها را بر دوش می‌کشید. از حمل چتر چشم پوشیده بود. برای دلخوشی خود گفته بود: «پیش‌بینی کرده‌اند که گرچه هوا امروز ابری است، ولی باران نمی‌بارد.» هوا ابری بود و باران هم بارید.

پیکر خود را زیر پالتوی نیمه خیس‌اش جمع کرد. از ایستگاه تا خانه مسافت زیادی نبود. اما همین مسافت کوتاه نیز کافی بود که قطرات باران نشسته بر سطح پالتویش راهی برای نفوذ به سوی پیکرش بیابند. باید از فکر سرما و باران خود را می‌رهاند. بی‌اختیار به یاد سخن سودابه افتاد. همیشه می‌گفت: «کافی است که تو، فقط کلمه سرما را بشنوی تا سرمابخوری.» او درستی آن داوری را و تاثیر غیرقابل انکار تلقین روحی را، در پهنای زندگی خود تجربه کرده بود. در سایه‌ی همان تلقین روحی می‌توانست در لحظه‌ای غم‌باد بگیرد و می‌توانست، لحظه‌ای پس از آن، شاد و خندان شود.

کامران برای عبور از واهمه‌ی سرماخوردن، خود را سرگرم تک و توک

پنجره‌های روشنِ خانه‌های خیابان کرد. فرمانروایی همه‌ی حواس خود را به بینایی‌اش سپرد تا از این طریق، نگاه با هوش و حواس‌اش همسفر شود و او بتواند سرما و باران را فراموش کند و از زهر خاطرات آشفته‌ای، که آن روز در اثر رفتن به دانشگاه، از اقشار تحتانی حافظه‌اش بالا آمده بودند و در سطح لحظه‌هایش جاری شده بودند، بکاهد.

در قاب یکی از آن پنجره‌های بزرگ، زن و مردی را دید که در برابر هم ایستاده‌اند و در حال گفت‌وگو با یکدیگرند. لب‌هایش را در هم کشید، سر خود را به نشانه‌ی تاسف تکان داد و خطاب به خود گفت: «نه! این یک گفت‌وگوی ساده نیست. تردیدی ندارم که این یک مشاجره‌ی تمام عیار است، از همان دعواهای بدفرجام!» حرکات سریع و شتاب‌زده سر و دست آن زن و مرد را چون یک دعوای زناشویی تفسیر کرده بود. تجربه‌ای که به‌رغم زندگی کمابیش خوب خود با سودابه، به‌ویژه در واپسین سال‌های زندگی مشترک‌شان، بارها از سر گذرانده بود. یک بار از خود پرسیده بود که آیا در زندگی خوشبخت بوده است؟ آیا می‌تواند از سعادت و نیک‌بختی در زندگی خود سخن بگوید؟ آیا زندگی در کنار هم، اما روی دو ریل موازی، همان زندگی است که از دوران جوانی خواهانش بوده است؟ اینکه تو بدانی با کسی همسفر هستی، بی‌آنکه با او همراه باشی؟ و پیش خود اعتراف کنی که حتی اگر مقصدتان یکی است، مقصودتان الزاماً یکی نیست! و حتی اگر معبدتان یکی است، معبودتان الزاماً یکی نیست!

به نزدیکی خانه‌ی خود که رسید، نگاهش روی صندوق پست خانه‌اش متوقف ماند. صندوق پستی که مالامال از نامه شده بود. درِ صندوقِ پست را باز کرد. چند روزی بود که نامه‌ها را خالی نکرده بود. موضوعی که پیش از شروع ایام بازنشستگی‌اش هرگز برای او پیش نمی‌آمد. طبق عادت، هر روز و حتی روزهای شنبه نیز صندوق پست را خالی می‌کرد. نامه‌ها را روی میز می‌گذاشت و با وسواس و دقت، آن‌ها را یکی پس از دیگری دسته‌بندی می‌کرد. نامه‌های تبلیغی و کم اهمیت را بی‌درنگ به درون سطل کاغذهای باطله می‌انداخت و سایر نامه‌ها را در زونکن‌ها می‌گذاشت. اما، اکنون در انتظار خبری نبود. کدام خبر؟ از کی و از کجا؟

نامه‌هایی که پستچی ظرف آن سال‌ها هر روز در صندوق پست خانه‌اش می‌انداخت یا از موسسات مالی بود که مایل به دادن وام به او بودند، یا نامه‌های تکراری اداری و هر از گاهی هم صورتحسابی که باید پرداخت می‌شد و پرداخت نشده بود. مدت‌ها بود که هیچ نامه‌ای و هیچ خبری نتوانسته بود او را غافل‌گیر کند. دریافت نامه‌های تکراری جلوه‌ی دیگری از آن تکرارِ ملال‌آورِ تلنبار شده در لحظات زندگی او در آن سال‌ها بود.

این موضوع که او در آن سال‌ها با بی‌توجهی تمام، از کنار صندوق پست خانه‌اش بگذرد، پدیده‌ی نادری نبود. گاهی پیش می‌آمد که حتی یک هفته‌ی تمام صندوق پست را خالی نمی‌کرد. یکبار صندوق پستش آنقدر پر شده بود که یکی از همسایگانش فکر کرده بود، او به سفر رفته است. او را به هنگام خروج از خانه دیده و دوستانه به او توصیه کرده بود که هر وقت به مسافرت می‌رود، کسی را مامور خالی کردن صندوق پستش بکند. گفته بود صندوق پست پر از نامه در آلمان، حکم کارت دعوتی را دارد که آدم برای دزدان می‌فرستد.

کامران آن موضوع را به‌خوبی می‌دانست. به روی خود نیاورده و به آن اعتراف نکرده بود که هر روز از کنار آن صندوق پست با بی‌اعتنایی عبور کرده و آن را خالی نکرده است. از بابت آن توصیه‌ی دوستانه از همسایه‌ی خود تشکر کرده و به راه خود ادامه داده بود. کامران پیش خود گفته بود: «نفس‌اش از جای گرم بلند می‌شود. برای رفتن به سفر باید دل آدم خوش باشد.» حالِ دلش مدت‌ها بود که خوش نبود.

کامران در آن سال‌های آخر هرگز به سفر نرفته بود. برای تسکین دل خود هم که شده بود، می‌گفت: «کجا بهتر از خانه‌ی خود آدم؟» می‌گفت: «پیر شده و شب را باید در تختخواب خودش به سحر برساند.» می‌گفت: «تنها سفر کردن که صفایی ندارد.» مرد جوان تنهایی نبود که به قصد ماجراجویی تن به سفر بدهد. می‌گفت: «تنها سفر کردن از تنها شراب نوشیدن هم لذتش کمتر است.» شراب را از سر ناگزیری به تنهایی می‌نوشید، اما حاضر نبود رنج تنها سفر کردن را به جان بخرد. می‌گفت: «وقتی آدم تنهاست و به تنهایی شراب می‌نوشد، شاید بتواند

تنهایی خودش را فراموش کند. اما وقتی تنها سفر می‌کند، وزنِ تنهایی‌اش دو برابر می‌شود.»

دوستانش، مرتضی و رضا هر دو اعلام آمادگی کرده بودند که یکبار دستجمعی به سفر بروند. گرچه تنها سفر کردن برای رضا پدیده عجیبی نبود و او سال‌ها و چه بسا ده‌ها سال، در چارچوب فعالیت خبرنگاری خود، تک و تنها به این گوشه و آن گوشه از جهان سفر کرده بود، اما اکنون او نیز حال و حوصله تنها به سفر رفتن را از دست داده بود. سه نفری تصمیم گرفته بودند که در اولین فرصت با هم به سفر بروند. برنامه‌ای که بارها از آن سخن گفته بودند، اما هیچ گامی در راه اجرای آن برنداشته بودند.

سفر رفتن با هایکه نیز برای کامران غیر قابل تصور بود. زبان مشترکی نداشتند و از این رو، کامران تصور می‌کرد که سفر با هایکه پس از یکی دو روز بدل به سفری خسته کننده و ملال‌آور می‌شود. هایکه حتی حاضر نبود تن به سفر به نقاط ناشناخته‌ی این گیتی پهناور بدهد. او که عاشق طبیعت بود، تنها با زیبایی‌های چند نقطه از طبیعت جهان آشنا شده بود و تصوری از زیباییِ طبیعت مثلاً در جزیره‌ی بالی نداشت. در طول زندگی‌اش شاید بارها و بارها به جزیره مادیرا یا مایورکا سفر کرده بود، اما هیچگاه حاضر نشده بود به یک کشور آسیایی یا آفریقایی سفر کند.

صندوق پست پر از نامه و بروشورهای تبلیغی شده بود. نامه‌ها را روی میز آشپزخانه ولو کرد. آبجویی از یخچال در آورد و پشت میز نشست. در بین نامه‌ها، یک نامه توجه او را جلب کرد. نامه‌ای که برخلاف نامه‌های دیگر، غافل‌گیرش کرده بود. نامه‌ای که اتفاقاً گیرنده‌اش خود او نبود. نامه برای بیژن ارسال شده بود. اما بیژن سال‌ها بود که آنجا زندگی نمی‌کرد. بیژن پیش از جدایی او از سودابه، مستقل شده و به آپارتمان کوچکی واقع در نزدیکی مرکز شهر کلن رفته بود. اما اتاقش در خانه پدری دست نخورده مانده بود. بیژن هر از گاهی تنها یا با شریک زندگی‌اش، با نورا می‌آمد و آخر هفته‌ای را با پدر و مادر خود سپری می‌کرد. اما پس از جدایی والدینش، آدرس پستی‌اش را تغییر داده و دیگر هیچ شبی را در

خانه پدری به صبح نرسانده بود.

کامران به آن نامه‌ی عجیب خیره شده بود. سال‌ها بود که نامه‌ای نه برای بیژن، نه برای آیدا و نه حتی برای سودابه به آدرس او نمی‌آمد. اما حال، یک‌باره نامه‌ای برای بیژن آمده بود. کامران نامه را با دقت وارسی کرد. آن را سبک و سنگین کرد، در برابر تابش نور چراغ گرفت، ولی متوجه چیز بیشتری درباره‌ی آن نشد. اثری از اینکه نامه‌ای تبلیغی باشد روی پاکت آن دیده نمی‌شد.

فرستنده آدرس نامه را با دست نوشته بود و این خود دلیلی بر آن بود که این نامه نمی‌توانست نامه‌ای تبلیغی باشد. فرستنده نام کامل خود را ننوشته بود. نام خانوادگی‌اش را نوشته بود و از حرف "میم" به جای کل نام کوچک‌اش استفاده کرده بود.

کامران در خاطرات خود در بین دوستان بیژن، به دنبال فردی گشت که نامش با "میم" شروع می‌شد. چنین کسی را به یاد نمی‌آورد. روشن نبود که فرستنده یک زن است یا یک مرد. اگر نامه تبلیغی بود، نیازی به فکر و چاره‌جویی نبود. کامران می‌توانست با وجدانی آسوده، آن را به سطل زباله بیاندازد. اما با یک نامه‌ی شخصی نمی‌توانست چنین کاری بکند. او نمی‌توانست درباره‌ی اهمیت احتمالی آن نامه تصمیم بگیرد. او هرگز نامه‌های کسی را باز نمی‌کرد. همیشه می‌گفت نامه‌ها می‌توانند حامل ناگفته‌ها باشند. پیامی را حمل کنند که فرستنده از گفتن آن ناتوان بوده است. مثل همان نامه‌ای که خود او برای برگیته نوشته بود. نامه‌ای پر از تمنا، که با بی‌مهری برگیته روبه‌رو شده بود. او چگونه می‌توانست نگاه در نگاه برگیته بدوزد و جسارت گفتن چنین چیزهایی را بیابد؟ او چگونه می‌توانست غرور خود را در حضور برگیته از خود براند و از تمناهای دل و از وسوسه‌های روح خود بگوید؟

کامران می‌دانست که همه‌ی آن پیام‌ها، همه‌ی آن واژه‌هایی که به راحتی بر زبان نمی‌نشینند، می‌توانند روی کاغذ نقش ببندند. او چگونه می‌توانست مطمئن باشد که آن نامه نیز حامل ناگفته‌هایی از این دست نیست؟ از این رو، او چگونه می‌توانست نامه کسی را باز کند؟ حتی اگر آن فرد، پسر دلبندش باشد. آن نامه،

اما بهانه‌ی خوبی بود که کامران مجدداً صدای پسرش را بشنود. کامران دلش برای دیدن پسرش تنگ شده بود. او پسرش را با تمام وجود دوست می‌داشت. اما حال، پسرش بی‌سروصدا از همراهی در زندگی و سرنوشت او پا پس کشیده بود.

کامران دلش می‌خواست مثل گذشته دست بر دور گردن او بنهد و با او در جنگل قدم بزند. قدم بزند و درباره‌ی مسائل فلسفی با او سخن بگوید. به او بگوید که فلسفه یعنی شکافتن لایه به لایه سطح یک موضوع برای یافتن راهی به عمق آن. برای دست‌یافتن به رازهای پنهان هر چیزی که ذهن ساده از دیدنش واهمه دارد و از آن پرهیز می‌کند. به او بگوید که بسیاری از مردم از دانستن بیشتر لذت نمی‌برند، رضایت خود را از زندگی، وامدار کمتر دانستن، وامدار بی‌تفاوتی خود هستند. اما، بیژن از زندگی او خارج شده بود. عین بازیگری که آخرین نقش خود را روی صحنه ایفا کند و ناپدید شود.

از بی‌اعتنایی بیژن به خود، از بی‌اعتنایی به او برای دیدن فرزندش، رنج می‌برد. رنجی که اما از مهر او به پسرش نمی‌کاست. رنجی که بر اشتیاق دیدن پسرش می‌افزود. به‌خوبی می‌دانست که دوری جستن بیژن از او، از روی بی‌مهری نیست. تردید نداشت که بیژن به‌رغم آنکه از او دوری می‌جوید و از دیدار با او پرهیز می‌کند، همچنان مهر او را به دل دارد. بیژن آیدا نبود. بیژن چون آیدا یاغی و سرکش نبود. آرام و خوش‌رو بود، متین و باوقار. می‌توانست بی‌آنکه کلمه‌ای بگوید، ساعت‌ها به حرف پدر خود گوش دهد.

بیژن پدرش را تحسین می‌کرد و بارها به دیگران گفته بود که به داشتن چنین پدری افتخار می‌کند. رابطه کامران و بیژن چیزی فراتر از رابطه پدر با فرزند بود. بیژن به لحاظ رفتاری شباهت چندانی به آیدا نداشت. او متواضع و فروتن بود. به دور از جار و جنجال‌ها، وظایف خود را انجام می‌داد. نه صدای آموزگاران خود را در می‌آورد و نه کاری می‌کرد که موجب نگرانی والدینش بشود. اثری از آن روح سرکشی که کامران در آیدا می‌دید، در بیژن وجود نداشت. اما حال همان روح آرام، متانت خود را از دست داده بود. آسمانِ آرام و بی‌ابرش حال طوفانی شده بود. با آنکه به پدر خود مهر می‌ورزید، نامهربانی پیشه کرده بود.

کامران می‌دانست که بیژن برخلاف آیدا نتوانسته است با موضوع جدایی او از سودابه کنار بیاید. آیدا نیز همچون برادرش گناهِ تباه شدن رابطه زناشویی والدینش را به حساب پدر خود نوشته بود. اما آیدا در زندگی خود آموخته بود که نمی‌باید رابطه دیگران را از دریچه‌ی چشم خود بنگرد. هیچ کس بار داوری در این باره را بر دوش او نگذاشته بود و هیچ کس از او انتظار نداشت، در این جهان واژگونه همچون شاقولی بین رابطه پدر و مادر خود بایستد و توبره‌ی گناهان را در برابر چشمان آن دو بگشاید و بین‌شان توزیع کند. آیدا به تصمیم کامران و سودابه برای جدایی احترام می‌گذاشت.

نگاه آیدا به اخلاق و ارزش‌های اخلاقی نیز با نگاه بیژن تفاوت می‌کرد. آیدا اخلاق را بر بستر زمان و زمانه تعریف می‌کرد و برخلاف برادر خود، نگاهی رومانتیک به مسائل اخلاقی نداشت. آیدا یک بار به پدر خود گفته بود که داوری‌های اخلاقی وقتی در فراسوی زمان قرار بگیرند، بدل به قوانین دینی می‌شوند. همان الزام‌ها و باید و نبایدهایی که آیدا از تبعیت و پیروی از آن‌ها گریزان بود. کامران نیز به اندیشه‌های کانت درباره اخلاق باور نداشت. کامران می‌گفت: «مهم نیست که ما اصول اخلاقی را از دل باورهای دینی دربیاوریم یا باورهای دینی را از اصول مستقل اخلاقی. مهم این است که بدانیم آمیزش اخلاق و دین راه را بر اندیشیدن و داوری انسان سد می‌کند و اصالتی برای اندیشیدن و حقی برای داوری انسان قائل نمی‌شود.» یک بار با شیطنتی در کلام خود به بیژن گفته بود:

- می‌دانی چه کسانی به سراغ اخلاق می‌روند؟ آن‌هایی که نه زندگی را می‌شناسند و نه به شعور خودشان باور دارند. می‌دانی نظر اسکار وایلد درباره اخلاق چیست؟ به نظر اسکار وایلد، اخلاق آخرین پناهگاه برای کسانی است که نمی‌توانند زیبایی را بفهمند. یعنی همان سخنی که کنفسیوس دو هزار سال پیش از او و به شکل خیلی ساده‌تری زده بود. کنفسیوس گفته بود که در سراسر عمر خود هیچ کسی را ندیده که ارزش‌های اخلاقی را همانقدر دوست داشته باشد که زیبایی زنان را. می‌دانی معنی این حرف چیست؟ یعنی اینکه گزاره‌های اخلاقی

در اولین کشاکش خودشان با دنیای واقعی از پا می‌افتند و شانه‌اشان به خاک مالیده می‌شود.

بیژن انتظار شنیدن چنین چیزی را از پدر خود نداشت. خشکش زده بود، لحظه‌ای سکوت کرده و پس از آن سکوت پرمعنا در پاسخ گفته بود: «پذیرش سخن اسکار وایلد یعنی باطل دانستن همه‌ی ارزش‌های اخلاقی. یعنی باطل کردن همه آن ارزش‌هایی که جامعه انسانی را قابل تحمل می‌کنند.»

بیژن هیچ‌گاه آن سخن پدرش را فراموش نکرد. از خود می‌پرسید از کی تا به حال، اسکار وایلد بدل به استاد اخلاق و زندگی شده است؟ حتی چه کسی مدعی است که آنچه کنفسیوس گفته را باید بدون فکر و اما و اگر پذیرفت؟ بیژن یک روز آن گفته‌های کامران را برای آیدا نقل کرده بود. گفته بود: «از سخن کنفسیوس الزاماً این بر نمی‌آید که او زیبایی زنان را بر ارزش‌های اخلاقی ارجح می‌شمرده است. او تنها گفته که هر کسی را که دیده، چنین بوده است. شاید می‌خواسته بگوید که عموم مردم در سطح می‌لغزند و برای قوه بینایی‌شان بیشتر ارزش و اعتبار قائلند تا برای خرد و منطق‌شان.»

آیدا گرچه مایل بود از پدر خود دفاع کند، اما ترجیح داده بود با سکوت خود به ادامه‌ی گفت‌وگو پیرامون آن موضوعِ ناخوشایند پایان دهد. بیژن اما ادامه داده بود و گفته بود پنهان شدن پشت این عبارات کلی، برای پنهان کردن سُست‌عنصری و ضعف شخصی است. گفته بود که اسکار وایلد باید هم پشت چنین رویکردی به اخلاق پنهان می‌شد. به آیدا گفته بود که این نویسنده ایرلندی همه چیز بود مگر آموزگار اخلاق. «جالب اینجاست که پدرمان برای توضیح رفتارش، دست به دامان چنین آموزگاری شده است.»

کامران نیز هرگاه با خود خلوت می‌کرد و با خود صادق بود، به‌خوبی می‌دانست که نمی‌تواند به اخلاق همان نگاهی را داشته باشد که اسکار وایلد توصیه می‌کرد. او از جامعه‌ای می‌آمد که از همان کودکی پایبندی به ارزش‌های اخلاقی را در گوش او خوانده بودند و شاعرانش در وصف اخلاق و ارزش‌های اخلاقی شعرها سروده و سخن‌سرایی‌ها کرده بودند.

کامران نمی‌توانست اخلاق را از رفتار و زندگی خود حذف کند. او نمی‌توانست بر باورهای اخلاقی خود مُهر دین‌خویی بزند و زندگی خود را بر فراز ویرانه‌های آن ارزش‌ها بنا نهد. حتی دانستن آن موضوع که از منظر فلسفی ممکن نیست تعریف قابل پذیرشی برای اخلاق یافت نیز باعث آن نمی‌شد که او بتواند پشت اداها و ژست‌های روشنفکرانه پنهان شود و همان گزاره‌های اخلاقی را که خود او تحقیر می‌کرد، از زندگی و از باورهای خود پاک کند. برخلاف تصور سودابه، کامران هیچ‌گاه مُبلغ شیوه‌ی زندگی سارتر و دوبووار برای آیدا نبود. او بدون آنکه درباره‌ی آن موضوع داوری کرده باشد، درباره‌ی زندگی آن دو با دخترش سخن گفته بود.

بیژن همیشه پدرش را از بابت پایبندی‌اش به اخلاق می‌ستود و فروتنی پدر بستری شده بود برای شکل‌گیری یک دوستی عمیق بین آن دو. بیژن هیچگاه گمان نمی‌کرد که پدرش بتواند به‌رغم آن همه سخن گفتن از پایبندی به عهد و پیمان، به‌رغم آن همه توصیه‌ی اخلاقی، به پیمان خود با سودابه پشت بکند و با سبک‌مغزی تمام گام در وادی یک ماجراجویی بی‌معنا و بدهنگام بنهد. و دیدن یک زیبایی به نابینایی او بیانجامد، خرد از کف بدهد، مست و از خود بی‌خود شود و در سایه‌ی یک نطفه‌ی یک پیوند سست، درخت کهن و تنومند رابطه زناشویی‌اش را قربانی کند. بیژن بارها جن‌زدگی هایدگری پدرش را به سُخره گرفته و گفته بود: «جن‌زدگی آخرین پناهگاه کسانی است که نتوانسته‌اند مفهوم هستی را بفهمند.»

کامران نامه را روی میز گذاشت. جرعه‌ای آبجو، درنگ برخاسته از تردید او را از خود لبریز کرد. لیوان را روی میز گذاشت و مدتی بی‌حرکت به اعداد چشمک‌زن دیجیتال ساعت فرِ اجاق گاز خیره ماند. اما سرانجام تصمیم گرفت به بیژن زنگ بزند. در چنین شرایطی غرور چه معنایی می‌توانست داشته باشد؟ نامه‌ای آمده بود و او می‌بایست آن را به دست بیژن می‌رساند.

تلفن را برداشت و شماره بیژن را در لیست تماس‌هایش جستجو کرد. پیش از این نیازی به چنین کاری نبود. او شماره تلفن همه‌ی دوستان و همه‌ی عزیزانش

را، بی‌آنکه خود بخواهد، در حافظه‌اش داشت. اما حال بین تماس‌های تلفنی‌اش با بیژن فاصله‌ی زمانی زیادی افتاده و همین موضوع باعث فراموشی آن شماره شده بود. همین موضوع ساده حکایت از بحرانی داشت که بر رابطه‌ی او و پسرش سایه انداخته بود. از خود پرسیده بود که چگونه شماره‌ی پسرش را فراموش کرده است؟ پرسشی ساده که پاسخی دردآور داشت. پرسشی که یادآور شکاف بزرگی بود که بر دل دوستی او و پسرش نشسته و بذر بیگانگی بر رابطه‌ی او با یکی از عزیزترین انسان‌های زندگی‌اش پاشیده بود. کامران لیوان آبجویش را سر کشید و مجدداً پر کرد.

کامران پیش خود گفت: «سنگر گرفتن پشت غرور، آن هم در رابطه با فرزند کار خردمندانه‌ای نیست.» او بارها وسوسه شده بود، تلفن را بردارد و به پسر خود زنگ بزند. زنگ بزند و ابراز پشیمانی کند. زنگ بزند و از او بخواهد که پدرش را ببخشد. زنگ بزند و به او بگوید که تصمیم اشتباه گرفتن تنها محدود به جوانان نمی‌شود. به او بگوید که هزینه بسیاری از تصمیم‌های اشتباه برای جوانان بسیار نازل‌تر از هزینه همان تصمیم‌ها برای افراد سال‌خورده است. اما، هر بار در برابر این وسوسه‌ها مقاومت کرده بود. مقاومتی که ربطی به غرور زخم خورده‌اش نداشت. این تصورِ لحنِ سرد و بی‌روح بیژن بود که باعث شده بود هر بار از این کار چشم پوشی کند. بیژن با دیدن شماره‌ی تلفن پدرش، یا تلفن را جواب نمی‌داد و یا با دادن کوتاه‌ترین پاسخ‌ها و بهره گرفتن از سردترین کلمات و جملات، دل پدرش را بیش از پیش می‌شکست.

– حالت خوب است؟

– خوبم.

– حال نورا چطور است؟ از آیدا شنیده بودم که سینه‌اش عفونت کرده است. بهتر شده است؟»

– حالش خوب است.

– کار و زندگی چطور پیش می‌رود؟

– همه چیز خوب است.

کامران هوشمندتر از آن بود که پیام نهفته در آن پاسخهای کوتاه را متوجه نشود. بیژن با آن پاسخهای کوتاه مایل بود به او بفهماند که علاقهای به ادامهی تماس و علاقهای به ادامهی گفتوگو با او ندارد. یعنی دقیقاً همان چیزی که کامران امروز بیش از هر زمان دیگری به آن نیاز داشت. او نیازمند دوستی خود با پسرش بود. نیازی که با بیاعتنایی آگاهانه و عامدانه پسرش روبهرو شده بود.

بیژن زمانی که برای نخستین بار موضوع برگیته را از مادرش شنیده بود، باور نکرده بود. ابتدا آن را جدی نگرفته بود. گمان میکرد شکایتی است برخاسته از حسدِ زنانهای که در مادر خود و نزد بسیاری از زنان دیگر دیده بود. گمان کرده بود که شکایتی است برخاسته از شکها و کنجکاویهای اغلب بیمورد زنان. اما لحن مادر آن بار با شکوه و شکایتهای پیشین تفاوت داشت. او دلشکسته و پیر به نظر میرسید. سیاهی دور چشمانش و رگههای سیاهی که بر گونهاش دویده بود، حکایت از بارانی شدن آسمان دلش داشت و روایتگر اشک و گریهای طولانی بود. تلاش کرده بود با پاک کردن قطرات اشک از چهرهی خود، ضعف برخاسته از صدای شکستن دل را از پسرش پنهان کند. و چه ناشیانه چنین کرده بود. صدایش میلرزید و به هق هق کردن افتاده بود.

بیژن با ناباوری گفته بود: «پدر من؟» آمده بود و کنار مادر نشسته بود. او را در آغوش گرفته و با دستانش سر سودابه را نوازش کرده بود. تلاش کرده بود او را آرام کند. نمیدانست چه باید بگوید؟ از مرد بودن خود احساس شرم میکرد. حسی که تا آن لحظه تجربه نکرده بود. بهرغم آنکه او کمترین نقشی در آن عهدشکنی نداشت، خود را گناهکار میدانست. از خود خرده میگرفت که چگونه متوجهی آن موضوع نشده است.

بیژن یک بار پدر خود را در حال خارج شدن از کافه کرومل با زنی دیده بود. آن روز، کامران محو گفتوگو با آن زن بود و متوجه پسرش نشده بود. بیژن در آن هنگام از کنار آن موضوع گذشته بود. اعتمادی که به پدرش داشت، جایی برای تردیدها و بدگمانیها نمیگذاشت. بیژن پس از شنیدن ماجرای عشقی پدرش به اتاقش رفته و در را روی خود بسته بود. خود را سرزنش میکرد. از خود

می‌پرسید که اگر آن روز پیام آن دیدار تصادفی را به موقع متوجه شده بود، آیا نمی‌توانست مانع از آن بحران شود؟ کامران روزی به او گفته بود که هیچ بحرانی محصول یک لحظه نیست. لحظه می‌تواند فاجعه بیافریند ولی بحران تاریخ دارد و در طول زمان پدید می‌آید.

بیژن خود را شماتت می‌کرد که چگونه توانسته است با بی‌تفاوتی از کنار آن صحنه بگذرد؟ چگونه دیدن پدرش با آن زن حتی ذره‌ای کنجکاوی در او برنیانگیخته است؟ شاید او می‌توانست در آن هنگام در سایه‌ی آن کنجکاوی، پیش از آنکه همه چیز فرو بریزد و ویران شود، چاره‌ای می‌یافت و شاید می‌توانست پدرش را از ورطه‌ی که گرفتارش شده بود، می‌رهاند.

کامران حتی پیش از علنی شدن رازش، پیش از آنکه بیژن از موضوع آگاه شود، خود به بیهوده بودن آن رابطه پی برده بود. اما، بسیار دیر پی برده بود. رابطه‌ی عشقی بین او و برگیته دیگر موضوع لحظه‌ها نبود. تاریخ پیدا کرده بود و در دل خود نطفه‌ی بحرانی را لحظه به لحظه پرورده بود و زمانی که کامران به بی‌ثمر بودن آن رابطه پی برده بود، آن ماجراجویی عاشقانه هم پیمان و هم پیمانه، هر دو را شکسته بود و هیچ معجزه‌ای دیگر نمی‌توانست مانع از ریزش رابطه او و سودابه شود، ریزش آن رابطه‌ای که دهها سال فراز و نشیب‌های زندگی در مهاجرت را تاب آورده بود.

به‌رغم آنکه کامران شماره‌ی تلفن بیژن را گرفته بود، نورا تلفن را برداشت. این موضوع باعث تعجب کامران شد. پس از سلام و احوال‌پرسی متعارف پرسید: «بیژن کجاست؟ مگر این شماره تلفن همراه بیژن نیست؟» نورا پس از مکثی کوتاه به کامران گفته بود که بیژن آن روز صبح هنگام خروج از خانه، تلفن همراه‌اش را جا گذاشته است. کامران موضوع نامه را گفته و پرسیده بود که بیژن چه موقع برمی‌گردد. نورا اظهار بی‌اطلاعی کرده و گفته بود: «کامران جان، نمی‌دانم. این روزها کارش خیلی زیاد است. گاهی تا دیروقت کار می‌کند. هر وقت آمد به او می‌گویم که شما زنگ زدید.» حسی به کامران می‌گفت که بیژن خانه است و حاضر نشده تلفن را جواب دهد. این را کامران از نحوه‌ی سخن گفتن نورا

متوجه شده بود. نورا هر بار که تنها بود، کامران را پدرجان می‌خواند و تنها در مواقعی که بیژن حضور داشت به او کامران جان می‌گفت.

کامران خداحافظی کرد. تلفن را کنار نامه روی میز گذاشت. مدتی همانجا بی‌حرکت نشست. سپس تکه نان و پنیری برداشت و رفت پشت پنجره‌ی اتاق سالن و به تکان شاخه‌های درختان باغ زُل زد. باغ در تاریکی فراگیر فرو رفته بود. قطرات باران، که حال درشت‌تر هم شده بودند، به دنیای تیره و تار باغ خانه‌اش تصویری وهم‌آلود داده بودند. همه جا را وهم فرا گرفته بود، همه بیرون خانه را و هم درون خانه را.

کامران از ته دل آهی بلند کشید.

یک خانواده‌ی خوشبخت

کامران نمی‌دانست شب را چگونه به روز رسانده است. بدمستی و بدخوابی هر دو دست به دست هم داده و لحظه‌های شب او را بین خود تقسیم کرده بودند. نور کم‌رمق سحرگاهی از حاشیه‌ی پرده‌ی اتاق خواب به درون می‌تابید. کامران صبح زود از خواب بیدار شده و گرگور سامسا را دیده بود که پشت پرده نشسته و به او زُل زده است. کامران با لبخندی تلخ بر لب و با کنایه‌ای در کلام به هم‌خانه‌ای خود گفته بود:

- خوش آمدی دوست من! امروز فقط تو یکی را کم داشتم.

چیزی توصیف ناشدنی مانع از آن شده بود که بتواند بندهای نامرئی را از دست و پای خود بگشاید و خود را از تخت بکند. همان حس، پای گرگور را به ساحت زندگی او کشیده بود. احساس می‌کرد وزنش یک شبه دو برابر شده است. گمان می‌کرد که پیکرش بسان یک قطعه سنگ بزرگ و حجیم سنگین شده و در تشک فرو رفته است. اگر صدای تلفن نمی‌آمد، شاید ساعت‌ها همانجا بی‌حرکت می‌ماند و به نقطه‌ای از سقف خیره می‌نگریست. تلفن دو بار زنگ زده بود. کامران در انتظار تلفن بیژن بود. انتظاری که نه تنها تا پاسی از شب ادامه یافته بود، بلکه حتی سرنوشت لحظات سحرگاهی را نیز رقم زده بود، یک انتظار بیهوده. انتظاری که او به آن دل خوش کرده، اما دل نبسته بود.

بار نخست محمود زنگ زده بود. تماس گرفته و خبر از وخامت حال مرتضی داده بود. یک خبر بد که می‌توانست بر تمام لحظات روز او گرده‌ی غم بیفشاند.

محمود گفته بود که شب گذشته، حال مرتضی مجدداً به هم خورده است. گفته بود که شبانه خود را به او رسانده و او را بار دیگر به همان بیمارستانی برده که در آن بستری بوده است. ظاهراً مرتضی تب شدیدی کرده بود. «جای نگرانی نیست. پزشکان به مرتضی اطمینان داده‌اند که تب او ناشی از یک عفونت ساده است که معمولاً پس از خیلی از عمل‌ها روی می‌دهد. باید استراحت کند و آنتی‌بیوتیک بخورد تا بهتر شود.»

محمود در ادامه گفته بود که پزشکان برای معاینات بیشتر، از مرتضی خواسته‌اند چند روزی در بیمارستان بماند. احتمالاً تا روز دوشنبه یا سه‌شنبه. محمود گفته بود آخرهفته‌ها امکان انجام خیلی از آزمایش‌ها وجود ندارد. کامران خود نیز چنین چیزی را تجربه کرده بود و همیشه آرزو می‌کرد که یا کارش هرگز به بیمارستان نکشد و یا اگر زمانی بیمار شود، میانه‌ی هفته باشد و نه آخر هفته. خطاب به خود می‌گفت: «آخرهفته‌ها برای بیمار شدن و حتی بدتر از آن برای مردن زمان مناسبی نیست.»

کامران سخن محمود را شنیده بود، بی‌آنکه چیز زیادی بگوید. چه می‌توانست بگوید؟ او در موقعیتی نبود که بتواند از نگرانی‌های دوستش بکاهد. گفته بود که از شنیدن آن خبر متاثر شده است و به گفتن این موضوع بسنده کرده بود که او نیز شنیده است که گاهی بیماران پس از ترک بیمارستان، دچار عفونت می‌شوند. پدیده‌ای که حتی در بیمارستان‌های آلمان، به‌رغم همه‌ی آن دقت و نظارتی که دارند، گاهی روی می‌دهد و خبر ساز می‌شود.

کامران گفته بود بیمارستانی که مرتضی در آن بستری شده، بیمارستان خوبی است و از این رو دلیلی برای نگران شدن وجود ندارد. می‌دانست که آن سخن کلی، نه می‌تواند از بار نگرانی‌های خود او بکاهد و نه می‌تواند باعث آرامش روحی محمود بشود. چیزی گفته بود که معمولاً در چنین شرایطی همه‌ی انسان‌ها به هم تحویل می‌دهند. یک دروغ مصلحتی، که همه پشت آن، نگرانی‌هایشان را پنهان می‌کنند و اغلب خودشان نیز به صحت داشتن همان دروغ امید می‌بندند.

کامران از شنیدن آن خبر احساس ضعف بیشتری کرده بود. احساس می‌کرد

پاهایش سُستتر شده است. توانایی برخاستن از بستر را در خود نمی‌دید. نوعی رخوت به جانش افتاده بود. به آخرین برگ کلوب مردانه‌شان می‌اندیشید و به اینکه مبادا برای این آخرین برگ حادثه‌ی ناگواری پیش بیاید. این آخرین برگ می‌توانست هر یک از آن‌ها باشد. قرعه این بار به نام مرتضی افتاده بود.

تلفن محمود همچون یک میخ بلند آهنی ریسمان‌های تنیده بر دور پیکر او را محکم‌تر بر بسترش فرو کرده بود. ده دقیقه پس از تماس تلفنی محمود تلفن برای بار دوم زنگ زد. حکایت و پیام تماس دوم چیز دیگری بود. او را به خود آورده و به حضور ملال‌آورش در بستر خاتمه داده بود، بی‌آنکه از ملال او کاسته باشد. غرق در اندیشه و نگرانی ناشی از تماس نخست بود که صدای زنگ تلفن بر آشوب روحی‌اش افزود و در عین حال بارقه‌ای از امید در دل او برانگیخت. از خود پرسیده بود: «آیا ممکن است بیژن باشد؟» بی‌درنگ نگاهی به شماره در نمایشگر تلفن خود انداخته بود. شماره‌ی بیژن نبود. دست‌کم همان شماره‌ای نبود که او شب گذشته، به آن زنگ زده بود. سودابه بود. صدای او را خیلی زود تشخیص داده بود.

طنینی که گرچه ظرف آن سال‌های آخر کمتر شنیده بود، اما ده‌ها سال آن را می‌شناخت و با زیر و بم آن آشنا بود. بی‌اختیار روی تخت نیم‌خیز شده، صدایش را صاف کرده و به یار و شریک پیشین زندگی‌اش سلام گفته بود. دلیل آن تماس سحرگاهی را نمی‌دانست. اما همان تماسِ بدهنگام و به‌دور از انتظار، قاعده‌ی بازی حاکم بر لحظات آن روز او را برهم زده بود. پیام آن تماس روشن بود: او باید بی‌درنگ به تن‌آسایی سحرگاهی‌اش خاتمه می‌داد و از جای خود برمی‌خاست. چاره دیگری مگر فرمان بردن از پیام آن تماس نداشت. به ناگزیر با بستر خود وداع گفت.

پیش خود اندیشیده بود: «سودابه نباید خانه را در چنین وضعیتی ببیند.» می‌دانست که آشفتگی وضع خانه و زندگی جلوه‌ای از آشفتگی و پریشانی روحی است. می‌دانست که بسیاری از مردم آشفتگی روحی‌شان را در پس پیکر و رخسار مرتب و آراسته‌ی خود پنهان می‌کنند. اما در عین حال می‌دانست که سر و روی

آشفته، فاش‌گویِ همه‌ی آن رازهایی است که آدم از دیگران پنهان می‌کند. وضعیت آشفته‌ی حاکم بر خانه‌اش حکم همان سر و رویِ آشفته ولگردان مست خیابان‌ها را داشت. آن آشفتگی که از همه چیز پرده برمی‌گیرد و چیزی را ناگفته نمی‌گذارد.

از این رو، باید پستوهای پنهان روح خود را از نگاه کنجکاو سودابه دور می‌کرد. سودابه نمی‌بایست در پس لبخند مصنوعی که کامران پشت آن سنگر می‌گرفت، قادر به دیدن طوفان‌های سهمگین روحی او می‌شد. غرورش از او می‌خواست رنج‌ها و دردهایش را از نگاه دقیق زنانه‌ی سودابه بپوشاند. خطاب به خود گفت: «باید همه چیز خیلی عادی به نظر برسد.»

قرار بود سودابه برای لحظه‌ای به خانه‌اش بیاید. گفته بود در همان نزدیکی است و در کمتر از یک ساعت می‌رسد. کامران غافل‌گیر شده بود. شتاب‌زده از تخت خود بلند شد، سر و صورت خود را شست و موهایش را شانه کرد. پیژامه‌اش را روی تخت پرتاب کرد، پیراهن و شلوار تمیز و مرتبی پوشید و درِ اتاقِ خواب را پشت سر خود بست. نرفته بازگشت و یک بار دیگر از بسته بودن در اتاق خواب کسب اطمینان کرد.

می‌دانست که سودابه به هر کجای خانه که سر بزند، قطعاً به درون اتاق خواب او، اتاقی که زمانی اتاق خواب مشترک‌شان بوده، پا نمی‌نهد. به یقین می‌دانست که غلظت خاطرات در آن اتاق بیش از هر جای دیگر خانه است و سودابه از رویارویی با آن خاطرات و پیامدهای روحی‌اش، واهمه دارد. حتی هایکه نیز از تماس با انرژی نامانوسی که در آن اتاق تلنبار شده بود، پرهیز می‌کرد. پس چگونه ممکن بود سودابه دست به چنین جسارتی بزند و با بی‌پروایی به مکانی پا نهد که ده‌ها خاطره تلخ و شیرین به آن آویزان شده است؟

فرصت زیادی برای تمیز کردن خانه نداشت. چند روزی از تمیز کردن خانه توسط اینا می‌گذشت و او توانسته بود ظرف همان چند روز، خانه را از نظم و پاکیزگی پاک کند. شتابان شیشه‌های آبجو و شراب را از آشپزخانه جمع کرد. ظرف‌های کثیف تلنبار شده روی میز آشپزخانه را در ظرفشویی گذاشت. پنجره‌ی

آشپزخانه را باز کرد تا وزش باد از شدت بوی پس‌مانده‌های غذای آن چند روز بکاهد. آب‌پاش کوچک را پر آب کرد و به گیاهان پشت پنجره‌ی اتاق پذیرایی آب داد. کف اتاق پذیرایی و آشپزخانه را سریع و سرسری جارو کشید. آب گلدان گل رُزی که روزهای سه‌شنبه برای هایکه می‌خرید، را عوض کرد و زیر شاخه‌ی آن رُز را با کاردی برش زد، تا جانی تازه بیابد.

سودابه گفته بود که بیژن از او خواسته است برای بردن نامه بیاید. او هم چون قصد داشته به آرایشگاه برود، خواست بیژن را پذیرفته است. گفته بود می‌آید تا مجلات بافتنی‌اش را هم ببرد. مجلاتی که کامران در کارتنی گذاشته و در گوشه‌ی از هابی‌روم او نهاده بود. سودابه گفته بود: «البته اگر ایرادی نداشته باشد.» و کامران نیز چاره‌ای مگر موافقت کردن با خواست او نداشت. گفته بود: «هر وقت که اراده کنی! خانه‌ی خودت است.»

این خانه، دیگر خانه‌ی سودابه نبود. او سال‌ها پیش از آن خانه رفته و آن خانه متعلق به کامران شده بود. خانه‌ای که کامران در همان اوایل شروع رسمی کار خود مشترکاً با سودابه خریده بود. سودابه پول پیش خرید خانه را از فروش خانه پدری‌اش در تهران تامین کرده بود. مابقی بهای آن را وام درازمدت گرفته بودند. خانه‌ای واقع در یکی از بهترین محلات جنوب شهر کلن و در نزدیکی رود راین. پس از جدایی، کامران سهم سودابه را پرداخت کرده و در همان خانه مانده بود.

کامران تک و تنها در آن خانه‌ی نسبتاً بزرگ زندگی می‌کرد. خودش هم به‌درستی علتش را نمی‌دانست. رضا روزی از او پرسیده بود که چرا آن خانه را نمی‌فروشد و به آپارتمان کوچکی نمی‌رود؟ کامران گفته بود که حال و حوصله اسباب‌کشی و تغییر خانه را ندارد. اما خود او نیز می‌دانست که آن توضیح هیچ کس را قانع نمی‌کند. شاید آن خانه بدل به بخشی از هویت او شده بود، همان هویت موریانه‌خورده‌ای که پس از پایان ایام کارش در دانشکده‌ی فلسفه، اثر چندانی از آن باقی نمانده بود. این خانه برای او بدل شده بود به سندی برای اثبات خود. بدل شده بود به کارنامه‌ی زندگی‌اش. به‌خوبی می‌دانست که ماندن در آن خانه هیچ منطقی ندارد. می‌دانست که بار گذشته و تنهایی برآمده از آن، در آن

خانه سنگین‌تر از یک آپارتمان است. آپارتمان جدیدی که بر در و دیوارش به هر روی، خاطره‌ای ثبت نشده است. به‌رغم آن، شاید وداع با بقایای هویت گذشته‌اش، همان هویتی که او همچنان خود را با آن تعریف می‌کرد، برایش ممکن و میسر نبود.

صدای زنگ خانه آمد. کامران مشغول جابه‌جا کردن مجله‌هایی بود که همیشه زیر میز شیشه‌ای اتاق پذیرایی می‌گذاشتند. عادتی از دوران زندگی مشترک خود با سودابه که هنوز مثل خیلی دیگر از قواعد خانه، از اعتبار ساقط نشده بود. کامران با شنیدن صدای زنگ، کار خود را رها کرد، پا شد و رفت در را باز کند. سودابه بود. از آرایشگاه آمده بود. با چهره‌ای آراسته و همان آرایش غلیظی که برای کامران بیگانه نبود.

کامران برای نخستین بار در زندگی‌اش تصمیم گرفته بود به سودابه کمک کند تا پالتویش را درآورد. دست‌هایش را با احتیاط و در ارتفاع شانه به سوی سودابه دراز کرده بود. اما سودابه سریع‌تر از آنکه او بتواند برنامه‌اش را اجرا کند، پالتویش را درآورده و آویزان کرده بود. سودابه منتظر تعارف کامران نماند. مستقیم به طرف اتاق پذیرایی رفت. او وجب به وجب آن خانه را می‌شناخت، چه بسا بهتر از خود کامران. هنگام گذر از راهرو و ورود به اتاق پذیرایی همه چیزها را ثبت کرده بود. حتی لازم نبود سر بگرداند تا همه چیز را با دقت، از نظر بگذراند. او تصویر چیدمان گذشته خانه را در ذهن خود داشت و کافی بود تغییرات را ببیند و ثبت کند.

روی دیوار بزرگ اتاق پذیرایی، نگاهش روی قاب عکس ساندرا متوقف ماند. لبخندی که روی لبان ساندرا نشسته بود، بی‌اختیار لبخند او را سبب شد. او هم مثل کامران از دیدن هربار‌ه‌ی آن عکس لذت می‌برد. حین نشستن روی راحتی کنار پنجره‌ی بزرگ، نگاهی به دیوار کنار پنجره انداخت. جایی که زمانی عکس بزرگ خانوادگی‌شان نصب شده بود، قاب عکسی از یک خانواده‌ی خوشبخت.

آن قاب عکس را کامران از دیوار کنده و تابلویی به جای آن روی دیوار آویخته بود، تصویر یک کوزه‌ی شراب و یک خوشه‌ی انگور قرمز. تابلویی که کمی

کوچک‌تر از قاب عکس خانوادگی‌شان بود. حاشیه‌ی دو رنگ شده‌ی فاصله‌ی بین تابلو و دیوار پشت آن، حکایت از آن داشت که کسی پس از گذشت سال‌ها تابلویی را به جای تابلویی قدیمی نصب کرده است. سودابه پیش خود لحظه‌ای درباره‌ی جایگزین کردن تصویر یک خانواده‌ی خوشبخت با تابلویی که تصویرگر طبیعت بی‌جان بود، اندیشیده و پوزخندی زده بود.

سودابه هیچگاه خاطره‌ی آن روزی که با کامران و بچه‌هایشان برای گرفتن آن عکس به عکاسی محله‌شان رفته بودند، را فراموش نکرده بود. این عکسِ تبعید شده روایتگر فصلی شیرین از زندگی مشترک‌شان بود. او و کامران روی یک نیمکت کوچک، کنار هم نشسته بودند. بیژن که در آن ایام کودکی بیش نبود، بین‌شان، روی پاهای پدر و مادرش، نشسته بود و آیدا با موهای کوتاه خود، پشت سر آن‌ها ایستاده و دست‌هایش را از هم گشوده و روی شانه‌ی پدر و مادرش گذاشته بود.

این نخستین باری نبود که سودابه پس از جدایی به خانه کامران می‌آمد. کامران در همان هفته‌های نخست، آن عکس را از دیوار اتاق پذیرایی برداشته بود. سودابه در همان نگاه نخست، متوجه‌ی این موضوع شده بود. گرچه رنجیده بود، اما با این عمل کامران تفاهم داشت. خود او نیز، بسیاری از عکس‌های مشترک‌شان را از آلبوم‌های عکس‌های خانوادگی حذف کرده بود.

سودابه هر بار که به خانه کامران می‌آمد، بی‌اختیار به آن دیوار نگاه می‌کرد. پنداری او هنوز می‌توانست در حاشیه‌ی دو رنگ آن دیوار، آن تابلویِ تبعیدی را ببیند. سودابه عکس هایکه یا هیچ زن دیگری را روی در و دیوار ندیده بود. او حتی اثری از دست‌خط زنانه در چیدمان مبلمان خانه مشاهده نکرده بود. از این‌رو، بی‌آنکه حتی لازم به پرسش باشد، می‌دانست زنی در آن خانه زندگی نمی‌کند. او در همان مدت کوتاه توانسته بود سایه‌ی تنهایی کامران را در جا به جای خانه مشاهده کند.

سودابه از جای خود بلند شد و به طرف یکی از گلدان‌های اتاق پذیرایی رفت. برگ‌های آویزان آن گیاه حکایت از بی‌مهری صاحبخانه داشت. سودابه برگ‌های

خشک گیاه را با دست کند و ساقه‌ی خمیده آن را با سر انگشتان خود لمس کرد و گفت: «کامران خان، ارکیده‌ها را که یکی پس از دیگری به فنا دادی، حداقل به این چند تا گیاه باقی مانده رحم داشته باش!»

کامران انتظار این انتقاد را نداشت. سودابه در موقعیتی نبود که بتواند یا حق آن را داشته باشد که از او انتقاد بکند. او در آن خانه زندگی نمی‌کرد و مدت‌ها بود که خانم آن خانه نبود. اما پیکان خشم فروخورده کامران بیش از آنکه انتقاد سودابه را هدف گرفته باشد، متوجه‌ی خود او بود. سودابه در کشف بی‌مهری کامران به گیاهان خانه به رازهای زیادی پی برده بود. به بی‌حوصلگی برخاسته از تنهایی او و به آشفتگی روحی او پی برده بود. و این دقیقاً همان چیزهایی بود که او تلاش به پنهان کردن‌شان داشت. کامران با دست‌پاچگی پرسید: «قهوه می‌نوشی؟» سودابه لبخندی زد و از جای خود بلند شد و گفت: «خودم درست می‌کنم، زحمت نکش!»

سودابه به طرف آشپزخانه رفت. بدون لحظه‌ای درنگ در کابینتی را گشود تا فنجان‌های قهوه را بردارد. چین‌های نشسته بر پیشانی‌اش را در هم کشید و گفت: «جای ظرف‌ها را عوض کردی؟» کامران حوصله‌ی توضیح دادن نداشت. او توضیحی به سودابه بدهکار نبود. سودابه در آن خانه زندگی نمی‌کرد و او نیز تعهدی به حفظ همان نظمی را نداشت که زمانی او برای آن خانه تعریف کرده بود. به‌رغم همه این‌ها، آن خانه هنوز لبریز بود از قاعده‌هایی که رنگ و بوی سودابه را داشت و زمانی او تعیین کرده بود. کامران گفت: «نمی‌دانم. احتمالاً کار اینا است. او ظرف‌ها و قوطی‌های کابینت‌ها را یک بار خالی کرده بود، تا کابینت‌ها را تمیز کند. شاید پس از آن، جور دیگری چیده است. فنجان‌ها را گذاشته است در آن یکی کابینت.»

کامران هیچگاه به اینا چنین حقی نداده بود. اینا می‌بایست هر هفته می‌آمد و خانه را تمیز می‌کرد و حق نداشت جای چیزی را تغییر دهد. کامران به هر زبانی بود به او فهمانده بود که به محل همه چیز عادت کرده است و هیچ تغییری را خوش ندارد. اینا حتی برای تمیز کردن زیر میز و صندلی‌ها نیز از ترس اینکه

مبادا جای آنها به هم بخورد، آنها را کنار نمیکشید. روی زمین خم میشد تا بتواند زیر میز و صندلیها را تمیز کند. کامران بارها از دیدن آن رفتار اینا به خنده افتاده بود. اما ترجیح داده بود به روی خود نیاورد.

سودابه در کابینتی را که کامران گفته بود، باز کرد. دو فنجان برداشت. بر لبهی یکی از آن دو فنجان هنوز اثر کمرنگی از رُژ لب دیده میشد. سودابه فنجان را به سمت نور گرفت و بیآنکه سخنی بر زبان آورد، آن را در ظرفشویی گذاشت و فنجان دیگری برداشت. اثر آن رُژ لب، روی یکی از فنجانهای ردیف جلو، حکایت از آن داشت که رابطهی کامران و هایکه یا شاید یک زن دیگر که سودابه از وجودش بیاطلاع بود، همچنان ادامه دارد. سودابه از روی کنجکاوی پرسید:

– حال هایکه چطور است؟

– خوب است. هر هفته همدیگر را میبینیم.

سودابه پاسخ همهی پرسشهای خود را به دست آورده بود. کامران در لحظات آن فصل از زندگی او نقش و جایی نداشت. سودابه زندگی خود را بدون کامران تعریف کرده بود. اگر چنین پرسشهایی را مطرح میکرد، بیشتر به علت کنجکاوی زنانهاش بود و نه از سر بقایای مهری که شاید هنوز به همسر سابقش داشت. کامران کمی سرخ شده بود. میدانست، بیآنکه خود خواسته باشد، سفرهی دلش را در برابر چشمان سودابه کاملاً گشوده است. تصمیم گرفت بازی را از نو شروع کند. روی خود را به سوی سودابه گرداند، نگاهش را در نگاه او دوخت و پرسید: «از ریشارد بگو. حال ریشارد خوب است؟»

– آره. دو روزی است که به سفر رفته است. هر سال همشاگردیهای دوران دبیرستانش، یک جایی در آلمان دور هم جمع میشوند، هر بار در محل اقامت یکی از آنها. این بار قرعه افتاده است به نام اشتوتگارت. یکی از همکلاسیهایشان در کارخانه فولکسواگن مدیر یکی از بخشهای بزرگ شده است. همه را آنجا دعوت کرده است.

کامران چند بار ریشارد را دیده بود. او از ریشارد خوشش نمیآمد و این حس خود را نیز پنهان نمیکرد. کامران مدعی بود که حس او ربطی به رابطهی سودابه

با آن مرد ندارد. می‌گفت که پرونده‌ی رابطه‌اش با او به پایان رسیده است. می‌گفت با این موضوع که سودابه با مرد دیگری نشست و برخاست دارد، مشکلی ندارد و این موضوع باعث تقویت حس حسادت در او نمی‌شود. می‌گفت از شنیدن واژه‌های تعصب و ناموس دلش به‌هم می‌خورد. و در عین حال به تاکید می‌گفت از شخصیت ریشارد خوشش نمی‌آید.

یک بار هایکه کنجکاوی کرده و ابراز علاقه کرده بود، بداند که شریک زندگی سودابه چگونه مردی است. شاید هایکه با طرح آن پرسش بر آن بود به احساسات پنهان و ناخودآگاهی کامران نسبت به همسر سابقش پی ببرد. کامران بی‌پرده و آشکار احساس خود را نسبت به آن مرد گفته بود. هایکه پرسیده بود که آیا آن دو قصد ازدواج ندارند؟ به هر روی ازدواج آن دو می‌توانست به هایکه اطمینان خاطر بیشتری درباره‌ی تداوم رابطه‌اش با کامران بدهد. چه کسی از حضور رقیب در سرنوشت خود دل خوشی دارد؟ هایکه می‌دانست که ازدواج سودابه و ریشارد می‌تواند در عین حال به معنای خروج کامل سودابه از ذهن و زندگی کامران باشد. کامران گفته بود: «نه، ظاهراً چنین قصدی ندارند.»

کامران این اطلاعات را در گفت‌وگوهای خود با آیدا کسب می‌کرد. درباره‌ی سودابه و رابطه‌اش با ریشارد می‌پرسید و در همان هنگامی که آیدا سرگرم سخن گفتن درباره‌ی رابطه‌ی آن‌ها می‌شد، خود را به بی‌خیالی می‌زد و چنین وانمود می‌کرد که کمترین علاقه و انگیزه‌ای به شنیدن این قبیل مسائل ندارد. کنجکاوی او درباره‌ی زندگی سودابه نیز برخاسته از مهر نبود. بیشتر بر آن بود بداند که آیا سودابه در فصل جدید زندگی‌اش احساس خوشبختی می‌کند؟ کامران از ته دل نمی‌خواست سودابه رنج ببرد، اما خود او از احتمال اینکه سودابه احساس خوشبختی بکند، رنج می‌برد.

نه سودابه و نه ریشارد، هیچ کدام تمایلی به ازدواج نداشتند. سودابه پس از شکست زندگی زناشویی‌اش محتاط‌تر از پیش شده بود و ریشارد نیز پس از جدایی از همسر خود، آن هم در سنین جوانی، به گونه‌ای مداوم از یک رابطه به رابطه‌ای دیگر کوچ کرده بود. خودش می‌گفت که دلش کولی عاشقی است که

آرام و قرار نمی‌گیرد. کامران همواره به این رابطه با رویکردی انتقادی و حتی تا حدودی تحقیرآمیز می‌نگریست. او این موضوع را نیز از دوستان نزدیک خود، و به‌ویژه از مرتضی پنهان نمی‌کرد. مرتضی پس از شنیدن حکایت زندگی ریشارد، گفته بود: «پس آقا کازانوا تشریف دارند!»

احساس کامران نسبت به ریشارد، دست‌کم بنا بر ادعای خودش، ربطی به نوع زندگی او نداشت. می‌گفت رابطه آزاد سودابه و ریشارد را نمی‌پسندد و آن را در تناقض آشکار با آن انتقادهایی می‌داند که سودابه بارها درباره‌ی نحوه‌ی زندگی آیدا و یان بیان کرده است. اما با اصرار زیاد می‌گفت که هیچ کدام از این مسائل علت آن حس ناخوشایندی نیست که هر بار پس از دیدن ریشارد به او دست می‌دهد.

کامران، در همان ماه‌های نخست پس از جدایی خود از سودابه، نظر خود را درباره‌ی ریشارد به آیدا گفته بود. گفته بود که ریشارد را آدم مغرور و خودخواهی می‌داند. گفته بود که نگاه ریشارد به سودابه از بالاست و او رابطه‌اش با سودابه را همچون لطفی به او می‌داند و متوجه نیست که عشق و محبتی که از سودابه دریافت می‌کند، بسیار بیش از آن لطفی است که او به گمان خود در حق سودابه دارد.

آیدا آن روز سکوت کرد و چیزی نگفت. اما شبِ همان روز، وقتی با خود خلوت کرد، متوجه شد که نمی‌تواند خود را از داوری پدرش درباره‌ی ریشارد برهاند. داوری کامران درباره ریشارد فراخوانی بود برای اینکه او نیز ریشارد را داوری کند. رفتار ریشارد و طرز نگاه کردنش را به یاد آورد. آیدا از نوع نگاه کردن او به خودش و به‌ویژه به مادرش خوشش نمی‌آمد. پیامی در آن نگاه و در آن چشمانِ آبیِ شیشه‌ای بود که حس خوشایندی در او برنمی‌انگیخت. احساس می‌کرد که بار آن نگاه بر روح و جانش سنگینی می‌کند. آیدا بی‌آنکه هیچ‌گاه درباره‌ی آن حس خود یا داوری‌اش درباره‌ی ریشارد به کامران یا به سودابه چیزی بگوید، حق را به پدر خود داده بود.

آیدا متوجه شده بود که سودابه صرفاً برای فرار از تنهایی، به آن رابطه تن داده

است. رابطه‌ای که علت ادامه‌اش نیز همان وحشت از تنهایی بود. همان شب آیدا به رابطه خودش با یان اندیشیده بود. از خود پرسیده بود که آیا دلیل ادامه‌ی رابطه‌اش با یان نیز همین گریز از تنهایی نیست؟ سپس خود را قانع کرده بود که یان و ریشارد با یکدیگر خیلی تفاوت دارند. یان به او وفادار بود و آیدا را با تمام وجود دوست داشت. او قدرشناس مهر و محبت آیدا بود. باور به آن مهر و وفایی که آیدا در یان دیده بود، مرهمی بود بر زخم‌های روحیِ ناشی از آن پرسش آزار دهنده.

سودابه نامه را از کامران گرفت و در کیفش گذاشت. فنجان قهوه‌اش را سرکشید و گفت: «داشت پاک یادم می‌رفت. آمده بودم مجله‌های بافتنی‌ام را هم ببرم.» کامران لبخند بی‌معنایی بر لبان خود نشاند. از جای خود برخاست و فنجان‌ها را در ظرفشویی گذاشت. سودابه بی‌آنکه منتظر کسب اجازه از کامران شود، به هابی‌روم خود رفت. با چند مجله برگشت و گفت که مابقی را بار بعد که بیاید، می‌برد. پالتوی خود را پوشید، با کامران خداحافظی کرد و رفت. رفت و کامران را با پرسش‌های بی‌پاسخش تنها گذاشت.

کامران از خود پرسید که چرا بیژن مادرش را مامور گرفتن آن نامه کرده است؟ بیژن و یا حتی نورا می‌توانستند از کامران بخواهند تا نامه را با پست به آدرس جدیدشان بفرستد. کامران از خود پرسید که چرا چنین چیزی به ذهن سودابه نرسیده است؟ او سودابه را خیلی خوب می‌شناخت. در تجربه‌ی زندگی مشترک‌شان متوجه شده بود که سودابه شخص دقیقی است و معمولاً از انجام کارهای بیهوده و یا نه چندان منطقی می‌پرهیزد. سودابه می‌توانست حتی از آیدا بخواهد که نامه را از کامران بگیرد و به دست بیژن برساند. می‌دانست که آیدا هر هفته، روزهای شنبه، با ساندرا به خانه‌ی کامران می‌رود. وانگهی دریافت نامه‌ای که بیژن حتی نمی‌دانست فرستنده‌ی آن کیست، با یکی دو روز تاخیر چه تغییری می‌توانست در زندگی او ایجاد کند؟ مگر نه آنکه فرستنده‌ی آن نامه سال‌ها، از بیژن و آدرس او بی‌خبر بوده است؟

پاسخ همه‌ی این پرسش‌ها یک چیز بیشتر نبود. بیژن با دادن چنین وظیفه‌ای

به مادرش بر آن بود تا او را بیشتر بیازارد. سودابه نیز با پذیرش آن وظیفه مایل بود هزینه‌ی ماجراجویی عشقی کامران را یک بار دیگر به او یادآور شود. سودابه آمده بود تا با نشان دادن رابطه‌ی خوب خود با پسرش، باخت سنگین کامران را در قمار زندگی‌اش به رخ او بکشد. سودابه آمده بود تا خاطراتی که کامران به پستوهای ذهن خود تبعید کرده بود را بار دیگر آزاد کند. آمده بود تا با خیره شدن به تصویر طبیعت بی‌جان، خاطره عکس خانوادگی‌شان را روی همان دیوار مجدداً زنده کند.

کامران گمان می‌کرد با پنهان کردن آن قاب عکس، می‌تواند خود را از گزند ترکش‌های سوزانِ آن خاطره حفظ کند. او برای فرار از رویارویی با آن قاب عکس، آن را در گوشه‌ای از زیرزمین، در یکی از آن ده کارتنِ خاطراتی که به اسارت گرفته بود، پنهان کرده بود. سودابه آمده بود، تا لرزه به جان آن خاطرات بیاندازد و از این طریق دل او را بلرزاند. آمده بود تا فضای خانه را از بوی گذشته لبریز کند و برود.

کیک توت‌فرنگی

کامران پس از رفتن سودابه، مدتی بی‌حرکت همان‌جا، در آشپزخانه نشست. هر بار پس از آمدن و رفتن سودابه احساس مشابهی به او دست می‌داد. سودابه می‌آمد و گویی با آمدن خود، آب در خوابگه خاطرات گذشته می‌ریخت و می‌رفت. گردبادی به راه می‌انداخت. در ذهن او آشوب و بلوا می‌کرد. پنداری ریسمانی که کامران با آن خود را به قامتِ لحظه‌ی حال آویزان می‌کرد، همان ریسمانی که می‌بایست او را از گزند خاطرات گذشته می‌رهاند، با ورود مجدد و ولو گذرای سودابه به حریم شخصی‌اش، پاره می‌شد و او را همچون تکه سنگی در کهکشان خاطره‌ها رها می‌کرد.

کامران در چنین مواقعی تعریف خود را از زمان دست می‌داد. این دیدار پدیده‌ای غریب بود که او را در زمان و مکان به این سو و آن سو می‌کشاند. مرغ ذهناش گویی از قفس سوپرایگوی‌اش می‌گریخت و به هر گوشه‌ای از زندگی پر فراز و پر نشیب‌اش سرک می‌کشید. اما سال‌ها بود که زندگی‌اش یکسره نشیب شده بود و از فرازی خبری نبود. سودابه می‌آمد تا همان حقیقت تلخ را به او یادآور شود. می‌آمد تا از تنهایی‌اش، از آن تنهایی رنج‌آور در برابر چشمانش رونمایی کند و برود.

کامران احساس می‌کرد که این او نیست که در نقطه‌ای مشخص از مکان و لحظه‌ای معین از زمان بر صندلی چوبی آشپزخانه نشسته است. مرزهای زمان و مکان در چنین لحظه‌هایی برای او در هم می‌تنیدند. در هم فرو می‌رفتند و در

هم جاری می‌شدند. حس می‌کرد از زمین کنده شده است و چون گلوله‌ای که از درون می‌سوزد به آغوش ملغمه‌ی از زمان و مکان پرتاب می‌شود. حس می‌کرد همه‌ی لحظاتِ کم‌دوامِ زمان و همه‌ی ذراتِ چسبناکِ مکان در هم جوشیده‌اند و غُل غُل کنان از منافذ تن و جانش عبور می‌کنند و در او شناور می‌شنوند.

لحظه‌ای خود را پیرمردی می‌دید در ایران که کنار سایر دانشجویان بر سر کلاس درسی در دانشگاه تهران نشسته است، و لحظه‌ای دیگر جوان ماتم گرفته‌ای، نشسته روی صندلی آشپزخانه‌ای، که نمی‌دانست در کجای جهان واقع است و نمی‌دانست که افشره‌ی این لحظه‌ی مبهم و این صحنه‌ی وهم‌آلوده از کجای تقویم زندگی‌اش به یکباره برون تراویده است. گاه بدل می‌شد به آن بازیگرِ ناشناس در آن تابلوی زندگیِ سعادتمند و گاه به بخشی از تصویرِ طبیعت بی‌جان.

کتابِ آشپزی را از قفسه کوچک آشپزخانه برداشت. ناگهان هوس کرده بود برای ساندرا، برای نوه‌ی دلبندش کیک بپزد، آن هم یک کیک توت فرنگی. ساندرا عاشق توت فرنگی بود. او علاقه‌ی ساندرا به توت فرنگی را خیلی پیش از این‌ها متوجه شده بود. یک بار دیگر نیز برای او همین کیک را درست کرده بود و ساندرا چنان شاد شده بود که گویی جهان را به اندازه‌ی همان کیک کوچک کرده‌اند و همه‌ی آن را یکجا به او هدیه داده‌اند. خطاب به خود گفت: «اگر قرار باشد کیکی بپزم، باید این کیک، یک کیک توت فرنگی باشد.»

بار نخستی که کامران برای ساندرا کیک توت فرنگی درست کرده بود، سودابه هنوز از سرنوشت مشترکشان پا پس نکشیده بود. زندگی‌شان گرچه دچار بحران شده بود، اما نه آن چنان که ریسمانِ پیوندشان را کاملاً قطع کند. صبحِ همان روز، پیش از آنکه آیدا با یان و ساندرا به خانه‌شان بیایند، مشاجره‌ای سخت بین‌شان درگرفته بود. هیچگاه تا آن روز، با یکدیگر با چنین لحنی سخن نگفته بودند. آن روز، پرده‌ی شرم و حیا در مناسبات‌شان فرو افتاد، همان پرده‌ای که سال‌ها حریم هر یک از آن‌ها را از بی‌احترامی حفظ کرده بود. پنداری به یکباره مرغ مهر از بین‌شان پر کشیده و آن‌ها را تنها به حال خود رها کرده است.

واژه‌هایی که آن روز بین کامران و سودابه رد و بدل شدند، حکایت از آغاز

فصل جدیدی در زندگی آن دو داشت. واژه‌هایی چنان قدرتمند که می‌توانستند به سادگی از فرازِ سایه‌ی ده‌ها سال زندگی مشترکشان بجهند، و همچون حشراتی موذی و سمج الیاف تاریخ زندگی مشترک آن‌ها را بجوند، بپوسانند و بدرند. کامران شنیده بود که گاه نیش یک واژه از نیش یک خنجر نیز می‌تواند سوزناک‌تر و گزنده‌تر باشد. آن روز او و سودابه، هر دو، نیش واژه‌ها را بر روح و روان خود حس کرده بودند.

در سایه‌ی مشاجره‌ی آن روز، پنداری دستی نامرئی، از آن پرونده‌هایی غبارروبی کرده بود، که آن‌ها در سیاه‌چال‌های ذهن‌شان زیر تلی از خاک دفن کرده بودند. بازی سرنوشت، این پرونده‌ها را از نو گشوده بود. آن روز، پرونده‌هایی به جریان افتاده بودند که هم کامران و هم سودابه، هر دو گمان می‌کردند، مدت‌ها پیش پایان یافته و بایگانی شده‌اند. و این انگشت اتهام بود که در فضای مسموم آن روز به جنب و جوش افتاده بود. پس از یک مشاجره‌ی سخت و طولانی، سودابه به هابی‌روم خود رفته و در را روی خود بسته بود. کامران همان‌جا در آشپزخانه نشسته بود و به گذشته و آینده‌ی آن پیوند موریانه خورده می‌اندیشید.

آن روزِ طوفان‌زده کامران خود را سرگرم درست کردن کیک توت فرنگی کرد. بی‌آنکه پیش از آن به چنین چیزی فکر کرده باشد و یا اصلاً چنین برنامه‌ای داشته باشد. آن روز، برای نخستین بار در زندگی‌اش به فکر پختن یک کیک افتاده بود. آن روز، او غمگین بود و معمولاً غمگین که می‌شد، صرف‌نظر از ساعت شبانه روز، به الکل پناه می‌برد. عادتی که زمان آغازش را نمی‌دانست، اما همراه با تقویم زندگی‌اش تداوم یافته بود.

کامران در یخچال را باز کرده بود، به آن قصد که شیشه‌ی آبجویی بردارد. نگاهش بی‌اختیار اما روی دو سبد پلاستیکی توت فرنگی متوقف مانده بود. ندایی در درونش به او می‌گفت برای رهایی از اندیشه‌های آزار دهنده باید خود را مشغول کاری بکند. کاری که بتواند هوش و حواس او را حتی برای ساعتی هم که شده با خود ببرد و در آن لحظه‌ی طوفانی، مرهمی باشد بر زخمی که دهان گشوده است. او در جست‌وجوی مشغله‌ای بود که بتواند او را از این نقطه از زمان برکند و

به لحظه‌هایش مضمون کاملاً متفاوتی ببخشد. این مشغله‌ی عجیب، این ایده‌ی نو و ناآشنا در آن لحظه برای او یک چیز می‌توانست باشد، یک چیز جدید، یک ایده‌ی ناب: پرداختن به کاری که تا کنون هرگز نکرده بود. مهم نتیجه آن نبود، مهم انجام آن بود. وانگهی او به تجربه آموخته بود که الکل در چنین لحظاتی از زندگی‌اش از غم او نمی‌کاهد، بلکه او را بیش از پیش در خود فرو می‌برد و بار غم او را سنگین‌تر می‌کند. اما حتی دانستن چنین موضوعی مانع از آن نمی‌شد که به مشروب پناه نبرد. مرتضی یک بار از او پرسیده بود:

– به نظر تو، آیا می‌شود از رنج و درد لذت برد؟

کامران از شنیدن آن پرسش غافل‌گیر شده بود. نمی‌دانست چه باید بگوید؟ هیچگاه به این موضوع فکر نکرده بود. مرتضی پس از طرح این پرسش در ادامه گفته بود: «کتاب *یادداشت‌های زیرزمینِ* داستایفسکی را خوانده‌ای؟» منتظر پاسخ کامران نمانده و گفته بود: «من آن کتاب را در دوران جوانی چند بار خوانده‌ام. خیلی وقت‌ها به یاد آن کتاب می‌افتم. به یاد قهرمان بی‌نام و نشان آن رمان می‌افتم که در زیرزمینی در سنت پترزبورگ، تک و تنها با افکار مالیخولیایی خودش دست و پنجه نرم می‌کرد. مگر نه اینکه او از دردهایش لذت می‌برد؟ از درد کبدش؟ یا چه می‌دانم مثلاً از درد دندان‌اش؟»

کامران در تنهایی خود و برای فرار از همین تنهایی خود، مشروب می‌نوشید. حتی بیش از حد مشروب می‌نوشید. به‌خوبی می‌دانست که مشروب چاره دردش نیست. اما او دنبال چاره و راه حل نبود، اغلب مایل بود گوشه‌ای تنها بنشیند و مشروب بنوشد. شب‌ها، وقتی که تنها بود، وقتی که خیابان محل زندگی‌اش در سکوت غلیظ و ترسناک فرو می‌رفت، به الکل پناه می‌برد. آیدا حتی یک بار او را الکلی خوانده بود. سرزنشی که گرچه باعث رنجش کامران شده بود، اما در برابر فریاد پیرمرد آن سوی آینه هیچ نبود. پیرمرد یک بار او را در وضعیت بسیار اسف‌باری دیده بود. بر سرش فریاد زده بود: «مرد مگرعقلات را پاک از دست داده‌ای؟ می‌خواهی خودت را در این سودازدگی بی‌پایان و بدفرجام هلاک کنی؟» پیرمرد اخم‌هایش را در هم کشیده و گفته بود: «راه‌های سریع‌تر و کم دردسرتری

هم وجود دارد.»

کامران غرق در افکار خود از مرتضی پرسیده بود: «برای تو هم پیش آمده است که مثل قهرمان سودازده‌ی آن کتاب داستایفسکی از درد و رنج خودت لذت برده باشی؟» مرتضی در پاسخ گفته بود: «آره. گاهی یک احساس عجیبی به من دست می‌دهد. با خودم صادق که باشم باید بگویم، خیلی زیاد برایم چنین چیزی پیش می‌آید. مثلاً وقتی به یکی از همان نمونه‌های ناب موسیقی سنتی ایران گوش می‌دهم، فکر می‌کنم که لذت بردن از غم و درد برای ما ایرانی‌ها بدل به یک عادت شده است. فکر می‌کنم که لذت بردن از غم و درد توی خُلق و خوی ما ایرانی‌ها ته‌نشین شده است. کارمان به آنجا کشیده است که گاهی فکر می‌کنم لذتی که ما از درد کشیدن می‌بریم بیشتر از آن لذتی است که شاد شدن به ما می‌دهد.»

کامران به‌رغم آنکه پیش از آن به این موضوع نیاندیشیده بود، اما حال که آن را می‌شنید، نمی‌توانست بپذیرد که چنین پدیده‌ای مختص قوم و ملت خاصی باشد. به یاد کاتولیک‌های متعصب اروپایی افتاده بود، مثلاً به یاد آن پروفسور هلندی کاتولیک که هیچگاه نمی‌توانست از شادی و خوشی خود سخن بگوید و اگر برخلاف میل خود به شاد بودن خود اعتراف می‌کرد، احساس گناه به او دست می‌داد. کامران پیش خود گفته بود که این هم نوعی مازوخیسم است، نوعی خودآزاری که شاید بشود نمونه‌های شدید و ضعیف آن را در هر کسی دید.

موضوع لذت بردن از درد پس از آن گفت‌وگوی کوتاه با مرتضی هیچگاه از ذهن کامران پاک نشد. هر بار که غمگین می‌شد، هر بار که از تنهایی خود رنج می‌برد و هر بار که تنها بود و به‌رغم آن تنهایی، مشروب می‌نوشید، به یاد آن لذتی می‌افتاد که هنگام راه رفتن زیر رگبار غم به او دست می‌داد. او برای کاستن از بار غم‌هایش و یا برای فراموشی آن غم‌ها نبود که به الکل پناه می‌برد، او برای آنکه بتواند فارغ بال و بی‌اندازه مشروب بنوشد، به آن غم‌ها نیاز داشت.

در آن روز، در آن روز شنبه، برخلاف قاعده، کامران نگاهش روی دو سبد پلاستیکی توت فرنگی متوقف مانده بود. شیشه‌ی آبجو را مجدداً درون یخچال

نهاده بود. شاید هم علتش این بود که نمی‌خواست آیدا و یان او را مست ببینند. حتی تصور چنین چیزی باعث می‌شد عرق شرم بر پیشانی‌اش بنشیند. افزون بر آن، او از اینکه ساندرا او را در چنین حال و هوایی ببیند، وحشت داشت. کامران نمی‌خواست که نوه‌اش چهره‌ی مغموم یک پدربزرگ مست را ببیند. گرچه ساندرا در آن ایام کودکی بیش نبود. کودکی که شاید نمی‌توانست متوجه‌ی مستی و رفتار عجیب پدربزرگش بشود. کامران تصمیم گرفت شیشه‌ی آبجو را رها کند و سوار بر بال آن ایده‌ی عجیب، مضمون لحظه‌هایش را با مزه و عطر کیک توت فرنگی رنگ آمیزی کند.

آیدا از دیدن آن کیک توت فرنگی دچار حیرت شده بود. او در دورترین تصورات خود از پدرش، چنین چیزی را ممکن نمی‌دانست. کیکی بود همچون یک اثر هنری. ابتدا باور نمی‌کرد که این اثر هنری آفریده‌ی پدرش باشد. گفته بود که حتماً کار سودابه است یا کامران آن را از جایی خریده است. اما چهره‌ی کمتر خندان و نسبتاً جدی آن روز کامران، مجالی برای ادامه‌ی آن بازی باقی ننهاده بود.

کامران روی کیک را با خامه پوشانده بود و در نهایت دقت با یک کاردک پلاستیکی سطح خامه را صاف کرده بود. روی خامه را با قطعات توت فرنگی تزئین کرده بود. در بین توت فرنگی‌ها پودر پسته ریخته بود و چند برگ نعناع را با احتیاط تمام طوری روی سطح خامه چسبانده بود که گویی کسی تصویر این برگ‌ها را روی یک تابلوی سفید نقاشی کرده است.

سودابه آن روز، به بهانه‌ی سردرد در اتاق خود مانده بود. فقط برای لحظه‌ای آمده و ساندرا را در آغوش گرفته بود. چند دقیقه‌ای آنجا نشسته و از این بابت که در حال و روز مناسبی نیست و نمی‌تواند مصاحب خوبی برای آنان باشد، از آیدا و یان پوزش خواسته بود. آن رفتار سودابه برای آیدا کاملاً عجیب و جدید بود. او هرگز مادر خود را در چنین وضعیتی ندیده بود. آشفته و پریشان به نظر می‌رسید. آنگونه که باید و شاید به سر و ظاهر خود نرسیده بود. رُژ لبی شتابزده بر لبان خود زده و شانه‌ای به موهایش کشیده بود. چهره‌اش پیرتر و خسته‌تر از معمول

بود. هیچگاه تا آن روز، آیدا ندیده بود که سودابه به علت سردرد یا حتی یک بیماری سخت، از حضور در جمع، آن هم در جمع عزیزانش خودداری کرده باشد. در هر حالتی که بود، می‌آمد و کنار عزیزان خود می‌نشست و تا آخرین لحظه، از حضور دخترش و پس از تولد ساندرا، از لبخند شیرین نوه‌اش، لذت می‌برد.

آیدا از نوع نگاه کردن سودابه، از بی‌اعتنایی آشکار او به حضور کامران و از اینکه او تلاش داشت از تلاقی نگاهش با نگاه همسرش پرهیز کند، پی به تنش حاکم بر رابطه‌ی والدین خود برده بود. او از بی‌تفاوتی سودابه به کیک توت فرنگی‌ای که کامران پخته بود، متوجه شده بود که دمای بحران در رابطه‌ی پدر و مادرش به نقطه‌ی انفجاری نزدیک شده است. آیدا مدت‌ها بود که از رویارویی با چنین لحظه‌ای واهمه داشت. او ماجرای برگیته را از مادر خود شنیده و نگران پیامدهای آن ماجرا بود.

آیدا، آن روز، دلش می‌خواست بلند شود و مادرش را تنگ در آغوش بگیرد. دلش می‌خواست مادرش در آغوش او آنقدر بگرید تا سبک شود. اما، می‌دانست که چنین چیزی در حضور یان و به‌ویژه در برابر چشمان کامران ممکن نیست. آیدا می‌دانست که گریه کردن در چنین لحظه‌ای نمی‌تواند از بار غم مادرش بکاهد. آن گریه فقط می‌توانست غرور سودابه را زخمی کند. سودابه آن روز نمی‌توانست در آن جمع بنشیند. از این رو، بهانه‌ی سردرد خود را مطرح کرده بود. از جای خود بلند شده، ساندرا را چنان مادرانه به سینه خود چسبانده بود، که گویی این اوست که می‌خواهد از گرمای وجود نوه‌اش توان و انرژی بگیرد. بوسه‌ای بر گونه‌ی آیدا و یان زده، پوزش خواسته، خداحافظی کرده و به اتاق خود بازگشته بود.

سال‌ها از آن روز می‌گذشت. این بار نیز کامران هوس کرده بود برای نوه‌اش کیک توت فرنگی بپزد. کیک توت فرنگی برای او بدل شده بود به پناهگاهی برای فرار از هیجان‌های ناخواسته‌ی ناشی از سرکشی خاطراتش. کامران معمولاً جمعه‌ها آشپزی نمی‌کرد. اصولاً کامران تمایلی به آشپزی کردن نداشت. می‌گفت: «آدم که برای یک نفر آشپزی نمی‌کند.» حداکثر دو بار در هفته چیزی می‌پخت.

سه‌شنبه‌ها اگر قرار به آمدن هایکه بود و آخرهفته‌ها، وقتی دخترش به همراه یان و ساندرا به دیدار او می‌آمدند. روزهای دیگر یا بیرون از خانه چیزی می‌خورد یا یک پیتزای آماده در فرِ اجاق می‌گذاشت و یا حتی به خوردن تکه‌ای نان و پنیر و کالباس قناعت می‌کرد.

کامران می‌گفت: «آشپزی نوعی هنر است و هنر چیزی نیست که آدم هر روز و هر ساعت به آن بپردازد.» می‌گفت: «کافی است که هنر بدل به وظیفه و کار روزمره یک نفر بشود، تا هنر بودنش را از دست بدهد.» یک بار به آیدا گفته بود: «می‌دانی کنفسیوس درباره هنر آشپزی چه گفته است؟ گفته است که من هیچ‌کسی را ندیدم هیچ ننوشد و هیچ نخورد، اما کمتر کسی را دیده‌ام که ارزش مزه‌ی آنچه را می‌خورد، بداند.» آیدا لبخندی زده و به طعنه گفته بود: «من نمی‌دانم تو اگر این کنفسیوس را نداشتی، چه می‌کردی؟»

آیدا نمی‌دانست که ادامه‌ی زندگی برای کامران بدون کنفسیوس، بدون هایدگر و نیچه قابل تصور نیست. حتی بدون اسکار وایلد، کامران نمی‌توانست لحظه‌های زندگی خود را تعریف کند. گاهی گمان می‌کرد که نیاز او به این متفکران از آن رو نیست که عمیق‌تر بیاندیشد، بلکه به آن علت است که اصلاً نیاندیشد. نه، او نمی‌توانست نیاندیشد. کانت و هگل می‌خواند تا بیاندیشد، اما به چیزهای دیگری بیاندیشد، تا از آن طریق به خود و به زندگی خود نیاندیشد. به آن‌ها پناه می‌برد تا خود را در عالم تجریدی فلسفه فراموش کند. بر بال فانتزی فلسفی می‌نشست و به آن وادی سفر می‌کرد که ساکنانش مثل آرتور شوپنهاور یا هنری دیوید تورو از زندگی کردن بین مردم پرهیز داشتند. تنها آنجا بود که زندگی انسانی، تعریف زمینی‌اش را از دست می‌داد و بدل به سروده‌ای خیالی می‌شد که او می‌توانست زیر لب زمزمه‌کنان، لحظه‌های زندگی‌اش را از آن سروده لبریز کند و از زندگی ملال‌آور خود بگریزد.

این چنین بود که او یا آشپزی نمی‌کرد، یا بر آن بود همچون یک هنرمند آشپزی کند. جایی خوانده بود که آشپزی کردن نوعی مدیتاسیون است. فراموش کردن جهانِ پیرامون در سحر و جادوی رنگ و مزه و عطر مواد خوراکی است.

کامران به تجربه به معجزه‌ی آشپزی پی برده بود. نه آن نوع آشپزی که بدل به کار روزمره می‌شود، مثل پختن خوراکی معین برای هزارمین بار در زندگی. او باید هر بار، چیز جدیدی می‌پخت. باید در دستور پخت یک غذا غرق می‌شد. باید سطر به سطر آن دستور پخت را همچون یک کتاب مقدس می‌خواند و از تعالیم روحانی آن لذت می‌برد. او باید هر بار تن به یک چالش جدید می‌داد. باید برای گذر از مضمون ناخوشایند لحظه، آن را از بوی ادویه و سبزی تازه و روغن زیتون سرشار می‌کرد.

برای اولین باری که هایکه برای شام به خانه او آمده بود، از دیدن سفره‌آرایی و تزئین میز حیرت کرده بود. تلفن‌اش را درآورده و از میز عکس گرفته بود. گفته بود باید عکس آن میز را برای دخترش، تینا بفرستد. می‌گفت حتی در حرفه‌ای‌ترین رستوران‌ها نیز چنین سفره‌آرایی را ندیده است. همه چیز با دقت تمام سر جای خود قرار داشتند. پنداری کامران فاصله کارد و چنگال‌ها از بشقاب‌ها و لیوان‌ها را با خط‌کش اندازه گرفته است.

کامران آن شب میز را برای دو نفر چیده بود و تقارن دقیق را در این سفره‌آرایی هنرمندانه رعایت کرده بود. از دستمال‌ها و شمع‌های هم‌رنگ برای تزئین میز استفاده کرده بود و کارد و چنگال‌ها و لیوان‌های آب و شراب را با دستمالی مرطوب برق انداخته بود. یک شاخه گل رُز نیز در یک گلدان دراز شیشه‌ای نهاده و گلدان را با فاصله‌ای دقیق بین دو شمع گذاشته بود. نور چراغ را کم کرده، و فضا را به رقص شعله‌ی شمع‌ها سپرده بود.

هایکه از دیدن آن سفره‌آرایی زیبا غافل‌گیر شده بود. او چنین تصوری درباره‌ی کامران نداشت. گمان نمی‌کرد و یا شاید نمی‌توانست باور کند که یک مرد شرقی از چنین ذوق و سلیقه‌ای برخوردار باشد. او کامران را به عنوان استادیار فلسفه دانشگاه کلن شناخته بود، و از این رو، بیشتر گمان می‌کرد که کسی که از بام تا شام، درگیر اندیشه‌های فلسفی است، نمی‌تواند زیبایی‌های زندگی را دریابد. به‌ویژه آن زیبایی‌های آشکار و پنهانی که در گفت‌وگوی بین اشیاء جلوه می‌یابند. سفره‌آرایی هنرمندانه‌ی کامران گرچه در ورای تصور هایکه از آقای دکتر

بهرامی قرار داشت، اما ارزیابی نخستین هایکه از او چندان هم خطا نبود. کافی بود هایکه قدمی از چینش شاعرانه‌ی آن میز فاصله می‌گرفت و نگاهی به اتاق خواب کامران می‌انداخت تا همان تصویری را می‌دید که تصورش را می‌کرد. و هایکه در یکی از همان نخستین دیدارهایشان چهره‌ی دیگر زندگی او را دیده بود. او آشفتگی حاکم بر اتاق خواب او را دیده و نتوانسته بود آن بی‌نظمی نفس‌گیر را در کنار آن سفره‌آرایی هنرمندانه بفهمد.

آنچه هایکه متوجه نشده بود انگیزه کامران برای آن سفره‌آرایی و برای آن هنرنمایی بود. هایکه نتوانسته بود نیاز کامران به فاصله گرفتن از مضمون لحظه‌های زمان را متوجه شود. او نتوانسته بود نیاز دوست خود را به بی‌اعتنایی به عقربه‌های ساعت دیواری بفهمد و نیاز او را به فراموش کردن جهان دریابد. در چنین لحظاتی مکان برای کامران آب می‌رفت و کوچک می‌شد و زمان شناسنامه و تاریخ خود را از دست می‌داد. رابطه ساعت دیواری خانه‌اش با زمان جاری قطع می‌شد و چنین لحظاتی بدل به برهه‌ای از همان زمان فلسفی می‌شدند که مضمون‌اش با مضمون زمان و زمانه‌ای که در آن می‌زیست، یکی نبود. کامران در چنین لحظاتی زیر سایه‌ی بلند درخت آشپزی می‌نشست و با وقف زمان خود به آمیزش بدیع مزه‌ها یا به یک سفره‌آرایی تحسین برانگیز، دوباره فرمانروایی بر زمان در خانه‌ی خود را که حال بدل به امپراتوری تنهایی او شده بود، به چنگ می‌آورد.

کامران این بار نیز پس از رفتن سودابه به فکر هنر آشپزی و هنرنمایی افتاده بود. او چاره‌ای نداشت مگر پناه بردن به این هنر، به آن کیک توت فرنگی. پیش خود گفت: «مهم‌ترین چیز برای تهیه یک کیک توت فرنگی، خود توت فرنگی است.» نیازی نبود که در یخچال را باز کند. به‌خوبی از محتویات یخچال خود خبر داشت. چند شیشه آبجو آن‌جا قرار داشت با کمی پنیر و کالباس و دو یا سه سیب، که هفته‌ها همان‌جا مانده بودند و پوست‌شان چروک برداشته بود. او باید برای آخر هفته خرید می‌کرد.

صداقت

(جمعه، ساعت دو و نه دقیقه بعدازظهر)

کامران خودروی خود را پارک کرد. مدت‌ها بود که از رانندگی کردن لذتی نمی‌برد. این اواخر کمتر پیش می‌آمد که از چیزی لذت ببرد. رانندگی برای او بدل به یک کار شاق و طاقت‌فرسا شده بود. اگر قرار بر خرید و حمل بار نمی‌بود، شاید هیچ‌گاه سوار خودروی خود نمی‌شد. اما سال‌ها پیش، زمانی که رابطه‌اش با سودابه طوفانی شده بود، گاهی به همین خودرو پناه می‌آورد. سوار می‌شد و بی‌هدف در شهر رانندگی می‌کرد. بر آن بود تا با حرکت در مکان از بارِ سنگینِ زمان بکاهد. احساس می‌کرد که هر چه سریع‌تر می‌راند، زمان هم برای او رقیق‌تر و از این رو، قابل تحمل‌تر می‌شود. زمان رقیق‌تر می‌شد، اما برخلاف میل او، کندتر می‌گذشت.

در آن لحظات دست کسی به او نمی‌رسید و این دقیقاً همان چیزی بود که او در آن برهه از زندگی‌اش به آن سخت نیاز داشت. نیاز داشت در لایه‌ی ضخیم و تاریک شب فرو رود و ناپدید شود. در رانندگی‌های شبانه، تنهای تنها بود و می‌توانست در آرامش کامل درباره‌ی خود و زندگی‌اش بیاندیشد. اما متوجه شده بود که اندیشه و اندیشیدن نیز نمی‌توانند او را از باتلاقی که در آن گرفتار شده بود، برهانند.

یک بار مرتضی پس از جدایی او از سودابه، پرسیده بود: «پشیمان نیستی؟» و او در پاسخ گفته بود: «هستم، حتی خیلی زیاد.» در آن ایام متوجه شده بود که پشیمانی تصحیح یک خطا نیست. دانسته یا ندانسته اعتراف به آن است. متوجه شده بود که هزینه‌ی یک تصمیم خطا، پیامدهای آن تصمیم است و نه پشیمانی.

پشیمانی فقط یکی از عوارض جانبی، و شاید دردآورترین عارضه‌ی آن تصمیم خطاست.

کامران با آنکه می‌دانست پرونده‌ی زندگی مشترکش با سودابه به پایان رسیده و دیگر ممکن نیست با او زیر یک سقف زندگی کند، همین چند ساعت پیش، از حس ندامت خود پرده برگرفته بود. در همان موقعی که سودابه فارغ بال روبه‌روی تابلوی طبیعت بی‌جان نشسته بود، در همان لحظه‌ای که سودابه در حاشیه‌ی دو رنگ شده‌ی دیوارِ پشتِ تابلو، به خاطرات مشترک‌شان نقبی زده بود، بی‌آنکه خودش خواسته باشد، به سودابه اجازه داده بود به پستوهای زندگی او سرک بکشد. دست او را در رمزگشایی از چیدمان و کشف ناگفته‌های پنهان در دیالوگ بین اشیای خانه باز گذاشته بود. به او این امکان را داده بود در بی‌مهری تغلیظ شده در گلدان‌ها، پی به آشفتگی روحی او ببرد. او از این بابت که این همه راز را، ظرف مدتی این چنین کوتاه، فاش کرده بود، احساس شرم می‌کرد. حال که سودابه رفته بود، از شرم به خود می‌پیچید.

درِ گاراژ را بست. همان طور که درِ گاراژ به آهستگی بسته می‌شد، نگاهی به خودروی خود انداخت. او برای تنها شدن، برای خلوت کردن با خود، دیگر نیازی به آن نداشت. زندگی‌اش سرشار از تنهایی شده بود. بازیگران زندگی‌اش، یکی پس از دیگری از صحنه خارج شده بودند. او مانده بود و صحنه‌ای خالی و چشمان کنجکاو تماشاگرانی، که منتظر بودند، ببینند عاقبتِ سرنوشتاش به کجا می‌انجامد. او برای ادامه بازی زندگی‌اش نیاز به کسی یا چیزی داشت تا بتواند او را از چنگ این تنهایی برهاند. او را از شر این گرگور سامسا، که سایه به سایه به دنبال او راه افتاده بود، و او را تنها نمی‌گذاشت، نجات دهد. آن خودرو نقش خود را در زندگی او، در آن روزگار طوفانی پیش از جدایی‌اش از سودابه، ایفا کرده بود. اکنون خانه‌ای به آن بزرگی، مامن و پناهگاه روح تنها، بی‌کس و سرگردان او شده بود. ساحت تنهایی‌اش صد بار بزرگ‌تر از پیش شده بود.

دریافته بود که در زندگی گاهی یک تصمیم نیاندیشیده راه را بر اندیشیدن بعدی سد می‌کند و مجالی برای چاره‌جویی باقی نمی‌نهد. اما شوربختانه دانستن

این نکته‌ی حکیمانه نیز تضمینی برای دوام و بقای زندگی آرام و خوب او نبود. همه‌ی آن کتاب‌های فلسفی که در طول زندگی خود خوانده بود و همه‌ی آن توصیه‌های داهیانه فیلسوفان نیز، نتوانسته بودند مانع از لغزش او بشوند، نتوانسته بودند مانع از جن‌زدگی دیرهنگام در زندگی او گردند و نتوانسته بودند او را در برابر خطر فرو رفتن در ورطه‌ی ویرانگر برخاسته از آن تصمیم خطا حفظ کنند.

همه‌ی آنچه او درباره زمان و مکان خوانده بود، هیچ‌کدام حال که او نیاز به تهی کردن زمان و مکان از مضمون‌های ناخوشایندشان داشت، به داد او نرسیده بودند. او ترجیح می‌داد در زمان و مکان فلسفی زندگی بگذراند، یعنی همان زمان و مکانی که تنها در دنیای واژه‌ها و مفاهیم وجود دارند. اما او ناگزیر به این اعتراف شده بود که زمان و مکانی که در آن زندگی می‌کند، واقعی‌اند و از جنس مفهوم و واژه نیستند. او دریافته بود که دنیای واقعی، دنیای وهم‌آلوده‌ی فلسفی نیست که خود انسان نیز در آن بدل به واژه و مفهوم شود.

او در آن ایام طوفانی، پیش از آنکه پناهگاهی به نام خودروی خود را کشف کند، بارها به اتاق کارش پناه برده بود. شیشه‌ی ودکا یا هر آنچه در دسترس بود را برمی‌داشت و به فرمان مغز خود گردن می‌نهاد و به امپراتوری خود عقب‌نشینی می‌کرد. این همان تاکتیک جنگی بود که سودابه نیز پس از یک مشاجره‌ی خانوادگی همواره در پیش می‌گرفت. به هابی‌روم خودش می‌رفت و در را پشت سر خود می‌بست. پس از این عقب نشینی‌ها، جنگ پایان نمی‌یافت و این‌گونه نبود که در سایه‌ی یک آتش‌بس موقت، صلح حاصل شود. مشاجره‌ای خاتمه می‌یافت، اما دروازه زندگیِ مشترک‌شان را روی طوفانی دیگر، روی بهانه‌ای دیگر و مشاجره‌ای دیگر، گوش تا گوش می‌گشود.

پس از مدتی متوجه شده بود که در اتاق‌کار خود به آن آرامشی که برای مرور کردن تصمیم‌ها و خطاها نیاز دارد، دست نمی‌یابد. آشفتگی حاکم بر آن اتاق، مانع از تمرکز او می‌شد و این برای خود او نیز پدیده‌ی عجیبی بود. زمانی که سرگرم خواندن یا نوشتن بود، چنان در کار خود غرق می‌شد که آشفتگی میز و قفسه‌ها را نمی‌دید. حتی گاهی گمان می‌کرد که این جهان نامنظم که او را چنین

تنگ در آغوش گرفته است، امر منظم اندیشیدن را برای او ممکن می‌سازد. اما هرگاه می‌خواست درباره‌ی موضوع دیگری بیاندیشد، مثلاً درباره‌ی خودش و زندگی‌اش، درباره‌ی گذشته و آینده، همین بی‌نظمی فراگیر روی تارهای اعصابش سنگینی می‌کرد. این بی‌نظمی در چنین لحظاتی صندوقچه‌ی بی‌سر و ته زمان را از افکار پریشان‌اش می‌انباشت.

پیش از آنکه وارد خانه شود، نگاهی به درون صندوق پست‌اش انداخت. وسوسه برخاسته از نامه‌ای که روز پیش او را غافل‌گیر کرده بود، او را بر آن داشته بود تا مجدداً نگاهی به درون آن صندوق بیاندازد. نامه‌ای نیامده بود. صندوق پست از همان حکایت تکراری و ملال‌آور همیشگی پر بود. یکی دو برگه‌ی تبلیغی که نشان از ادامه‌ی روزمرگی داشتند. سودابه بارها از او خواسته بود که با زدن یک برچسب بر صندوق پست، او را از شر این تبلیغات روزانه خلاص کند. کافی بود فقط بنویسد: انداختن آگهی‌های تبلیغاتی ممنوع! خواستی که او هیچگاه عملی نکرده بود. چه در آن هنگام که هنوز با سودابه زندگی می‌کرد، و چه اکنون که تنها شده بود. او با بی‌اعتنایی از برابر خیلی از خواست‌های بزرگ و حتی کوچک سودابه گذشته بود.

بحرانی که همچون خوره به جان زندگی مشترک کامران و سودابه افتاده بود، به طور ناگهانی شکل نگرفته بود. در همان روزها و هفته‌های پیش از پروار شدن بحران در مناسبات زناشویی‌شان، جرقه‌هایی گاه و بی‌گاه به جان خرمنِ زندگی مشترک‌شان می‌افتاد. گرچه گذشت زمان مانع از شعله‌ور شدن آن جرقه‌ها می‌شد، اما وجود آن جرقه‌ها در زندگی‌شان نشانه‌ی خوبی نبود. جرقه‌هایی که اگر چشمی بینا و گوشی شنوا وجود می‌داشت، شاید موفق می‌شدند، پیش از آنکه پرده‌ی نمایش آن زندگی مشترک فرو بیافتد و بازی تمام شود، مانع از بحرانی شدن رابطه‌شان گردند. کامران اگر قادر به دیدن آن نشانه‌های نامرئی می‌بود و اگر می‌توانست ناگفته‌ها را بشنود، شاید می‌توانست در چهره‌ی آن جرقه‌ها، زوزه‌ی طوفانِ بحرانی که پشت در کمین کرده است را، به‌وضوح بشنود. او به جای دیدن این نشانه‌ها، آن‌ها را انکار می‌کرد. به اتاق خود می‌رفت و

کتابی را باز می‌کرد و سعی داشت چنین وانمود کند که مشغول خواندن چیزی است. اما هم خود او به‌خوبی آگاه بود و هم سودابه پس از سال‌ها زندگی مشترک با او، این را می‌دانست که او در آن لحظه، از چنان فراغتی برخوردار نیست که بتواند بر افکار پراکنده‌اش حاکم شود. وقتی کامران به اتاق خود می‌رفت، دلیلی وجود نداشت که سودابه نیز به هابی‌روم خود برود. سودابه همانجا می‌ماند و مشغول تمیز کردن خانه می‌شد. جاروی برقی را بر می‌داشت و تمیز کردن خانه را از همان طبقه بالا و از پشت در اتاق‌کار او شروع می‌کرد.

کامران از صدای جاروی برقی متنفر بود. تنفری که در چنین لحظاتی حتی به اوج خود می‌رسید. از خود می‌پرسید آیا سودابه پس از آن همه سال زندگی مشترک با او، از این تنفر چیزی نمی‌داند؟ یا می‌داند و به‌رغم آن بر آن است تا با به راه انداختن این سر و صدای گوش‌خراش او را بیش از پیش بیازارد؟ آیا این نوعی انتقام گرفتن نبود؟ یافتن مرهمی بر دردهای روحی خود از طریق دگرآزاری؟ سودابه می‌دانست که صدای جاروی برقی باعث آزار همسرش می‌شود. این موضوع را بارها از خود او شنیده بود. کامران از او خواهش کرده بود که زمان جارو کشیدن را به ساعاتی موکول کند که او در خانه نیست. سودابه هم معمولاً این موضوع را رعایت می‌کرد. اما، پس از یک مشاجره، سودابه خود را ملزم به رعایت حال و وضع او نمی‌دید.

کامران درباره‌ی این موضوع که سودابه زن بد ذاتی نیست، کمترین تردیدی نداشت. از این رو علت اینکه چرا سودابه در چنین شرایطی به یاد جارو کردن خانه می‌افتاد، را متوجه نمی‌شد. سودابه، چه چنین کاری را آگاهانه می‌کرد و چه ناگاهانه، باعث آمیزش عذاب روحی و عذاب وجدان در روان او می‌شد. عذاب وجدان کامران ریشه در حدس و گمان‌های خود او داشت. او با آنکه جرقه‌ها را انکار می‌کرد، نمی‌توانست مطمئن باشد که سودابه از ماجرای عشقی او بویی نبرده است. همین شک و تردیدها، در سایه‌ی آن دعواها و بگو مگوها، باعث عذاب وجدان او می‌شدند.

نگاهش روی گلدان بزرگ کنار در ورودی خانه متوقف ماند. گلدانی که برخی

از رازهای داخل خانه را فاش می‌کرد. کافی بود سودابه یا هر رهگذر دیگری آن گلدان را می‌دید تا متوجه‌ی آشفتگی روحی صاحب‌خانه شود. با نگریستن به آن گیاه تشنه از خود پرسیده بود که چگونه توانسته است، هر روز از کنار آن گلدان بگذرد و متوجه‌ی حال و روزش نشود. این گل را هایکه به او هدیه داده بود.

هایکه چند هفته پیش، در ایام کریسمس، گیاهی خریده و در آن گلدان کاشته بود. گفته بود که این گل رُز زمستانی را به قصد همین گلدان خریده است. کامران از دیدن گل‌های سفید این گیاه در فصل سرما تعجب کرده و نام آن را پرسیده بود. هایکه گفته بود که در زبان آلمانی به آن "رُز مسیح" می‌گویند. هایکه همان روز، گیاهان پژمرده‌ی آن گلدان را خالی کرده و آن گل را کاشته بود. گیاهی که اکنون در سایه‌ی بی‌توجهی او پژمرده شده بود.

کامران آب‌پاش کوچکی که سودابه زمانی به قصد آب دادن به گیاهان آن گلدان، همان‌جا، پشت همان گلدان، گذاشته بود را برداشت و به گل‌های آن گلدان آب داد. از خود پرسید که چگونه هایکه متوجه‌ی حال و روز آن گیاه نشده است؟ در پاسخ به خود گفت: «هایکه حتماً متوجه می‌شد. شاید در تاریکی غروب آن‌ها را ندیده است.» پاسخی که از عذاب وجدان او می‌کاست، بی‌آنکه راه‌حلی برای جبران پژمردگی آن گیاه باشد.

کامران نگاهی به برگ‌های خشک شده آن گیاه انداخت و از خود پرسید: «آیا ممکن است دیر شده باشد؟» چه پرسش عجیبی؟ پرسشی که ظرف این سال‌ها بارها، گاه و بی‌گاه از خود پرسیده بود. یک بار که با برگیته تنها بود، همان‌طور که پس از هم‌آغوشی، روی تخت دراز کشیده و به سقف زل زده بود، همین پرسش را از خود پرسیده بود. برگیته، به او پشت کرده و ساکت بود. کامران نگاهی به سرشانه‌ی سفید برگیته انداخته و از خود پرسیده بود که آیا این همان کسی است که او حاضر شده مابقی زندگی خود را، چه بسا فصل آخر زندگی‌اش را با او بگذراند؟ در کنار او از خواب برخیزد و شب‌هنگام به انتظار او به در خانه زُل بزند؟ همان روز، از خود پرسیده بود که آیا برای طرح چنین پرسش‌هایِ سرنوشت‌سازی دیر نشده است؟

او متوجه شده بود که از شور و هیجان برگیته برای دیدار و هم‌بستر شدن با او کاسته شده است. این را در پاسخ‌های برگیته به مهر و نوازش خود حس می‌کرد. کمتر پیش می‌آمد که برگیته، مثل ماه‌های نخست شروع رابطه‌شان، انگشتان نوازشگر خود را لای موهای جوگندمی او بلغزاند و وجود او را در آن لحظه‌ی رخوتناک پس از هم‌آغوشی، غرق در لذت کند. برگیته پس از هم‌آغوشی، سریع از جای خود بلند می‌شد، یا لبه‌ی تخت می‌نشست یا حوله‌ای را به دور پیکر خود می‌پیچید و روی صندلی چوبی کنار پاتختی اتاق خواب می‌نشست. کامران نیز درمی‌یافت که زمان رفتن و وداع فرا رسیده است. لباس‌هایش را می‌پوشید، بوسه‌ای بر گونه‌ی او می‌زد و می‌رفت.

یک بار که برگیته، همانجا کنار پاتختی، روی همان صندلی نشسته بود، از او پرسیده بود:

– همسرت از رابطه ما چیزی می‌داند؟ به او چیزی در این باره گفته‌ای؟

کامران در برابر آن پرسش، که شاید بدیهی‌ترین پرسش آن لحظه بود، سکوت کرده بود. دست و پای خود را گم کرده بود. به لکنت زبان افتاده و سرانجام گفته بود که نتوانسته درباره‌ی رابطه‌شان به سودابه چیزی بگوید. موضوعی که باعث تعجب برگیته شده بود، یا دست‌کم مایل بود چنین پیامی را به کامران بدهد.

کامران می‌دانست که اعتراف کردن به آن ماجراجویی، به معنای پاره کردن ریسمان پیوندشان است. او با روحیه‌ی سودابه آشنایی داشت. می‌توانست به‌خوبی واکنش سودابه را نسبت به چنین موضوعی حدس بزند. گفتن چنین چیزی مثل آن می‌مانست که آدم پل را پشت سر خود خراب کند. می‌دانست پس از خراب شدن این پل، امکان ادامه‌ی بازی بر پایه‌ی قواعد همیشگی آن از بین می‌رود. کامران یک بار به آیدا گفته بود: «در زندگی لحظه‌ای به نام لحظه‌ی صفر وجود ندارد. هر لحظه‌ای، ولو نخستین لحظه‌ی پس از یک تصمیم‌گیری نیز چیزی از گذشته و آینده در خود دارد. از گذشته‌ای که زمینه‌ی ایجاد مضمون آن لحظه را فراهم آورده و از آینده‌ای که قرار است این لحظه در آن نقش ایفا کند.»

آیدا گفته بود: «پس بازگشت به لحظه‌ی صفر هم ممکن نیست.» و کامران

گفته بود: «حق با توست. زندگی واقعی مثل یک بازی کامپیوتری نیست که آدم هر وقت اراده کرد، بتواند دکمه بازگشت را بزند و همان بازی را از نو شروع کند. بازگشت به لحظه‌ای که وجود ندارد، ناممکن است.» می‌دانست که نمی‌تواند چرخ روزگار را به عقب برگرداند و به لحظه‌ی پیش از جن‌زدگی هایدگری خود بازگردد. او تنها یک راه بیشتر نداشت و آن سکوت کردن درباره‌ی آن لحظه بود و امید بستن به آنکه سودابه آن راز را هرگز کشف نکند.

کامران حتی در اوج شور و شوریدگی خود نسبت به تداوم رابطه‌اش با برگیته تردید داشت. ندایی خفه و بی‌کلام در وجودش به او گوشزد می‌کرد که این رابطه آن ریسمانی نیست که او بتواند همه آینده‌ی خود را روی آن آویزان کند. شب‌ها که با خود خلوت می‌کرد، این رابطه را همچون یک ریسمان می‌دید. ریسمانی که یک سوی آن به لحظه حال وصل بود و سوی دیگر آن در یک فضای مه‌آلود محو شده بود، در هاله‌ای از وهم گم شده بود و دیده نمی‌شد.

روشن بود که او هرگز نمی‌توانست درباره‌ی رابطه‌ی عشقی خود با برگیته چیزی به سودابه بگوید. رابطه آن‌ها از جنس رابطه‌ی سارتر و دوبووار نبود. رابطه آن‌ها حتی مثل رابطه‌ی برخی از زوج‌های آلمانی نبود که در حاشیه‌ی ماجراجویی‌های عشقی هر یک از آن دو، سال‌ها بی‌آنکه آب از آب تکان بخورد، ادامه یابد. رابطه‌ی آن دو حتی شباهتی به رابطه دخترشان با یان نداشت. رابطه‌ای که تضمین بقای خود را در صداقت قراردادی بین آیدا و شریک زندگی‌اش می‌یافت.

رابطه او و سودابه بوی سنت می‌داد. همان سنتی که می‌بایست مانع از گسستن پیوندها می‌شد. همان بافت سنتی که در آن متولد شده و در الیافِ سنتیِ همان جامعه‌ای که در آن زندگی کرده بودند، شخصیت‌شان تکوین یافته بود. رابطه او و سودابه بوی آن پیمانی را می‌داد که گرچه در لحظه‌ای از زمان بسته شده بود، اما نمی‌بایست در قاب زمان بگنجد. باید پیمانی می‌بود برای همه‌ی فصل‌های زندگی.

صداقت و وفا به عهد پشتوانه‌ی رابطه‌ی کامران و سودابه بود. نیازی به سوگند

خوردن و نیازی به سخن گفتن بر سر آن در بین نبود. بی‌وفایی مرگ آن رابطه بود و این را هر دو خوب می‌دانستند. این آن صداقت قراردادی‌ای نبود که آیدا و یان بر سر آن به توافق رسیده بودند. یعنی همان قرارداد نانوشته‌ای که تنها یک بند داشت و آن هم صداقت بود، صداقت حتی در هنگام اعتراف به بی‌مهری. کامران گمان می‌کرد که عدم اطمینان به آینده‌ی یک رابطه، باعث توافق دخترش با شریک زندگی او شده است. کامران گمان می‌کرد، بی‌اعتمادی به آینده‌ی یک رابطه، مانع از ریشه دوانیدن عشق می‌شود. آیدا، برخلاف او، معتقد بود که عشق موضوع اکنون است و نه آینده. «موضوع لحظه است، موضوع همین لحظه‌ای که در آن زندگی می‌کنیم.» آیدا گفته بود کسی که بذر عشق را در دل خاک آینده بنشاند، تردید نباید داشته باشد که عاقبت رنج و ناکامی برداشت می‌کند.

کامران در عین حال متوجه شده بود، پیوند دو انسان را نمی‌توان به زور سند و مدرک پایدار ساخت. درستی این موضوع را در زندگی شخصی‌اش تجربه کرده بود. اما او این را نیز می‌دانست که قرارداد نانوشته بین آیدا و یان نیز تضمینی برای دوام یک رابطه نیست. ادامه‌ی یک رابطه، به معنای پایداری آن نیست. دریافته بود که عشق سپرده‌ای نیست که بتوان تا پایان عمر از آن بهره گرفت و درخت سیبی نیست که بتوان تا پایان نمایش زندگی، آسوده به آن لم داد، زیر سایه‌اش نشست و از میوه‌اش لذت برد. عشق هدیه‌ای نیست که آدم از کسی بگیرد یا به کسی بدهد. عشق یک چالش است، چالشی روزمره. باید هر روز چیزی بر دل این مهر و بر مهر این دل افزود تا سرچشمه‌ی آن خشک نشود و محو نگردد. و این پاسخ دیرهنگام آن پرسش دیرهنگام بود.

صداقتی که رابطه کامران و سودابه را شکل داده بود، زیربنای زندگی مشترک‌شان بود. ترک برداشتن زمین این صداقت می‌توانست بنای زندگی مشترک آن‌ها را بر سرشان آوار کند. پاهای صداقت که سست شد، آشیانه‌ای که سال‌های سال پدید آورده بودند، در برابر چشمان‌شان فروریخت. به سخن دیگر، ماجراجویی عشقی کامران، سیلی محکم و سوزناک یک تصمیم بود بر چهره‌ی آن صداقت. او می‌بایست بین صداقت و ادامه زندگی با سودابه یکی را برمی‌گزید.

او سودابه را برگزیده بود، ولی نمی‌دانست با فاش شدن رازش، نه سودابه می‌ماند و نه اثری از آن صداقت.

کامران پاکت‌های خرید را به آشپزخانه برد. بوی توت فرنگی و تصور لبخند ساندرا پس از دیدن کیک، او را بدرقه می‌کردند.

کتاب مقدس

هیجان کودکانه‌ای وجود کامران را در بر گرفته بود. جادوی ناشی از پرداختن به یک کار جدید، و در عین حال به یک کار بیهوده و بی‌معنا باید لحظه‌های او را از معنا تهی می‌کرد. می‌گفت لحظه می‌تواند از بی‌معنایی پر شود. سودابه یک بار گفته بود: «یعنی به نظر تو، همه کارهایی که من می‌کنم، مثل ساعت‌ها وقت گذاشتن در آشپزخانه، کاری بیهوده است؟» کامران گفته بود: «پرداختن به کاری که کار تو نیست، بیهوده است.» هوس آشپزی کردن خودش را می‌گفت. این کار او نبود.

کامران یک بار به مرتضی گفته بود: «آدم‌ها خیلی وقت‌ها دست به کارهایی می‌زنند که نه برای خودشان قابل فهم است و نه برای دیگران. پس از آن که دمای خون‌شان فرو می‌نشیند و عرق دویده بر پیشانی‌شان خشک می‌شود، انگشت به دهان می‌مانند که این دیگر چه کاری بود که از من سر زد؟ به باور من، آن‌ها با چنین رفتارهایی می‌خواهند از دست لحظه بگریزند. فقط اینکه خودشان این موضوع را نمی‌دانند و بدتر از آن نمی‌دانند که چطور می‌شود از شر و آزار لحظه خلاص شد، بی‌آنکه به دیگری یا به خود آزار رساند.»

او هوس آشپزی کردن خود را نمی‌گفت. آن کارهایی را می‌گفت که انسان، پس از انجام دادنشان، دچار شرم و بهت‌زدگی می‌شود. آشپزی حتی اگر کار بیهوده‌ای هم باشد، آسیبی به کسی نمی‌رساند. او آن روز باید خود را از اندوه لحظه می‌رهاند. لحظه‌ای که بوی کهنگی می‌داد و خاطرات قدیمی بر دیواره‌ی

آن شوره بسته بود. گمان می‌کرد که لحظه همچون اختاپوسی پاهای خود را بر دور پیکر او پیچانده است و با آن کلاهک‌های خوف‌انگیزش پس‌مانده‌های شادابی و طراوت وجود او را می‌مکد. او می‌بایست با پختن کیک توت فرنگی، این اختاپوس هولناک را چنان سرمست و درگیر خود می‌کرد، که از گزندش در امان می‌ماند. انگیزه‌اش برای آشپزی در آن روز جمعه، تحمیل مضمون به لحظه‌هایش بود. باید خود را سرگرم کاری یا چیزی می‌کرد و از این طریق جلوی هجوم خاطرات را می‌گرفت. باید به آن آشوب روحی که سودابه دامن زده بود، پایان می‌داد. باید فرمانروایی بر لحظه‌های خودسر را مجدداً به چنگ می‌آورد. لحظه‌های سرکش را سر جای خود می‌نشاند و با خواباندن غائله‌ای که به راه افتاده بود، آرام و قرار می‌گرفت.

او برای نجات خود باید لحظه‌هایش را از بوی وانیل و از عطر توت فرنگی سرشار می‌کرد. به خود می‌گفت: «لحظه‌ای که بوی وانیل بدهد، نمی‌تواند فرح‌بخش نباشد.» و چنین لحظاتی برای او فرح‌بخش بودند. لحظاتی که هنر آشپزی هوش و حواس او را به خود مشغول می‌کرد. پیش از این، هیچگاه به جادوی نهفته در هنر آشپزی باور نداشت. هیچ‌گاه تصورش را نیز نمی‌کرد که تحمیل پوچی به لحظه تا چه حد قادر به کاستن از بار گران آن است. او هرگز فکر نمی‌کرد زمانی برسد که خود او، که خود را مظهر خوش‌بینی می‌پنداشت، برای دهن‌کجی کردن به اندوهی که جذب ذرات زمان شده بود، به نیهیلیسم پناه ببرد.

این جادو باید او را از دامی که در آن گرفتار آمده بود، می‌کند و با خود می‌برد. تصور لبخند ساندرا پس از دیدن کیک توت فرنگی، آن پاداشی بود که او حتی پیش از آنکه پختن کیک را آغاز کرده باشد، به خود داده بود. هر بار که به آن لبخند می‌اندیشید، جانش آرام می‌گرفت. این لبخند فراخوانی بود به روح رنج‌دیده‌ی او و برای آنکه در آن غرق شود و خود را فراموش کند.

صندوق آبجو را در گاراژ گذاشته و مابقی کیسه‌ها و پاکت‌های خرید را نفس نفس زنان به آشپزخانه رسانده بود. در یخچال را باز کرده و به جابه‌جا کردن

چیزهایی پرداخته بود که می‌بایست در یخچال می‌گذاشت. در حین گذاشتن پاکت گوجه فرنگی در یخچال به یاد حرف سودابه افتاد. هر بار که گوجه فرنگی‌ها را در یخچال می‌گذاشت، بی‌اختیار به یاد سخن او می‌افتاد. سودابه بارها گفته بود که کسی گوجه فرنگی را در یخچال نمی‌گذارد و کامران نیز برای پرهیز از یک مشاجره‌ی جدید، و برای نجات سرنوشت آن روز خود، سرنوشت گوجه فرنگی‌ها را به دست سودابه می‌سپرد. اکنون اما کسی نبود که مانع از چنین چیزهایی بشود. کامران هر چیز را هر جا که دوست داشت می‌گذاشت و نگران پیامدهای خوب و بد آن هم نبود. پس از جدایی، خوش داشت گوجه فرنگی‌ها را در یخچال بگذارد.

جابه‌جا کردن خرید هفتگی‌اش که تمام شد، فنجان قهوه‌اش را برداشت و همان‌جا پشت میز آشپزخانه نشست. او به‌رغم آنکه پیش از آن نیز یک بار کیک توت فرنگی درست کرده بود، ترجیح داد یک بار دیگر برای مطمئن شدن از دستور تهیه‌ی آن، نگاهی به کتاب آشپزی بیاندازد. باید مواد مورد نیاز کیک را به ترتیب ورودشان به صحنه، روی میز آشپزخانه قطار می‌کرد. مثلاً اگر شکر را دو بار برای کیک احتیاج داشت، یک بار برای خمیر و یک بار برای خامه‌ای که روی کیک می‌نشیند، آن را باید به اندازه‌ی تعیین شده در دو محل جداگانه می‌گذاشت. این کار بدون آنکه او علتش را بداند، به او آرامش می‌داد.

کتاب آشپزی را از قفسه‌ی کوچکی که در گوشه‌ای از آشپزخانه نصب شده بود، برداشت. کتابی کهنه که در اثر سال‌ها استفاده، شیرازه‌اش وارفته و ورق ورق شده بود. روی همان صفحه‌ی نخستِ کتاب هنوز جای لکه‌های رُب انار دیده می‌شد. سال‌ها پیش، در همان روزهای نخستی که به آن خانه آمده بودند، کامران یک بار هوس کرده بود، پا به پای سودابه، برای بیژن و آیدا آشپزی کند. هوس آن روز کامران از نوع آن هوس‌های زودگذری بود که در برابر بی‌میلی و رفتار سرد سودابه خیلی سریع رنگ می‌باختند و مدت‌ها طول می‌کشید تا بار دیگر به سراغ او بیایند و وسوسه‌اش بکنند.

سودابه همانطور که سرگرم پخت و پز بود، زیرچشمی رفتار همسرش را

می‌پایید. کامران پیش‌بند بلند و سفید آشپزی به تن کرده بود و هر کس او را می‌دید، دچار تصوری خطا از او می‌شد و گمان می‌کرد که کامران سرآشپز است و سودابه دست‌یار او.

کامران آن روز در حین آشپزی، بی‌آنکه متوجه‌ی سر انگشتان آلوده به رُب انار خود بشود، به کتاب آشپزی سودابه دست زده بود. کتابی که بی‌آنکه او بداند، مدت‌ها بود که بدل به کتاب مقدس سودابه شده بود. سودابه با دیدن لکه‌های روی کتاب چنان بر سر کامران داد زده بود که پنداری او مرتکب یک گناه بزرگ و نابخشودنی شده است. کامران هیچگاه تا آن لحظه تصور نمی‌کرد که موضوعی به این کوچکی، موضوعی چنین بی‌اهمیت، بتواند چنین واکنشی در همسرش برانگیزد. سودابه گرچه همچون بسیاری از زن‌های ایرانی، حساس بود و خُلق و خُوی آتشین داشت، اما می‌توانست احساسات خود را به‌خوبی کنترل کند. نه شادی خود را آن چنان که باید و شاید نشان می‌داد و نه از ناراحتی و رنج خود در برابر دیگران پرده برمی‌گرفت. حتی اگر این دیگران همسر یا فرزندانش بودند. سودابه در مجموع زنی خوددار بود و برای کسی که او را نمی‌شناخت، به‌ویژه برای آلمانی‌ها تا حدودی مرموز جلوه می‌کرد.

سودابه آن روز، یکباره از کوره در رفته بود. رد خشمی ناشناخته بر چهره‌اش دویده بود. بر سر همسر خود داد زده بود. و کامران که انتظار چنین واکنشی را نداشت، حیرت‌زده قدمی به عقب نشسته بود. پیش‌بندش را درآورده، نگاهی بری از مهر به سودابه افکنده و بدون گفتن حتی کلمه‌ای، آشپزخانه را ترک کرده و به اتاق کار خود رفته بود. کامران پیش خود گفته بود که انسان‌ها، حتی نزدیکترین انسان‌ها به یکدیگر نیز، می‌توانند همدیگر را غافل‌گیر کنند. سودابه آن روز با آن رفتار عجیبش او را غافل‌گیر کرده بود.

کامران در فهرست کتاب به دنبال دستور تهیه کیک توت فرنگی گشت. با انگشتِ نشانه‌ی دستِ راستش عینکش را روی بینی‌اش به سمت بالا سُراند و صفحه مورد نظر خود را باز کرد. کتاب مقدس سودابه فقط وانرفته بود، فقط ورق ورق نشده بود، بلکه حتی گوشه‌های برخی از برگ‌هایش نیز پاره شده بودند. کاغذ

کتاب در اثر رطوبت هوای آشپزخانه و گذشت سال‌ها موج افتاده بود. هم نرم و منعطف شده بود و هم سخت و شکننده.

سودابه کتاب را با بهره گرفتن از هر نوع چسبی که می‌شناخت، حفظ کرده بود. گوشه‌ای می‌نشست و با چسب نواری، لبه‌های پریده‌ی برگ‌های کتاب را به یکدیگر پیوند می‌زد و با چسب آبکی برگ‌های جدا شده‌ی کتاب را مجدداً به شیرازه‌ی کتاب می‌چسباند. چنان با دقت و وسواس این کار را می‌کرد که گویی سرگرم مرمت یک کاسه‌ی گلی عتیقه است که قرن‌ها زیر آوار تاریخ باستان ایران خاک خورده است و اکنون کار مرمتاش را به او سپرده‌اند.

کامران همان طور که دستور تهیه کیک توت فرنگی را می‌خواند یاد خاطره‌ای افتاد. او یک بار از آیدا پرسیده بود: «هیچ شده تا به حال تصمیم بگیری، آن چیزی را نابود کنی، که برایت بی‌نهایت عزیز و مهم است؟» کامران پس از گفتن آن جمله لحظه‌ای مکث کرده و ادامه داده بود: «تصمیم شاید کلمه مناسبی نباشد، یعنی در یک لحظه، بدون اینکه فکر کنی و حتی بدون اینکه فرصت کنی که تصمیم بگیری یا به پیامدهای عمل خودت بیاندیشی، آن چیزی را که خیلی دوست داشتی با دست خودت ویران کنی؟ ویران کنی و بعد هم پشیمان بشوی و خودت را سرزنش کنی؟»

آیدا نمی‌دانست چه باید بگوید. کاملاً متوجه منظور پدر نشده بود. پرسشی که پدرش مطرح کرده بود، پرسش پیچیده‌ای نبود که آیدا نتواند معنای آن را بفهمد. دشواری آیدا در آن لحظه از آنجا برمی‌خاست که نمی‌دانست پدرش از چه چیزی و یا از چه کسی سخن می‌گوید. از خود پرسیده بود که آیا کامران خودش را می‌گوید؟ منظورش رابطه‌ی خودش با سودابه است؟ همان زندگی مشترکی که سودابه در یک لحظه به آن خاتمه داده بود؟ مثل یک تابلوی شنی بی‌نظیر که به دست راهبان تبتی از کنارهم‌چیدن دقیق شن‌های رنگی پدید می‌آید و پس از این آفرینش هنری بی‌همتا، همان راهبان با دستان خودشان آن را نابود می‌کنند؟

آیدا سکوت کرده بود و به پیامدهای پاسخ خود به پرسش پدرش می‌اندیشید.

پیش خود اندیشیده بود که حتی اگر منظور پدرش چیز دیگری هم باشد، این لحظه برای گفتن ناگفته‌ای که بر دوش او سنگینی می‌کرد، مناسب است. آیدا هرگز تا آن لحظه، احساس خود را درباره‌ی جدایی والدینش با صراحت به پدرش نگفته بود. آیدا برخلاف بیژن کسی بود که رُک و صریح حرف خود را می‌زد و از اینکه سخنش باعث رنجش کسی شود، واهمه‌ای نداشت. اما کامران تنها کسی بود که آیدا نمی‌توانست به راحتی درباره‌ی او داوری کند و نظر خود را درباره‌ی او، آشکار و بی‌پرده به زبان آورد.

عشق آیدا به کامران سد بزرگی بود که مانع از جاری شدن ناگفته‌های او درباره‌ی پدرش می‌شد. او پدرش را می‌ستود و تحسین می‌کرد. رابطه‌ای که گاه حس حسادت را در سودابه برمی‌انگیخت. از همین رو بود که سودابه نیز، حال که کامران تنها شده بود، بر نمایش رابطه‌ی خوب خود با بیژن اصرار داشت. مثل همان روز که آمده بود تا به بهانه‌ی بردن نامه، بی‌مهری بیژن به او را، یک بار دیگر یادآور شود و او را بیش از پیش بیازارد.

آیدا نمی‌توانست پدر خود را برنجاند. بارها که موضوع زندگی مشترک کامران و سودابه مطرح شده بود، آیدا از ابراز صریح نظر خود تن زده بود. اما پرسش عجیب پدر در آن لحظه، فضا را برای برداشتن این بار از دوش او مهیا ساخته بود. آیدا باید با پدر خود صادق می‌بود. او باید زمانی حرف دل خود را صادقانه به پدرش می‌گفت. او نمی‌توانست سال‌ها پشت پاسخ‌های هیچ‌مگو، باورهای قلبی خود را پنهان کند. آیدا پس از مکثی طولانی، پس از آن کشاکش روحی، تصمیم خود را گرفت و گفت: «هیچ کس چیزی را که دوست دارد، زیر پا لگدمال نمی‌کند. حداقل هیچ آدم عاقلی چنین نمی‌کند.»

آیدا سرش را پایین انداخت و نگاه خود را از تلاقی نگاه کامران ربود و با صدایی که در سینه خفه شده بود، گفت: «پدر قبول کن که خود تو مقصر بودی. تو بودی که این رابطه را خراب کردی. این تو بودی که با عشق و عاشقی خودت زندگی مشترک‌تان را نابود کردی. تو با این ماجراجویی عشقی‌ات دل مادر را شکستی و باعث رنج او شدی.»

کامران لبخند تلخی زد و کف دست خود را با ملایمت زیر چانه‌ی آیدا ستون کرد و نگاهش را در نگاه دختر دلبندش دوخت. قطره اشکی در گوشه‌ی چشم آیدا خیمه زده بود. کامران گفت: «می‌دانم دخترم. خودم هم خیلی خوب می‌دانم.» کامران نفس حبس شده در سینه‌اش را همراه با آهی بلند بیرون داد و گفت: «اما خودم را نمی‌گفتم. منظورم خودم و یا رابطه زناشویی‌ام نبود.»

- پس منظورت چه کسی بود؟

- موضوع بر سر کسی نیست. موضوعی که می‌خواستم برای تو تعریف کنم، بر سر چیزی است.

کامران گره در ابروان پر پشت خود انداخته، صدایش را صاف کرده و ادامه داده بود: «یادت هست که مادرت کتاب آشپزی خودش را چقدر دوست داشت؟ چقدر به آن کتاب وابسته بود؟» آیدا این موضوع را به یاد داشت. چگونه می‌توانست چنین چیزی را فراموش کند؟ سودابه تقریباً هر روز نگاهی به آن کتاب می‌انداخت. کتاب را برمی‌داشت، یک لیوان چای برای خود می‌ریخت و می‌رفت روی راحتی کنار پنجره‌ی بزرگ اتاق پذیرایی و روبه‌روی تابلوی عکس خانوادگی‌شان می‌نشست و شروع به ورق زدن آن می‌کرد. یک نوع سرگرمی روزانه، حتی در آن روزهایی که سودابه پس از بستن کتاب همان خوراکی را می‌پخت که بارها پخته بود و دستور پختشان را سطر به سطر به خاطر داشت. کامران گفته بود: «باورت می‌شود که مادرت با دست خودش یک روز همین کتاب را از وسط جر داده باشد؟»

سودابه در همان ماه‌های قبل از جدایی‌شان، یک بار از سر خشم همین کتاب مقدس را پاره کرده بود. یکی از آن روزهای طوفانی در مناسبات زناشویی‌شان بود. سودابه مهار احساسات سرکش خود را از دست داده بود. جیغ زده بود. بشقاب و لیوانی را که روی میز آشپزخانه بود، با خشم تمام روی زمین پرتاب کرده و عاقبت کتاب مورد علاقه خود را از روی میز برداشته و با خشونت تمام از وسط پاره کرده و دو پاره کتاب را به سوی کامران پرتاب کرده بود.

این رفتار سودابه آن چنان ناگهانی و آن چنان عجیب بود که مجالی برای

واکنش نشان دادن کامران باقی ننهاده بود. کامران همانجا خشکش زده بود. هاج و واج ایستاده بود و طغیان خشم را در چهره و در رفتار همسر خود می‌نگریست. باورش نمی‌شد که سودابه بتواند این چنین هدایت این کشتی طوفانزده را به دست احساسات سرکش خود بدهد. سودابه‌ای که تحمل شکستن تصادفی حتی یک لیوان را نداشت، حال با دست خود ظرف‌ها را روی زمین پرتاب کرده و شکسته بود. و از آن مهم‌تر، او کتاب مقدس خود را پاره کرده بود، یعنی دقیقاً همان چیزی که باورش برای کامران بسیار دشوار بود.

آیدا هم قادر نبود چنین چیزی را باور کند. او از این رفتار مادرش شگفت‌زده شده بود. هیچ تصور نمی‌کرد که مادرش بتواند روزی این چنین خشمگین بشود. او در ایام کودکی‌اش، به‌ویژه در دوره‌ی بلوغ خود، بارها مادرش را عصبانی دیده بود. اما سودابه هیچگاه چنان برافروخته نمی‌شد که نداند چه می‌گوید و چه می‌کند. منطق بر رفتار او در مجموع حاکم بود و این موضوع بر کسی پوشیده نبود. آیدا از خود می‌پرسید که چه چیزی باعث شده است، مادرش افسار احساسات خود را از دست بدهد و دست به چنین کاری بزند؟

کتاب آشپزی سودابه به خودی خود ارزش خاصی نداشت. می‌شد با چند یورو نسخه‌ی دیگری از آن را تهیه کرد. اما، ارزش آن کتاب برای سودابه چیزی بیش از بهای آن بود. این کتاب سایه به سایه سودابه را در تمامی سال‌های زندگی‌اش در مهاجرت همراهی کرده بود. پدر سودابه در همان نخستین ماه‌های شروع فصل جدید زندگی‌شان در آلمان، اندکی پس از آنکه دخترش در آلمان سر و سامان گرفته بود، این کتاب را همراه با چند کتاب و آلبوم عکس از طریق پست ارسال کرده بود.

سودابه در آن کتاب کهنه، در آن کتاب مقدس، رد پای گذشت زمان را می‌دید. این کتاب او را از حس خوش دیدن دوام و بقای زندگی سعادتمندش لبریز می‌کرد. این کتاب همه‌ی لحظات زندگی او را در دوران مهاجرت در دل خود ثبت کرده بود و حکایت از خاطرات تلخ و شیرین زندگی او داشت. سودابه بارها به‌مناسبت‌های جشن و عزا، با کمک همین کتاب، کیک و حلوا پخته بود.

این کتاب یار با وفای سودابه در همه‌ی آن لحظاتی بود که دلتنگی و اندوه به جانش می‌افتاد. در غروب‌های خاکستری پاییز، در آن لحظاتی که تنهایی فضا را از خود می‌آکند، سودابه برای گریز از دست خوره‌ی تنهایی‌اش، به سراغ این کتاب می‌رفت و به آن پناه می‌برد. این کتاب همچون یاری با وفا، همیشه در گوشه‌ی آن قفسه‌ی آشپزخانه، در انتظار دلتنگی‌ها، در انتظار سالروزها، در انتظار دیدار سودابه، شب‌ها را به صبح می‌رساند.

آیدا از خود پرسیده بود که سودابه چگونه توانسته است با این کتاب مقدس چنین رفتاری بکند؟ آیدا به یاد خودش افتاد، به یاد یکی از آن روزهای ایام کودکی خود. روزی که از دست مادرش سخت رنجیده و دل آزرده شده بود. همان روز موها و دست و پاهای بتی را کنده و لباس آن عروسک را بر تنش جر داده بود. بتی هم در زندگی آیدا در ایام کودکی‌اش همان نقشی را بازی می‌کرد که آن کتاب مقدس در زندگی سودابه. او به بتی وابسته بود. شب‌ها بدون بتی خوابش نمی‌برد و صبح‌ها پس از بیدار شدن، بوسه‌ای بر گونه‌ی بتی می‌زد و این چنین روزش شروع می‌شد.

آیدا برای پرسش آن روز پدرش پاسخی داشت. بارها به رفتار آن روز خود اندیشیده بود. بارها از خود پرسیده بود که چگونه توانسته است، خشم خود را بر سر آن غم‌خوار کودکی‌اش خالی کند. در پاسخ به کامران گفته بود: «گاهی آدم برای آنکه به کسی که دوستش دارد، آزاری نرساند، خشم خودش را بر سر چیز دیگری خالی می‌کند. شاید مادر با این کار خودش می‌خواسته است عشق‌اش را به تو بیان کند؟ شاید می‌خواسته بگوید که بار رنجی که بر دوش می‌برد، برایش غیرقابل تحمل شده است؟»

کامران نگاهی دوباره به آن کتاب مقدس انداخت. یک پرسش هنوز ذهن او را به خود مشغول کرده بود. از خود می‌پرسید که چرا سودابه پس از جدایی‌شان آن کتاب را همراه خود نبرده است؟ آیا سودابه آن کتاب را نبرده است تا خود را از ترکش‌های خاطراتی که آن کتاب در دل خود حفظ کرده بود، برهاند؟ یا اینکه بر آن بوده آن کتاب را آنجا بنهد تا با همه‌ی آن خاطرات و با آن لکه‌ی رُب روی

آن، کامران را بیازارد؟

کامران طرز تهیه کیک را یک بار دیگر خواند. سودابه در همان صفحه مربوط به طرز تهیه‌ی این کیک با خط خود چیزهایی نوشته بود. بخشی از شکر که برای تزئین روی کیک پیش بینی شده بود را خط زده بود و کنار آن نوشته بود: ۵۰ گرم پودر شکر. تعداد تخم‌مرغ مورد نیاز را از یک به دو افزایش داده بود. کامران جایی درباره‌ی فرمانروایی الگوریتم‌ها بر زندگی انسان خوانده بود. مثل همین الگوریتم مربوط به پخت آن کیک.

کامران کیک را بر اساس همان الگوریتم آماده کرده بود. دستور پخت را قدم به قدم دنبال کرده بود. آرد را با دقت کامل وزن کرده بود. شکر و وانیل و توت فرنگی را نیز بر اساس همان الگوریتم به آرد افزوده بود. خامه را نیز بر اساس همان دستور زده و با پودر شکر مخلوط کرده بود.

کامران باورش نمی‌شد که آن الگوریتم این چنین در او حس اطاعت برانگیخته باشد. او اکنون مطیع و حرف شنو شده بود. به آن دستور پخت، همچون یک قرارداد ابدی باور و ایمان آورده بود. چنان ایمانی که جایی برای شک و تردید باقی ننهاده بود. او باید این قرارداد را در تمامیت خود می‌پذیرفت. باید به فرمانروایی برخاسته از آن دستور گردن می‌نهاد. باید قدم به قدم به همه‌ی آن چیزهایی عمل می‌کرد که در آن الگوریتم پیش‌بینی شده بود. کامران از خود پرسید که چرا برای زندگی شخصی انسان‌ها، برای زندگی زناشویی‌شان، برای رفتارهای انسانی الگوریتم باورپذیری پیش‌بینی نشده است؟

زمان و مکان بوی کیک توت فرنگی گرفته بود.

عتیقه

(جمعه، ساعت هفت و نوزده دقیقه بعدازظهر)

کامران از دریچه‌ی شیشه‌ای فر نگاهی به درون آن انداخت. رنگِ طلایی مایل به قهوه‌ای کیک نویدبخش موفقیت‌آمیز بودن زحمات او بود. جادوی آشپزی این بار نیز نتیجه داده بود. توانسته بود، اسبِ سرکش زمان را مجدداً رام کند و افسار آن را به دست گیرد. اما او می‌بایست از پختن خمیر وسط کیک نیز مطمئن می‌شد. درِ فر را گشود و یک خلال‌دندان را در میانه‌ی کیک فرو کرد. فرو کردن خلال‌دندان در کیک را از سودابه یاد گرفته بود. سودابه هیچگاه تصور آن را نیز نمی‌کرد که روزی کامران هوس پختن کیک را به خود راه دهد. می‌گفت: «آشپزی کردن صبر و حوصله می‌خواهد. شور و اشتیاق می‌خواهد.» مدعی بود که همسرش از هیچ یک از این صفات بهره‌ای نبرده است. این موضوع را بارها به آیدا گفته بود. «پدرت طوری کار می‌کند، که انگار کسی مجبورش کرده باشد. همان بهتر که برود و توی اتاقش بنشیند و منتظر بماند تا غذا آماده شود. اینطوری هم او راحت‌تر است و هم آرامش ما را برهم نمی‌زند.» و آیدا هر بار پس از شنیدن چنین گلایه‌هایی که در ذات خود، اثری از مهر و عشق نیز داشت، به خنده می‌افتاد و حق را به مادر خود می‌داد.

سودابه به‌رغم این تصور خود، هرگاه کامران، پس از ساعتی کار کردن، می‌آمد و در آشپزخانه می‌نشست، از حضور او لذت می‌برد. شاید احساس تنهایی کمتری می‌کرد. در آن لحظاتی که کامران در آشپزخانه بود، سودابه حتی دوست داشت کارهای خود را در حین آشپزی با صدای بلند اعلام کند. مثلاً هر وقت کیک

می‌پخت، از پشت شیشه دودی‌رنگِ فر نگاهی به درون آن می‌انداخت، لبخندی می‌زد و آنگاه در فر را باز می‌کرد و در حین فرو کردن خلال‌دندانی در میانه‌ی آن می‌گفت: «اگر خمیر به خلال‌دندان بچسبد، یعنی هنوز آماده نیست.» کامران هم هیچگاه علاقه‌ای به دنبال کردن گام به گام کارهایی که سودابه هنگام آشپزی می‌کرد، نداشت. اما بی‌آنکه خود بخواهد، این‌ها را می‌شنید و به‌رغم بی‌تفاوتی‌اش، چیزهایی را به خاطر می‌سپرد. از جمله موضوع استفاده نامتعارف از خلال‌دندان را هیچگاه فراموش نکرده بود. نمی‌دانست که استفاده از خلال‌دندان در کیک‌پزی پدیده‌ی عجیب و نامتعارفی نیست.

به نوک خلال‌دندان خمیری نچسبیده بود. با خشنودی کیک را از فر درآورد و روی میز گذاشت. خامه را در حین پخت کیک زده، با پودر شکر ترکیب کرده و در یخچال گذاشته بود تا بهتر ببندد. مدتی صبر کرد تا حرارت کیک فرو بنشیند. بوی وانیل با بخار برخاسته از کیک در هم آمیخته و فضا را از خود انباشته بود.

پس از آنکه از سرد شدن کیک مطمئن شد، خامه را با وسواس و دقت فراوان روی کیک مالید. آنگاه خامه را با یک کف‌گیر پلاستیکی روی سطح کیک صاف کرد. کاردک پلاستیکی را سودابه برده بود. توت فرنگی‌ها را، که پیش از آن از وسط نصف کرده بود، با دقت بسیار و با رعایت فاصله‌ها، به طور قرینه روی کیک و در دل خامه نشاند. پودر پسته را در بین قطعات توت فرنگی روی بستر سفید خامه پاشید و چند برگ نعناعِ تازه در حاشیه‌هایی که بین توت فرنگی‌ها ایجاد شده بودند، جا داد.

پس از آنکه کار کیک‌آرایی را تمام کرد، همانجا، روبه‌روی کیک نشست و غرق در تماشا شد. ترکیب رنگ‌های سبز، سفید و قرمز او را بی‌اختیار به یاد پرچم ایران و به یاد سرزمین مادری‌اش انداخت. پدیده غریبی بود. در این تنهایی فراگیر، برای او هر چیزی بدل به نماد و سمبل چیز دیگری شده بود. چیزی می‌دید و به یاد چیز دیگری می‌افتاد. تصورش همچون قوه‌ی تخیل یک کودک پر دورتر از واقعیت‌های آن لحظه در گشت و گذار بود، با یک تفاوت بزرگ. شاید نمی‌دانست که یک کودک در وادی تخیل خود گردش می‌کند، حال آنکه، او اکنون مردی

سال‌خورده بود، برای گردش خود فقط باغ توهم را می‌شناسد.

اینکه پرنده‌ی ذهن او در دوران سال‌خوردگی‌اش این چنین مستانه بین لحظه‌ها پرواز کند، برایش پدیده‌ای ناآشنا می‌آمد. رفتار احتمالی این مرغ بازیگوش را نمی‌شناخت، حال آنکه سال‌ها بود که نشسته بر بال همان مرغ به گذشته‌های دور و نزدیک پرواز کرده بود. بازیگوشی آزار دهنده‌ی پرنده‌ی ذهن‌اش هر روز او را غافل‌گیر می‌کرد. و او حیرت‌زده همچون مسافری با یک چمدان پرسش در دست، از گوشه‌ای از زمان به گوشه‌ای دیگر پرتاب می‌شد.

زیبایی کیک در آمیزش با بوی توت فرنگی و وانیل لحظه‌هایش را تسخیر کرده بودند. لحظه‌هایی که با تصور شیرینی خامه‌ی روی کیک و شیرینی لبخند ساندرا برای او شیرین و گوارا شده بودند. پختن کیک توت فرنگی او را همراه خود برده بود. بار لحظه‌هایش را سبک کرده بود. لحظه‌هایش را از مضمون‌های ناخوشایند تهی کرده بود. کامران یک بار که با مرتضی پیکی زده بودند، از او پرسیده بود: «می‌دانی تفاوت تاریخ و تقویم در چیست؟»

مرتضی متوجه منظور کامران نشده بود. پس از لحظه‌ای تامل از او خواسته بود، بیشتر توضیح بدهد. کامران گفته بود: «منظورم تفاوت بین یک روز در تاریخ و یک روز در تقویم است.» مرتضی مدتی فکر کرده و سپس گفته بود که تقویم قاب تاریخ است. کامران در پاسخ گفته بود: «نه! این ظاهر ماجراست. تفاوت یک روز در تاریخ و یک روز در تقویم در مضمون آن روز است. در واقع در مضمون لحظه‌های آن روز است. مثلاً اگر گذشت آن روز هیچ تغییری ایجاد نکند، ولو یک تغییر کوچک، آن روز فقط یک برگ از تقویم است که می‌شود همان برگ را بدون ذره‌ای عذاب وجدان از تقویم کند و در سطل زباله انداخت. چون آن روز مضمون خاصی نداشته که کسی مایل باشد آن را در گوشه‌ای ثبت کند.»

مرتضی هیچگاه به تفاوت بین تقویم و تاریخ نیاندیشیده بود. کامران در ادامه گفته بود: «می‌دانی معنای این حرف چیست؟ این است که تکرار تاریخ ندارد، تکرار فقط تقویم دارد. گاهی که دلم سخت می‌گیرد، فکر می‌کنم که در تقویم زندگی می‌کنم. در همان حال و هوایی که خودمان بهش می‌گوییم وقت کشی.

یعنی سپری کردن روز و وول خوردن شبانه برای اینکه روز جدیدی از همان تقویم شروع بشود. یا شاید بهتر باشد بگویم، یک روز دیگر از همان تقویم تمام بشود.»

این موضوع را کامران در یکی از آن روزهایی که به تنهایی خود پناه برده بود، دریافته بود. پدیده‌ی تکرار در تاریخ را از هگل آموخته بود. ولی با این نظر هگل که گفته بود پدیده‌ی تکرار در تاریخ متعلق به ملت‌های مشرق‌زمین است، موافق نبود. او این تکرار را همه جا می‌دید. در سرنوشت ملت‌ها و سرنوشت تک تک انسان‌ها. او دیده بود که ملت‌ها و انسان‌ها عمدتاً در تقویم زندگی می‌کنند و تاریخ‌شان از آغاز تا به کنون تنها در روزهای خیلی خاصی رقم خورده است. اما آن نکته‌ای را که او در این سال‌های تنهایی متوجه شده بود، این بود که هر چه سن آدم افزایش می‌یابد، نقش تقویم در زندگی بیشتر می‌شود.

کامران بارها به تفاوت بین زمان فلسفی و زمان واقعی، بین گذشت زمان در تاریخ و در تقویم اندیشیده بود. او به این نتیجه رسیده بود که گذر زمان از لحظه‌ای به لحظه‌ی دیگر موضوع تقویم است و نه تاریخ، درست عین حرکت شناور در بی‌تفاوتیِ مطلق عقربه‌های ساعت دیواریِ اتاق پذیرایی‌شان. تاریخ به مضمون لحظه‌ها توجه دارد و نه به جایگزین شدن لحظه‌ای با لحظه‌ی دیگری. تکرار مضمون لحظه را تغییر نمی‌دهد. آن را بازخوانی می‌کند. خوانش ملال‌آور آن مضمونی است که در دل لحظه جای خوش کرده و پنداری حاضر نیست از جای خودش تکان بخورد.

کامران به اثر هنری خود می‌نگریست. هنری که توانسته بود، غروب آن روز را از چنگال خاطرات تلخ آن جمعه برهاند و این لحظات را در حلاوتِ سبک‌باریِ برخاسته از تجملِ فارغ بودن از بار گذشتِ زمان شریک کند. کیک را در یخچال گذاشت. تکه نان و پنیری خورد. جام شرابی برای خود ریخت و به اتاق خود رفت. زودتر از خیلی از شب‌های دیگر به امپراتوری خود پناه برده بود. خود او به‌خوبی می‌دانست که این سرآغاز یک شب طولانی است. از آن شب‌هایی که خواب با ناز و کرشمه در کنار تخت آدم جست و خیز می‌کند و پا پیش نمی‌گذارد.

کامران گرامافون خود را روشن کرد. صفحه‌ای از بنان هنوز روی آن بود. شروع به شنیدن ترانه‌های بنان کرد. موقع مطالعه یا حتی نوشتن معمولاً به موسیقی کلاسیک گوش می‌داد. به قطعاتی از فردریک شوپن و یا آنتونین دورژاک. اما موقع استراحت یا شب‌ها پیش از آنکه چراغ پاتختی‌اش را خاموش کند، دوست داشت به ترانه‌های قدیمی ایرانی گوش دهد. گیلاس شرابش را بر می‌داشت، به پشتی تختش تکیه می‌کرد و با شنیدن ترانه‌های بنان و نوری به سال‌های جوانی و زندگی‌اش در ایران پُلی می‌زد. شنیدن *الهه ناز* بنان در کنار سمفونی شماره ۹ دورژاک، جلوه‌ای از دو بُن متناقضی بود که شخصیت او را رقم می‌زد. کامران متوجه این تناقض شده بود اما این تناقض برخلاف باور دیگران، آرامش او را برهم نمی‌زد، بلکه تکمیل می‌کرد. همان آرامشی که چون پوسته‌ای نازک روح عصیان زده و آشوب‌های روحی برخاسته از آن را از نگاه کنجکاو دیگران پنهان می‌کرد.

پس از جدایی از سودابه، گرامافونش را هم از اتاق کارش به اتاق خواب برده بود. گرامافونی که زمانی برای اتاق پذیرایی خریده بود. اما به علت اعتراض سودابه، پای آن گرامافون هرگز به اتاق پذیرایی باز نشد. سودابه نه از خود آن گرامافون خوشش می‌آمد و نه از صدای آن. معتقد بود که آن گرامافونِ عتیقه در آن خانه، یک وصله‌ی ناجور است و با مبلمان اتاق پذیرایی نمی‌خواند. بردن آن به اتاق خواب مشترکشان هم بی‌فایده بود. از این رو، کامران ناگزیر گرامافون را به اتاق کار خود برده بود. اما تمام دیوارهای اتاق کارش را قفسه‌های کتاب پر کرده بودند و او چاره‌ای نداشت مگر آنکه گرامافون را جلوی یکی از قفسه‌ها بگذارد. همین موضوع بیش از پیش اتاق کارش را بدل به یک انباری کرده بود. انباری برای کتاب‌ها و خرت و پرت‌ها و هنر پنزرهای بی‌فایده.

هر بار که سودابه از گرامافون سخن می‌گفت آن را گرامافون عتیقه می‌نامید و کلمه عتیقه را نیز با لحنی کش‌دار و غلیظ ادا می‌کرد. می‌گفت: «گرامافونِ عتیییییقه!» کامران طعنه‌ی نهفته در کلام سودابه را خیلی خوب متوجه می‌شد. به باور او، موضوع اصلاً بر سر آن گرامافون نبود. گرامافون صرفاً بهانه‌ای بود برای نقد خشن سلیقه او و توسط همسرش. او هر بار که در اتاق کارش این گرامافون را

می‌دید، تیزی پیکان حمله سودابه را بر گلوی سلیقه خود حس می‌کرد.

کامران با تکنیک‌های مدرن صوتی آشنا بود، اما با خش خش نوستالژیک گرامافونش حال می‌کرد. گرمافونی بزرگ، با یک جعبه بزرگ چوبیِ تریاکی‌رنگ و پارچه‌ای مخملی که فضای جلوی بلندگوی آن را می‌پوشاند. پارچه‌ای قدیمی با لکه‌های کوچک و بزرگی که حکایت از گذشت زمان و دست به دست شدن‌های بسیار آن گرامافون داشت. فروشنده گفته بود که آن گرامافون حداقل ۵۰ سال عمر دارد. گرامافونی که به‌رغم گذشت نیم قرن هنوز کار می‌کرد.

کامران در همان نگاه نخست شیفته‌ی آن گرامافون شده بود. از آن گرامافون‌هایی بود که می‌شد هفت، هشت صفحه را روی آن جای داد. از آن گرامافون‌هایی که هر بار پس از پایان پخش یک صفحه، سوزنش به گوشه‌ای می‌خزد و صفحه‌ی جدیدی از بالا روی صفحه قبلی می‌افتد. کامران گرامافون را از یک بازار محلی و خیابانی در شهر کلن خریده بود. با پولی که برای خرید آن گرامافون داده بود، می‌توانست به‌راحتی مدرن‌ترین دستگاه‌های پخش صوت را بخرد. فروشنده گفته بود که این یک گرامافون عتیقه است و کامران این موضوع را در همان لحظه‌ی نخستی که گرامافون را به خانه آورده بود، به سودابه گفته بود. از همان روز، نام این گرامافون بدل شده بود به گرامافون عتیقه. اما کلمه‌ی عتیقه‌ای که سودابه برای توصیف آن گرامافون به کار می‌برد، زمین تا آسمان، با کلمه‌ای که فروشنده گفته بود، فاصله داشت.

کامران از دیدن بالا و پایین رفتن سوزن روی سطح ناصاف و موج‌دار صفحه‌ها لذت می‌برد و از اینکه می‌توانست با نگاه خود مسیر حرکت سوزن را روی صفحه دنبال کند، احساسی فرح‌بخش به او دست می‌داد. او مخالف پیشرفت و علم نبود. اما از اینکه انقلاب دیجیتالی تماس‌ها را از بین برده است، ناراضی بود. می‌گفت: «هیچ کدام از این دستگاه‌های مدرن خش خش نمی‌کنند و آدم نمی‌تواند از لغزش سوزن روی خطوط سیاه و مدور صفحه لذت ببرد.» و این موضوع را، این دلبستگی کامران را، سودابه نمی‌توانست درک کند. کمتر کسی می‌توانست درک کند.

گرامافون را خریده بود و پس از آن ساعات فراغت خود را صرف یافتن صفحه‌های قدیمی کرده بود. موضوعی که برای سودابه به هیچ روی قابل فهم نبود. سودابه بارها گفته بود: «مگر می‌شود آدم کار و زندگی‌اش را رها کند و دنبال خوراک برای این عتیقه بیافتد؟» سودابه نمی‌توانست بفهمد که کامران به دنبال خوراک برای روح خود بود. در جست‌وجوی چیزی که بتواند در حاشیه آن، از رنج‌ها و عذاب‌های خیمه‌زده در تار و پود روح خود، لحظه‌ای دور شود و از گزندشان در امان بماند.

خریدن صفحه‌های قدیمی در اروپا کار خیلی دشواری نبود. کامران خیلی زود متوجه شده بود که در دلبستگی به آن گرامافون عتیقه، تنها نیست. متوجه شده بود که بسیاری دیگر نیز خوش دارند، به شب‌ها و تنهایی‌های خود با گوش سپردن به آوای پر خش و ناصاف صفحه‌های قدیمی طعمی نوستالژیک ببخشند و خاطرات تلخ گذشته را در طنین دلنشین این بخش از گذشته‌ی فراموش شده، محو کنند.

پیدا کردن صفحه‌های قدیمی ایرانی کار بسیار دشواری بود. او از پسرعموی خود خواهش کرده بود که در عتیقه و کهنه فروشی‌های تهران دنبال این صفحه‌ها بگردد. تلاش پسرعموی کامران نتیجه‌ای به همراه نداشت. تا اینکه روزی کسی به او گفته بود، به کتابفروشی‌های قدیمی شهر هم سری بزند. پسرعمویش همه کتابفروشی‌های مرکز شهر تهران را برای یافتن این صفحه‌های قدیمی زیر و رو کرده بود و چیزی نیافته بود. فروشندگان به او به گونه‌ای نگاه می‌کردند که پنداری بیماری روانی است که غُل و زنجیر پاره کرده و از تیمارستان گریخته است.

پسرعموی کامران یک روز، به گونه‌ای تصادفی در ویترین یک کتابفروشی در نارمک یک صفحه دیده بود. یک صفحه‌ی بزرگ سی‌وسه‌دور که مجموعه‌ای از آثار کلاسیک بر آن ضبط شده بود. صاحب کتابفروشی گفته بود که صدها صفحه قدیمی دارد، ولی چون این روزها کسی این صفحه‌ها را نمی‌خرد، همه را در کارتنی ریخته و به انبار مغازه، در زیرزمین برده است. پسرعموی کامران در زیرزمین آن کتابفروشی کارتنی پر از صفحه‌های قدیمی ترانه‌های ایرانی یافته بود.

احساس کسی را داشت که گنجی با ارزش پیدا کرده باشد. او همه را در ازای پرداخت مبلغ ناچیزی یکجا خریده بود و برای کامران فرستاده بود. کامران آن را یکی از بهترین هدیه‌های سراسر زندگی‌اش می‌دانست.

کامران پس از جدایی از سودابه، همراه میز کار خود، این گرامافون را نیز به اتاق خواب برده بود. از آن گرد و غبار گرفته بود. صفحه‌ای روی آن گذاشته بود، چشم‌هایش را بسته بود و خود را در کوچه پس کوچه‌های طنین آشنای یک ترانه‌ی قدیمی گم کرده بود. این یک مونولوگ فرح‌بخش برای ایام تنهایی‌اش بود و این موضوع را او نمی‌توانست به کسی و حتی به سودابه بگوید و سودابه نیز نمی‌توانست این حس او را درک کند.

کامران بوی وانیل و توت فرنگی را به زیباترین جلوه‌های فراموش شده‌ی گذشته پیوند زده بود. همیشه شنیده بود که عمر خاطرات تلخ کوتاه‌تر از خاطرات شیرین است. همیشه گمان می‌کرد که آدم سختی‌ها را زودتر از خوشی‌ها فراموش می‌کند. اکنون درمی‌یافت که نوعی کوته‌بینی در این داوری وجود دارد. خاطرات تلخ و رنج‌های برآمده از سختی‌های زندگی را آدم پس می‌زند، بی‌آنکه قادر به محو کردن آن‌ها باشد. آن‌ها در گوشه‌ای از روح و روان آدم به انتظار جرقه‌ای می‌مانند تا بار دیگر شعله‌ور شوند.

پرده اتاق خواب را تکان داد. نور کم رمق چراغ خیابان، گوشه‌ای از تابلوی ون گوگ را روشن می‌کرد. کامران آخرین جرعه شراب خود را نوشید، چراغ را خاموش کرد و سرنوشت خود را به دست شب سپرد.

جهانِ الگوریتم‌ها

(شنبه، ساعت یازده و چهل و سه دقیقه پیش‌ازظهر)

صدای زنگ در آمد. کامران سرگرم آشپزی بود. برنج را خیسانده و در پلوپز ریخته بود. گوشتِ چرخ کرده را با پیاز و نمک و فلفل ورز داده و روی سینی فر اجاق گاز پهن کرده بود. با صدای بلند به خود گفت: «فقط کافی است که سی، چهل دقیقه قبل از خوردن، پلوپز و فر را روشن کنم.» کامران بی‌اختیار یاد عادت سودابه افتاد که هنگام آشپزی هر حرکتی را در حین انجام آن، با صدای بلند اعلام می‌کرد.

سال‌ها زندگی مشترک، عادت‌های کمابیش مشابهی در رفتار آن دو پدید آورده بود. گرچه او تلاش داشت با شکستن این الگوهای رفتاری خود را از زندان خاطرات برهاند، اما هرگاه که از زیر پا نهادن این عادت‌ها غفلت می‌ورزید، ناگزیر به اعتراف به قدرت و ماندگاری آن‌ها می‌شد. حتی نفی این عادت‌ها نیز، از آن رو که ارادی و آگاهانه بود، راه همان خاطرات را به بخش فعال مغز می‌گشود.

او شب را همان طور که حدس می‌زد، آشفته خوابیده بود. پدیده‌ای که به آن خو گرفته بود و دیگر باعث عذابش نمی‌شد. صبح زود بیدار شده بود. اتاق پذیرایی، اتاق ناهارخوری و آشپزخانه را جارو کشیده بود. ظرف‌های کثیفی که جمع شده بودند را در ظرف‌شویی گذاشته بود. پنجره‌ها را برای چند دقیقه باز کرده بود، تا هوای پاک جای بوی حبس شده در فضای خانه را بگیرد. باد خنکی در رگ‌های خانه دویده بود. بادی که بوی باران و بوی سرمای زمستان را می‌داد.

کار تمیز کردن خانه، این بار کمتر از همیشه بود. قرار غیرمنتظره‌ی سودابه

باعث شده بود که کامران روز قبل بخشی از کار نظافت خانه را انجام دهد. پیش خود گفته بود، عدو شود سبب خیر. رشته گسیخته ذهن ولگرد خود را پس از آن تصحیح کرده بود. کامران در رابطه‌ی خود با سودابه عداوت و دشمنی نمی‌دید. این سودابه نبود که پیمان شکنی کرده بود. این خود او بود که گوش به وسوسه‌های لحظاتی فریبنده داده بود.

حتی کاهو، گوجه و خیار را هم ریز کرده بود. به اتاق خود رفته و پیژامه‌اش را روی تخت پرتاب کرده و شلوار و ژاکتی به تن کرده بود. به آشپزخانه برگشته و نگاهی به ساعت اجاقِ گاز انداخته بود. لبخندی از سر رضایت خاطر زده و پیش خود گفته بود: «همه چیز برای پذیرایی آماده است.» مشغول درست کردن سُس سالاد شده بود، که صدای زنگ در آمد.

کامران دست‌هایش را با دستمال خشک کرد و به طرف در ورودی رفت. او نیازی به کنجکاوی نداشت. می‌دانست که پشت در آیدا و نوه‌ی دلبندش به انتظار او ایستاده‌اند. پیش از باز کردن در، نگاهی به خود در آینه‌ی تمام قد دیواری انداخت و دستی به موهای خود کشید. به خود گفت: «هیچ چیز بدتر از آن نیست که سر و روی آدم نامرتب باشد. حتی اگر همه‌ی خانه را تمیز کرده باشی و خوش‌مزه‌ترین غذا را نیز پخته باشی، کافی است که سر و وضعات به هم ریخته باشد، تا همه چیز خراب بشود.» هر بار که چنین چیزی به خود می‌گفت، به یاد مرتضی می‌افتاد. مرتضی همیشه می‌گفت نظم یا وجود دارد یا نه. نظم کم و زیاد نمی‌شناسد. یا هست یا نیست.

کامران لبخند بر لب در را گشود. لبخندی که از جنس لبخندهای مصنوعی آن ایام نبود. از ته دل می‌آمد. لبخندی برخاسته از شوق دیدار ساندرا. حتی تصور لبخند ساندرا برای کاستن از غم‌بادهای تنهایی او کافی بود. تصور لبخند ساندرا شادی را همچون نسیمی فرح‌بخش به دالان‌های گرد و غبار گرفته روح او بازمی‌گرداند.

آیدا و ساندرا بودند. ساندرا با همان لبخند شیرین همیشگی‌اش پشت در منتظر دیدن پدربزرگ خود بود. آیدا یقه‌ی پالتویش را بالا زده بود. پنداری بر آن

بود که چیزی را از نگاه پدرِ خود پنهان کند. کامران در چشمانِ دخترش، اثری از شور و شوق همیشگی را ندیده بود. او دخترش را خیلی خوب می‌شناخت. نیازی به مکالمه‌ای طولانی نبود. گاهی حتی یک نگاه، یک حرکت ساده‌ی سر یا لحن ادای یک کلمه برای آن کافی بود که کامران بداند در سر دخترش چه می‌گذرد. اگر هم متوجه موضوع نمی‌شد، حداقل می‌توانست به غمگین بودن یا شاد بودن او پی ببرد.

آیدا هم پدر خود را خوب می‌شناخت. نگاهش که در نگاه پدر گره خورد، متوجه شد که پدرش از مسیر همان چشمان توانسته ردِ پای غمی را ببیند که به جانش افتاده بود. کامران لبخندی زده و دخترش را در آغوش کشیده بود. لبخندی که پیامش برای آیدا روشن بود: «دخترم، خودت می‌دانی که هر چیزی را می‌توانی به من بگویی. من شنونده‌ی خوبی هستم.» نیازی نبود که کامران چنین سخنی را بیان کند.

کامران برای دخترش شنونده‌ی خوبی بود، شنونده‌ای راز دار و خیرخواه. این را آیدا به‌خوبی می‌دانست. آیدا، در دوران بلوغ خود، در آن ایامی که روح و جانش دستخوش دگرگونی‌های طوفانی شده بود، بارها با پدرش سخن گفته بود. آیدا به این موضوع که پدرش قادر به درک او و مشکلات اوست، باور داشت. اما، زمانه تغییر کرده بود. او مادر شده بود و دیگر آن دختر پر شر و شور آن روزها نبود. روزگار بین آن‌ها فاصله انداخته بود.

ناگفته‌های این سال‌ها در دل او چنان حجیم و پروار شده بودند، که آیدا نمی‌دانست از کجا باید شروع کند. زمان حبس شده در دیدارهای کوتاه برای عقده گشایی کفایت نمی‌کرد. مثل همین چند روز پیش که از وحشت بدل شدن خود به دختر خاله‌اش، به منیژه سخن گفته بود، اما فرصت و مجالی برای ادامه‌ی گفت‌وگو درباره‌ی آن نمانده بود.

آیدا همان طور که در آغوش کامران بود، بوسه‌ای بر گونه‌ی او زد. کامران آنگاه خم شد و ساندرا را تنگ در آغوش گرفت. موهای خرمایی رنگ ساندرا بوی زندگی می‌داد، بوی نشاط و شادابی. کامران هر بار که ساندرا را بغل می‌کرد، نفسی عمیق

می‌کشید. بر آن بود تا همه وجود خود را از بوی زندگی و طراوت این گلِ نو شکفته سرشار کند. یک بار به مرتضی گفته بود: «زندگی بدون ساندرا برایم غیر قابل تصور شده است. نمی‌خواهم بگویم که به خاطر او زنده هستم. ولی بدون او زندگی کردن برایم ممکن نیست.» این تناقض زیبا باعث خنده‌ی مرتضی شده بود.

کامران در حین آویزان کردن پالتوی ساندرا از آیدا پرسید:

– یان کجاست؟ چرا نیامده است؟

– ماموریت کاری داشت. دو روزی به فرانکفورت رفته است. امشب برمی‌گردد، یا شاید هم فردا پیش‌ازظهر.

یان پیش از آن، تقریباً همیشه همراه آیدا به دیدن کامران می‌آمد. شنبه‌ها اگر حادثه‌ای پیش نمی‌آمد، مثلاً اگر قرار غیرمنتظره‌ای برنامه‌هایشان را به هم نمی‌ریخت یا مثلاً اگر کسی بیمار نبود، دسته‌جمعی حوالی ظهر به دیدن کامران می‌آمدند. اما، کامران در آن اواخر متوجه شده بود که تمایل یان برای آمدن به خانه‌ی او کمتر شده است. کامران هم مشکلی با این موضوع نداشت. دوست داشت ساعاتی را با دخترش و از همه مهم‌تر با نوه‌اش بگذراند.

کامران بی‌آنکه هرگز درباره‌ی آن با آیدا سخن گفته باشد، در حضور یان آن گونه که باید و شاید احساس آرامش نمی‌کرد. کامران یان را دوست داشت. او مرد خوبی بود. نیک سرشتی او را کامران خیلی زود دریافته بود. اما یان مصاحب خوبی نبود. یان یک مرد جوان آلمانی بسیار کم حرف بود. می‌توانست ساعت‌ها ساکت گوشه‌ای بنشیند و به بقیه زل بزند. سکوت کش‌دار یان و نگاه پر راز و رمز او کامران را کلافه می‌کرد. کامران نمی‌دانست در سر آن مرد جوان چه می‌گذرد. نه به مسائل فلسفی علاقه‌ای داشت و نه به مسائل سیاسی. یان برای کامران نسخه‌ی مردانه‌ی هایکه بود. او حتی از هایکه هم کمتر حرف می‌زد. تبادل چند جمله درباره‌ی فوتبال و مسائل مربوط به آب و هوا، کل مضمون گفت‌وگوهای بین او و یان بود. موضوعاتی که خیلی زود به پایان می‌رسیدند و امکان ادامه گفت‌وگو را از آن دو سلب می‌کردند.

در حاشیه‌ی آن گفت‌وگوهای پراکنده و کم دوام مثلاً می‌گفتند: «قرار است فردا باران شدیدی ببارد.» در ادامه این جمله اغلب پاسخ کوتاهی می‌آمد: «من هم شنیده‌ام. ولی می‌گویند هوا از روز دوشنبه بهتر می‌شود!»

آیدا در خانه‌ی پدر خود احساس آرامش می‌کرد. سال‌ها در آن خانه زندگی کرده بود. بهترین و در عین حال طوفانی‌ترین سال‌های زندگی خود را در آن خانه گذرانده بود. بی‌اختیار و طبق عادت، هر بار که به خانه پدر خود می‌آمد، می‌رفت پشت پنجره‌های بزرگ اتاق پذیرایی می‌ایستاد و به درختان و گیاهان باغچه نگاه می‌کرد. به کاج‌های بلند، و اگر برفی باریده بود، به بار سفیدی که بر دوش شاخه‌های کم برگ و بی‌گل بته‌های رُز یا درخت کاملیا سنگینی می‌کرد. و اگر بادی می‌وزید، نگاه خود را به رقص و جنب و جوش درختان در زمزمه‌ی باد می‌سپرد.

آیدا هر وقت به خانه‌ی پدر می‌آمد، سری هم به اتاق سابق خودش می‌زد. ظاهراً کمتر چیزی در آن اتاق تغییر کرده بود. اما آیدا متوجه شده بود که آن اتاق بوی کس دیگری را می‌دهد. بویی که برای او ناآشنا بود. دمپایی‌ای زنانه‌ای که کنار تخت قرار داشت را نمی‌شناخت. در کمد لباس، چند پیراهن و چند تکه لباس زنانه دیده بود. اثری از پوستر انیشتین نبود که آیدا به پشت در اتاق خود نصب کرده بود. همان عکسی که انیشتین، در آن، برای دهن‌کجی به مخاطب و جهان پیرامونش، زبانش را درآورده است. به جای آن عکسی از یک منظره طبیعی دیده می‌شد، عکسی از یک جنگل مه گرفته. آیدا هر بار که به آن اتاق می‌آمد، در مه غلیظ آن جنگل، همچنان چهره‌ی انیشتین را می‌دید.

این بار هم آیدا و ساندرا بدون یان آمده بودند. این موضوع که آیا یان واقعاً به یک ماموریت کاری رفته، یا همانجا روی تخت مانده و حوصله نداشته از جای خود بلند بشود، برای کامران مهم نبود. کامران کمبود یان را حس نمی‌کرد. یک بار کامران از سر کنجکاوی از آیدا پرسیده بود: «خیلی دلم می‌خواهد بدانم، شما دو تا، وقتی با هم تنها هستید، درباره چه چیزهایی با هم صحبت می‌کنید.»

آیدا لبخندی زده و گفته بود: «قرار نبود بدجنس‌بازی دربیاری، بابا. نگران ما

نباش، حرف برای گفتن کم نمی‌آوریم.»

یان در حوزه‌ی آی‌تی کار می‌کرد و برنامه نویس بود. از آن نوع مشاغلی که عملاً نیاز به دیالوگ با دیگران را به حداقل کاهش می‌دهد. تو می‌مانی و مجموعه‌ای از بیت و بایتِ سرد. سردی و تنهایی دیجیتالی آرام، آرام زیر پوست تو می‌خلد و در وجودت رخنه می‌کند. زمانی که منطق خشک بیت و بایت را یاد گرفتی، وقتی شهروند این جهان مجازی شدی، چاره‌ای نداری مگر اطاعت کردن از الگوریتم‌ها. بدل می‌شوی به یک شهروند نمونه‌ی این شهرِ بازی. هم فرصتی برای پرداختن به سیاست برایت نمی‌ماند و هم در می‌یابی که سیاست در این جهان مجازی صرفاً یک وصله‌ی ناجور است. متوجه می‌شوی که سیاست تابع الگوریتم‌ها نیست، اجازه نمی‌دهد از الیاف آن عدد بسازی و برای این اعداد یک الگوریتم جهان‌شمول تعریف کنی. سیاست نه به فرمانروایی هوش مصنوعی گردن می‌نهد و در اکثر مواقع نه حتی از خرد و تعقل انسانی پیروی می‌کند.

کامران می‌دانست که با فلسفه هم نمی‌شود سیاست را دلپذیر کرد، در بهترین حالت می‌توان به جهان فلسفی پناه برد و از سیاست گریخت. یک بار وقتی با مرتضی درباره‌ی گذشته‌ها صحبت می‌کرد، به باورهای ایدئولوژیک مشترک‌شان اشاره کرده بود. گفته بود که فلسفه و سیاست به هم گره که می‌خورند، مثل گره خوردن دین و سیاست، می‌توانند بدل به یک ماده‌ی مهلک بشوند.

کامران یک بار که یکی دو پیاله بیشتر از معمول زده بود و در اثر پایکوبی مستانه الکل در خون خود، بی‌پروا و رک شده بود، از یان درباره‌ی علت بی‌تفاوتی سیاسی‌اش پرسیده بود. گفته بود: «پسرم، از من دلخور نشو. ولی چگونه ممکن است که در این جهان آشوب‌زده، در این جهانی که از هُرم بحران‌ها جانش گداخته شده، آدم بتواند ساعت‌ها، روزها و بلکه هفته‌ها و ماه‌ها چشم‌هایش را ببندد و همه چیز را نادیده بگیرد؟ مثلاً برای تو اوضاع سوریه هیچ اهمیتی ندارد؟ هیچگاه به پیامدهای سیاسی آن برای خاورمیانه و یا حتی برای کل جهان فکر کرده‌ای؟»

یان از این پرسش کامران غافل‌گیر شده بود. اما، این نخستین باری نبود که کسی چنین پرسشی از او می‌کرد. خود او نیز وقتی با خود خلوت می‌کرد، بسیار

پیش می‌آمد که درباره‌ی جهان واقعی بیاندیشد. جهانی که درست در خلاف جهت جهانی که او می‌شناخت، حرکت می‌کرد. جهانی که او شهروندش بود، جهانی بود منظم و تعریف شده. جهانی که بنیانش بر منطق نهاده شده بود. یک خطای ولو کوچک در منطق این جهان، بی‌درنگ سر از کوچه‌ی بن بست در می‌آورد. در جهانی که یان می‌شناخت، آدم خیلی سریع متوجه‌ی خطای خود می‌شد. و آنگاه که خطا را می‌یافتی، هیچ جای بحث و جدلی نمی‌ماند. همه‌ی شهروندان این جهان بر سر این خطا اتفاق نظر داشتند. راه فریب در آن جهان بسته بود و کسی به کسی نمی‌توانست دروغ بگوید.

جهانی که یان در آن زندگی و کار می‌کرد، جهانی بود که دیر یا زود می‌شد از پیچیدگی‌هایش رمزگشایی کرد. جهانی که او می‌شناخت و به زندگی کردن در آن تمایل نشان داده بود، جهانی بود که هر روز و هر لحظه، توسط کسی که معلوم نبود کیست و کجای این جهان پهناور زندگی می‌کند، چهره‌اش تغییر می‌کرد و به‌رغم این تغییر و تحول دائمی، باز هم برای شهروندانش آشنا و مانوس می‌ماند. اما جهان واقعی، برای یان جهان هرج و مرج بود. جهانی که حتی ساده‌ترین جنبه‌هایش را با پیچیده‌ترین نگرش‌ها، نه می‌شد فهمید و نه می‌شد توضیح داد.

یان در پاسخ به این پرسش کامران گفته بود: «وظیفه سیاست و دولت سامان دادن به مناسبات اجتماعی است، وظیفه دارند نظم را حاکم کرده و آرامش بین انسان‌ها را تضمین کنند، حال آنکه هیچ چیز بیشتر از سیاست و دخالت‌های دولت برآمده از همان سیاست، مخل آرامش و نظم اجتماعی نیست.» پاسخی روشن که یک بار برای همیشه، زمینه‌های گفت‌وگوهای سیاسی بین کامران و یان را از بین برده بود.

کامران تنها به گفتن این جمله بسنده کرده بود که: «اما به هر روی، جهان دیجیتال، جهان واقعی نیست.» و یان در پاسخ گفته بود: «هرگاه کسی بتواند در این جهان دیجیتال زندگی کند، کار کند و شب و روز خود را سپری کند، دلیلی وجود ندارد که کسی آن را غیرواقعی بداند. این جهان، فرزند آن جهان دیگر است،

فرزندی که علیه پدر خودش به پا خاسته است. شورش فرزند علیه پدر تازه شروع شده و این شورش کاملاً واقعی است.»

آیدا شال خود را از دور گردن باز کرد و به رخت‌آویز کنار در ورودی آویزان کرد و به سوی آشپزخانه رفت. در میانه راه، روی خود را به سوی کامران برگرداند و پرسید: «پدر، یک فنجان قهوه می‌نوشی؟» کامران به زبان آلمانی گفت: «با کمال میل.» ساندرا دوید و جلوی کامران ایستاد. دست‌هایش را از هم باز کرد و مانع از عبور کامران شد. گفت: «اول کاغذ و قلم بده، تا بگذارم رد بشوی!» ساندرا عاشق نقاشی کردن بود. کامران صدای خود را تغییر داد و التماس کنان گفت: «چشم سرور من. یک دقیقه به من اجازه بده تا کاغذ و قلم بیاورم.» ساندرا خنده کنان، دست راستش را پایین آورد، تا پدربزرگش رد شود.

پیکاسو

سکوت فضای آشپزخانه را به تصرف خود درآورده بود. کامران و آیدا هر دو غرق در افکار خود بودند. کامران به یکباره به خود آمد، بلند شد و فنجان قهوه‌اش را در ظرفشویی گذاشت، لبخندی زد و به آیدا گفت: «ببین چه میزبان بدی شده‌ام!» آنگاه به طرف ساندرا رفت، دستی بر سر ساندرا کشید و پرسید: «چیزی می‌نوشی؟ مثلاً شیرکاکائو یا آب سیب؟» ساندرا نگاهی به مادر خود انداخت. ساندرا لبخند مادرش را نشانه‌ی رضایت او تفسیر کرد و گفت: «شیرکاکائو.» کامران به آشپزخانه بازگشت تا فرمان ساندرا را اجرا کند.

او در حین گرم کردن شیر نگاهی به نوه‌ی خود انداخت. ساندرا آرام و بی‌صدا پشت میز ناهارخوری نشسته و سرگرم نقاشی کردن بود. مدادهای رنگی را یکی پس از دیگری بر می‌داشت، نقشی بر کاغذ می‌زد، اخم‌هایش را در هم می‌کشید، و هر از گاهی با پاک‌کن به جان خطوطی می‌افتاد که روی کاغذ کشیده بود. کامران می‌توانست ساعت‌ها گوشه‌ای بایستد و حرکات ساندرا را نگاه کند.

او از هر نوع رفتار ساندرا، حتی از بد اخمی‌ها و کج خُلقی‌های او نیز لذت می‌برد. ساندرا گاهی روی ترش می‌کرد، دست به سینه می‌ایستاد، ژست بزرگ‌ترها را به خود می‌گرفت و با صدایی بلند و لحنی اعتراض‌آمیز چیزی می‌گفت. مثلاً از چیزی شکایت می‌کرد. او با شکایت کردن از چیزی در کانون توجه همگان قرار می‌گرفت و به این ترتیب به هدف خود دست می‌یافت. الگوی رفتاری‌اش در چنین لحظاتی را کامران می‌توانست به‌خوبی بازشناسد. این رفتار

ساندرا مانند همان حرکاتی بود که کامران سال‌ها از سودابه دیده بود.

یک بار کامران به سودابه درباره‌ی شباهت ساندرا به اقدس خانم گفته بود. سودابه سر خود را به نشانه‌ی عدم تفاهم تکان داده و با لحن کنایه‌آمیزی گفته بود: «اتفاقاً هیچ شباهتی هم به مادرت ندارد. من ماندم که تو در صورت ساندرا چی می‌بینی که به یاد مادرت می‌افتی؟ فُرم سر اقدس خانم گرد بود، صورت ساندرا کشیده است. نه لب و دهانش به اقدس خانم شبیه است و نه چشم و بینی‌اش.»

کامران برای این پرسش سودابه هیچ پاسخی نداشت. اما هر بار که به ساندرا نگاه می‌کرد، بی‌اختیار به یاد مادر خودش می‌افتاد. علتش را نمی‌دانست. شاید طرز نگاه کردن ساندرا بود. به خصوص وقتی که از گوشه‌ی چشم به او نگاه می‌کرد، با آن مژه‌های بلندش. شاید رد پای آن مهربانی‌ای بود که در چهره‌ی ساندرا می‌دید. مهم نبود که چه چیزی در چهره‌ی ساندرا او را به یاد مادرش می‌انداخت، مهم آن بود که ساندرا به یاد مادر او و جان او می‌بخشید. پای روح آزار دیده‌اش را مجدداً به خاطرات شیرین ایام کودکی خودش می‌کشاند.

ساندرا فقط نوه‌ی او نبود. ساندرا برای او هدیه‌ای بود شناور روی محور زمان. هم طعم لحظه‌هایش را شیرین می‌کرد و هم از تلخی لحظه‌های سپری شده‌ی زندگی او می‌کاست. این موجود مقدس از چنان قدرتی برخوردار بود که می‌توانست منطق زمان را در هم بریزد. گذشته را و همزمان با این گذشته، افسار آینده را نیز در دست بگیرد و در لحظه‌ی حال جاری سازد. کامران در وجود ساندرا احساس بی‌وزنی می‌کرد. او آن جادویی بود که می‌توانست پدربزرگش را از روی زمین بکند، پاهای آن اختاپوس تنهایی که به دور او حلقه زده بودند را، قطع کند و او را گردش‌کنان به آن فضای فرح‌بخش بین لحظه‌ها و خاطره‌ها ببرد. ساندرا برای کامران تراوش ذرات هستی بود. هرگاه او می‌آمد، گرگور سامسا از زندگی او می‌گریخت. می‌رفت و گوشه‌ای گم‌وگور می‌شد. شاید پشت پرده‌ی اتاق خواب کز می‌کرد و تا وقتی ساندرا در آن خانه بود، همان‌جا بی‌حرکت و ساکت می‌ماند.

ساندرا همچون یک نقاش حرفه‌ای پس از کشیدن هر خط و زدن هر رنگی سر خود را اندکی پس می‌کشید و با فاصله‌ای بیشتر به اثر خود نگاه می‌کرد. گاه اخم می‌کرد و گاه لبخندی می‌زد و سپس به نقاشی کردن خود ادامه می‌داد. گاهی از پنجره‌ی بزرگ اتاق ناهارخوری نگاهی به بیرون می‌انداخت و گاه به پدربزرگ و مادر خود که در آشپزخانه نشسته و غرق در گفت‌وگو با هم بودند، نگاه می‌کرد. پدربزرگ و مادرش اغلب به زبانی با هم سخن می‌گفتند که او نمی‌شناخت و هیچ متوجه نمی‌شد. و از این بابت که نمی‌فهمد آنان درباره‌ی چه موضوعی با یکدیگر گفت‌وگو می‌کنند، حیرت می‌کرد و گاه خشمگین می‌شد. کامران و آیدا اغلب به فارسی با یکدیگر گفت‌وگو می‌کردند. کامران و سودابه، پس از مهاجرت به آلمان، هر دو تصمیم گرفته بودند در خانه فقط به زبان فارسی با خود و با بچه‌هایشان صحبت کنند. سودابه اصرار داشت که بچه‌ها باید زبان مادری‌شان را بیاموزند. قاعده‌ای که شامل حال نوه‌شان نمی‌شد.

ساندرا گاهی برای جلب توجه‌ی مادرش و به‌ویژه جلب توجه‌ی پدربزرگش مداد رنگی‌ها را محکم روی میز می‌کوبید. سپس نگاهی به آن دو می‌انداخت و از اینکه می‌دید در مرکز توجه آنان قرار دارد، غرق در لذت می‌شد. ساندرا در چنین لحظاتی خود را صرفاً در مرکز توجه‌ی دیگران نمی‌دید، خود را در مرکز جهان هستی می‌دید. گمان می‌کرد، جهان به اراده‌ی اوست که وجود دارد. مثل آن شب که رعد و برق سهمگینی باعث وحشت او شده و او فرمان داده بود، رعد و برق تمام شود و آسمان به فرمان او آرام و قرار گرفته بود. یا آن روز که مادرش برای خرید به سوپرمارکت رفته و او را تنها گذاشته بود و او از تنهایی وحشت کرده بود. همان روز، برای لحظه‌ای چشم‌هایش را بسته و به مادرش فرمان داده بود، زودتر بیاید و لحظه‌ای بعد، در حین گشودن چشمانش، مادرش را دیده بود که در خانه را باز کرده و وارد خانه شده است.

ساندرا کاغذش را برداشت و دوان دوان به سوی پدربزرگش آمد و گفت: «نگاه کن ببین قشنگ شده است؟» کامران نگاهی به خطوط و رنگ‌های درهم و برهم نقاشی ساندرا انداخت و در پاسخ گفت: «خیلی قشنگ شده است. چی

می‌خواستی بکشی، عزیزم؟» ساندرا گره در ابروان نازک و خرمایی رنگ خود انداخت، دست چپ خود را به کمر زد و دست راستش را با شتابی بسیار در برابر چهره پدربزرگ تکان داد و گفت: «خُب معلوم است که چه می‌خواستم بکشم!» سپس با انگشت نشانه‌ی دست راستش گوشه‌ای از نقاشی را نشان داد و گفت: «این خانه‌ی توست.» و پس از آن به گوشه دیگری از نقاشی اشاره کرد و سپس درختی را در باغچه نشان داد و گفت: «این هم آن درخت بزرگ است، همانی که آن طرف باغ قرار دارد.»

کامران بوسه‌ای بر سر ساندرا زد و گفت: «آفرین دخترم، خیلی قشنگ کشیدی.»

ساندرا تنه‌ی درخت را خیلی بزرگ کشیده بود. آن قدر بزرگ که جایی برای شاخه‌ها و برگ‌های آن درخت نمانده بود. اما آنچه برای ساندرا اهمیت نداشت، تناسب چیزها در نقاشی بود. برای او مهم بود که همه‌ی آن چیزها را تصویر کند. حتی شکل و شمایل آنچه کشیده بود، برایش کمترین اهمیتی نداشت. او یقین داشت که همه آن چیزها، به همان شکلی که او کشیده است، وجود دارند. او به بودن آن درخت، آن خانه و یا آن پرنده یقین داشت.

ساندرا کاغذ را برداشت و رفت و گفت که حال مایل است بقیه درختان باغچه را نیز بکشد. کامران به آیدا گفت: «می‌دانی پیکاسو درباره‌ی کودکان چه گفته است؟ گفته که همه‌ی کودکان هنرمند هستند. همه‌ی انسان‌ها هنرمند به دنیا می‌آیند. مشکل اما اینجاست که وقتی بزرگ می‌شوند یادشان می‌رود که زمانی هنرمند بوده‌اند. چالش برخاسته از گذر عُمر انسان در این است که وقتی ما پا به سن می‌گذاریم، بازهم بتوانیم یک هنرمند باقی بمانیم. یعنی اینکه فانتزی و تخیل کودکی‌مان را کاملاً از دست ندهیم.»

آیدا لبخندی زد و همراه آن لبخند به سفری به ایام کودکی خود رفت. به یاد روزهایی افتاد که فارغ از آدم و عالم به جهان نگاه می‌کرد. همراه قهرمان هر افسانه‌ای می‌شد، با آلیس پا به سرزمین عجایب می‌گذاشت و از درد و رنج سیندرلا درد می‌کشید و با او همدردی می‌کرد. در آن ایام کودکی چه ساده

می‌توانست بین جهان افسانه و واقعیت رفت و آمد کند. لحظه‌ای در این جهان بود و لحظه‌ای دیگر در آن جهان. می‌توانست با قوری آشپزخانه با آن دماغ بزرگ و خرطوم مانندش حرف بزند و برای کودک خود، برای بتی، همچون مادری مهربان باشد. اما حال اثری از این گشت و گذار در دنیای افسانه‌ها نمانده بود. واقعیت کمر افسانه را خُرد کرده و او را شکست داده بود و آثار آن افسانه‌ها را از ذهن آیدا زدوده و پاک کرده بود. آیدا پرسید: «به نظر تو، چرا ما تخیل کودکی‌مان را از دست می‌دهیم؟»

ـ به خاطر چیزی به نام واقع‌بینی. می‌دانی واقع‌بینی چی است؟ واقع‌بینی در واقع نگاه بزرگسالان است به جهان. در ذهن کودک فرو می‌کنند که برای حفظ خودت، برای اینکه در زندگی پیشرفت بکنی، باید واقع‌بین باشی. حال آنکه این واقع‌بینی لحظه به لحظه فضا را برای تنفس تخیل تنگ می‌کند. مثل دود سیاهی همه جا را فرامی‌گیرد. کودک از تنهایی، از اینکه در زندگی شکست بخورد، وحشت می‌کند و برای نجات خودش، خود را به پدر و مادر، به آموزگار و مربی مهد کودک می‌چسباند و با پیروی از الزام‌هایی که بزرگسالان برایش تعریف می‌کنند، بزرگ می‌شود.

کامران در یخچال را باز کرد و بشقاب میوه را روی میز گذاشت و در ادامه گفت: «و این گفته چیزی نیست که فقط به پیکاسو محدود باشد. این موضوع را یعنی ضایعه از دست رفتن این تخیل کودکانه را والتر بنیامین یا حتی لودویگ ویتگنشتاین هم متوجه شده بودند. آن‌ها هم می‌خواستند فلسفه را از شر این دود سیاهی که به اسم واقع‌بینی همه جا را فرا گرفته و مانع از دیدن سرچشمه‌ها می‌شود، خلاص کنند. آن‌ها هم می‌خواستند دنیا را از بار داوری‌ها و پیشداوری‌های بزرگسالان نجات بدهند و از نو تعریف کنند. مثل همین نگاه کودکانه به جهان که بری از هر گونه ارزش‌گذاری و بری از هرگونه داوری است. یک رابطه‌ی مستقیم و ساده با جهان پیرامون است، بدون اینکه این رابطه نیازی به مفاهیم داشته باشد، بدون نیاز به تعریف‌هایی که ما بزرگسالان برای هر چیز و کارکرد و نقش هر چیزی عرضه می‌کنیم.»

آیدا از گفت‌وگو با پدر خود لذت می‌برد. هر بار که با او صحبت می‌کرد، دریچه جدیدی روی او گشوده می‌شد. او هرگز درباره‌ی نگاه یک کودک به جهان نیاندیشیده بود. این نگاهی بود به جهان، بدون آنکه نیاز به ارزش‌گذاری باشد. حتی بدون آنکه کودک نام همه آن چیزهایی را که در جهان پیرامون خود می‌بیند، بداند. کامران به آیدا گفت:

ـ بزرگسالان گمان می‌کنند فقط نام چیزها و اشیا را به کودکان یاد می‌دهند. غافل از اینکه ما همراه این انتقال دانش، داوری‌ها و سلیقه‌های خودمان را نیز به کودکان منتقل می‌کنیم. نوع نگاه خودمان به جهان را به آن‌ها تزریق می‌کنیم و از آن‌ها می‌خواهیم، جهان را دقیقاً آن گونه ببینند که ما می‌بینیم.

آیدا سر خود را به نشانه‌ی تاسف تکان داد. او گرچه از پذیرش بسیاری از تابوها تن زده بود، گرچه در نوجوانی بارها تلاش کرده بود، از ساحت ممنوعه‌ها عبور کند و آزادی خود را پاس دارد، اما به مرور زمان، به فرمان زمانه گردن نهاده بود. تخیل کودکانه‌اش را به باد فراموشی سپرده بود.

کامران گفت: «هیچ وقت به شیفتگی کودکانه فکر کرده‌ای؟ به اینکه مثل یک کودک در برابر یک گل بایستی و شیفته‌وار به آن نگاه کنی؟ یا به آسمان نگاه کنی و به یک پرنده، یا به یک هواپیما زُل بزنی؟ این شیفتگی کودکانه نیز همراه با آن تخیل در ما بزرگسالان لحظه به لحظه کم‌رنگ می‌شود و از بین می‌رود. هیچ از خودت پرسیدی که چرا کمتر چیزی باعث شیفتگی ما می‌شود؟ چرا ما نمی‌توانیم شیفته‌وار در برابر هر چیزی بایستیم و با آن چیز وارد دیالوگ بشویم؟»

آیدا با نگاه کودک به جهان از طریق نگاه ساندرا به جهان آشنا شده بود. نگاهی که عموماً بزرگسالان جدی نمی‌گیرند و به آن همچون یک بازی بچگانه می‌نگرند. خود او نیز بارها مرتکب این اشتباه شده بود. اما پشت این بازی بچگانه، چشمه‌ی جوشان تخیل را می‌شد دید. مثل زمانی که ساندرا روی فرش کوچک خانه‌اشان می‌نشست و گمان می‌کرد که در یک قایق نشسته است و این را با صدای بلند به اطلاع پدر و مادر خود می‌رساند و از اینکه آیدا یا یان از حاشیه فرش عبور کنند، برافروخته می‌شد، روی ترش می‌کرد و می‌گفت: «شماها چطور می‌توانید از روی

آب رد شوید؟»

آیدا از خود پرسید که چگونه توانسته است، از روی آب رد شود؟ او و یان بارها از روی آب رد شده بودند. مگر نمی‌دانستند که از روی آب رد شدن، یعنی نادیده گرفتن این تخیل کودکانه، یعنی جدی نگرفتن آن از سوی همه‌ی آن کسانی که گمان می‌کنند، جهان را بهتر می‌شناسند و واقع‌بین هستند. چرا نمی‌شود از روی آن ردیف از کاشی‌ها با جستی بلند، پرید؟ از روی همان کاشی‌هایی که حاشیه‌ی آن رودی هستند که قایق ساندرا در میانه‌ی آن در حرکت است؟ چرا نمی‌شود با یک پرش خود را به داخل آن قایق انداخت و کنار ساندرا روی فرش نشست و با او همسفر شد؟ چرا نمی‌شود در حاشیه آن رود شنا کرد و آنگاه که موجی سرکش خطرآفرین می‌شود، از ساندرا کمک خواست و با همان سر و هیکل خیس، کنار ساندرا روی قایق دراز کشید و به خاطر نجات از مرگ، از چشمه‌ی همان شادی کودکانه لبریز شد؟

کامران در پاسخ به پرسش آیدا درباره نقش تخیل و واقعیت در تصویر کودکانه از جهان گفت: «می‌دانی سرنوشت آن تخیل کودکانه در بزرگسالان چیست؟ اگر بزرگسالان نتوانند آن تخیل را یا دست‌کم بخشی از آن را نجات بدهند، همان تخیل کودکانه جای خودش را اغلب به توهم می‌دهد. اگر تخیل منبع آفرینش و خلاقیت بشر باشد و باعث پیشرفت بشر بشود، توهم سرچشمه ویرانی و ویرانگری است. هم می‌تواند به خود آدم آسیب برساند و هم می‌تواند به دیگران و حتی به جامعه و جهان لطمه بزند. نخبگان هنر و علم معمولاً کسانی هستند که موفق شده‌اند، بخشی از آن تخیل کودکانه را حفظ کنند. کسی که در واقعیت زندگی می‌کند، نمی‌تواند واقعیت را تغییر بدهد. تخیل و توهم هر دو جهان واقعی را تغییر می‌دهند. پیکاسو و استیو جابز توانستند بر بستر تخیل خود چیزی به جهان واقعی اضافه کنند و کسی مثل ترامپ با توهم خود می‌خواهد جهان خود و جهان دیگری را نابود کند.»

کامران به آیدا گفته بود که توهم و تخیل هر دو ریشه در فاصله گرفتن از واقعیت دارند، فاصله گرفتن از این واقع‌بینی اسارت‌بار. فاصله گرفتن از دود سیاهی

که مانع از دیدن آدم می‌شود. از اینکه هر کس در این فضای دودآلود مدعی آن می‌شود که قادر به دیدن آن چیزهایی شده است که از نگاه دیگران به دور مانده است. اما تخیل و توهم گرچه ریشه مشترکی دارند، گرچه هر دو در اثر فاصله گرفتن از واقعیت شکل می‌گیرند، اما با یکدیگر تفاوت دارند. تخیل از واقعیت فاصله می‌گیرد، تا چیزی بیافریند و توهم از واقعیت فاصله می‌گیرد تا چیزی را ویران کند. حتی اگر آن فرد متوهم به توان ویرانگری نهفته در اندیشه و عمل خود آگاهی نداشته باشد. آگاه نبودن از آن توهمی که مثل خوره به جان آدم می‌افتد و روح و جان او را از خود پُر می‌کند، ویژگی همه‌ی آدم‌های متوهم است.

کامران در یخچال را باز کرد و ساندرا را صدا کرد.

«ساندرا بیاید این را ببیند. بیاید ببیند پدربزرگش برایش چی درست کرده است؟»

ساندرا مدادهایش را روی میز گذاشت و دوان دوان خود را به آشپزخانه رساند. سفیدی خامه و سرخی توت فرنگی کیکی که کامران پخته بود در تابش نور چراغ یخچال می‌درخشید. نوعی شادی غیرقابل توصیفی وجود ساندرا را در برگرفت. دست‌هایش را گشود. کامران خم شد و ساندرا را در آغوش گرفت. ساندرا اکنون بهتر می‌توانست اثر هنری کامران را ببیند. یک کیک بزرگ توت فرنگی بود. ساندرا غرق در شادی شده بود. بوسه‌ای بر گونه‌ی کامران زد. این همان پاداش کامران بود. کامران از شادی ساندرا شاد شد، اما از خود پرسید: «چرا خود او نمی‌تواند از دیدن یک کیک توت فرنگی شاد بشود؟ چرا دیدن یک کفش‌دوزک نمی‌تواند او را چنان شیفته خودش بکند که زمین و زمان را فراموش کند؟»

طبیعت بی‌جان

(شنبه، ساعت هفت و بیست و چهار دقیقه بعدازظهر)

تلفن بار دیگر زنگ زد. دو ساعتی از رفتن آیدا و ساندرا می‌گذشت. دو ساعتی که گذشت آن را کامران متوجه نشده بود. هنوز لحظه برای او بوی وانیل و طعم لبخند ساندرا را می‌داد. تصویر چهره‌ی خندانِ نوه‌اش هنوز در فضای خانه حضورِ پر رنگی داشت. به هر گوشه‌ای از خانه که نگاه می‌کرد، چهره‌ی ساندرا را می‌دید، مثلاً تصویر آن لحظه‌ای که با ولع خاصی، تکه‌ی بزرگی از آن کیک را در دهانش نهاده بود. خامه از هر دو گوشه‌ی لبانش بیرون زده بود. با پشتِ دستِ راستش تلاش کرده بود، دهانش را پاک کند. تلاشی که ثمری در پی نداشت. خامه در سایه‌ی آن اقدام ناشیانه حتی روی گونه‌هایش پخش شده بود. آیدا سر خود را به نشانه‌ی اعتراض تکان داده و با دستمال آشپزخانه، لب و دهان او را تمیز کرده بود. هر سه نفر از این شیطنت زیبا به خنده افتاده بودند. آیدا سپس گونه‌ی او را بوسیده و گفته بود: «این دختر حالا حسابی خوردنی شده است!»

کامران روی مبل بزرگ و چرمی اتاق پذیرایی لم داده بود. دست‌هایش را از دو طرف باز کرده و سرش را روی پشتی مبل خم کرده بود. همان‌جا بی‌حرکت، چشم‌هایش را بسته و از به یاد آوردن مزه‌ی شیرین آن لحظه، غرق در لذت شده بود. او در تمامی ساعات و روزهای هفته، در انتظا چنین لحظه‌ای بود. لحظه‌ای که ساندرا بیاید و شور زندگی را به جسم و جان او باز گرداند. غبارِ غم از چهره‌اش برگیرد و همچون دوران کودکی آیدا، بیاید، روبه‌روی او بنشیند و با انگشتان شست خود، لبان پدربزرگش را به دو سو بکشد تا لبخندی روی لبانش بنشاند.

ساندرا به زندگی کامران مفهوم خاصی نمی‌داد، اما بدون ساندرا زندگی برای او بی‌مفهوم بود. همان سخن متناقضی که چندی پیش، اعترافش باعث خنده‌ی مرتضی شده بود. ولی او در آن تناقضی نمی‌دید. مرتضی لذت به اشتراک گذاشتن دقیقه‌ها، ساعت‌ها، روزها و هفته‌ها با فرزند و نوه را نمی‌شناخت.

اثری از گرگور سامسا نبود. دست‌کم تا پیش از آن‌که تلفن زنگ بزند، پنداری گم‌وگور شده بود. تلفن که زنگ زد، کامران برای یک لحظه سایه‌اش را دید. شاید منتظر بود که شادی نشسته بر دل کامران رنگ ببازد تا بار دیگر به صحنه‌ی زندگی او بازگردد. کامران گرچه از این موجود مخوف متنفر بود، اما به او خو گرفته بود. رازهای دل خود را به او می‌گفت. کس دیگری در آن خانه نبود که پای دردِدل او بنشیند. صبح‌ها، وقتی که از خواب بیدار می‌شد، او نخستین کسی بود که از پشت پرده سرک می‌کشید و به او سلام می‌گفت. بقیه شخصیت‌های داستان زندگی‌اش، می‌آمدند و پس از مدت کوتاهی می‌رفتند. اما او، ثابت قدم بود. روزی به نزد او آمده و همان‌جا، کنار او، در امپراتوری تنهایی‌اش، جا خوش کرده بود. مثل یک یار با وفا که هرگز دوستش را تنها نمی‌گذارد. کامران هیچگاه فکر نمی‌کرد که در ایام پیری با چنین موجود مخوفی همخانه شود. گرچه چهره‌ی گرگور بیشتر ترحم برانگیز بود تا مخوف. وحشت کامران از دیده چهره‌ی او نبود، از آن می‌ترسید که پیکرش در تنهایی، در بی‌کسی، روزی، درست مثل گرگور، روی تخت میخ‌کوب شود. از آن وحشت داشت که نتواند از جای خود تکان بخورد. همان‌جا بماند تا باران نقاشی آخرین برگ روی دیوار را بشوید و پاک کند.

آن روزِ شنبه برای کامران یک روز تقویمی بسیار خوش بود. لحظه‌های این روز را با لبخند و شادی پر کرده بودند. روزی که ذراتِ زمانش از عطر بی‌خیالی آکنده بود و این لحظه‌ها، همچو مرغانی سبک‌بال، بر شاخه‌ی شیرین‌ترین خاطرات دوران کودکی‌اش نشسته بودند. کامران هر بار که ساندرا را می‌دید، به یاد ایام کودکی خودش می‌افتاد، به یاد شیطنت‌های دوران کودکی‌اش. ساندرا باعث بیدار شدن حس کودکی در او می‌شد. ساندرا کودک فراموش شده‌ی وجود او را، از خوابی طولانی که به آن گرفتار آمده بود، بیدار می‌کرد. می‌آمد تا با آن

کودک بازی کند. بازی آن دو کودک، خونی شاداب و جوان در رگ‌های کامران می‌دواند. در آن لحظات، پیری و کهولت را از یاد می‌برد. بازی با ساندرا، گشت و گذار در دفترچه‌ی خاطرات شیرین فراموش شده‌اش را برای او ممکن می‌ساخت.

دهان پر از کیک ساندرا او را بی‌اختیار به یاد خاطره‌ی روزی انداخته بود که مخفیانه سراغ قوطی گز رفته بود. اقدس خانم، از ترس دست‌برد بچه‌هایش، قوطی گز سر سفره‌ی هفت‌سین را پس از رفتن مهمانان در کمد اتاق پذیرایی خانه‌شان می‌گذاشت. او از مخفیگاه قوطی گز خبر داشت. همیشه حرکات مادرش را زیر نظر می‌گرفت.

کامران در آن هنگام شش یا هفت ساله بود. دقیقه‌ای پس از رفتن مادرش به آشپزخانه، به سراغ این شیرین‌ترین شیرینی که می‌شناخت، رفته بود. در کمد را باز کرده و یکی از صندلی‌های چوبی پشت میز ناهارخوری‌شان را کشان کشان به کنار کمد برده بود. ارتفاع صندلی را به ارتفاع دست خود افزوده بود، تا خود را به آن گنج پنهان برساند. با تلاشی بسیار موفق شده بود یک گز آردی بزرگ را از قوطی درآورد. اقدس خانم، آن بچه‌ی شیطان را با دهانی پر و لب و لوچه‌ی آلوده به آرد گز، غافل‌گیر کرده بود. کامران در کمال دستپاچگی با دستش جلوی دهانش را پوشانده بود و به‌رغم آنکه با دهان پر به سختی می‌توانست حرف بزند، خوردن گز را کتمان کرده بود. آن روز، هر دو، مادر و پسر، از آن دروغ آشکار به خنده افتاده بودند.

آن روز شنبه، از آن روزهایی بود که کامران می‌توانست، شب که سر بر بالین خود می‌نهد، با خیالی آسوده، آن برگ از تقویم را بکند، مچاله کند و در سطل کنار تخت خود بیاندازد. نه به آن علت که آن روز، روزی بی‌حاصل و کم ارزش بود، بلکه به آن علت که اگر آن روز بی‌فرجام بود، بد فرجام نبود. روز خوشی بود. یکی از همان روزهای نادر تقویم زندگی‌اش در آن واپسین سال‌ها. پس از آن به واژه‌ی واپسین اندیشیده و دچار وحشت شده بود. از خود پرسیده بود که واپسین از کی شروع می‌شود و نسبت به وقوع چه چیزی محاسبه‌اش می‌کنند؟

کامران می‌توانست در ساعات شبانه‌ی یک چنین روز خوشی، جرعه‌ای شراب

بنوشد، به ترانه‌ای از بنان گوش دهد، روی تخت دراز بکشد و آن قدر به لکه‌ی نوری که بر کناره‌ی تابلوی ون گوگ می‌تابد، زُل بزند تا خواب از راه برسد و او را با خود ببرد. یک روزِ آرام و بری از دغدغه‌های تنهایی. اما، تلفن بدموقع زنگ زده بود. زنگ زده و همه چیز را تغییر داده بود. یک تماس تلفنی که توانسته بود شیشه‌ی عمر آن آرامش را در چشم برهم زدنی بشکند و به هیولای تنهایی بار دیگر مجال هنرنمایی بدهد. صدای تلفن، گرگور سامسا را نیز از خواب بیدار کرده بود. کامران سایه‌اش را دیده بود. شاید برای کنجکاوی آمده بود. همیشه برای کنجکاوی می‌آمد. می‌آمد، به گفت‌وگوی تلفنی کامران گوش می‌سپرد و پس از آن، اغلب، شروع جلسه‌ی دادگاه زندگی را برای داوری، برای صدور حکم رسماً اعلام می‌کرد.

یک تلفن بدهنگام که همه‌ی خوشی آن روزِ تقویمی را از بین برده بود. کامران از خود پرسیده بود که چرا نمی‌شود با لحظات زمان همان رفتاری را داشت که آدم در برابر مکان از خود نشان می‌دهد؟ مثلاً چرا در زمان این امکان وجود ندارد که آدم چراغ‌ها را خاموش کند، پرده‌ها را بکشد، در اتاقی را ببندد و وارد یک اتاق دیگر از زمان بشود؟ مثل همین هابی‌روم سودابه که کامران آن را از نقشه‌ی جغرافیای محل زیست خود پاک کرده بود. این اتاق با رفتن سودابه، پشت یک در محو شده بود. کامران فقط در سفید آن اتاق را می‌دید. گاهی گمان می‌کرد که پشت آن در، پرتگاهی است. گمان می‌کرد که اگر روزی در را باز کند، به اعماق درختان باغچه سقوط می‌کند، به زیر همان درخت بزرگی که ساندرا تنها موفق به تصویر کردن تنه‌ی آن شده و برگ‌هایش را مستقیماً روی تنه‌اش نقاشی کرده بود.

کامران دریافته بود که زمان را نمی‌شود حبس کرد. چه باورش بکنی و چه نه، همیشه آنجا می‌ماند. به تجربه دریافته بود که روی محور زمان همیشه بستر برای یک غوغا آماده است. اینکه گاهی غوغایی درنمی‌گیرد، به معنای توازن بین لحظه‌های سپری شده با لحظه‌های پیش‌رو نیست. زمان در ایام سال‌خوردگی بوی ماندگی می‌دهد. بوی رطوبتی که در دل دانه‌های زمان نفوذ کرده و باعث

تنگی نفس می‌شود. زمان در ایام سال‌خوردگی یک فاحشه پیر را می‌ماند که برهنه روی تخت دراز کشیده است، با آن گوشت‌های آویزان بدنش، با آن ماتیک قرمزی که ناشیانه و از سر بی‌حوصلگی بر لب و حاشیه لبانش کشیده و با آن موهای پریشانش که سیخ سیخ شده‌اند. همان‌جا دراز کشیده و با تکان دادن انگشت اشاره‌ی خود، تو را برای کام ستاندن فرامی‌خواند و بر آن است تا تو را از بیزاری از خودت لبریز کند.

آن روز شنبه تا پیش از آن تماس تلفنی، یکی از بهترین روزهای آن ایام بود. شاید شیرین‌تر از شنبه‌های دیگر. دست‌کم احساس کامران این را به او می‌گفت. علت آن را او نیز به‌خوبی نمی‌دانست. شاید مزه‌ی غالب این هفته در مجموع تلخ‌تر از هفته‌های پیش بود. شاید نیاز کامران برای عبور از تلخی لحظه او را بر آن داشته بود تا یک کیک توت فرنگی بپزد و با دریافت پاداش خود، یعنی لبخند ساندرا، لحظه را اندکی قابل تحمل‌تر کند.

تلفن زنگ زده بود. کامران پس از پایان آن گفت‌وگوی تلفنی بی‌اختیار نگاهش به نمایشگر تلفن‌اش افتاده بود. این تماس تلفنی فقط یک دقیقه و ۴۷ ثانیه طول کشیده بود. زهر این یک دقیقه و ۴۷ ثانیه بیشتر از شیرینی همه‌ی آن ساعات و لحظاتی بود که کامران آن روز تجربه کرده بود.

محمود بود. پس از عیادت از مرتضی تماس گرفته بود. گفته بود که حال مرتضی رو به وخامت نهاده است. گفته بود که آنتی‌بیوتیک تجویز شده، تاثیر مورد نظر را نداشته و عفونت خون او مرتب افزایش یافته است. این تماس تلفنی و این پیام کوتاه کامران را منقلب کرده بود. روان او را برآشفته بود. این پیام کوتاه تلفنی او را نگران آخرین برگ درخت دوستی‌شان کرده بود. با دلهره پرسیده بود: «تو که دیروز گفته بودی که حال مرتضی بهتر شده است؟ مگر نگفته بودی که عفونتش کاهش یافته و ظرف همین یکی دو روز از بیمارستان مرخص می‌شود؟»

محمود به لکنت زبان افتاده بود. نمی‌دانست در پاسخ به آن پرسش‌ها چه باید بگوید. سرانجام گفته بود: «دوست عزیز طوری حرف می‌زنی که آدم عذاب وجدان می‌گیرد. مگر من پزشک معالج او هستم که پاسخ این پرسش‌ها را بدانم؟» کامران

از او دلجویی کرده و پوزش خواسته بود. محمود پس از آنکه کمی آرام شده بود، در ادامه گفته بود: «دیروز حال مرتضی واقعاً هم بهتر شده بود. دکترها هم همین را تشخیص داده بودند. ولی در ساعات شب، عفونت خون‌اش مجدداً افزایش یافته است. دکترها می‌گویند برای تجویز آنتی‌بیوتیک درست، باید دقیقاً دلیل عفونت را تشخیص بدهند. البته دکترها گفته‌اند که جای نگرانی نیست. به هر حال دیر یا زود، آنتی‌بیوتیک درست را پیدا می‌کنند. تو هم بد به دلت راه نده.»

جمله‌ی آخری که محمود گفته بود، بیش از آنکه بتواند باعث آرامش خاطر کامران شود، او را بیشتر نگران کرده بود. محمود تصوری از این موضوع نداشت که تاثیر این جمله‌ی ساده تا چه حد می‌تواند ویرانگر باشد. محمود نمی‌دانست که جمله «بد به دلت راه نده» راه را بر نگرانی سد نمی‌کند. ذهن آدم را در سراشیب نگرانی رها می‌کند. نگرانی همچون پهلوانی افسانه‌ای غل‌وزنجیر پاره می‌کند و خود را از چنگِ اراده و کنترل آدم می‌رهاند. مثل یک خیزآب بلند روی ذرات لحظه آوار می‌شود. کامران دست راست خود را روی سینه‌اش گذاشت. دردی یکباره زیر پوست خود حس کرده بود. گفته بود: «این مرتضی یا آخرش یک بلایی سر خودش می‌آورد یا ما را می‌کُشد.» محمود گفته بود: «این حرف‌ها چیست؟ الان چه وقت غمباد گرفتن است؟»

کامران پیش خود گفته بود: یک دقیقه و ۴۷ ثانیه! او در پیکر این زمان کوتاه یک سلول سرطانی دیده بود. سلولی کوچک که زهر و سمی مهلک را در خود تولید و بازتولید می‌کرد. این سلول مسموم دست به تقسیم سلولی می‌زد، بدل به دو سلول و سپس چهار و هشت و شانزده سلول می‌شد. باد می‌کرد و متورم می‌شد و پس از ترکیدن، سمی را که در دل خود نهفته داشت بر سر همه‌ی سلول‌های دیگر خالی می‌کرد.

کامران تلاش کرد بر خود مسلط شود. مجله‌ی اشپیگل را از زیر سقف شیشه‌ای میز اتاق پذیرایی برداشت و سرگرم ورق زدن آن شد. نگاهی مجدد به عکس ترامپ، روی جلد مجله انداخت. تصویری که حکایت از سیر قهقرایی تاریخ بشر داشت. عزیمت از انسان هوموساپینس به سوی انسان‌های نخستین، به سوی

انسان‌های چماق به دست و گذر از انسان‌های چماق به‌دست به سوی دونالد ترامپ، اشرفِ مطلقِ مخلوقات.

مجله را روی میز پرت کرد. حال و حوصله خواندن یا حتی فکر کردن به چیزی جدی را در خود نمی‌دید. گرگور هم پس از فروکش کردن تب کنجکاوی‌اش، او را تنها گذاشته بود. شاید دلش به حال او سوخته بود. شاید مایل بود او را با افکار آشفته‌اش تنها بگذارد. حتماً رفته بود پشت پرده‌ی یک اتاق، همانجا کز کرده و به سرنوشت خودش و همخانه‌ای‌اش می‌اندیشید؟ شاید او هم نگران حال مرتضی بود و نگران تاثیر افتادن آخرین برگ بر اوضاع روحی همخانه‌ای‌اش؟

کامران از جای خودش بلند شد و به طرف آشپزخانه رفت. ظرف‌های کثیف روی میز آشپزخانه روی هم تلنبار شده بودند. مابقی کیک توت فرنگی همانجا مانده بود. به آیدا پیشنهاد کرده بود که کیک را همراه خودش ببرد، برای یان یا برای فردا صبح ساندرا! آیدا مخالفت کرده و گفته بود که نمی‌تواند جلوی شکم ساندرا را بگیرد. کامران اخلاق دخترش را می‌شناخت. اصرار فایده‌ای نداشت.

برای خود شراب ریخت. بی‌اختیار رفت و جلوی تابلوی طبیعت بی‌جان نشست. جرعه‌ای شراب نوشید و به طبیعت بی‌جان زُل زد. همان‌جا بود که الهه‌ی خواب بر او چیره شد.

کلن، ۱۲ ژوئن ۲۰۱۸

درباره‌ی نویسنده

جمشید فاروقی دانش‌آموخته‌ی رشته‌ی اقتصاد از دانشگاه ملی ایران است. او پس از مهاجرت به آلمان در رشته‌های فلسفه، تاریخ اروپا و اسلام‌شناسی تحصیلات خود را در دانشگاه کلن (آلمان) دنبال کرد و پس از کسب مدرک فوق‌لیسانس از این دانشگاه، با نوشتن پایان‌نامه‌ای درباره‌ی "دولت، مشروعیت و کاریسما در ایران مدرن"، موفق به اخذ مدرک دکتری از دانشگاه اوترخت (هلند) شد.

فاروقی کار خبرنگاری و نویسندگی را از همان دوران جوانی آغاز کرد. کتاب‌های "کلاس درس ما" و "خون پای نخل" در شمار نخستین تجربه‌های ادبی او در ایران است. او سپس با نام مستعار "جمشید مساوات" چند کتاب سیاسی و از جمله یک کتاب دو جلدی پیرامون علل ناظر بر وقوع انقلاب اسلامی منتشر کرد.

در مهاجرت نیز به نوشتن مقالات سیاسی و ادبی ادامه داد. سلسله مقالاتی درباره‌ی "بازخوانی انقلاب اسلامی" و همچنین "انقلاب و سیاست‌زدگی" از جمله کارهای او در دوران مهاجرت به‌شمار می‌آید. فاروقی از سال ۱۳۷۵ کار خود را رسماً با رادیو دویچه وله آغاز کرد و سال‌ها مدیریت بخش رادیو و آنلاین این فرستنده بین‌المللی را بر عهده داشت.

آخرین کار ادبی او، رمان "سه ساعت پس از پاییز!" است که در سال ۲۰۲۳ توسط نشر آمازون در منتشر شده است. پیش از آن نیز از او، رمان "ملاقات با یک معما" (۲۰۱۹، نشر فروغ) و داستان بلند "ویواه، یک ازدواج کاغذی" (۱۳۸۶، نشر ثالث) منتشر شده بود.

رمان "سه ساعت پس از پاییز"، رمان "ملاقات با یک معما" و همچنین رمان
"انقلاب و کیک توت فرنگی را می‌توان از طریق آمازون تهیه کرد.

تماس مستقیم با نویسنده:

Jamsheed.faroughi@outlook.de